Die Autorin

Rosemary Rogers ist eine der erfolgreichsten amerikanischen Autorinnen von historischen und abenteuerlichen Liebesromanen.

Im Wilhelm Heyne Verlag erschienen bereits ihre Bücher *Die Wildnis der Liebe* (01/8896) und *Zärtlichkeit der Nacht* (01/9436).

ROSEMARY ROGERS

DIE BRAUT DES TEEBARONS

Roman

Aus dem Amerikanischen
von Dr. Hans Link

Deutsche Erstausgabe

WILHELM HEYNE VERLAG
MÜNCHEN

HEYNE ALLGEMEINE REIHE
Nr. 01/9945

Titel der Originalausgabe
THE TEA PLANTER'S BRIDE

2. Auflage

Umwelthinweis:
Das Buch wurde auf
chlor- und säurefreiem Papier gedruckt.

Redaktion: Birgit Groll

Printed in Germany 1996
Umschlagillustration: John Ennis / Agentur Schlück
Umschlaggestaltung: Atelier Ingrid Schütz, München
Gesamtherstellung: Ebner Ulm

ISBN 3-453-10835-3

Kapitel 1

England, 1892

Sie beugte sich vor, um sich das Haar in die Stirn zu bürsten, schnellte dann aber so plötzlich wieder zurück, daß eine Kaskade nachtschwarzer Locken durch die Luft wirbelte. Stirnrunzelnd betrachtete sie ihr Spiegelbild.

Das Gesicht einer Zigeunerin schaute sie an. In diesem einen Augenblick vergaß sie alle Mahnungen ihrer Tante Gertrude, nur ja nicht die Stirn zu runzeln, da man sonst Falten bekam. In dieser einen verräterischen Sekunde hatte sie sich – daran gab es nichts zu deuteln – genau so exotisch gezeigt, wie Tante Gertrude es ihr ständig unter die Nase rieb.

Und Tante Gertrude hatte an diesem Nachmittag ganz besonders viel Gift verspritzt, als sie sich mit ihren Freundinnen beim Tee im Rosengarten direkt unter dem Fenster ihrer Nichte unterhalten hatte, ohne auch nur einen einzigen Gedanken daran zu verschwenden, daß diese vielleicht jedes Wort mit anhören würde.

Oh, und ob sie gehört hatte! Jedes einzelne grausame Wort, mit dem ihre Tante wieder einmal über ihre Ähnlichkeit mit Marianna, ihrer Mutter, gespottet hatte, dieser schönen, leidenschaftlichen spanischen Zigeunerin, die ihr Herz und ihren Kopf an einen englischen Abenteurer verloren hatte.

»Ich bin sicher, daß sich das Kind am Ende – unter der entsprechenden Anleitung natürlich – doch noch ganz ordentlich machen wird«, hatte Tante Gertrude in schauderhafter Selbstgefälligkeit verkündet. »Aber was ihr *Aussehen* betrifft, ist es wirklich ein Jammer. Nun, ich denke, sie kann nichts dafür, daß sie so – nun – *eigenartige* Gesichtszüge hat. Diese schwarze Mähne – und diese kupferfarbenen Augen . . . Sie hat die gleichen Augen wie unsere häßliche schwarze Katze, die ihr auf Schritt und Tritt folgt. Ich wünschte wirklich, sie wäre äußerlich mehr Richard nachgeschlagen als ihrer Mutter, dieser *Ausländerin*. Obwohl man natürlich nicht unchristlich sein will . . .«

Die liebe, ach so wohlmeinende Tante Gertrude, die niemals irgend jemanden vergessen ließ, daß sie die Ehefrau eines Bischofs und damit eine echte Dame war. Tante Gertrude mit ihrem langen, eckigen Körper, dem verkniffenen Gesicht, den stechenden Augen, dem verdächtig dunklen Haar und dem steten Hang zu guten Werken. Tante Gertrude, die sich aus Gründen der Höflichkeit von Celia ›Tante‹ nennen ließ, eine Anordnung, die Celia angesichts Tante Gertrudes Abneigung gegen ihre Mutter nie so recht begriffen hatte.

Manchmal hatte Celia Marianna Penmaris das Gefühl, ein Doppelwesen zu sein – einmal das Mädchen, das jeder sah, und dann, im verborgenen, ein ganz anderes Geschöpf, das nur ihr selbst bekannt und so gut versteckt war, daß niemand etwas davon ahnte. Auf diese Weise konnte sie die Rolle spielen, die die Gesellschaft ihr aufdrängte, ohne diese machtvolle Spaltung ihres Wesens je ganz zu vergessen.

Sie wußte sehr wohl, daß ihre Tante, von der sie nach England auf den Herrensitz Grange gebracht worden war, damit nur das getan hatte, was ihrer Überzeugung nach notwendig war, um die Zukunft ihrer Nichte zu sichern. So hatte sie, Celia, die richtigen Schulen besuchen können, war in einer korrekten, klösterlichen Atmosphäre aufgewachsen und würde daher zu gegebener Zeit eine gute Partie machen.

Das alles bedeutete jedoch, daß sie ihr oft beklagtes, ungewöhnliches Aussehen nach Kräften hatte kaschieren müssen – gegen ihren olivfarbenen Teint, die Farbe ihrer Augen oder die Beschaffenheit ihres Haares ließ sich allerdings nichts ausrichten, genausowenig wie gegen ihre

Körpergröße. In einer Gesellschaft, in der Männer für winzige, puppenartige Frauen schwärmten, überragte Celia mit ihren ein Meter siebzig ihre Geschlechtsgenossinnen allesamt.

Ob sich ihre Mutter wohl genauso gefühlt hatte, nachdem sie ihr romantisches Dasein als Tänzerin und gefeierte europäische Schönheit aufgegeben hatte, um Celias korrekten, englischen Vater zu heiraten?

Hatte man sie gezwungen und hintergangen, so wie man später ihre Tochter dazu gezwungen hatte, ihr geliebtes Heim auf der Plantage in den Hügeln Ceylons zu verlassen, um sie dann hierher in das kalte, engstirnige England zu bringen, wo sie lernen mußte, ihre wahren Gefühle hinter unterwürfiger Höflichkeit zu verbergen?

Wenn Marianna in den Spiegel geschaut hatte, hatte sie da nicht immer dieselben geröteten Wangen gesehen, dieselben strahlenden Augen, dieselbe sinnliche Wölbung der Lippen, die sich auf so *abscheuliche* Weise von den Lippen dieser steifen Engländerinnen unterschieden?

Spielte das alles denn wirklich eine so große Rolle, wie Tante Gertrude glaubte?

Ronald Winwood schien es jedenfalls nichts auszumachen. Lächelnd ließ Celia ihre Finger über seine gerahmte Fotografie gleiten, die neben ihr auf der Ankleidekommode stand.

Ihr schien, als sei sie schon immer, ihr ganzes Leben lang, in Ronald Winwood, dessen Vater die Plantage neben der ihres Vaters gehört hatte, verliebt gewesen.

In den alten Tagen auf Ceylon hatte er sie wie ein Kind behandelt, und manchmal war sie ihm wegen ihrer unverhohlenen Bewunderung geradezu lästig gewesen.

Aber als sie sich das letzte Mal gesehen hatten – er war gerade auf Heimaturlaub in England –, hatte sich alles geändert.

Er war mit einem Geschenk für ein Kind aus Ceylon gekommen, hatte aber statt dessen eine selbstbewußte junge Frau vorgefunden, in die er sich augenblicklich verliebte.

Im Zwielicht des Abends waren sie durch den Rosengarten spaziert. Für Celia schien damit ein Traum, der sie ihr ganzes Leben begleitet hatte, endlich herrliche Wirklichkeit zu werden. Es war fast wie in den romantischen Liebesromanen, die sie heimlich verschlang.

»Du bist wie eine wunderschöne kleine Schmetterlingspuppe, meine Celia«, hatte er ihr damals ins Ohr geflüstert. »Und ich möchte der Glückliche sein, der zusehen darf, wie dieser zarte Schmetterling aus seinem Kokon schlüpft.«

Wie poetisch er das ausgedrückt hatte. Ronald Winwood – der jede Frau hätte haben können, die er wollte –, Ronald liebte *sie* und schwor, so lange wie nötig auf sie zu warten. Und die Locke, die er ihr an jenem Abend heimlich zugesteckt hatte, hing noch immer an einer Goldkette zwischen ihren jungen Brüsten, als ein Symbol ihres Verlöbnisses.

Was hatte Ronald in jener Nacht in ihr gesehen?

Celias Augen wurden schmal, und sie versuchte, ein geheimnisvolles Lächeln aufzusetzen.

Vielleicht pulsierte das wilde Zigeunerblut ihrer Mutter auch in ihren Adern, so wie Tante Gertrude es vermutete; vielleicht war sie wirklich in der Lage, jeden Mann ihrer Wahl zu bezaubern und an sich zu ketten.

Möglicherweise aber hatte Ronald genau wie sie einfach die Macht des Schicksals gespürt …

Ein schüchternes Klopfen an der Tür riß sie aus ihren Tagträumen.

»Ich soll Ihnen das Haar richten, Miß.«

»Komm rein, Alice.« Celia trat in einem fast tranceartigen Zustand an ihre Ankleidekommode und setzte sich vor den Spiegel. »Ich denke, ich werde es heute abend hochgesteckt tragen, Alice.«

»Wie Sie wünschen, Miß«, sagte Alice und machte sich auch schon daran, die schweren Locken energisch auszubürsten.

Ja, so war es richtig. Genau so sollte die Dame des Hauses mit einer Dienerin sprechen. Möglicherweise waren es gerade diese Dinge – ihre Haltung, ihr Sinn fürs Praktische und ihre Kenntnisse der rigiden Verhaltensnormen, die man in den Kolonien von den Engländerinnen erwartete –, die Ronald zu seinem überstürzten Antrag veranlaßt hatten.

Und sie würde ihn nie enttäuschen. Schon jetzt war sie eifrig damit beschäftigt, sich auf ihre gemeinsame Zukunft vorzubereiten. Sie hatte sogar ihre Studien der östlichen Sprachen wiederaufgenommen, einschließlich des Singhalesischen und des Tamil, beides Sprachen, die sie als Kind fließend beherrscht hatte.

Ronald würde nicht den leisesten Fehler an ihr entdekken. Und wenn die Zeit kam, würde er sie als seine Braut fordern und zurück nach Ceylon bringen, in diese wilde, wunderschöne Hügellandschaft, an die sie sich so lebhaft erinnerte. Dort würde sie sich dann vielleicht endlich frei fühlen können, ganz sie selbst zu sein, und nichts, was Tante Gertrude sagte, würde sie je wieder berühren können.

Das Telegramm, das ihr Leben verändern sollte, kam schon am nächsten Morgen, und Celia war natürlich die letzte, die von seinem schicksalsschweren Inhalt erfuhr.

Auf dem Land war ein Telegramm ein ungewöhnliches Ereignis, und so überbrachte der Butler, Mr. Morris, es höchstpersönlich dem Bischof, welcher glücklicherweise schon früh aufgestanden war und in seinem Arbeitszimmer an der Sonntagspredigt feilte.

Nachdem er bereits gut fünfzehn Jahre im Dienst Seiner Gnaden gestanden hatte, wußte Mr. Morris genau, wie er sich ihm zu nähern hatte; er hustete diskret, blieb zunächst an der Tür stehen, trat dann ein und fragte: »Wenn Sie mein Eindringen erlauben wollen, Euer Gnaden ... Ich hoffe, es sind keine schlechten Nachrichten ...« Während dieser kleinen Ansprache betastete er zaghaft den Umschlag.

Der Bischof öffnete das Telegramm vorsichtig, las es und stieß dann einen leisen Laut der Verärgerung aus.

»Nein – nein ... Vielen Dank für Ihre Anteilnahme. Es ist nur ... nun ja, diese Sache wird ziemlich peinlich, fürchte ich. Beauftragen Sie Wilson, dies hier Ihrer Ladyschaft zu überbringen und sie davon in Kenntnis zu setzen, daß wir darüber sprechen sollten ... ähm ... nun ja, man könnte sagen, es handelt sich um eine ziemlich delikate Angelegenheit.«

Der Bischof war ein gelehrter Mann von etwa fünfzig Jahren, schlank und asketisch, mit glattem Gesicht und sanften blauen Augen, die nur das Gute im Menschen zu sehen pflegten. Er zog es vor, Schwierigkeiten aus dem Weg zu gehen – es sei denn, seine Frau bestand darauf, daß er ihnen ins Auge sah. Er erinnerte sich daran, wie entsetzt Gertrude damals gewesen war, als sie bei einem Besuch auf Ceylon gesehen hatten, auf welche Weise es Vetter Richards einzigem legitimem Nachkömmling gestattet war, seine Jugend zu verbringen – auf einer einsamen Teeplantage, weit ab von allem, was auch nur die geringste Ähnlichkeit mit Zivilisation gehabt hätte.

Es hatte sogar ihn ein wenig verstört, als er erfuhr, daß sein unkonventioneller Vetter sich nicht einmal daran erinnern konnte, ob seine Tochter getauft war oder nicht. Sie betrat jedenfalls nie eine Kirche, sondern hatte sich angewöhnt, sowohl den nahe gelegenen buddhistischen Tempel als auch den Hindu Kovil der Tamilenkulis aufzusuchen.

Das hatte das Faß endgültig zum Überlaufen gebracht und schließlich dazu geführt, daß der Bischof mit Rückendeckung seiner respektablen Gattin Vetter Richard zur Rede gestellt und zu der Einsicht gezwungen hatte, daß er an die Zukunft seiner Tochter denken mußte, an die Zeit, wenn sie das heiratsfähige Alter erreichte; dann hatten Seine Ehrwürden der Bischof und Lady Gertrude ihn überredet, Celia in ihre Obhut zu geben.

Die Jahre waren dahingegangen, und der monatliche

Bankwechsel, der alle Ausgaben Celias deckte, kam stets pünktlich an, sogar nach Richards allzu frühem Tod; er war vorsichtig und verantwortungsbewußt genug gewesen, sicherzustellen, daß seine Tochter über ein recht erfreuliches Einkommen verfügte. Alles weitere hatte den Bischof, der wirklich kein sehr weltlicher Mann war, einfach nicht interessiert.

Weitere Betrachtungen dieser Art blieben ihm jetzt jedoch erspart, da seine Frau, das anstößige Telegramm in Händen, ins Zimmer stürzte.

»Ich weiß ja, daß er dein Vetter war, Theo, und habe ich dich nicht in jeder Hinsicht ermutigt, das arme Kind aus seiner scheußlichen heidnischen Umgebung herauszuholen? War ich nicht, zumindest teilweise, verantwortlich dafür, daß der arme, liebe Richard schließlich begriff, worin seine Pflicht dem armen Kind gegenüber bestand, das er gezeugt hatte?«

Gertrude war bisher im Arbeitszimmer ihres Mannes auf und ab gelaufen, jetzt aber wandte sie sich ihm zu, und ihre Lippen verzogen sich zu einer schmalen Linie. »Ich bitte dich, Theo! Wie konnte er so etwas tun? Wie konnte er uns das antun und dem armen Kind – wo es sich unter unserer sorgfältigen Anleitung gerade zu einer jungen Dame entwickelt? Und alles in allem sogar recht ordentliche Aussichten auf eine standesgemäße Heirat hat. Wie ist es nur möglich, daß er hinter unserem Rücken – ja, noch aus dem Grab heraus! – seine Tochter in die Obhut dieser – dieser –, und das trotz seiner verderbten Vergangenheit!«

Atemlos in ihrem Zorn hielt sie inne, was ihrem Mann gerade genug Zeit gab, milde einzuwerfen: »Aber meine Liebe, schließlich ist sie seine *Schwester*. Die Blutsbande zwischen den beiden sind eindeutig die engeren, und vielleicht eignet seine Schwester sich auch besser für Celias Erziehung, da sie jünger ist und sich in gesellschaftlichen Kreisen bewegt, zu denen *wir* keinen Zugang haben . . .«

»Genau das ist es ja!« brauste Lady Gertrude auf. »Das ist genau das, was ich sagen will. Seit dem Tod ihres Mannes scheint Lady Wilhelmina allen Sinn für Anstand verloren zu haben. Sie bewegt sich in der leichtlebigsten Gesellschaft, sowohl hier als auch im übrigen Europa und Amerika. Das weiß ich aus bester Quelle, auch wenn ich dir nicht erzählen kann, von *wem* ich es habe. Es ist vollkommen unmöglich und kommt überhaupt nicht in Frage, und wenn sie hier erscheint, baue ich darauf, daß du ihr erklärst, wie schädlich es für die arme Celia wäre, wenn man sie aus der stabilen und geschützten Umgebung herausrisse, in der sie hier bei uns lebt . . .«

Sie brach jäh ab, weil sie noch bis in alle Ewigkeit über dieses Thema hätte reden können und die ganze Sache letzten Endes auf eins herauslief: Richard Penmaris konnte nicht mehr ganz bei Verstand gewesen sein, als er klammheimlich diesen Nachsatz zu seinem Testament verfaßt hatte, der seine Schwester Wilhelmina, die Herzoginwitwe von Millhaven, zu Celias rechtmäßigem Vormund bestimmt hatte – und zur Verwalterin des beträchtlichen Vermögens, in dessen Genuß Celia mit ihrem siebzehnten Geburtstag kommen sollte.

Ein solcher Zusatz würde vor Gericht natürlich keinen Bestand haben. Das mußte Theo dieser Frau klarmachen – ebenso wie die Tatsache, daß *sie* es gewesen waren, die sich um Celias Wohlergehen und ihre Zukunft gesorgt hatten, um sie seinerzeit nach England zu holen und ihr eine angemessene Erziehung zukommen zu lassen.

Damals hatte sich niemand um das Mädchen gekümmert – *nie-mand*.

»Ich überlasse es dir, Theo, diese Sache zu regeln, entschieden und ein für allemal. Zitiere bitte, so oft es geht, aus der Schrift; das kannst du gut, und es ist immer überaus beeindruckend. Jetzt sollte ich wohl besser Celia auf das Martyrium vorbereiten, das ihr bevorsteht. Es wird mich geradezu umbringen, dieser Person Gastfreundschaft gewähren zu müssen. Ich wünschte, ich könnte mir so schlechte Manieren leisten, sie aus dem Haus zu weisen, sobald diese Angelegenheit bereinigt ist. Aber das würde natürlich ein schlechtes Licht auf *mich* werfen.«

Mit dieser Feststellung und einem entschlossenen Rascheln ihrer Unterröcke rauschte Lady Gertrude aus dem Zimmer und ließ den Bischof ratloser denn je zurück. Denn ob mit Zitaten aus der Heiligen Schrift oder ohne – er hatte das überwältigende Gefühl, daß seine ehrfurchtgebietende Ehefrau diese Schlacht vielleicht nicht gewinnen würde.

Kapitel 2

»Ich bin so nervös. Und das schlimmste ist, ich weiß gar nicht, warum. Wüßten Sie, warum ich nervös sein sollte, Mr. Pemberton?« Die Sprecherin war eine modisch gekleidete Dame Mitte Dreißig, eine lebhafte, attraktive Frau mit leuchtend kastanienbraunem Haar und topasfarbenen Augen.

Ihr Begleiter in dem Eisenbahnabteil erster Klasse war ein konservativ gekleideter, älterer Gentleman mit ergrauendem Haar und einem sorgfältig gestutzten Bart, der ihm wie sein stattlicher Körperbau zu einer gewissen Ähnlichkeit mit dem Prinzen von Wales verhalf. Mr. Pemberton war ein bekannter Londoner Anwalt – guter Ruf, horrende Honorare –, auf dessen absolute Diskretion man sich jederzeit verlassen konnte.

»Es ist völlig natürlich, daß die erste Begegnung mit Ihrem Mündel Sie mit einer gewissen Unruhe erfüllt, Euer – oh, Pardon. Ich glaube, Sie sagten, Sie möchten Mrs. Hamilton genannt werden? Aber ich kann Ihnen versichern, daß die ganze Sache eine reine Routineangelegenheit ist; Ihr Bruder hat dafür gesorgt, daß seine Wünsche in bezug auf die Zukunft seiner Tochter nicht mißverstanden werden können. *Sie* sind der Vormund des Mädchens bis zu dessen Volljährigkeit, und Ihnen allein – oder jemandem, den Sie damit beauftragen – obliegt die Verwaltung des Erbes Ihrer Nichte, bis sie mündig ist.«

»Mr. Pemberton ... Es ist wahrscheinlich eine ziemlich peinliche Frage, aber ... ich bin sicher, Sie wissen, daß Richard und ich seit einigen Jahren kaum noch in Kontakt zueinander standen ... Ich frage mich, ob er Ihnen genug vertraut hat, um Ihnen ein wenig von unserer Vergangenheit zu erzählen – ach herrje!« Sie runzelte die Stirn, als ihr klar wurde, *wie* peinlich diese Eröffnung klang, aber bevor er auch nur beschwichtigend die Hand heben konnte, fuhr sie schnell fort. »Ich mache die Sache wirklich nicht besser, wie? Aber egal – diese Frage war ohnehin rein rhetorisch, und was ich wirklich wissen muß, ist ... Glauben Sie, Richard hatte guten Grund, einen anderen Vormund für Celia zu bestellen? Hat es etwas mit ihrem Erbe zu tun und mit möglichen Mitgiftjägern, die ein Kind, das auf so ... konventionelle und behütete Weise groß geworden ist, leicht beeinflussen könnten?«

Mr. Pemberton warf seiner Begleiterin einen anerkennenden Blick zu. »Sehr klug gedacht, Madam. Ja. Nun, zunächst einmal sah Mr. Penmaris durchaus die Vorteile einer ordentlichen Erziehung hier in England. Aber Sie haben ganz recht mit der Annahme, daß er fürchtete, sie werde übermäßig behütet, und – das Wort, das *er* mir gegenüber gebrauchte, war übrigens ›unterdrückt‹ – daß das auf keinen Fall in ihrem besten Interesse sein könne. Er sagte mir, Sie seien die einzige, die ganz sicher im Interesse seiner Tochter handeln und ihr, wie er sich ausdrückte, ›eine wirkliche Ausbildung in Sachen Leben‹ geben könnten. Er sagte, Sie würden schon verstehen, was er damit meinte.«

»Ja«, murmelte Wilhelmina und hüllte sich in geistesabwesendes Schweigen, den Blick aus dem Fenster gerichtet. Natürlich verstand sie. Der liebe, gute Richard, der während jener elenden Kindheitsjahre, die sie niemals aus ihrem Gedächtnis würde löschen können, ihr einziger Freund gewesen war, ihr einziger Verbündeter und ihr einziger Vertrauter. Jahre der Qual und des Zwangs zu bedingungslosem Gehorsam ohne jede Frage und Widerrede. Widerrede – das war der Ausdruck, den sie in Amerika benutzten. Sie erinnerte sich an ihre Mutter Lilly, die ihr einmal davon erzählt hatte. Aber ihr so verflucht fragender und suchender Geist hatte sie wieder und wieder in Schwierigkeiten gebracht. Wie viele Male hatte Richard, bevor er von zu Hause weggelaufen war, die Schuld auf sich genommen und an ihrer Stelle Prügel bezogen? In Gedanken konnte sie immer noch seine Stimme hören.

»Es tut mir leid, Willie – du weißt, wie schwer es mir fällt, dich allein zu lassen; ich würde dich mitnehmen, wenn ich könnte, aber du bist noch viel zu jung und – o Gott, Willie, verstehst du denn nicht, daß ich einfach nicht bleiben kann? Ich kann mich nicht zu dem machen lassen, was *er* aus mir machen will: Jede Einzelheit ist festgelegt, Armee oder Kirche, und ja keinen einzigen Gedanken im Kopf, der nicht von ihm kommt. Nein, eher würde ich sterben! Das verstehst du doch, oder, Willie? Du bist meine beste Freundin. Und wenn ich volljährig bin und mein Glück gemacht habe, dann komme ich zurück und hole dich hier raus. Das verspreche ich dir.«

Es war nicht Richards Schuld gewesen, daß er sein Versprechen nicht hatte halten können. Er war noch immer in Übersee gewesen und hatte seinen Abenteuern nachgejagt, als man sie mit siebzehn Jahren – genau in dem Alter, in dem Celia jetzt war – so lange geprügelt und ihr so lange fast jede Nahrung verweigert hatte, bis sie einwilligte, den Mann zu heiraten, den ihr Vater für sie ausgewählt hatte: einen Freund ihres Vaters, ein Herzog, Witwer und vierzig Jahre älter als sie. Er hatte sie mit lüsternen Blicken angesehen, hatte ihre knabenhafte Figur und ihre wilde, ätherische Schönheit bewundert von dem Tag an, als er sie zum erstenmal gesehen hatte; damals war sie kaum vierzehn Jahre alt gewesen. Und so hatte er sie gekauft – ein besseres Wort gab es dafür nicht.

Er hatte sie gekauft, ja, vielleicht. Aber er hatte sie nie besessen, dieser alte Mann, mit dem sie verheiratet gewesen war. Das hatte sie ihm von Anfang an klargemacht, und die Kraft dazu hatte sie aus einer Tiefe ihres Wesens geschöpft, um die vorher nur Gott allein gewußt haben konnte.

»Ich werde Eure Geisel sein; ich werde mich der Öffentlichkeit als Eure scheue und hingebungsvolle junge Frau präsentieren. Ich bin Jungfrau, wie Ihr sehr wohl wißt, da

Ihr auf einer Untersuchung bestanden habt, die diesen Beweis erbringen sollte. Nun, Ihr habt Euren Beweis, Euer Gnaden. Aber Ihr werdet mich nicht gegen meinen Willen nehmen oder mich zu irgend etwas zwingen, denn sonst verspreche ich Euch einen so häßlichen Skandal, daß Ihr Euer Gesicht in der Gesellschaft nicht mehr zeigen könnt. Ich könnte Briefe an die *Times* schicken – und an die Familie meiner Mutter in Amerika. Und falls Ihr je versuchen solltet, mich zu vergewaltigen oder zu mißhandeln, werde ich Euch töten; und wenn mir das nicht gelingt, werde ich mich selbst töten – und das auf höchst dramatische Weise, das versichere ich Euch. Haben wir einander also verstanden, mein Gatte?«

Es war Richard gewesen, der ihr klargemacht hatte, daß die einzige Möglichkeit, nicht zum Opfer zu werden, darin bestand, einem Gegner in die Augen zu schauen, ohne die eigene Angst zu zeigen. Und was hatte sie schon zu befürchten gehabt? Ihr Vater hatte keine Macht mehr über sie, und jetzt, da sie mit diesem alten Mann verheiratet war, dessen höchstes Ziel darin bestand, nach außen hin jung genug zu wirken, um sich eine attraktive junge Frau halten zu können – da fragte sie sich, warum sie ihn überhaupt je gefürchtet hatte. Er hatte Angst vor ihr, vor dem Tratsch, vor dem Dämon des Alters und vor allem vor seinen beiden Söhnen, die beide älter waren als seine zweite Frau. Er hatte sie als Symbol und als Besitz gewollt, und er konnte es nicht ertragen, wenn die Leute ihn wegen seiner Torheit auslachten oder ihm das Gefühl gaben, sich lächerlich gemacht zu haben. In seinem Alter war Lüsternheit eine Sache, die Erfüllung seiner Begierden aber eine ganz andere. Schließlich hatte er erfahrene Mätressen, die genau wußten, wie sie ihn erregen und befriedigen konnten – und schließlich konnte er sich ja immer vorstellen, daß es seine tugendhafte, kleine Ehefrau war, die all diese Dinge mit ihm tat.

Also hatten sie ein Abkommen getroffen, und sie spielte ihre Rolle wie versprochen, ohne daß jemals auch nur der

Hauch eines Skandals auf ihre Ehe gefallen wäre oder jemand von diesem Arrangement erfahren hätte; ein Arrangement, das ein Ende fand, als ihr Mann zuvorkommenderweise in Wien an der Syphilis starb, wohin er gefahren war, um vielleicht Heilung zu finden. Sie waren mehr als zehn Jahre verheiratet gewesen, aber Wilhelmina war immer noch eine junge Frau, die nun endlich auf eigenen Füßen stand.

Ihr gegenwärtiges Leben gefiel ihr, und ein verstohlenes Lächeln zog ihre Mundwinkel nach oben, bis Mr. Pemberton warnend hüstelte, um sie aus ihrer Tagträumerei herauszureißen. Sie würden ihren Bestimmungsort in Kürze erreichen, bemerkte er, und es gab noch einige Dinge, die sie vor ihrer Ankunft besprechen mußten.

O ja, all diese geschäftlichen Angelegenheiten, die vielen Formalitäten, um die man sich kümmern mußte. Die richtige Ausdrucksweise – ein paar Worte auf einem Stück Papier können von so ungeheurer Bedeutung für das Leben eines anderen Menschen sein.

Und wegen eines rechtsgültigen Dokumentes, wegen alter Bande und, jawohl, weil Richard ihr Held gewesen war, ihr Freund und ihr geliebter Bruder, wußte Willie jetzt (so wie er es gewußt haben mußte, als er all das in Bewegung setzte), daß sie tun würde, was er wollte, daß sie die Verantwortung übernehmen würde, die er ihr aufgebürdet hatte.

Für seine Tochter, die Tochter Mariannas.

»Also«, sagte Tante Gertrude schroff, als sie Celia zu einer *Unterredung* vom Frühstückstisch weg und in die Bibliothek schleifte. »*Also.* Ich habe eine überaus unangenehme Nachricht bekommen. Sie trotzt jeder Logik, jedem Sinn für Anstand. Nach allem, was wir getan haben, nach *all* dieser Zeit . . .! Nun, Celia, lies das und bilde dir dein eigenes Urteil. Ich *weiß*, du wirst meiner Meinung sein, daß das völlig unmöglich ist.«

Sie drückte das Telegramm in Celias zitternde Hände.

Gütiger Gott, was ist denn *jetzt* schon wieder? überlegte

Celia, als sie ihren Blick von dem zornigen Gesicht ihrer Tante abwandte und das Stück Papier in ihren Händen betrachtete.

Sie wollte es nicht lesen. Was es auch war, es hatte Tante Gertrude in fürchterliche Laune versetzt, und sehr wahrscheinlich würde sie, Celia, alles noch verschlimmern, ganz gleich, was sie tun mochte.

»Lies es«, befahl Tante Gertrude, und Celia holte tief Luft, bevor sie sich zwang, ihren Blick auf das Papier zu heften ... das Telegramm ... die Worte – sie verstand sie kaum, mußte alles dreimal lesen und ...

»... nach dem Willen ... des verstorbenen Penmaris ... geht die Vormundschaft an seine Schwester über, die Herzogin von Millhaven ..., die bei ihrer Ankunft ... die volle und ausschließliche Verantwortung übernehmen wird ...«

Der Boden unter ihren Füßen schien zu schwanken; Celia hatte das Gefühl, auf Treibsand zu stehen.

Wie konnte ihr Vater ihr das antun? Das war nicht fair! Es war nicht richtig! Wieder einmal sollte sie entwurzelt und von allem weggerissen werden, was ihr vertraut war, und womöglich würde man sie noch weiter von Ronald entfernen. Keine der Predigten ihres Onkels, die mit Sicherheit folgen würden, konnten sie jemals mit der Tatsache versöhnen, daß sie keinen Einfluß auf ihr Leben und ihre eigene Zukunft hatte.

Und Tante Gertrude stand immer noch erwartungsvoll vor ihr.

Sie schluckte. »Ich – ich weiß nicht, was ich sagen soll.«

»Natürlich weißt du das«, widersprach ihr Tante Gertrude. »Du sagst: ›Nein, danke‹, und dann suchen wir uns einen Rechtsanwalt, der eine Möglichkeit finden wird, diesen abscheulichen Testamentszusatz außer Kraft zu setzen.«

Oh, was jetzt? Was jetzt? Sie wußte nicht, ob sie *nein, danke* sagen wollte; sie wußte überhaupt nichts mehr. Wie sollte sie herausfinden, was sie wirklich wollte?

Nein, sie wußte es doch: Sie wollte in ihr Zimmer laufen und so tun, als sei dieses schreckliche Telegramm einfach nie gekommen. Und vor allem mußte sie von ihrer Tante weg, die wie ein Raubvogel über ihr zu kreisen schien.

Warum konnte sie nicht einfach hierbleiben – und die Schwester ihres Vaters ebenfalls?

O Gott, *was* konnte sie nur sagen, um Tante Gertrude zu beschwichtigen?

»Ich – ich bin vielleicht nicht alt genug, um in dieser Sache ein Mitspracherecht zu haben, Tante Gertrude«, stieß sie schließlich hervor, obwohl ihre Stimme bei dieser kühnen Bemerkung beträchtlich zitterte.

Tante Gertrude, die bisher im Zimmer auf und ab gelaufen war, blieb jäh stehen. »Nein, wahrscheinlich hast du tatsächlich nichts zu sagen; ein Jammer.« Sie sah ihre Nichte nachdenklich an. »Das muß natürlich ein Schock für dich sein, vor allem nach all den Bequemlichkeiten, die du bei uns kennengelernt hast, und dem sorglosen Leben, das wir dir ermöglicht haben. Ich habe meine *Pflicht* getan, und ich werde mich vor keinem Menschen ducken. Niemand kann meine guten Absichten bestreiten, nicht einmal die Schwester deines Vaters. Nun denn, ich werde mich schon um sie kümmern, wenn sie kommt, Celia. Was du jetzt brauchst, ist ein wenig Zeit, um diese Neuigkeit richtig zu begreifen. Du darfst dich auf dein Zimmer zurückziehen. Wir werden uns später noch einmal über die Sache unterhalten.«

Wortlos gab Celia ihr das Telegramm zurück und verließ mit der Schicklichkeit, die man von einem Mädchen ihres Standes erwarten konnte, den Raum.

Und dann rannte sie los, stürmte geradezu ihrem Zimmer entgegen und warf sich auf ihr Bett, um mit tränenüberströmtem Blick die Rosette in der Mitte der Zimmerdecke anzustarren.

Warum? Warum hatte ihr Vater damals überhaupt zugelassen, daß man sie aus einer Umgebung entfernte, die sie über alles geliebt hatte? Ach, sie wußte es ja, sie wußte es: Er hatte gesagt, es sei zu ihrem eigenen Besten, aus der Wärme und Liebe, mit der sie aufgewachsen war, in die Kälte der englischen Gesellschaft geschickt zu werden, wo man Gefühle grundsätzlich tief im Innern begrub.

Und sie hatte ihre Lektionen gelernt, wahrhaftig! Nur für ihn hatte sie alles getan, was ihre Tante von ihr verlangte.

Aber er war nicht gekommen, um ihr Beifall zu spenden; statt dessen war er auf einer seiner rätselhaften Reisen gestorben, und das, ohne ihr auch nur anzudeuten, daß er über ihr weiteres Leben verfügt hatte und daß sie von einem Vormund zum anderen weitergereicht werden sollte, bis sie endlich volljährig war.

Und würde sich ihre Lage wirklich verändern, wenn sie einundzwanzig wurde? Vielleicht hatte er noch andere Arrangements getroffen, von denen sie nichts wußte ...?

Oh, es war einfach unerträglich, darüber nachzudenken – es war zuviel!

Sie drehte sich um, hämmerte mit den Fäusten auf ihr Kissen und biß sich auf die Unterlippe, um nicht laut zu schreien.

Sie war doch kein Pferd und keine Kuh. Sie war doch kein *Ding!*

O Ronald, Ronald, wo bist du? Warum konnten wir nicht einfach durchbrennen, als du das letztemal hier warst? Dann würde ich jetzt dir gehören und nicht jedem, der zufällig zu meinem Beschützer ernannt wird ...

Aber wie konnte sie sich gegen ein Regelsystem auflehnen und gegen Gesetze, die seit Jahrhunderten Gültigkeit hatten? Frauen waren einfach Besitztümer, gehörten mit Leib und Seele den Männern, und kaum je wagte es eine, sich dagegen aufzulehnen.

Aber manchmal, manchmal gab es auch Frauen, die den Spieß umdrehten ...

Bei diesem Gedanken setzte sich sich plötzlich auf und wischte sich die Tränen aus dem Gesicht. Frauen wie ihre Tante Wilhelmina, wenn das, was Tante Gertrude ihr erzählt hatte, der Wahrheit entsprach.

Ihr neuer Vormund sei eine feine Dame, hatte Tante Gertrude gesagt. Und doch – und doch –, jetzt, da sie Witwe war, machte sie sich einen Spaß daraus, die steifen Regeln zu mißachten.

Aus Tante Gertrudes Mund hatte das nach Sünde geklungen, aber Celia erschien es wie ein großer Sieg. Vielleicht war Tante Wilhelmina schließlich doch keine so schlechte Besetzung für die Rolle ihres Vormunds.

Außerdem konnte sie ohnehin nichts tun, um die Sache zu verhindern; sie konnte lediglich ihr geheimes Selbst und ihre geheimen Träume verborgen halten, bis Ronald sie holen kam.

Für den Augenblick würde sie sich mit der Tatsache abfinden müssen, daß sie keine Wahl hatte. Dieser Zusatz zum Testament ihres Vaters hatte ihr jede Entscheidung abgenommen, und sie würde ihre Pflicht tun, wie ihr Vater es gewünscht hatte.

Wie Ronald es wünschen würde. Ronald, der den Ausdruck ›Pflicht‹ so gut verstand, würde ihre Zwangslage gewiß begreifen.

Der Gedanke daran, daß Tante Wilhelmina *ein wenig* unkonventionell war, tröstete sie sehr, und nachdem sie sich das Gesicht gewaschen und sich von Alice dabei hatte helfen lassen, sich zum Dinner umzukleiden, stellte sie zu ihrer eigenen Überraschung fest, daß sie sich direkt darauf freute, die Schwester ihres Vaters kennenzulernen.

Aber nie hätte sie sich ausmalen können, was für eine Frau ihre Tante Wilhelmina in Wirklichkeit war. Niemals.

Tante Wilhelmina war groß – beinahe unschicklich groß –, aber nach der allerneuesten Mode gekleidet.

Und sie war nicht alt. Celia hatte eine ziemlich alte Frau erwartet, aber Wilhelmina konnte höchstens Mitte Dreißig sein.

Und sie war schön, mit ihrem kastanienbraunen Haar, das sie hochgesteckt trug und das ihre funkelnden, topasfarbenen Augen und ihr makelloses Profil noch betonte.

Sie hätte einem Magazin entstiegen sein können, ganz kühl, gelassen, selbstbeherrscht und nicht im mindesten eingeschüchtert oder verunsichert von Tante Gertrude.

Celia konnte sich von ihrem Anblick gar nicht losreißen. Die vielgeliebte Schwester ihres Vaters – sie schien kaum älter zu sein als Celia selbst.

Und im Gegensatz dazu Tante Gertrude, die wild gestikulierte und auf sie einredete, die viel zuviel redete, weil sie sich zwischen Tante Wilhelminas offensichtlicher Verachtung und ihren eigenen Ansichten über Schicklichkeit und *Pflicht* hin- und hergerissen fühlte.

Tante Wilhelmina war beeindruckend; sie ließ sich von Tante Gertrude keinen Augenblick aus der Fassung bringen, selbst bei ihrer Ankunft nicht, wohingegen Celia fühlte, daß sie schon in dieser Situation in Tränen ausgebrochen wäre.

»Wilhelmina«, rief Tante Gertrude mit dem Versuch, ihrer Stimme eine gewisse Wärme zu geben, und streckte der anderen Frau die Hände entgegen.

Tante Wilhelmina berührte sie kühl und sagte nur: »Nennen Sie mich Willie«, woraufhin Tante Gertrude Hände und Unterkiefer gleichzeitig sinken ließ.

Dann drehte Tante Wilhelmina sich zu Celia um und breitete die Arme aus. »Du mußt Celia sein. Ich bin Willie, und ich habe mich *sehr* darauf gefreut, dich kennenzulernen.«

Celia spürte es sofort: Das Leuchten, die Wärme und die Herzlichkeit, mit der sie umarmt wurde, gaben ihr das Gefühl, *erwünscht* zu sein.

»Ich bin so froh, daß du gekommen bist«, entfuhr es Celia, bevor ihr klar wurde, wie das in Tante Gertrudes Ohren klingen mußte.

»Nun, natürlich«, fuhr Tante Gertrude dazwischen. »Wir *alle* sind froh, daß du gekommen bist. Wir müssen natürlich über Celias Zukunft reden, jetzt, da sie deiner Obhut unterstellt ist.«

»O ja«, erwiderte Willie. »Ich möchte vor allem meine

Pläne für Celia besprechen. Ich kann dir gar nicht sagen, wie ernst ich meine Verpflichtungen meiner Nichte gegenüber nehmen werde. Mein Bruder hätte das so gewollt.«

Daraufhin wandte sie sich an Celia, die immer noch dastand und sie sprachlos anstarrte; so sehr war sie damit beschäftigt herauszufinden, ob dieses so überaus gefaßte Geschöpf wirklich meinte, was es sagte, oder ob Wilhelmina sich nur über Tante Gertrude lustig machte, ohne daß diese es überhaupt bemerkte.

»Ich bin ja so froh, das zu hören«, sagte Tante Gertrude. »Wir gehen am besten in den Salon – nein, du nicht, Celia. Deine Tante und ich haben viel zu besprechen, und wenn wir fertig sind, werde ich dich herzlich gern über unsere Entschlüsse in Kenntnis setzen.«

Celia öffnete den Mund, um zu protestieren, schloß ihn jedoch wieder, als sie sah, daß Tante Willie unmerklich ihren wohlfrisierten Kopf schüttelte.

»Du gehst auf dein Zimmer«, befahl Tante Gertrude.

Das tue ich nicht! dachte Celia rebellisch.

»Ich schicke nach dir, wenn wir soweit sind. Und jetzt geh, Celia.« Tante Gertrude blieb stehen, bis Celia sich widerwillig entfernt hatte. »Ich möchte sehen, wie du diese Treppe hinaufgehst.«

Celia preßte die Lippen aufeinander, ballte ihre Hände zu Fäusten und ging die Treppe hoch.

Sie hatte gehofft, ihre Tante würde sich umdrehen, so daß sie wieder hinunterschleichen und an der Tür horchen konnte, aber Tante Gertrude sah ihr nach, bis sie wirklich oben angekommen war.

Typisch Tante Gertrude; sie mußte natürlich ganz sicher sein, daß Celia in ihrem Zimmer war, bevor sie sich wieder Willie zuwandte und mit einer kleinen Handbewegung auf die Tür des Salons wies.

Willie trat höflich ein, setzte sich auf eines der steifen Sofas neben dem Kamin und wartete darauf, daß Tante Gertrude die Tür schloß und sich zu ihr gesellte.

»Wollen wir unseren Tee nehmen?« fragte Wilhelmina, als sei sie die Gastgeberin und nicht Gertrude.

Gertrude schaute verblüfft auf und stieß dann zwischen zusammengepreßten Zähnen hervor: »Ich werde ihn sofort bringen lassen.« Sie streckte die Hand aus und riß wütend am Klingelzug.

Wenigstens fünf Minuten vergingen, während derer Willie es vorzog, nicht auf die wesentlichen Dinge zu sprechen zu kommen. Das ärgerte Gertrude nur um so mehr.

Und dann war es auch Willie, die den Tee einschenkte, als er endlich serviert wurde; sie reichte Gertrude eine Tasse, hob ihre eigene anmutig an die Lippen und nahm einen tiefen Schluck.

»Wunderbar, Gertrude. Hübsches Service. Ich sehe, daß meine Nichte hier wirklich alle Annehmlichkeiten hatte.« Dann stellte sie ihre Tasse ab. »Jetzt möchte ich dir aber erzählen, was ich im einzelnen vorhabe. Du wirst sicher erfreut sein zu erfahren, meine liebe Gertrude, daß ich Celia mit nach London nehmen werde.«

Sie hielt inne und wartete auf eine verächtliche Bemerkung seitens ihrer Gastgeberin; als sie jedoch sah, daß die ältere Frau klugerweise schwieg, fuhr sie in demselben leichten, kühlen Tonfall fort: »Und ich habe natürlich die Absicht, sie in die Gesellschaft einzuführen.«

Wilhelmina legte eine Kunstpause ein – um ihren Worten noch größere Bedeutung zu verleihen –, denn sie war sicher, daß Celia mittlerweile an der Tür horchte; schließlich hatte sie bewußt dafür gesorgt, daß das Mädchen genug Zeit hatte, die Treppe wieder herunterzukommen, bevor sie mit ihrem Angriff auf die Bischofsgattin begann.

Und Gertrude enttäuschte sie nicht. Klirrend setzte sie ihre zarte Porzellantasse auf die Tischplatte.

Wilhelmina wartete, und als Gertrude es immer noch schaffte, eisiges Schweigen zu bewahren, sagte sie: »Mein geliebter Bruder Richard, dessen größter Wunsch dies ist – wie es in seinem Testament heißt –, hat mich mit den nötigen Mitteln versehen, Celia wie eine Prinzessin auszustatten.«

Gertrude sagte kein Wort, und Wilhelmina, die sich den Höhepunkt ihrer Eröffnungen gekonnt bis zum Schluß aufgehoben hatte, setzte hinzu: »Und wir werden gleich morgen nach London aufbrechen – denn wir haben ja so viele Dinge in so kurzer Zeit zu erledigen.«

Ah! Gertrude war erzürnt. Sie stand abrupt auf und wirkte dabei wie eine Festung unterdrückten Zorns. »Das kann ich nicht zulassen.«

»Pardon?« fragte Wilhelmina höflich, während sie abermals nach ihrer Tasse griff. »Oh, möchten Sie vielleicht noch etwas Tee, Gertrude?«

Gertrude sah aus, als würde sie Wilhelmina am liebsten die Teekanne an den Kopf werfen. Was für eine unverschämte Person, dachte sie – hier aufzutauchen und einfach *ihr* Mündel zu übernehmen, *ihr* Haus und *ihre* Pflichten als Gastgeberin! Und ihr dann auch noch zu sagen, was Celia tun und was sie lassen würde.

»Ich werde nicht zulassen, daß dieses gute, im christlichen Glauben erzogene Mädchen an die Fleischtöpfe Londons gezerrt und auf dieser Hurenbühne der Londoner Gesellschaft zur Schau gestellt wird.«

»Oh«, sagte Wilhelmina ein wenig erstaunt über Gertrudes leidenschaftlichen Ausbruch. »Nun, da sehe ich keine Schwierigkeiten, denn ich habe nicht die leiseste Absicht, dergleichen zu tun.«

»Vergessen Sie bitte nicht, daß ich mein Bestes gegeben habe, um Celia Anstand und Demut zu lehren. Ich habe sie aus dem heidnischen Milieu gerettet, in dem Ihr Bruder sie hat aufwachsen lassen. Ich hatte gewiß mehr von Richard erwartet, als daß er den Entschluß treffen würde, Celias weiteres Leben ... *Ihnen* ... anzuvertrauen.«

... einer Person wie Ihnen ...

Wilhelmina hörte es so deutlich, als hätte Gertrude es ausgesprochen, und sie stellte sachte ihre Teetasse ab. »Aber was konnten Sie denn anderes erwarten, liebe Gertrude?« fragte sie höflich. »Celia hat ein Zuhause, ist mit allen notwendigen Mitteln ausgestattet und wird nun in den Genuß all der Vorteile kommen, die einem Mädchen ihrer Herkunft zustehen. Natürlich sind die Vorteile einer Ehe mit einem standesgemäßen Mann beträchtlich, wie ich aus eigener Erfahrung weiß – nicht zuletzt besteht die Möglichkeit, beim Tod seines Ehemannes scheffelweise Geld und soviel herrliche Freiheit zu bekommen, wie man mag. Ich denke, das würde Celia gut gefallen. Vor allem, wenn sie wie ich eine wundervolle zweite Ehe eingehen könnte.«

Gertrude stockte der Atem angesichts der widerwärtigen Schamlosigkeit dieser Bemerkung, und sie erhob sich abermals, um allein durch die Tatsache, daß sie stand und die andere Frau saß, eine Art Überlegenheit zu gewinnen.

»Ich werde mir Ihre Schamlosigkeiten nicht länger anhören, und seien Sie versichert, daß ich diese Maßnahme – dieses Testament – anfechten werde bis zu meinem letzten Atemzug.«

»Ach bitte, ersparen Sie sich doch die Mühe. Wir brechen morgen auf, und Sie werden dann keine Schwierigkeiten mehr mit uns haben.«

»Schwierigkeiten?« wütete Gertrude. »*Schwierigkeiten?* Schwierigkeiten sind genau das, was Sie diesem Kind bereiten werden, wenn Sie es mit zu diesen gottlosen Heiden nach London nehmen, und das, obwohl Sie Celias Geschichte kennen und wissen, wer ihre Mutter war. Es würde mich nicht im geringsten überraschen, wenn sie eines Tages in *Schande* hierher zurückkehrte. Aber ich werde warten – denn ich bin eine gute Christin und weiß, was meine *Pflicht* ist.«

Sie stolzierte zur Tür, ohne das leise Scharren dahinter wahrzunehmen, das Wilhelmina verriet, daß Celia davongelaufen war, um sich zu verstecken.

»Sie werden mir vergeben, wenn ich das Abendessen nicht mit Ihnen zusammen einnehme. Sie haben mir jeden Appetit verdorben, und ich muß mir etwas Zeit gönnen, um wieder zu mir zu kommen.«

Die Tür fiel krachend ins Schloß; das Porzellan klirrte.

Wilhelmina saß gelassen da, wartete und schenkte sich eine weitere Tasse Tee ein, während sie im Geiste die Minuten zählte.

Drei ... vier ... fünf ... Gertrude mußte mittlerweile lang ausgestreckt auf ihrem Bett liegen, dachte sie, und der Gedanke daran bereitete ihr diebisches Vergnügen.

Sechs ... vielleicht war auch der Bischof andernorts beschäftigt? Hoffentlich leistete er seinem Drachen von Ehefrau Beistand. Acht – der Tee wurde kalt, und sie mußte dem Impuls widerstehen, nach Gertrudes Mädchen zu läuten, um ihn aufwärmen zu lassen.

Neun – stickiges altes Haus, dachte sie, absolut lächerlich, so etwas als Vormund für ein junges Mädchen.

Zehn – die Tür öffnete sich knarrend und fiel kurz darauf mit kaum hörbarem Klicken wieder ins Schloß.

Und dann hörte sie, wie Celia leise Beifall klatschte, drehte sich um und breitete die Arme aus.

Celia lief auf sie zu und kniete neben ihrem Stuhl nieder.

»Oh, das war einfach wunderbar, Tante Willie. Ich weiß nicht, wie du es fertigbringst, ihr so die Stirn zu bieten.«

Willie streckte die Hände aus und strich dem Mädchen über das üppige Haar.

»Es war so einfach, Celia, mein Liebes. Du hast ja keine Ahnung. Und wir werden bestens miteinander auskommen – gerade, *weil* ich deine Geschichte kenne. Und ich hasse die Regeln und Einschränkungen und die Schicklichkeit genauso, wie du es wahrscheinlich tust, wenn du auch nur ein kleines bißchen deinen Eltern nachschlägst!«

Von nun an bis zur Abreise hatte Celia das Gefühl, als sei ihre ganze Welt auf den Kopf gestellt worden. Sie war überwältigt, hin- und hergerissen zwischen Erregung und Angst, wünschte sich verzweifelt, mit Tante Willie gehen zu können, und fürchtete nur, Tante Gertrude werde im letzten Augenblick doch noch eine Möglichkeit finden, sie festzuhalten.

Tante Gertrude hatte trotz ihrer Ankündigung widerwillig am Abendessen teilgenommen; wie hätte sie auch dem Tisch fernbleiben können, nachdem sie sich schließlich auf ihre Manieren besonnen hatte?

Und Tante Willie manövrierte sie gekonnt in die Ecke, indem sie sehr höflich feststellte: »Sie werden das Testament meines Bruders nicht anfechten, Gertrude.«

Gertrude richtete sich zu ihrer vollen Größe auf. »Warum sollte ich das nicht tun? Wir sind Celias Familie; wir haben ihr ein Zuhause gegeben. Als Richard seiner Verantwortung nicht mehr nachkam, haben wir dafür gesorgt, daß ihr eine Erziehung zuteil wurde, sowohl im moralischen wie auch im geistigen Sinne. Und jetzt – *so etwas!*«

»Es gibt keine Möglichkeit, Richards Testament anzufechten. Es würde Sie nur Zeit und Geld kosten, eine Menge Geld, viel mehr Geld, als Sie zu Ihrer Verfügung haben, und viel weniger, als ich selbst besitze«, erwiderte Willie scharf. »Sie mögen vielleicht den Wunsch verspüren, sich wegen dieser Angelegenheit in Schulden zu stürzen, Gertrude, aber ich hoffe doch, daß Sie zu guter Letzt davon Abstand nehmen werden. Die Dokumente sind so hieb- und stichfest, wie sie nur sein können, und es wird Ihnen nichts als Kummer bereiten, wenn Sie schließlich doch nachgeben müssen.«

»Ich verstehe«, sagte Tante Gertrude grimmig, und Celia konnte beinahe sehen, wie aus dem lodernden Kampfesfeuer in Gertrudes Augen glühende Kohlen des Hasses wurden.

Und Onkel Theo mit seinem beharrlichen Schweigen machte die Sache ganz gewiß nicht besser.

Aber jetzt kam es nur noch darauf an, das Dinner durchzustehen und Tante Gertrudes offensichtliche Mißbilligung zu ignorieren. Celia hatte sich in eine Märchenprinzessin verwandelt, Tante Gertrude war nicht länger die böse Hexe, und ihre Ansichten und Regeln würden in Zukunft nicht mehr zählen.

»Da wäre einmal natürlich das Stadthaus«, sagte Willie

bei der Suppe. »Ein schönes Haus, Celia. Jede Menge Diener. Wir müssen selbstverständlich eine Kammerzofe und einen Lakaien für dich in Stellung nehmen. Wir reisen nie ohne eine Kammerzofe und einen Lakaien«, fügte sie an Tante Gertrude gewandt mit ausgesuchter Höflichkeit hinzu.

»Deine eigene Kutsche«, fuhr sie fort, nachdem der erste Gang serviert war. »Und du kannst dein Zimmer natürlich ganz so einrichten, wie es dir gefällt . . .«

»Blasphemie!« murmelte Tante Gertrude, während sie mit ihrem Messer herumfuchtelte, als würde sie es am liebsten direkt in Tante Willies farbenprächtige Beschreibungen bohren.

»Ich bin sicher, dein Vater würde das so wünschen«, sagte Tante Willie mit einem wissenden, kleinen Lächeln. »Sonntags gehen wir natürlich in die Kirche. In der Stadt zu sein heißt nicht, unsere Seelen zu vernachlässigen. Wir werden gerade rechtzeitig kommen, um uns noch für die Saison vorzubereiten. Ich habe schon viel über deine Garderobe nachgedacht, Celia, und . . .«

»Ich fühle mich ein wenig unwohl«, warf Tante Gertrude ein und stand so plötzlich auf, daß sie dabei beinahe ihren Stuhl umgekippt hätte. Sie konnte es nicht ertragen, an all das schöne Geld zu denken, das ihr so sehr am Herzen gelegen hatte und das jetzt an Celia verschwendet werden sollte – Zimmer, Kammerzofe – Garderobe . . . Das war wirklich genug, um eine anständige Frau in eine Ohnmacht zu stürzen. All diese lasterhafte, heidnische Verschwendung! Das Ganze würde Celia lediglich den Kopf verwirren und sie alles vergessen lassen, was Gertrude ihr je beigebracht hatte!

Nun, man würde ja sehen! Celia würde nichts von dem vergessen, was sie unter ihrem Dach gelernt hatte, dachte Gertrude böse, während sie sich zwang, weiterhin die Ruhe zu bewahren, ihr Essen herunterzuwürgen und die wissenden, zwinkernden Blicke zu ertragen, die Willie mit ihrer Nichte tauschte.

Und Celia konnte deutlich sehen, daß Tante Gertrude noch nicht mit ihr fertig war.

Noch lange nicht. Am folgenden Morgen überreichte der Onkel ihr, als wolle er sie damit wieder auf den Boden der Tatsachen zurückholen, eine in Leder gebundene Bibel mit passender Inschrift und säuberlicher Unterstreichung gewisser Passagen. Er gab ihr außerdem ein schmales Bändchen mit einigen seiner mahnenden Predigten, das er privat veröffentlicht hatte.

»Ich werde ein besseres Gefühl bezüglich deines Abschieds von uns haben, wenn du mir versprichst, dich diesen Büchern zuzuwenden, falls du Probleme oder Fragen hast, die du allein nicht lösen kannst«, erklärte er ihr mit sanfter Stimme und traurigen Augen.

Wie konnte sie ihm diese letzte Bitte verwehren? Und es würde auch keine Lüge sein; sie würde die Bibel lesen, sie würde es *wirklich* tun.

Und dann kam Tante Gertrude, die ihr auch noch eine kleine Predigt ihrer eigenen Machart mit auf den Weg geben wollte, voller Erinnerungen daran, daß sie, Celia, aufgewachsen und dazu erzogen war, eine junge *Dame* zu werden, und daß sie daher weder der Versuchung noch einer schmutzigen Umgebung gestatten durfte, sie in irgendeiner Weise vom richtigen Wege abzubringen.

Und in keiner gesellschaftlichen Situation gehöre es sich, sich vorzudrängen oder zu versuchen, Aufmerksamkeit zu erregen.

»Aber Tante – wenn man mir einen öffentlichen Hofknicks vor der Königin beibringt, brauche ich doch wohl keine Angst zu haben, *vorzutreten* ...«, protestierte Celia, in der Hoffnung, ihre Tante von einer langen und mühsamen Tirade abzubringen, die sie beide nur ermüden würde.

»Um Himmels willen, Celia, ich meine, du solltest doch wohl wissen, was ich sagen will. Stell dich nicht absichtlich dumm – das gehört sich nicht für ein Mädchen deines Alters. Natürlich habe ich nicht von deiner offiziellen Vorstellung bei Ihrer Majestät gesprochen, sondern von gewissen anderen Dingen, denen du zweifellos ausgesetzt sein wirst. Es gibt da einige – nun, sagen wir, *leichtlebige* Elemente in dieser sogenannten *Gesellschaft* . . . Die Marlborough-House-Gesellschaft zum Beispiel und diese Amerikanerin, Jenny Churchill, die so eng mit dem Prinzen von Wales befreundet ist – *und* mit deiner neuen Beschützerin. Nun ja, ich erwarte nicht, daß du begreifst, welche Fallen und Prüfungen deiner harren könnten, aber ich vertraue darauf, daß du an den Prinzipien und der Selbstdisziplin festhalten wirst, die der Bischof und ich selbst dir nach bestem Wissen und Gewissen einzuschärfen versucht haben.«

Ihre Tante machte eine Atempause und stieß dann ein verächtliches Schnauben aus. »Wir werden für dich beten, Celia – und ich hoffe, du vergißt nicht, daß du immer auf unsere Führung und unseren Rat zählen kannst, wenn du Hilfe brauchst. Und ich bitte dich, laß dir nichts von diesem Unsinn zu Kopf steigen. Du wirst unter genauester Beobachtung stehen, vor allem in Anbetracht deiner . . . nun, das spielt keine Rolle. Du hast da einen netten und anständigen jungen Mann, der gelobt hat, dich zu heiraten, und ich bin sicher, du wirst nichts tun, was sein Vertrauen in dich zerstören könnte.«

Wieder legte Tante Gertrude eine Pause ein; es sah aus, als wollte sie noch etwas hinzufügen, dann aber schloß sie entschieden den Mund und wartete auf Celias Antwort.

»Ich danke dir, Tante Gertrude«, konnte Celia mit einiger Mühe hervorstoßen, obwohl ihr Herz wie wild schlug.

Ronald! O mein Gott, was für ein Gedanke, daß sie ihn über all der Aufregung um ein Haar vergessen hätte! Sie mußte ihm sofort schreiben und alles erklären: das Testament und die Gründe, warum sie mit Tante Willie gehen mußte, ihre neue Adresse in London . . .

Oh, warum mußte Tante Gertrude unbedingt ein Gesicht machen, als würde sie, Celia, sich den tiefsten Höllenschlünden ausliefern?

Wenn sie doch nur ihr Leben und ihre Zukunft selbst in die Hand nehmen dürfte. Trotz Tante Willies Großzügigkeit wußte Celia bereits, was sie wollte, und es war so einfach und hatte überhaupt nichts mit London oder der Gesellschaft oder den Regeln der Etikette zu tun.

Alles, was sie wollte, war, nach Ceylon zurückzukehren, um Ronalds Frau zu werden, die Braut des Teepflanzers.

Kapitel 3

Celia mußte feststellen, daß sie überhaupt keine Zeit mehr für sich hatte, nachdem sie in London angekommen waren und ihre ›Ausbildung‹ (wie Tante Willie es entschuldigend nannte) begonnen hatte.

Es gab so viel zu lernen. Andere Sitten, andere Uhrzeiten, zu denen man gewisse Dinge tat, eine völlig andere gesellschaftliche Etikette; und dann waren da natürlich noch die ungezählten Anproben für die modischsten Gewänder für jeden denkbaren Anlaß, angefangen von Ascot zu Beginn des Frühlings bis hin zu Cowes im Spätsommer; sie brauchte Morgenkleider und Ballkleider und Nachmittagskleider, und Gott behüte, daß sie ein und dasselbe Kleid zu mehr als einem gesellschaftlichen Ereignis trug.

Außerdem mußte sie Tanzstunden nehmen und Unterricht in beinahe jeder gesellschaftlichen Disziplin – vom Hofknicks (zu dem man das Knie beugen und gleichzeitig die unvermeidliche Schleppe des Gewandes aus dem Weg fegen mußte, wie Tante Willie ihr eines Tages beim Tee demonstrierte) bis hin zur Kunst des diskreten Flirts.

»Sieh her – *so* muß man das machen«, sagte Tante Willie mit verständnisvollem Lächeln. »Versuch nur nicht darüber nachzudenken, wie lächerlich das Ganze wirkt; tu's einfach. Es ist nicht weiter schwierig, du brauchst es nur ein paarmal vor dem Spiegel zu üben, während du an etwas anderes denkst, und schon hast du den Bogen raus. So habe ich es jedenfalls gemacht. Ich habe das Ganze als ein törichtes Spiel betrachtet und mir eingeredet, über dem Unsinn und den Ritualen zu stehen. Dann habe ich festgestellt, daß ich, wenn ich das Spiel nach *ihren* Regeln spielte, ansonsten tun konnte, was *ich* wollte. Und natürlich möchtest du ja nicht, daß die Leute dich seltsam finden und dir eine armselige erste Saison bescheren. Deine persönliche Note kannst du später noch entwickeln – was du ganz gewiß tun wirst. Aber für den Augenblick glaube ich, solltest du die letzten Wünsche deines Vaters respektieren. Er wollte, daß du etwas von der Welt kennenlernst, daß du deinen Horizont erweiterst. Das alles lag ihm wirklich am Herzen; er hat mir deswegen sogar geschrieben.«

Celia hielt mitten in ihrem Knicks inne. »Er – hat – *dir* – geschrieben?«

Sie ließ ihr bereits ausgestrecktes Bein sinken und verzichtete auf das lässige Beiseitewerfen ihrer eingebildeten Ballkleidschleppe. »Er hat dir geschrieben – und *mir* nicht?«

Ein tiefer Kummer, an dessen Stelle gleich darauf das entsetzliche Gefühl der Zurückweisung trat, durchzuckte sie. Hatte er Willie mehr geliebt als sie? Warum hatte er ihr nicht auch geschrieben und ihr erklärt, was er sich für ihr zukünftiges Glück und ihr Wohlergehen wünschte? Wie so oft quälte sie der peinigende Gedanke, warum ihr Vater ihr niemals seine Liebe gezeigt hatte. Lag es daran, daß sie ihrer Mutter zu sehr ähnelte? Was war wirklich zwischen ihren Eltern vorgefallen, daß ihr Vater sich in einen harten, distanzierten Fremden verwandelt hatte?

»Er hat mir geschrieben«, sagte Willie schließlich, nachdem sie Celia einige Sekunden Zeit gelassen hatte, diese Neuigkeit zu verdauen. Sie war ein wenig bestürzt zu sehen, wie schlecht Celia diese Enthüllung aufnahm; sie hätte gern alle möglichen Fragen gestellt, wußte aber instinktiv, daß Celia ihr nichts erzählen würde. Zumindest jetzt noch nicht.

Celia gingen genau dieselben Gedanken durch den Kopf, als sie nun langsam zu ihrem Stuhl hinüberging und sich Tante Willie gegenübersetzte. Tante Willie hatte sich ihr mit großer Freundlichkeit als Vertraute angeboten, aber trotz ihrer offenkundigen Zuneigung in dieser Hinsicht war Celia immer noch sehr zurückhaltend.

Immerhin war Tante Willie eine Fremde für sie, und sie

war es ohnehin nicht gewohnt, ihre Gefühle mit irgend jemandem zu teilen. Nicht einmal in der Schule hatte sie enge Freundschaften geschlossen. Nie, niemals hatte es jemanden gegeben, mit dem sie auch nur getuschelt oder gekichert hätte; außerdem, welche Geheimnisse hätte sie schon zu bieten gehabt?

Und all ihre Ängste schienen in diese seltsamen Alpträume zu münden, aus denen sie tränenüberströmt und schweißgebadet erwachte, ohne sich jemals an ihren Inhalt erinnern zu können.

Sie hatte gelernt, ihre Gefühle sorgsam zu verbergen, und auch jetzt, während sie Tante Willie am Teetisch gegenübersaß, hatte sie ihre Miene vollkommen unter Kontrolle, so daß sie nichts von dem inneren Aufruhr verriet, den die Nachricht von dem Brief ihres Vaters an ihre Tante in ihr ausgelöst hatte.

Sie würde das alles einfach in ihr Tagebuch schreiben; ihr Tagebuch war ihr bester Freund, ihr Tagebuch ließ sie nie im Stich, und sobald die Worte erst einmal schwarz auf weiß dastanden, würde sie Kraft genug haben, sich mit einem gewissen Maß an Selbstbeherrschung und Gelassenheit der nächsten Widrigkeit zu stellen.

Und irgendwann würde das Gefühl tiefer Enttäuschung schon nachlassen.

Celia war viel zu still, dachte Willie, während sie eine weitere Tasse Tee einschenkte. Warum hatte sie nicht darum gebeten, den Brief ihres Vaters lesen zu dürfen? Sie war zu still, zu fügsam und zu schwer zu durchschauen. Überhaupt nicht wie die jungen Frauen sonst in ihrem Alter: törichte, kichernde kleine Närrinnen, die dauernd erröteten und manchmal ein wenig unbeholfen waren.

Nicht so Celia. Man mußte sich nur ansehen, wie anmutig sie ihre Tasse hielt und daran nippte. So wohlerzogen. So steif. Was mußte das für eine starre und erstickende Welt gewesen sein, in der Gertrude und Theo das Mädchen erzogen hatten.

Aber da war noch etwas. Ein Mangel an Gefühlen vielleicht? Etwas Verborgenes, Verschlossenes in ihr, das beinahe körperlich spürbar war . . . Geheimnisse, an die niemand rühren durfte?

Vieles allerdings verstand Willie nur allzu gut; auch sie war ein einsames und in sich gekehrtes Kind gewesen, und jetzt fragte sie sich, ob sie dieselbe Eigenschaft nicht vielleicht auf Celia übertragen hatte, ob nicht ihre Fantasie mit ihr durchging.

Wie sehr sie sich wünschte, alles richtig zu machen, damit Celia ihre Steifheit aufgab und Spaß an ihrer Londoner Saison haben konnte!

Aber natürlich mußte sie auch berücksichtigen, wie wenig Spaß das Mädchen im Haus des Bischofs gehabt hatte. Wahrscheinlich teilten sie und Celia eine gemeinsame Erfahrung: sie mit ihrem älteren Ehemann und Celia mit der tyrannischen Gertrude.

Beide Menschen waren Despoten gewesen, Herrscher von eigenen Gnaden.

Doch nun waren sie für alle Zeiten verschwunden.

Ein tröstlicher Gedanke. Vor allem, da sie jetzt eine glückliche Herzoginwitwe und obendrein mit einem wunderbaren Amerikaner verheiratet war, der ihr alle Freiheit ließ, die sie sich nur wünschen konnte. Und sie wollte dafür sorgen, daß Celia ebenfalls jede Gelegenheit bekam, ihre Flügel auszubreiten, jawohl.

Genau jetzt würde sie damit beginnen, indem sie aussprach, was Celia nicht zu fragen wagte.

»Möchtest du den Brief deines Vaters gern sehen, Celia?«

Celia sah sie erschrocken an. Das war das allerletzte, was sie von Tante Willie erwartet hätte, und genau das, was sie sich so verzweifelt wünschte. Aber sie hatte das Gefühl, der Inhalt des Briefes, worin er auch bestehen mochte, würde sie möglicherweise noch mehr verletzen.

Sie hob das Kinn und sagte mit vollendeter Höflichkeit – genauso, wie man es sie gelehrt hatte: »Nein, danke,

Tante Willie. Aber wenn du nichts dagegen hast, würde ich mich jetzt gern entschuldigen.«

Willie unterdrückte einen unglücklichen Seufzer, nickte und sah zu, wie Celia sich anmutig von ihrem Stuhl erhob und durch den Salon zur Tür ging.

Sie hat das viel zu ruhig aufgenommen, dachte Willie, während sie nach dem Stubenmädchen klingelte, das das Teeservice abräumen sollte.

Sie machte sich Sorgen; ihr gesunder Menschenverstand schien sie bei Celia im Stich zu lassen, und sie wünschte, sie könnte sich an jemanden wenden, der mehr von Kindern verstand.

Sie dachte an ihren Ehemann, der die weite Reise von Amerika nach England nicht mitgemacht hatte, ihr aber, als sie das Telegramm von Richards Anwalt erhielt, geraten hatte, selbst nach England zu fahren und sich um ihre verwaiste Nichte zu kümmern, um die ihr Bruder sich so gesorgt hatte.

Wie klug er war; was für ein Glück hatte sie in dieser so wunderbaren und unerwarteten zweiten Ehe gefunden!

Und dann war da noch ihr Stiefsohn, Grant, ihre große Freude, das Kind, das sie nie gehabt hatte. Ihr Freund, ihr Verschwörer, ihr Gefährte.

Sie hatte beide Männer, die ihrem Herzen so nahestanden, in einem Aquarellporträt, das über dem Sekretär neben dem Fenster hing, mit nach England gebracht; die beiden saßen im Sattel, sahen geradezu unerträglich gut aus und wirkten auf eigentümliche Weise wie Brüder.

Sie ging zu dem Porträt hinüber und betrachtete es nachdenklich.

Grant – er war jetzt in Paris und würde von dort aus für zwei Wochen nach Schottland fahren, wo er mit Sir Thomas Lipton, der ihn wie einen eigenen Sohn behandelte, auf die Jagd gehen wollte.

Sie dachte über Grant nach und über die Rätsel, die Celia ihr aufgab ... vielleicht konnte Grant sie aus der Reserve locken. Sie stand kurz vor ihrem Debüt und brauchte einen Begleiter, einen gutaussehenden Mann, der ihr für eine Weile den Hof machte, jemanden, der ihr zu Bewußtsein brachte, daß sie eine ausgesprochen hübsche junge Frau war.

Grant war vielleicht die perfekte Lösung ihres Problems. Und es stand zweifellos fest, daß er etwas an sich hatte, das die Frauen ... nun ja, nicht einmal *sie* war immun gegen ihn.

Ein boshaftes Lächeln spielte um ihre Lippen. Er schuldete ihr noch einen Gefallen – dafür, daß sie ihm ein Alibi gegeben und so getan hatte, als habe er mit *ihr* zu Abend gegessen, während er in Wirklichkeit ... Es stellte sich heraus, daß sie ihm eine häßliche Szene mit einem überaus eifersüchtigen Ehemann erspart hatte, und er hatte ihr versprochen, das eines Tages wiedergutzumachen – irgendwie.

Nun, jetzt brauchte sie ihn, und sie würde dafür sorgen, daß er seine Schulden bei ihr bis auf den letzten Penny beglich.

Das Kabel aus England kam mit dem Champagner und den Croissants, die er bestellt hatte. Es war unter das Silbertablett geklemmt, auf dem die gekühlten, frisch gepflückten Trauben lagen, die er zusammen mit seiner hübschen jungen Gefährtin einer köstlich sündhaften Verwendung hatte zuführen wollen.

»Verdammt!« Er merkte erst, daß er laut fluchte, als eine warme, weiche Hand sich unter den zerwühlten Decken nach ihm ausstreckte.

»*Chéri?* Ist etwas passiert?« Gaby, halb Französin, halb Italienerin, war ganz ungezügelte Leidenschaft, im Bett genauso, als wenn sie im Moulin Rouge Cancan tanzte. Es war seine erste Nacht mit ihr, und er hatte sich jetzt auf eine noch genauere Erkundung ihrer Reize gefreut.

Warum zum Teufel mußte seine Stiefmutter ihn so kategorisch zu sich nach London beordern, obwohl sie genau wußte, daß er gerade eine höchst lästige Aufgabe – Investoren für sein Viehsyndikat anzuwerben – hinter sich gebracht hatte und jetzt eine wohlverdiente Atempause genoß? Mit finsterem Blick schaute er auf das dünne, gelbe Blatt Papier. Irgend etwas mußte mit Willies Plänen für dieses Wechselbalg von Nichte schiefgegangen sein; schon jetzt ging sie ihm und seiner gütigen und viel zu großmütigen Stiefmutter auf die Nerven.

Er hatte die zweite Frau seines Vaters ungewöhnlich gern; seine Schwester Heather hatte ihn sogar damit geneckt, daß er ein wenig verliebt in sie sei.

Vielleicht war er das auch; Willie war genau die Art Frau, die ein Mann nie vergaß – bestes Beispiel hierfür war sein Vater, der seine Jugendliebe nach all den Jahren wiedergefunden und vom Fleck weg geheiratet hatte, um sie mit auf seine riesige Ranch in Neu-Mexiko zu nehmen. Dort hatten sie ihre Zeit wie in immerwährenden Flitterwochen verbracht. Willie war dort vollkommen glücklich gewesen und schien sich niemals nach London und dem gesellschaftlichen Leben früherer Zeiten zurückgesehnt zu haben.

Doch dann war dieser Brief gekommen . . . und mit ihm der Ärger, genau wie er es vorausgesehen hatte.

Er war in übelster Stimmung, als er Paris verließ. Gaby bedauerte seinen Abschied nicht weiter und hatte wahrscheinlich schon den nächsten willigen Beschützer gefunden – ein Gedanke, der nicht dazu beitrug, seine Stimmung zu verbessern. Nach einer viel zu langen Reise kam er endlich in London an; er brauchte dringend ein Bad, frische Kleider und eine anständige Erfrischung.

Sein Zorn galt jedoch nicht Willie, sondern dieser Nichte, die in einem Pfarrhaus oder etwas Ähnlichem aufgewachsen und wahrscheinlich ein reizloses, puritanisches, teiggesichtiges, blondes Geschöpf war, das sein Glück nicht im mindesten zu schätzen wußte – nun, er konnte es kaum erwarten, *ihr* seine Meinung zu sagen. Sie hatte seinen Urlaub in Paris ruiniert, und er war fest entschlossen, sie nicht ausstehen zu können.

»Armes, stilles, kleines ... gütiger Gott, *madrastra*, was für ein verdrehtes Wesen willst du mir da aufhalsen? Und warum sollte sich dieses Mauerblümchen vor *mir* fürchten? Hat sie etwa noch nie einen Mann gesehen? Stimmt etwas nicht mit ihr, wovon du mir noch nichts erzählt hast? Denn eins verspreche ich dir, ich werde mir nicht *meinen* Ruf von einem deiner häßlichen Entlein ruinieren lassen!«

Willie sah ihn mit gespielter Ehrfurcht an, während er wie ein Löwe im Käfig in ihrem Privatsalon auf und ab lief und sie herunterputzte, weil sie ihn nach London bestellt hatte.

Und nachdem sie seine Schimpftirade eine ganze Weile wortlos über sich hatte ergehen lassen, blieb er plötzlich stehen und funkelte sie durch schmal gewordene und gefährlich glitzernde grüne Augen an. »Und noch etwas möchte ich ganz klarmachen, *Madame*, es gibt gewisse Grenzen, die ich – *verflucht*, ich lasse mich nicht gern auslachen, selbst wenn aller Welt klar sein muß, daß ich lediglich *dir* einen Gefallen tue. Was für eine Art Frau ist sie, diese – wie hieß sie noch gleich?«

Willie verbarg ihr triumphierendes Lächeln. »Grant, mein Schatz, sieh mich doch um Gottes willen nicht so finster an. Es ist nur ein winzig kleiner Empfang mit einem anschließenden Tanzabend zur Eröffnung dieses wunderschönen Hauses, das wir glücklicherweise mieten konnten. Ja, unsere lieben Freunde werden vollzählig erscheinen, und ich versichere dir, an Celia gibt es überhaupt nichts auszusetzen. Sie hat eine sehr traurige und unnatürliche Erziehung genossen, und sie ist viel zu still. Sie ist gehorsam, weiß sich zu benehmen – sie ist ganz bestimmt *keine* kleine Wilde –, und diese steifen, kalten Leute, die in ihr nichts als eine Pflicht gesehen haben, haben ihr zumindest eine recht ordentliche Ausbildung zukommen lassen.« Sie schwieg eine Weile, bevor sie fortfuhr: »Es war ein schrecklich strenger Haushalt – ihr Onkel ist Bischof, hab' ich dir das schon erzählt? –, und es hat den Anschein, als hätten diese Leute ihr beigebracht, daß es schon eine Sünde ist, ein wenig Freude am Leben zu haben.«

Sie beobachtete seine Reaktion, die an Langeweile grenzte, und fuhr dann scharf fort: »Ich will, daß sie sich attraktiv und ... feminin fühlt. Ich möchte, daß sie sich erfolgreich *fühlt*, damit sie erfolgreich sein wird. Das verstehst du doch? Wenn sie einen Begleiter wie *dich* hat, mein liebster, ach so unwirscher Stiefsohn, um den all die anderen jungen Frauen sie beneiden werden – ganz zu schweigen von ihren Mamas und anderen weiblichen Anverwandten –, wird Celia genau das Prestige genießen, das sie braucht, um all die anderen jungen Männer auf sich aufmerksam zu machen. Grant ...?«

Grant bemerkte das Zwinkern in ihren Augen und stieß leise und mit Gefühl einen spanischen Fluch aus. »Vor ein paar hundert Jahren, *madrastra*, hätte man dich als Hexe verbrannt. Ich hoffe bei Gott, daß ich mich niemals mit einer Frau wie dir einlassen werde.«

»Unfug«, widersprach Willie ihm energisch, »du brauchst eine Frau, die eine ständige Herausforderung für dich bedeutet, Grant Hamilton, oder sie wird dich im Handumdrehen langweilen – genau wie all deine anderen lockeren Vögelchen. Komm, laß uns jetzt nach unten gehen. Ich möchte dich Celia vorstellen.« Sie zog an seinem Ärmel. »Und sei nett zu ihr. Sie ... nun, ich glaube wirklich, daß sich etwas aus ihr machen läßt, Grant, und ich verlasse mich darauf, daß du sie zu einem gesellschaftlichen Erfolg machst.«

Während die Kammerzofe ihr dichtes dunkles Haar zu den bauschigen Locken arrangierte, die die augenblickliche Mode vorschrieb, saß Celia tief in Gedanken versunken an ihrem Frisiertisch. Sie wünschte sich weit weg von diesem Zimmer mit dem goldenen Spiegel und der mit Gewächshausorchideen gefüllten Vase.

Warum, o warum konnte es nicht Ronald sein, der heute abend zu Besuch kam statt ...?

Statt Tante Willies gutaussehendem und faszinierendem (und, wie sie aus seinem Porträt schloß, abscheulich arrogantem) Stiefsohn.

Ronald wäre so stolz auf sie, und sie würde im siebten Himmel schweben, statt sich vor diesem – diesem Amerikaner – zu fürchten, der ihr als offizieller Begleiter aufgezwungen wurde und dessen Redeweise und Manieren sie mit Sicherheit unverständlich oder indiskutabel finden würde.

Sah Tante Willie denn nicht, was für eine Katastrophe das werden mußte?

Celia starrte ihr ziemlich trübseliges Spiegelbild an. *Wenn dieser Mister Hamilton mich für einen hoffnungslosen Fall hält, würde meine Tante vielleicht einsehen, daß sie nur ihre Zeit und ihr Geld verschwendet, wenn sie versucht, mich in die feine Gesellschaft hineinzuzerren.*

Und wie sollte das überhaupt vor sich gehen, nachdem man ihr die notwendige Etikette, die Regeln, die Verhaltensweisen und die Sitten eingebleut hatte, bis sie am liebsten laut geschrien hätte?

Wie konnte man all die Verhaltensmaßregeln über Bord werfen, mit denen man aufgewachsen war?

Natürlich indem man sich wie ein Idiot benahm und allem zuwiderhandelte, was man gelernt hatte ...

Nein, das stimmte nicht. Sie war keine Idiotin. Sie war vollkommen verunsichert, trieb hilflos im Mahlstrom der Londoner Saison, obwohl sie viel lieber in den Kolonien wäre, in der Sicherheit einer Teeplantage, zusammen mit dem einzigen Mann, den sie jemals lieben würde.

Immer, ihr ganzes Leben lang, würde sie sich fern des hektischen Treibens in der Stadt wohler und sicherer fühlen ...

Eine richtige Zigeunerin, dachte sie und beobachtete ihr Gesicht im Spiegel, während ein Gedanke sich plötzlich in ihr festsetzte, ihre Augen aufleuchteten und ein perfekter Plan vor ihr lag.

Marianna, dachte sie, und ihr Herz begann wild zu hämmern, während dieser lange unterdrückte Teil ihrer selbst plötzlich nach Befreiung drängte.

Sie brauchte heute abend nicht *sie selbst* zu sein. Niemand hier kannte sie außer Tante Wilhelmina. Sie konnte sein, was sie sein wollte.

Würde sie es wagen?

Hätte Marianna es gewagt?

Marianna hätte alles gewagt. Sie hätte getanzt und geflirtet und mit ihnen allen gespielt und dafür gesorgt, daß dieser Mann sie durch und durch verachten würde. Und sie hätte keinen Pfifferling darum gegeben, was irgend jemand dachte. Sie wäre sie selbst gewesen, und sie hätte sich von niemandem vorschreiben lassen, was sie sein sollte ...

Bei diesem rebellischen und ihr so völlig wesensfremden Gedanken weiteten sich ihre Augen plötzlich.

Sie würde versuchen, heute abend Marianna zu sein – und sie würde diesen verabscheuenswerten Mann tödlich blamieren.

Sie hoffte nur, daß sie die Kühnheit dazu besaß. Als Symbol für ihre Entschlossenheit pflückte sie vorsichtig eine Orchidee aus der Vase und steckte sie sich hinters Ohr.

Kapitel 4

Was ihre Tante als einen winzig kleinen Empfang mit anschließendem Tanz angekündigt hatte, war in Wirklichkeit ein großes Fest mit einem Ball, wie Celia zu ihrem Entsetzen herausfand, als sie endlich die Treppe herunterging und sich in das dichte Gedränge von Menschen mischte, die sich dort bereits versammelt hatten.

Eine Woge von Panik erfaßte sie, und sie wäre am liebsten davongelaufen, um sich irgendwo zu verstecken; ganz gleich, wo, Hauptsache, sie kam von dieser parfümierten, juwelenbehängten Menge pausenlos plappernder Gäste weg, die die Creme der Gesellschaft repräsentierten.

Wie *konnte* Tante Willie sie nur bei ihrem ersten Auftritt in der Gesellschaft gleich so den Löwen zum Fraß vorwerfen?

Sie sah kein einziges vertrautes Gesicht, und niemand nickte ihr auch nur freundlich zu. Aber wer wußte auch schon, wer sie war?

Schließlich spürte sie, daß die Leute sie ansahen, während sie sich mit angeborener Eleganz durch die Menge bewegte. Sie hörte das verstohlene Getuschel und dachte instinktiv an Marianna, die diese Aufmerksamkeit sicherlich genossen hätte.

Warum konnte *sie* das nicht auch?

Aber natürlich konnte sie das; das war doch genau der Eindruck, den sie machen wollte. Sie hob ihr Kinn und schwebte durch die Besucherschar – und blieb dann abrupt stehen, als sich kühle Finger um ihr Handgelenk legten.

Sie fuhr herum und fand sich Miß Anthea Langbourne gegenüber, einer flüchtigen Bekannten, mit der sie sich verschiedentlich bei Besuchen im Freundeskreis ihrer Tante unterhalten hatte.

Nur noch ein Jahr trennte Anthea von der Volljährigkeit;

sie *ertrug* die Saison nur, um ihre Familie zu beschwichtigen; danach hatte sie die Absicht, das zu tun, wozu *sie* Lust hatte – mit der Hilfe eines beträchtlichen jährlichen Einkommens, das ihr ihre Großmutter, eine verwandte Seele, hinterlassen hatte.

Ihre größte Wonne bestand darin, sich in die Ecke zurückzuziehen, in der sich für gewöhnlich die Anstandsdamen zusammenfanden; und genau dahin führte sie jetzt auch Celia, damit sie ein wenig plaudern konnten.

»Ich warte auf meinen *Begleiter*«, sagte Celia in beißendem Ton, »und ich hoffe, er ist zu guter Letzt doch zu dem Schluß gekommen, daß es unter seiner Würde sei, als offizieller Hirte einer albernen Debütantin aufzutreten. Ich bete jedenfalls, daß es so ist. Ich könnte es nicht ertragen, wenn sich irgendein scheinheiliger Lebemann dazu herablassen würde, mich mit *Geduld* zu ertragen ... Ich begreife immer noch nicht, was meine Tante sich dabei gedacht hat.«

»Zweifellos glaubt sie, daß es zu Ihrem Besten ist«, bemerkte Anthea trocken. »Das scheinen wir Frauen so gut wie möglich ertragen zu müssen, bis wir das magische Alter von einundzwanzig Jahren erreichen und man uns dann als unabhängige *alte Jungfern* betrachten kann.«

Celia hatte all das schon einmal gehört. Anthea war eine glühende Verfechterin des Frauenstimmrechts und überhaupt der weiblichen Rechte. Florence Nightingale war ihr Idol, und Anthea, die eine junge Frau mit starken Prinzipien und hohen Idealen war, hatte nicht die leisesten Zweifel bezüglich *ihrer* Zukunft. Sie würde zuerst eine Ausbildung als Krankenschwester machen und dann nach Übersee gehen, um an den entlegensten Außenposten des Britischen Empires als Missionarin zu arbeiten.

Sie hatte bei Celia eine Gelegenheit gewittert, ein *gutes Werk* zu tun, und sich deshalb bewußt mit ihr angefreundet. Das arme verwirrte Mädchen brauchte jemanden, der sie lehrte, an sich selbst zu glauben – und das zumindest konnte sie, Anthea, für sie tun. In gewisser Weise war das sogar ihre Pflicht.

Genauso wie sie es als ihre Pflicht betrachtete, Celia Gesellschaft zu leisten, während diese sich wegen ihres unbekannten Begleiters sorgte. So warteten sie nun gemeinsam, während sie beide so taten, als warteten sie nicht auf einen bestimmten, sondern auf irgendeinen Mann, der sie um die Ehre eines Tanzes bat.

»Eine barbarische Sitte«, murmelte Anthea zornig. »Alles Wilde, alle, wie sie da sind, aufgebläht von dem Wissen, daß nur *sie* die Macht haben, zum Tanz zu bitten. Sehen Sie nur, wie sie herumstolzieren und uns beäugen, als wären wir preisgekrönte Stuten.«

Celia hörte kaum hin; ihre Fußspitze wippte im Walzerrhythmus, und sie hatte das Gefühl, von der Musik davongetragen zu werden. Ein Gefühl, wie Marianna es erlebt haben mußte, ein Gefühl, das sie mit der Sehnsucht erfüllte, zu tanzen und sich wenigstens für eine Weile – eine kurze, verstohlene Zeit – an die Musik verlieren zu dürfen.

Als Anthea ihr ihren Fächer in die Rippen bohrte, kehrte sie mit einem Ruck in die Wirklichkeit zurück.

»Schnell jetzt – Sie werden Ihren ganzen Verstand brauchen, Celia. Ich sehe Ihre Tante mit ihrem Emporkömmling von amerikanischem Stiefsohn auf uns zukommen. Ich bitte Sie, weichen Sie keinen Millimeter von Ihrem Entschluß ab. Und *auf keinen Fall* dürfen Sie jetzt nachgeben ...«

Celia erstarrte und holte tief Luft, um gewappnet zu sein, bevor sie Antheas Blick folgte und mit einer Art hilflosem Stöhnen ausatmete.

O nein! O nein! Das konnte er nicht sein, das *durfte* er nicht sein! Sie hatte ihn sich viel älter vorgestellt, hatte erwartet, daß sich die Ausschweifungen seines lockeren Lebenswandels auf seinem Gesicht zeigen würden. Sie hatte ihn sich mit einem schurkenhaften Schnurrbart vorgestellt – vielleicht auch einem Vollbart – und hatte ihn in ihrer Fantasie mit unsteten, unaufrichtigen Augen ausgestattet ...

Sei stark, Celia, sei stark, ermahnte sie sich selbst. Das war nur das Ergebnis von zu vielen Romanen und dem Gedanken an einen dunkelhaarigen, grüblerischen Helden wie Mr. Rochester – oder Heathcliff!

Wie konnte er es wagen, sich derart von ihrem Fantasiegebilde zu unterscheiden?

Nun gut, sein Haar war von tiefer Schwärze und hätte jedem Schurken zur Ehre gereicht, aber im hellen Kerzenschein des Ballsaals tanzten dunkle, kastanienbraune Lichtreflexe darin. Außerdem war er glattrasiert – und hatte eine Narbe unter dem linken Wangenknochen, die gewiß von einem Säbel stammte und die er offen zur Schau stellte, als wolle er jedem seinen Mut vor Augen führen.

Grübchen am Kinn, kluge grüne Augen ... Einen so harten Mund und ein so überaus gefährlich aussehendes Gesicht, daß es einem Piraten oder einem Straßenräuber hätte gehören können. Er war einer der Männer, die keine Skrupel kennen und von denen sie sogar in ihrer Unschuld wußte, daß man ihnen am besten aus dem Wege ging.

Kein Wunder, daß Anthea versucht hatte, sie zu warnen!

Sie haßte die verräterische Röte, die nun in ihre Wangen stieg. Am liebsten hätte sie ihr Gesicht hinter ihrem Fächer versteckt.

Und warum mußten seine Augen auf diese Weise über sie hinweggleiten? Warum zuckten seine Lippen so, als hätte er nur Verachtung für das, was er sah?

Und warum um alles in der Welt machte ihr das so viel aus?

Es sei denn – sie war noch nie auf eine so taxierende, abschätzende Art und Weise angesehen worden. Und genausowenig war ihr je die Tatsache, daß sie eine *Frau* war, so deutlich bewußt gemacht worden.

Gütiger Gott, was tat dieser Rohling da? Er schien sie mit einem einzigen Blick nackt auszuziehen – mit einem

Blick, der obendrein dafür sorgte, daß sie genau wußte, was er tat.

Als sie spürte, wie ein unwillkürliches Schaudern schieren Entsetzens ihr Rückgrat hinaufkroch, setzte sie sich aufrecht hin und unternahm eine gewaltige Anstrengung, die Fassung zu bewahren, während sie die Augen senkte und so tat, als hätte sie nichts gesehen und nichts gespürt.

Auch wenn ihr Herz hämmerte und sie sich wie ein in die Enge getriebenes Reh fühlte.

»Hab Mut«, flüsterte Anthea, während Celia noch verzweifelt nach dem Grund für dieses vollkommen unlogische Gefühl der Panik suchte, und Willie rief: »Oh, da ist sie ja! Grant, mein Lieber, würdest du bitte dieses abscheuliche Stirnrunzeln von deinem Gesicht nehmen? Du wirst das arme Kind zu Tode ängstigen.«

Grant riß seinen Blick von der dunkelhaarigen Schönheit los, die neben der Blondine mit dem langgezogenen Kinn stand, die er für Celia hielt. Diese Augen – Pumaaugen, bei Gott. Kupferfarben, fast orange. Wer *war* sie?

Und wovor versteckte sie sich – oder *vor wem?*

»*Madrastra,* halt! Du mußt mir erst etwas sagen – wer ist diese Frau? Nicht deine törichte, pferdegesichtige Celia, sondern die andere – die Zigeunerin . . .«

Willie stieß ein perlendes Lachen aus, während sie höchst zufrieden zu den beiden jungen Frauen trat. »Gestatte mir, dir diese beiden charmanten jungen Damen vorzustellen. Miß Anthea Langbourne und natürlich meine Nichte und Schutzbefohlene – Miß Celia Penmaris.«

Grant beugte sich so formell und korrekt über die ihm dargebotenen Hände, wie die Vorstellung das erforderte, aber in seinen Gedanken herrschte Aufruhr. *Das* war Celia? Die dunkle Zigeunerschönheit, die versuchte, sich hinter einem Schild der Unschuld und mehreren Schichten einengender Kleidung zu verstecken? Mit diesen sinnlichen, vollen Lippen, die wie geschaffen waren zum Küssen?

Er hörte kaum, was Willie weiter sagte, während er Celia beobachtete, die mit ihrem Fächer herumspielte. Plötzlich spürte er, daß Willie seinen Arm losließ und ihm einen kleinen Stoß gab.

»Sie spielen meinen Lieblingswalzer, und ich möchte mein Recht als Gastgeberin geltend machen und darauf bestehen, daß du mit Celia tanzt. Das ist die beste Art, sich kennenzulernen, meinen Sie nicht auch, Miß Langbourne? Schließlich wird er für die nächsten Monate Celias Begleiter sein. Also bitte, ihr zwei, *tanzt* – Celia braucht ein wenig Übung.«

Aber Celia sah so aus, als brauchte sie vor allem eins, nämlich eine Möglichkeit, den wohlmeinenden Machenschaften ihrer Tante zu entkommen.

Sie gestattete ihm, ihre Hand zu nehmen, und folgte ihm steif auf den Tanzboden, wo sie darauf wartete, daß er sie in die Arme nahm ...

Es war das reinste Wunder, daß sie nicht auf der Stelle in Ohnmacht fiel.

Aber das war natürlich unmöglich. Sie gelobte, ihn nichts von ihrer Angst merken zu lassen; außerdem wollte sie doch so schrecklich gern tanzen. In dem Augenblick, in dem sie sich gemeinsam zu drehen begannen, war es ihr dann auch aus tiefster Seele gleichgültig, wer sie da über den Tanzboden führte.

Und sie war eine gute Tänzerin; sie bewegte sich leichtfüßig und reagierte auf den geringsten Druck seiner Hand auf ihrer Taille. Irgendwie überraschte ihn das nicht.

»Sie sind sehr schweigsam, Miß Penmaris. Ich kann mir nicht vorstellen, daß Sie schüchtern sind?«

Bei dieser Herausforderung krampfte sich ihr Magen zusammen, aber sie hatte nicht die Absicht, sich von diesem Mann unterkriegen zu lassen. »Ich konzentriere mich auf meine Schritte, Mr. Hamilton. Das Tanzen ist etwas Neues für mich – wie überhaupt das alles hier.«

»Aber für jemanden, der eine so weltliche Tätigkeit überhaupt nicht gewöhnt ist, tanzen Sie sehr gut, Miß Penmaris. Sie müssen Ihr Debüt in London sehr genießen; Ihre Tante hat sich große Mühe damit gegeben, und niemand weiß besser als ich, daß meine Stiefmutter ein ausgesprochen warmherziger Mensch ist. Aber das haben Sie sicher auch schon bemerkt.«

Was für eine unmögliche Frechheit das war! Und wie sie die Art haßte, mit der er *von oben herab* mit ihr sprach! Mit einiger Mühe gelang es ihr, nicht die Beherrschung zu verlieren. Sie würde es ihm schon zeigen. Sie wollte sich keine hitzigen Wortgefechte mit ihm liefern, sondern ihn zu Tode langweilen, also sagte sie mit geziemend gedämpfter Stimme: »Oh, ich hoffe doch, daß Sie mich nicht für undankbar halten. Ich gebe mir wirklich alle Mühe, meine Tante zufriedenzustellen – niemals würde ich sie mit meiner Unwissenheit in bezug auf weltliche Dinge in Verlegenheit bringen wollen.«

Sie hob den Kopf und sah ihm kühn in die funkelnden grünen Augen. Marianna hätte dasselbe getan und wäre nicht halb so verängstigt gewesen angesichts dieser Arroganz, die sie in seinen Augen fand.

Er hatte etwas Gefährliches an sich, und es war klar, daß er sich keinem anderen Menschen beugen würde. Sie war sich nicht sicher, ob sie ihre Marianna-Rolle noch lange beibehalten konnte.

Es war ein Spiel mit dem Feuer, und sie wußte, daß sie sich dabei durchaus verbrennen konnte.

Alles, worauf sie hoffen konnte, war, daß dieser Tanz irgendwann ein Ende nahm, ohne daß ihr Stolz dabei verletzt worden war, und dazu mußte sie sich unbedingt auf Kleinigkeiten konzentrieren – die Festigkeit, mit der er sie hielt, sie wünschte sich fast, er würde sie enger an sich ziehen und mehr Wärme in seine Umarmung legen – doch Unfug; das mußte sie unbedingt vergessen. Statt dessen würde sie den Takt zählen und sich auf ihre Schritte konzentrieren, auf die seidenen Unterröcke, die ihre Beine umspielten, und das leise Klick-Klack ihrer brandneuen Schuhe. Dabei würde sie ihre Drehungen vollführen und sich in die Richtung wenden, in die er sie führte.

Besser, viel besser.

Seine Hand war so groß, so warm und seine Bewegungen so vollkommen und korrekt – aber drückte er sie nicht doch ein wenig zu eng an sich? Und war dieser eine temperamentvolle Wirbel über den Tanzboden nicht doch ein wenig zu unverfroren gewesen? Und sah er nicht doch ein wenig zu bedrohlich aus in seinem ernsten, schwarzen Abendanzug?

Sie wagte es nicht, sich auf ein Gespräch mit ihm einzulassen, weil sie fürchtete, sie würde ihm nicht gewachsen sein.

Sicherer, viel sicherer war es da, ihren Blick auf einen Punkt hinter ihm zu konzentrieren und zu hoffen, daß dieser Walzer bald enden würde und sie zu Anthea zurückkehren könnte, um sich deren beißende Kommentare über diesen ›Wilden‹ anzuhören, der sich dazu hatte überreden lassen, mit ihr zu tanzen.

Aber Grant wollte gar nicht, daß der Tanz endete; er amüsierte sich blendend, was er natürlich Willie gegenüber niemals zugegeben hätte. Das Kätzchen mit den seltsamen Kupferaugen hatte scharfe kleine Krallen und mehr Verstand, als er erwartet hatte. Und sie war absolut atemberaubend.

Nicht nur ein Paar auf der Tanzfläche hatte während des Walzers einmal innegehalten, um Celia anzustarren.

Diese bemerkte jedoch nichts von alledem. Grant war nicht sicher, ob ihm das gefiel oder nicht, denn sie schenkte auch ihm nicht die leiseste Beachtung, und das war etwas vollkommen Neues für ihn.

Er wußte nicht, warum er es tat, aber er sagte, nein, er *knurrte* ihren Namen: »Celia . . .«, woraufhin sie den Kopf hob und ihn ansah. Eine kurze Sekunde lang blickten diese exotischen Katzenaugen direkt in die seinen, und dieser Blick zuckte wie ein Blitzstrahl mitten durch seine Eingeweide.

Er ließ sie beinahe unwillkürlich los, und ausgerechnet in diesem Augenblick endete die Musik; ein tiefes Bedauern darüber, daß er sie nach den Regeln von Sitte und Anstand nicht noch einmal auffordern konnte, ergriff von ihm Besitz.

»Nun?« fragte Anthea, nachdem Grant Celia zurück zu ihrem Stuhl geführt hatte. »Sie sind ja ganz außer Atem. Armes Ding. Sagen Sie kein Wort, bis Sie Ihre Fassung wiedergefunden haben. Benutzen Sie Ihren Fächer. Sie dürfen *ihn* auf gar keinen Fall sehen lassen, daß es ihm gelungen ist, Sie aus der Bahn zu werfen. Ich muß schon sagen«, fügte sie hinzu, während Celia heftig mit ihrem Fächer zu spielen begann, »ich bin schockiert, daß Ihre Tante ein unschuldiges junges Mädchen wie Sie schutzlos einem Mann aussetzt, der einen solchen Ruf hat. Es könnte Ihren guten Ruf ruinieren, wenn man Sie zu oft in seiner Gesellschaft sehen würde!«

»Unsinn. Mr. Hamilton gehört zur Familie, und seine Stiefmutter scheint ihn sehr gern zu haben«, erwiderte Celia scharf; sie würde sich nicht von Anthea durcheinanderbringen lassen. Immerhin hatte dieser Mann absolut nichts getan oder gesagt, was auch nur im geringsten unschicklich gewesen wäre. Und sie hätte Anthea, die keinen Sinn für Feinheiten hatte, auf keinen Fall erklären können, daß sie wirklich erregt war.

Sie fühlte sich wie eine Maus in den Fängen einer Raubkatze, einer Raubkatze, die mit ihr *spielte*.

»Ach was, ich habe mich lediglich ein wenig unwohl gefühlt, weil es mein erster Tanz in der Öffentlichkeit war und ich Angst hatte, einen falschen Schritt zu machen.«

Ja, das klang vernünftig.

Aber unglücklicherweise brachte es Anthea nicht von ihrem einmal eingeschlagenen Kurs ab. »Nun, ich bin mir nicht sicher, ob das wirklich alles war, meine liebe Celia. Denn selbst die Weltfremdesten und Unschuldigsten von uns verfügen meiner Meinung nach über eine Art sechsten Sinn, der sie vor Gefahren warnt und beschützt. Ich bitte Sie, sprechen Sie ein offenes Wort mit Ihrer Tante. Ich bin sicher, sie wird Ihnen niemanden aufzwingen wollen, von dem Sie sich möglicherweise abgestoßen fühlen könnten ... Ah, sehen Sie mal da hinüber – genau davor wollte ich Sie warnen«, fügte sie mit großer Befriedigung hinzu, während sie Celias Aufmerksamkeit auf Mr. Hamilton lenkte, der auf überaus intime Art und Weise seinen Kopf senkte, um seiner hübschen Tanzpartnerin zu lauschen.

»Das ist Lady Marvella Merrivale, eine sogenannte Halbweltdame. Ist das nicht der Gipfel der Vulgarität? Sie ist mit Viscount Selwyn verheiratet, aber er ist heute abend nicht hier, und man hört Gerüchte, daß die beiden getrennte Wege gehen – die Marlborough-House-Gesellschaft, Sie wissen schon.«

Celia wußte nicht, aber sie sagte nichts weiter dazu und beobachtete nur mit gespannter Aufmerksamkeit die beiden Tänzer.

Grant Hamilton und die Dame mit dem tizianroten Haar, Lady Marvella. Wie wunderbar die beiden sich zu amüsieren schienen – ohne sich auch nur im mindesten um die anderen Paare auf der Tanzfläche zu kümmern.

Sie spürte einen scharfen Stich von Neid: Wenn sie *wirklich* die Zigeunerin gespielt hätte, dann hätten sie und er genauso miteinander getanzt. Statt dessen hatte sie ihr möglichstes getan, damit ihm auch wirklich jede Lust verging, sie jemals wieder aufzufordern.

Aber das war doch genau das, was sie hatte bewirken wollen. Warum also bereitete ihr der Gedanke solches Mißvergnügen?

»Sehen Sie jetzt nicht hin«, zischte Anthea ihr plötzlich zu. »Er kommt wieder in unsere Richtung. Er wird seinen Fehler doch sicher nicht wiederholen wollen, oder?«

Celia sah ihre Freundin an und spürte, wie ein Chaos widersprüchlichster Gefühle sie aus der Fassung zu bringen drohte. *Was hätte Marianna jetzt getan?*

Sie wußte es genau, sie *wußte* es. »Vielleicht würde ich sehr gern noch einmal mit ihm tanzen«, sagte sie scharf und stand auf, um Grant entgegenzugehen; Anthea klappte vor Entsetzen der Kiefer herunter.

Die Zigeunerin spürt den Rhythmus, es gibt nichts Größeres auf der Welt für sie als den Tanz, und kein Lehrmeister der Welt hätte ihr die Anmut beibringen können, mit der sie sich in Grants Arme schmiegte. Das war das Erbe ihrer Mutter, dies und die atemlose Sehnsucht, die sie erfaßte, wenn sie einem Mann so nahe war ...

Nein – wenn sie diesem *Mann nahe war ...*

»Sie sind nervös«, flüsterte er ihr ins Ohr, während er sie zu einer Polka herumwirbelte, wobei ihr bedauernswerterweise immer schwindlig wurde.

»Ganz gewiß nicht«, schwor sie, während sie sich an ihn lehnte und versuchte, ihr Gleichgewicht wiederzufinden. *Ihm* eine Schwäche eingestehen? Lieber würde sie *sterben*. Sie lächelte mit einem Marianna-Lächeln zu ihm auf. »Mein Lieblingstanz, Mr. Hamilton«, sagte sie, wobei ihr langsam die Erkenntnis kam, daß ihr sein stattlicher Körper im Lauf des Abends immer besser gefiel.

Ihr Lächeln war betörend; in ihren Katzenaugen glühte eine strahlende Freude, die so einzigartig wie berauschend war.

Die kleine Hexe war bezaubernd und wußte es nicht einmal.

Oder – Grants Augen wurden unmerklich schmaler – vielleicht wußte sie es doch. Dafür sprach schon die Art, wie sie ihren Fächer in genau der Sekunde aufspringen ließ, in der er beschloß, tiefer in diese herrlichen Augen zu blicken, um in ihnen zu lesen, was sie wirklich wollte.

Bei Gott, sie hatten es alle schon in die Wiege gelegt bekommen, auch diese Zigeunerfrauen – und er würde sich von ihr nicht einfangen lassen. Mit Marvella hatte er schon genug zu tun. Noch ein Tanz, und er hatte seiner Pflicht Genüge getan – und dieser Tanz mußte deutlich später am Abend stattfinden, damit er keine mißbilligenden Kommentare provozierte.

Und jetzt wollte er sie auch noch beschützen! Wann, verdammt noch mal, würde er jemals klüger werden?

Trotzdem zählte er die Minuten; die Pausen zwischen

den Tänzen; die Zahl der anderen Männer, die seinem Beispiel folgten und sie zum Tanz aufforderten; die Zahl der Frauen, die nicht so schön waren wie sie; die Zahl der Mütter, die ihn umlagerten und mit ihren Hoffnungen wedelten wie mit Straußenfedern. Er zählte die Zahl der Schritte in jedem Walzer und in jeder Gavotte, bis er Marvellas besitzergreifende Hand abschütteln und sich seinen Weg durch dieses Mausoleum von einem Ballsaal bahnen konnte, um Celia Penmaris zum letzten Walzer des Abends endlich wieder in die Arme schließen zu können.

Und sie – sie zögerte genau den Sekundenbruchteil zu lang, um noch dem guten Ton Rechnung zu tragen, sie wollte nicht, daß er *nett* zu ihr war, sie hätte ihm am liebsten sein selbstgefälliges Lächeln aus dem Gesicht geschlagen.

Aber Tante Willie beobachtete sie und etwa zehn Dutzend ihrer engsten Freundinnen. Celia straffte sich, ließ sich von seinen Armen umfangen, stellte fest, daß ihre Zigeunerseele wieder einmal die Oberhand gewann, und gab sich abermals den Verlockungen der Musik, den Bewegungen seines Körpers und den Berührungen seiner Hand hin.

Celia tigerte in ihrem Schlafzimmer auf und ab, hin und her, von dem kleinen Schreibtisch zum Fenster mit Blick auf die Straße und wieder zurück.

Man hatte ihr aus ihren Miedern und Korsetts und den ungezählten Unterröcken herausgeholfen und ihr dann ihr spitzen- und schleifenbesetztes Nachthemd übergestreift. Allerdings hatte sie es sich nicht nehmen lassen, sich selbst das Haar zu bürsten, und jetzt fiel es ihr in einer dunklen Wolke über den Rücken – es war so schwer, daß sie es sich manchmal am liebsten hätte abschneiden lassen. Bevor sie die Lampe löschte und sich schlafen legte, würde sie es sich zu einem Zopf flechten, aber im Moment war sie viel zu aufgeregt dafür.

Ihre Tante ließ sich die Idee, Grant Hamilton zu ihrem

›offiziellen Begleiter‹ zu bestimmen, nicht ausreden: Morgen würden sie alle zusammen die Oper besuchen – irgend etwas von Maestro Verdi, eine Aufführung, die Antheas Auffassung nach viel zu gewagt war.

Und *er* würde auch dort sein, natürlich! Er würde seine *Pflicht* tun und jede einzelne Minute hassen, weil er in Gedanken selbstverständlich bei dieser Marvella sein und deshalb die Aufgabe, die seine Stiefmutter ihm auferlegt hatte, fraglos verabscheuen würde.

Da war sie ganz seiner Meinung; an diesem Abend hatte sie zweifellos bewiesen, daß sie ihn nicht brauchte. Sie hatten zwar miteinander getanzt, doch hatte es ihr auch sonst nicht an passenden Partnern gefehlt. Das bewies doch eindeutig, daß es irgendwo in ganz London einen Mann geben mußte, der möglicherweise sogar sehr gern bereit wäre, sie ab und zu irgendwohin zu begleiten, ohne das als lästige Pflicht zu empfinden.

»Oh!« entfuhr es ihr zornig. Es waren der Tanz, nur der Tanz und der Rhythmus und die Musik und die Tatsache, daß er so ein wunderbarer Tänzer war; sonst war da nichts. *Rein gar nichts.* Ihr Zigeuner-Ich hätte die ganze Angelegenheit mit einem Lachen abtun und nach dem nächstbesten Mann suchen sollen, um sich zu amüsieren.

Dessen war sie sich sicher.

Sie riß die Schublade ihres Schreibtischs auf und holte ihr Tagebuch heraus. Jetzt würde sie ihre Eintragung für heute beenden und dann dafür sorgen, daß sie etwas Schlaf bekam, statt zuzulassen, daß ihre Fantasie mit ihr durchging.

Und morgen würde sie den langen Brief an ihren armen Liebling Ronald fertigschreiben und auf die Post bringen lassen.

Sie brauchte ja bezüglich des Empfangs nicht in Einzelheiten zu gehen. Es lag ihr fern, ihn eifersüchtig zu machen, und eigentlich gab es ja auch keinen Grund für ihn, eifersüchtig zu sein, wirklich nicht.

Aber wenn er von der Sache wüßte, würde er vielleicht,

nur vielleicht, alle Bedenken beiseite fegen und zu ihr kommen, um sie von hier fortzubringen.

Das war ihr größter Wunsch, ihr einziger Traum.

In dieser Nacht aber standen ihre unruhigen Träume ganz im Gegensatz zu ihren romantischen Wünschen – sie schienen zusammenhanglos und ganz wirr.

Sie war Marianna, eine spanische Zigeunerin, eine Tänzerin auf der Bühne – und ihr Tanz war hemmungslos und aufreizend und hatte das Ziel, jeden einzelnen Mann in Versuchung zu führen und in ihren Bann zu ziehen. Sie war sich ihrer selbst so sicher; sie besaß eine grenzenlose Macht.

Sie hätte jeden Mann haben können, den sie wollte ... Sie sah sie alle vor sich, wie sie da unten im Zuschauersaal saßen und nach ihr schmachteten. Aber es war Ronald mit seinem funkelnden, goldenen Haar, dem sie ihre Rose zuwarf.

Und als sich die Tür ihres Ankleideraums öffnete und sie sich umwandte, da stand dort ein anderer Mann, ein dunkler und gefährlicher Fremder, nicht ihr Liebster, und er hielt ihre Rose in der Hand, zerdrückt und zerfleddert, während in seiner anderen Hand ein Revolver lag, der direkt auf ihr Herz zielte.

Sie weinte im Schlaf. Warum zwang man sie zu einer Entscheidung? Ronald bedeutete Sicherheit und Geborgenheit; der dunkle Mann dagegen Gefahr und Ungewißheit ...

Sie versuchte, vor beiden davonzulaufen, und plötzlich lief sie durch gelben Sand am Ufer eines Ozeans. Die Flut stieg, und mit jedem Schritt spürte sie, wie ihre Füße langsamer wurden und immer tiefer in den feuchten, klebrigen Sand einsanken, bis sie stehenbleiben und sich umdrehen mußte – um sich abermals ihrem unbarmherzigen Verfolger gegenüberzufinden. Sie versank immer tiefer und streckte hilfesuchend die Arme aus, sie flehte ihn an, sie vor dem Ersticken und Ertrinken zu retten ...

Er aber stand lächelnd da, ein dunkler Satyr im Mondlicht und die Nemesis ihrer Träume.

Kapitel 5

»*Meine liebste Celia* ... Ja, das ist immerhin ein Anfang – aber könntest du nicht einen leidenschaftlichen Liebesbrief schreiben, der das jungfräuliche Herz deiner kleinen Verlobten in Wallung bringt, Ronny, mein Schatz? Möchtest du, daß man dir sie *und* ihr Vermögen unter der Nase wegstiehlt, während du zögerst und nach den richtigen Worten suchst? Soll *ich* dir diesen Brief diktieren? Hör mir gefälligst zu, oder ich werde sehr böse mit dir – und du weißt ja, was *das* heißt, nicht wahr, mein Geliebter?«

Ronald Winwood lag nackt und vor Hitze schwitzend in seinem Bett auf dem Bauch; die Schreibunterlage ruhte ein wenig schwankend zwischen seinen aufgestützten Armen.

Seine Mätresse saß rittlings auf ihm und beobachtete über seine Schulter hinweg jede einzelne seiner Bewegungen; und jedesmal, wenn er etwas tat, was ihr nicht gefiel, versetzte sie ihm einen brennenden Schlag auf den Hintern, der ihn zusammenzucken ließ.

Allmächtiger – Adriana war die reinste Tigerin! Er konnte sie sich gut vorstellen, wie sie auf ihm ritt; ihr leuchtendes, kastanienbraunes Haar fiel über ihr Gesicht, das niemals ein Gefühl preisgab, und in ihren cognacfarbenen Augen glitzerte Triumph. Er spürte ihre Knie und Oberschenkel, die seine Hüften zusammenpreßten, und er konnte sich die Silhouette ihres Körpers vorstellen, ihre nackten Brüste, die über seinem Rücken wippten und ihn manchmal flüchtig streiften, gerade lange genug, damit er ihre Anwesenheit nie vergaß.

Niemand konnte von ihm erwarten, daß er an seine prüde kleine Verlobte schrieb, während Adriana ihn pausenlos neckte und in Versuchung führte und quälte und sie wieder und wieder in ihm den Drang weckte, sich von ihr beherrschen zu lassen!

Noch einmal schlug sie auf sein zuckendes Fleisch ein, und er stöhnte vor Lust und Schmerz laut auf.

»Ronny! Ich hab' dir gesagt – schreib! *Con passione – capisce?* Wir brauchen sie hier, deine Verlobte, nicht wahr? Und jetzt *schreib!* Wenn du selbst keinen Liebesbrief zustande bringst, dann werde ich dir helfen, die richtigen Worte zu finden, selbst wenn dir jedes Wort – jedes einzelne – beim Schreiben weh tun wird. Du mußt in diesem faden, kleinen Geschöpf ein Gefühl der Sehnsucht nach dir wecken, ein Gefühl des Begehrens nach etwas, von dem sie selbst nicht weiß, was es ist – bring sie mit Gefühlen, die ihr fremd sind, aus der Fassung. So – ich sage dir, was du schreiben mußt. Ich glaube, ich bin gerade in der Stimmung, eine kleine Jungfrau mit Worten zu verführen, die ihre Sinne erregen und ihre Neugier auf weitere Entdeckungen wecken.«

Sie begann zu diktieren, und Ronald schrieb; der Brief hatte nicht die geringste Ähnlichkeit mit irgend etwas, das er früher an seine Verlobte geschrieben hatte. Es war ein Liebesgedicht, voller verschleierter Andeutungen seiner Sehnsucht und seines Verlangens, sie endlich als seine einzige, wahre Liebe zu seiner Frau zu machen.

»›*Carissima*‹, Adriana? Wirklich? Das soll ich an diese alberne kleine Jungfrau schreiben?«

Sie schlug ihn noch einmal.

»*Schreib!* Männer sind doch Idioten – sie haben keine Ahnung, was in einem Frauenherzen vorgeht. Sag *mi dolce amore*. Erzähl ihr, wie du dich danach sehnst, sie zu liebkosen ...«

»Ich verzehre mich danach, dich zu berühren ...«

Sie kniff ihn, und er schrie laut auf. »Jetzt hast du mich verstanden, Ronny, mein Liebster. Jetzt streichelst du zuerst deine Verlobte mit Worten – und dann, wenn du deine Sache gut gemacht und sie wirklich davon überzeugt hast, daß du sie bei dir haben willst, dann werde ich dir erlauben, mich zu streicheln ...«

Grant drehte sich träge im Bett um und reckte sich, während sein linker Arm die weiche, nackte Haut von Marvella Merrivale streifte. Die liebe Marvella, angenehm, schön, erfahren und unkompliziert, lag neben ihm. Ein Mann konnte von Glück sagen, wenn er eine Frau wie Marvella in seinem Leben haben konnte, eine Frau, die seine körperlichen Bedürfnisse stillte und die er um den Preis eines Diamanthalsbandes verlassen konnte.

Selbst im Schlaf sah sie aus, als wüßte sie, wie sie die bestmögliche Wirkung auf ihn erzielen könnte. Sie sah so schön aus und so geschäftsmäßig.

Das absolute Gegenteil von dieser naiven, herrlichen Zigeunerin, die seine Stiefmutter da ...

Verdammt, er hatte nicht vorgehabt, heute morgen auch nur einen Augenblick an sie zu denken, vor allem, da er im Augenblick weit interessantere Dinge zu tun hatte.

Er hatte seinen Angriff auf Marvellas überaus willigen Leib gerade erst begonnen, als er ein diskretes Klopfen an seiner Schlafzimmertür vernahm.

Verflucht! Er ignorierte es ... Doch es klopfte ein zweites Mal, eindringlicher jetzt.

»Was ist denn los?« rief er gereizt, während Marvella sich unter seinen Händen bewegte, geweckt von seiner sanften Berührung und seinem ganz untypischen Gebrüll.

Sein Kammerdiener erschien in der Tür.

»Was ist denn los, um Himmels willen?«

»Es ist – es ist –«

»Was? Komme ich zu spät zu einer Beerdigung? Oder zu einer Dame?«

Marvella kicherte, und sein Kammerdiener trat beiseite, um den Tornado, wie Grant seine Stiefmutter manchmal nannte, ins Zimmer fegen zu lassen.

Marvella kreischte und zog die Decke über sich, während Grant, ohne sich von der Stelle zu rühren, Willie grimmig anstarrte.

»Diesmal bist du zu weit gegangen, *madrastra*. Verdammt! Du bist ein unmöglich anmaßendes Frauenzimmer, und ich bin keine sechzehn mehr. Gütiger Himmel! Hast du denn überhaupt kein Taktgefühl?«

Sie ignorierte sowohl ihn als auch seine Vorwürfe und beugte sich zu der hügeligen Decke herunter, unter der die zitternde Marvella lag. »Wie geht es Ihnen, liebste Marvella? Nein, Sie müssen mir nicht sofort antworten. *Das* zu erwarten wäre wirklich der Gipfel der Unhöflichkeit. Vielleicht sollte ich im Vorzimmer warten, während ihr beide euch und eure verschiedenen Kleidungsstücke zusammenrafft.«

»Willie!« knurrte Grant durch zusammengebissene Zähne.

»Ach, übrigens, mach dem armen Turner keine Vorwürfe – ich habe ihn gezwungen, mich durchzulassen. Wir hatten heute morgen eigentlich vor, auszureiten, aber ich sehe, daß du *dein* Reitpferd bereits trainiert hast ... Grant, ich muß mit dir reden, und ich glaube, Marvella sollte wissen, daß ihr Mann auf dem Heimweg ist, um sie zu überraschen, so daß sie gut beraten wäre, sich ein wenig zu beeilen. Machen Sie zu, liebe Freundin – ich werde mich umdrehen. Sie können beruhigt sein, ich werde so tun, als hätte ich Sie nie gesehen ...«

Daraufhin kehrte Willie dem Bett ihren Rücken zu, bis sie das Rascheln der Decken vernahm, mit dem Marvella sich aus ihrem Versteck befreite. Es folgte ein kurzes, vertrauliches Getuschel mit Grant, und die Dame war im Vorzimmer verschwunden.

»Ha! Gott sei Dank, daß sie weg ist. Wirklich, Grant, du könntest etwas Besseres als Marvella bekommen. Oder bist du an dem Punkt angekommen, an dem dir eine Herausforderung zuviel wäre?«

Er rollte sich zur Seite und sorgte dafür, daß sein Körper unter der Decke verborgen blieb. »Ich denke, ich werde dir auf diese überaus impertinente Frage keine Antwort geben. Marvella geht dich nichts an, *madrastra*, und ich finde, deine Manieren lassen eine Menge zu wünschen übrig. Jetzt sag mir aber erst einmal, was so wichtig ist, daß du heute morgen in mein Schlafzimmer eindringen mußtest. Ich weiß genau, daß es nichts mit – *Reiten* zu tun hat.«

Er verschränkte die Arme hinter dem Kopf und wartete.

Sie beobachtete ihn hinterlistig und versuchte herauszufinden, was genau in ihm vorging. Daß sie Marvella in seinem Bett gefunden hatte, war sowohl ein vielversprechendes Zeichen als auch eine Enttäuschung; sie konnte Marvella nicht ausstehen, aber die Tatsache, daß er sie erwählt hatte, konnte nur bedeuten, daß er vorhatte, lange genug in London zu bleiben, um ihr für Celia eine Hilfe zu sein.

Aber in diesem Augenblick, in dem fahlen Morgenlicht und angesichts der Tatsache, daß er kurz davor stand, wegen ihres anmaßenden Benehmens zu explodieren, war sie sich nicht sicher, auf wessen Seite er eigentlich stand – und sie hätte es nicht ertragen können, auch nur noch eine einzige Sekunde länger mit dieser Ungewißheit zu leben.

»Ich brauche deine Hilfe, Grant. Schließlich *hast* du es mir versprochen, oder? Höchstens ein oder zwei Monate lang, bis wir Celia ein wenig Selbstvertrauen eingeflößt haben und sie allein zurechtkommt. Ich möchte ganz sicher sein können, daß ich mich in dieser Sache auf dich verlassen kann – außerdem wirst du dann anschließend wissen, daß du wenigstens eine gute Tat in deinem Leben vollbracht hast«, fügte sie gelassen hinzu. »Gibt es nicht eine Zeile in einem Theaterstück oder einem Gedicht, die so heißt?«

Es folgte ein langes, gereiztes Schweigen, während dessen sie sich zwang, nichts mehr zu sagen – was ihr sehr schwer fiel, wirklich sehr schwer. Aber Grant war ihr mit der echten Zuneigung eines Sohnes zugetan; er würde sie nicht im Stich lassen, dessen war sie sich beinahe sicher.

Und zu guter Letzt spürte sie, wie die Spannung in der Luft geradezu körperlich greifbar nachließ, und er warf die Hände hoch.

»Na schön, liebe Stiefmama, aber ich warne dich – sowohl meine Geduld als auch mein Sinn für Humor haben ihre Grenzen. Und ich meine, es wäre nur recht und billig, wenn du mir mehr über Celia erzählen würdest. Du solltest besser mit der Sprache rausrücken, Willie, sonst könnte ich am Ende deine prüde und ach so wohlerzogene Zigeunerin noch verführen, nur um sicherzugehen, daß sie aus ihrem Schneckenhaus herauskommt. Oder ist es gerade das, was du beabsichtigst?«

»Mach dich nicht lächerlich, Grant«, sagte sie energisch; dann sah sie ihn scharf an. In seiner Stimme hatte ein Ton mitgeschwungen, als steckte da mehr hinter seinen Worten; aber dieses Gefühl verlor sich im Handumdrehen, und sie glaubte, sie müsse sich das Ganze wohl eingebildet haben.

»Nein, ich werde dir sagen, was du tun sollst. Fang damit an, ihr beizubringen, wie man flirtet – zeig ihr genau, wie weit man gehen darf, bevor man sich zurückziehen muß, zeig ihr genau, wie weit sie bei einem Mann gehen kann. Du kennst dich da schließlich aus – du tust es pausenlos, ohne auch nur darüber nachzudenken.«

»Ich soll mich also in eine jungfräuliche, kleine Debütantin hineinversetzen? Und ich soll ihr beibringen, wie sie die Männer an der Nase herumführen und bis aufs Blut reizen kann, ohne dabei ihre Unschuld zu verlieren? Bist du *verrückt* geworden? Soll ich etwa das ganze männliche Geschlecht verraten – ganz zu schweigen davon, daß ich so tun müßte, als wäre ich ein Eunuch, der die Sache nicht bis zum Ende durchstehen kann?« Er schüttelte den Kopf, als könne er nicht glauben, was er da gehört hatte.

Aber da stand Willie, und sie sah ihn mit diesem provozierenden Blick an, der so ganz und gar typisch für sie war und mit dem sie ihn gegen seinen Willen dazu zwang, sich zu entschuldigen und hastig einen Rückzieher zu machen.

»Allmächtiger, ich sage dir etwas – du hast deine Regeln aufgestellt; jetzt möchte ich dir meine verraten. Ich habe nicht das leiseste Interesse, deine kleine Jungfrau zu verführen, während ich ihr das Flirten beibringe – aber ich versichere dir, Willie, wenn *sie* versucht, *mich* zu verführen, dann kann ich dir nicht versprechen, dem kleinen Biest irgendwelche Steine in den Weg zu legen. Also paß gut auf – du öffnest die Büchse der Pandora, und nicht einmal du weißt, was du da möglicherweise freiläßt.«

Willie stieß einen Seufzer der Erleichterung aus. »Ach, Unfug, Grant. Du bist ein Gentleman, im Gegensatz zu dem, was ich bei Celias Verlobtem vermute. Ronald irgendwas heißt er, und wahrscheinlich kennt er sie seit ihrer Kindheit auf Ceylon, so daß es kein Wunder ist, daß sie sich zu ihm hingezogen fühlt. Aber es ist auch möglich, daß er nur hinter ihr her ist, weil sie jetzt eine reiche Erbin ist. Deshalb müssen wir dafür sorgen, daß Celia in weltlichen Dingen etwas erfahrener wird und dergleichen vielleicht leichter durchschauen kann.«

Mit diesem Gedanken ließ sie ihn allein, und eine volle Stunde lang brütete er darüber, wie geschickt sie seine Zuneigung – und seine Neugier – zu ihrem Vorteil zu nutzen verstanden hatte.

Was zum Teufel scherte es *ihn*, ob die Zigeunerin etwas Verstand in ihrem hübschen, kleinen Kopf hatte oder nicht? Er hatte sich schon fast dazu entschieden, Willie mit irgendeiner unwiderlegbaren Ausrede zu konfrontieren, um dem Ganzen zu entrinnen – aber es war mal wieder typisch für sie, daß sie einfach den Spieß herumgedreht hatte. Man mußte sie wirklich bewundern; fast schien es, als könne sie Gedanken lesen. Und wenn das so war, dann hoffte er zu Gott, daß sie auch in diesem Augenblick seine Gedanken las ...

Vielleicht konnte er aber auch ihre Gedanken lesen. Was zum Teufel sollte diese Sache mit dem Verlobten? Diese kleine Information hatte sie ihm mit der Leichtigkeit gesteckt, mit der man ein Messer in weiches Fleisch stieß. Die Zigeunerin hatte also einen *Verlobten?*

Er setzte sich im Bett auf. Ein Säugling war sie, ein Säugling, der seine ersten Schritte in eine Welt machte, von der er keine Ahnung hatte, und irgend jemand *wartete* auf sie?

Wartete worauf? Darauf, daß Willie ihr den äußeren Schliff einer Debütantin gab – und dann was? Würde er durch die Straßen von London geritten kommen, um seine Siegesbeute einzufordern?

Wer zum Teufel war er eigentlich?

Irgend etwas an der ganzen Geschichte paßte einfach nicht ins Bild, und Grant glaubte nicht, daß es ein Zufall war, daß Willie ihm überhaupt nichts von der Vergangenheit der kleinen Zigeunerin erzählt hatte.

Nun, auf die eine oder andere Weise war er ihr verpflichtet, also würde er selbst ein paar Nachforschungen anstellen – und er würde auch diesen Verlobten, Ronald irgendwas, unter die Lupe nehmen. Wenn Celia ihn von Kindheit an kannte, dann stammte er ganz offensichtlich aus Ceylon und konnte möglicherweise sogar etwas mit Tee zu tun haben – was eine reine Vermutung, aber immerhin ein Anfang war. Die ganze Sache würde sich vielleicht noch als interessant erweisen.

Jedenfalls war es nicht ausgeschlossen, daß er die gutmütige Willie vielleicht schon bald in jeder Hinsicht beschützen müßte – sogar vor ihrem heißgeliebten verstorbenen Bruder Richard.

Kapitel 6

Als Celia am nächsten Morgen erwachte, fühlte sie sich wie eine kleine hölzerne Marionette, deren Fäden immer von anderen gezogen wurden.

Der Traum hatte sie völlig niedergeschmettert.

Sie war keine Zigeunerin; sie sehnte sich vielmehr nach einem einfachen und normalen Leben an Ronalds Seite als dessen geliebte Ehefrau. Diese Saison in London war nichts als reine Verschwendung von Zeit und Geld. All diese törichten Rituale, die sie hatte erlernen müssen – sie sah sowieso nicht ein, warum man von einer Dame verlangte, immer und unter allen Umständen höflich zu bleiben, selbst wenn man sie noch so sehr herausforderte. Und warum hatte keiner ihrer Lehrer ihr je beigebracht, wie sie auf einen Mann reagieren sollte, der mit seiner glatten Schlangenzunge das eine sagte und mit seinen Augen etwas ganz anderes meinte?

Oder war das Ganze vielleicht nur eine Probe für ihre Charakterstärke und ihre Seelengröße, wie Anthea angedeutet hatte?

Und jetzt stand ihr auch noch dieser Opernbesuch heute abend bevor.

Sie fragte sich, wovor sie eigentlich Angst hatte; schließlich würde sie ja mit niemandem allein sein müssen. Sie brauchte nichts weiter zu tun, als sich auf das zu besinnen, was man ihr beigebracht hatte, sich zu benehmen, wie man es von ihr erwartete, und so zu tun, als sei sie genau das, was sie sein sollte; dann konnte ihr nichts passieren.

Sie brauchte lediglich die Rolle einer Debütantin spielen und mit der Szenerie verschmelzen, farblos, gesichtslos und ohne eigene Meinung. Und sie durfte auf gar keinen Fall zulassen, daß ihre Fantasie mit ihr durchging.

Wenn sie angesichts der Möglichkeit, einen Blick auf

den Prinzen von Wales und die Prinzessin Alexandra zu werfen, eine ungewöhnliche Aufregung empfand, würde sie das nicht zeigen; sie würde so tun, als sei dies das Normalste auf der Welt, genauso wie diese steifen, verknöcherten Aristokraten, mit denen ihre Tante befreundet war.

Sie schnitt eine Grimasse, preßte die Lippen aufeinander und reckte ihr Kinn hoch in die Luft. Genau so – wie mochte sie wohl aussehen? Sie kletterte aus dem Bett und posierte vor dem Spiegel. Heute abend würde sie die Zähne zusammenbeißen und in gedehnten Silben sprechen – etwas in der Art: »*Meine L-iebe, es ist n-ur die Prinzessin.* Wie la-ngweilig. Wir haben erst vor ei-ner Stunde Te-e zusammen getrunken, und mir fällt ein-fach nichts mehr ein, worüber ich mit ihr sprechen könnte!« informierte sie ihr Spiegelbild mit beträchtlicher Arroganz.

Kichernd sah sie zu, wie ihre Lippen die Worte formten, und dachte darüber nach, wie deplaziert sie aus ihrem sinnlichen Mund klangen. Diese Art lässigen Gelangweiltseins würde sie nicht lange durchstehen können – nicht mit ihrem Gesicht, nicht mit ihrem Körper.

Langsam schlüpfte sie aus ihrem einfachen, hochgeschlossenen Negligé und stand noch eine Weile herausfordernd in ihrem Unterhemd vor dem Spiegel.

Was sahen andere Menschen, wenn sie sie anschauten? Ihr Aussehen war genauso andersartig und auffallend wie das ihrer Mutter. Celia besaß ein Foto von ihr, das sie während eines Bühnenauftritts zeigte, eine wunderschöne Zigeunerfrau in einer tief ausgeschnittenen Bauernbluse und langen, in mehreren Schichten übereinander angeordneten Röcken. An ihren anmutigen, geschmeidigen Armen trug sie silberne Armreifen, und ihr Haar war ein ebenholzschwarzer Wasserfall, der sich über ihre Schultern ergoß.

Aber es waren ihre Augen – diese hellen Augen, die im Kontrast standen zu ihrer dunklen Haut, der wissende Blick in diesen Augen –, an die sie sich am besten erinnern konnte und die ihr immer aus dem Spiegel entgegenblickten.

Das war Marianna, eine Frau, der die Männer in Scharen nachgelaufen waren, der man Blumensträuße auf die Bühne geworfen hatte, der Geschenke geschickt wurden und alles, was sie sich nur wünschen konnte, angeboten wurde.

Woher *wußte* Marianna es?

Was hatte Celias Vater geopfert, als er sich auf den ersten Blick in Marianna verliebte?

Und wofür?

Was hatten ihr Wissen und seine Liebe ihnen beiden eingebracht?

Doch jetzt gab es nur noch sie – eine Erinnerung an die Narretei zweier Menschen –, und jetzt stand sie selbst im Begriff, eine Torheit zu begehen.

London war *ihre* Bühne – das hatte sie gestern nacht gespürt, als sie trotz all ihrer Bedenken ihre Rolle gespielt hatte. Sie war keine Außenseiterin in dieser Welt, sie konnte sich der Hilfe und Unterstützung von Tante Willie sicher sein und der festen Hand von Grant Hamilton auf ihrem Arm, der sie *begleitete* und führte.

Tante Willie würde nie zulassen, daß ihr etwas zustieß; in dem illustren Kreis ihrer Freunde kamen solche Dinge einfach nicht vor. Von Grant ging keinerlei Gefahr für sie aus, und sie benahm sich wie eine absolute Närrin.

Sie brauchte nicht mehr zu tun, als sich für den Abend anzukleiden und die Ereignisse ihren Lauf nehmen lassen.

Und wenn die Zigeunerin in ihr bei dieser Gelegenheit an die Oberfläche trat, nun gut. Wenn der Geist ihrer Mutter sie beschützte, würde sie vielleicht sogar dieses armseligste Ritual der Saison relativ unbeschadet überstehen.

Willie machte sich in ihrem Zimmer ebenfalls ihre Gedanken. Celias Erfolg am Vorabend war etwas noch nie Dagewesenes – zumindest für eine Unbekannte, die sich den

Launen der Gesellschaft zum erstenmal aussetzte. Nicht einmal Grants Unterstützung konnte die erstaunliche Gewandtheit, mit der Celia sich den Gästen ihrer Tante präsentiert hatte, ganz erklären.

Und heute abend schien sie auch wieder zum Leben erwacht zu sein, ja, sie schien ein ganz anderer Mensch zu sein als das gehorsame und ziemlich farblose junge Mädchen, das Willie am Frühstückstisch gegenübergesessen hatte.

Sie fragte sich, ob sie es vielleicht etwas bedauerte, Grant in ihren Plan, Celia der Welt des Adels zuzuführen, eingeweiht zu haben. Was war, wenn das Kind eine Neigung für ihn entwickelte? Warum hatte sie daran nicht schon früher gedacht? Natürlich hatte er ihr unmißverständlich klargemacht, daß er sich nicht für Celia interessierte – aber Männer sagten ohnehin nie, was sie meinten. Sie würde noch einmal mit ihm reden müssen und ihn, wenn sie gemeinsam in Gesellschaft waren, genau im Auge behalten.

Das war allerdings das einzige, was sie tun konnte, vor allem, da Celia als hoffnungsvolle Debütantin ein so ganz anderer Mensch war als die Celia, die sie aus dem Bischofshaushalt nach London geholt hatte.

Aber all das behielt sie für sich, während sie Celia für die Oper in ein Gewand aus elfenbeinfarbener *Peau de soie* kleidete, dessen Rock an einer Seite mit roten und rosa Seidenrosen eingefaßt war. Die Kammerzofe hatte ihr kleine Rosen und Perlen in ihre hochgesteckten Locken geflochten, und sie trug ellbogenlange Seidenhandschuhe von dem gleichen Elfenbeinweiß ihres Kleides.

»O Celia, sieh dich nur an! Du darfst heute abend keinen Augenblick vergessen, wie schön du bist. Und hier habe ich noch das I-Tüpfelchen . . .«

Sie hielt eine wunderschöne, diamantenbesetzte Perlenkette hoch und bedeutete Celia, den Kopf zu senken, damit sie sie ihr um den Hals legen konnte.

»Und die Ohrringe.« Willie gab sie Celia und trat dann

einen Schritt zurück, während das Mädchen sie anlegte. »So!«

Celia drehte sich zum Spiegel um und sah dann wieder Willie an. »Bist du sicher, daß ich nicht ein klein wenig zu viel Haut zeige?«

»O nein, überhaupt nicht. Du siehst absolut perfekt aus. Und die Farbe deines Kleides bildet einen wunderbaren Hintergrund für deine Augen und dein Haar. Du kannst dir gar nicht vorstellen, wie hübsch du aussiehst«, fügte Willie hinzu, bevor sie Celia impulsiv in die Arme schloß.

Celia drehte sich noch einmal zum Spiegel um. Sie sah eine gewisse Verwegenheit an sich, die vielleicht von dem eleganten Kleid herrührte, ihr Rückgrat, das durch stählerne Korsettstangen betont wurde, und sie empfand einen tiefen Widerwillen angesichts der Tatsache, daß der bevorstehende Abend von anderen verplant war und selbst die Vergnügungen vorgeschrieben wurden.

Sie fühlte sich gefährlich, so gefährlich, wie nur eine schöne Frau sich fühlen konnte. Sie fühlte sich, als könne sie eine gewisse Macht ausüben, aber nur dann, wenn es ihr gelang, sich diesem geheimen Selbst in ihr zu überlassen.

Sie drehte sich um und betrachtete noch einmal ihr Spiegelbild. Das war nicht sie; das war nur eine ihrer vielen Facetten, die sie zur Zeit in sich entdeckte.

Na schön. Sie würde diesen Abend genauso genießen wie dieses andere Selbst, und sollten die Konsequenzen sie ruhig treffen – morgen.

»Man nennt es den ›Steigbügelhalter‹, und es spricht überhaupt nichts dagegen, daß du ein paar Schlucke davon nimmst, bevor wir zur Oper aufbrechen. Du hast nicht allzuviel gegessen, oder?«

»Oh, ein halbes Sandwich, ein Stück Pastete; nichts, was mir den Appetit auf das Abendessen verderben könnte.«

»Sehr klug, Celia. Es wird ein langer Abend, das steht fest, und da ist es besser, den schlimmsten Hunger zu stillen, ohne sich satt zu essen. Nun? Hättest du gern einen Schluck Champagner?«

Oh, und ob; die Bläschen kitzelten ihr in der Nase, und das trockene, perlende Getränk stieg ihr eindeutig zu Kopf. »Champagner ist herrlich, Tante Willie.«

»Ja, er läßt die Dinge so viel strahlender und erträglicher erscheinen«, erwiderte Willie und gab dem Lakaien das Signal, ihnen ihre Umhänge zu bringen. »Die Kutsche ist da, Celia. Paß auf, wo du hintrittst.«

Sie fühlte sich tatsächlich ein wenig benommen, als die Kutsche sich in Bewegung setzte. Sie schaute aus dem Fenster, um sich all die anderen vorüberfahrenden Kutschen anzusehen und ebenso die Leute, die auf den Bürgersteigen standen und sich das Spektakel ansahen.

Ganz London schien von elektrischen Lichtern beleuchtet zu sein, so daß das Gaslicht im Kontrast dazu nur noch düster zu flackern schien.

Sie sog alles gierig in sich auf. Das also war London, das London der Epidemien und Brände und der Wiedergeburt, das geschäftige, überbevölkerte London, das nie zur Ruhe kam. Und *sie,* Celia Penmaris, war auf dem Weg zum Opernhaus in Covent Garden, um sich eine Aufführung von Verdis *La Traviata* anzusehen, die Geschichte eines Mädchens, das einen Fehltritt getan und am Ende seine Seele wiedergefunden hatte. Eine beinahe biblische Geschichte, die irgendwie in Musik verwandelt worden war.

Und als sie vor der Oper ankamen, konnte sie nicht fassen, welche Menschenmenge dort schon versammelt war, und jedesmal, wenn eine Kutsche stehenblieb und ihre Fahrgäste ausstiegen, schien diese noch dichter zusammenzurücken.

Während sie darauf warteten, daß sie aussteigen konnten, lauschte Celia dem Klang sich hebender und senkender Stimmen, einem beinahe nervenzerreibenden Getöse. Ihre Hände in den eleganten Handschuhen, die wie eine zweite Haut waren, wurden plötzlich feucht.

Sie schloß die Augen, damit sie die Menschen nicht sehen mußte. Sie würde es nicht fertigbringen – sie war eine Hochstaplerin, und jeder, der sie sah, würde sie sofort entlarven.

Dann spürte sie, wie Willie, freundlich und fest, ihre Hände ergriff, um sie ein paar Sekunden lang tröstend festzuhalten; sie öffnete die Augen und sah ihre Tante an. »Celia, mein Kind, ich weiß genau, wie du dich fühlst. Ich habe diesen Spießrutenlauf auch einmal durchgestanden; jeder muß diese Dinge irgendwann zum erstenmal tun. Die Menge hier draußen findet das herrlich. Es ist ihre einzige, kostenlose Unterhaltung, uns zu beobachten und sich Geschichten über uns auszudenken. Deine Mutter hätte keine Angst vor ihnen gehabt, da bin ich mir sicher. Sie hätte ihnen Handküsse zugeworfen . . .«

Ja, genau das hätte Marianna getan, dachte Celia und lächelte Willie dankbar zu.

»Ich wünschte, ich hätte sie gekannt«, fügte Willie mit offenkundigem Bedauern in der Stimme hinzu.

»Ich auch«, flüsterte Celia. Dann straffte sie die Schultern und versuchte sich vorzustellen, wie Marianna aus der Kutsche gestiegen wäre und ihre Blicke über all die fremden und neugierigen Gesichter hätte schweifen lassen.

Sie wußte, daß sie glitzerte wie eine Märchenprinzessin, als sie aus der Kutsche stieg. Funkelnde Diamanten an ihrem Hals und ihren Ohren, in ihrem dunklen Haar; dazu das Glänzen ihrer wissenden, bernsteinfarbenen Augen . . .

Sie hörte keinen einzigen der Kommentare oder der Jubelrufe, die sich erhoben, aber Willie hörte alles und wurde wieder von derselben, erstaunten Unruhe erfaßt, die sich schon früher ihrer bemächtigt hatte.

»Wer ist *die* denn? Wenn mir das nicht mal 'ne verdammte Schönheit ist!«

»Hüte dich bloß vor Seiner Hoheit, Schätzchen! Der hat nämlich 'ne Menge übrig für hübsche, kleine Mädchen wie dich!«

Hüte dich, hüte dich! Sie hatte Celia also wieder einmal in eine Situation gebracht, die leicht außer Kontrolle geraten konnte, dachte Willie. Natürlich würde der Prinz von Wales sie bemerken – wer würde das nicht tun? –, aber was war, wenn er diskrete Nachforschungen anstellen ließ und diese dazu führten ... Sie weigerte sich, ausgerechnet in diesem Augenblick darüber nachzudenken. Es reichte vollkommen, wenn sie den Gedanken irgendwo im Hinterkopf behielt.

Sie nahm sich vor, Celia an diesem Abend noch gewissenhafter zu beschützen, und sie war dankbar dafür, daß sie die Oper aus der eleganten Privatloge heraus verfolgen konnte, die ihre Freundin Jennie Churchill ihr zur Verfügung gestellt hatte.

Um dem Ganzen noch die Krone aufzusetzen, kam Grant zu spät. Er hätte vor ihnen da sein müssen, und seine Mißachtung ihrer Wünsche war einfach unerträglich, dachte Willie zornig, obwohl sie nach außen hin die Freundlichkeit und Ruhe in Person war und den Freunden, die sie eingeladen hatte, Entschuldigungen zuflüsterte.

Glücklicherweise verdunkelten sich die Lichter schon bald, nachdem sie ihre Plätze eingenommen hatten, und die Ouvertüre begann. Das würde Celia Zeit verschaffen, sich an alles zu gewöhnen – und *ihr* gab es Zeit, sich auszumalen, was sie mit ihrem Stiefsohn anstellen würde, wenn er nicht vor dem ersten Akt auftauchte.

Kapitel 7

Celia hatte das Gefühl, auf der Oberfläche einer funkelnden Champagnerperle zu treiben: Die Musik war zauberhaft, die Oper herzzerreißend.

Aber am Ende hatte sie nicht geweint – obwohl in ihren weit aufgerissenen Augen Tränen leuchteten –, es war ihr sogar recht gut gelungen, ihre Fassung zu bewahren, auch wenn sich so viele Leute und vor allem Männer regelrecht um sie herumscharten, als sie ihre Loge verließen.

»Das ist einfach unglaublich«, murmelte Willie zornig. »Wir gehen erst mal ins Damenzimmer und machen uns ein wenig zurecht, bis alle gegangen sind.«

»Was glaubst du, wie lange das dauern wird?« erkundigte sich Celia, aber sie war sich gar nicht so sicher, ob sie es wirklich wissen wollte. Auf keinen Fall wollte sie so bald schon wieder Grant Hamilton gegenübertreten müssen. *Er* war einfach unerträglich mit seinen ruchlosen Augen und diesem teuflischen Ausdruck auf dem Gesicht. *Er* gab ihr das Gefühl, noch ein kleines Kind zu sein, und dafür haßte sie ihn.

In der Zwischenzeit ging Willie zwischen dem Salon und der Flurtür auf und ab und machte sich langsam wirkliche Sorgen um Celia. Die Wangen ihrer Nichte waren gerötet und glänzten fiebrig, und ihre Stimme war ein klein wenig zu überschwenglich, beinahe als hätte sie zuviel Champagner getrunken. Und Grant hatte die Dinge weiß Gott nicht besser gemacht, indem er sie die ganze Zeit über mit diesem furchtbar dunklen und gefährlichen Blick gemustert hatte. Sie wußte nicht, was sie denken sollte. Celia war in jeder Hinsicht noch ein reines Kind und spielte nur die raffinierte Debütantin; aber die Tatsache, daß sie heute abend nicht im geringsten aussah wie ein Kind, war doch sehr beunruhigend.

»Celia, meine Liebe, das alles war doch nicht etwas zuviel für dich, oder?« fragte sie besorgt.

Celia lächelte ein rätselhaftes, wissendes Lächeln, das Willie sofort die Haare zu Berge stehen ließ. »O nein, Tante Willie. Ich fühle mich wunderbar. Ich fühle mich so – wie gern ich heute abend tanzen würde! Und findest du nicht, daß ich mit diesen frechen jungen Männern sehr schön zurechtgekommen bin? Glaubst du, ich werde es lernen zu flirten – wenigstens ein klein wenig?«

»Ein *ganz* klein wenig«, erwiderte Willie grimmig und konnte sich des plötzlichen Gefühls nicht erwehren, daß sie nicht den geringsten Einfluß auf ihr Mündel hatte. Wie dumm, so etwas zu denken, sagte sie sich, wenn sie doch diejenige war, die diese Dinge überhaupt erst ins Rollen gebracht hatte.

Aber im weiteren Verlauf des Abends sollte sich ihr Unbehagen noch steigern. Sie verließen die Sicherheit und Ruhe des Damenzimmers, um auf Grant zu stoßen, der auf sie wartete; dann mußten sie einen Weg zurücklegen, der Willie endlos erschien, ungezählte Meilen roter, chinesischer Teppiche, die von den oberen Stockwerken in die Eingangshalle führten, wo ihre Stimmen von den prunkvollen Decken widerhallten – jetzt, da sich der größte Teil der Menge zerstreut hatte.

Andererseits gab es wahrhaftig nicht viel zu sagen: Celia schien ganz mit sich selbst beschäftigt zu sein, und Grant sah genauso mißvergnügt aus, wie Willie sich fühlte.

Und zu allem Überfluß wurden sie, kaum daß sie sich an Grants gewohnten Tisch im Romano gesetzt hatten, von anderen Gästen gestört, die alle der neuesten Schönheit vorgestellt werden wollten.

Willie war jeglicher Appetit vergangen. Das war einfach zuviel und zu früh. Celia war kaum irgendwo offiziell eingeführt worden, und schon jetzt überschlugen sich die Leute, um sie kennenzulernen. Willie wußte nicht recht, wie sie auf diese Bitte reagieren sollte. Celia war noch nicht so weit, das stand fest – man brauchte sie sich nur einmal anzusehen, dachte Willie; das Mädchen sprudelte schier über, genauso wie der Champagner, an dem sie zu nippen begonnen hatte.

Und Grant war einfach unmöglich, mit seinen skrupellosen Blicken in Celias Richtung, ganz als betrachte er sie als Frau – und als Beute.

Auch wenn es ihr noch so schwerfiel, sie mußte darauf vertrauen, daß er sich anständig benehmen und an Celias Alter und ihre Unschuld denken würde.

Obwohl sie gerade in diesem Augenblick nicht so übermäßig unschuldig aussah.

Da fing Grant Willies Blick plötzlich auf, und sie sah ihn finster an. Er hob eine Augenbraue und bedachte sie mit einem unverschämten Grinsen, so daß sie sich von Herzen wünschte, sie könnte nah genug an ihn herankommen, um ihm unter dem Tisch einen ordentlichen Tritt gegen das Schienbein zu versetzen.

Zum Teufel mit ihm, was dachte er sich eigentlich dabei?

Aber das war ziemlich offensichtlich: Grant amüsierte sich prächtig über die jungfräuliche kleine Zigeunerin, die sich zur Verführerin gewandelt hatte.

Es stand ihr gut, dachte er, eine Persönlichkeit zu haben, die zu ihrem Aussehen paßte. Unter der Maske unterwürfiger Unschuld war sie ein Hitzkopf, und dieses Dinner gestaltete sich bei weitem interessanter, als er es sich hätte vorstellen können.

Während er sich auf seinem Stuhl zurücklehnte, um ihre absichtlich von ihm abgewandten, golden überhauchten Schultern besser betrachten zu können, fragte er sich, wie diese Celia wohl den Herausforderungen begegnen würde, die ganz gewiß auf sie lauerten. Und wie würde Willie mit dieser veränderten Situation fertig werden?

Er selbst war natürlich lediglich ein Beobachter, der Begleiter, der mit der Holzvertäfelung verschmolz, und ganz davon abgesehen waren Jungfrauen nicht nach seinem Geschmack.

Ihr Kellner näherte sich dem Tisch und reichte Grant eine vornehme Visitenkarte mit einer Einladung. Eine alte Freundin, die Comtesse Remoyne, bat die Herzoginwitwe von Millhaven und ihre Gesellschaft zu einem späten Abendessen mit anschließendem Tanz in ihr Heim; die Comtesse Remoyne hatte eine kurze Notiz beigelegt mit der Bemerkung, daß diese kleine Feier eine vollkommen improvisierte Angelegenheit sei. Der Prinz von Wales, der an diesem Abend das Bedürfnis nach weiterer Unterhaltung im Freundeskreis verspüre, habe das Treffen vorgeschlagen.

Willies Verzweiflung wuchs. Für Celia war das heute abend nicht gut, und auch Willie selbst stand der Sinn bei weitem nicht danach, aber wie konnte sie diese ausdrückliche Einladung des Prinzen ablehnen?

Natürlich war das nicht möglich; also würde sie einfach immer als Anstandsdame in Celias Nähe bleiben und keinen Mann näher als drei Meter an sie heranlassen.

In der Zwischenzeit beschäftigte sich Celia gleichgültig mit ihrem Essen und kostete die geheime Macht, die aus irgendeinem versteckten Winkel ihres Wesens aufzusteigen schien. Es war so *leicht*, mit Männern zu reden; man brauchte lediglich im richtigen Augenblick das Richtige zu sagen, und schon fand man heraus, daß man in Wirklichkeit eigentlich nur hingerissen zu lauschen brauchte, wenn sie selber sprachen.

Außerdem war sie fest entschlossen, sich von dem abscheulichen Mister Hamilton nicht den Abend verderben zu lassen; sie glaubte wirklich, ihm mit ihrer vorangegangenen Anspielung auf den großen Altersunterschied zwischen sich und ihm einen beträchtlichen Dämpfer versetzt zu haben. Und sie hatte extra darauf geachtet, ihn bei jeder Gelegenheit ›Sir‹ zu nennen, und sich geweigert, ihm direkt in seine gefährlichen Augen zu blicken, während sie aufmerksam in die Augen eines jeden Mannes geschaut hatte, der ihr an diesem Abend vorgestellt worden war.

Soviel also zum Thema Begleiter.

Der junge Mann zu ihrer Linken hätte die Sache genauso gut gemacht wie Mr. Ungehobelt Grant Hamilton, auch wenn er vielleicht noch ein wenig grün hinter den Ohren war. Zumindest hatte der ehrenwerte Jack Swinnerton politischen Ehrgeiz und wußte eine Menge über Indien, wohin er binnen kurzem als Berater des neuen Vizekönigs reisen würde.

Und er schien sehr dankbar zu sein, eine junge Dame gefunden zu haben, die intelligent war und mehrere Sprachen beherrschte; vor allem faszinierte ihn aber die unerwartete Möglichkeit, ihr Kenntnisse und Wissen zu vermitteln.

Sie brauchte Grant Hamilton nicht, dachte sie rebellisch. Sie war auch ohne seine gönnerhafte Hilfe ein voller Erfolg.

Andererseits fand sie, daß sich Mr. Swinnerton ziemlich dicht zu ihr herüberbeugte – und dann spürte sie plötzlich ein nicht allzu sanftes Drängen an ihrem Knöchel. Hastig schob sie ihre Füße unter ihren Stuhl.

Er tat so, als hätte er ihre Zurückweisung nicht bemerkt, und dann brachte dieser Kerl auch noch die Unverschämtheit auf, sie unter dem Schutz der Tischdecke in den Oberschenkel zu zwicken.

Sie hätte nie gedacht, daß sie derart zornig werden könnte; ihre Wut übertraf sogar noch ihren Ärger auf Grant Hamilton, als sie zu dem jungen Mann herumfuhr, die Finger um ihren Fächer geklammert, als hätte sie vor, diesen als Waffe zu benutzen.

»Mr. Swinnerton!«

»Miß Penmaris«, hörte sie da plötzlich Grant Hamilton sagen, »ich entschuldige mich dafür, daß ich Sie unter dem Tisch angestoßen habe. Es war eine rüde Art und Weise, Ihre Aufmerksamkeit zu erringen, fürchte ich, aber Sie müssen mir meine fortgeschrittenen Jahre zugute halten. Ich bitte um Verzeihung, Swinnerton, aber Miß Penmaris' Tante hat schon seit einiger Zeit versucht, sie auf sich aufmerksam zu machen. Können Sie mir noch einmal verzeihen?«

Celia sah zu Willie hinüber, sprang auf und eilte zu ihr. »Liebste Tante Willie, habe ich etwas falsch gemacht? Es tut mir so leid! Müssen wir gehen?«

»Ich muß unbedingt sofort mit dir reden, und zwar ungestört«, sagte Willie knapp. Celia hatte heute abend eine Lektion gelernt, und das war eine, die weder sie noch Grant ihr hätten erteilen können.

»Komm, begleite mich in das Damenzimmer; du hast nichts falsch gemacht, aber ich muß kurz unter vier Augen mit dir sprechen. Paß auf die Kellner da drüben auf. Es ist ziemlich voll hier heute abend. Sieht das Dessert nicht einfach köstlich aus? Nun, wenigstens träumen darf man ja davon, nicht wahr? So, hier wären wir – du kannst dein Haar später richten, Kind, und ich denke, daß du das dringende Bedürfnis dazu verspüren wirst.«

Sie reichte Celia die Einladung, damit sie sie selbst lesen konnte.

Celia sah fassungslos auf die Karte in ihrer Hand herunter. »Der Prinz von Wales? Tanzen? Aber – *ich*, Tante Willie?«

»Nun, ich kenne die Gräfin schon seit einer ganzen Ewigkeit. Und der Prinz schwärmt für Jugend und Schönheit; natürlich hat er dich heute abend bemerkt, aber er ist ein Gentleman. Also mußt du einfach nur du selbst sein und – nun, wer weiß, was alles passieren kann? Möglicherweise wirst du sogar Prinzessin Alexandra vorgestellt, was deine Position in der Gesellschaft endgültig festigen würde. Dann würde man dich ohne Frage überall akzeptieren, aber ich will den Ereignissen auf keinen Fall vorgreifen. Wir werden die Einladung selbstverständlich annehmen und abwarten, was dann geschieht.«

Und da war er wieder, dieser Blick in Celias Augen, dieses andere Selbst, das an die Oberfläche trat. Celia gefiel der Gedanke, den Prinzen von Wales kennenzulernen – wem würde das nicht gefallen? –, aber es war noch mehr als das; dieses eine Mal in ihrem Leben wollte Celia sich wie Cinderella auf dem Ball fühlen.

Kapitel 8

Sie gingen durch die dichtgedrängte Menge ansehnlicher Herren, um ihre Umhänge zu holen, und warteten dann fünfzehn lange Minuten, bis ihre Kutsche endlich im Schneckentempo vorfuhr.

»Meine Güte, was für ein Verkehr«, stöhnte Willie. »Wir werden mindestens eine Stunde brauchen, um die fünf Blocks bis zum Stadthaus der Gräfin zurückzulegen.«

»Man könnte immer noch eine bedauernde Absage schicken«, meinte Grant, dessen Ton beim Anblick von Celias gerötetem Gesicht eine leichte Säuerlichkeit angenommen hatte.

»Liebend gern«, murmelte Willie. »Aber ich kann unmöglich Sylvias ausdrückliche Einladung zurückweisen. Sehr wahrscheinlich will sie so viele Leute wie möglich um sich haben, um mit *ihm* fertig zu werden. Ich habe noch nie begriffen, warum die Leute sich für den flüchtigsten Kontakt mit der königlichen Familie förmlich überschlagen, aber so ist es nun mal. Selbst Celia fand den Gedanken überwältigend.«

»Das liegt an deinen demokratischen, amerikanischen Ansichten, liebe Stiefmama, und Celia sieht mir ein wenig zu überwältigt aus. Wir sollten es eigentlich besser wissen und dem Prinzen keine Frau unter fünfundzwanzig in die Nähe kommen lassen, ganz gleich, was die Gerüchteküche über ihn zu sagen weiß.«

Celia blickte von einem zum anderen und war empört darüber, daß die beiden über sie sprachen, als sei sie gar nicht anwesend. Willie hatte kein Recht, ihr den Abend zu verderben, bevor sie überhaupt angekommen waren.

Und Grant – was ihn betraf, fehlten ihr wahrhaftig die Worte; sie wünschte nur, sie könnte ihn mit seinem Zynismus und seinem spöttischen Tonfall einfach ignorieren. Er gab ihr das Gefühl, linkisch und unbeholfen zu sein, und das, nachdem sie sich zu Beginn des Abends so raffiniert und welterfahren vorgekommen war.

Der Zwischenfall mit Mr. Swinnerton hatte ihr vor Augen geführt, wie töricht sie doch in Wirklichkeit war, und die Tatsache, daß nicht *er* derjenige gewesen war, der sie unter dem Tisch angestoßen hatte, war ihr zutiefst peinlich. Daher war sie genau in der richtigen Stimmung, sich eigensinnig und keck zu zeigen, wenn auch nur, um sowohl ihrer Tante als auch Mr. Ungehobelt Grant Hamilton zu zeigen, daß sie kein dummes, kleines Mädchen mehr war, das sich nicht unter den Großen und Mächtigen dieser Welt zu bewegen verstand.

Der Unterschied zu den scharwänzelnden Männern, die sie in der Oper und bei Romano umgeben hatten, konnte doch nicht so groß sein? Man war höflich, murmelte zustimmend, zeigte sich nicht zu vorlaut und knickste, wenn man dem Prinzen vorgestellt wurde. Auf mehr konnte sie ohnehin nicht hoffen, dachte sie. Sie würde ihn kennenlernen, und er würde sich schon eine Stunde später nicht mehr daran erinnern, wer sie war.

Was ein niederschmetternder Gedanke es war, der allein schon ausreichte zu verhindern, daß sie sich von ihren Träumen davontragen ließ.

Aber der Anblick des Stadthauses der Gräfin Remoyne verschlug ihr dann doch den Atem. Es war das einzige Haus an dem kleinen Straßenbogen, der von Hyde Park Lane wegführte, mit Blick auf den Park und wunderbar festlich beleuchtet.

Die Treppe zum Eingang schien mindestens einen viertel Block lang zu sein, mit weiten, flachen Marmorstufen, die zu einer imposanten, gut drei Meter hohen, auf Hochglanz polierten Mahagonitür führten, an welcher ein Butler stand, um sie ehrerbietig einzulassen.

Am Fuß der Treppe wartete bereits ein Lakai, der die Gäste begrüßte, während sie aus ihren Kutschen stiegen.

»So«, sagte Willie bedrückt, während sie die Schar elegant gekleideter Besucher beäugte, die vor ihnen angekommen waren, »da wären wir also . . .«

Ihre Kutsche kam mit einem Ruck zum Stehen, und der Lakai öffnete sogleich die Tür.

»Die Gräfin läßt Sie willkommen heißen.«

»Vielen Dank«, sagte Willie und streckte die Hand aus, damit er ihr heraushelfen konnte. »Die ehemalige Herzogin von Millhaven, Mrs. Hamilton; mein Mündel, Miß Celia Penmaris, und mein Stiefsohn, Mr. Grant Hamilton.«

»Sehr wohl«, sagte der Lakai, bevor er Celias Hand ergriff und sie ebenfalls sicher aus der Kutsche geleitete. Nachdem er dann noch auf Grant gewartet hatte, ging er ihnen voran die Treppe hinauf, flüsterte dem Butler zu, wer die Neuankömmlinge waren, und ließ sie allein.

Celia verharrte stocksteif auf der Schwelle der Eingangshalle, völlig benommen von der Pracht jenseits der Tür.

Die Halle war zwei Stockwerke hoch, die Wände in einem hellen Pfirsichton gestrichen und mit Stuckwerk versehen, das in cremigem Weiß unter der Decke hervorsprang. An den Wänden hingen kostbare, in Gold gerahmte Landschaftsmalereien, und ein seidig glänzender, türkischer Läufer führte vom Eingangsbereich in einen Vorraum, dessen Eingang im Dunkel eines anmutig geschwungenen Gewölbes lag.

Die schlichte Einfachheit und Eleganz dieser kleinen Empfangshalle war atemberaubend. Celia hatte das Gefühl, als könnte sie den ganzen Rest der Nacht einfach nur dort stehen und schauen. Wie mußte erst der Rest des Hauses aussehen?

Nun erschien ein weiterer Lakai aus einem der anderen unsichtbaren Vorzimmer, um Willie ihren Umhang abzunehmen; dann wartete der Mann geduldig darauf, daß Celia in den Raum trat, damit er sie von dem ihren befreien konnte.

Es war Grant, der sie schließlich über die Schwelle zog, und sein Gesichtsausdruck, als er das tat, war amüsiert und – wagte sie wirklich, es zu glauben? – sogar ein klein wenig freundlich.

Als sie ihren Umhang abstreifte, blickte sie verstohlen auf. Die mit schwerem Stuckwerk versehene Decke ragte hoch über ihr auf, und in der Mitte prangte eine Rosette, von der ein Waterford-Kronleuchter herabhing.

Von einem Balkon etwa fünf Meter über Celias Kopf baumelte ein kostbarer alter Wandteppich herab, dessen Farben so strahlend leuchteten, als wäre er erst vergangenes Jahr gewoben worden. In einer kleinen Nische in der rechten Mauer zwischen zwei unauffälligen, geschlossenen Türen stand eine Büste der Königin.

Der Lakai verschwand durch eine der Türen und bedeutete den drei Gästen, dem Butler zu folgen, welcher seinerseits einen Augenblick vor den gewaltigen Türen unter dem Gewölbe stehenblieb, bevor er sie schwungvoll öffnete und die Neuankömmlinge mit sonorer Stimme ankündigte.

Celia stand hinter Grant, so daß sie nicht sofort in den Raum hineinschauen konnte, aber sie hatte den Eindruck, daß er riesig sein mußte, größer sogar noch als Tante Willies Ballsaal. Überall flackerten Gaslichter, in eleganten Wandleuchtern und aus den sechs Lüstern, die von der Decke herabhingen.

Sie hörte Musik und das Gemurmel von Stimmen, weder laut noch überwältigend, sondern ziemlich genau so, wie sie es im Haus einer Gräfin, die königliche Gäste bewirtete, erwartet hätte.

Dann hörte sie Tante Willie sagen: »Sylvia, liebe Freundin . . .«

Und eine tiefe, melodische Stimme, die erwiderte: »Wilhelmina, wie ich mich freue . . .!«

Schließlich trat Grant zur Seite, und Celia konnte ihren ersten Blick auf die Gräfin Remoyne erhaschen und auf den ungeheuren Prunk, den sie um der Laune eines Prinzen willen in ihrem Haus entfaltet hatte.

Der Raum war überfüllt, aber nicht so, daß es wirklich unbehaglich gewesen wäre, und die süßen Düfte verschiedenster Parfüme bildeten den Hintergrund zu Gesprächen, von denen Celia annahm, daß sie gewiß sehr geschliffen und weltgewandt sein mußten.

Es war so, als tanzten die Anwesenden eine Quadrille – ein Austausch von Höflichkeiten und dann ein rascher Partnerwechsel zur nächsten Runde, und das alles in einer Atmosphäre unglaublicher Eleganz: das Leuchten des Gaslichts, die zierlichen, brokatbespannten Stühle, die in der Nähe der gut drei Meter hohen, mit dicken Brokatvorhängen verhüllten Balkontüren zusammenstanden. Sie gingen über einen glänzenden Parkettboden, traten bald an diese Gruppe heran, bald an die nächste, wobei auf der Seite des Raumes, wo der Prinz von Wales offensichtlich hofhielt, ein besonders dichtes Gedränge zu bemerken war.

Auf einem der oberen Balkons spielte ein Streichquartett die sanften Melodien von Mozart und Vivaldi; unten bewegten sich Lakaien durch die Gäste und boten ihnen kleine Leckerbissen an, um ihren größten Hunger zu stillen, bis um Mitternacht das Essen serviert würde.

»Nur eine kleine, spontane Feier für die zweihundert interessantesten Freunde des Prinzen«, sagte Sylvia Remoyne in ihrem flötengleichen Tonfall, und es war unmöglich herauszufinden, ob sie ihre Worte ernst meinte oder ob sie das Ganze eher mit einem Hauch Sarkasmus betrachtete.

Sie war groß, beinahe so groß wie Grant und ganz eindeutig größer als Tante Willie; außerdem war sie schlank, ja beinahe eckig, und sowohl in ihrem Blick als auch in ihren Worten lag eine allzu große Schärfe. Aber sie war nach dem letzten Schrei der Mode gekleidet und kannte offensichtlich alles und jeden; angesichts ihrer Unverblümtheit und ihrer Position in der Gesellschaft hielt man sie wahrscheinlich für ein Original mit maßgeblichem Einfluß in ihren Kreisen.

Celia gefiel ihr offensichtlich, angefangen von ihrem ungewöhnlichen Aussehen und ihrem modischen Kleid bis hin zu ihrer Statur.

»Und von dem Augenblick, an dem er dieses kleine Täubchen hier erblickte, gab er natürlich keine Ruhe mehr, bis ich Ihnen auch eine Einladung zukommen ließ«, fügte sie hinzu, trat dann näher an Celia heran und hob deren Gesicht ins Licht, so daß sie vor allem ihre Augen besser sehen konnte. »Sie sind wirklich atemberaubend, meine Liebe. Kein Wunder, daß er sie bemerkt hat. Celia heißen Sie, nicht wahr?«

Sie würde nicht vor Verlegenheit verstummen, o nein, das würde sie *nicht* – aber wie sprach man eine Gräfin an? »Jawohl, Ma'am«, murmelte sie und hoffte verzweifelt, daß das reichen würde.

»Und Grant«, fuhr Sylvia fort, während sie die Hand ausstreckte. »Sie sind hier überaus willkommen, vor allem, weil Sie Willies geliebter Stiefsohn sind. Ich weiß alles, mein Junge. Wir sind ständig in Verbindung geblieben. Ihr Vater ist ein Zauberkünstler – er hat Willie sehr glücklich gemacht, auch wenn er sie so weit von uns weggerissen hat. Ich kann ihr Glück in ihren Augen sehen und in ihrem Lächeln. Willie, meine Liebe, wir haben uns so viel zu erzählen. Diese beiden jungen Leute hier werden schon allein zurechtkommen. Komm . . .«

Celia wollte Protest erheben, aber Sylvia führte Willie ohne ein weiteres Wort weg, und plötzlich hatte sie das Gefühl, ohne Anker auf dem Ozean zu treiben. Und die Frauen scharten sich bereits um Grant – *natürlich* –, so daß sie von dieser Seite keine Hilfe zu erwarten hatte.

Sie straffte die Schultern und wandte sich von dem Gedränge pastellfarbener Kleider, das ihn umringte, ab, um sich entschlossen zurückzuziehen.

Was würde die Zigeunerin tun? Der Gedanke setzte sich wie eine ungebärdige, kleine Schlange in ihren Kopf fest.

Sie würde aufstehen und tanzen und dafür sorgen, daß alle im Raum sie sahen.

Was natürlich ein gesellschaftlicher Fauxpas wäre und all ihre Chancen auf Erfolg mit einem Schlag zerstören würde.

Vor allem aber würde sie den Kopf hochhalten und sich keinen Augenblick einbilden, daß sie, weil sie keine Adlige war, einen Deut weniger wert war als all diese flatterhaften, zwitschernden Leute um sie herum.

»Oh, hallo ...«

»Sind wir einander vorgestellt worden?«

»Sie sind doch in Begleitung von ...«

»Ja, natürlich, Millhaven ...«

»Ich habe sie ankommen sehen ...«

»Sie ist einfach anbetungswürdig ...«

»Diese Augen ...«

Sie hörte die höflichen Entschuldigungen und das Geflüster der anderen, während sie sich ihren Weg durch die Menge bahnte.

Sie wußte nicht einmal, wohin sie gehen wollte, aber als sie der Traube von Menschen, die sich um den Prinzen scharten, näher kam und ihr Herz wild zu hämmern begann, dachte sie, daß sie vielleicht einen flüchtigen Blick auf ihn erhaschen könnte.

Sie fühlte sich auch nicht besonders geschmeichelt von der Tatsache, daß er eigens um ihre Anwesenheit am heutigen Abend gebeten hatte.

Außerdem war er durch die Menge derart abgeschirmt, daß er sie niemals bemerken würde.

Mit einigem Entsetzen mußte sie jedoch feststellen, daß alle anderen sie sehr wohl bemerkten und daß sich direkt vor ihr ein Weg auftat, als sie um die Leute herumging, die ihn umlagerten. Plötzlich konnte er sie sehen, und sie konnte ihn sehen.

Sie erstarrte; er wandte sich tatsächlich von seinen intimen Freunden ab und kam langsam auf sie zu.

»Soso, da ist sie also«, murmelte er so leise, daß nur die Leute, die direkt um ihn herumstanden, es hören konnten.

Sie konnte es auch hören, und sie hätte nicht einmal mit

einem Muskel zucken können, selbst wenn ihr Leben davon abgehangen hätte. *So* hatte sie sich diesen Augenblick nicht vorgestellt.

Und er entsprach nicht annähernd dem Bild, das sie sich von ihm gemacht hatte, aber die allergrößte Überraschung für sie war sein Alter.

Nicht daß er besonders groß gewesen wäre – nicht viel größer als sie selbst –, aber diese Tatsache bereitete ihm auch keinerlei Ungemach, als er auf sie zukam und ein oder zwei Schritte vor ihr stehenblieb.

Sie fühlte sich wie eine lebendige Statue – wie ein Eindringling, eine Närrin, eine Heuchlerin.

»So, da sind Sie also«, sagte er mit einem etwas steifen Akzent, als hätte er sie die ganze Zeit schon erwartet, und sie fragte sich benommen, wie das möglich sein sollte, es sei denn, er hätte sich die Begegnung mit ihr tatsächlich herbeigewünscht.

Sie fuhr sich mit der Zunge über die Lippen und versuchte, ihre zitternden Hände unter Kontrolle zu bekommen. *Was jetzt? Was sollte sie tun? Sollte sie einen Knicks machen? Sollte sie vielleicht sogar ohne eine offizielle Einladung antworten? Gütiger Gott, plötzlich hatte sie alle Regeln der Etikette vergessen, und nur noch die nörgelnde Stimme von Tante Gertrude hallte durch ihren Kopf:* ». . . leichtlebige Elemente in dieser sogenannten Gesellschaft – an Prinzipien festhalten – festhalten – fest . . .«

Ihr fiel nichts ein, was sie hätte tun können, also machte sie einen Knicks und murmelte: »Euer Hoheit« und war überzeugt davon, daß sich im nächsten Augenblick die Gräfin auf sie stürzen würde, weil sie es gewagt hatte, die königliche Etikette derart zu verletzen.

»Meine Liebe, wir sind doch unter Freunden hier«, sagte er herzlich, und ihr fuhr der Gedanke durch den Kopf, daß er sich wie der kluge, alte Onkel anhörte, der Theo nie gewesen war. »Ganz unoffizielle Sache das . . .«

»Ach, ich bitte dich, Bertie. Sie verängstigen das arme Ding ja zu Tode«, warf eine neue Stimme dazwischen, und Celia erkannte Sylvias unverwechselbaren Tonfall. Gott sei Dank war sie gekommen, um sie davor zu retten, einen Fauxpas zu begehen. »Ich werde die notwendige Vorstellung übernehmen. Darf ich Ihnen die Herzoginwitwe von Millhaven vorstellen, Mrs. Wilhelmina Hamilton ...«

Willie machte einen Knicks und streckte die Hand aus.

»Und dieses extravagante Geschöpf hier ist ihr Mündel, Miß Celia Penmaris.«

»Ce-e-elia«, wiederholte er, wobei er die Silben zu einer Liebkosung in die Länge zog. »Miß Penmaris.«

»Euer Hoheit«, sagte sie noch einmal, folgte dann Tante Willies Beispiel und machte einen neuerlichen Knicks.

»So, das reicht jetzt aber«, sagte Sylvia. »Der Formalität ist Genüge getan, und Sie dürfen Ihr Gespräch fortsetzen, Bertie. Aber vergessen Sie nicht, daß Celia neu in der Londoner Gesellschaft ist, und bitte schockieren Sie sie nicht mit Ihren liberalen Ansichten.«

»Ich?« sagte Seine Hoheit mit schalkhaftem Gesichtsausdruck. »Aber nicht doch, Sylvia. Ich möchte nur mit Miß Penmaris reden und vielleicht einen Tanz für mich fordern, wenn Sie das arrangieren können.«

»Eine Prachtidee, Bertie; weniger Gerede, weniger Schwierigkeiten. Ich werde nur eben den Musikern Anweisung geben, und dann sollen Sie Ihren Tanz unbedingt bekommen.«

Als Sylvia mit Tante Willie im Schlepptau anmutig davonschwebte, drehte der Prinz sich zu Celia um.

»So, Sie sind also neu in der Stadt, meine Liebe. Und Sie haben wirklich frischen Wind mitgebracht. Sie sind so schön. Und so ängstlich. Ah, meine Liebe, bitte haben Sie doch keine Angst vor *mir*.«

»Ich glaube, die habe ich vielleicht auch gar nicht«, murmelte Celia scheu.

»Na, dann ist es ja gut. Sagen Sie mir, wo kommen Sie her? Warum sind Sie jetzt in London, und warum haben wir Sie nie zuvor zu sehen bekommen?«

Sein Interesse schien echt, aber trotzdem hatte Celia die Absicht, ihre Antworten kurz und bündig zu halten. Allerdings führte sein offener Blick und sein ermutigendes Nicken, sobald sie in ihrem Bericht ins Stocken geriet, schließlich doch dazu, daß sie mehr enthüllte, als sie beabsichtigt hatte, einschließlich ihrer Dankbarkeit für sein Interesse an ihr, das sie an den Onkel erinnerte, den sie so gern gehabt hätte.

»Ah, meine Kleine, was für ein liebes Kompliment, und wie schmeichelhaft, aber ich möchte doch sagen, daß meine Frau geeigneter wäre, wenn es darum geht, ein junges Mädchen mit den Gepflogenheiten der Gesellschaft vertraut zu machen. Ich muß unbedingt dafür sorgen, daß Sie sie kennenlernen. Sie wird entzückt sein. Meine einzige Hoffnung ist, daß Sie sich in diesem ziemlich stumpfsinnigen Milieu Ihre Frische bewahren und Ihre so bezaubernde Lebensanschauung. Beides wird Ihnen zustatten kommen.« Als das Quartett mit einem langen Akkord Aufmerksamkeit heischte, hielt er plötzlich inne. »Ah! Die Musik fängt an. Tanzen Sie Walzer? Wunderbar. Gestatten Sie mir, daß ich Sie auf den Tanzboden führe, Miß Penmaris?«

Gestatten? *Gestatten?* Man *gestattete* dem Prinzen nichts. Man folgte blind und spürte seinen erfahrenen Arm um die Taille und seine Hände, die die eigenen ergriffen, und man stürzte sich kopfüber in den Wirbel der Musik und die grenzenlose Erregung des Augenblicks.

Alle Blicke ruhten auf ihnen, als sie in weit ausholenden Kreisen durch den Raum glitten.

Und wenn sie gerade eben eine winzige Spur Mißbilligung spürte, die ihre Stunde des Triumphs beeinträchtigen wollte – nun, das würde sie einfach ignorieren und so tun, als hätte sie Mr. Spielverderber Grant Hamilton mit seiner spöttisch gehobenen Augenbraue und seinen eisigen, grünen Augen, die sie in Stücke rissen, überhaupt nicht bemerkt.

Heute abend war sie eine Prinzessin, die in den Armen

eines Prinzen ihrer Zukunft entgegenwirbelte, und nichts, was Grant Hamilton sagen oder tun konnte, würde dieses Erlebnis zerstören.

Dies war eine Nacht, dachte sie, in welcher Träume wahr werden konnten.

Als sie endlich nach Hause zurückkehrten, war es schon nach fünf Uhr morgens; der Prinz war ein Nachtschwärmer, vor allem, wenn er sich gut amüsierte.

Willie, von der all die Anspannung und Gereiztheit abgefallen waren, die sie noch früh am Abend empfunden hatte, seufzte vor Müdigkeit und dachte voller Freude daran, daß sie bald ihre Korsetts loswerden würde und sich in ihr weiches Bett sinken lassen konnte.

»Würde es dir sehr viel ausmachen, wenn ich dir eins der Zimmermädchen hinaufschicke, damit sie dir beim Auskleiden hilft und dich ins Bett bringt? Vielleicht Emily, hast du sie schon gesehen? Sie ist neu, aber sie scheint dich geradezu anzubeten. Morgen« – bei diesem Wort konnte Willie ein leises Gähnen nicht mehr unterdrücken –, »morgen werden wir dir eine eigene Kammerzofe suchen. Und ich möchte dir unbedingt noch dazu gratulieren, wie du die ganze Gesellschaft erobert hast – einschließlich Seiner Hoheit. Ich werde dich nicht danach fragen, wie dir das gelungen ist, ein solches Wunder zu vollbringen; dazu sind wir beide viel zu müde. Wir können morgen reden.«

Kaum hatte sie die letzten Worte gesprochen, da eilte Willie auch schon nach einer liebevollen Umarmung und einem impulsiven Gutenachtkuß aus dem Zimmer.

Celia wartete, bis die Tür sich hinter ihrer Tante schloß, bevor sie zu ihrem Spiegel herumwirbelte. Seltsamerweise fühlte sie sich nicht im geringsten müde. Sie fühlte sich beschwingt und nur eine winzige Spur irritiert.

Sie war von einer wilden Schönheit, mit ihren geröteten Wangen und ihren großen Augen, die beinahe wie ... nun, wie die Augen einer Katze leuchteten.

»Miß!« Da war auch schon Emily und lugte durch die

Tür. Das Mädchen schien kaum älter als Celia zu sein. Ihre dunklen Augen funkelten, und ihr herzförmiges Gesicht leuchtete vor Neugier, obwohl man sie wahrscheinlich aus einem wohlverdienten Schlaf gerissen hatte.

Trotzdem sah sie in ihrer Uniform blitzsauber aus, und ihr dunkles Haar steckte ordentlich unter ihrem Käppchen; sie wirkte so frisch, als wäre es bereits mitten am Vormittag.

»Komm herein, Emily.«

»Ja, Miß. Wenn Sie sich nur bitte eben herumdrehen würden, Miß.«

Celia gehorchte und spürte gleich darauf, wie Emilys unerfahrene Finger die qualvolle Arbeit begannen, ihr Gewand aufzuhaken.

Sie konnte es kaum ertragen stillzustehen, denn der Triumph des Abends und auch der Verdruß, den sie in den vergangenen Stunden erlebt hatte, weckten in ihr den Wunsch, durchs Zimmer zu laufen, um ihre überschüssige Energie loszuwerden.

»Bitte, Miß.« Emilys Tonfall klang, als würde sie die Hände ringen, als würde man sie dafür bestrafen, wenn Miß Celia es ihr unmöglich machte, in aller Herrgottsfrühe diese überaus ermüdende Aufgabe auszuführen.

Celia zwang ihren unruhigen Körper stillzustehen. »Ist es so besser?«

»O ja, viel besser, Miß. Danke, Miß. Und wenn Sie jetzt aus Ihrem hübschen Kleid heraustreten wollen, befreie ich Sie so schnell ich kann von diesen Stangen und Unterröcken.«

Sie wußte, wo Celia diese Nacht gewesen war, konnte aber natürlich die unterdrückten Gefühle des anderen Mädchens nicht begreifen und fragte sich, ob sie wohl den Mut aufbringen würde, zu fragen.

Am Ende siegte ihre Neugier über ihre Angst, sich in das Leben ihrer Brotgeber einzumischen, und ihr entfuhr die Frage: »Hatten Sie denn einen schönen Abend, Miß? Hat es Ihnen in der Oper gefallen?«

»Es war wunderbar«, murmelte Celia, während sie spürte, wie die einengenden Stangen und Korsetts und die schweren Unterröcke von ihr abfielen und zu Boden glitten. »Und aufregend«, fügte sie, fast als spräche sie mit sich selbst, hinzu. »Ich habe den Prinzen von Wales kennengelernt. Er hat *zweimal* mit mir getanzt ...« Und wen kümmert es schon, daß der eklige Grant Hamilton eine niederschmetternde Bemerkung über Unschuldslämmer und lüsterne alte Tunichtgute gemacht hatte?

»... und er hat sich eine ganze Weile mit mir unterhalten. Er ist wirklich furchtbar nett und lieb und ein absoluter Gentleman ...«

»Als hätte ein Gentleman keine Genitalien«, hatte Grant schneidend gesagt.

»Ich finde, daß Ihre Ausdrucksweise von einer schlechten Erziehung zeugt«, hatte sie ihn daraufhin hitzig unterbrochen.

»Noch dazu nach Ihrem königlichen Triumph, was? Mein liebes, unschuldiges Kind, der Mann ist ein Satyr – er hätte Sie bei lebendigem Leibe verspeist, wenn Sie mit ihm allein gewesen wären.«

»Ganz im Gegensatz zu Ihnen, mit Ihren erhabenen Instinkten, vermute ich«, hatte sie zornig entgegnet. »Sie würden natürlich niemals eine Frau, mit der Sie allein sind, auch nur anrühren – natürlich nicht. Wie konnte ich mich nur so irren? Sie sind immer in Gesellschaft von Frauen, die so rein sind wie frisch gefallener Schnee.«

Er hatte mühsam eine Antwort unterdrückt, und er hatte alle Mühe gehabt, nicht seinem Drang nachzugeben, sie zu erwürgen. Sie hatte den Blick in seinen eisig-grünen Augen gesehen, diesen Blick, in dem sich Ärger, Zorn und schiere männliche Selbstgerechtigkeit mischten.

Diesen Blick, der sagte: *Ich darf tun, was ich will – aber du nicht.*

Eben dieser Blick, der ihr heißes Blut in Wallung brachte und den Wunsch in ihr weckte, genau das Gegenteil von dem zu tun, was er wollte – was sie alle wollten ...

Und genau das hatte sie dann auch getan ... Aber daran wollte sie nicht denken. Sie wollte an die Wärme des kleinen Feuers denken, das fröhlich im Kamin vor sich hin knisterte, und an die Weichheit des Nachthemds, das sie sich über den Kopf gestreift hatte und dessen Saum jetzt auf ihre nackten Füße herunterfiel.

Sie hörte Emilys neidischen Seufzer: »O *Miß*«, sagte das Mädchen, während sie selbst sich an die Frisierkommode setzte, so daß Emily ihr das Haar bürsten konnte; geistesabwesend bestaunte sie die bestickten Ärmel ihres hochgeschlossenen Nachtgewands, während sie gleichzeitig die rhythmischen Bewegungen von Emilys Arm verfolgte.

Sie fühlte sich anders heute nacht – heute morgen –, und das auf eine unerklärliche, unterschwellige Art, aber sie wußte auch, daß sie immer noch sehr unerfahren war, daß sie ihre letzten Unsicherheiten nicht so leicht würde abschütteln können, auch wenn sie nach außen hin den Eindruck der perfekten Debütantin machte.

Es gab Situationen, mit denen sie immer noch nicht fertig wurde, und die hatten nichts mit dem Adel und alles mit dem merkurischen Grant zu tun.

Sie wußte nicht, was sie von seinem plötzlichen Stimmungsumschwung keine halbe Stunde nach ihrem zornigen Wortwechsel halten sollte. Er war davonstolziert, und sie war demonstrativ in die andere Richtung gegangen, bis sie sich auf der anderen Seite des Raumes wiederbegegnet waren.

»Ich werde Sie morgen natürlich zum Reitunterricht begleiten, und im Park werden Sie ebenfalls meine Gesellschaft erdulden müssen.«

Ihr Zigeunerblut wallte vor Zorn auf. »Sie brauchen nichts Derartiges zu tun. Sie können sicher noch ein anderes Unschuldslamm finden, dem Sie Ihre Gesellschaft *aufzwingen* können.«

»Aber ich bin dazu verpflichtet, Sie zu begleiten, Miß Penmaris, und ich komme meinen Verpflichtungen stets nach.«

Etwas Schlimmeres hätte er kaum sagen können.

»Ach?« erwiderte sie mit seidenweicher Stimme. »Ich bin eine Pflicht für Sie, ja? Eine Last? Eine Bürde? Eine Mühe? Eine *Strapaze?* Schauen Sie sich doch um, Mr. Hamilton. Ich habe jegliche *Begleitung,* die ich mir nur wünschen könnte, und hiermit enthebe ich Sie Ihrer Pflicht und entbinde Sie Ihrer Verantwortung.«

Das Eis in seinen Augen taute auf und verwandelte sich in heißes Smaragdgrün. »Sie haben anscheinend Angst, Miß Penmaris, wie?«

»Vor Ihnen? Mein lieber Mr. Hamilton, Sie sind doch nur ein desinteressierter Beobachter, nichts mehr, nichts weniger. Oder zumindest sehe ich Sie so . . .«

Aber in Wirklichkeit sah sie ihn überhaupt nicht so, und sie hatte auch keine Ahnung, wie sie einen Rückzieher hätte machen können, denn der würde ihr wahrscheinlich nichts nützen. Er machte ihr keine Angst – nicht jetzt, nachdem er ihr so klipp und klar gesagt hatte, was er von ihr hielt –, und sie würde sich mit seiner Gesellschaft beim Reitunterricht abfinden, auch wenn er sie wegen ihrer Unerfahrenheit kritisieren würde und der Unterricht dadurch noch zermürbender werden sollte, als er es ohnehin schon war.

Sie wußte nicht, warum sie so viel Energie darauf verwandte, über ihn nachzudenken. Sie hätte ihr Tagebuch schreiben und den lange überfälligen Brief an Ronald beenden sollen. Der liebe Ronald, so zuverlässig, so ritterlich. Wie konnte sie überhaupt einen Gedanken an Grant verschwenden, während in einem anderen Teil der Welt Ronald so geduldig auf sie wartete.

Vielleicht sollte sie sich doch zuerst mit dem Tagebuch beschäftigen.

Sie zog es heraus und öffnete es auf der nächsten leeren Seite. Sie hatte so viel zu erzählen; wie klug es doch von ihr gewesen war, eine Kurzschrift zu entwickeln, die aus einer Mischung aus Griechisch, Sanskrit und Singhalesisch bestand, die niemand außer ihr lesen konnte, so daß sie dem Tagebuch all ihre tiefsten Geheimnisse anvertrauen konnte.

Aber was waren die größten Geheimnisse dieser Nacht?

Daß sie mit einem Prinzen Walzer getanzt hatte – und daß sie mit einem Rohling aneinandergeraten war – und sich von Herzen wünschte, er hätte nicht die Macht, sie dermaßen zu *ärgern* ...

Vielleicht konnte sie Tante Willie dazu überreden, sie zu ihren Reitstunden zu begleiten, dann würde die Sache nicht ganz so schlimm werden ...

Sie gähnte, starrte die wenigen Worte, die sie geschrieben hatte, an und schlug das Tagebuch entschlossen zu.

Sie brauchte ein wenig Schlaf. Und später würde sie dann wirklich ihren Brief an Ronald beenden; auf diese Weise würde sie auch etwas gegen ihr Schuldbewußtsein tun, weil sie, wenn auch nur für kurze Zeit, dem Flitter und dem Blendwerk einer Londoner Saison erlegen war – und einem Paar glitzernder, hämischer, grüner Augen.

Kapitel 9

Emily brachte das Frühstück – viel zu früh, dachte Celia, als sie gähnte, sich räkelte und gegen ihre Schläfrigkeit ankämpfte. Ihre Augen fühlten sich so schwer an, daß sie sicher geschwollen und rot waren. Außerdem schmerzte ihr Kopf ein wenig – ob das die Auswirkungen der langen Nacht oder des Champagners waren, den sie so leichtfertig getrunken hatte, als wäre es Limonade gewesen?

Sie setzte sich auf, rieb sich die Augen und beschloß, einfach nicht mehr an die vergangene Nacht zu denken – zumindest nicht, bevor sie ein wenig Tee und Toast zu sich genommen hatte. Dann legte sie ihren Kopf wieder zurück in die Kissen und ließ Emily die Vorhänge aufziehen, so daß der grelle Sonnenschein ins Zimmer fiel.

Zu früh für Sonnenschein, dachte sie, als Emily die Bettdecken zurückzog.

»Nun, Miß, Ihre Gnaden sagten, ich solle Sie ausschlafen lassen, obwohl sie selbst schon lange auf sind. Auch Mr. Hamilton ist bereits unten, und sie frühstücken zusammen. Er dachte, Sie würden sich vielleicht gern an Kaffee gewöhnen wie die Franzosen und Amerikaner.«

Sie stellte das Tablett zusammen mit einem Stapel Zeitungen vor Celia hin, und Celia schaute verständnislos zu ihr auf; sie hatte nicht einmal die Hälfte dessen, was das Mädchen ihr erzählt hatte, gehört.

»Nur zu, Miß, da ist Kaffee – Ihre Gnaden meinten, es würde Ihnen nichts ausmachen, mal was anderes zu probieren, und außerdem – Ihre Gnaden sagten, daß *sie* eine Tasse Kaffee schneller weckte als alles andere.«

Celia sah das schwarze Gebräu zweifelnd an. Kaffee statt der gewohnten tröstlichen Tasse Tee? Croissants statt der gewohnten, in Dreiecke geschnittenen braunen Toastscheiben?

Sie nahm einen vorsichtigen Schluck von der brühend heißen Flüssigkeit – und hätte sich wegen des bitteren, fremdartigen Geschmacks beinahe verschluckt.

»*Wessen* Idee war das?« murmelte sie und begriff langsam, was Emily gerade gesagt hatte. Wie konnte dieser Mann es *wagen*, ihr vorzuschreiben, welche Art von Frühstück sie zu sich nehmen sollte?

Sie nahm einen Bissen von dem Croissant, das ihr sehr gut schmeckte. Natürlich hatte Tante Willie empfohlen, daß sie dieses Frühstück probierte. Sie nahm einen weiteren zaghaften Schluck von dem Kaffee und redete sich ein, daß ein heißes Getränk am Morgen genauso gut half wie das andere. Dann blickte sie zu Emily auf und nickte ihr zustimmend zu. Emily strahlte über das ganze Gesicht und bückte sich zu einem schnellen Knicks. »Bitte läuten Sie, sobald Sie fertig sind, Miß, dann komme ich und lasse Ihnen das Bad ein. Oh, und Miß – Sie müssen unbedingt einen Blick in die Zeitungen werfen. Ich bin extra ausgewesen, um Ihnen ein paar eigene Ausgaben zu besorgen.«

Die Zeitungen? Ach ja, die Zeitungen. Celia stärkte sich mit einer weiteren Tasse Kaffee und streckte die Hand danach aus.

Aber sie wählte nicht die steife und respektable *Times*. Dies hier waren die Zeitungen, die sich mit Gerüchten und ... *Fotografien* der Reichen und Adligen beschäftigten.

Mit zitternden Fingern und ein wenig atemlos schlug sie die erste auf.

EINE WUNDERSCHÖNE ENGLISCHE ROSE GIBT IHR DEBÜT, rief ihr die Überschrift entgegen, die sie in einem Atemzug mit der amerikanischen Erbin Miß Jeannie Chamberlain nannte, der die Presse den Spitznamen ›die amerikanische Rose‹ verliehen hatte.

Sie spürte, wie ihr die Hitze in die Wangen schoß, während sie den Rest des Artikels las, zu dem ein ziemlich verschwommenes Bild gehörte sowie eine Menge Einzelheiten über ihr Privatleben, das auf die schillerndste und melodramatischste Weise geschildert wurde.

Sie war an einem entlegenen Ort versteckt, behütet und mit großer Sorgfalt aufgezogen worden, obwohl auch sie eine Erbin war, hieß es in dem Artikel, und es gäbe einen gewaltigen Unterschied in der Erziehung der jungen Engländerin und einer gleichaltrigen Amerikanerin.

Aber darüber hinaus hatte der Reporter ihre Vergangenheit ausgekundschaftet und Dinge zutage gefördert, die nicht einmal ihr selbst bisher bekannt gewesen waren – Dinge über ihre Herkunft und ihre Eltern, die man ihr nie erzählt hatte.

Wie war es möglich, dachte sie verzweifelt, daß die Presse den Mädchennamen ihrer Mutter entdeckt hatte – Rivera – und ebenfalls wußte, daß ›Marianna‹ ihr Bühnenname gewesen war. Und daß ihre Mutter mit ihren Brüdern, ihrer Mutter und ihrem Stiefvater zusammen aufgetreten war, einer ganzen Truppe von Tänzern und Sängern, die den Hintergrund für die schöne und talentierte Marianna abgegeben hatten?

Man hatte sie Marianna die Prächtige genannt, hieß es etwas weiter unten in dem Artikel, und sie hatte viele Offerten erhalten – von Königen und Prinzen und von adligen Herren, die diesen im Rang kaum nachstanden. Aber Marianna hatte all das für die Liebe aufgegeben und war mit einem mittellosen englischen Abenteurer verschwunden.

Celia schloß die Augen und lehnte sich in hilflosem Zorn in ihre Kissen zurück. Ihr ganzes vergangenes Leben, ihre Familiengeschichte, wurde hier vor aller Öffentlichkeit bloßgelegt.

Sie hörte das Klopfen an der Tür kaum, als auch schon Willie in einem Wirbel von Spitze und Parfüm ins Zimmer stürmte, um Celia in die Arme zu schließen und sie sanft hin und her zu wiegen.

»Celia ... Celia – als ich erfuhr, daß Emily dir die Zeitungen gebracht hat ... o mein Liebes, du darfst dich nicht aufregen. Ich hätte dich vorbereitet ...«

Aber nicht einmal sie war auf die Tränen vorbereitet, die jetzt über Celias schönes Gesicht strömten.

»Mein liebes Kind, ach, mein liebes, liebes Kind – das ist doch alles nicht deine Schuld –, ich trage die Verantwortung dafür, weil ich dich in diese von Haien bevölkerten Gewässer gestoßen habe. Celia, mein Liebes, weine nicht . . . weine nicht . . .«

»Aber du verstehst es nicht, Tante Willie. *Ich* war es – *ich;* ich habe mich von meiner eigenen Eitelkeit in Versuchung führen lassen. Ich wollte, daß man mich bemerkt, und ich dachte, ich bräuchte lediglich ein wenig zu schauspielern. Ich habe so getan, als wäre ich *sie*. Wenn ich an sie denke, fühle ich mich stark und sicher – *sie* war stark und sicher –, aber ich hätte nie auch nur im Traum daran gedacht, das Ganze so weit zu treiben, und jetzt . . .«, schluchzte sie, »jetzt wissen alle Bescheid, und ich bin ruiniert . . .«

Willie zog sie fester an sich. »Würdest du bitte mit diesem Unsinn aufhören? Du hörst dich schon fast an wie deine unerträgliche Tante Gertrude. Deine Mutter war eine schöne, junge Frau – dein Vater liebte sie, und sie liebte ihn. Sie haben einander genug geliebt, um gemeinsam aus dieser steifen Gesellschaft zu fliehen, die sie beide verdammt hätte. Sie haben sich befreit, mein Kind, und sie waren sehr glücklich miteinander.«

Willie hob die Hand und wischte Celias Tränen weg.

»Die Vergangenheit zählt nicht – das einzige, was zählt, bist du. Du und nicht deine Eltern und die Fehler, die sie gemacht haben. Glaub mir, keiner von denen, die wirklich *zählen*, wird sich darum scheren.«

Dann schloß sie Celia wieder in die Arme. »Und weißt du was, mein Liebes? Da unten stapeln sich die Einladungen von den angesehensten Gastgeberinnen. Und es ist sogar eine von dem Prinzen von Wales dabei. Siehst du? All diese ordinären Gerüchte bedeuten gar nichts, und es gibt nichts, dessen du dich schämen müßtest.«

Darauthin ließ sie Celia los, durchstöberte ihre Tasche nach ihrem spitzenumsäumten Taschentuch und reichte es ihr.

Celia tupfte sich die Augen trocken und unterdrückte ein Schluchzen. »Dann ist also wirklich alles in Ordnung?«

Willie streichelte ihre Hand. »Es ist wirklich alles in Ordnung, und du wirst großen Spaß haben, das verspreche ich dir. Außerdem hättest du mal hören sollen, was die Leute über mich gesagt haben, als ich nach Amerika gegangen bin, um so bald nach Millhavens Tod Mr. Hamilton zu heiraten. Aber verstehst du, mein liebes Kind, was sie nicht verstanden haben, war, daß ich mich gefügt und getan habe, was man von mir erwartete, und als ich dann endlich frei war, habe ich mein eigenes Leben gelebt. Jetzt bin ich sehr glücklich. Hamish liebt und versteht mich und läßt mir ein hohes Maß an Freiheit, wie du sehen kannst. Also, was ich dir sagen wollte, Celia, ist, daß *du*, bevor du häuslich wirst und jemanden heiratest, den du wirklich liebst und ohne den du nicht leben kannst, dein Vergnügen haben sollst. Ich habe jedenfalls die Absicht, dich in dieser Hinsicht nach Kräften zu unterstützen. Also trockne deine Tränen. Emily wartet darauf, dir das Bad einzulassen, und wenn du angezogen bist, kommst du am besten direkt nach unten. Keine dieser abscheulichen Lektionen im Sattel heute. Wir haben Wichtigeres zu tun!«

Tante Willie nahm sie noch einmal in den Arm, bevor sie sie allein ließ, damit sie sich das Gesicht waschen und sich Emilys Diensten überlassen konnte, nachdem eine Reihe von Dienern das dampfende, aromatisch duftende Wasser für ihr Bad herbeigeschafft hatte.

Dankbar ließ sie sich hineinsinken und lehnte Emilys Angebot, ihr zu helfen, höflich ab. Sie wollte sich ganz der Wärme und dem Duft überlassen und den peinlichen Artikel vergessen.

Und es war wirklich herrlich, so verwöhnt zu werden. Sie konnte sich nicht daran erinnern, jemals zuvor verhätschelt worden zu sein, genausowenig wie sie sich an Umarmungen und Liebkosungen, an das Gefühl, wirklich geliebt zu werden, erinnern konnte.

Tante Gertrude hatte jegliche Art offener Zurschaustellung von Gefühlen oder Zuneigung für geschmacklos gehalten. Wie viele Lektionen und Moralpredigten Celia noch im Gedächtnis geblieben waren – immer ging es darum, daß sie ihre Charakterstärke entwickeln sollte, was bedeutete, daß sie alle Dinge, die mit dem Körper und körperlichem Wohlbehagen zu tun hatten, ablehnen sollte.

Tante Gertrude hätte es für den Höhepunkt der Verworfenheit gehalten, hätte sie sie splitternackt in einer luxuriös großen Badewanne mit köstlich warmem Wasser gesehen. Und dann auch noch der mannshohe Spiegel, in dem sie sich aus der Wanne steigen sehen konnte – ohne Zweifel hätte Tante Gertrude jetzt eine Anspielung auf Sodom und Gomorrha oder Pompeji gemacht.

Und sie hatte den Gedanken an Sünde Celia derart tief eingepflanzt, daß diese immer noch unwillkürlich, wenn sie aus der Wanne stieg, ihrem Spiegelbild den Rücken zukehrte.

Sie fragte sich, warum das nötig war. Was konnte an einem Frauenkörper Schlechtes sein? Ihre Mutter hatte sich ihres Körpers jedenfalls nicht geschämt. Tante Willie war den körperlichen Freuden ebenfalls nicht abgeneigt. Warum sollte sie, Celia, sich dann ausgerechnet an Tante Gertrudes Regeln halten, die nicht einmal in der Nähe war, um sie zu tadeln?

Normalerweise hätte sie automatisch nach einem der großen, flauschigen Handtücher gegriffen, die immer auf dem Handtuchständer bereitlagen, und sie hätte sich das Tuch um den Leib geschlungen, bevor sie einen Blick auf ihr Spiegelbild hätte werfen können.

Aber diesmal zwang sie sich, statt dessen den Blick zu heben und ihre nackte Gestalt im Spiegel genau anzusehen.

Der Spiegel war vom Dampf beschlagen, und das Bild, das ihr daraus entgegensah, war völlig verschwommen und kaum erkennbar.

Mit unverhohlener Neugier starrte sie die nackte Nymphe an, als sähe sie einen anderen Menschen vor sich – ein Gemälde oder eine verwackelte Fotografie etwa –, sie selbst war das jedenfalls nicht.

Die Nymphe hatte ein herzförmiges Gesicht – nur Augen und Wangenknochen und übervolle Lippen. Und ihre Brüste waren wohlgerundet und von dunkelroten Brustwarzen gekrönt, die einladend nach oben zu zeigen schienen. Eine wunderbar schmale Taille, nicht zu breite Hüften und Beine, die bis zu den schlanken Fesseln durchaus wohlgeformt zu sein schienen.

Ihr kritischer Blick wanderte zu dem dunklen Dreieck der Haare zwischen ihren Oberschenkeln zurück, aber ein jähes, unerklärliches Gefühl, das fast an Panik grenzte, ließ sie den Atem anhalten, und schaudernd schlang sie das Handtuch um sich herum.

Wer war sie?

Was war sie?

Sie warf ihr nasses Haar zurück und starrte ihre in das weiche Tuch gehüllte Gestalt an.

Sie war eine Frau, und plötzlich begriff sie, was sie bei diesem Blick in den Spiegel empfunden hatte.

Sie verspürte keine Scham.

Celia hörte die Uhr im unteren Stock mahnend schlagen, raffte ihre Röcke und eilte aus ihrem Zimmer zu Tante Willies Räumen hinüber. Dort richtete Willies Kammerzofe Hilda ihr das Haar; Emily schaute dabei zu und versuchte, sich jeden Handgriff genau einzuprägen.

Willie hatte ihr bereits einen Stuhl vor den Spiegel gestellt. »Setz dich dort hin, mein liebes Mädchen. Dieses Meergrün steht dir einfach wunderbar; ich glaube nicht, daß du irgendwann in den vergangenen zwei Wochen einmal eine solche Farbe getragen hast. Und das Kleid ist wie geschaffen zum Tanzen. Ich erinnere mich noch an die Zeit, als die Röcke so furchtbar eng waren, daß man höchstens winzig kleine Schritte machen konnte. Findest du diese Spitze, die da vom Mieder und von den Ärmeln herabfällt, nicht einfach göttlich? Hilda, sieh zu, daß du die Haarpolster schön fest umwickelst.«

Während Willie mit ihrem beruhigenden Geplapper fortfuhr, begannen sich Hildas geschickte Finger nun mit Celias langem, üppigem Haar zu beschäftigen, und Hilda befestigte die Nadeln genau dort, wo es notwendig war. Celia schloß die Augen.

Tagträumerei hätte ihre Tante Gertrude dazu gesagt. Und wie entsetzt sie wäre, einmal ganz von der Empörung wegen des Badezimmers abgesehen, wenn sie wüßte, womit Celia sich während der letzten zwei Wochen beschäftigt hatte.

Mit dem Prinzen von Wales hatte sie getanzt, hatte sein formelles und öffentliches Siegel der Billigung erhalten, als er sie zum Tee mit seiner eleganten und wunderschönen Frau, Prinzessin Alexandra, eingeladen hatte. Außerdem war sie fast jeden Tag bis spät in die Nacht aufgeblieben, hatte täglich Blumen von Bewunderern erhalten, an die sie sich überhaupt nur zur Hälfte erinnern konnte – und sie hatte kutschieren gelernt und Tante Willies Phaeton durch den Park gelenkt.

Es waren zwei herrliche Wochen gewesen, dankenswerterweise ohne das geringste Zeichen von Mr. Grant Hamilton, weil dieser irgendwo mit Freunden zur Jagd gewesen war.

Celia biß sich verärgert auf die Lippen. Sie vermißte seine schroffe Gegenwart nicht im geringsten. Er war nicht mehr als ein lästiger und ausgesprochen arroganter Mann, und sie wußte nicht, warum sie jetzt überhaupt an ihn dachte.

»O Miß, Sie sehen wirklich wie eine Prinzessin aus!« rief Emily, und Celia öffnete erstaunt die Augen, gerade noch rechtzeitig, um zu sehen, wie Hilda in das ausgeklügelte Arrangement ihrer hoch aufgetürmten Locken eine Perlenschnur einzog.

»Du bist eine Zauberin, Hilda«, murmelte sie, als Hilda

einen perlen- und diamantenbesetzten Kamm an ihrem Hinterkopf befestigte, um dem ganzen Gebilde noch mehr Halt zu geben.

»Noch einen Augenblick bitte, Miß«, sagte Hilda, die bei dem Kompliment vor Freude errötet war. Jetzt zog sie noch einige Haarsträhnen aus der Frisur, um sie neckisch in Celias Nacken und um ihre Schläfen zu drapieren. »So, das wäre alles . . .«

Es war perfekt; Celia stand gerade in dem Augenblick auf, als Willie ins Zimmer zurückgerauscht kam, nachdem sie sich versichert hatte, daß die Kutsche wirklich bereitstand.

»Hilda ist ein wahres Genie, wenn's ans Frisieren geht«, sagte sie, nachdem sie Celia überaus zufrieden gemustert hatte. »Bist du soweit? Ach du meine Güte, mein Fächer – da ist er ja. Hast du an deinen gedacht? Wunderbar, dann kann's ja losgehen.«

Am Abend fuhren sie wieder nach Covent Garden, und sie kamen gerade rechtzeitig zum Vorspiel von *Tristan und Isolde*. Diesmal bemerkte Celia die gaffende Menge kaum, genausowenig wie die lauten, bewundernden Kommentare oder die Fotografen, die überall um sie herum wie aus dem Nichts auftauchten.

Heute gehörte Anthea Langbourne mit zu ihrer Gesellschaft – in Begleitung eines ernsthaft dreinschauenden Gentlemans, den man ihr als Mr. George Maitland vorgestellt hatte, ein Theologiestudent aus Neuengland, den Anthea bei einer Gebetsversammlung kennengelernt hatte.

»Ach, du Ärmste«, flüsterte Anthea nun neben ihr. »Wie erträgst du das nur? Oder ist es dir schon zu Kopf gestiegen, daß die Leute dich als Schönheit bezeichnen?«

Für den Augenblick wußte Celia nichts auf diese Frage zu erwidern; normalerweise hätte sie vermutet, daß das Ganze verdächtig nach Neid klang, aber das war eine Untugend, die der unabhängigen Anthea weiß Gott fremd war.

»Hm, ich versuche mir vorzustellen, ich wäre ein Pferd – mit Scheuklappen –, so daß ich nur die Dinge sehen kann, die direkt vor mir liegen«, sagte Celia obenhin, aber noch während sie das aussprach, ärgerte sie sich über den Vergleich.

Anthea hob eine Augenbraue. Sie hatte es plötzlich mit einer viel selbstbewußteren Celia zu tun. Aber ihre Freundin konnte diesen aufdringlichen Schmeicheleien doch unmöglich zu großen Wert beimessen? Nun ja, seit sie George kennengelernt hatte, hatte sie ihre Freunde tatsächlich etwas vernachlässigt, und nun wurde ihr klar, daß sich das sofort ändern mußte. Celia brauchte eine vernünftige, reife Ratgeberin. Und vielleicht konnten auch ein oder zwei Worte von George sich als hilfreich erweisen.

Aber Celias Aufmerksamkeit galt im Augenblick einem anderen Mitglied ihrer Gesellschaft, dem ältesten Sohn des gegenwärtigen Herzogs von Millhaven – Albert Vernon, Viscount Harville –, der von seiner recht schüchternen, jungen, amerikanischen Frau, der Tochter eines neureichen Eisenbahnmagnaten, begleitet wurde.

Sein ungezwungenes Benehmen und die Art, wie er Willie einen liebevollen Kuß auf die Wange drückte, gefielen Celia ungeheuer; offensichtlich schien er wenigstens seine Stiefgroßmutter als Freundin und Verbündete zu betrachten, und er schien ehrlich erfreut zu sein, Celias Bekanntschaft zu machen.

»Du bist also die Tochter meines Onkels Richard. Soso! Jetzt, da wir uns kennengelernt haben, Cousine, mußt du uns unbedingt einmal besuchen. Eulalie hat noch nicht viele Bekanntschaften in London – wir haben uns in Amerika kennengelernt, mußt du wissen. In Newport.«

»Wie nett«, murmelte Celia und dachte darüber nach, warum er sie wohl so eindringlich ansah. Natürlich war er neugierig auf sie und ihren Vater, das schwarze Schaf, der eine spanische Tänzerin geheiratet und der Zivilisation den Rücken gekehrt hatte. Aber dennoch, irgendwie schien sein Interesse an ihr das gewohnte Maß um eine Spur zu übersteigen.

Das Orchester schlug die ersten Noten des Vorspiels an, und für den Augenblick blieben ihr weitere Gespräche erspart.

Sie hatte das Libretto gelesen und kannte daher die Geschichte der Oper mit ihren dem Untergang geweihten Liebenden – aber was für eine Musik! Sie rührte an die Sinne, sie streichelte und neckte und liebkoste, bis man die allgegenwärtige, grimmige Drohung, daß alles Glück seinen Preis hatte, der schließlich gezahlt werden mußte, beinahe vergaß.

Es war die Musik des Teufels, aber ihr war das egal, und sie gab sich den ans Herz gehenden Melodien hin, die sie an Leib und Seele zu berühren schienen.

Der erste Akt war ziemlich lang; man hörte das gewohnte, diskrete Husten und das Rascheln von Röcken; ein plötzliches Aufblitzen von Licht, wenn irgendwo ein Gentleman seine Loge verließ, um zu rauchen oder seinen Durst zu stillen, oder ein anderer mit Champagner für die Damen zurückkehrte . . .

Der Viscount natürlich, so jung verheiratet und so aufmerksam.

Celia spürte, wie seine Schulter ihren Arm berührte, als er sich vorbeugte, um seiner Frau etwas ins Ohr zu flüstern und ihr ein Glas Champagner zu reichen, bevor er mit einer leichten Berührung ihres Handgelenks auch Celia ein Glas gab.

»Du hättest nicht das *ganze* Glas zu trinken brauchen«, flüsterte Anthea auf ihrer anderen Seite, als nach dem ersten Akt der Vorhang fiel und sie sich auf den Weg ins Damenzimmer machten. »Und du brauchst auf keinen Fall ein zweites anzunehmen. Du bist ja so unerfahren, Celia. Du kannst die Auswirkung, die Alkohol auf Menschen haben kann, die ihn nicht gewöhnt sind, unmöglich kennen. Sieh mich bitte nicht so böse an. Wenn ich mich nicht als deine Freundin ansähe, würde ich das niemals erwähnen.«

Celia preßte die Lippen aufeinander. Manchmal verabscheute sie Antheas Gönnerhaftigkeit direkt, obwohl das andere Mädchen es natürlich nur gut meinte. Jedenfalls konnte man ihr, Celia, auf keinen Fall nachsagen, daß sie sich in irgendeiner Weise anders benahm, als sie sollte.

Trotzdem hatte ihre gute Laune einen starken Dämpfer bekommen, als sie zu Beginn des zweiten Akts wieder ihren Platz einnahm. Daher beschloß sie, sich diesmal klugerweise neben Tante Willie zu setzen, die niemals eine Kritik äußerte.

»Natürlich darfst du dich neben mich setzen, Liebes. Aber stimmt irgend etwas nicht? Geht es dir nicht gut?« murmelte Willie ängstlich, während Celia auf dem Stuhl neben ihr Platz nahm. Ihre Nichte hatte ihre ganze Lebhaftigkeit eingebüßt und vermochte auch nicht ganz, ihr besorgtes Stirnrunzeln vor dem forschenden Blick ihrer Tante zu verbergen.

Willie straffte sich und sah sich in der Loge um.

Anthea! dachte sie wütend. Wer sonst?

Sie lehnte sich zurück, lächelte und streichelte beruhigend Celias Hand. Sie würde dafür sorgen, daß ihre Nichte den Rest des Abends genoß, ob mit oder ohne Miß Langbournes Billigung.

Ach, wie sehr sie bei Gelegenheiten wie dieser Hamish vermißte. Er verstand sich bestens darauf, mit wenigen wohlgewählten und unmißverständlichen Worten Scheinheiligkeit, Lügengewebe und gesellschaftliche Konvention als das zu entlarven, was sie wirklich waren. Er hätte genau gewußt, was er zu Anthea sagen mußte, um ihrer wohlmeinenden, aber blasierten und selbstgerechten Kritik ein Ende zu machen.

Als das Orchester jedoch die ersten Noten des zweiten Akts anschlug, fühlte sich Celia abermals in den Bann der Musik und der fesselnden Geschichte von Liebe und Tod hineingezogen.

Die unglücklichen Liebenden, die mit einem Zauberbann belegt waren, eilten einander und ihrem Verhängnis entgegen. Sie waren Opfer der unausweichlichen Macht einer verbotenen, unter einem Unstern geborenen Liebe, einer Liebe, die so mächtig und so alles verzehrend war, daß sie nicht einmal das qualvolle Wissen um Tod und Untergang auseinanderbringen konnte.

Celia war gar nicht bewußt gewesen, daß sie Tante Willies behandschuhte Hand so fest umklammert hatte, und sie hatte ebensowenig bemerkt, daß auch in den Augen ihrer Tante Tränen glänzten.

»Ich habe ein paar Extrataschentücher eingesteckt«, wisperte Willie. »Ich muß immer weinen, wenn ich *Tristan und Isolde* sehe – ich kann einfach nicht dagegen an.«

Mitten im zweiten Akt bot der Viscount weiteren Champagner an und dazu winzige Toaststückchen mit Kaviar und Ei, um den ärgsten Hunger bis zum eigentlichen Abendessen zu stillen.

»Wie aufmerksam«, murmelte Willie und reichte eine Champagnerflöte an Celia weiter, die sie geradezu verwegen leerte, beinahe so, als glaube sie, auf diese Weise die Gefühle ertränken zu können, die die Oper in ihr geweckt hatte.

Und sie nahm auch von den Kaviarhäppchen und den köstlichen Schnittchen, dem geräucherten Fasan und den Trüffeln, die folgten. Dann schniefte sie glücklich bis zum Ende des zweiten Akts in die unzähligen Taschentücher ihrer Tante.

Als die Musik endete, wurde ihre Loge von Herren umlagert, die Lord Harvilles hübscher Ehefrau vorgestellt werden wollten – und natürlich auch Miß Penmaris.

»Du scheinst ja wirklich Aufsehen zu erregen, Cousine!« flüsterte ihr der Viscount spöttisch und aus ungehöriger Nähe ins Ohr, als er sich einmal kurz über die Lehne ihres Stuhls beugte. »Und wie ist es möglich, daß wir alle dich bisher noch nie zu sehen bekommen haben? Wo hattest du dich versteckt?«

Celia drehte sich ein klein wenig um, gerade weit genug, damit sie ihm in seine durchdringend blauen Augen schauen konnte. Freund oder Feind? Aus seiner geflüsterten Bemerkung ließ sich das nicht entnehmen, aber sie hatte das Gefühl, vor ihm auf der Hut sein zu müssen – so sehr, daß sie ihre Schultern straffte, bevor sie ihm antwortete.

»In einem mit hohen Mauern umgebenen Kloster. Zu meinem eigenen Schutz natürlich. Und ich bin mir gar nicht so sicher, ob wir wirklich Cousin und Cousine sind, also solltest du vielleicht lieber aufhören, das zu behaupten.«

»Hm – aber für deine eigene Sicherheit wäre es gewiß besser, wenn du meine Cousine bist.«

Und bevor sie noch Zeit hatte, die Andeutungen zu verdauen, die sich hinter dieser Bemerkung verbargen, drehte er sich wieder zu seiner Frau um.

Glücklicherweise klingelte nun im Foyer wieder die Glocke, die den Beginn des dritten Akts signalisierte, und Celia konzentrierte sich wieder ganz auf das Geschehen auf der Bühne.

Tristan, der mittlerweile verwundet und von schwerem Herzeleid gezeichnet war, wartete auf seine geliebte Isolde. Die Musik, die allein schon wie ein Liebestrank wirkte, trug Celia mit sich davon und drang ihr bis in die Seele.

Sie weinte; Tante Willie hatte nicht genügend Taschentücher dabei, und so mußte sie sich die Tränen mit dem Handrücken aus dem Gesicht wischen wie ein Schulmädchen.

Da tauchte hinter ihr plötzlich eine Hand auf und hielt ihr ein großes Männertaschentuch hin, das sie dankbar ergriff. Es war aus weichestem, feinstem Leinen und roch schwach nach Tabak, und es war groß genug, um ihre Tränen über Isoldes Wehklagen um ihren toten Liebsten aufzufangen.

Unter dem Schutz des donnernden Applauses, mit dem der Vorhang fiel, schneuzte Celia sich ganz leise und gestattete es anschließend Tante Willie, sie ins Damenzimmer zu geleiten, während die Schauspieler sich immer wieder verneigten und die Sträuße entgegennahmen, die aus dem Publikum auf die Bühne geworfen wurden.

Es tat Celia wohl, zu sehen, daß auch die anderen Frauen geschwollene Augen hatten, sich kaltes Wasser und Eau de Cologne ins Gesicht spritzten und sich das Haar richteten, bevor sie in die Loge zurückkehrten.

Tante Willie hatte sich in weiser Voraussicht mit kleinen Phiolen ausgerüstet, die ein mit Rosenwasser parfümiertes Extrakt von Zaubernuß enthielten – sehr wohltuend, wenn man es sich unter die Augen tupfte und auf die Schläfen.

Celia durchtränkte freizügig eine Ecke des Taschentuchs ihres Galans mit der kühlen Flüssigkeit und hätte es beinahe fallen lassen, als ihr Blick auf die aufgestickten Initialen fiel.

GH – Grant Hamilton!

Er hatte sich mit Verspätung in die Loge geschlichen und war dann wieder verschwunden. Wie typisch für ihn – rüde und ungehobelt, wie man es von ihm gewohnt war, war er in die Stadt zurückgekehrt, ohne irgend jemanden davon wissen zu lassen.

Was sie wirklich nicht verstand, war, daß Tante Willie ihn anzubeten schien. Nur sie selbst und Anthea Langbourne waren anscheinend in der Lage, den elenden Kerl zu durchschauen.

Aber da er bereits gegangen war, spielte seine Anwesenheit in London im Augenblick keine Rolle. Außerdem blieb ihr, nachdem sie die Oper verlassen hatten, auch keine Zeit mehr zum Nachdenken. Sie mußten in ihr Stadthaus zurückkehren, sich umziehen und dann Kleidung und Frisur richten, bevor sie zu ihrer nächsten Verabredung weiterzogen.

Dort stand ein Abendessen mit anschließendem Tanz auf dem Programm, und Celia war gerade das kleine bißchen reizbar, das ausreichte, um ihre Augen gefährlich aufblitzen zu lassen und ihre zigeunerhaften Züge mit einer schwachen Röte zu überziehen.

Heute nacht würde sie eine Katze sein, die auf Raub ausging. Heute nacht würde sie versuchen, einem dieser als Gentleman verkleideten Wilden die Maske vom Gesicht zu kratzen.

Sie war wütend genug über die Unverschämtheiten des Viscounts und Grant Hamiltons, um sie beide Bekanntschaft mit ihren Krallen machen zu lassen.

Und vielleicht würde sich heute nacht im Dschungel der nächsten Gesellschaftsparty die Gelegenheit dazu ergeben.

Kapitel 10

Grant Hamilton lief wie ein Tiger im Käfig durch den Raum; hungrig, gereizt, wütend, streitlustig – und er wußte nicht einmal, warum.

Er wünschte, er wäre in Schottland geblieben, wo keine königlichen Prinzen, keine Stiefmama und keine übermütigen Zigeunerinnen die Dinge unnötig komplizieren konnten.

Er wußte nicht, was ihn mehr ärgerte – das Telegramm von dem Detektiv, den er beinahe gefeuert hätte, bevor er zur Jagd gefahren war, oder die Tatsache, daß das einzige, woran er während der ganzen Reise anscheinend hatte denken können, diese glühenden, wissenden Zigeuneraugen waren.

Oder vielleicht hatte er auch nur auf eine Entschuldigung gewartet, um früher zurückkehren zu können, auch wenn es ihm zutiefst gegen den Strich gegangen war, so bald nach Celias kleinem gesellschaftlichem Triumph und den folgenden Enthüllungen in der Skandalpresse aufzubrechen.

Aber er hatte sich am Morgen danach mit Willie besprochen, die sich von all dem nicht aus der Ruhe hatte bringen lassen.

»Natürlich mußt du deine Verabredung einhalten, Grant, mein Lieber. Du glaubst doch hoffentlich nicht, daß wir einen *Mann* brauchen, um mit den Klatschmäulern fertig zu werden? Celia ist wohlauf; wir werden bestens allein zurechtkommen. Und wer weiß, vielleicht wird uns ja auch Sir Thomas eines Tages noch von Nutzen sein.«

Ihre lässige Einstellung hatte ihm nicht im geringsten behagt, und das Geschwätz in den Zeitungen ärgerte ihn noch mehr, weil der Detektiv, den er schon vor Wochen engagiert hatte, nicht annähernd so detaillierte Informationen beigebracht hatte wie die Klatschspalten. Er hätte einen Reporter engagieren sollen.

»Überlassen Sie das ganz uns – wir lagen nur einen einzigen Schritt hinter diesen Zeitungsfritzen zurück«, hatte Detektiv Macy geschworen, »und wir sind einer Sache auf der Spur, von der die keinen Schimmer haben.«

»Sie sollten tatsächlich etwas finden, sonst gibt es kein Honorar«, hatte Grant gedroht, obwohl er zu dieser Zeit überhaupt keine Resultate mehr erwartet hatte.

Zwei Wochen später hatte Macy sich dann wieder bei ihm gemeldet.

»Von dieser Sache weiß keiner was, Chef. Und es wird auch niemand was erfahren, wenn Sie verstehen, was ich meine.«

O ja, und ob er verstand. Nachdem genug Geld den Besitzer gewechselt hatte, um den ganzen Buckinghampalast noch einmal zu bauen, zwang er den Detektiv, ein offiziell aussehendes Dokument zu unterzeichnen, in dem er versprach, niemandem gegenüber auch nur ein Sterbenswörtchen von dem verlauten zu lassen, was er erfahren hatte, weil er sonst mit Gerichtsprozessen und einer strafrechtlichen Verfolgung zu rechnen haben würde.

Grant war sich nicht einmal sicher, ob all diese Drohungen wirklich ein geeignetes Abschreckungsmittel waren oder ob das Endergebnis das viele Geld und die Risiken überhaupt wert war.

Die Geschichte, die der Detektiv ausgegraben hatte, war in vieler Hinsicht genau dieselbe gewesen, die Grant in den Zeitungen gelesen hatte; der Unterschied war nur, daß er ein Foto von Marianna in Händen hielt – und ihre Tochter sah ihr so ähnlich, daß sie ihre Zwillingsschwester hätte sein können.

Die Zigeunerin tanzte Flamenco; die Arme über ihrem zurückgeworfenen Kopf hoch erhoben, ließen ihre schlanken Finger die Kastagnetten über einem Gesicht tanzen, das in einen ekstatischen Traum versunken zu sein schien. Die Frau sah so lebenssprühend und so sinnlich aus, daß es niemanden zu erstaunen brauchte, daß kein Mann ihr widerstehen konnte.

Kein Wunder, daß Richard Penmaris so ungeheuer besitzergreifend und so eifersüchtig gewesen war. Aber er war auch kein Heiliger gewesen, und nach allem, was der Detektiv in Erfahrung gebracht hatte, hatte Penmaris zugelassen, daß seine Eifersucht ihre machtvolle Liebe schließlich verzehrte.

Grant fragte sich, wieviel Celia wohl von diesem Vermächtnis wußte und ob ihr überhaupt klar war, wie sehr sie ihrer Mutter mit ihrem exotischen Gesicht und ihrem geschmeidigen Tänzerinnenleib ähnelte ...

Und er hätte gern gewußt, warum zum Teufel Willie ihm nicht diese ganze gottverdammte Shakespeare-Tragödie von Anfang an erzählt hatte – doch dann fragte er sich auch, was er wohl anders gemacht hätte, wenn er es gewußt hätte.

Dann wäre er jetzt überhaupt nicht hier, dachte er hitzig, während er sich seinen Weg durch die gewohnte Menge geladener Gäste bahnte, die nun nach und nach ankamen, um Tragödie und Triumph der Oper zu feiern und bis zum Morgengrauen zu tanzen.

Und warum war er hier?

Er war der Begleiter der Tochter einer wilden Zigeunerkönigin.

Schließlich schüttelte er diesen Gedanken ab; es konnte keinen Zweifel geben, daß sie seine Begleitung aus erzieherischen Gründen nicht länger benötigte, und sie waren ein so ungleiches Paar wie Tag und Nacht.

Gerade in dem Augenblick, als er das dachte – als er gerade durch die Tür gehen und seiner Stiefmutter sagen wollte, er ließe sie mit dem ganzen Unfug dieser Saison allein –, gerade da spürte er ihre sanfte Berührung an seinem Ellbogen und konnte keinen weiteren Schritt mehr tun.

»Ah, ich habe mir doch gedacht, daß du das warst während des letzten Akts«, sagte sie liebenswürdig und stellte sich auf die Zehenspitzen, um ihm einen kühlen Kuß auf die Wange zu geben. »Du bist früh wieder zurück. Hast du Celia gesehen? Sieht sie nicht einfach hinreißend aus?«

»Ihre Augen waren rot, und ihre Nase lief«, sagte er tonlos.

»Unsinn. Alle waren in Tränen aufgelöst – ich möchte behaupten, daß nicht einmal *du* da eine Ausnahme gebildet hast«, sagte Willie mitfühlend. »Oh, schau, da drüben kommt Celia.«

Er wollte nicht hinsehen – er wußte, was er sehen würde, wenn er das tat: dieses wilde Zigeunergesicht mit dem Körper, der Anmut und den Manieren einer Dame, einem unwiderstehlichen Widerspruch, der ihn zu bleiben zwang.

»Oh, ich habe bereitwillig auf vier Jagdtage verzichtet, nur damit Miß Penmaris mich mit diesem feindseligen Blick durchbohren konnte. Warum zum Teufel ist sie so wütend auf mich?«

»Geh und frag sie«, erwiderte Willie.

»Ich würde lieber meilenweit gehen, um sie *nicht* fragen zu müssen«, zischte Grant, als Celia mit Anthea im Schlepptau langsam näher kam.

»Ach, Grant«, sagte sie mit gespielter Überraschung. »Sie habe ich hier aber überhaupt nicht erwartet. Oder ist dies hier etwa Ihr nächster *Auftrag?* Haben Sie zugunsten der Pflicht auf Ihr Vergnügen verzichtet? Das wäre völlig überflüssig gewesen, das versichere ich Ihnen. Tante Willie wird es Ihnen bestätigen – die Dinge entwickeln sich wunderbar. Sie erinnern sich doch sicher an Miß Langbourne?«

Er verbeugte sich steif und hätte Celia am liebsten erwürgt, mußte dann aber hilflos zusehen, wie sie von einem Bewunderer, der einen Augenblick stehengeblieben war, um sie zu begrüßen, eine Champagnerflöte entgegennahm.

Offensichtlich hatte Willie nicht die Absicht, sie aufzuhalten, und offensichtlich bewirkte auch der tadelnde Blick in Miß Langbournes Augen nicht das geringste.

Grant streckte die Hand aus und nahm Celia das Champagnerglas aus der Hand. »Sie sollten vor dem Abendessen nicht soviel Champagner trinken.«

»Aber ich bin sicher, Sie hatten bereits ein oder zwei Gläser«, sagte Celia grollend. Er behandelte sie wie ein Kind, und das, nachdem er sie einfach sitzengelassen hatte – sie und Tante Willie –, ohne vorher auch nur Lebewohl zu sagen.

»*Ich* habe keine Probleme damit.«

»Und ich habe keine Probleme mit *Ihnen*«, entgegnete sie und ignorierte völlig Antheas entsetzten Gesichtsausdruck und Tante Willies gereiztes, kleines Lachen.

»Also wirklich – ich stelle fest, daß Sie während der vergangenen zwei Wochen reichlich Erfahrung im Umgang mit Männern gemacht haben«, schleuderte er ihr zornig entgegen, als plötzlich das Orchester die ersten Takte eines Walzers anstimmte. »Ich glaube, das ist mein Tanz.«

»Nein! Ich ...«

»Machen Sie keine Szene – oder gehörte das auch zu Ihrem Lehrplan, während ich fort war?«

»Sie können mir nicht *alles* beibringen, Grant Hamilton«, flüsterte sie hitzig, als er nach ihrer Hand griff und sie auf den Tanzboden zerrte.

»Vielleicht kann ich Ihnen beibringen, wie man sich in der Öffentlichkeit benimmt«, knurrte er und zog sie so fest in seine Arme, daß sie kaum atmen konnte. Am liebsten hätte sie ihm in sein hartes, arrogantes Gesicht geschlagen; am liebsten hätte sie laut geflucht.

»Lächeln Sie, Celia«, sagte er rauh, während er sie in die wirbelnden Bewegungen des Tanzes mitriß. »Der äußere Schein ist alles, wie Sie sicher bereits gelernt haben.«

»Ich habe auch gelernt, daß die Dinge nicht immer sind, was sie zu sein scheinen«, konterte sie durch zusammengebissene Zähne, während er sie gekonnt und in weit ausholenden Schwüngen um die anderen Tänzer herumwirbelte. »*Das* verstehen Sie sicher nur allzu gut.«

Oh, sie war wirklich ein kleines Biest, dachte er; er hatte beileibe kein Kind in einem Frauenkörper vor sich, auch wenn sie sich in den Gepflogenheiten der Welt noch so wenig auskannte. Sie lernte nur allzu schnell, und er hatte das ungute Gefühl, daß Celia Penmaris vollkommen aus dem Instinkt heraus handelte, einem Instinkt, der sie außerordentlich sicher und genau führte.

Er hatte nicht die geringste Lust, freundlich oder vorsichtig mit ihr zu sein. Am liebsten hätte er sie durchgeschüttelt und gezwungen, ihn mit diesen kupfern funkelnden Katzenaugen anzusehen – und er verspürte den überaus unheiligen Drang, sie fest in seine Arme zu nehmen und diesen verführerischen, jungfräulichen Mund zu kosten.

Willie würde ihn umbringen ...

Der Walzer endete, das Tempo schwoll zu einem Crescendo wirbelnder Bewegung an, und Celia hatte das Gefühl, von einer Gezeitenwoge der Gefühle fortgerissen zu werden. Ihr Zorn löste sich in nichts auf, und einen glitzernden Augenblick lang wurde das Leben zu einem schwindelerregenden, herrlichen Tanz ohne Anfang, ohne Ende, ohne einen anderen Sinn als dem der reinen, schimmernden Schönheit der Musik, die bis in ihre Seele drang.

Es war so einfach – der Rhythmus, der Mann, die Gewißheit seiner sicheren Hand, die sie führte, das Wissen, daß sie ihm überallhin folgen konnte, wohin er auch ging.

Es war die Musik, und es waren ihre eigenen, launischen Gefühle. Sie wußte instinktiv, daß sie ihn mit dem Zauber des Tanzes in ihren Bann geschlagen hatte.

Und irgendwo tief in ihrem Herzen war ihr plötzlich klar, daß er glaubte, es sei ihr völlig egal, wer sie in den Armen hielt und über den Tanzboden führte, und daß er sich wünschte, sie wäre sich deutlich dessen bewußt, daß *er* es war.

Und das war der Unterschied zwischen ihnen, denn sie wußte, daß sie nur deshalb so auf den Tanz reagieren konnte, weil sie ihn mit ihm tanzte.

Der Gedanke erfüllte sie gleichermaßen mit Ekstase und Furcht. Es war wie ein lebendes, geheimes Etwas in ihr, von dem niemand etwas wissen durfte, am allerwenigsten sie selbst.

Es war ein wilder, fast ungeheuerlicher Gedanke, daß gerade sie, Celia, diesen arroganten, harten Mann wenigstens ein klein wenig in seinem Selbstbewußtsein erschüttern konnte.

Sie durfte sich nicht gestatten zu glauben, daß sie solche Macht hatte – nicht *sie* . . . und doch . . .

Und doch . . .

Als die letzten Klänge des Walzers durch den Raum hallten, wurde sie in eine letzte Drehung hineingerissen und dann weiter zu einer offenen Balkontür und hinaus auf eine Terrasse mit Blick auf den Garten.

Sie hatte das Gefühl, an einem Scheideweg zu stehen; irgend etwas nahm hier sein Ende, und etwas anderes fing an. Einen Augenblick verharrte sie reglos in seinen Armen, irgendwo zwischen hell und dunkel, zwischen Marianna und grenzenloser Torheit.

Dies hier war kein Spiel, und Grant Hamilton war kein Mann für Spiele.

Er hatte sie absichtlich hier herausgebracht, und sie war ihm gefolgt, hatte nicht protestiert oder sich loszureißen versucht, und jetzt – und jetzt . . .

Er preßte sie so fest an sich, und die Hand, die die ihre beim Tanz so fest umklammert hatte, ließ sie jetzt los und hob sich mit unendlicher Langsamkeit ihrer Wange entgegen, und seine flammenden Augen blickten tief in das dunkle Staunen, das in den ihren lag.

Ihre Lippen öffneten sich bei seiner Berührung, und sie legte den Kopf in den Nacken – oder vielleicht hatte er auch ganz sanft ihr Kinn angehoben; das hätte sie später nicht mehr sagen können. Sie wußte nur, daß ihr Atem plötzlich unregelmäßig wurde, als er seinen Kopf senkte und seinen Mund über den ihren gleiten ließ, einen qualvoll süßen, atemberaubenden Augenblick lang über ihren Lippen schwebte und wartete – und sie eine Mischung aus Angst und Erregung in sich wahrnahm . . .

Er ist zu erfahren, schoß es ihr in diesem winzigen Augenblick verzweifelt durch den Kopf, doch dann berührten seine Lippen plötzlich die ihren. Berührten sie, preßten sich auf sie und forschten mit einer Art unterdrückter Energie, als hielte er sich zurück, weil ... weil ... sie einfach zuwenig wußte, wie ihr mit einer Woge der Demütigung klar wurde; weil sie nicht wußte, was sie tun sollte.

Wie hätte sie das auch wissen können? Nicht einmal Ronald hatte sie jemals auf diese Art geküßt, mit solcher Kraft – und was suchte seine geschmeidige Zungenspitze zwischen ihren Lippen, welches Geheimnis wollte sie erkunden?

Die Zigeunerin in ihr hätte es eigentlich wissen müssen.

O ja, ihrem Zigeunerblut war die männliche Natur bestens bekannt; ein Kuß bedeutete nicht mehr als die Erkenntnis, daß sie wieder einmal einen Mann in ihre Gewalt bekommen hatte.

Ich will den arroganten Grant Hamilton in meine Gewalt bekommen.

Dieser verbotene Gedanke ließ ihr die Knie weich werden; ihre Finger krallten sich in seine Schultern, und sie konnte das Spiel seiner starken Armmuskeln spüren, als er sie noch eine Spur enger an sich zog.

Suchte ...

Beharrlich und unerbittlich gegen alle Barrieren anrannte, die sie errichtet hatte.

Alles, was sie tun mußte, war, sich seiner Leidenschaft zu unterwerfen – ohne jemals ihre Seele aufzugeben.

Die Erregung in ihr wuchs, und sie erlaubte ihm, ihren Widerstand langsam zu brechen. Was bedeutete dieser Kuß schon, außer daß sie ihm für eine Weile ihre Lippen überließ?

Aber auf die Gefühle, die nun wie eine Woge über ihr zusammenschlugen, war sie nicht vorbereitet; sie hätte sich am liebsten von ihm losgerissen, um wegzulaufen, und gleichzeitig wollte sie all die Möglichkeiten des Vergnügens, die sie nun entdeckte, näher erkunden.

So widersprüchlich waren diese Gefühle: Sie fühlte sich gleichzeitig hilflos und stark, schwach und mächtig, unschuldig und wissend – reif und willig.

Dies war also das Geheimnis ... ein Mann konnte durch einen Kuß zum Sklaven gemacht werden, dachte sie; sie hätte ihr ganzes Leben in diesem Zustand der Verzückung verweilen können.

Versklavt. Beherrscht.

Als ein Funke der Lust sich ihrer bemächtigte, zog sie sich ungestüm zurück.

Großer Gott ...

Es war einfach alles zu verführerisch, sein Mund und diese Lust.

Und sie war nicht raffiniert genug, um sich in der Lage zu sehen, *überhaupt* jemanden zu ihrem Sklaven zu machen.

Aber trotzdem hielt er sie in seinen Armen, und das gespannte Schweigen zwischen ihnen zog sich in die Länge wie ein elastisches Band, das kurz vor dem Zerreißen stand.

Ihre Lippen waren geschwollen, und in ihren Augen leuchtete das ganze Wissen der Eva. Die Jungfrau schien sich binnen zweier Wochen in eine Kurtisane verwandelt zu haben; das war doch immerhin eine interessante Wendung der Ereignisse!

Dennoch hätte er sie nicht küssen dürfen, genausowenig wie er die Welt des Wissens in diesem verlockenden Mund hätte entdecken dürfen, und am wenigsten von allem hätte er den Wunsch haben dürfen, sich dieses Mundes noch einmal zu bemächtigen.

Genausowenig wie sie von der Lust hätte wissen dürfen, jungfräuliche Versucherin, die sie war.

Zum Teufel mit ihr, zum Teufel mit Willie ...

»Wie recht Sie doch haben, Miß Penmaris«, sagte er kalt und ließ sie abrupt los, daß ihre Knie um ein Haar unter ihr nachgegeben hätten. »Niemand kann Ihnen irgend etwas beibringen, am wenigsten ich.«

Sie hätte ihn am liebsten umgebracht; im Augenblick blieb ihr nur noch ihr brennender Zorn – und ihr Stolz.

Was für ein unendlich arroganter Mann!

Sie hob ihr Kinn, wieder durch und durch Marianna. »Eine weitere Pflichtübung, die Sie von Ihrer Liste streichen können, Mr. Hamilton? Ich bin ganz zerknirscht, daß Ihre tölpelhaften Annäherungsversuche ihr Ziel verfehlt haben. Aber schließlich können zwei Wochen eine sehr lange Zeit sein, nicht wahr? Nun, ich denke, Tante Willie wird bereits nach uns suchen. Ich werde dieses peinliche kleine Zwischenspiel nicht erwähnen – und ich gehe davon aus, Sie werden es auch nicht tun.«

Mit diesen Worten drehte sie sich auf dem Absatz um und marschierte zurück ins Haus, mit steifer Haltung und Tränen in den Augen, die er niemals sehen würde.

Aber Anthea sah sie. Nur allzu schnell kam sie zu dem Schluß, daß irgend etwas nicht stimmte, fast so, als hätte sie einen siebten Sinn für solche Dinge.

»Liebe Celia, ist eine andere Erklärung möglich, als daß du völlig die Fassung verloren hast?« rief sie tadelnd.

O nein, nicht das auch noch.

Sie würde ihre Torheit einfach im Frohsinn des Festes ertränken, Anthea ignorieren und mit jedem tanzen, der sie darum bat.

Dieser Gedanke bescherte ihr ein berauschendes Gefühl der Unabhängigkeit. Sie konnte und würde heute nacht nur noch tun, was sie wollte.

Und sie würde Grant Hamilton völlig ignorieren, wie er da an den Balkontüren stand, die Arme vor der Brust verschränkt, das Gesicht zu einem finsteren Stirnrunzeln verzogen und in den schmalen Augen einen gefährlichen Blick, der niemandem, der ihm in den Weg kommen mochte, Gutes verhieß.

Am allerwenigsten ihr.

Kapitel 11

»Das ist unmöglich! Das ist einfach unmöglich! Theo! Würdest du bitte dieses staubige, alte Buch beiseite legen und mir zuhören? Ich *muß* darauf bestehen, daß du dir Zeit nimmst, die Zeitungen durchzusehen, die ich gerade mit der Post erhalten habe. Sieh dir nur diese Fotos an – und vor allem, lies die Bildunterschriften. Der Prinz von Wales hat unserer armen, lieben Celia *besondere* Aufmerksamkeit geschenkt. Nun, wir alle wissen, was *das* bedeutet! Und dann sieht man sie in der Öffentlichkeit beinahe pausenlos in Begleitung von Wilhelminas Stiefsohn – diesem Grant Hamilton, der, abgesehen davon, daß er soviel älter ist als Celia, einen keineswegs einwandfreien Ruf besitzt – Theo!«

Der Bischof seufzte, nahm seinen Kneifer ab, um sich den Nasenrücken zu massieren, und setzte ihn dann wieder auf.

»Nun, meine Liebe«, sagte er besänftigend. »Du darfst dich wirklich nicht so aufregen. Denk daran, was Dr. Reynolds dir gesagt hat. Beruhige dich bitte ein wenig, während ich mir diese Zeitungen ansehe. Und außerdem sind das doch die reinsten Klatschblätter! Leute in unserer Position sollten sie einfach ignorieren. Und jetzt setz dich bitte, Gertrude, weil du mich sonst ganz nervös machst.«

Der Tonfall, mit dem er sprach, duldete keine Einwände und brachte sie, ganz gegen ihre Gewohnheit, zum Schweigen. Sie setzte sich mit einem Rascheln ihrer Röcke in den bequemen Ohrensessel ihm gegenüber und preßte die Lippen aufeinander.

Theo griff nach den Zeitungen, die sie auf seinen Schreibtisch geschleudert hatte, und las sie so langsam und sorgfältig durch, daß sie kurz davor war, vor Ungeduld laut aufzuschreien.

»Nun, meine Liebe«, sagte er schließlich, »ich weiß kaum, was ich sagen soll. Wenn man sich in gewissen Kreisen bewegt, ist es natürlich nicht immer möglich, zu verhindern, daß getratscht und spekuliert wird. Daher denke ich, man ignoriert solche seltsamen Skandalmeldungen am besten. Celia wird zu jeder Zeit sorgfältig behütet, dessen bin ich mir sicher, und außerdem kann ich mir nicht recht vorstellen, was du oder ich in dieser Hinsicht unternehmen könnten ...«

»Also wirklich, Theo! Kann man sie nicht, selbst in diesem späten Stadium, noch vor Klatsch und Tratsch bewahren? Es ist doch sicher unsere Pflicht, den Schaden, den ihr Ruf möglicherweise bereits gelitten hat, nach Kräften zu beheben. Wir müssen das arme Kind aus dieser unpassenden Umgebung retten und ihr ihre wirkliche Situation klarmachen!«

»Ach, Gertrude, meine Liebe«, begann er stirnrunzelnd und warf ihr durch seine Brillengläser einen Blick zu, mit dem er hoffte, sie davon abhalten zu können, das Thema weiter zu verfolgen. »Du mußt dir wirklich ein wenig Mühe geben, dich nicht über Dinge aufzuregen, an denen weder du noch ich etwas ändern können. Celia steht nicht mehr unter unserer Obhut; wir können nichts tun, als dafür zu beten, daß ihr in jeder Situation, in die sie gerät, die Jahre unserer Erziehung Kraft und Hilfe bieten können. Und da hast du wirklich dein Bestes gegeben, das weißt du doch«, fügte er geschickt hinzu. »Habe Vertrauen, meine Liebe – wir beide müssen Vertrauen haben.«

Lady Gertrude schniefte. »Ich sehe deutlich, daß du mal wieder in einer deiner schwierigen Stimmungen bist, Theo, und nicht die mindeste Absicht hast, dich mit meinen Sorgen zu beschäftigen. Daher werde ich dich jetzt deinen Studien überlassen und mich praktischeren Dingen zuwenden.«

Sie stand abrupt auf, fegte die Zeitungen vom Schreibtisch ihres Mannes und schwebte dann majestätisch aus dem Zimmer; an der Tür blieb sie jedoch noch einmal kurz stehen, um ihn wütend anzuschauen und eine letzte boshafte Bemerkung loszuwerden.

»Ich sollte dich vielleicht darüber informieren, daß ich an Ronald Winwood geschrieben habe, um ihn von Celias veränderter Situation in Kenntnis zu setzen. Immerhin wissen wir nicht, ob man dem armen Kind überhaupt erlaubt hat, ihn wissen zu lassen, was geschehen ist. Und in der Hoffnung, daß ein Besuch bei uns und ein ernsthaftes Gespräch mit *dir* ihren Charakter und ihre Entschlossenheit stärken könnte, habe ich an Celia und Mrs. Hamilton geschrieben und sie für ein Wochenende eingeladen – oder jedenfalls Celia und ihr Mädchen. *Dagegen* hast du doch nichts einzuwenden, hoffe ich?«

Ohne seine Antwort abzuwarten, entschwand sie zum Korridor hinaus und ließ die schwere Tür mit lautem Knall hinter sich zuschlagen.

Später, wenn Theo in einer etwas vernünftigeren Gemütsverfassung war, würde sie ihm schon klarmachen, daß sie aus purer, uneigennütziger, christlicher Barmherzigkeit gehandelt hatte.

Widerwillig öffnete Willie den Brief, den Gertrude ihr geschickt hatte. Ein Besuch beim Bischof war das letzte, was sie wollte, doch waren Gertrude zweifellos gewisse Gerüchte zu Ohren gekommen, oder sie hatte in der Zeitung davon gelesen, und nun glaubte sie, es ihrer Nichte schuldig zu sein, einzugreifen.

Aber letzten Endes mußte Celia diese Entscheidung selbst treffen, und die widerstrebenden Gefühle, die sich auf dem Gesicht des jungen Mädchens abzeichneten, machten nur allzu deutlich, daß sie ebenfalls alles andere als glücklich über die Einladung war.

»Wahrscheinlich vermissen sie dich«, sagte Willie, ohne anzudeuten, wie sie selbst darüber dachte.

»Ich frage mich, was genau sie eigentlich vermissen könnten«, murmelte Celia und wünschte sofort, sie könnte die Worte ungesagt machen. Sie hatte Gertrudes

Beweggründe noch nie zuvor in Zweifel gezogen, und Gertrude war sicher nicht glücklich darüber gewesen, sie in Tante Willies Obhut zu geben. Natürlich vermißten ihre Tante und ihr Onkel sie. Sie war wirklich undankbar.

»Mein Kind«, sagte Willie schnell, um die vorlaute Bemerkung ihrer Nichte zu überspielen, »du brauchst dich auf keinen Fall sofort zu entscheiden. Wir haben dieses Wochenende bereits Harville zugesagt, aber danach haben wir keine Verabredungen mehr, die wir nicht rückgängig machen könnten, wenn du den Wunsch haben solltest, den Bischof und deine Tante zu besuchen. Ich komme natürlich mit, wenn du möchtest, aber wenn nicht, kannst du durchaus mit Emily allein fahren – oder bitte Anthea, dich zu begleiten. Ich glaube, ich habe sie sagen hören, daß ihr Freund, Mr. Maitland, die Predigten deines Onkels Theo äußerst bewundernswert findet.«

Bei den letzten Worten konnte Willie ein schelmisches Lächeln nicht unterdrücken.

Celia sah sie kläglich an. »Du bist so geduldig mit mir, Tante Willie. Ich glaube, ich hatte immer ein wenig Angst vor Tante Gertrude. Sie war nie richtig unfreundlich zu mir oder auch nur ungerecht, aber ... es fiel mir nie so leicht, mit ihr zu reden wie mit dir.«

»Sie ist eine ziemlich starke Persönlichkeit«, sagte Willie tröstend, »aber du bist in den letzten Wochen erwachsener geworden. Du bist viel selbstsicherer als früher, und jetzt, nachdem du den Prinzen von Wales kennengelernt und dich mit ihm unterhalten hast, wird dir doch eine Begegnung mit deiner Tante kaum noch angst machen können, oder?«

Und sie hatte auch Grant Hamilton in seine Schranken gewiesen, dachte Celia mit einiger Befriedigung. Seit jenem letzten Abend – und ihrem Kuß – hatte sie ihn in Carlton House Terrace nicht mehr gesehen, und was sie betraf, konnte dieser Zustand bis in alle Ewigkeit fortdauern.

Sie sah ihre Tante an. »Dagegen wird ein Besuch bei Tante Gertrude die reinste Teegesellschaft sein«, pflichtete sie ihr mit amüsierter Stimme bei. »Aber mir wäre es viel lieber, du würdest mitkommen . . .«

»Um dich zu beschützen?« murmelte Willie, die außerstande war, diese Bemerkung zu unterdrücken.

Um mich vor meinem gewohnten, vorschnellen Benehmen zu bewahren, dachte Celia, aber das konnte sie natürlich nicht zugeben, nicht einmal Willie gegenüber.

»Um mir zu helfen, Dingen ins Auge zu sehen, denen ich lieber aus dem Weg gehen würde«, sagte sie statt dessen, aber in ihrem tiefsten Herzen war sie sich nicht ganz sicher, ob nicht eher ihre Tante den Nagel auf den Kopf getroffen hatte.

Grant Hamilton ärgerte sich darüber, daß er, so sehr er es auch versuchte, nicht aufhören konnte, an Celia Penmaris zu denken.

Und das schlimmste war, daß zumindest ein Mensch davon wußte, und zwar ein Mensch, vor dem er diese Sache ganz besonders gern geheimgehalten hätte: Lady Marvella Merrivale.

»Grant, mein Liebster! Es sieht dir überhaupt nicht ähnlich, dich deinen männlichen Impulsen gegenüber so puritanisch zu geben. Das Mädchen sieht wirklich sehr exotisch aus, und wir nehmen an, daß sie noch Jungfrau ist. Ist es nicht genau das, was jeder heißblütige Mann begehrt? Eine leidenschaftliche Jungfrau?«

»Du siehst die Sache völlig falsch, Marvella«, sagte er steif.

Marvella beachtete ihn gar nicht. »Sie ist eine richtige kleine Cinderella, nicht wahr? Wartet nur auf ihren Prinzen, der sie in seine Arme reißt und sie . . . aber die Konsequenzen spielen doch eigentlich keine Rolle, oder? Selbst Cinderella muß irgendwann herausfinden, wie das Leben wirklich ist. Welchen Unterschied macht es da also, ob du es bist oder dieser unsichtbare Verlobte, der darauf wartet, daß sie erwachsen wird?«

Er unterdrückte einen Seufzer der Verzweiflung. »Ein

Märchen, Marvella. Du hast gar keine Ahnung, wovon du da redest.«

»Ach, Grant. Du sprichst jetzt das erstemal seit Wochen mit mir, und in der ganzen Stadt tratscht man schon darüber, wie diese hübsche kleine Miß Penmaris dich an der Nase herumführt . . .«

»Mit Willie im Schlepptau. Jetzt erzähl mir noch, daß ich in Gegenwart meiner Stiefmutter regelmäßig Jungfrauen verführe.«

»Mein Lieber, sie hatte nicht die leisesten Skrupel, in dein Zimmer zu stürzen, als du anderweitig . . . beschäftigt warst. Wer weiß, was für einen freizügigen Lebensstil sie in Amerika pflegt . . .«

Als Grants Gesichtsausdruck sich verdüsterte, brach sie ab. Es war offensichtlich ein Fehler gewesen, seine geliebte Willie und seinen Vater anzugreifen. Aber auf der anderen Seite war sie verzweifelt. Diese Sache mit Celia Penmaris konnte einen wirklich aus der Haut fahren lassen. Er tat so, als könnte er das kleine Miststück nicht ausstehen, aber *sie* hatte wochenlang nichts mehr von ihm zu sehen bekommen, und das letztemal, als sie versucht hatte, ihn zu erreichen, hatte man ihr gesagt, er sei in Schottland.

Aber jetzt war er da, denn er zählte genauso wie sie zu den auserlesenen Gästen, die das Wochenende in Harville verbringen sollten.

Zweifellos würde auch dieses kleine Biest von Celia kommen, nachdem sie in London solchermaßen Furore gemacht hatte. Es war einfach unerträglich! Wie Grant sie überhaupt länger als dreißig Sekunden ertragen konnte, ging über ihr Auffassungsvermögen.

Allerdings schien ihr Gerede über Celia ihm unter die Haut zu gehen, und mehr als alles andere wollte sie ihm die Unterschiede zwischen einer erfahrenen Schönheit und einer jungfräulichen Debütantin bewußtmachen.

»Es erstaunt mich, daß du in dieser Sache überhaupt irgendwelche Skrupel hast«, fuhr sie fort, ohne dem gefährlichen Blick in seinen Augen Beachtung zu schenken. »Sie scheint doch ganz begierig darauf zu sein, das Leben und alles, was es zu bieten hat, kennenzulernen. Ich höre, die Männer überschlagen sich förmlich, um ihre Bekanntschaft zu machen – vor allem, nachdem der Prinz ihr den Stempel seines Wohlwollens aufgedrückt hat. Solche Dinge können einem Mädchen leicht den Kopf verdrehen. Du kannst mir nicht erzählen, daß ihr nicht der Sinn danach steht, ein wenig zu experimentieren.«

Er knirschte mit den Zähnen und schluckte eine Antwort hinunter. Diese Vermutung kam dem, was er selbst nach ihrem unglückseligen Kuß gedacht hatte, geradezu unheimlich nah.

»Ist das nicht ziemlich gehässig von dir, Marvella? Du hast überhaupt kein Mitgefühl für ein unschuldiges Mädchen in den Wirren ihrer ersten Saison.«

»Männer!« zischte Marvella. »*Unschuldig!* Ich war auch einmal unschuldig, war auch einmal ganz begierig darauf, alles kennenzulernen, von dem ich träumte und von dem ich nichts wußte. Aber wenn man erst einmal etwas verloren hat, ist es aus und vorbei. Und man muß weitermachen und stärker und klüger werden, sonst ist man für alle Zeiten ruiniert.«

Einen Augenblick lang sah er ihr direkt in die Augen. Das war ein seltsames Geständnis für eine Frau, die der Inbegriff einer Kurtisane war, einer Frau, die alles wußte, die alles getan hatte und der man alles verzieh, weil sie so schön war und so überaus diskret.

Sie war kühn und skrupellos, und wenn sie etwas haben wollte – oder jemanden –, dann ging sie schnurgerade auf ihr Ziel zu, und was die Männer, die ihre Liebhaber gewesen waren, am meisten zu ihr hingezogen hatte, war die Tatsache, daß sie niemals irgend etwas bedauerte.

Oder vielleicht bedauerte sie doch manches, und er war der erste, der jemals einen tieferen Einblick in ihre eisige Seele gewann.

Aber egal. Eis konnte sich genausogut verzehren wie

Feuer; seine Leidenschaft für sie war schon vor Wochen erloschen, und er hatte weder Zeit noch Kraft, die Glut anzufachen, um vielleicht noch einmal eine schwache Flamme zu schüren.

»Fährst du auch nach Harville?« fragte sie, um das lange und für sie ziemlich unbehagliche Schweigen zu brechen. »Und deine kleine Jungfrau?« konnte sie sich nicht verkneifen hinzuzufügen.

In diesem Augenblick haßte er sie. »Fahren nicht alle hin?« antwortete er nichtssagend.

Lady Marvella Merrivale war nicht irgendwer; ihr Mann, der diese langen, zähen Gesellschaftswochenenden verabscheute, besaß genug Macht und Einfluß, um sicherzustellen, daß ihr Zimmer direkt neben dem von Mr. Grant Hamilton liegen würde.

So leicht würde er sie nicht loswerden, und mit diesem Gedanken mußte sie sich, da man nun zum Dinner rief und Grant sich in verstocktes Schweigen hüllte, für den Augenblick zufriedengeben.

Kapitel 12

Schon früh am Freitag morgen fuhren sie mit dem Zug Richtung Harville, eingezwängt in ein Abteil voller Gepäckstücke und mit dem tröstlichen Bewußtsein, daß der Viscount dafür gesorgt hatte, daß am Ende ihrer Reise eine Kutsche für sie bereitstehen würde.

»Was für ein herrliches Wetter für einen Wochenendausflug«, sagte Willie vergnügt, als der Zug die Victoria Station und Londons überfüllte Straßen hinter sich gelassen hatte und durch eine malerische Landschaft ratterte. »Außerdem ist Harville glücklicherweise nicht so weit von der Stadt entfernt. Höchstens drei Stunden, glaube ich; für die meisten Gäste bequem zu erreichen. Ich hoffe doch«, fügte sie sehnsüchtig hinzu, »daß Grant es auch einrichten kann zu kommen. Ich habe ihn seit Tagen nicht mehr gesehen.«

Celia spürte, wie ihr eine brennende Hitze in die Wangen schoß, und sie wandte sich hastig dem Fenster zu. »Ach wirklich? Das ist mir gar nicht aufgefallen.«

Willie sah sie argwöhnisch an. »Ja, mag sein; du warst ja auch so beschäftigt«, sagte sie obenhin, mit nur einem winzigen Hauch von Ironie. Was spielte sich da zwischen Celia und Grant ab? Bei dieser Party vor einigen Tagen hatten sie sich wie die Haie benommen, hatten einander umkreist und belauert, so als könnten sie jeden Augenblick übereinander herfallen. Ein völlig untypisches Benehmen für Grant.

Aber trotzdem war es ausgesprochen seltsam, daß er sich in den letzten Tagen weder gemeldet noch bestätigt hatte, daß er ebenfalls nach Harville kommen würde.

Und Celia sah wirklich ein klein wenig verlegen aus, wie sie so dasaß und aus dem Fenster starrte.

Aber was auch immer dahinterstecken mochte, das

Wichtigste war, daß Celia mit den richtigen Leuten bekannt wurde und die richtigen Dinge erlebte; nichts konnte einer schönen Debütantin dienlicher sein als ein Wochenende auf dem Landsitz eines Adligen, wo sie die Crème de la Crème der Gesellschaft traf, sich aber auch allen Unbilden und Unberechenbarkeiten eines gesellschaftlichen Ereignisses stellen mußte.

Es war fast so, als warf man ein Kind ins Wasser, um ihm das Schwimmen beizubringen. Kein anderes gesellschaftliches Ereignis, keiner ihrer Besuche in der Oper oder im Theater, ja nicht einmal ihr großer Erfolg beim Prinzen von Wales hatten Celia auf eine Situation vorbereiten können, in der es ihr unmöglich war, sich höflich zu entschuldigen und sich von dem Geschehen zurückzuziehen, wenn die Dinge peinlich wurden.

Wenn Grant ebenfalls nach Harville kam, würden die Ereignisse möglicherweise eine entschieden unbehagliche Wendung nehmen. Oder sie bildete sich die ganze Sache nur ein, dachte Willie, als sie plötzlich sah, wie sich Celias Miene spürbar aufhellte. Der Zug rollte durch ein besonders hübsches Dorf und seine umliegenden Bauernhöfe, und dann wandelte sich die Landschaft vollkommen; sie fuhren durch Hügel und Felder, vorbei an in der Sonne funkelnden Seen und Gärten, und nur hier und da tauchten am Horizont Häuser auf.

Das war die Landschaft, in die Celia gehörte.

»Was glaubst du, wer alles dasein wird?« fragte Celia nach einer Weile.

»Weißt du, ich kenne Albert und seine neue Frau nicht so gut, daß ich das vorhersagen könnte«, antwortete Willie nachdenklich. »Aber Millhaven hat sich immer in den besten Kreisen bewegt, also würde es mich nicht überraschen, wenn die Gräfin auftauchen würde oder sogar der Prinz, der wie jeder seiner Vorgänger die Neigung hat, sich schrecklich schnell schrecklich zu langweilen. Aber wahrscheinlich möchte Albert seiner frisch angetrauten Frau eine Begegnung mit dieser leichtlebigen Clique noch nicht so bald zumuten. Wir werden einfach abwarten müssen.«

»Und Harville – wie ist es dort?«

»So traurig es auch ist, aber ich muß zugeben, daß dies mein erster Besuch sein wird«, erwiderte Willie langsam, während sie gleichzeitig darüber nachdachte, wie sie Celia klarmachen konnte, wie sehr es ihrem ersten Mann widerstrebt hatte, sie, Willie, seine junge, gekaufte Gemahlin, überhaupt irgendwohin mitzunehmen – selbst wenn es um das Haus seines Sohnes ging –, wo möglicherweise ein hübscher junger Mann auftauchen und ihr den Kopf verdrehen konnte. »Man erzählt sich, es sei ein wunderschönes und recht gut zu bewirtschaftendes Haus. Außerdem denke ich, daß wir das alles selbst bald herausfinden werden.«

Aber es dauerte noch eine halbe Stunde, bevor der Zug in den Bahnhof einfuhr, der trotz seiner weiten Entfernung von London den Reichtum des Adels widerspiegelte, der sich dort angesiedelt hatte.

Der Bahnsteig war gepflastert und wurde durch ein Dach vor Wind und Wetter geschützt, das ein Nachbau der Bogenkonstruktion aus Stahlträgern der Victoria Station war, mit ebensolchen klassischen Säulen, zwischen denen sich die Ausgänge zum Bahnhof und zur Hauptstraße hin versteckten.

Sofort tauchte auch ein Träger mit einem Wagen auf, um ihr Gepäck in Empfang zu nehmen, und sie brauchten nichts weiter zu tun, als über den Bahnsteig in den Bahnhof hineinzugehen.

Dort standen bereits mehrere Fahrer bereit, ein jeder versehen mit einem vornehm bedruckten kleinen Schild, von denen eines die Aufschrift ›HARVILLE‹ trug.

Die Kutsche war bequem und geräumig, und der Fahrer hatte ihre Koffer und Schachteln bereits verladen, als die beiden Frauen ihre Plätze einnahmen. Gleich darauf setzte sich das Gefährt auch schon in Bewegung.

Sie kamen an nur wenigen Häusern vorbei; es war fast

so, als führte der Fahrweg vom Bahnhof aus direkt nach Harville. So ging es einige Meilen weit, vorbei an Feldern, Wiesen und Bäumen; währenddessen herrschte ein seltsames Schweigen zwischen ihnen, das Willie durchaus nicht störte, da ihr selbst ebenfalls ein klein wenig merkwürdig war.

Sie würde in eine Welt eintreten, die ein Bestandteil ihrer Vergangenheit war, und obwohl sie sich selbst darüber wunderte, mußte sie feststellen, daß die Erinnerungen an ihre Ehe mit Millhaven doch nicht so tief begraben waren, wie sie vermutet hatte.

Entschlossen schüttelte sie nun jedoch ihre beunruhigenden Gedanken ab. Das einzige, was zählte, war Celia, und die Miene ihrer Nichte verriet ihr, wie begeistert das Mädchen von der Landschaft war, durch die sie fuhren.

Dann holperte die Kutsche einen schmalen Hügel hinauf und blieb für einen Augenblick stehen, so daß sie einen ersten Blick auf das ferne Harville werfen konnten.

Es war ein zweieinhalbstöckiges Gebäude aus gelblichem Backstein, dessen Hauptteil mit dem breiten, flachen Treppenaufgang zusammen mit den zwei Seitenflügeln ein großes H bildete.

Das Haus stand funkelnd in dem goldenen Spätsommerdunst, der so typisch für diese Landschaft war – eine Mischung aus Hitze und dem Geruch zerdrückter Blumen und Gräser, gekühlt durch das Grün alter, knorriger Bäume und angereichert mit dem Duft reifer Äpfel.

Sie vermeinte beinahe den Klang des Wassers zu hören, das tief in einem Zauberwald in einem verborgenen Bächlein hinter dem Haus über sonnengebleichte Steine plätscherte.

Aber das war natürlich reine Einbildung, auch wenn Harville selbst wie ein Fantasiegebilde aussah, wie ein Traumschloß.

Als die Kutsche zwischen zwei Steinsäulen hindurchschaukelte, wurden sie mit einem Ruck in die Wirklichkeit zurückgeholt und betrachteten nun den langen, leicht ansteigenden Pfad, der sich durch die üppigen Felder und Gärten und um jahrhundertealte Bäume herumschlängelte, die einen Teil der Schönheit Harvilles ausmachten.

Als sie dem Haus immer näher kamen, stieß der Fahrer in ein Horn; kurz darauf blieb die Kutsche endlich stehen, und eine ganze Heerschar von Dienern trat ihnen zur Begrüßung entgegen.

Und oben auf der Treppe vor den gläsernen Doppeltüren des Eingangs stand Viscount Harville und winkte seinen Gästen zu.

Die Empfangshalle von Harville war ebenso überwältigend wie luxuriös, die Qualität und Quantität seiner Ausstattung bot genau das, was man erwartet hätte, und doch strahlte das Haus eine deutlich spürbare Behaglichkeit aus.

»Nun, man merkt eben, daß hier jemand wirklich lebt«, sagte Willie auf Celias Bemerkung hin, während sie in der marmorgefliesten Halle standen und zusahen, wie die Diener hin und her huschten, um ihr Gepäck ins Haus zu holen und die gewaltige Treppe in das erste Stockwerk hinaufzubringen, wo die Schlafräume lagen.

»Diese Holzvertäfelung ist einfach hinreißend«, fügte sie hinzu, während sie ein wenig näher herantrat, um die gediegene Handwerksarbeit besser sehen zu können, »aber das Geheimnis besteht darin, daß die Wände nicht mit Familienporträts oder Landschaftsmalereien überladen sind. Nur über dem Kamin sind zwei goldgerahmte Gemälde und die Goldverästelungen angebracht. Und du hast sicher bemerkt, daß man sich nirgends hinsetzen kann, nur für den Fall, daß der Gastgeber einem Gast einen hurtigen Abgang bescheren will, was in unserem Fall hoffentlich nicht geschehen wird . . .«

Sie hielt plötzlich inne, denn gerade in diesem Augenblick betrat Harville die Halle und kam mit ausgestreckten Armen auf sie zu; aber sein kühler, wohlwollender Blick ruhte allein auf Celia.

»So, euer Gepäck ist samt und sonders nach oben geschafft worden, und du mußt dich jetzt entscheiden, Wilhelmina – möchtest du dich erst etwas frisch machen, oder hättest du lieber gleich etwas zu essen?«

Willie ergriff seine Hände und folgte seinem Blick. *Was hatte das zu bedeuten?*

»Ich glaube, ich möchte mich ein wenig erfrischen. Meinst du, wir könnten ein Tablett auf unser Zimmer bekommen, Albert? Tee und Biskuit würden völlig ausreichen.«

»Ich werde es Marden sagen«, erwiderte er, während er ihre Hände drückte, »und dafür sorgen, daß Lally sofort nach euch sehen wird.«

Er drehte sich um und schnippte mit den Fingern, und augenblicklich erschien ein Diener.

»Fellows wird euch begleiten. Ich hoffe, ihr kommt bald wieder zu uns herunter.«

Dann trat er beiseite, um Willie durchzulassen, aber sie hatte das ungute Gefühl, daß seine Augen auf Celia ruhten, während sie Seite an Seite aus dem Zimmer gingen.

Die Wände des Treppenhauses waren mit goldverziertem Elfenbein getäfelt, und auf den Stufen lag der gleiche dicke, weinrote Teppich wie unten in der Halle.

Das Schlafzimmer, das man ihnen zugewiesen hatte, lag am Ende des ersten Anbaus, und selbst Willie war von seinem Luxus beeindruckt. Der Teppich auf dem Boden war von derselben Qualität wie der im Flur, aber hier war er nicht rot, sondern grün, und sein Blumenmuster harmonierte perfekt mit der Elfenbeintäfelung der Wände und wiederholte die Farben der Vorhänge und Bettdekken.

Ein wunderschöner marmorner Kamin gab dem Zimmer auf Anhieb etwas Gemütliches, und eine zweite Tür führte in eine große Kleiderkammer, in der eine Kammerzofe bereits ihre Kleider aufhängte. Am Fuß der beiden an der Wand aufgestellten Einzelbetten befand sich eine hübsche Bank, in einer Ecke des Zimmers stand ein Schreibtisch mit zwei Armsesseln und ein weiterer Tisch vor dem Fenster.

Aber das I-Tüpfelchen war der unglaublich schöne Ausblick auf die terrassenförmig angelegten Gärten Harvilles, die in voller Blüte standen, und auf die große Terrasse, auf der sich bereits die ersten Gäste versammelt hatten.

»Wunderschön«, murmelte Willie, die am Fenster stand, ihre Finger über den kostbaren Stoff der Vorhänge gleiten ließ und nach unten schaute.

»Albert hat sich selbst übertroffen. Das hätte ich gar nicht gedacht, aber . . .«

Es klopfte an der Tür, und sie brach ab.

»Celia, würdest du bitte . . .«

Celia öffnete die Tür, um einen Lakaien einzulassen, der ein Tablett ins Zimmer trug und es auf den Tisch neben dem Fenster stellte.

»Ich danke Ihnen. Und Ihnen auch«, sagte Willie zu dem Zimmermädchen, das sich zusammen mit dem Lakaien zurückzog. Dann bedeutete sie Celia, sich zu ihr an den Tisch zu setzen.

»So, da wären wir also«, sagte sie mit einem Seufzer, während sie die bauchige Porzellanteekanne ergriff und Tee einschenkte. »Celia? Du bist ja so still.«

Celia nickte, nahm die Tasse entgegen und nippte vorsichtig an dem heißen, starken Tee. »Ich wußte kaum, was ich hätte sagen sollen. Es ist so anders als das Leben in der Stadt, was nicht heißen soll, daß das Haus der Gräfin zum Beispiel nicht genauso beeindruckend ist. Aber es ist anders. Ich habe das Gefühl, als müßte ich für diese Situation ganz neue Regeln lernen. Alles ist so riesengroß, sogar hier oben.«

»Ja, anders und riesengroß und eine Selbstverständlichkeit für die Leute, die an solchen Wochenenden teilnehmen und an diese schönen Häuser gewöhnt sind. Dort, wo ich jetzt lebe, gibt es kaum etwas Vergleichbares. Was nicht heißen soll, daß es dort keine prächtigen Häuser gäbe – Mr. Hamilton und ich sind oft in solchen Häusern zu Besuch –, aber selbst in Amerika ist es etwas anderes ...«

Ihre Stimme verlor sich, und sie hing wieder ihren eigenen Gedanken nach. Celia blickte aus dem Fenster und schaute staunend auf die Gärten hinab, in denen die Sommersonne alles und jedes mit einem leuchtenden Schein umgab.

Sie wäre am liebsten davongelaufen, um sich von dem Licht umfangen zu lassen – schon jetzt hatte sie das Gefühl, als wäre dies endlich der Teil der feinen Gesellschaft, in dem auch sie heimisch werden konnte; am liebsten wäre sie mit ausgestreckten Armen hinausgerannt, um sich alles zu nehmen, was diese Welt zu bieten hatte, *alles!*

Und dann sagte Willie: »Oh, sieh nur, da ist Grant!« Und in ihrer Stimme lag eine solch überschäumende Freude, daß Celia nicht einmal ihrem Finger folgen mußte, um festzustellen, wo er stand.

Sie hatte ihn auch bereits entdeckt, eingehüllt in Sonnenlicht, als sei er der Herr aller Dinge und der Gebieter all ihrer Wünsche, die sie so verzweifelt zu unterdrücken versuchte.

Lautes Stimmengewirr begrüßte sie, als sie schließlich die große Treppe hinuntergingen, und Willie schrak instinktiv zurück, als sie eine der Stimmen erkannte.

»Marvella!«

Celia spürte, wie aller Mut sie verließ. Die schöne, raffinierte Marvella, die so wunderbar sinnlich mit Grant tanzte, spazierte durch die üppigen Gärten Harvilles, als warte sie auf jemanden – auf wen? Auf *sie?*

Ihre häßliche Stimme war so schrill und fordernd, so beißend und durchdringend, daß man sie selbst noch im Nebenzimmer hören konnte.

»Was soll das heißen, mein *lieber* Albert? Du weißt genau, welches Arrangement ich haben wollte; du kannst mich nicht mißverstanden haben.«

»Liebste Marvella, die Umstände ... Wilhelmina ...

und dann das Telegramm von Lord Merrivale. Du konntest unmöglich von mir erwarten . . .«

»Der alte Narr hätte niemals davon erfahren . . .«

». . . es war einfach unmöglich, nicht in Anbetracht dessen, daß seine Stiefmutter eingeladen ist. Ein andermal gern, Marvella – stehe immer zu Diensten –, aber Lord Merrivale . . .«

»Du wirst es trotzdem ändern, Albert. Du *tust* es, oder ich weiß, warum du es nicht tust!«

»Zu spät, meine Liebe. Sie sind bereits hier, und Eulalia . . .«

»Eulalia! Um Himmels willen, Eulalia – diese blödsinnige, kleine Heulsuse, von der niemand begreifen kann, warum du sie geheiratet hast –, *der* hast du die Unterbringung deiner Gäste überlassen? Was versteht dieses törichte Geschöpf schon von *Arrangements?*«

»*Das reicht jetzt,* Marvella. Es ist, wie es ist, und ich werde keine weiteren boshaften Bemerkungen über meine Frau dulden.«

»Keine Sorge, Albert; ich weiß mich zu benehmen.«

»Das ist allerdings das letzte, was ich von dir erwartet hätte.«

In diesem Augenblick mußte sie sich wohl bewegt haben, denn gleich darauf hörte man sie rufen: »Ach, da ist ja Mrs. Hamilton . . . und *Celia,* von der ich schon so viel gehört habe!« Aber trotz der scheinbar freundlichen Begrüßung haßte Celia die andere Frau für den spöttischen Unterton, der sich in ihre scheinbar so begeisterte Begrüßung mischte.

Wie gut diese Leute doch gelernt hatten, ihre Gefühle zu verbergen; sie waren ungeheuer geschickt, wenn es darum ging, sich eine Maske überzustülpen, die sie, sobald es ihnen paßte, wieder ablegen konnten.

Es erstaunte sie, wenn sie daran dachte, daß sie vor noch nicht allzu langer Zeit bei ihrer Tante und ihrem Onkel gelebt und sich nur in ihrer Fantasie in der Welt der feinen Damen und Herren bewegt hatte; und jetzt, da sie mit der

Anmut einer geborenen Aristokratin in ihrer Gesellschaft ein und aus ging, waren diese Leute ganz anders als in ihrer Vorstellung.

Es war eine Welt der Bosheiten und Listen, genauso wie man es ihr immer eingeschärft hatte; vor ihr stand eine Frau, die mit ihrem unendlich falschen Lächeln der Inbegriff all jener Dinge und der genaue Gegensatz von allem war, woran Celia glaubte.

Aber trotzdem konnte sie nicht gegen den Neid an, den sie empfand, als sie nun in Marvellas boshaft funkelnde Augen schaute.

Sie war das Böse in der Verkleidung der Vollkommenheit, und Celia war ganz sicher, daß sie nur aus einem einzigen Grund die Einladung nach Harville angenommen hatte: um Grant Hamilton nachzujagen.

Und es gab nichts, was sie oder Willie daran hätten ändern können. *Aber will ich denn überhaupt etwas daran ändern?*

Energisch brachte sie die unbequeme Stimme ihres anderen Ichs zum Schweigen. Grant Hamiltons Liebschaften gingen sie nichts an.

»Lady Merrivale«, murmelte sie, wobei sie Marvellas kühle Hand nur ganz flüchtig mit ihren Fingerspitzen streifte.

»Ist Grant hier?« fragte Marvella offenherzig und wandte sich nun an Willie, die ihr einen haßerfüllten Blick zuwarf.

»Ich bin sicher, das wissen Sie besser als ich«, erwiderte Willie spitz.

»Nein, wie könnte ich?«

»Werden wir auch das Vergnügen haben, Lord Merrivale hier begrüßen zu dürfen?« entgegnete Willie daraufhin, und ihre Stimme klang genauso zuckersüß wie die von Marvella.

»Oh, das weiß ich wahrhaftig nicht«, flötete Marvella. »Oh! Da sehe ich jemanden, den ich unbedingt sprechen möchte – entschuldigen Sie mich bitte, ja?«

Mit diesen Worten schwebte sie auf die Treppe zu, auf der einige andere Gäste standen, und Celia starrte ihr, vollkommen verblüfft über ihre Unverfrorenheit, nach.

»Hexe«, sagte Willie unüberhörbar.

»Wie konnte Grant sich nur mit ihr einlassen?«

»Das«, sagte Willie grimmig, »mußt du ihn wohl selbst fragen.«

Sie würde sich nicht einmal dazu herablassen, ihn nach der Uhrzeit zu fragen; sie würde überhaupt nicht mit ihm sprechen, wenn sie es irgendwie vermeiden konnte.

Aber nichts entwickelte sich jemals so, wie sie es wollte.

Sie und Willie hatten kaum Eulalia begrüßt, die mit ihren Gedanken ganz woanders zu sein schien, als auch schon Grant in den roten Salon geschlendert kam, wo Eulalia ihre Gäste empfing.

»Mein lieber Junge«, rief Willie, die das höfliche Gespräch mit Eulalia augenblicklich abbrach, um ihn zu begrüßen.

»Willie«, murmelte Grant und ergriff ihre Hände. »Ich hatte ja keine Ahnung . . .«

»Marvella wohl auch nicht – du hättest sie mal hören sollen. Wir jedenfalls sind im Bilde, das versichere ich dir. Gibt es irgend etwas Neues über das übliche *Arrangement* . . .?«

Grant zuckte die Achseln und heftete seinen Blick auf Celia, die sich alle Mühe gab, Eulalia in ein Gespräch zu verwickeln, was beileibe nicht einfach war.

»Marvella hat eine blühende Fantasie.«

»Dann muß ich wohl auch fantasiert haben, als *ich* sie das letztemal gesehen habe«, entgegnete Willie schneidend. »Außerdem bist du in letzter Zeit wirklich keine besondere Hilfe gewesen.«

»Ich verspreche, ich stehe jetzt ganz zu deiner Verfügung«, versprach Grant. »Und wie kommt Celia zurecht?«

»Sie ist einfach wunderbar. Während du ein wahrer Teufel bist, Grant; wie konntest du uns nur so ignorieren?«

Der klagende Unterton in ihrer Stimme war nicht zu

überhören, und er schaute auf sie hinunter. Oh, sie war wirklich ein schlauer Fuchs, seine Stiefmutter. Sie wußte genau, was er vorhatte, aber er fragte sich, ob sie auch nur die leiseste Ahnung davon hatte, daß er Celia geküßt hatte und welch verheerende Auswirkungen dieser Kuß gehabt hatte.

Ein Mann mußte schon ein Heiliger sein, um sich noch einmal in dieses Reich der Versuchung zu begeben – und er war kein Märtyrer. Er war vielmehr ein Narr, aber das würde er Willie gegenüber natürlich niemals eingestehen.

Celia war hier, und damit mußte er wohl fertig werden – damit und mit Marvellas Unfug, dem er unbedingt ein rasches Ende machen mußte.

Das würde nicht weiter schwierig sein, während dieser ersten Stunden, in denen der Zustrom der Gäste alle in Atem hielt; man wurde einander vorgestellt, trank Tee und plauderte ein wenig.

Aber danach, wenn die Spiele begannen . . .

»Celia . . .«

Ihr Kinn fuhr in die Höhe.

»Grant«, erwiderte sie kühl und hielt ihm die Hand hin (nun, die Hand mußte sie ihm wohl geben, alles andere wäre schließlich zu auffällig gewesen); seine Berührung traf sie wie eine Schockwelle.

Aber es kam noch schlimmer. Er beugte sich über sie, in seinen grünen Augen funkelte eine teuflische Belustigung, und zu allem Übel berührte er dann auch noch mit den Lippen flüchtig ihre Wange.

Die Gefühle verschlangen sie, diese widersprüchlichen, herrlichen, erzürnenden Gefühle; sie zögerte eine Sekunde und murmelte dann, als sie aus den Augenwinkeln Marvella erspähte: »Ah, noch etwas, das du von deiner Liste streichen kannst, Grant. Sei nett zu Celia, bevor dieser Wal, Lady Marvella, dich verschlingen kann.«

Grant hielt ihre Finger mit boshaftem Druck umfangen. »Hexe. Und ich wette, *das* hat dir niemand beibringen müssen.«

»Das werden *Sie* nie erfahren«, erwiderte Celia leise und wurde auf der Stelle von einem Zucken seiner Kiefermuskeln belohnt, mit dem er offensichtlich versuchte, seinen Zorn unter Kontrolle zu bekommen.

»Grant!«

»Lady Marvella – ich glaube, ich räume jetzt lieber das Feld, Grant, sonst zieht sie mich womöglich noch in ihrem Strudel mit hinunter.«

»*Sie* werden nirgendwo hingehen.«

»Grant!« rief Lady Marvella beharrlich, während sie auf die beiden zukam. Ihr makellos schönes Gesicht und die wohlwollende Miene, die sie zur Schau stellte, waren eine perfekte Tarnung für den Zorn, den sie beim Anblick von Grant zusammen mit dem kleinen Mühlstein seiner Stiefmutter empfand.

»Marvella«, sagte er neutral.

Sie wartete, aber er griff nicht nach ihrer Hand, weil er noch immer demonstrativ Celias Hand festhielt.

»Celia braucht doch keinen rettenden Anker, oder, meine Liebe?« fragte sie zuckersüß.

Celia verachtete sie; sie hatte also wieder eine neue Maske übergestülpt, die der herablassenden, erfahrenen Salonschönheit, und während sie ihr Gift verspritzte, sah sie Grant erwartungsvoll an.

»Ich glaube, es ist genau anders herum, Lady Merrivale. Grant ist derjenige, der Schutz braucht, nicht ich.« Sie blickte lächelnd zu Grant auf und entwand ihre Finger seinem schraubstockfesten Griff. »Aber wie Sie sehen können, habe ich meine Taue losgemacht, und er ist jetzt schutzlos allen Verfolgern ausgeliefert.«

Oh, das Funkeln in Grants Augen gefiel ihr ganz und gar nicht, genausowenig wie der Zorn in den Augen von Lady Marvella. Aber dafür hatte sie es um so mehr genossen, ihre Stacheln auszufahren und zuzusehen, wie sie sich in das Fleisch der beiden bohrten.

Und er verdiente es – weil er sie geküßt hatte, weil er sie ignoriert hatte, weil er sie wie ein Kind behandelte und vor allem, weil er Lady Marvella vor ihren Augen den Hof machte.

Verflucht sollte er sein, dreimal verflucht. Ihre Finger krümmten sich wie die Krallen einer Katze. Am liebsten hätte sie ihre Zähne in sein Fleisch gebohrt.

Und es interessierte sie nicht im geringsten, daß er jetzt stocksteif dastand und versuchte, Konversation mit Lady Marvella zu machen, die sich als äußerst gesprächig erwies.

Er mußte ein höfliches Gesicht machen, während er in Wirklichkeit wahrscheinlich viel lieber . . .

Oh, aber daran wollte sie nicht denken . . . an diesen kraftvollen Mund, der die vollkommen geschwungenen Lippen Lady Marvellas eroberte . . .

Sie stöhnte leise, ohne überhaupt zu wissen, daß sie einen Laut von sich gegeben hatte.

»Nun, nun – und wen hätten wir denn hier?« fragte eine einschmeichelnde Stimme hinter ihr.

Gütiger Himmel, was war denn jetzt schon wieder? Hörte das denn nie auf? Sie fuhr herum und prallte beinahe gegen einen wohlbeleibten älteren Herrn mit einer Mähne dichten, weißen Haars und eisigblauen Augen.

»Mein liebes Kind«, murmelte er, während er ihre Hand auffing. »Lord Merrivale zu Ihren Diensten.«

»Oh«, sagte sie schwach und riß ihre Hand los. *Nein, nein – ich muß mich unbedingt schnell wieder unter Kontrolle bekommen. Das hier ist sicher Lady Marvellas Mann. Ich werde mit dieser Situation fertig. Ich werde damit fertig.*

Sie räusperte sich. »Lord Merrivale.« Sie blickte in seine Augen und spürte, wie sie in diesem funkelnden, wissenden blauen Eis den Halt verlor.

Schließlich hielt sie ihm die Hand hin. »Sehr erfreut. Ich bin Celia Penmaris.«

»Sie sind vor allem eins, nämlich wunderschön, meine Liebe«, murmelte er, während er sich über ihre Hand beugte. »Hat der so überaus scharfsinnige Albert Sie etwa eigens für mich eingeladen?«

Ihre Haltung wurde eine Spur steifer. Er konnte doch unmöglich meinen, was sie glaubte, daß er meinte.

Am besten, sie spielte die Naive. »Ich bin mit meiner Tante hier, der ehemaligen Lady Millhaven. Kennen Sie sie?«

»Aber gewiß doch«, sagte er obenhin. »Allerdings würde ich noch viel lieber Sie kennenlernen.«

»Aber das tun Sie doch gerade«, sagte Celia. »Ich habe übrigens gerade vor ein paar Minuten Lady Marvella getroffen, die da drüben bei dem Stiefsohn meiner Tante steht. Sie ist sehr charmant.«

»Sie ist eine Schlange«, sagte Lord Merrivale. »Und Sie sind ein Engel.«

»Sie sind wirklich zu freundlich, Merrivale.« Unbemerkt hatte sich jemand zu ihnen gesellt. Natürlich Grant, der sich wie üblich einmischte.

»Ah, der fahrende Ritter. Erstaunlich, wie er es schafft, sich im Handumdrehen vom glühenden Liebhaber in den onkelhaften Freund zu verwandeln. Grant, haben Sie etwas gesagt?«

»Ich sagte, Celias Tante sucht nach ihr«, erwiderte Grant gepreßt.

»Ah. Die liebe Wilhelmina.« Lord Merrivale blickte auf Celia herab. »Natürlich kenne ich Ihre Tante, meine Liebe. Genauso gut wie Grant meine Frau kennt, wage ich zu behaupten. Daher bin ich auch so erfreut, Ihre Bekanntschaft zu machen. Vielleicht können wir uns morgen ohne irgendwelche abrupten Unterbrechungen unterhalten?«

»Ich würde mich freuen«, sagte Celia, als er sich über ihre Hand beugte. Im Augenblick aber freute sie sich vor allem über das zornige, grüne Funkeln in Grants Augen.

»Eingebildeter Mistkerl«, murmelte er, als Merrivale auf seine Frau zuschlenderte. »Und ganz gleich, was er auch tut, Sie werden ihm aus dem Weg gehen.«

»Wie bitte?« fragte Celia mit einem Tonfall ungläubigen Erstaunens. »Sie wollen *mir* Vorschriften machen . . .?«

»Und ob ich Ihnen Vorschriften mache. Halten Sie sich von diesem Lüstling fern.«

Sie täuschte Entsetzen vor. »Wollen Sie damit sagen . . .«

»Verdammt, Celia!«

»Nun, ich sage Ihnen auch etwas, Grant Hamilton. Ich werde mich von diesem gutaussehenden, höflichen Mann fernhalten, solange Sie sich von seiner Frau fernhalten. Denn wenn er ein Schuft ist, dann muß Lady Marvella eine Hu . . .«

»Celia.«

Der warnende Ton in seiner Stimme war unüberhörbar.

Wenn das nicht mal wieder typisch Mann war: Sie behandelte er wie eine zerbrechliche Blume, die Schutz brauchte, während er gleichzeitig um die Frau eines anderen Mannes herumscharwänzelte.

Aber er kannte sie nicht, und sie kannte sich in ihrem heißen Zorn kaum selbst.

Sie war kein Kind, er konnte ihr nichts befehlen, und sie würde überall hingehen, wohin sie wollte, und sich treffen, mit wem sie sich zu treffen wünschte.

»Ich hätte nicht erwartet, daß Sie sich mit diesem Arrangement einverstanden erklären würden«, sagte sie kühl. »Und ich möchte wetten, daß Sie für heute nacht ein ganz anderes Arrangement getroffen haben.«

Bei Gott, es war so, als drehte sie ein Messer in einer Wunde um, als sie diese Worte aussprach; aber sie entsprachen doch sicher der Wahrheit? Marvella hatte es ihr doch deutlich zu verstehen gegeben, und das Auftauchen ihres Mannes würde für sie bestimmt keinen Unterschied machen.

»Ich könnte Sie erwürgen«, knurrte Grant.

»Und ich hoffe, Sie ersticken an Ihren Absichten«, zischte sie, bevor sie herumfuhr und davonstolzierte. Sie war sicher, daß er – Gentleman, der er war – sie weder festhalten noch vor all den anderen Gästen eine Szene riskieren würde.

Kapitel 13

Hier gab es keinen Ort, an den sie sich hätte flüchten können; es war immer noch früh am Tag, und ständig kamen neue Gäste an, schwärmten dem Salon entgegen und begrüßten alte Freunde oder neue Bekannte.

Zu viele Menschen, aber nicht genug, daß sie sich in der Menge hätte verlieren können.

Sie wünschte sich nichts sehnlicher, als zu fliehen.

Die Atmosphäre, die Lady Marvella umgab, war einfach widerlich – und dann auch noch Grant mit seiner unerträglichen Arroganz . . .!

Nicht einmal Tante Willie konnte etwas gegen ihren Groll tun, und Celia hatte auch nicht die Absicht, mit ihr darüber zu reden. Statt dessen ging sie Willie aus dem Weg und schlüpfte durch den überfüllten Salon hinaus in die Halle.

Hier zumindest war die Luft, die man atmete, nicht beladen von dem Geruch schweren Parfüms und ekelhafter Doppelzüngigkeit.

Am liebsten wäre sie im Boden versunken und einfach verschwunden.

Warum um alles in der Welt hatte Tante Willie geglaubt, es sei eine gute Idee, das Wochenende hier zu verbringen?

Die einzige gute Idee, die *ihr* im Augenblick in den Sinn kam, war ein strategischer Rückzug auf ihr Zimmer und ein kalter Umschlag für ihre schmerzende Stirn.

Langsam ging sie auf die breite Treppe zu und stieg sie hinauf, während unten das Stimmengewirr nicht abriß.

Aber all der Lärm lag plötzlich hinter ihr, als sie in den Flur des zweiten Stocks trat.

Hier fand sie eine Oase der Ruhe.

Bis auf das leise Hin und Her zorniger Stimmen weiter

hinten im Flur in der Nähe ihres Schlafzimmers. Ohne lange nachzudenken, drückte sie sich ein wenig an die Wand, um nur ja keine Aufmerksamkeit auf sich zu ziehen – was sie in die unerquickliche Lage versetzte, das Gespräch klar und deutlich mit anhören zu können.

»... wußte, daß ich dich hier finden würde.«

»Ach wirklich? Die eigentliche Frage ist doch, was *du* hier zu suchen hast?«

»Ich folge natürlich der Spur deiner Unterwäsche, und die hat mich genau dorthin geführt, wo ich es erwartet hatte. Fellows erzählte mir, dies sei Grant Hamiltons Zimmer.«

»Ach, Unfug. Das ist *mein* Zimmer.«

»Netter Versuch, meine Liebe. *Unser* Zimmer ist auf der anderen Seite – im gleichen Stock natürlich. Kein Wunder, daß du dich verlaufen hast.«

»Unser Zimmer?«

Marvellas Stimme triefte vor Verachtung.

»Harville ist völlig überbelegt, meine Liebe. Albert hatte ja keine Ahnung, wie beliebt ein Wochenende auf dem Land nach den langen Wochen der Saison sein kann. O ja, hier sind unzählige Leute, und den meisten würden wir beide unter anderen Umständen gründlich aus dem Weg gehen.«

»Unter anderen Umständen wärest du in Paris. Warum bist du hier? Warum gerade jetzt?«

»Warum nicht, meine liebe Gattin? Ich möchte mich amüsieren, wie jeder andere ermattete Seidenstrumpf in England auch. Paris ist langweilig – keine neuen Gesichter –, während ich hier gefunden habe, wofür ich lebe: die Entdeckung des herrlich Unerwarteten. Und was mich aufrechterhält, ist die Chance von eins zu tausend, sie zu finden ...«

»Du läßt die Finger von Celia Penmaris.« Die Drohung in Marvellas Stimme war nahezu körperlich greifbar.

»Oho, meine Liebe – eifersüchtig? Sag mir, wie eifersüchtig ...«

»Ich hasse dich . . .«

Die Stimmen kamen näher, fast als hätte er ihren Arm ergriffen, um sie zu dem Zimmer zu führen, das sie unerwarteterweise teilen würden.

Was bedeutete, daß sie an *ihr* vorbeikommen würden. Einen Augenblick lang verspürte Celia eine völlig unvernünftige Panik, als hätte sie etwas falsch gemacht und müßte sich verstecken.

Gütiger Gott, sie mußte etwas *tun*. Da sie nicht wollte, daß die beiden sie sahen, durfte sie auf keinen Fall vorwärts gehen, aber sie konnte auch nicht über den Flur auf die andere Seite laufen, ohne ihnen zu begegnen.

Also drehte sie sich um und rannte die Treppe wieder hinunter, wobei sie in ihrer Eile um ein Haar auf ihr Kleid getreten wäre.

Sie kamen, sie kamen – was, wenn sie hinuntergingen statt in ihr Zimmer? Als sie um den Endpfosten des Treppengeländers herumging, zog sie den Kopf ein und lief schnell in die Empfangshalle, um sich im Gedränge unsichtbar zu machen.

Auf Harville hatte alles seine Zeit, und die Frauen mußten sich immer wieder umziehen, damit sie jedem Ereignis gerecht wurden.

Der Tee wurde draußen serviert, anschließend spielte man Rasentennis; im Haus fanden Gesellschaftsspiele statt, für diejenigen, die nicht durch das Labyrinth oder den Rosengarten schlenderten, die Springbrunnen bewundern oder den kleinen Bach in näheren Augenschein nehmen wollten, in dem man angeblich so gut angeln konnte.

Celia konnte es nicht ertragen, im Haus herumzusitzen und an den unendlich faden Gesprächen der Frauen teilzunehmen. Außerdem wollte sie unbedingt Grant aus dem Weg gehen, also wanderte sie ziellos und ganz allein über das Anwesen.

Und natürlich war der erste Mensch, der ihr begegnete, Grant, der, eine Angelrute in der Hand, zusammen mit einem halben Dutzend anderer Männer geduldig wartend an dem kleinen Bach stand.

»Was tun Sie eigentlich, während Sie darauf warten, daß ein Fisch anbeißt?« Celia richtete ihre Frage nicht an einen einzelnen, sondern an die ganze Gruppe. »Halten Sie vielleicht Ausschau nach anderer kleiner hilfloser Beute?«

Grant warf ihr einen scharfen Blick zu, während die anderen sich schier überschlugen, um ihr die Romantik des Fischens näherzubringen.

»Sie müssen sich ungeheuer stark fühlen, wenn Sie einen armen, ahnungslosen Fisch an den Haken bekommen und ihn aus seinem Element, dem Wasser, herausreißen, um ihn dann bei Tisch zu verspeisen«, murmelte Celia, unfähig, ihre ungebärdige Zunge im Zaum zu halten; Grants zornige grüne Augen schienen sie förmlich aufzuspießen.

Nicht daß ihr das etwas ausgemacht hätte.

»Ist das nicht ein Gesetz der Natur? Jagen oder gejagt werden?« fragte er seidenweich. »In der Natur gibt es immer ein Geschöpf, dessen Bestimmung es ist, erlegt zu werden.«

»Ach wirklich?« fragte Celia naiv, mit weit aufgerissenen Augen und vor Wut zitternd. »Das kann dann wohl nur das für die Verlockung des Köders empfängliche Geschlecht sein, drinnen wie draußen. Meine Herren, ich wünsche Ihnen noch einen schönen Tag.«

Oh! Wie ungeheuer zornig sie war – sie hatte das Gefühl, von einem Dampfmotor angetrieben zu werden, nur daß sie nicht auf Schienen lief und auch kein Ziel hatte, außer das Wochenende zu überstehen, ohne irgendeinen schrecklichen Fauxpas zu begehen.

Zu allem Übel war Willie ungewöhnlich schweigsam und überließ ihre Nichte ganz sich selbst, während sie ihre Zeit mit mehreren flachbrüstigen alten Damen verbrachte, die mit Juwelen behängt waren und hohe, durchdringende Stimmen hatten.

»Oh. Ist das Ihre Nichte? Sie ist wirklich außergewöhnlich!«

Celia drehte sich auf dem Absatz um und ging in die entgegengesetzte Richtung. Wenn sie auch nur noch ein einziges Wort über ihr ungewöhnliches Aussehen hörte ...

Das Dinner war eine Katastrophe; es gab keine Möglichkeit, das Essen abseits der übrigen Gäste einzunehmen, und sie saß mitten am Tisch neben Willie und gegenüber von Lady Marvella und ihrem Mann.

Und sie konnte es auch nicht vermeiden, Grants starres Gesicht ansehen zu müssen, obwohl sie sorgfältig darauf achtete, nicht direkt in seine unversöhnlichen Augen zu blicken.

Was bedeutete, daß sie, sobald sie den Blick hob, das ermutigende Lächeln von Lord Merrivale sah, der das Ganze überaus genoß, besonders aber den siedenden Zorn seiner Frau, die neben ihm saß.

Es war so einfach, sein Lächeln zu erwidern. Er hatte das gewisse Etwas – wahrscheinlich war er ein Schuft, aber er war ungeheuer charmant, und seine wissenden Augen schienen zu sagen: *Ich verstehe alles, und die anderen hier sind samt und sonders elende Langweiler.*

Später, nachdem die Herren von ihrem Cognac und ihren Zigarren zurückgekehrt waren, kam Lord Merrivale auf sie zu.

»Es ist schrecklich, nicht wahr – sich benehmen zu müssen, wie *sie* es für richtig halten.«

»Oder Tee trinken zu müssen, wenn man viel lieber einen Schluck Whisky hätte. O ja«, murmelte Celia. »Warum dürfen die Männer immer andere Dinge tun als die Frauen?«

»Die anderen Frauen platzen fast vor Neid, weil Sie so schön sind und weil kein Mann seinen Blick von Ihnen abwenden kann«, sagte Lord Merrivale mit einiger Ernsthaftigkeit, und als sie etwas erwidern wollte, hob er beschwichtigend die Hand. »Das ist nun einmal eine Tatsache, meine Liebe. Sie müssen sich daran gewöhnen.

Sie sind sehr schön, und das auf eine ganz besondere Art und Weise, so daß die Leute Sie immer anstarren werden. Ich an Ihrer Stelle würde es genießen – wenn Sie erst soweit sind, werden Sie auch wissen, wie Sie es gewinnbringend einsetzen können.«

Dieser Gedanke war sowohl erschreckend als auch verlockend.

Sie spürte Grants mißbilligenden Blick auf sich ruhen und hob das Kinn, bevor sie sich umdrehte und ihn mit aller Verachtung, die ihr zu Gebote stand, musterte.

Grant kam am nächsten Tag unter dem Vorwand, ihr ein passendes Reittier aussuchen zu wollen, zu ihr, aber in Wirklichkeit vermutete sie, wollte er sie lediglich noch einmal davor warnen, Lord Merrivale in irgendeiner Weise zu ermutigen.

»Halten Sie sich einfach von diesem Mann fern.«

»Sie riechen nach Fisch«, erwiderte Celia. »Und mit diesem Pferd werde ich bestens zurechtkommen. Ich hatte Reitunterricht, bin kein Kind mehr und kann meine Angelegenheiten ansonsten selbst regeln.«

»Das einzige, was Sie selbst regeln können, ist, morgens aus dem Bett zu steigen«, fuhr Grant sie an. »Und Sie benehmen sich einfach unglaublich töricht.«

»Und wer hat Sie gebeten, abzusegnen, was ich tue oder mit wem ich spreche? Habe ich dieselben Vorrechte, wenn es um Sie geht? Darf ich etwa die überaus *offensichtliche* Art und Weise, in welcher Lady Marvella gestern abend ihre Brüste über Ihren Arm streifen ließ, kritisieren? Ist das vielleicht die einzige Art der Unterhaltung, die sie beherrscht? Zumindest haben Lord Merrivale und ich ein gemeinsames Interesse an Pferden. Und da ich an Ihrem Gesichtsausdruck sehen kann, daß *sie* mich nichts angeht, will mir wirklich nicht einleuchten, warum *er* Sie etwas angehen sollte.«

Sie schob sich an ihm vorbei. »Und jetzt entschuldigen Sie mich bitte, Grant.«

Er riß sie zurück, heftig und ungestüm, und seine kräftige Hand legte sich wie eine Eisenklammer um ihren Arm.

Er war furchtbar wütend. »Der Mann tut nichts lieber, als Jungfrauen zu verführen.«

»Und Sie tun nichts lieber, als sich über adlige Huren herzumachen. Damit wären wir dann quitt. Mein Körper, mein Leben, meine Entscheidung.«

Er hätte sich um ein Haar für sein Verhalten entschuldigt, aber in ihren Augen konnte er sehen, daß sie genau das wollte.

In gewisser Hinsicht hatte sie damit auch recht. Wer hätte ahnen können, daß ein kleiner Kuß sie beide solchermaßen in Aufruhr stürzen würde?

Und vor allem ihn, da er es doch hätte besser wissen müssen. Aber einen Rückzieher zu machen und vor ihr zu kriechen, kam gar nicht in Frage.

»Ihre Torheit«, knurrte er und ließ sie so abrupt los, daß sie zurücktaumelte.

»Ich bin froh, daß wir einander verstanden haben«, sagte sie steif. »Hiermit enthebe ich Sie all Ihrer Verpflichtungen mir oder Ihrer Stiefmutter gegenüber. Sie sind aller Verantwortung, Fürsorge und Last entbunden, und es steht Ihnen frei, jeder Kokotte nachzujagen, die Ihnen über den Weg läuft.«

»Sie kleine Hexe. Sie haben es immer noch nicht begriffen, und bei Gott, ich werde nicht einfach danebenstehen und mich von Ihnen entmannen lassen, bis Sie es endlich begriffen haben.«

Er hielt die Hände hoch. »Aus. Vorbei. Viel Glück.« Dann drehte er sich auf dem Absatz um und stolzierte davon.

Später war sie sich nicht mehr sicher, ob Lord Merrivale möglicherweise Zeuge dieser Szene geworden war, um dann scheinbar zufällig ihre Nähe zu suchen und die Situation auszunutzen.

Das Komische war, daß sie trotz seines Rufes eine Verletzlichkeit an ihm spürte, die sie zu ihm hinzog.

Und in dem Augenblick, in dem Grant den Stall verließ, war er auch schon da, mit einem Taschentuch in der Hand und einem tröstlichen Wort über ungehobelte Kerle mit der Empfindsamkeit von Pferdemist.

O ja; in diesem Augenblick dachte sie, daß diese Beschreibung genau auf Grant Hamilton paßte.

»Es ist noch sehr früh«, sagte Lord Merrivale tröstend. »Sie wollen sicher nicht mit Tränenspuren im Gesicht ins Haus zurückkehren. Lassen Sie uns statt dessen einen Spaziergang machen, damit wir die Rosen auf Ihren Wangen wieder zum Erblühen bringen können. So ist's recht. Also, haben Sie das Labyrinth schon gesehen? Kennen Sie sich mit Labyrinthen aus? Sie sind wirklich faszinierend, beinahe ein Spielzeug für Erwachsene. Das Besondere daran ist, sich darin zu verirren und dann wieder hinauszufinden. Und das ist natürlich niemals ganz einfach. Man biegt ein ums andere Mal falsch ab, und Wege, die vernünftig erscheinen, sind es oft in Wirklichkeit gar nicht, sondern führen einen ins Nichts. Und manchmal, wenn man gerade denkt, daß man sich endgültig verirrt hat, eröffnet sich einem ein ganz neuer Weg. Sie, meine Liebe, könnten stundenlang darin herumirren, aber ich habe den Schlüssel, also werden wir nur so lange dort verweilen, wie Sie brauchen, um die Raffinesse des Ganzen auf sich einwirken zu lassen. Und jetzt lassen Sie uns gehen . . .«

Sie ging mit ihm, hingerissen von seiner Beschreibung und fasziniert von seiner Gesellschaft.

Er war ein teuflisch guter Unterhalter, aber das war natürlich bei einem Mann seines Schlages kein Wunder, dachte sie und brachte damit auch ihre letzten Gewissensbisse zum Schweigen.

Es war noch nicht wirklich heiß geworden, und über die mit dichtem Blattwerk beschatteten Wege wehte eine leichte, kühle Morgenbrise, so daß sie das Gespräch mit ihrem Begleiter, seine amüsanten Kommentare über das

Haus, die Gäste, die Gesellschaft im allgemeinen und sein Leben im besonderen um so mehr genießen konnte.

Das Labyrinth lag ein gutes Stück hinter dem Haus und grenzte an die Gärten; man betrat es durch ein schmiedeeisernes Tor, das in einen mit Buchsbaumhecken gesäumten Korridor führte, der sich bis in die Unendlichkeit zu erstrecken schien.

Und es machte solchen Spaß, nach dem richtigen Weg zu suchen. Sie begriff schnell, daß es ganze Stunden dauern und sowohl Erwachsenen wie Kindern als fröhlicher Zeitvertreib dienen konnte.

»Und Sie«, sagte Merrivale, »Sie sind das Allerbeste hier. Sie sind bezaubernd.«

»Das Labyrinth ist bezaubernd«, sagte Celia, die nicht die leiseste Furcht bei dem Gedanken daran empfand, daß sie ganz allein mit ihm in dem Labyrinth war. »Und ich bin fest entschlossen, das Geheimnis zu enträtseln.«

»O meine liebe Celia«, murmelte Merrivale sehnsuchtsvoll, »das haben Sie doch bereits getan.«

»Du hast sie *wann* gesehen?« fragte Willie entsetzt. »Mein Gott, Grant, wo kann sie nur sein?«

Er hatte bereits an jedem möglichen Ort nach ihr gesucht. Und er wollte Willie nicht eingestehen, in welcher Verfassung er sie allein gelassen hatte – so zornig und verwegen, daß man ihr alles mögliche zutrauen mußte.

Mittlerweile waren alle zum Frühstück heruntergekommen, und Marvella beugte sich mit ihrem ganzen Körper über ihn. Ihr Mann war seltsamerweise nirgends zu sehen.

»Ach, der liebe Henry schläft noch«, gurrte Marvella. »Kommt das nicht sehr gelegen?«

Grant befreite sich von ihren suchenden Händen.

Niemand hatte Celia gesehen.

Bis auf – den Stalljungen, der sagte, ein Gentleman habe sich zu ihr gesellt, und sie seien, kurz nachdem Grant sie bei den Pferden allein gelassen hatte, zusammen aufgebrochen.

Diese Information versetzte ihn in einen Zustand absoluter Panik. Der ›Gentleman‹ war offensichtlich Marvellas Mann – und sie konnten so gut wie überall sein.

Harville lieferte ihnen nun die überaus willkommene Information, daß es in der Dachkuppel eine Aussichtsplattform gebe.

Grant rannte die Stufen hinauf und nahm die schmale Leiter zu dem einzigen Ort, von dem aus er das ganze Grundstück überblicken konnte, nahezu im Sturmschritt.

Das war seine einzige Hoffnung, es sei denn, sie versteckten sich an einem unziemlichen Ort oder Merrivale hatte sie bereits in die Büsche gezerrt und weinend dort liegengelassen. Grant zwängte sich in den kleinen Aufbau, der zu sechs Seiten vom Boden bis zur Decke reichende Fenster hatte und von denen man eines wie eine Tür öffnen konnte.

Verflucht – verflucht – verflucht.

Nichts, nichts, nichts – endlose Felder und Blumen und eine sanfte Brise, die in den Baumgipfeln spielte.

Die Sonne brannte am Himmel, als wolle sie ihr größtmögliches Licht schenken. *Celia war das größtmögliche Licht.* Er spürte, wie die Angst um sie ihm die Kehle zuschnürte. Was auch geschah, es durfte nicht, es würde nicht Merrivale sein, der sie in die Kunst der Liebe einführte.

Nein, daran durfte er nicht denken ...

Halt – eine Bewegung in der Ferne ...

Er hätte um ein Haar eine der Fensterscheiben zerschlagen. Was für ein perfektes Versteck.

Das Labyrinth.

Harville hatte den Schlüssel, und Grant machte sich allein auf den Weg.

Es war nicht einmal so schwierig, sie zu finden. Was ihn wirklich Kraft kostete, war die Beibehaltung eines gleichgültigen Tons, um Celia nicht zu verängstigen, die aussah, als hätte sie eine wunderbare Stunde hinter sich und nähme ihm die Störung übel. Dieses kleine Biest.

»Ich habe den Auftrag, Sie beide zu suchen«, sagte er mit nur einer Spur Hohn in der Stimme. Gott, wie er sich zusammennehmen mußte, um Merrivale nicht ins Gebüsch zu werfen.

»Ach?« murmelte Lord Merrivale. »Wie aufmerksam. Ich schätze, wir haben uns hier wohl doch länger aufgehalten, als wir eigentlich sollten, liebe Celia, und es ist an der Zeit, in die wirkliche Welt zurückzukehren. Sollen wir? Und wie können wir dem freundlichen Mr. Hamilton je dafür danken, daß er unsere Aufmerksamkeit auf diesen Punkt gelenkt hat?«

Unerträglicher Bastard, dachte Grant wutschnaubend.

Genau das ist wohl der Unterschied zwischen einem Gentleman und einem Provinzcowboy, überlegte Celia gehässig, während sie gemeinsam zum Haus zurücktrotteten.

Als sie vor der Gartentür stehenblieben, nahm Merrivale ihre Hand und versicherte ihr noch einmal, welches Vergnügen ihre Gegenwart ihm bereitet habe, bevor er sich vor Grant verbeugte und im Haus verschwand.

»Heiliger Himmel!« explodierte Grant.

»Wie bitte?«

Er drehte sich zu ihr um. »Sie törichte kleine Närrin, begreifen Sie denn nicht, daß Sie um ein Haar Ihren Ruf ruiniert hätten? Ein paar Minuten länger, und er hätte Ihnen die Röcke hochgehoben, Ihre Jungfräulichkeit hätte in seinen Händen gelegen. Und daß Sie sich nur ja nicht irren – er wäre nicht besonders nett zu Ihnen gewesen. Oder hat der Gedanke, mit dem Feuer zu spielen, Sie erregt?«

Sie schlug ihm ins Gesicht. Und es tat so gut, war so überaus befriedigend, ihm seine schrecklichen Worte heimzuzahlen.

»Ich habe jetzt aber wirklich genug von Ihnen, Grant Hamilton. Glauben Sie wirklich, ich wäre ein williges Opfer für Merrivale? Ich hätte ihn getötet, wenn er auch nur versucht hätte, mich zu küssen. Merrivale ist ein Gentleman; er kennt seinen Platz, und ich möchte wetten, daß er weiß, wann er handeln und wann er Vorsicht walten lassen muß – und genau das ist der Unterschied zwischen Ihnen und ihm.«

»Versuchen Sie das ja nicht noch einmal, Celia; es beeindruckt mich nicht im mindesten, wenn Sie fauchen wie eine Katze, und was das betrifft, haben Sie ungefähr genauso viel Kraft wie ein Kätzchen – Sie könnten kaum eine Fliege abwehren, geschweige denn einen entschlossenen Mann. Sie kennen diese Art Mann nicht, und Überlebensinstinkte haben Sie anscheinend auch keine, was schon durch die Tatsache bewiesen wird, daß Sie mutterseelenallein mit dem Bastard weggegangen sind.«

»Genau. Männer dürfen handeln, und Frauen dürfen abwarten, und niemals wird beiden der gleiche Ruf anhängen. Wer würde hinter Ihnen herrennen, wenn Sie mit Lady Marvella weggegangen wären? Niemand, schätze ich. Man hätte Sie nur für Ihre Kühnheit und Ihre Fantasie bewundert und wäre selbstverständlich davon ausgegangen, daß Sie sie – sozusagen – zwischen den Hecken in der Falle haben.«

Er hob die Hand, beinahe als wolle er ihre Ohrfeige erwidern, aber mit ungeheurer Anstrengung gelang es ihm schließlich, nichts Derartiges zu tun. »Gütiger Gott im Himmel, gib mir Geduld . . .«

Aber sie war noch nicht fertig; wieder fühlte sie sich, als säße sie in einem immer schneller werdenden Zug, ohne jede Kontrolle über sich selbst, und sie wollte ihn an seine Grenze zwingen.

»Und was geschieht mit meinem Ruf, wenn ich jetzt mit Ihnen allein bin?« fuhr sie unverfroren fort. »Warum spielt das denn keine Rolle? Sie sind doch wirklich nicht besser als Lord Merrivale, oder?«

»Allmächtiger, halten Sie endlich den Mund – halten Sie den *Mund!*«

»Oh! Das tut mir leid – bin ich nicht geziemend dankbar dafür, daß Sie mich vor einer gesellschaftlichen Katastrophe gerettet haben? Lassen Sie mich nachdenken . . . ich weiß . . ., ich verspreche, in Zukunft viel vorsichtiger zu sein, damit Sie nicht noch einmal hinter mir herlaufen müssen.«

»*Celia* . . .« Er kam auf sie zu, und sie trat hastig einen Schritt zurück.

»Sie können nicht in einem Augenblick mein Wächter sein und im nächsten mein Berater. Und ich werde nicht zulassen, daß Sie sich zu meinem – meinem . . .«

Mittlerweile hatte er sie bis an die Hauswand gedrängt. »Was soll ich nicht werden? Ihr Hüter? Ihr Aufpasser? Ihr Wachhund?«

»Mein . . . Erzieher.«

»Ein Erzieher ist ein Lehrer, Celia«, murmelte er und hielt sie weiter zwischen seinen Armen gefangen.

»Ja«, wisperte sie. »Und sind Sie das nicht gewesen?«

»Was? Habe ich Sie in den Sitten und Gepflogenheiten eines Merrivale unterrichtet? Wohl kaum.«

»Sie haben mir beigebracht, wie man – flirtet.«

»Dazu sind Sie geboren . . .«

Sie konnte kaum atmen. Sie wollte . . . sie wollte . . .

Als seine Lippen die ihren auf dem Höhepunkt ihres beiderseitigen, sengenden Zorns zaghaft berührten, fühlte es sich an wie lindernder Balsam.

Gerade deswegen hätte sie Merrivale niemals begehren können – wegen der Erinnerung an diesen Kuß, an den sie sich nicht erinnern wollte, und weil sie ihn jetzt wieder wollte und nicht wollte, daß sie ihn wollte.

Sein Mund legte sich auf ihren, so zart wie der Flügel einer Motte, kostete den süßen Nektar, den sie ihm darbot, löste sich für einen Augenblick, als wolle er noch mehr.

Die Sonne brannte hell und heiß auf sie herab, und in der goldgefleckten Luft zwischen ihnen hing noch etwas anderes, etwas, das alles ausblendete bis auf ihr Bewußtsein seiner Gegenwart und seines Bemühens, ihr zu widerstehen.

Nicht schon wieder, nicht schon wieder . . .

Sie waren in der Hitze seines Zorns gefangen, seines Zorns und ihres Widerstrebens, ihrer aufkeimenden Leidenschaft und seiner ungebärdigen Gefühle . . .

Es war nicht richtig, und doch war es so richtig, wie es nur sein konnte.

Ihr Körper drängte sich rastlos und instinktiv gegen seinen, und er preßte sie noch fester an sich und tauchte abermals in die honigsüße Verlockung ihres Mundes ein.

Und noch einmal. Und noch einmal. Sanft, zart, in sinnlichem Gegensatz zu der beherrschten Anspannung seines Körpers, als hielte er sich mühsam im Zaum, als kämpfe er gegen die verführerische, feuchte Hitze ihres Leibes.

Sie hätte sich in ihren kühnsten Träumen nicht vorstellen können, wie herrlich ihr Körper sich an der unbeugsamen Härte seines Leibes anfühlen würde oder wie sehr sie sich wünschen könnte, sich dieser zu überlassen.

Sie fühlte sich älter als Eva, folgte ihrer ureigensten Bestimmung, um ihn herauszufordern, mit ihm zu spielen, um ihm für jeden seiner Raubzüge in die Intimität ihres Mundes mit einer eigenen Forderung zu antworten.

Das hätte mit jemandem wie Merrivale nie passieren können. Sie wußte es, tief in ihrem Inneren wußte sie es. Sie hätte sich einen solchen Kuß von niemand anderem ersehnt; sie hätte sich nicht gewünscht, daß irgend jemand außer Grant sie so berührte, wie er sie berührte – jetzt.

Auch er wußte es. Etwas in der Art, wie sie sich an ihn drängte, wie sie seinen federzarten Küssen entgegenstrebte, erregte ihn unerträglich, und er zwang sich mit seinem ganzen Körper, ihr zu widerstehen.

Sie spürte das und haßte es, und sobald er dies bemerkte, rückte er entschlossen von ihr weg, und die Magie des Augenblicks, das Gefühl, ja die ganze Szene löste sich auf, als hätte sie sich das alles nur eingebildet.

Sie atmete tief durch und sah, wie eine Maske sich über sein Gesicht breitete und all die Leidenschaft, die sie noch wenige Sekunden zuvor darin gelesen hatte, wegwischte.

»Ich bin nicht besser als Merrivale«, sagte er wie versteinert. »Das wird nicht noch einmal vorkommen.«

Sie wollte protestieren, aber seine verdammenswerten

grünen Augen erstickten jeden Wunsch danach im Keim, als er diese konventionellen Worte aussprach, die nichts mit seinen Gefühlen zu tun hatten.

Und das war der Unterschied zwischen Männern und Frauen: Er konnte ungerührt und sorglos davongehen, und sie – sie würde bis an ihr Lebensende von seiner Berührung gezeichnet sein.

Kapitel 14

Er war wirklich ein Meister seiner Kunst. Nach außen schien es, als hätte es diesen Kuß nie gegeben, und doch verharrte er schmetterlingszart auf ihren Lippen, um sie an ihre Torheit und ihre Unschuld zu erinnern.

Nie, niemals hätte sie versuchen dürfen, mit Grant Hamilton die Klingen zu kreuzen. Sie kam sich unendlich töricht vor.

Und jetzt war es Zeit für sie, ebenfalls eine Maske überzustülpen; nur wie machte man das, so kurz nach einer niederschmetternden Abweisung?

Nein, sie würde nicht zulassen, daß dieser kurze, beunruhigende Augenblick mit Grant Hamilton ihr das ganze Wochenende zerstörte. So schwach war sie nicht, und langsam wurde ihr auch immer klarer, daß für diese Leute die verschiedenen Schattierungen der Liebe nichts zu bedeuten hatten.

Ein Kuß war so zerbrechlich wie der Flügel eines Schmetterlings, den binnen einer Sekunde schon die bloße Gefahr einer aufkommenden Brise zerstören konnte.

Puff – und fort.

Sie straffte sich und ging langsam auf die Gartentüren zu, aus der ihr im gleichen Augenblick ihre Gastgeberin mit einem halben Dutzend weiblicher Gäste entgegenkam.

»Celia, meine Liebe, wir wollen ausreiten«, rief die Vicomtesse ihr zu. »Sie *müssen* sich uns anschließen; gehen Sie, und ziehen Sie sich um – wir warten auf Sie.«

Das letzte, wonach ihr im Augenblick der Sinn stand, waren mehrere Stunden im Sattel eines Pferdes; sie wollte gerade irgendwelche Ausflüchte machen, als ihr Blick auf Grant und einige andere Männer fiel, die ihre Angelruten bei sich hatten.

Sie verwarf den verlockenden Gedanken, ihn in den Bach zu stoßen, und dachte: Warum halte ich mich nicht einfach von ihm fern und beschäftige mich mit anderen Dingen, damit die Erinnerung an diesen dummen Kuß mir nicht den ganzen Aufenthalt auf Harville verdirbt? Also lächelte sie Eulalia zu und antwortete: »Das wäre wunderbar; Sie sind so freundlich zu mir. Ich werde mich beeilen.« Mit diesen Worten lief sie ins Haus und in ihr Zimmer hinauf, bevor irgend jemand Gelegenheit hatte, sie aufzuhalten.

Später spielte man dann in der Bibliothek Karten, nahm auf der Sonnenterrasse den Tee und machte einen Spaziergang, um sich für die nächste Mahlzeit Appetit zu verschaffen. Dem folgte ein großes, formelles Dinner mit anschließendem Tanz.

Zwischen all diesen Aktivitäten, dem pausenlosen Umziehen für den nächsten Anlaß und der Notwendigkeit, ihre Maske kühler Verachtung aufrechtzuerhalten, hatte Celia kaum Zeit, über irgend etwas nachzudenken.

Und Willie bekam sie kein einziges Mal zu fassen, bis sie sich schließlich in der großen Halle versammelten und darauf warteten, daß die Musik aufspielte, damit die Festlichkeiten des Abends beginnen konnten.

»Du bist ja ein vielbeschäftigtes Mädchen«, bemerkte Willie obenhin. »Ich habe dich den ganzen Tag kaum zu Gesicht bekommen. Grant kam zurück, um mir zu sagen, daß es dir gutgehe und du nur kurz draußen im Garten gewesen seiest, aber gesehen haben wir dich überhaupt nicht.«

»Ich habe einen Ausritt gemacht«, erwiderte Celia kühl. »Wußtest du, daß Alberts Frau eine hervorragende Reiterin ist? Sie war so hilfsbereit und geduldig mit mir. Sie mag ja keine gute Hand beim Kartenspiel oder beim Tee haben, aber mit Pferden kennt sie sich aus, und das scheint hier eine Menge zu zählen.«

»Sie wird sich schon zurechtfinden. Das alles hier ist so

anders als das, woran sie gewöhnt ist, und natürlich scheint auch ihr Akzent den Leuten ziemlich auf die Nerven zu gehen, genauso wie ihr Mangel an gesellschaftlicher Erfahrung. Aber trotzdem greifen die Leute mit beiden Händen zu, wenn sie eine Einladung ausspricht. Ah, hör nur, die Musik ...« Willies schlanker Körper wiegte sich kaum merklich zu dem Rhythmus der bezaubernden Melodie. »Ich wünschte ... ich wünschte ...«

Sie wünschte, Hamish wäre jetzt bei ihr, dann wäre sie auf den Tanzboden hinausgewirbelt und in den siebten Himmel hinein.

Aber ihre Wünsche waren hier nicht die Hauptsache. Sie würde, wenn man sie darum bat, tanzen, mit Grant und ihrem Gastgeber. Aber dann war sie doch ein wenig entrüstet, als Albert direkt auf Celia zukam, sich verbeugte und um den ersten Tanz bat – um den er eigentlich seine Frau hätte bitten müssen.

Der Unterschied zwischen den beiden Frauen war natürlich so deutlich wie zwischen Tag und Nacht. Celia war ein Geschöpf voller Rätsel, Eulalia dagegen so alltäglich wie Brot und Butter.

Selbst Celia zögerte einen Sekundenbruchteil lang – was Willie mit großer Freude erfüllte –, bevor sie ihm die Hand reichte; aber sie sah so steif und verlegen aus, daß Willie nur hoffen konnte, daß der Tanz möglichst bald endete, damit Celia sich nicht allzulange quälen mußte.

Die erste Schwierigkeit bestand darin, daß Albert nicht tanzen konnte. Aber noch schlimmer als das war die Tatsache, daß er anscheinend Celia lieber ansah, als sich auf seine Schritte zu konzentrieren, und das gefiel Willie nun überhaupt nicht.

Was hatte Celia an sich, das die Männer so zu ihr hinzog?

In dieser Situation sah sie allerdings nur todunglücklich aus und hatte nichts von dem Feuer und der Leidenschaft, die sie für gewöhnlich erfüllten. Und doch war Albert fasziniert – kein gutes Zeichen, wie Willie meinte.

»Ich würde ihn augenblicklich zur Rechenschaft ziehen, wenn er nicht mit dir verwandt wäre«, murmelte Grant ihr ins Ohr.

Der liebe Junge, wie hatte er ihre Sorgen nur erraten?

»Hamish würde ihn für seine offenkundige Mißachtung seiner Frau erschießen«, sagte Willie. »Und ich habe nicht die leiseste Ahnung, was ich machen soll.«

»Wir könnten tanzen«, meinte Grant, und sein funkelnder Blick schien den unverschämten Albert zu durchbohren.

»Ich kann die Art und Weise, wie er sie ansieht, einfach nicht *ausstehen.*«

Da bist du nicht die einzige, liebe Stiefmama.

Er sagte nichts und hielt Willie lediglich den Arm hin, um sie auf die Tanzfläche zu geleiten.

Er hatte nicht die Absicht gehabt, Miß Celia Penmaris und ihrem herrlich verführerischen Mund auch nur in die Nähe zu kommen, wenn er es irgendwie vermeiden konnte ...

Gütiger Gott, aber dieser ungehobelte Kerl machte ihn verrückt, wie er da die ganze Zeit Celia anstarrte – als hätte er sie am liebsten noch auf dem Tanzboden mit Haut und Haaren verschlungen. Und diese Schlange, dieser Merrivale, schlich um den Tanzboden herum, als warte er nur auf den richtigen Augenblick, um ebenfalls zuzuschnappen.

Grant verspürte einen mörderischen Zorn und wäre gleichzeitig am liebsten so weit weggelaufen, wie er nur konnte, denn seine Gefühle für Celia entglitten ihm mit einer Geschwindigkeit, die ihn in Angst und Schrecken versetzte.

Und er war sich ganz sicher, daß Merrivale, mehr als irgend jemand sonst, genau wußte, wie es um ihn stand.

Willie merkte allerdings überhaupt nichts, während sie sich selig zum Takt der Musik von ihm führen ließ und er sie in die Nähe von Albert und Celia manövrierte, bis sie sogar einige Worte miteinander wechseln konnten.

Das heißt, genaugenommen übernahm Willie das Reden. »Mein lieber Albert, laß uns doch die Partner wechseln. Ich habe so sehr auf einen Tanz mit dir gehofft, bevor ich ins Bett gehe.«

Albert blieb stehen, zauderte merklich und ließ dann Celia los, die angesichts des Vorschlags ihrer Tante vor Entsetzen erstarrt war. Er nahm Willies Hand und begann, sie mehr stolpernd als tanzend über die Tanzfläche zu führen.

»Wir müssen nicht tanzen«, flüsterte sie, als Grant Anstalten machte, sie in die Arme zu nehmen.

Ich muß.

Nein, er mußte nicht; sie war zu jung, zu schön, zu unschuldig in ihrer exotischen Ausstrahlung, und er mußte – er sehnte sich danach ...

Er sehnte sich danach, sie nur noch ein einziges Mal in den Armen zu halten, bevor ...

Die Musik, die verschiedenen Düfte und Parfüms, das leise Summen der Gespräche, das elektrisierende Gefühl von Celia in seinen Armen – *wo sie hingehörte* ...

Er würde jedoch weder Willie noch sich selbst einen Gefallen damit tun, wenn er sich von einem weltfremden Unschuldslamm einfangen lassen würde, das *Erwartungen* hatte.

Bei Gott, er mußte verrückt sein; und noch mehr als das, denn er wollte sie küssen, bis ihr vor Verlangen die Sinne vergingen – Verlangen nach ihm und nur nach ihm.

Und er wußte, daß er es konnte; er konnte mit ihr einfach zur Tür heraustanzen, sie im Gebüsch verführen und dann vielleicht – vielleicht konnte er sie dann aus seinem Kopf und seinem Fleisch verbannen.

Aber natürlich tat er nichts dergleichen; sie hielt sich in seinen Armen genauso steif wie bei Lord Harville, ihr Gesicht war eine Maske tiefster Verachtung, die jede Vertraulichkeit im Keim erstickte und in ihm den Wunsch weckte, sie mitten auf dem Tanzboden stehenzulassen, um die Qual für sie beide nicht noch zu verlängern.

Und beinahe hätte er es auch getan. Seine widersprüchlichen Gefühle zerrten so heftig an ihm, daß er sie beinahe stehengelassen hätte.

Aber schließlich beendete er, Gentleman, der er war, den Tanz und führte sie zu Willie hinüber, trat dann zur Seite und sah zu, wie sie Lord Merrivale bezauberte, während er selbst versuchte, die überaus hartnäckige Marvella abzuwehren, ein Unterfangen, das im Laufe des Abends sowohl offenkundig als auch verletzend wurde.

Und er konnte die Zahl der Hanswürste, die sich in den Dunstkreis der betörenden Celia begaben und ihr nicht von der Seite weichen wollten, nicht einmal schätzen.

Er hatte genug. Mitten in der fröhlichen Feier, auf dem Höhepunkt des Geschehens, fiel es ihm plötzlich überhaupt nicht mehr schwer, Harville zu mitternächtlicher Stunde zu verlassen.

Und damit war die Sache erledigt. Der Rest des Wochenendes konnte nur noch eine Enttäuschung sein.

Er war ein Feigling, und sie war eine Närrin, und sie konnte es gar nicht erwarten, nach London zurückzufahren, weil sie das Landleben und vor allem die gehässige Marvella und den geradezu unerträglich charmanten Lord Merrivale satt hatte.

Das Frühstück, die Jagd, das Kofferpacken, alles dauerte viel zu lange; sie schlief im Zug, während Willie las, und als Willie ihr nach einer Weile ihre Pläne für die folgende Woche unterbreitete, stockte ihr nur noch der Atem.

»Und wann ruhen wir uns aus?«

»Ist das dein Ernst, meine Liebe? Ich dachte, das hätten wir in Harville getan.«

Doch Celia wußte nicht, ob sie ihre Bemerkung ironisch oder ernst meinte.

Am Abend nach ihrer Rückkehr nach London gingen sie wieder in die Oper – *Rigoletto* diesmal –, und danach stand ein üppiges Abendessen mit anschließendem Ball bei den Bellinghams auf dem Programm.

Sie war eigentlich viel zu müde für all das, dachte Celia

erschöpft, als sie und Willie sich im Ruheraum des Stadthauses der Bellinghams ein wenig frisch machten.

Und, gütiger Gott, der letzte Mensch, den sie jetzt sehen wollte, war Anthea – aber da war sie auch schon, lief ihr eifrig entgegen, um sie wie gewohnt zu begrüßen. In ihrem Gesicht stand der allzu vertraute Ausdruck der Mißbilligung, bevor sie genau und in allen Einzelheiten erfahren wollte, was Celia am Wochenende getan hatte.

»Celia! Wie *geht* es dir? Du siehst aus, als wärest du in der Sonne gewesen, obwohl eine leichte Röte bei deinem Teint durchaus schmeichelhaft ist. Du siehst wirklich gut aus. Hast du dein Wochenende genossen? Seid ihr viel geritten? Harville unterhält ja angeblich einen hervorragenden Stall.«

»Es war alles sehr unterhaltsam«, antwortete Celia nichtssagend und dachte, daß sie vielleicht ein wenig zu unfreundlich zu Anthea war, die im Gegensatz zu dem größten Teil der Gesellschaft ehrlich war und ein freundliches Herz hatte.

Sie mäßigte ihre Ungeduld und machte sich daran, die Gäste und das, was sie getan hatten, zu beschreiben; Lord Merrivale und den verdammenswerten Grant Hamilton erwähnte sie allerdings mit keiner Silbe.

»Nun, das hört sich ja wirklich so an, als hättest du großen Spaß gehabt, und ich sehe, daß ich dir mit meinen eindringlichen Warnungen das Wochenende nicht verdorben habe. George – Mr. Maitland – hat mir gesagt, daß ich meinen Glauben stärken und auf die Vorsehung und die Kraft des Gebets vertrauen müsse.«

An dieser Stelle nahm Antheas Gesichtsausdruck etwas Verträumtes an.

»O Celia. Du kannst dir ja nicht vorstellen, wie anders mein Leben jetzt aussieht! Und wieviel Kraft und Entschlossenheit ich in mir entdeckt habe. Ich bin so glücklich . . .« Sie drückte Celias Hände. »Und ich kann nur hoffen und beten, daß du eines Tages dieselbe Art von Glück findest.«

»Dann mußt du mir unbedingt erzählen, was geschehen ist«, sagte Celia ermutigend, obwohl sie schon eine ziemlich genaue Vorstellung von dem hatte, was Anthea ihr enthüllen würde. »Du klingst ja richtig biblisch.«

»Du kennst mich aber auch zu gut. Allerdings ist das nur die eine Seite des Ganzen, und ich habe es kaum selbst begriffen, bis George mir geholfen hat, die Wahrheit zu finden. Wir haben uns einander versprochen, Celia – einander und Gott. Sobald diese Saison vorüber ist, wollen wir heiraten. Wir werden zuerst nach Amerika gehen – ich muß Georges Familie und seine Freunde kennenlernen –, und dann wird es eine Zeit der Ausbildung und Erprobung geben, um uns auf die Prüfungen und Härten vorzubereiten, die uns bevorstehen, wenn wir zu unserer heiligen Mission aufbrechen.«

Sie senkte die Stimme. »Wir haben gebetet, George und ich, daß der Herr uns vielleicht nach Ceylon führen wird.«

Celia war absolut sprachlos; zwei ganze Minuten lang fiel ihr nichts ein, was sie hätte erwidern können.

»Du meinst – ihr seid verlobt und wollt heiraten?«

»O ja«, flüsterte Anthea; sie schien wie verwandelt. Ihre Wangen glühten, und sie sah beinahe schön aus. »Wir verstehen einander, und wir denken in beinahe allen Punkten gleich. Es ist *so* wichtig, seinem zukünftigen Lebenspartner auch ein Freund sein zu können und Vertrauen zueinander zu haben . . . Ich hoffe und bete, daß auch du und *dein* Verlobter solches füreinander empfindet.«

Sie schwieg einen Augenblick, um zu sehen, wie Celia reagierte, und als keinerlei Reaktion von ihrer Freundin kam, fuhr sie verschwörerisch fort: »Du hast ihm doch regelmäßig geschrieben, denke ich? Und er versteht die schwierige Situation, in der du dich im Augenblick befindest? Offensichtlich hat er dasselbe Vertrauen in dich wie du in ihn.«

Wovon um alles in der Welt redete Anthea da? Und warum erwartete sie überhaupt eine Antwort auf ihre Fragen?

Ronald. Ach du lieber Himmel, Ronald – der letzte Mensch, an den sie während der vergangenen Tage – oder sogar Wochen – gedacht hatte.

Anthea hatte wohl recht – sie genoß den ganzen Trubel viel zu sehr –, aber trotzdem wollte ihr scheinen, daß es Anthea besondere Freude bereitete, sie an ihre Verpflichtung Ronald gegenüber zu erinnern und ihr ein schlechtes Gewissen zu machen.

Nur daß sie keinerlei Reue empfand; so vieles war geschehen, seit sie Ronald das letztemal gesehen oder von ihm gehört hatte, daß alles, was sie jetzt tat oder hinzulernte, ihr als seiner Frau später nur von Nutzen sein konnte.

Und doch schien Anthea irgendeine Reaktion von ihr zu erwarten. Wie seltsam. Das Verhalten ihrer Freundin erinnerte sie an Tante Gertrude: Auch sie malte sich immer die schlimmsten Dinge aus und schien sie dann beinahe zu *genießen*.

Dieser Gedanke wiederum ließ Celia plötzlich daran denken, daß sie schon am nächsten Wochenende einen Besuch bei Gertrude und Theo geplant hatte.

Das auch noch!

Wäre es nicht einfach herrlich, wenn sie ein so tugendhaftes Geschöpf wie Anthea mitnehmen könnte, um ihre Tante von sich abzulenken und so ein wenigstens einigermaßen erträgliches Wochenende zu verleben?

Ich könnte dich begleiten ... oder frag doch Anthea, ob sie mitkommen möchte ... Sie konnte Tante Willies fröhliche Stimme beinahe hören ... *ihr Freund, Mr. Maitland, die Predigten deines Onkels Theo äußerst bewundernswert findet ...*

Nein ...

Oder vielleicht doch?

Sie riß sich zusammen; sie hatte Anthea ja noch nicht einmal zu ihrer Verlobung gratuliert.

»Ich freue mich ja so für dich, Anthea! Und für Mr. Maitland natürlich. Ich werde sofort *Ronald* von euch beiden erzählen und wie romantisch alles war. Angefangen von eurer ersten Begegnung!« Sie schüttelte verwundert den Kopf, während Anthea sich ein winziges Erröten des Stolzes gestattete. Und dann holte Celia tief Luft und ließ sich von ihrer Spontaneität leiten.

»Ich frage mich ... weißt du, ich war in letzter Zeit so viel unterwegs, daß ich beschlossen habe, das nächste Wochenende bei meiner Tante und meinem Onkel zu verbringen. Ich wollte eigentlich allein hinfahren – nun, natürlich mit meinem Mädchen, Emily –, aber ich frage mich doch, ob du mich nicht vielleicht gern begleiten würdest. Ich bin sicher, Tante Gertrude und Onkel Theo würden sich sehr freuen, dich und Mr. Maitland kennenzulernen, und du würdest mir einen so großen Gefallen tun, wenn du ihnen klarmachen könntest, daß ich in London keineswegs ein ausschweifendes Leben führe.«

Sie sah sofort, daß Anthea sich von ihrem Angebot hin- und hergerissen fühlte: Einerseits konnte sie kaum eine Gelegenheit ausschlagen, Mr. Maitland Onkel Theo vorzustellen, aber andererseits hatte sie auch das Gefühl, nicht ganz die Wahrheit zu sagen, wenn sie behauptete, daß das Leben in London keineswegs zu zügellos vonstatten ging, wie Celias Tante und Onkel argwöhnten.

Auf der anderen Seite war sie jedoch der lebende Beweis dafür, daß niemand sich in Versuchung führen lassen mußte; nur was Celia betraf, war sie sich da nicht ganz so sicher.

Aber ihre Hilfsbereitschaft setzte sich durch.

»Ich wäre einfach entzückt«, sagte Anthea mit aufrichtiger Ernsthaftigkeit. »Natürlich solltest du auf keinen Fall allein fahren.« Auf diese Weise hatte sie es geschafft, sich den Anschein zu geben, als wolle sie lediglich Celia aus einer schwierigen Situation heraushelfen, so daß diese sich ihr verpflichtet fühlen mußte.

Aber vor allem war sie neugierig, möglichst viel über Celia und ihre seltsame Mißachtung ihres liebevollen Verlobten herauszufinden, der offensichtlich schon viel zu lange in Ceylon geblieben war.

Kapitel 15

Sie kamen gerade rechtzeitig zum Tee im Haus des Bischofs an, der eine Kutsche zum Bahnhof geschickt hatte, um sie abholen zu lassen. Unglücklicherweise war das Gefährt nicht dazu bestimmt, eine größere Gesellschaft oder einen ganzen Berg von Gepäckstücken aufzunehmen, so daß Anthea am Ende praktisch auf Mr. Maitlands Schoß saß und Celia und Emily während der ganzen Fahrt mehrere Koffer auf ihren Knien balancieren mußten.

Und Tante Gertrude machte die Sache natürlich nicht besser. Niemand mißbilligte einen extravaganten Lebenswandel mehr als sie, und Emily sowie ein halbes Dutzend Koffer und anderer Behältnisse, die alle bis zum Bersten voll waren, sprachen keineswegs für Bescheidenheit.

Tante Gertrudes bohrender Blick, als sie sich aus der Kutsche quälte, verhieß nichts Gutes. Genausowenig wie ihre ersten Worte an Celia.

»Wie nett, daß du uns in deinem übervollen Zeitplan unterbringen konntest, Celia.«

Wie nett von dir zu versuchen, mich vor meinen Freunden als unartiges Kind hinzustellen, dachte Celia rebellisch. Aber andererseits sah das Tante Gertrude wirklich ähnlich. Sie hatte fast das Gefühl, als würde ihre Tante sie gleich wieder auffordern, sich in die Ecke zu stellen, wie sie es immer getan hatte, wenn Celia als Kind auch nur das geringste Zeichen von Eigensinn zeigte.

Aber wahrscheinlich hatte sie aus den Erfahrungen der letzten Wochen einiges gelernt, und wenn es auch nur die Fähigkeit war, den äußeren Schein zu wahren und ihrer Tante nicht vor anderen zu widersprechen.

Und Tante Gertrude lieferte ihr noch reichlich Gelegenheit zum Widerspruch.

»Du hast sogar schon eine Einladung bekommen«,

sagte sie, als sie in den Salon vorausging. »Hm, wo habe ich sie nur hingelegt? Ah, da ist sie ja.« Sie ging zu einem recht klobigen Schreibtisch in einer Ecke des Zimmers und zog einen Umschlag aus einer Schublade. »Bitteschön. Jemand besaß die ungeheure Frechheit, die Einladung ausschließlich an dich zu richten. Nun, *einige* Leute sind eben so. Du hast meine Erlaubnis, sie zu öffnen«, fügte sie hinzu, als sie Celia den Umschlag reichte.

Celia wollte die Einladung zwar um keinen Preis in Anwesenheit ihrer Tante lesen, konnte aber den erwartungsvollen Gesichtsausdruck Gertrudes nicht ignorieren, genausowenig wie die freundliche Ermutigung in den Augen ihres Onkels; also riß sie den Umschlag vorsichtig auf und zog ein dickes, cremefarbenes Billett heraus.

»Wie nett!« murmelte sie, während sie es las. »Die Templecombes haben mich zu einem Ausritt am Nachmittag eingeladen. Es sind gute Freunde von Tante Willie ...«

Sie mußte sich zusammenreißen, um ihre Freude darüber zu unterdrücken, daß Tante Willie ganz offensichtlich auch aus der Ferne ein Auge auf sie hielt. Natürlich, Gertrude und Onkel Theo verkehrten nicht mit Leuten wie den Templecombes, obwohl sie nur ein paar Meilen voneinander entfernt lebten, und der verärgerte Gesichtsausdruck ihrer Tante sprach eine deutliche Sprache.

»Oh ... die Templecombes«, sagte Tante Gertrude vernichtend, als würde *das* alles erklären, einschließlich des Affronts, daß man sie und Theo übergangen hatte. »Ich verstehe; es geht natürlich nicht an, die Templecombes in diesem Stadium deiner Londoner Karriere zu schneiden. Du wirst mir später von den Einzelheiten berichten müssen, Celia.«

Daraufhin wandte sie sich mit einem strahlenden – einem etwas zu strahlenden Lächeln, wie Celia dachte, an Anthea, deren Verlobten und den Bischof. »Und jetzt kommt alle miteinander. Ihr wartet sicher schon lange auf eine Tasse Tee.«

Celia folgte ihnen langsam in den kleinen Salon, wo ein junges Dienstmädchen den Tisch gedeckt hatte, kam aber gerade noch rechtzeitig, um die weiteren Ausführungen Gertrudes zu diesem Thema mitzubekommen.

»Ich muß schon sagen«, bemerkte Tante Gertrude, während sie ihren Gästen ihre Plätze zeigte, »der Adel hat keine Manieren – zu denken, daß ein junges Mädchen wie Celia einfach in eine Kutsche springen und zu einem Nachmittag bei solchen Leuten verschwinden kann. Ist es denn heutzutage nicht mehr möglich, daß ein junger Mensch mit Moral und Anstand erzogen wird? Ich schaudere, wenn ich daran denke, welchen Einflüssen die arme Celia während ihres Aufenthalts fern von uns ausgesetzt war. Oh – meine liebe Celia! Setz dich doch bitte. Und trink eine Tasse Tee.«

Im Augenblick hätte sie sich allerdings viel lieber ein Betäubungsmittel gewünscht, nach Möglichkeit stark genug, um Tante Gertrude damit für immer zum Schweigen zu bringen.

Aber sie brauchte während der ganzen qualvollen Zeremonie des Teetrinkens glücklicherweise kaum ein Wort zu sprechen, weil Tante Gertrude und Anthea das Gespräch ganz allein bestritten. Und sie bemerkte, daß der Bischof sich überaus geschmeichelt fühlte zu hören, daß Mr. Maitland nicht nur all seine veröffentlichten Predigten gelesen hatte, sondern auch ein großer Bewunderer seiner Ansichten zu Theologie und moderner Wissenschaft war und er es kaum abwarten konnte, mehr von dem Mann zu hören, den er als Lehrer und Mentor betrachtete.

Sie hörte höflich zu, während Mr. Maitland ihrem Onkel schöntat und Tante Gertrude mit Anthea plauderte; sie selbst sagte so gut wie gar nichts. Anthea redete genug für beide, und Celia kam der seltsame Gedanke, daß Anthea eine weit fügsamere Nichte abgegeben hätte, als sie es je gewesen war.

Aber andererseits hätte ihre Mutter natürlich niemals

eine so selbstgerechte Tochter wie Anthea zur Welt bringen können. Eine Frau, der überall auf der Welt die Männerherzen entgegengeschlagen hatten, die an Härte und Entbehrungen gewöhnt war, die triumphiert und erobert hatte – eine solche Frau hätte niemals ein so beschränktes und schulmeisterliches Wesen hervorbringen können.

Aber es lag auf der Hand, daß Tante Gertrude wünschte, sie hätte es getan.

Celia bildete sich das alles wahrscheinlich nur ein und machte viel zuviel aus der Sache – die in Wirklichkeit nur ein Höflichkeitsbesuch bei ihren Verwandten war. Sie konnte sogar behaupten, daß sie sich freute, Onkel Theo zu sehen, für den sie eine große Zuneigung empfand, aber natürlich nicht unter den ermüdenden Umständen, sich anzuhören, wie er die Kirchenprotokolle mit Mr. Maitland diskutierte.

Inmitten einer seiner umfassenden Ausführungen stand sie plötzlich auf. »Ihr müßt mich entschuldigen. Ich glaube, ich bin ein wenig müde und würde mich gern etwas hinlegen.«

»Nun, natürlich«, erwiderte Tante Gertrude. »Jeder hier versteht, wie anstrengend es sein muß, in Gesellschaft von Prinzen und Viscounts durch London zu rennen. Ich zweifle nicht daran, daß du müde bist, meine Liebe. Das würde uns sicher ebenso ergehen. Bitte ruh dich etwas aus. Und wenn du dich deiner gesellschaftlichen Verpflichtungen entledigt hast, wirst du sicher auch ein wenig Zeit finden, dich zu uns zu gesellen.«

Sie drehte sich um und tätschelte Antheas Hand. »Wir beide unterhalten uns einfach wunderbar. Wir werden dich bestimmt überhaupt nicht vermissen.«

Celia unterdrückte eine Antwort. Es hatte keinen Sinn, Tante Gertrude zu widersprechen. Tante Gertrude war der Inbegriff moralischer Aufrichtigkeit, und Celia war immer zu jung gewesen, um zu wissen, was das beste für sie war.

Aber jetzt wußte sie es. Ein Monat bei Tante Willie hatte

ihr die Augen geöffnet. Und es war genau so, wie Tante Willie gesagt hatte. Sie war in die Gesellschaft eingeführt worden und hatte mit einem Prinzen getanzt; wie konnte Tante Gertrude ihr da jetzt noch etwas anhaben?

Und wie seltsam es doch schien, jetzt wieder in diesem Haus zu sein, die Treppen zu ihrem Zimmer hinaufzusteigen, in dem sie während all dieser Jahre geschlafen hatte.

Das Haus erschien ihr jetzt irgendwie kleiner, die Treppenstufen schmaler, das Zimmer selbst geradezu erdrükkend – und völlig steril.

Und während sie dort stand, völlig fasziniert von den Veränderungen, wurde ihr auch plötzlich klar, was passiert war: Tante Gertrude hatte in dem Augenblick, in dem sie das Haus verlassen hatte, alle Spuren ihrer Nichte ausgelöscht.

Mittlerweile hatte sie starke Kopfschmerzen, obwohl sie das Tante Gertrude gegenüber niemals zugegeben hätte; daher war sie ungeheuer erleichtert, als sie nach einer rastlosen Stunde, in der sie sich von einer Seite zur anderen gedreht hatte, ein energisches Klopfen hörte und Emily erschien – die Augen gottergeben himmelwärts gewandt und die Hände dramatisch über der Brust gefaltet. »O Miß! Ich schwöre, ich habe mich noch nie so schlecht gefühlt – vor allem, weil ich selber zufällig in London geboren bin! Es tut mir so leid, Miß Celia, aber wenn ich nicht innerlich lachen könnte, hätte ich kaum verhindern können, ihnen ins Gesicht zu lachen!«

Celia setzte sich auf dem schmalen Bett, das einst ihr gehört hatte, langsam auf, und ihre Lippen zuckten, als sie Emilys drollige Miene sah. »Wie meinst du das, Emily? Was um Himmels willen ist da unten passiert? Was haben sie zu dir gesagt?«

Aber sie konnte sich genau vorstellen, was passiert war: Emily war einem Hagel hinterhältiger und bösartiger Fragen ausgesetzt worden, natürlich getarnt als Vermutungen und Theorien, die alle das eine Ziel verfolgten, nämlich Tante Willies verderblichen Einfluß auf sie bloßzulegen. Sie hätte darauf bestehen sollen, daß Tante Willie mitkam. Tante Willie hätte genau gewußt, wie man solche Leute mundtot machte.

»Oh, das ist einfach zuviel! Du mußt mir alles genau erzählen, bevor ich nach unten gehe und ihnen wieder gegenübertrete.«

»Ich wollte Sie nicht aufregen, Miß – aber, heiliger Bimbam, ich schwöre, ich habe noch nie eine solche Horde von Heuchlern gesehen, die die ganze Zeit über auch noch so tun, als wären sie gute, gottesfürchtige Menschen. Mir alle möglichen Fragen über *Sie*, Miß, zu stellen, und natürlich über Ihre Gnaden, was diese Leute da unten verdammt noch mal alles nichts angeht – oh! Es tut mir leid, das ist mir nur so herausgerutscht, Miß, aber ich kann kaum dagegen an! Die haben so bösartige, abscheuliche Vorstellungen von den Leuten, die in London leben und ihr Leben genießen oder«, fügte sie hinzu, während sie Celias Koffer auspackte und das erste Gewand ausschüttelte, »schöne Kleider tragen. Und ich bin sicher, daß einige von ihnen – der Butler auf jeden Fall – alle die Londoner Zeitungen gelesen haben, über die Ihre Ladyschaft sich so furchtbar aufgeregt hat. Ich meine die mit Ihrem Bild und dem ganzen Klatsch und Tratsch – Sie wissen schon, über den Prinzen von Wales und darüber, wo Sie gewesen sind und was Sie angehabt haben und solche Dinge.

Also habe ich zu ihnen gesagt – ganz freundlich, wirklich, obwohl ich innerlich gekocht habe –, ich sagte, daß man, wenn man sich in den besten Kreisen bewegt, nichts dagegen tun kann, daß einen die Leute fotografieren, und daß der Prinz und die Prinzessin alle *beide* eine Vorliebe für Sie gefaßt hätten. Und außerdem läge das einzig Schlechte in den bösen Gedanken böser Menschen – wie Sie es einmal ausgedrückt haben.

Und genau das habe ich ihnen heute auch gesagt, Miß – dieser Horde alter Krähen, an die sie mich erinnern – uh!«

Mit finsterer Miene breitete sie das letzte der Kleider auf

dem schmalen Bett aus, damit Celia sich eines aussuchen konnte.

»Ich nehme ein hübsches, elegantes und gleichzeitig kühnes Gewand, denke ich – meinst du nicht auch?« sagte Celia wütend, griff nach einem der Kleider und hielt es sich an, um das Dekolleté zu betrachten. »Wie können sie es *wagen*, sich Christen zu nennen und sich gleichzeitig als Richter über andere aufzuspielen!«

»Aber genau so *sind* sie eben, Miß, und dabei spielt es keine Rolle, was für ein Kleid Sie tragen. Warum geben Sie ihnen nicht einen Anlaß, sich an Ihnen die Zähne ausbeißen zu können?« fragte Emily ernsthaft. »Hier, Miß, dieses Kleid ist genau das richtige.«

Was für eine wunderbare Verbündete sie doch in Emily hatte, dachte Celia, während sie dem Mädchen gestattete, ihr die Reisekleider vom Leib zu streifen. Und Emily hatte absolut recht, was ihre Tante betraf und die Art, wie Celia sich für diesen Abend kleiden sollte, denn Tante Gertrude befand sich zweifellos ohnehin auf dem Kriegspfad.

Vielleicht hat sie dich auch eigens zu diesem Zweck eingeladen.

Gütiger Gott, was brachte sie nur auf diesen unglaublichen Gedanken?

Sie hob die Arme, damit Emily ihr das Kleid über den Kopf streifen und mit dem endlosen Zupfen und Zerren beginnen konnte, damit am Ende auch wirklich jede Falte und jede Rüsche am richtigen Platz saß.

Das Abendkleid war von exquisitem Schnitt und eigens dafür entworfen, sich um ihre von Natur aus so schlanke Gestalt zu schmiegen; es bestand aus mehreren Schichten Seide über üppigem Tüll und ging von hellem Gelb in tiefes Gold über. Jede duftige Schicht des Volants war von Borten umsäumt, Ton in Ton mit den winzigen Rüschen, die ihr mit der natürlichen Eleganz eines Wasserfalls über die Schultern fielen.

Das Kleid war nicht zu tief ausgeschnitten, aber gerade genug, um die sanfte Wölbung ihrer Brüste diskret anzudeuten.

Und zur Krönung des Ganzen flocht Emily ihr noch weitere goldene Bänder in ihr hochgestecktes Haar und reichte ihr in Gold gefaßte Perlenohrringe.

»O Miß, Sie sehen einfach hinreißend aus! So, und jetzt lassen Sie sich von denen da unten keine Angst machen. Wenn die Ihnen böse Blicke zuwerfen, dann nur, weil sie samt und sonders eifersüchtig sind!«

Celia biß sich auf die Lippen und zwickte sich in die Wangen, um ein wenig Farbe hineinzubringen. Sie fürchtete sich tatsächlich ein klein wenig vor der Reaktion ihrer Tante und wußte doch nicht ganz, warum.

Langsam und widerstrebend ging sie die Treppe hinunter zum Salon. Vor der Tür blieb sie stehen, entsetzt von den unerwartet vielen Leuten, die zum Abendessen eingeladen waren; das leise Geplätscher der allgemeinen Unterhaltung wurde plötzlich übertönt von Tante Gertrudes schriller Stimme.

»Ah, Celia – endlich! Du kommst zehn Minuten zu spät. Es scheint, daß die Wochen, die du in der *Stadt* verbracht hast, wo man offensichtlich zu anderen Zeiten andere Dinge tut, dich vergeßlich gemacht haben. Aber wie dem auch sei, jetzt bist du ja endlich da. Bitte, komm mit mir, damit ich dich unseren Gästen vorstellen kann.«

Das war das letzte, was sie sich wünschte, und nur Onkel Theo schien zu begreifen, was sie empfand. Sie fing seinen entschuldigenden Blick auf, bevor sie müde, aber mit hoch erhobenem Kopf hinter ihrer Tante herging. Sie war erstaunt darüber, daß ihre Tante sie Leuten vorstellen wollte, die sie bereits kannte oder doch bei irgendeiner Kirchenveranstaltung beiläufig kennengelernt hatte.

Da waren zum Beispiel Colonel und Mrs. Dartwood, die ja *so* eng mit Lady Gertrude befreundet waren, und ihre Tochter Veronica mit dem Pferdegesicht, die stets ihre lange Nase über die glücklose Nichte des Bischofs gerümpft hatte, sowie ihr Bruder Algernon, der genauso unattraktiv war wie sie.

Und der schüchterne Pastor mit seiner ebenso schüchternen Frau; der mondgesichtige, kuhäugige Vikar, Mr. Denby, dem es natürlich bestimmt war, ihr Tischpartner zu sein; und Lord und Lady Snelgrove, die um mehrere Ecken herum mit Tante Gertrude verwandt waren und einen Landsitz in der Nähe hatten.

Dorinda Snelgrove gehörte zu den Damen, die mit Gertrude im Rosengarten Tee getrunken hatten, als Celias Tante sie einmal zu oft geschmäht hatte.

Sie spürte, wie der alte, qualvolle Zorn sie durchzuckte; ihr Rücken wurde steif, und ihre Augen blitzten.

Es war keineswegs bloße Einbildung; es lag nicht daran, daß sie den alten Wunden übertriebene Bedeutung beimaß, wenn sie plötzlich das Gefühl hatte, daß ihre Tante sie vor ihren Freunden demütigen wollte.

Aber Tante Gertrude hatte keine Macht mehr über sie; es würde ihr nicht gelingen, sie wieder einmal als dummes kleines Mädchen hinzustellen. Celia brauchte lediglich dafür zu sorgen, daß sie nicht die Fassung verlor und in jeder Situation höflich blieb. Aber selbst das war schwierig, weil sie plötzlich aus allen Richtungen mit Fragen bombardiert wurde. Sie fühlte sich, als würde sie einem Verhör unterzogen. Der erste Angriff kam natürlich von Lady Snelgrove, die sich bei jeder ihrer schroffen Fragen vorbeugte, um Celias Gesicht besser sehen zu können – oder um sie in Verlegenheit zu bringen.

»Ach, erzählen Sie doch bitte, meine Liebe – ich *brenne* einfach darauf, davon zu hören –, welchem Zufall haben Sie Ihre Bekanntschaft mit dem Prinzen von Wales zu verdanken? Gehört Ihre Tante Wilhelmina zu seinem engsten Freundeskreis – zu dieser Marlborough-House-Gesellschaft? Kennt sie Jennie Churchill? Ich weiß ja *so* wenig von den neuesten Londoner Klatschgeschichten, daß ich mich geradezu jämmerlich provinziell fühle!«

Celia versuchte, die versteckte Bosheit und die honigsüßen Beleidigungen zu ignorieren. Aber es kostete sie alle Kraft, die sie besaß, mit einigem Gleichmut Rede und Antwort zu stehen.

»Ich wurde nach einem späten Abendessen im Anschluß an die Oper mit seiner Königlichen Hoheit bekannt gemacht, die so freundlich war, mich zum Tee einzuladen, damit ich Prinzessin Alexandra kennenlerne. Sie war natürlich ebenfalls in jeder Hinsicht ausgesprochen freundlich und großzügig. Man könnte sagen, sie ist mir ein Vorbild geworden. Sie hat sich sogar erboten, mir als Ratgeberin zur Seite zu stehen. Niemals denkt sie etwas Böses von jemandem, und sie hört sich auch keine Klatschgeschichten an. Sie zieht es vor, sich eine eigene Meinung über die Menschen zu bilden, die sie kennenlernt.«

An dieser Stelle warf Celia Lady Snelgrove einen bedeutungsvollen Blick zu. »Das weiß ich von ihr selbst. Sie ist ein wirkliches Vorbild für uns alle, die wir viel zu schnell voreilige Schlüsse ziehen oder Urteile fällen, meinen Sie nicht auch? Ich versuche jedenfalls, mir ein Beispiel an der Prinzessin zu nehmen. Ich bin sicher, ein besseres Vorbild könnte man sich nicht wünschen. Meinst du nicht auch, Tante Gertrude?«

Mit dieser Frage brachte Celia Gertrude vollkommen aus der Fassung. Sie hätte nicht geglaubt, daß ihre Nichte derart unverfroren den Spieß umdrehen würde!

Sie haßte es, im Nachteil zu sein, und die häßliche Röte, die ihre Wangen überzog, verriet ihre wahren Gefühle. Sie kochte vor Wut, weil das kleine Biest es geschafft hatte, ihr eine Lektion zu erteilen, während *sie* es doch war, die in Verlegenheit gebracht werden sollte.

Also blieb Gertrude nichts weiter übrig, als die unverfrorene Frage ihrer Nichte mit einem widerwilligen Nikken zu beantworten, sonst hätten ihre Gäste womöglich noch den Eindruck gewonnen, daß sie die Prinzessin verleumdete.

Es stand außer Frage, dachte sie grimmig, daß all ihre schlimmsten Befürchtungen sich bewahrheitet hatten und daß Celia mehr und mehr ihrer armen, unglücklichen Mutter glich.

Sogar in ihrem *Aussehen*, das unterstrichen wurde von ihrer neuen, kühnen, modischen Garderobe – und ihrem Haar, das sie raffinierter und viel älter wirken ließ, als sie an Jahren war. Und das alles hatte sie dem lockeren Lebenswandel zu verdanken, dem sie in London sage und schreibe nur einen einzigen Monat lang ausgesetzt gewesen war.

Es war tatsächlich ihre Christenpflicht, das arme Kind vor der niederen Seite seiner Natur zu erretten, bevor es zu spät dazu war.

Aber Celia hatte sie alle gekonnt zum Schweigen gebracht; niemand wagte, etwas gegen Prinzessin Alexandra zu sagen.

Das einzige, was sie tun konnten, war, miteinander zu tuscheln.

Celia beobachtete sie argwöhnisch und wartete nur darauf, daß irgend jemand eine gehässige Bemerkung über ihr Leben in London machte, denn sie wußte, es konnte noch nicht vorüber sein. Noch nicht.

Der Abend war bereits eine Katastrophe. Ihre anfängliche Dankbarkeit und sogar das Gefühl der Zuneigung, das sie für Anthea Langbourne empfunden hatte, wurde von Sekunde zu Sekunde geringer, und das nicht nur wegen der vertrauten Art und Weise, mit der sie sich während des Dinners mit Tante Gertrude unterhielt.

Alle Gefühle, die sie je für ihre Tante empfunden haben mochte, verwandelten sich jetzt abrupt in echte Abneigung.

Waren sie alle hier schon immer solch unehrliche Heuchler gewesen?

Celia wünschte, rüde genug zu sein, um ihnen genau das zu sagen, vor allem, nachdem die Damen sich nach dem Abendessen zurückzogen und Tante Gertrude sie in den Salon führte.

Als die Damen nun ohne ihre Männer so zusammengepfercht dasaßen, wurde die Situation noch unerträglicher.

Mrs. Dartwood war die erste, die sie mit dem äußeren

Anschein von Freundschaft und Vertraulichkeit mit Fragen bombardierte. »So! Es ist durchaus verständlich, daß es Ihnen widerstrebt, vor den Herren zu sprechen, liebe Celia – vor allem vor Ihrem Onkel, dem Bischof. Aber da wir jetzt unter uns sind, werden Sie uns schrecklichen Provinzlern sicher erzählen, was es für ein Gefühl ist, sich in den höchsten Sphären der Gesellschaft zu bewegen. Ich bin sicher, meine liebe Veronica würde das auch gern wissen, nicht wahr, mein Kind?«

Sie warf ihrer Tochter einen kurzen, aber beredten Blick zu, und diese starrte Celia nun an, als sei sie eine Besucherin von einem anderen Planeten. Dann beugte sie sich vor, und mit ihren leuchtenden, kugelrunden braunen Augen sah sie aus wie ein plumpes, dreistes, kleines Rebhuhn.

Sie schauten Celia alle erwartungsvoll an. Und Celia schwieg. Sie würde beweisen, daß sie besser war als sie alle zusammen und daß sie allein über ausreichende Manieren verfügte, um sich in Selbstbeherrschung zu üben. Als sie zu sprechen begann, sorgte sie dafür, daß ihre Stimme ruhig und höflich klang.

»Sie müssen mir verzeihen, wenn ich nicht in der Lage bin, genau zu begreifen, was jeder einzelne gern wissen möchte. Ich bin nur ein Neuling und fange gerade erst an zu lernen, was von mir erwartet wird und wie ich mich in Gesellschaft benehmen muß.«

Das klang überaus demütig und befriedigte die Geier nicht im mindesten. Was jetzt? Sie sah von einem raubgierigen Gesicht zum nächsten.

Sie wollten Einzelheiten, Tratsch, etwas, mit dem sie das Bild eines für sie vollkommen unerreichbaren Daseins besudeln konnten. Wie sonst sollte es ihnen gelingen, *sie* zu demütigen?

Und warum sollte sie sich das gefallen lassen?

Ein strahlendes Lächeln blitzte in ihren Augen auf, als ihr eine geradezu wunderbar boshafte Idee kam.

»Ich bin sicher, meine Freundin, Miß Langbourne, wäre weitaus geeigneter, eine Londoner Saison mit all den dazugehörigen Ritualen zu beschreiben, als ich – sie hat dieses Martyrium schließlich schon einmal durchlitten. Vielleicht möchte sie uns etwas über ihre Erfahrungen erzählen.«

Anthea blickte entsetzt auf, und eine heiße Röte schoß in ihre Wangen. Verlegen stand sie auf. Vielleicht waren Celia all die Fragen und die Aufmerksamkeit, die man ihr zollte, einfach peinlich, und in ihrer Verzweiflung hatte sie sich hilfesuchend an Anthea gewandt.

So mußte es sein. Das war die einzige Erklärung für das Verhalten ihrer Freundin, die man mit Nachsicht betrachten konnte.

»Celia ist viel zu bescheiden«, brachte Anthea schließlich hervor, nachdem sie sich einigermaßen gefaßt hatte. »Sie war – nun – ein ziemlich großer Erfolg, und ich freue mich natürlich für sie – selbst wenn es *mir* nicht gefallen würde, solchermaßen im Rampenlicht zu stehen. Aber was den Rest betrifft, müssen Sie wirklich sie fragen, denn auch wenn wir gute Freundinnen sind, sind wir doch keine siamesischen Zwillinge.«

Es entstand ein herrlicher, köstlicher, peinlicher Augenblick; niemand wußte so recht, wie er auf Antheas wenig einfallsreiche Feststellung reagieren sollte, und niemand wollte die boshafte Fragerei von neuem beginnen.

Wieder einmal war es ihr gelungen, sie in ihre Schranken zu verweisen, dachte Celia triumphierend, und jetzt mußte sie lediglich noch eine weitere Stunde überstehen, bis sie sich wieder zu den Herren gesellen und die Gäste sich verabschieden würden.

»Können Sie reiten?«

Veronica Dartwoods unverblümte Frage war eine absolute Überraschung für alle Anwesenden; Veronica sagte selten etwas und war unaussprechlich schüchtern, es sei denn, es ging um Pferde.

Sie hatte das Wort an Celia gerichtet und schien vom vorhergehenden Gespräch mit seinen vielen und verschiedenartigen Nuancen überhaupt nichts mitbekommen zu haben, während sie einfach still und unauffällig dagesessen hatte, wie es ihre Art war.

Sie kannte Celia eigentlich gar nicht, obwohl ihre Wege sich in der Vergangenheit verschiedentlich gekreuzt hatten, aber plötzlich hatte sie das Gefühl, mehr über dieses seltsame und exotische Geschöpf herausfinden zu müssen, das sich so deutlich von *ihnen* unterschied; sie hatte Celia ganz anders in Erinnerung und fand sie plötzlich ausgesprochen nett.

Aber sie konnte dies nur zuwege bringen, indem sie sich dem einzigen Thema zuwandte, bei dem sie sich sicher fühlte – die Pferde und das Reiten.

Celia war ihr zutiefst dankbar für ihre unbeabsichtigte Einmischung.

»Ob ich . . .? O ja, ich reite schrecklich gern, obwohl ich noch so viel zu lernen habe. Vielleicht interessiert es Sie, daß ich eine Freundin habe, die rittlings und ohne Sattel zu reiten pflegte – in Kalifornien. Sie hat geheiratet und ist nach England gekommen, und ich habe sie erst letztes Wochenende kennengelernt . . .«

Sie hielt inne und wurde sich plötzlich all der Frauen bewußt, die mit offensichtlicher Spannung ihren Worten lauschten. Es war also noch nicht vorüber.

»Nun, wie dem auch sei«, fuhr sie fort, »sie war so freundlich, mir einige Hinweise zu geben, damit ich mich auf einem Pferd wohler und sicherer fühle. Vor allem hat sie mir geraten, mit dem Pferd, das ich reite, zu sprechen – oder finden Sie, das hört sich zu töricht an?«

»Ganz im Gegenteil!« rief Veronica eifrig. »Nein, Ihre Freundin hat vollkommen recht. Pferde verstehen einen wirklich, und sie antworten auch. Ich wünschte, ich hätte schon früher gewußt, daß Sie am Reiten Gefallen finden könnten . . .«

Und warum hatte sie selbst es nicht gewußt, staunte Celia, *oder warum war Tante Gertrude nicht auf diese Idee gekommen?*

». . . dann hätte ich Sie einmal eingeladen.«

Natürlich hätte sie das getan; Veronica Dartwood war ein durch und durch ehrliches und freundliches Geschöpf. Und sie war glücklich darüber, endlich jemanden gefunden zu haben, mit dem sie über Pferde sprechen konnte.

Celia konnte die Verachtung in Mrs. Dartwoods Gesicht sehen; sie konnte beinahe hören, wie sie den unweiblichen und *schmutzigen* Zeitvertreib ihrer Tochter verurteilte. Die Frau hatte wahrscheinlich jede Hoffnung aufgegeben, daß Veronica jemals einen Ehemann finden würde.

Sie war einfach zu nett, um so benutzt zu werden, wie Celia sie im Augenblick gern benutzen wollte.

»Nun, die Templecombes haben mich für morgen zu einem Ausritt eingeladen. Sie kennen Sie wahrscheinlich ...«

Sie konnte förmlich spüren, wie die Damen jedes ihrer Worte verschlangen, denn keine von *ihnen* war während all der Jahre, die sie nahezu Tür an Tür miteinander auf dem gleichen Land mit ihnen gelebt hatten, jemals von den Templecombes eingeladen worden.

Celia biß die Zähne zusammen und fuhr fort: »Man hat mir erzählt, daß die Templecombes die prächtigsten Vollblüter züchten, und die Verantwortung, die ich da übernehme, macht mir doch ein wenig angst. Ich frage mich ... ich bin sicher, sie könnten mir so viel beibringen, aber dafür bleibt natürlich keine Zeit mehr. Also ... Wenn Sie mich vielleicht freundlicherweise begleiten würden, Miß Dartwood, dann würde mir der Gedanke, eines ihrer Pferde zu reiten, nicht gar so große Furcht einflößen.«

Anthea, die keinen Zentimeter von Celias Seite gewichen war, sog scharf die Luft ein. Celia manipulierte die arme Veronica Dartwood – und jeden anderen im Raum, sogar *sie*, und Veronica fiel natürlich sofort darauf herein.

Aber sie, Anthea, tat das nicht, und das würde sie Celia auch sagen, sobald sie einen Augenblick allein waren.

»Das würde ich schrecklich gern«, sagte Veronica, und ihr Gesicht rötete sich vor Freude über die Einladung. »Es wird bestimmt herrlich; die Pferde sind ...« Und sie hob zu einer langen Abhandlung über die Art und Weise an, wie die Templecombes ihre Pferde züchteten – ein Bericht, bei dem die älteren Frauen mit dem zarteren Gemüt sich am liebsten die Ohren zugehalten hätten.

Wie gefühllos, teilten sie einander mit schweigenden, bedeutungsvollen Blicken mit. Wie taktlos. Wie egoistisch, keinen Augenblick daran zu denken, wer zuhörte und ob irgend jemand an dem Gesagten Anstoß nehmen könnte.

Und die arme Gertrude, dachten sie; sie konnte nichts tun, um die Flut der Beschreibungen aufzuhalten, und es fiel ihr sichtbar schwer, die Fassung zu bewahren.

Und Gertrude kochte vor Wut, denn sie war sich der Blicke ihrer Freundinnen nur allzu bewußt. Und Celia! Sie war nicht mehr als ein undankbares, bösartiges kleines Biest, das sich in nur einem kurzen Monat zu einem vorlauten und raffinierten Geschöpf entwickelt hatte; von dem stillen jungen Mädchen, dem Gertrude Gottesfurcht und Respekt vor älteren und ihr charaktermäßig weit überlegenen Menschen beizubringen versucht hatte, war nichts mehr übriggeblieben.

Man sehe sich nur an, wie sie sich vor *ihren* alten Freunden zur Schau stellte, mit ihren frisch erworbenen Stadtsitten und ihren neuen Kleidern und ihrem unverschämten Benehmen.

Einladungen von beinahe fremden Menschen anzunehmen! Und nicht einmal die Höflichkeit zu haben, ihren Gast und ihre Gastgeberin um Erlaubnis zu bitten – oder gar darauf zu bestehen, daß sie sie begleiten!

Und bei der Wahl ihrer Begleitung diese tölpelhafte Tochter der Dartwoods ihrem eigenen Fleisch und Blut vorzuziehen!

Ihr Benehmen verhöhnte alles, was gut und recht war, und bekräftigte Gertrudes Eindruck, daß man Celia retten mußte, bevor es zu spät war.

Und bei Gott, sie war diejenige, die in dieser Hinsicht etwas unternehmen würde – und zwar bald!

Kapitel 16

Als Lady Gertrude am nächsten Morgen zum Frühstück herunterkam, mußte sie zu ihrem Ärger feststellen, daß Celia offensichtlich schon vor ihr aufgestanden war und sich jetzt mit ihrem Mann in der Bibliothek befand.

Und das, nachdem sie am vergangenen Abend absolut klargemacht hatte, daß etwas geschehen mußte.

»Denk nach, Theo!« hatte sie begonnen und ihren siedenden Zorn unterdrückt, um die Angelegenheit auf eine Art und Weise angehen zu können, wie sie ihrem Mann entsprach. »Was soll der arme, junge Mr. Winwood von *uns* denken und der Art, wie wir Celia erzogen haben, wenn er jemals diese Skandalblätter mit all den Fotos und den merkwürdigen Anspielungen in die Hände bekommt? Du erinnerst dich doch daran, daß er mit Bedacht betont hat, wie gleichgültig ihm die Vergangenheit ihrer Mutter und die unglücklichen Umstände ihres Todes seien. Und du bist dir doch sicher auch bewußt, daß es angesichts ihres zweifelhaften Hintergrunds dem armen Kind äußerst schwerfallen würde, noch einmal ein solches Angebot zu erhalten – es sei denn, natürlich die *falsche* Art von Angebot. Du brauchst gar nicht mit den Schultern zu zucken, Theo, als könntest du deine Verantwortung für ihre Zukunft einfach so abschütteln.«

»Aber wir haben unsere Pflicht Celia gegenüber doch wirklich getan. Und jetzt hat man uns die Verantwortung für das Mädchen aus der Hand genommen – auf Wunsch ihres eigenen Vaters, vergiß das nicht. Wir sollten einfach Gottes Willen annehmen und weiter für Celias Glück beten. Man muß schließlich den Plänen des Allmächtigen vertrauen.«

Um ein Haar hätte sie eine höchst respektlose Bemerkung über sein unerträgliches Predigen gemacht. Statt dessen hatte sie sich jedoch abgewandt und vernehmlich gehustet, um die Fassung wiederzuerlangen. »Ich danke dir, Theo, aber ich brauche im Augenblick keine religiösen Belehrungen. Ausnahmsweise muß ich in dieser Situation feststellen, daß Gottes Wille ein Eingreifen unsererseits dringend nötig macht.«

Nun, *diese* Bemerkung hatte ihm nicht gefallen, aber daran konnte und wollte sie in diesem Moment nichts ändern. »Ich wünschte, du würdest mir nicht jedesmal ausweichen, wenn ich ein wichtiges Thema anschneide. Ich finde, das ist ein trauriger Mangel in deinem Charakter.«

»Nun«, sagte Theo milde, der diese letzte, schneidende Bemerkung einfach überging und statt dessen seinem Ärger mit untypischer Offenheit Luft machte. »Vielleicht könntest du jetzt so freundlich sein, auf den Punkt zu kommen und mir sagen, was ich deiner Meinung nach in dieser Situation mit Celia machen soll, einer Situation, die dich derart aufgeregt hat, daß nicht einmal *du* damit fertig werden kannst.«

Das hatte ihr natürlich einen gewaltigen Dämpfer gegeben, was ganz in seiner Absicht gelegen hatte, denn die Wahrheit war, daß ihre Besorgnis um Celia jeder Grundlage ermangelte und daß ihre Einmischung jetzt, da Celia in Wilhelminas Obhut stand, eindeutig unerwünscht sein mußte.

Aber er hatte auch gewußt, daß sie diese Dinge niemals so sehen würde und daß sie lediglich seine stillschweigende Zustimmung zu irgendeinem unbesonnenen Plan erhalten wollte, den sie sich gewiß bereits zurechtgelegt hatte.

Und diesmal war er nicht bereit, ihr den Gefallen zu tun.

So deutlich, als hätte er es laut ausgesprochen, war ihr bewußt, daß er, indem er versucht hatte, sie in die Falle zu locken, das Gespräch beendet hatte – und wieder einmal alles ganz allein ihr überließ.

In diesem Augenblick wünschte sie wahrhaftig, sie wäre als Mann zur Welt gekommen – privilegiert und verantwortlich für alles – und nicht wie Theo, der immer mit dem Kopf in den Wolken steckte, es sei denn, er fand es bequemer, diese Barrikade männlicher Überlegenheit zu errichten und sie zum Rückzug zu zwingen.

Sie haßte ihn dafür, aber es paßte natürlich alles zusammen: Immer war sie diejenige gewesen, die den Rest von Celias Unschuld und Ehre hatte bewahren müssen, und die Tatsache, daß Celia und Theo jetzt wie Verschwörer aussahen, als sie in die Bibliothek hineinstolzierte, trug auch nicht dazu bei, ihr Gefühl zu beschwichtigen, daß sie hintergangen wurde.

»Habt ihr eigentlich eine Ahnung, wie spät es ist? Oder daß wir noch *andere* Gäste haben, die sich möglicherweise gern eurer Gesellschaft erfreuen würden? Also wirklich, Theo, *nie* bist du da, wenn ich dich brauche.«

Das genügte – es mußte genügen –, auch wenn sie so gern noch mehr gesagt hätte, was alle beide offensichtlich wußten.

Aber keiner von ihnen sagte ein Wort, als sie sich zum Gehen wandte, bis Celia plötzlich zu sprechen begann, hauptsächlich aber, um Onkel Theo vor weiteren Schmähungen zu bewahren.

»Du mußt mir verzeihen«, sagte sie beschwichtigend. »Es war allein meine Schuld. Mein Besuch hier ist so kurz, daß ich kaum Gelegenheit haben werde, mich mit Onkel Theo zu unterhalten.«

Diese Bemerkung kam Gertrude natürlich gerade recht. »Ja, wahrhaftig, du hast dein Wochenende wirklich meisterlich mit gesellschaftlichen Ereignissen ausgefüllt, die dich aus unserem Haus fortführen«, brauste sie ungehalten auf.

Celia holte tief Luft; es war höchste Zeit, Tante Gertrude zu besänftigen, wie sehr es ihr auch gegen den Strich gehen mochte. »Mit wem sonst«, fuhr sie fort, als hätte Gertrude überhaupt nichts gesagt, »könnte ich schließlich offen reden, von wem liebevollen Rat und Leitung erbitten?«

Mit mir, dachte Gertrude wutentbrannt, denn es erzürnte sie zutiefst, daß Theo all diese delikaten Geständnisse hören sollte, die ein junges Mädchen einem *weiblichen* Ratgeber anvertrauen sollte.

»Ich verstehe. Ja, ich verstehe, daß dein Aufenthalt in London dich mit dem Wunsch erfüllt zu *reden.* Ich gebe zu, daß es in der Kirche von England nicht direkt üblich ist, aber da deine Mutter Katholikin war und dein Onkel zum kirchlichen Konservatismus neigt . . .« Sie hatte das Gefühl, als flattere sie nur vor sich hin, um ihren Zorn nicht zu zeigen. »Nun, *mich* überrascht das nicht. Ich werde mich bemühen, unsere Gäste zu unterhalten, während Celia bei dir ihre Seele erleichtert. Aber das Frühstück ist serviert und . . .«

»Wir kommen gleich«, versprach der Bischof, und Lady Gertrude blieb nichts anderes übrig, als sich zurückzuziehen, wobei sie es sich jedoch nicht nehmen ließ, die Tür mit einem vernehmlichen Knall hinter sich zuzuschlagen.

Die beiden sahen einander verständnisvoll an.

»Es tut mir leid, mein Kind, aber du weißt ja, deine Tante ist ein wenig launisch. Sie meint es nicht so . . .«

»O doch, das tut sie«, erwiderte Celia gefaßt. Wie leicht es doch war, die Wahrheit auszusprechen, wenn man sie erst einmal begriffen hatte. »Sie hat mich nie ausstehen können; sie hat mich lediglich geduldet, und jetzt ist es noch schlimmer, weil sie nichts an mir billigen kann. Und warum spricht sie immer in diesem bestimmten Tonfall von meiner Mutter, könntest du mir das erklären? Warum spricht eigentlich niemand je wirklich von meiner Mutter – oder von meinem Vater? Alles, was ich zu hören bekomme, sind Andeutungen und versteckte Anspielungen, aber niemand spricht jemals richtig mit mir darüber, und das alles scheint irgendwie damit zu tun zu haben, wer ich bin und welche Gefühle Tante Gertrude für mich hegt.«

Sie spürte, wie er sich in sich zurückzog, noch bevor sie mit ihrer vorsichtigen Bitte zu Ende war.

»Bitte, Onkel Theo – du bist ein Bischof, und ich weiß,

daß du ein guter Mensch bist; bitte erzähl mir etwas von meiner Mutter und warum Tante Gertrude mich so wenig mag.«

Ach herrje, dachte Theo, ach herrje! Sie verdiente weiß Gott ein paar Antworten, dessen war er sich sicher, aber er war ein Gelehrter, kein Pastor; er hatte nicht die geringste Ahnung, wie er ihr sagen sollte, was sie zu wissen wünschte, ohne ihr dabei weh zu tun.

Das einzige, was er zu bieten hatte, waren Platitüden und die überwältigende Beschämung darüber, daß er wieder einmal Gertrude in Schutz nahm. »Du mißverstehst das Ganze, mein Kind«, murmelte er. »Deine Mutter – deine Tante – sie haben überhaupt nichts miteinander zu tun ...«

Er würde ganz sicher kein Wort über ihre Vergangenheit verlieren, das war Celia sofort klar, als sie seine beinahe unzusammenhängenden Beteuerungen hörte. Wie hätte er schließlich auch irgend etwas gegen Tante Gertrude sagen können?

»Nun, dann habe ich das alles vielleicht mißverstanden«, sagte sie freundlich, bevor sie sich vor ihn stellte und ihn auf die Wange küßte. »Aber vielleicht auch nicht. Was ich weiß und was ich immer gewußt habe, ist, daß ich, wenn die Zeit gekommen ist, selbst die Wahrheit herausfinden muß. Und bis es soweit ist, brauchst du dir keine Sorgen um mich zu machen. Ich bin sehr glücklich und zufrieden mit meinem neuen Leben, und Tante Willie ist alles, was man sich von einem Vormund wünschen könnte, Onkel, das verspreche ich dir.«

Sie zupfte an seinem Ärmel. »Komm jetzt, das Frühstück ist serviert, die anderen warten auf uns, und Mr. Maitland hat sicher noch viele Fragen an dich.«

Anthea war bereits im Frühstückszimmer und tief in ein Gespräch mit Lady Gertrude verstrickt. Mr. Maitland saß neben ihr, widmete sich ganz seiner Mahlzeit und hörte wortlos zu.

Beim Anblick von Mr. Maitlands wohlgelaunter Gefaßtheit stieß der Bischof einen Seufzer der Erleichterung aus. Er mochte diesen jungen Mann; er war Gelehrter und Theologe, und die Gespräche mit ihm waren überaus interessant. Und er war noch nicht einmal dreißig Jahre alt!

Der Bischof füllte seinen Teller, nahm sich eine Tasse Tee und ließ sich dankbar neben dem jungen Mann nieder, voller Freude auf einen Vormittag, den er mit Gesprächen über abstrakte Theorien füllen durfte.

Celia indessen starrte die sorgfältig aufgebauten Speisen mutlos an. Ihr war überhaupt nicht nach Essen zumute; alles hier schien zu üppig und zu schwer im Vergleich zu dem kontinentalen Frühstück, an das sie sich gewöhnt hatte.

Und natürlich spürte sie Tante Gertrudes eisigen Blick auf sich ruhen, während sie die verschiedenen Speisen betrachtete, die auf der Anrichte standen.

Zu guter Letzt entschied sie sich für Toast, Marmelade und Tee, bevor sie neben Anthea Platz nahm, die sie sofort in ein lebhaftes Gespräch verwickelte.

»Ist das nicht ein herrlicher Morgen heute? Lady Gertrude hat versprochen, mir die Umgebung und die Ruinen der Abtei zu zeigen. Ich wünschte wirklich, du könntest mit uns kommen. Der Bischof und George werden den ganzen Tag in ihre Gelehrtengespräche vertieft sein – ich glaube, sie haben seit gestern pausenlos miteinander geredet.«

Sie streckte die Hand aus und griff nach Celias Arm. »Ich kann dir gar nicht sagen, wie dankbar wir dir für diese Einladung sind, liebste Celia. Und jetzt verstehe ich auch, warum du so still und schüchtern warst, als ich dich kennengelernt habe. Nach dem Frieden und der Ruhe, die du hier erfahren hast, muß London ein schwerer Schock für dein empfindliches Gemüt gewesen sein. Bitte verzeih mir meinen Mangel an Verständnis.«

Celia sah sie überrascht an, und Anthea rückte ein Stück näher. »Stimmt irgend etwas nicht? Ich weiß, Lady Gertrude macht sich deinetwegen Sorgen, und ich konnte nicht umhin, deine Anspannung seit unserer Ankunft hier zu bemerken. Etwas, das dir überhaupt nicht ähnlich sieht. Liebe Celia, willst du dich mir nicht anvertrauen?«

Celia spürte, wie flammender Zorn in ihr aufstieg, als Anthea vertraulich fortfuhr: »Manchmal kann ein Mann – nun, selbst wenn dein Onkel Bischof ist, konnte er dir vielleicht nicht recht raten . . .«

»Wovon redest du, um Himmel willen?« fragte Celia steif, denn plötzlich wurde ihr bewußt, daß Tante Gertrude diesem Gespräch aufmerksam lauschte. Es war nur allzu deutlich: Anthea sollte als Spionin auskundschaften, worüber sie und Onkel Theo gesprochen hatten.

»Liebe Celia, nach allem, was wir in London gemeinsam durchgestanden haben, ist es doch sicher nicht anmaßend von mir, wenn ich dir jetzt meine Hilfe anbiete.«

»Ich brauche keine Hilfe, Anthea. Ich habe auch keine Probleme, abgesehen davon, daß ich, wenn ich jetzt nicht mein Frühstück zu mir nehme und mich anschließend schnellstens umziehe, zu spät zu meiner Verabredung mit Veronica Dartwood komme.«

Wieder einmal war die Spannung im Raum buchstäblich greifbar. In der unerquicklichen Gesprächspause, die nun folgte, entschuldigte Onkel Theo sich und Mr. Maitland, und die beiden Herren zogen sich zur Fortsetzung ihres Gesprächs in die Bibliothek zurück, während Tante Gertrude mit ihrem gewohnten, mißbilligenden Stirnrunzeln darauf wartete, daß Celia ebenfalls das Zimmer verließ.

Celia schaute von ihrer Tante zu Anthea Langbourne. Wie ähnlich die beiden sich doch waren, und wie begierig Tante Gertrude war, Anthea zu ihrer Vertrauten zu machen, dachte sie ärgerlich, während sie ihren Stuhl besonders energisch zurückschob, um ihren Gefühlen Luft zu machen.

Wirklich ein perfektes Arrangement – und was für ein glücklicher Zufall es doch war, daß sie Anthea mitgenommen hatte, um ihre Tante von sich abzulenken. Als sie die Tür hinter sich zuzog, war sie sich der Verstimmung ihrer Tante überdeutlich bewußt.

»Ich ertrage es kaum, Schweigen zu bewahren«, wütete Gertrude, als Celia außer Sicht war. »Sie werden mir sicher vergeben, Miß Langbourne, wenn Sie die Tiefe und die Gründe meiner Sorge um Celia erst begriffen haben. Vor allem, da Sie – wofür ich Ihnen wirklich dankbar bin – offensichtlich so gütig waren, sich mit ihr anzufreunden. Es wird mir immer klarer, wie sehr dieses arme, mißgeleitete Kind die richtige Art von Freunden braucht – und eine gehörige Portion moralischer Leitung. Ich halte es Ihnen sehr zugute, daß Sie versucht haben, sie zu beraten und ihr Benehmen zu mäßigen.

Sie können sich ja gar nicht vorstellen, wie besorgt wir sind, der Bischof und ich. Das ist ein ganz anderes Mädchen als das sorgsam aufgezogene und behütete Geschöpf, das wir gezwungenermaßen der Obhut dieser Tante überlassen mußten, die Celia noch nie zuvor gesehen hatte. Können Sie sich unser Entsetzen vorstellen? Und die Auswirkungen auf ein bis dahin unschuldiges Kind, das von einem Tag auf den anderen in Gesellschaftskreise hineingeworfen wurde, die für ihren lockeren Lebenswandel bekannt sind! Und das, ohne die geringste Ahnung zu haben, wie sie den Versuchungen, denen sie ausgesetzt sein würde, widerstehen sollte?

Es schaudert mich, wenn ich nur daran denke. Und natürlich fühle ich mich noch immer verantwortlich für ein Kind, das ich aufgezogen habe, als wäre es mein eigenes. Sie haben ja keine Ahnung, aus welchen Verhältnissen wir das arme Kind gerettet haben . . .«

Anthea beugte sich vor, als wolle sie Lady Gertrude zum Weitersprechen ermutigen. »Sie können meiner Diskretion ebenso sicher sein wie meiner Zuneigung für Celia.«

»Ja, ja, die arme Celia.« Gertrude schüttelte den Kopf. »Aus einer schrecklichen Situation in die nächste geworfen. Ihr Vater hat zugelassen, daß das arme Ding als *jungli* aufwuchs, wie man das in Indien nennt – wild wie eine Eingeborene unter ihresgleichen, können Sie sich das vorstellen? Sie hatte niemals auch nur ein Paar Schuhe; sie ist barfuß herumgelaufen und nur mit dem dürftigsten Etwas bekleidet, das man sich denken konnte. Es war das traurigste und schockierendste Erlebnis, das mir je widerfahren ist, Miß Langbourne.«

»Schrecklich«, murmelte Anthea. »Sie hat sich so gut angepaßt.«

»Meine Liebe«, sagte Gertrude schneidend, »in London ist sie sofort wieder *jungli* geworden und hat ein Leben geführt, das in jeder Hinsicht genauso schockierend war wie das ihrer Kindheit. Ich bitte Sie, Miß Langbourne – machen Sie Ihren heilsamen Einfluß geltend; helfen Sie mir, Celia davon zu überzeugen, daß sie den falschen Weg gewählt hat und daß sie für den Mann, den sie heiraten wird, rein und unberührt bleiben muß.«

Dies war eine Bitte, der Anthea nur allzugern nachkommen würde. »Ich werde helfen, so gut ich kann«, schwor sie mit biblischem Eifer. »Und ich werde sofort damit beginnen.« Mit diesen Worten ließ sie Lady Gertrude allein, um, genauso wie die ältere Frau es gehofft hatte, augenblicklich Celia aufzusuchen.

Aber als sie in Celias Zimmer trat, fand sie nur Emily dort vor. Das Mädchen informierte sie darüber, daß Miß Celia mit der anderen jungen Dame ausgegangen sei, und Emily war sich ganz sicher, daß sie nicht die geringste Ahnung hatte, wann ihre Herrin zurückkehren würde.

Diese Neuigkeit nahm ihrer Mission eindeutig den Wind aus den Segeln, und Anthea hatte keine andere Wahl, als sich zurückzuziehen und den Tag damit zu verbringen, sich alle möglichen Szenarios vorzustellen, mit denen sie Celia bei ihrer Rückkehr konfrontieren konnte.

Kapitel 17

Veronica Dartwoods Reitkostüm war schon seit einigen Jahren nicht mehr modern, aber sie interessierte nur die Tatsache, daß es noch immer seinen Zweck erfüllte.

Sie war eine erstklassige Reiterin. Auf dem Pferd verwandelte sie sich in eine vollkommen andere Person, war zuversichtlich und selbstbewußt – und sehr geduldig mit Celia, der sie zahlreiche nützliche Hinweise gab, ohne im geringsten arrogant oder herablassend zu erscheinen.

Als sie dem Haus der Templecombes entgegenritten, kam eine leichte Brise auf, die ihren Wangen ein wenig Farbe verlieh und ihr nichtssagendes Gesicht lebhafter erscheinen ließ als sonst.

»Wenn Sie sich auf Ihrem Pferd ein wenig sicherer fühlen, könnten Sie den Weg durch den Wald nehmen oder um den Teich herumreiten. Und ich muß sagen, Sie halten sich gar nicht schlecht, Celia. Ich wünschte, ich hätte früher, als Sie noch beim Bischof lebten, einmal gefragt, ob Sie vielleicht gern reiten würden. Ihre Tante hat mir nur immer den Eindruck vermittelt, daß Sie zuviel mit Ihren Studien zu tun hätten, um sich weltlicheren Beschäftigungen widmen zu können.«

»Ja, ich war immer sehr beschäftigt, nicht wahr?« entgegnete Celia trocken.

»Und als Lady Gertrude dann auch noch Ihre Verlobung mit Mr. Winwood bekanntgab – nun, als Herrin einer riesigen Teeplantage hat man natürlich nie Zeit zum Reiten. Ich kann mir ja nicht einmal vorstellen, wie Sie das alles bewältigen werden. Ich meine«, fügte Veronica verlegen hinzu, als sie plötzlich über ihre eigenen Worte zu stolpern begann, »ich bin sicher, *ich* würde niemals wissen, was ich sagen sollte oder wie ich mich in irgendeiner unerwarteten Situation benehmen sollte – auch wenn ich ein paar Jahre älter bin als Sie ...«

Dem Himmel sei Dank, daß Veronica nun ihren eigenen Gedanken nachhing, überlegte Celia; die Erwähnung von Ronald hatte sie vollkommen erstarren lassen. Dem Himmel sei Dank, daß ihr Pferd sanft und träge war. Dem Himmel sei auch Dank, daß Veronica ihr hämmerndes Herz nicht hören konnte, denn Celia konnte sich nicht daran erinnern, ob sie ihm überhaupt jemals davon geschrieben hatte, daß sie mit Tante Willie nach London gehen würde.

Gütiger Gott, sie konnte doch Ronald nicht so einfach vergessen, zumal man sie dauernd daran erinnerte, daß er der Leitstern ihrer Zukunft war.

»Ich sehe zwei Reiter da drüben«, rief Veronica. »Was glauben Sie, wer ...?« Sie legte sich eine Hand über die Augen. »Und sie kommen zügig näher. Schnell, Celia, zur Seite – der eine ist Mr. Templecombe, aber wer mag der andere Herr sein ...?«

Celia zögerte jedoch einen Augenblick zu lange, während die beiden Reiter über den schmalen Reitweg auf sie zuschossen; sie versuchte vergeblich, ihr Pferd unter Kontrolle zu bekommen.

»Um Gottes willen«, murmelte Celia, als sowohl Veronica wie auch der Fremde nach ihren Zügeln griffen, um ihr nervöses Pferd zu beruhigen.

»Siehe da – zwei Waldnymphen«, sagte Grant Hamilton boshaft, während Celias Pferd bereits mit den Füßen stampfte und damit die Gefühle seiner Reiterin ziemlich deutlich widerspiegelte.

»Was tun *Sie* denn hier?« fragte sie undankbar.

»Oh, Tom und ich waren gerade auf dem Weg, Sie zu besuchen – was mir nur höflich erschien, nachdem er mir erzählte, daß Sie dieses Wochenende bei Ihrer Tante und Ihrem Onkel verbringen. Ich bin sicher, Willie würde das von mir erwarten.«

»Ach ja, und Sie sind ja stets ein perfekter Gentleman«, fuhr sie ihn an; sein plötzliches Auftreten an den unerwartetsten Orten zermürbte sie langsam. »Nur seltsam, daß Sie neulich nicht einmal die Zeit gefunden haben, Ihrer Stiefmutter Lebewohl zu sagen.«

»Natürlich nicht«, entgegnete er ernsthaft. »Ich sage meiner Stiefmutter nur guten Tag, wie Sie sehr wohl wissen. Sie braucht mich nur um etwas zu bitten, und schon stehe ich zu ihren Diensten.«

Aber in Wirklichkeit war er bei weitem nicht so gelassen, wie er klang. Er hatte Willie klipp und klar gesagt, daß er nicht noch ein Wochenende auf dem Land zubringen wolle, und doch war es ihr irgendwie mit irgendwelchen Tricks gelungen, ihn zu überreden, an ihrer Stelle zu den Templecombes zu fahren, weil es wirklich seltsam ausgesehen hätte, wenn sie bei dieser Gelegenheit dem Bischof nicht wenigstens einen Höflichkeitsbesuch abgestattet hätte.

Also spielte er wieder einmal gegen sein Gewissen, seine Wünsche und seine Begierden die Amme für Celia, die nicht im mindesten dankbar dafür zu sein schien; in diesem Augenblick hätte er sie am liebsten zum Teufel geschickt – und Willie ebenfalls.

»Ah«, bemerkte sie sarkastisch, »wieder ein Auftrag, den Sie ausführen müssen. *Jetzt* verstehe ich.«

»Mein liebes Kind, Sie verstehen überhaupt nichts, und am allerwenigsten verstehen Sie wohl etwas von gutem Benehmen. Ich schätze, ich muß mich Ihrer Freundin wohl selbst vorstellen . . .«

Selbige Freundin starrte ihn mit offenem Mund an und schien einigermaßen verwirrt zu sein, während Mr. Templecombe lediglich amüsiert wirkte.

»Miß Veronica Dartwood«, sagte Celia widerwillig, »darf ich Ihnen Mr. Grant Hamilton vorstellen, den amerikanischen Stiefsohn meiner Tante Wilhelmina.«

»Guten Tag«, murmelte Veronica, noch immer ziemlich erschrocken über das öffentliche Wortgefecht der beiden. »Und natürlich«, fügte sie schnell hinzu, »Mr. Thomas Templecombe, zu dessen Haus wir gerade unterwegs waren.«

»Nun, wenn das kein Zufall ist«, sagte Grant obenhin, denn er hatte augenblicklich Veronicas sanfte Natur erkannt und wollte sie auf keinen Fall aus der Fassung bringen.

Bei Celia lagen die Dinge natürlich ganz anders.

Er legte beruhigend eine Hand auf den Hals ihres Pferdes. »Lassen wir die beiden ein Stückchen vorausreiten.«

»Lieber Grant, natürlich macht es mir gar nichts aus, Ihnen ein wenig vorauszureiten.« Bei Gott, sie war außer sich vor Zorn und wußte nicht einmal warum. O doch, sie wußte es. Sie war wütend, weil er hier war und nicht ihr Verlobter und weil er so tat, als hätte er alles vergessen – im Gegensatz zu ihr.

Aber sie würde ebenfalls vergessen müssen.

»Ich hätte nie erwartet, *Sie* hier zu sehen«, sagte sie gereizt, während sie ihrem Pferd die Sporen gab und ihm folgte. »Ich hatte den Eindruck, daß Sie das Landleben mit seiner klösterlichen Unschuld mehr als satt haben.«

»Meine liebe Celia, Sie haben sich nicht gerade wie eine Nonne benommen, als ich Sie das letztemal gesehen habe.«

Sie biß die Zähne zusammen. »Sie waren ebenfalls alles andere als lammfromm, Grant Hamilton.«

»Aber Ihre Freundin Veronica ist es, also wollen wir für diesen Nachmittag das Kriegsbeil begraben und ihre Gesellschaft sowie die *jungfräuliche* Landschaft um uns herum genießen, ja?«

Der Mann war eine Zumutung, eine absolute Zumutung; am liebsten hätte sie sich auf ihn gestürzt – aber das hätte Veronica noch mehr schockiert, und dabei schien sie sich in der Gesellschaft von Thomas Templecomb, mit dem sie eine kameradschaftliche Unterhaltung begonnen hatte, so wohl zu fühlen.

Celia dachte darüber nach, wie es wohl sein mochte, wenn eine Frau für einen Mann *kameradschaftlich* empfand.

Doch bald schon kam der Wohnsitz der Templecombes

in Sicht, und Celia blickte erstaunt auf ein wunderbares Gebäude.

Es war ein flaches Backsteinhaus, das wie natürlich gewachsen wirkte; seine zahlreichen Flügel und Anbauten hatten große, vom Boden zur Decke reichende, sonnenüberflutete Fenster, und das Ganze strahlte eine solche Behaglichkeit aus, daß sie sich sofort heimisch fühlte.

Veronica erging es offensichtlich nicht anders; sie schien sich in der Gesellschaft Tom Templecombes vollkommen sicher zu fühlen und streifte noch mehr von ihrer Steifheit ab, sobald sie das Haus betraten.

Beinahe augenblicklich wurden sie dort von Toms Schwester Jennifer begrüßt, einer sommersprossigen Rothaarigen mit offenem, freundlichem Wesen, die sich nichts sehnlicher wünschte, als Tierärztin zu werden, was sie ihnen allen erzählte, während sie draußen im Garten den Tee ausschenkte.

»Wie wunderbar«, sagte Veronica sehnsüchtig. »Ich wünschte, ich hätte den Mut, auch einen solchen Weg einzuschlagen. Ich liebe Tiere – ich *liebe* sie einfach.«

Es war fast wie ein Picknick; sie saßen auf der sonnenüberfluteten Terrasse direkt neben dem Küchengarten mit seinen duftenden Kräutern, die in wildem Überfluß zwischen ordentlich angelegten Gemüsebeeten wuchsen – Tomaten, Bohnen, Gurken, Rhabarber, Erbsen, Karotten, verschiedene Sorten Salat und Zwiebeln –, und umgeben von blühenden Sträuchern, die die Insekten fernhalten sollten.

»Mrs. Evans – das ist unsere Haushälterin – hat wirklich einen grünen Daumen«, erzählte Jennifer ihnen.

»Seien Sie nicht so bescheiden«, protestierte Grant. »Sie selbst verstehen sich doch auch meisterlich auf Kräuterheilmittel.«

»Ja, ah«, sagte Jennifer schüchtern, während sie Grant unter ihren Wimpern hindurch kokett ansah. »Das stimmt – ich hatte sowohl bei meiner Familie als auch bei Tieren schon einigen Erfolg . . .«

Dieser kleine Moralapostel war Grants Charme also auch erlegen, dachte Celia zynisch. Sie machte ein Gesicht, als könne sie kein Wort sagen, ohne vorher seine Zustimmung einzuholen. Armes Mädchen. Sie hatte offensichtlich keine Ahnung, was er für ein Mensch war, und ihr stand eine höllisch unangenehme Zeit bevor, wenn sie sich einbildete, in ihn verliebt zu sein.

Celia mußte feststellen, daß dieser Gedanke ihr absolut nicht gefiel – zudem haßte sie die Vorstellung, sie könne sich auf das allzu niedrige Niveau begeben, über solche Dinge überhaupt *nachzudenken*.

Seine Stimme, so nah an ihrem Ohr, erschreckte sie.

»Nun, Celia, genießen Sie Ihr Wochenende bei dem Bischof und bei Lady Gertrude, oder bedürfen Sie bereits dringend der Rettung?«

Sie blickte langsam auf und begegnete seinem glühenden, grünen Blick.

»Ich bin sicher, ich habe nicht die geringste Ahnung, wovon Sie reden.«

»Kleine Lügnerin. Ihr Gesicht verrät all Ihre Gefühle und Empfindungen. Wenn Sie irgendwo auf der Welt nicht sein wollen, dann ist das dort, im trauten Heim Ihrer Tante, und es geht über meinen Verstand, warum Sie das Gefühl haben, Sie müßten sich opfern, um Tante Gertrude zu beschwichtigen.«

»Das geht Sie überhaupt nichts an«, sagte Celia spitz. »Wenn Willie Sie als Wachhund hinter mir hergeschickt hat, hat sie einen schweren Fehler begangen. Bei meiner Tante und meinem Onkel ist alles, wie es sein sollte, also brauchen Sie Ihre Nase nicht in anderer Leute Angelegenheiten zu stecken. Außerdem ist es ganz offensichtlich, daß Sie hier mit einer anderen nonnenhaften Unschuld alle Hände voll zu tun haben.«

Ihr giftiger Tonfall entging ihm nicht. »Aber sie ist nicht annähernd bereit, ihre Gelübde abzulegen, während *Sie* – Sie sind der absolute Gegensatz zu einem Unschuldslamm mit Ihrem Gesicht, Ihrem Mund und Ihren verführerischen Augen. Sie haben recht – ich sollte alles daransetzen, mich von Ihnen fernzuhalten. Ich sollte einfach abseits stehen und zusehen, wie alle anderen Männer Ihnen nachjagen, und mir keine Gedanken darüber machen, ob es Ihnen gelingen wird, Ihre kostbare Jungfräulichkeit für diesen geduldigen Verlobten auf Ceylon aufzusparen.«

Sie schauderte bei seinen Worten. *Schon wieder Ronald* – fast so, als versuche Grant absichtlich, ihr Gewissensbisse zu machen, weil sie viele Tage und Nächte vollkommen vergessen hatte, daß sie offiziell verlobt war.

Und was dachte sie selbst über ihre Zukunft ... lag sie in seinen Händen? Sehr unwahrscheinlich; nicht nach ihrem Abschied auf dem Landsitz des Viscount; nicht nach diesem Kuß, von dem er nun so tat, als hätte es ihn nie gegeben.

Sie faltete ihre Serviette und schob das Essen, das sie kaum gekostet hatte, beiseite. »Seien Sie versichert, daß meine Unschuld« – sie wäre beinahe über das Wort gestolpert – »Ihnen keine Probleme bereiten wird, Mr. Hamilton. Ich habe höchstes Vertrauen in Mr. Winwoods Fähigkeiten, wenn die Zeit reif ist.«

Oh, war da nicht ein verräterisches Aufblitzen in den Tiefen dieser glitzernden, grünen Augen? Gefiel ihm etwa der Gedanke nicht, daß sie sich für Ronald aufsparte? Oder war sie vielleicht die größte Heuchlerei in ganz England, weil sie ihn erst geküßt und dann die Tugenden der Zurückhaltung gepredigt hatte?

Sie schien die Bedeutung dieses Wortes in letzter Zeit völlig vergessen zu haben, aber sie würde eher sterben, als ihm gegenüber das zuzugeben.

Sie hätte ihm liebend gern eine schallende Ohrfeige versetzt.

Tom Templecombe blickte plötzlich zu ihnen herüber und erkundigte sich vorsichtig: »Streiten Sie sich etwa? Sollten wir anderen besser gehen und Sie allein lassen, oder sollen wir Partei ergreifen und mitspielen?«

»Ich habe keineswegs den Wunsch, mit Mr. Hamilton

allein gelassen zu werden, nur damit er weiter versuchen kann, mit *mir* zu streiten«, sagte Celia ruhig.

»Ach, habe ich das getan?« entgegnete Grant, während er sich mit einem Ruck aufsetzte.

Dann verbeugte er sich tief in ihre Richtung, und nur Celia bemerkte den Hohn in seinen Augen. »Nun, dann möchte ich mich aufrichtig entschuldigen und versprechen, während unseres ganzen Besuchs hier kein einziges Wort mehr an Sie zu richten.«

Jetzt sahen natürlich alle *sie* an, als sei sie ein Kind, das man bei einem Wutanfall ertappt hatte.

»Was für ein verlockender Gedanke«, murmelte sie, »obwohl es unwahrscheinlich erscheint, daß Sie ein solch weitreichendes Versprechen werden halten können.«

»Oh, das wird nicht weiter schwierig sein, wenn ich mich nur weit genug von Ihnen entferne.«

»Bei weitem der beste Vorschlag, den ich heute gehört habe, Mr. Hamilton«, erwiderte sie und warf ihm aus diesen goldenen Pantheraugen einen funkelnden Blick zu.

Verflucht. Was für eine Frau – in der einen Sekunde ein verletzliches Mädchen und in der nächsten weltgewandte Evastochter. Sie war wie Sonne und Schatten, immer in Bewegung, immer anders und voller interessanter neuer Gesichtspunkte. Ein siebzehnjähriges Kräutchen Rührmichnichtan, bei dem er sich bereits eine Freiheit zuviel herausgenommen hatte.

Der Unterschied ihres Alters und ihrer Erfahrung tat sich auf wie eine Kluft, die nur darauf wartete, daß er einen Fehltritt machte und strauchelte.

Und warum trieb ihn der Gedanke an ihren hübschen Teepflanzer – der seine Besitzansprüche geltend gemacht hatte, als sie noch ein Kind gewesen war – schier in den Wahnsinn?

Sie sprach niemals über Winwood, und sobald irgend jemand ihn erwähnte, machte sie ein erschrockenes Gesicht. Grant würde sie dann am liebsten jedesmal in die Arme nehmen und küssen, bis ihr die Sinne vergingen und sie an niemand anderen mehr denken konnte als an ihn; und dann wollte er ihr Schicht um Schicht die Kleider vom Leib reißen, bis er jeden Zoll ihres anmutigen, jungen Leibes betrachten, berühren und erkunden konnte, um herauszufinden, was wirklich hinter dem Versprechen in ihren prächtigen, goldenen Katzenaugen lag.

Zum Teufel – verflucht . . .

»Lassen Sie uns diese Farce beenden«, sagte er gepreßt. Er mußte all diese Gedanken aus seinem Kopf verbannen, bevor er sich noch mit seinem Verlangen nach einem halben Kind lächerlich machte. Einem *Kind*. Das eine feste Hand brauchte. Das wahrscheinlich nur diesen Teepflanzerverlobten brauchte und eine Ehe und einen Stall voll Kinder, damit es etwas hatte, womit es sich beschäftigen konnte.

Sollte sie doch zu ihrem Verlobten nach Ceylon fahren – damit er sie endlich vergessen konnte. Sie würde ihm keine schlaflosen Nächte mehr bereiten. Er konnte dann wieder sein gewohntes Leben führen, und Willie konnte zu seinem Vater zurückkehren – wo sie hingehörte.

»Wie bitte?« sagte Celia höflich und mit nur ein klein wenig Bosheit in der Stimme. Das war kein Spiel, das sie da spielten. Sie zumindest meinte es todernst, und sie hätte ihn am liebsten umgebracht, weil er sie wie ein Kind behandelte und es ihr überhaupt nicht behagte, sich derart schutzlos zu fühlen. »Haben Sie mit *mir* gesprochen?«

Sie hätte außer sich vor Freude sein müssen, als Grant auf dem Absatz kehrtmachte und wütend davonstolzierte. Statt dessen fühlte sie sich einsam und verlassen, als hätte sie einen schweren Fehler begangen.

Auch Veronica schien sich unwohl zu fühlen; Thomas ging achselzuckend hinter Grant her, und Jennifer sah Celia an und sagte, als sei überhaupt nichts geschehen: »Ich würde mich freuen, wenn Sie mich Jenny nennen würden.«

Oder sah Celia da ein verstecktes Triumphgefühl in den Zügen des anderen Mädchens, weil sie Grant über die

Grenze des in der Öffentlichkeit Erlaubten hinaus erzürnt hatte?

War sie nicht ein wenig *zu* nett?

»Ich wollte es ja nicht zugeben, solange Grant bei uns war«, fuhr Jennifer nun fort, »aber ich reite schrecklich gern nach amerikanischer Manier – mit Reithosen.«

Veronica, deren Aufmerksamkeit bei dem Wort ›reiten‹ sofort geweckt war, sah sie entsetzt an.

»O nein, nein – man trägt natürlich ein geschlitztes Kleid darüber«, setzte Jennifer hastig hinzu. »Man kann sich darin so wunderbar leicht bewegen. Einfach unvorstellbar. Ein ausgesprochen bequemes und praktisches Reitkostüm.«

»Ja, da bin ich ganz Ihrer Meinung«, erwiderte Veronica mit solcher Begeisterung, daß die beiden anderen jungen Frauen staunend schwiegen. »Ich habe mir oft gewünscht, selbst den Mut dazu zu haben. Ich habe in Indien einige junge Damen kennengelernt, deren Eltern liberalere Vorstellungen hatten als die meinen – obwohl mein Vater natürlich an seine Stellung denken mußte –, und sie durften diese Reithosen tragen, die die Maharani von Jodhpur eingeführt hat – zum Polospiel, glaube ich. In meinen Augen eine sehr vernünftige Idee.«

»Hm«, sagte Jennifer, »warum sehen wir uns nicht meine Pferde an und reiten dann vielleicht ein wenig aus? Ich habe mehrere amerikanische Reitkostüme, und ich kenne genau den richtigen Ort, an dem wir uns ungestört darin üben können, im Herrensitz zu reiten.«

Celia kam sich wie eine Außenseiterin vor, während Jennifer und Veronica über Pferde und Tiere schwatzten und entdeckten, daß sie so viele Gemeinsamkeiten hatten, als seien sie schon seit Ewigkeiten Freundinnen. Sie war diejenige, die am wenigsten zu dem Gespräch beizutragen hatte.

Und das Tempo, in dem der Ritt vonstatten ging, war bei ihrer geringen Erfahrung bei weitem zu schnell, als daß sie sich noch hätte wohl fühlen können. Dieser Umstand gab Jenny Gelegenheit, ihren Begleiterinnen ein wenig von sich zu erzählen.

Es stellte sich heraus, daß sie mit ihrem Bruder viel gereist war. Sie hatten eine Weile in Amerika, New Mexico, gelebt und sich dort Appaloosa-Pferde gekauft. Thomas und Albert, der Viscount Harville, hatten gemeinsam eine Pferderanch bewirtschaftet und dabei die Bekanntschaft von Grant Hamilton gemacht.

»Es war eine schwierige und gefährliche Zeit für jeden Briten – oder überhaupt jeden *Ausländer* –, der damals dort Wurzeln schlagen wollte. Aber zumindest haben wir eine Menge gelernt, Tom und ich, und es ist uns gelungen, ein paar prachtvolle Pferde mitzubringen, mit denen wir unser Gestüt aufbauen konnten. Jetzt bin ich sehr froh, daß wir wieder in England sind, wo die Männer keine Gewehre bei sich tragen und nicht sinnlose Streitereien anfangen, nur um herauszufinden, wer schneller ziehen kann.«

Veronica hatte mit weit aufgerissenen Augen zugehört, aber Jennys Blick ruhte, als sie nun fortfuhr, bedeutungsvoll auf Celia. »Grant – Mr. Hamilton – hat Tom einmal das Leben gerettet. Wir werden ihm dafür immer dankbar sein. Sie können sich gar nicht vorstellen . . .« Als sie kurz darauf aus einem dichten Wäldchen auf eine Wiese ritten, an deren anderem Ende ein silbern glitzernder Bach sichtbar wurde, hielt sie plötzlich atemlos inne.

Auf dieser Wiese, in der Nähe des Bachs, stand ein Dutzend bunter Planwagen, die in dieser ländlichen Idylle seltsam bizarr und fehl am Platz schienen.

»Zigeuner!« flüsterte Veronica. »Ach herrje! Was meint ihr, sollen wir zurückreiten, bevor sie uns sehen? Aber ist das nicht eigentlich *Ihr* Land, Jennifer?«

»O ja, nach den Büchern schon, aber dieses Land war schon lange, bevor es irgendwelche Bücher gab, Lagerplatz der Zigeuner. Seit ich denken kann, gibt es sie hier, und ich *glaube*, irgendein Vorfahre von uns hat auch eine Zigeunerin geheiratet – oder war selber ein Zigeuner. So genau weiß ich das nicht mehr, aber Tom könnte euch das sicher sagen.« Jennifer drängte ihr Pferd selbstbewußt weiter, so daß Celia und Veronica nichts anderes übrigblieb, als ihr zögernd zu folgen.

Zwischen den Wagen liefen Pferde und Kinder umher, und man sah mehr Frauen als Männer, die sich durch die Anwesenheit der Fremden nicht im geringsten aus der Ruhe bringen ließen.

»Hallo«, sagte Jenny strahlend, und die Leute nickten ihr kurz zu, bevor sie ungerührt zu ihren jeweiligen Beschäftigungen zurückkehrten.

»Ist Alzena . . .«

Sie brach jäh ab, als die eindrucksvollste Frau, die Celia je gesehen hatte, mit der ganzen Majestät einer Königin aus ihrem Wagen stieg, ihre leuchtendbunten Röcke schüttelte und auf sie zukam.

Sie tat so, als hätte sie ihren Besuch erwartet.

»Natürlich ist Alzena hier. Wo sonst könnte ich sein, wenn nicht bei meinem Volk? Ich wußte, daß Sie kommen würden – in Begleitung. Und ich habe auch gesehen, daß eine der jungen Frauen, die heute mit Ihnen hierhergekommen sind, eine von *uns* ist – ob sie es weiß oder nicht.« Celia sah ihrer Mutter so ähnlich, daß alle hier sofort gewußt haben mußten, wer sie war und warum sie gekommen war.

Celia spürte, wie diese leuchtendschwarzen Augen sich ganz allein auf sie konzentrierten, wie sie mit ihren sich langsam weitenden Pupillen bis tief in ihr Innerstes hineinblickten und ihr förmlich die Seele aus dem Leib zogen. Hilflos und stocksteif stand sie da während dieses Sekundenbruchteils, den Alzena brauchte, um bis in ihr Herz zu sehen, um all ihre Sorgen und Ängste zu erkennen, all die verborgenen und vergessenen Erinnerungen, die so tief in ihrem Unterbewußtsein vergraben lagen, daß sie von ihrer Existenz überhaupt nichts ahnte.

Sie fühlte sich zu der Frau hingezogen – auf eine zwingende Art und Weise, wie durch eine starke Strömung.

»Kommt mit! Ihr müßt euren Pferden etwas Ruhe gönnen – und euch unsere ansehen, hm? Wir haben ein paar Tiere aus Spanien mitgebracht, die Sie vielleicht interessieren könnten. Und vielleicht darf ich die Karten für die jungen Damen legen? Umsonst natürlich. Denn ich habe das Gefühl, daß eine von euch dringend Rat braucht. Und wer mag das sein? Nun, man wird sehen. Ich werde nur soviel sagen, wie unbedingt gesagt werden muß – genug, um euch alle zu warnen und euch zu raten. Ja, euch allen dreien, die ihr heute in das Lager der Roma gekommen seid. Und jetzt folgt mir!«

Es war unübersehbar, daß Alzena die Matriarchin des Stammes war; ihre Ausstrahlung war so bestimmend, daß Celia nicht gewußt hätte, wie sie die Einladung der alten Zigeunerin hätte ablehnen können.

»Wir müssen mit ihr gehen«, flüsterte Jennifer ihr voller Ehrfurcht zu. »Das ist eine große Ehre.«

»Ich glaube nicht, daß ich überhaupt etwas über meine Zukunft wissen will«, protestierte Celia schwach. »Ich glaube, ich würde mich lieber überraschen lassen, wirklich!«

Aber Alzena war nicht von ihrem Plan abzubringen. »Du bist eine von uns. Du bist eine Roma. Höchste Zeit, daß du begreifst, daß man seine Vergangenheit nicht ändern kann. Komm mit mir, Mädchen. Ich habe schon lange auf dich gewartet. Das Schicksal kannst du nicht ändern – laß die Karten reden, selbst wenn du mir nicht zuhören willst.«

Celia war völlig fasziniert – und verängstigt –, beinahe so, als sei sie in eine andere Zeit und in ein anderes Land geraten, als sei sie nicht mehr sie selbst. Es fehlte ihr jede Willenskraft, um Alzena den Gehorsam zu verweigern oder ihre vagen Prophezeiungen in Frage zu stellen.

So konnte sie nur tun, was man ihr sagte.

»Komm«, wiederholte Alzena, und Celia folgte ihr in ihren Wohnwagen, der größer war als die anderen und sie, als sie in seinem Inneren stand, an eine kühle, dunkle Höhle erinnerte.

Aber der Wagen war überraschend geräumig und beinahe luxuriös mit seinen orientalischen Möbeln. Mehrere Kissen – ein zum Schlafen abgeteilter Bereich – und dicke, farbenprächtige Teppiche, die offensichtlich handgewebt waren, lagen auf dem Boden. An der Decke hing eine Lampe aus gehämmertem Messing und Kupfer, und direkt darunter stand ein niedriger, runder Tisch mit einer Kristallkugel, die auf einem silberbeschlagenen Rosenholzsockel ruhte.

In der Luft lag ein schwacher Duft von Weihrauch, ein Duft, der Celia gleichermaßen fremd und vertraut war, ohne daß sie gewußt hätte warum.

Der plötzliche Gegensatz zwischen dem strahlenden Sonnenlicht und diesem dunklen Ort, an den man sie gebracht hatte, verwirrte sie und raubte ihr jegliches Zeitgefühl.

»Setz dich, mein Kind, setz dich! Dorthin, mir gegenüber, wo ich dich sehen kann.«

Auf dem Boden lag nur ein einziges, übermäßig dick ausgestopftes Kissen, und Celia ließ sich im Schneidersitz darauf nieder, fast so, als hätte sie ihr ganzes Leben lang nichts anderes getan.

»So ist es gut. Hat dir eigentlich schon einmal jemand gesagt, wie sehr du deiner Mutter ähnelst? Ich frage mich, wieviel du wohl sonst von ihr geerbt haben magst und wieviel von deinem armen, irregeleiteten Vater, der von so vielen Dingen so viel verstand – und so wenig von ihr. Ah ja – das alles werden wir ja ohnehin noch sehen.

Jetzt werde ich dir die Zigeunertarotkarten legen – du brauchst dich nicht zu fürchten, Kleine! Du bist eine von uns, und du bist in Sicherheit – das darfst du nie vergessen.«

Die Leidenschaft in Alzenas Worten hatte sich mittlerweile auf Celia übertragen. Eifrig beugte sie sich vor.

»Aber ich verstehe das alles nicht. Es gibt so viele Dinge, an die ich mich nicht erinnern kann, und man hat mir niemals etwas über meine Mutter erzählt; meine Tante Gertrude sagt nur immer böse, gehässige Dinge über sie, also bitte ... Ich möchte nichts über meine Zukunft wissen. Das einzige, was ich wissen will, ist, wer meine Mutter war, *wie* sie war ...«

Sie sah Alzena mit glutvollen Augen an und dachte gar nicht daran, vor Angst oder Verlegenheit den Blick abzuwenden.

Daher wußte die Alte, die Phuri Dai, was sie tun mußte: Sie mußte dieses junge Geschöpf beschützen und leiten, dieses Mädchen, das Marianna so ähnlich und doch so unähnlich war, Marianna, die alles aufgegeben und alles auf die Liebe gesetzt hatte und auf einen ganz bestimmten Mann – nur um dann alles zu verlieren, selbst ihr Leben.

Nein – das durfte nicht noch einmal geschehen. Nicht mit diesem Kind, so jung und unerfahren es war. Dieses junge Mädchen, in dem eine ungeheure Macht schlummerte, von der es noch nichts ahnte – und die Celia nicht auf die rechte Weise einsetzen konnte, bevor man sie es gelehrt hatte.

Und ihr auch zugleich klarmachte, warum man diese niemals mißbrauchen durfte, ohne die schrecklichsten Konsequenzen zu riskieren. Wie sollte sie einem bloßen Kind all das klarmachen?

»Du willst also *alles* wissen, und zwar alles auf einmal, nicht wahr? Ah, ich glaube nicht. Das wäre zuviel für dich. Und das Leben gibt seine Geheimnisse nicht so leicht preis, schon gar nicht, wenn man auf Türen oder Tische schlägt und ruft: ›Jetzt! Ich will auf der Stelle all meine Antworten haben und all meine Lösungen!‹ Denn die Antworten für *jetzt* sind vielleicht nicht die Lösung der Probleme von morgen. Und was die Karten möglicherweise von deiner Zukunft preisgeben, ist nichts als ein Omen dessen, was sein *könnte* in Betracht all deiner gegenwärtigen Lebensumstände.«

Alzena seufzte, füllte dann ihren Leib mit einem einzigen, tiefen Atemzug, der ihren Verstand und ihr mystisches drittes Auge schärfte, bevor sie langsam wieder ausatmete. Dies war Yoga, wie man es in Indien praktizierte, wo die Roma ihre Wurzeln hatten, und sie hatte sich in dieser Kunst des Atmens und der Konzentration so lange geübt, bis sie so weit war, daß sie immer dann über die notwendige innere Stärke verfügte, wenn sie sie am dringendsten brauchte.

»Ich sehe, du verstehst nicht, aber es ist auch nicht nötig, daß du verstehst, du brauchst nur *zuzuhören*.«

Aber warum, *warum*? Celia war so enttäuscht, daß Alzena ihre Fragen nicht beantworten wollte.

Ihr war gar nicht klar gewesen, daß sie innerlich mit der älteren Frau kämpfte, bis ihre Blicke sich ineinanderbohrten; ihr Atem ging schnell, ihre Fäuste waren geballt, und sie mußte sich zwingen, den Krampf in ihren Fingern zu lösen und sich aufrecht hinzusetzen, um die Spannung, die sich in ihrem Körper angesammelt hatte, zu lösen.

»Meine Mutter – Marianna«, sagte sie schließlich mit mühsamer Selbstbeherrschung. »Was kannst du mir von ihr erzählen? Warum hast du mich hierhergebracht, wenn du lediglich mit meinen Gefühlen spielen wolltest? Und warum solltest du das tun, es sei denn, du hättest einen Grund, mich zu hassen, mich oder meine Mutter? Alle scheinen sie gehaßt zu haben. Warum? *Warum?*«

»Das fragst du noch?« Alzenas Augen blitzten. »Weil sie alle eifersüchtig auf sie waren – vor allem diese kalten *Gadje*-Frauen, die nicht begreifen konnten, warum ihre Männer sich zu einem so warmherzigen und natürlichen Menschen, der so ganz ohne Falsch war, hingezogen fühlten. *Das* ist der Grund, warum Frauen wie deine Lady Gertrude deine Mutter gehaßt haben und warum sie später versuchten, dir dein Temperament auszutreiben, und dir das Gefühl gaben, daß du dich ihretwegen schämen müßtest. Deine Blutlinien reichen so viel weiter zurück als *ihre*. Und sie haben Angst – die *Gadje* haben immer Angst vor uns, weil wir anders sind als sie und weil sie unsere Sitten und unser uraltes Erbe nicht begreifen. Es ist so viel einfacher für sie zu glauben, die Roma seien schlecht –

Diebe oder Verbrecher oder billige Wahrsager mit lockerer Moral. Sie betrachten uns nicht als ein eigenes Volk und begreifen auch nicht die Unterschiede zwischen uns. Kind, es gibt viele Dinge, die keiner von uns, wie weise er auch sein mag, recht verstehen kann.«

In Celias Augen blitzte ein Ausdruck wütender Ungeduld auf. So ein Unsinn – Alzena wollte nur ihren Fragen ausweichen! Ganz offensichtlich verschwendete sie hier ihre Zeit, und Alzena hatte ihr nichts zu sagen – überhaupt nichts.

Sie wollte gerade aufstehen, als Alzena sich vorbeugte und sie mit einer knochigen, aber überraschend starken Hand festhielt.

»Zuerst werde ich dir die Karten legen – das ist das wichtigste. Nur so kann ich herausfinden, wie ich dir helfen könnte. Jetzt setz dich still hin und hör auf, innerlich gegen mich zu kämpfen. Ich bin unendlich viel stärker und klüger als du – deshalb bin ich die Phuri Dai dieses Stammes. Du wärest besser beraten, mir zuzuhören, wenn du wirklich etwas wissen willst. Also? Willst du weglaufen und wieder zu deinen *Gadje*-Freunden gehen? Oder bist du bereit, der Wahrheit ins Gesicht zu sehen?«

Celia konnte ihren Blick nicht von Alzenas dunklen, klaren Augen abwenden; sie hatte das Gefühl, als wäre jeder Gedanke in ihrem Kopf von einem Wirbelsturm erfaßt worden, und sie wußte nichts mehr, konnte sich keines Gedankens mehr sicher sein.

»Es tut mir leid«, flüsterte sie. »Ich werde Geduld haben.«

»Ha!« schnaubte Alzena ungläubig, bevor sie aus einer kleinen Truhe neben sich ein abgegriffenes Päckchen Karten zog. »Hast du noch nie die Karten des wahren Zigeunertarots gesehen? Nun, das sind die Karten, die ich nur für *unser* Volk benutze – die Roma – und nicht für diese Leute, die herkommen, um sich ihre Zukunft weissagen zu lassen, damit sie später darüber lachen können.

Das sind die wahren Karten. Und damit ich sie wahrhaft lesen kann, mußt du deinen Geist von allem Zweifel und aller Furcht befreien. Hör mir zu! Du bist eine Suchende, suchst Wissen und Stärke, suchst die Wahrheit – ob sie nun qualvoll ist oder nicht. Daher konzentriere dich nur auf das, was ich sage und auf die Fragen, die dir am wichtigsten sind.

Hier – berühre die Karten. Ja, laß deine Finger darübergleiten, bevor du sie so mischst, wie *du* es für richtig hältst. Denk nur an deine Frage und an die Antworten und Lösungen, nach denen du suchst.«

Ihre Stimme hatte jetzt einen seltsam singenden Ton angenommen, der Celia schläfrig machte.

»Du bist ein Kind der Roma – es gibt Dinge, die du bereits weißt, Dinge, die tief in dir verborgen schlummern. Aber wenn es irgend etwas gibt, ein Wissen, für das du noch nicht bereit bist oder das dir zu große Schmerzen bereiten würde, werde ich dich an diesen Gefahren vorbeigeleiten.

Aber für den Augenblick begeben wir uns erst einmal auf eine gemeinsame Reise in das *Wissen*, du und ich. Die Karten – und die Art, wie sie fallen – werden uns führen.«

Die alte Frau sprach dies in verschiedenen Sprachen, ja vielleicht sogar Sanskrit ... und es schien, als ... konnte das möglich sein? ... War sie irgendwie in der Lage, das alles zu verstehen?

Der Geruch von Weihrauch schien stärker zu werden, und sie – die nie zuvor ein Kartendeck in Händen gehalten hatte – schien plötzlich genau zu wissen, was sie mit ihnen tun mußte.

Ihre Karte war die in der Mitte – sie spürte es.

Sie mischte die Karten und hob ab, genau wie die Phuri Dai es ihr aufgetragen hatte.

Und jetzt, als die alte Frau ihr die Karten legte, mit *ihrer* Karte in der Mitte, wurde sie von einem Gefühl der Schicksalsergebenheit ergriffen, das im Gegensatz zu allem stand, was man ihr je beigebracht hatte.

Was sein soll ...

Aber ich kann es ändern, dachte sie leidenschaftlich, als Alzena die Karten vor ihr ausbreitete. Ich kann alles ändern, alles, wenn ich nur daran glaube, ganz egal, was die Karten für mich vorhersagen.

Also, was war im Augenblick das wichtigste für sie?

Ceylon ... ja, Ceylon, der Ort ihrer Geburt.

Sie konzentrierte sich. Werde ich dorthin zurückkehren, um mein Erbe einzufordern?

Werde ich Ronald heiraten, und werden wir glücklich und zufrieden miteinander leben?

Werde ich Grant vergessen können?

Kapitel 18

So viel Dunkelheit – so viel Gefahr . . .

Alzena spürte, wie ihr der Schweiß die Schläfen hinunterrann.

Wie konnte man Celia warnen? Vor allem, da sie so argwöhnisch war, so wißbegierig und so unerfahren . . .

Ah, es würde viel schwieriger werden, als Alzena erwartet hatte.

Und Celia sah sie so erwartungsvoll und ungeduldig an, weil sie etwas wissen wollte, wofür sie noch nicht bereit war.

Beinahe genauso war es gewesen, als sie, soviel jünger damals noch, für Celias Mutter Marianna die Karten gelegt hatte. Nur daß Marianna es vorgezogen hatte, ihre Warnungen in den Wind zu schlagen, weil sie selbst die Verantwortung über ihr Schicksal und ihre Zukunft beansprucht hatte.

Also war die Frage jetzt, wieviel sie Mariannas Tochter erzählen durfte.

»Was sagen die Karten? Sie sagen etwas über meine Mutter, nicht wahr? Du hast meine Mutter gekannt, oder?«

Alzena ließ einen langen Augenblick des Schweigens vergehen; dann seufzte sie. »Ja, ich habe deine Mutter gekannt. Es ist lange her. In Spanien. Ich habe ihr die Karten gelegt und ihr geraten, nicht so . . . impulsiv zu sein. Aber sie war eigensinnig und fest entschlossen, ihren Willen durchzusetzen.«

»Und?«

»Und am Ende war sie unglücklich und fern von ihrem Volk«, sagte Alzena scharf. »*Du* müßtest das doch wissen. Aber wie gut hast du deine eigene Mutter gekannt?«

Noch mehr Ausflüchte. Celias Miene versteinerte. »Ich

habe sie gar nicht gekannt. Ich erinnere mich an einige Dinge, aber auch an die nur verschwommen. Ich glaube, ich kann mich erinnern, daß man mich oft mit den Dienern allein gelassen hat. Meine Mutter ist häufig mit meinem Vater weggefahren, aber dann hörte das plötzlich auf, und ich glaube, sie war sehr einsam. Aber ich weiß nicht, wie sie wirklich war. Man hat mir nur erzählt, daß sie eine Zigeunerin war, eine Tänzerin, bevor sie meinen Vater heiratete, und daß man sie auf allen Bühnen Europas gefeiert hat. Früher habe ich mir immer gewünscht, so tanzen zu können, wie sie getanzt hat – und so bewundert zu werden, wie man sie bewundert hat.«

»Ja, und von Leuten wie deiner bösartigen Tante Gertrude verachtet zu werden. Sei vorsichtig mit dem, was du dir wünschst, kleine Gitana. Vielleicht ist es wirklich besser für dich, wenn du dich als *Gadje* in der *Gadje*-Welt versteckst.«

Celia errötete. »Warum hast du mich hierhergebracht und darauf bestanden, mir die Tarotkarten zu legen? Was bezweckst du in Wirklichkeit mit alldem?«

»Die nackte Wahrheit kann genauso tiefe Wunden schlagen wie ein blankes Schwert – hast du darüber schon einmal nachgedacht? Aber du bist ja noch ein Kind, etwas, was deine Mutter in deinem Alter längst nicht mehr war. Es ist nicht deine Schuld, und es war auch nicht ihre. Ich werde dir soviel sagen, wie ich verantworten kann.

Aber was du wissen mußt und woran du dich immer erinnern mußt, ist die Tatsache, daß die Macht, dich über jede Situation zu erheben, nur in dir selbst liegt. Wenn du auch alles andere vergessen hast, erinnere dich immer *daran*.«

Celia spürte, wie ein siedender Zorn in ihr aufstieg. Diese Frau war all ihren Fragen über ihre Mutter ausgewichen, und ihre Gefühle machten ihr plötzlich angst; sie wollte endlich begreifen, was das alles zu bedeuten hatte.

»Du hast darauf bestanden, mir die Karten zu legen. Wenn du etwas Schlechtes darin gesehen hast, warum erzählst du es mir nicht, damit ich darauf gefaßt bin? Du hast gesagt, du hättest auf mich gewartet, und jetzt verwirrst du mich nur. Wo bleibt die Gerechtigkeit der Roma – deines Volkes –, dieses Volkes, von dem du sagst, es sei auch *mein* Volk?«

Alzena schwieg beharrlich, betrachtete leidenschaftslos Celias Gesicht, wog ab und entschied . . . was?

»Wird meine Zukunft so düster und elend sein wie die meiner Mutter?«

Alzenas Gesichtsausdruck wandelte sich ein wenig, und wenn Celia nicht so fest entschlossen gewesen wäre zu begreifen, was in der anderen Frau vorging, hätte sie diese unmerkliche Veränderung gar nicht wahrgenommen. Dieses Geheimnis war eindeutig beängstigend, und sie spürte, daß Alzena mit sich rang, ob sie ihr etwas verraten sollte oder nicht.

Dieser Umstand verschaffte ihr einen wenn auch geringen Vorteil, und den nutzte sie unbarmherzig aus. »Was sagen die Karten? Ich will es wissen. Es ist mein Recht.«

»Ha! Du sprichst von deinen Rechten? Was *bist* du eigentlich – Roma oder *Gadje?* Weißt du überhaupt, *wer* du bist, kleines naseweises Mädchen?«

Alzenas Augen glitzerten gefährlich, während sie die Karten durcheinanderwirbelte und mit unglaublicher Geschicklichkeit einhändig wieder aufnahm.

Dann mischte sie sie, ohne jedoch auch nur für eine Sekunde ihren Blick von Celias Gesicht abzuwenden.

Sie wußte nur allzu gut, daß es eine Frau war, die ihr aus diesen Kinderaugen entgegenschaute.

Armes, einsames Zigeunerkind, das man aus der Hitze und dem Sonnenlicht seiner vertrauten Erde, über die es barfüßig gerannt war, fortgeholt und in die Obhut kalter Menschen gegeben hatte, die es wegen seiner Mutter verachteten.

Das hatte sie in Celias Karten gelesen, aber da war noch etwas anderes, etwas Finsteres und tief in den Erinnerungen des Kindes Verborgenes – etwas, das zu furchtbar war, um sich daran zu erinnern, etwas, das Celias Bewußtsein barmherzigerweise verborgen war.

Hatte es etwas mit der armen, eigensinnigen Marianna zu tun? Mit ihrem plötzlichen Tod?

Sie mußte die Karten für sich selbst legen – und für Marianna.

»So, Kleine«, sagte sie scharf, als sie mit der linken Hand so oft abhob, wie es notwendig war. Nach einem kurzen Zögern legte sie dann mit unglaublicher Geschwindigkeit noch einmal die Karten aus. »Was willst du über dich selbst wissen? Mal sehen . . . Du bist in einem Alter, in dem du dich für junge Männer interessierst – willst du wissen, welchen du erwählen wirst oder welcher *dich* erwählen wird?

Ah! Es gibt zwei Männer, deren Einfluß sehr stark ist. Einer blond, der andere dunkel. Beide auf ihre Weise sehr gefährlich. Reicht dir das, oder willst du noch mehr wissen? Du wirst reisen – du wirst zurückkehren müssen, um in deinem Leben voranzukommen. Du wirst ein Rätsel lösen müssen – und wahrscheinlich denkst du jetzt, daß das typischer Zigeunerunsinn ist.

Aber wenn du daran glaubst, ist es die Wahrheit. Die wichtigste Wahrheit jedoch ist, daß du vorsichtig sein mußt – sehr vorsichtig, wenn es darum geht, wem du dein Vertrauen schenken darfst und wem nicht.

Und jetzt sei bitte eine Weile ganz still. Laß von deinen Fragen ab, bis ich die Antworten auf *meine* Fragen gelesen habe.«

Irgend etwas in diesen glitzernden schwarzen Augen ließ Celia tief durchatmen und den Aufruhr ihrer Gefühle zum Schweigen bringen.

Sie schaute auf die Karten, die Alzena für sich selbst ausgelegt hatte. Die alte Frau murmelte leise vor sich hin, in der Art eines Dialekts, welcher Celia seltsam vertraut erschien, wie ein Wort oder ein Satz, der einem auf der Zunge liegt, bekannt, aber doch unaussprechlich.

»Ah!«

Celia blinzelte und schüttelte sich. Sie hatte das Gefühl,

als wäre sie tatsächlich eingenickt – oder als hätte sie sich von der hin und her schwingenden Lampe, dem durchdringenden Weihrauchgeruch und dem monotonen Singsang von Alzenas Stimme hypnotisieren lassen.

Die überschatteten Augen der Zigeunerfrau gaben nichts preis, als sie Celia nun aufmerksam ansah.

»So – gibt es noch etwas, das du unbedingt wissen mußt, oder haben meine Warnungen dir genügt? Die Zeit vergeht. Du mußt jetzt bald zu deinen Freunden zurückkehren, sonst denken sie noch, die Zigeuner hätten dich entführt!

Hier! Gib mir die Hand – nein, die andere. So ist es richtig.« Alzena streckte eine knorrige Hand aus und drehte Celias Hand mit der Innenfläche nach oben.

Celia spürte, wie sie ein leichter Schauder durchlief; Alzena ließ ihre Finger über die Linien in ihrer Hand gleiten und ergriff dann die andere Hand, um auch diese zu betrachten, bevor sie sich endgültig der rechten Hand widmete.

Plötzlich ließ sie beide Hände los und lehnte sich mit nachdenklich geschlossenen Augen zurück.

Das Mädchen war von einer Dunkelheit umgeben, die dem strahlenden Licht, ihrem Seelenlicht, das sie bisher behütet hatte, immer näher kam. Es gab aber auch gute und schöne Dinge in ihrem Leben – daran ließen die Karten keinen Zweifel. Aber würde diese Kindfrau die Kraft haben, die Gefahren, die vor ihr lagen, zu ertragen und zu besiegen?

Wieder war Alzenas Schweigen beängstigend. Celia hätte sie am liebsten geschüttelt, um sie dazu zu zwingen, irgend etwas preiszugeben, irgend etwas, das ihr die verschleierten Warnungen erklären konnte.

»Hast du das auch mit meiner Mutter so gemacht, Alte? Hast du ihr die Tarotkarten gelegt und ihr ihren Tod vorhergesagt? Hast du ihr gesagt, daß deine Magie sie nicht retten konnte? Wo *warst* du, als sie so dringend Hilfe brauchte? Wovor ist sie weggelaufen?«

»Pst! Pst«, unterbrach Alzena ihren zornigen Wortschwall. »Jetzt sieh mich an und hör mir zu, sonst wirst du nichts anderes hören als das zornige Schlagen deines Herzens, das mit all den Fragen ringt, die in deinem Kopf durcheinanderwirbeln. Ja, hör mir zu! Ich werde dir soviel erzählen, wie ich kann, und soviel, wie ich wage.

Ich kann dir nur von Zeichen erzählen – von Fingerzeigen. Was dann wirklich geschieht, das liegt einzig und allein an *dir*. Du besitzt bereits diese Macht; sie schlummert tief in deinem Innern. Du brauchst nur an die richtige Tür zu klopfen, nachdem du jeden Gedanken und jede Angst in dir zum Schweigen gebracht hast, um dir selbst lauschen zu können.

Nein, du verstehst noch nicht, was ich sage, aber vielleicht wirst du es eines Tages verstehen, und es wird dich retten. Hörst du, was ich sage? Ich bin nicht deine Feindin, Kind der Roma. Ich will dir helfen. Aber ich kann dich nur ein winziges Stück weit begleiten, den größten Teil des Weges mußt du ganz allein gehen.«

»Aber ...«

Alzena legte ihre warmen, faltigen Hände über Celias geballte Fäuste. »Ja, du brennst darauf, alles zu erfahren, und warum solltest du auch nicht? Du hast noch nicht gelernt, dich in Geduld zu fassen, aber das wird schon noch kommen.«

Dann drehte sie abermals Celias Hand mit der Innenfläche nach oben. »Diese Hand, deine rechte – da du Rechtshänderin bist –, zeigt, was du bisher getan hast und wozu du in der Lage bist. Bring das mit den Karten in Zusammenhang und ...«

»Und ich glaube, daß du schon wieder versuchst, mir etwas zu verbergen«, fiel Celia ihr ins Wort; es gelang ihr nur mit äußerster Mühe, ihren Ärger zu verbergen.

»Natürlich – du hast recht«, sagte Alzena mit einem tiefen Seufzer. »Und das ist *meine* Schwäche. Stell mir deine Fragen – nicht zu viele bitte, denn ich bin alt, und so etwas kostet mich viel Kraft.«

Plötzlich trübten unerwünschte Tränen Celias Blick. Sie war zu hart gewesen, zu fordernd. Und Alzena war alt; auch sie würde eines Tages sterben, und wer würde ihr dann noch helfen?

»Ich fühle mich so, wie meine Mutter sich gefühlt haben muß«, begann sie zaghaft. »Ich weiß nicht, wer ich bin, was ich bin; ich bin eine Gefangene zwischen zwei Welten . . .«

Die harten Linien in Alzenas Gesicht wurden weicher, als sie die Tränen sah, die Celia so tapfer zurückzuhalten versuchte. »Stehst du auch zwischen zwei Männern? Oh, ich habe das alles in den Karten gesehen und in den Linien deiner Hand. Ich kann dir nicht sagen, welcher Mann der richtige für dich sein wird. Ich weiß nur, daß du dich, wenn der falsche dein Leben oder dein Wohlergehen bedroht, ohne Zögern oder falschen Stolz an den anderen wenden mußt – und daß er dich retten wird.«

Alzena griff noch einmal nach Celias kalten Händen. »Kind, ich kann weder alles sehen noch alles wissen. Ich bekomme selbst nur Hinweise, Andeutungen, wie durch einen dunklen, wogenden Nebel. Ich kann nicht mehr tun, als dir zu raten, vorsichtig zu sein – sehr vorsichtig. Überall um dich herum sind Wolken, schwarze, bedrohliche Wolken. Verschenk dein Vertrauen nicht leichtfertig! Du mußt dir immer wieder sagen, kleines Kind der Roma, daß du überleben kannst und wirst – so wie dein Volk immer überlebt hat.«

»Aber meine Mutter – werde ich je erfahren . . .?«

»Eines Tages wirst du die Wahrheit finden. Und die Lügen. Aber du bist noch nicht soweit. Ich bitte dich, versuche dich in Geduld zu üben.«

Alzena griff nach einer kleinen Tonpfeife, zündete sie an und nahm einen tiefen Zug davon. Augenblicklich war der ganze Raum von süßlichem, beißendem Rauch erfüllt.

Plötzlich drehte sich alles vor Celias Augen; sie hustete. Sie konnte Alzenas Stimme hören, als käme sie aus einem unendlich langen Tunnel, und sie sagte Dinge, die kaum verständlich waren, die aber nichtsdestoweniger tief in ihrem Wesen Wurzeln zu schlagen schienen, genauso wie der Geruch des Rauchs, der in ihre Lungen und ihr Gehirn zu dringen schien.

»Hör mir zu ... hör mir zu! Wenn die Zeit kommt, wirst du dich erinnern, und du wirst wissen, was du tun mußt. Du wirst in das Land deiner Geburt zurückkehren – das Land, in dem deine Mutter den Tod gefunden hat –, das ist die einzige Möglichkeit, die Dunkelheit zu vertreiben, die dich sonst dein ganzes Leben lang bedrücken würde. Du mußt kämpfen. Dein Volk ist überall zu Hause, in jedem Land der Welt, selbst im fernen Ceylon.

Ruf sie zu Hilfe – du beherrschst die Sprache der Roma. Suche sie, wenn du sie brauchst, und sie werden kommen. Du wirst dich an nichts von dem, was ich gesagt habe, erinnern, und der Schmerz, der sich ganz tief in deiner Seele verbirgt, wird dich nicht quälen. Auch von diesem Schmerz wirst du später erlöst werden – später ... später ...«

Ihre Stimme verklang. »... später ...«

Celia hatte gehustet und glaubte, ohnmächtig geworden zu sein, aber plötzlich war sie wieder hellwach, und Alzena bestand darauf, daß sie ein paar ganz kleine Schlucke von einem bitteren Tee nahm, der ihren Mund zusammenzog und ihre Lippen zucken ließ.

Die Pfeife war nicht mehr zu sehen, und in der Luft hing nur noch ein winziger Hauch des Rauchs.

Celia schüttelte sich, um einen klaren Kopf zu bekommen, aber der Rauch schien ihre Kehle, ja sogar ihre Stimme in Mitleidenschaft gezogen zu haben. »Was ist passiert? Der Geruch ...«

»Ja, Zigeunertabak. So, jetzt trink noch ein paar Schlückchen von meinem Kräutertrank, ja? Der wird dir neue Kraft geben, damit du allem gegenübertreten kannst, sogar deiner verräterischen Tante. Wirst du diesem Drachen erzählen, daß du die Zigeuner besucht und jemanden gefunden hast, der deine Mutter kannte? Besser nicht – es würde ihr nicht gefallen. Dies ist deine erste Lektion, mein Mädchen: Behalte möglichst viel für dich. Und vertraue keinem Mann zu sehr, nicht, bevor du ihn durch und durch kennst und weißt, daß er nichts vor dir verbirgt.

So, das wäre nun aber genug Romaweisheit für einen einzigen Nachmittag. Ich glaube, deine Freunde werden langsam ungeduldig und auch eine Spur ängstlich. Komm, gehen wir zu ihnen.«

Celia folgte Alzena nach draußen, obwohl sie das Gefühl hatte, in eine erschreckend fremde Welt zu treten. Die Sonne schien sie mit ihrem grellen Licht bestürmen zu wollen, und sie wäre beinahe die Holzstufen hinuntergestolpert; Alzena hielt sie fest und murmelte ihr in der Sprache der Roma zu: »Du mußt stark sein – denk an die Stärke, die in dir wohnt. Halte den Kopf hoch und lächele. Laß niemals irgend jemanden deine Schwäche sehen, oder er wird dich zerstören.«

Auf der untersten Stufe zögerte Celia einen Augenblick, denn Alzenas Worte, die sie seltsamerweise zu verstehen schien, verwirrten sie genauso wie das Lächeln und der Applaus, der sie jetzt begrüßte.

Ein kleines Kind mit einer riesigen Zahnlücke hielt Celia lächelnd eine Girlande aus wilden Blumen hin, und als sie sich bückte, damit das kleine Mädchen ihr den Kranz um den Hals legen konnte, spürte sie, wie eine Erinnerung sich regte ... Süß duftende Blumenkränze, in Ceylon ...

Hinter sich hörte sie Alzena sagten: »Dein Großvater, der Vater deiner Mutter, war der *Voivode* – der König oder Häuptling – unserer *Vista,* unserer Schar. Und jetzt ist dein Onkel Beltran, der Bruder deiner Mutter, unser *Voivode*. Bei uns giltst du also als eine Prinzessin, genau wie deine Mutter eine war.«

Aber noch während sie diese Worte aussprach, spürte sie, wie eine beklemmende Angst ihr die Kehle zuschnürte. Sie wußte genau, was geschehen würde – aber warum? Und wie?

War es Marianna selbst, die durch das Kind zurückkehrte, um Rache zu nehmen – oder war es etwas ganz anderes? Die einzige Möglichkeit, die dieses Kind hatte, um sich zu schützen? Die Dinge, die Celias bewußtloser Geist während der vom Rauch erzwungenen Trance enthüllt hatte, waren schwarz und furchterregend ... Und sehr gefährlich für Celia, falls sie sich jemals daran erinnern sollte.

Sie durfte sich auf keinen Fall daran erinnern, bis es sicher war – bis *sie* sicher war. Zuallererst mußte das Mädchen beschützt werden, erst dann konnte man an Rache denken. Keine leichte Aufgabe, wenn es um Zigeunerehre und Zigeunergesetz ging.

In dieser Hinsicht, überlegte Alzena, brauchte sie selbst Leitung, bevor eine wahrhaftig bedeutungsschwere Entscheidung getroffen werden konnte. Das bedeutete, daß sie sich mit dem *Voivoden* beraten mußte, der einst auf den Bühnen ganz Europas mit Marianna getanzt hatte.

Wie er seine Schwester geliebt hatte, bevor der *Gadje*-Abenteurer sie ihm gestohlen hatte, sie nach wahrer Zigeunermanier entführt und anschließend so getan hatte, als würde er selbst die Sitten und Gebräuche der Zigeuner annehmen wollen.

Aber er war nicht in der Lage gewesen, seine Braut vor dem Bösen, das sie zerstört hatte, zu beschützen. Und jetzt mußte etwas geschehen, um Mariannas Tochter vor denselben bösen Mächten zu bewahren, die das Leben ihrer Mutter vernichtet hatten.

Celia ... die wilde Karte in dem Deck ... die immer noch keine Ahnung hatte, über welche Macht sie gebot ...

So sehr wie ihre Mutter – und doch wieder überhaupt nicht wie sie. Ihre Mutter hatte alles für die Liebe zu ihrem englischen Abenteurer aufgegeben und war ihm quer durch die ganze Welt gefolgt. Und als sie plötzlich ein Kind unter ihrem Herzen trug, hatte sie ihn und das Spiel, das sie beide gespielt hatten, verloren.

Damals war sie dann all den anderen zum Opfer gefallen. Eine leichte Beute. Ein armer, gefangener, exotischer Paradiesvogel, der sein Leben lang an Schmeichelei und Bewunderung gewöhnt war.

Alzena spielte mit dem Gedanken, Celia zu entführen, sie nach Spanien zu bringen, sie in den Gepflogenheiten der Zigeuner zu unterrichten – und ihr zu zeigen, wie sie sich gegen *sie* zur Wehr setzen konnte. Aber das hätte niemals funktioniert. Celia besaß eine größere innere Stärke, als sie Marianna jemals zu eigen war.

Celia hatte schon in viel zu frühen Jahren Entbehrungen und Entwürdigungen kennengelernt. Und Celia war zum Überleben geboren. Die alte Frau sah zu, wie sich alle um Celia scharten – ihre eigenen Leute und Celias Freunde mit diesen runden, ehrfurchtsvollen Augen; alle lachten, redeten, stellten Fragen, und Celia, die immer noch ein wenig benommen wirkte, antwortete mit der ihr angeborenen Warmherzigkeit und Offenheit.

Irgend jemand stimmte eine Gitarre – einer der wilderen jungen Männer, der sie alle in den schluchzenden Flamenco hineinziehen wollte. Mehrere Paare tanzten bereits.

Sie müßte all dem eigentlich ein Ende bereiten, dachte Alzena, und dann, als sie über die Köpfe der anderen hinwegsah, begegnete sie dem Blick eines Augenpaares, das ihren Atem stocken ließ.

Er war ein *Gadje* – oder etwa nicht?

Seine Augen waren wandelbar wie ein Chamäleon. Und er versuchte gar nicht, ihrem forschenden Blick auszuweichen. Statt dessen schien er vielmehr darauf bedacht, *sie* zu erforschen.

Oh ... Er mußte Zigeunerblut in sich haben, dieser dunkle Mann, ob er es wußte oder nicht.

Um seine Augen bildeten sich unzählige, winzige Lachfalten, als er ihr zulächelte und wie zum Gruß beiläufig eine Hand hob, beinahe so, als könne er ihre Gedanken lesen.

Wenn sie jünger gewesen wäre, dachte Alzena flüchtig,

wenn sie nur jünger gewesen wäre ... Ihr gefiel, wie er aussah, die Art, wie er sich kleidete. Er war kein Engländer, also was tat er hier?

Ah! Das war der andere Mann, den Celia erwähnt hatte, der gefährliche – ja, das war er.

Celia würde ihm nicht gewachsen sein, wenn er beschließen sollte, daß er sie haben wollte.

Wollte er?

Sie mußte es herausfinden.

Und gerade als sie diesen Entschluß gefaßt hatte, bahnte er sich langsam und entschlossen einen Weg durch die Menge zu *ihr*.

Allmächtiger, was für ein schöner Mann! Wie war es möglich, daß er die arme kleine Celia nicht schon mit Haut und Haaren verspeist hatte?

Aber Celia versteifte sich sichtbar, als er an ihr vorüberging und einige wenige Worte an sie richtete.

Was war das denn? Willensstärke? Abneigung?

Faszinierend ...

Was hatte er gesagt, daß das Mädchen alle Farbe verlor? Und warum sah sie sie, Alzena, so flehentlich an, während der *Gadje* ihr etwas zuflüsterte, das offensichtlich nur für ihre Ohren bestimmt war?

Dies war Celias erste Erprobung, die Erprobung ihrer Stärke und ihrer Macht – das spürte Alzena selbst auf diese Entfernung hinweg.

Aber Celia fühlte sich alles andere als stark. Grants Auftauchen hatte sie erschreckt, und sein finsterer Gesichtsausdruck ließ ihr die Haare zu Berge stehen.

Und seine ersten Worte waren dann auch alles andere als beruhigend.

»Keine Spielchen mehr«, sagte er, und seine Stimme war gerade laut genug, daß sie, aber nur sie allein, sie hören konnte. »Hören Sie mir zu, und halten Sie den Mund. Gertrude ist auf dem Kriegspfad. Sie erwartet Sie augenblicklich in ihrem Haus zurück, und Sie werden sofort gehen. Ich werde in Kürze wieder bei den Templecombes sein. Sie müssen mir versprechen, dort hinzukommen, falls Gertrude es Ihnen unmöglich macht, in ihrem Haus zu bleiben. Haben Sie mich verstanden, Celia? Sie kochte vor Wut, als ich ihr vor einer Weile begegnet bin, und sie wird ihren Zorn an Ihnen auslassen.«

Celia begriff kaum, was er da sagte. Sie schaute an ihm vorbei zu Alzena hinüber und dachte einen Augenblick lang geistesabwesend darüber nach, wie es kam, daß er sie kannte. Oder ob er sie überhaupt kannte.

Aber jetzt, nachdem er seine bestürzende Nachricht übermittelt hatte, ging er direkt auf sie zu, und sie wollte wissen warum.

Sie drehte sich um, um ihm zu folgen, um Alzena um Rat zu bitten, und fand sich plötzlich Auge in Auge sowohl mit Jenny Templecombe als auch mit Veronica Dartwood wieder, die anscheinend doch einen Teil des Gesprächs mit angehört hatten.

»Bitte, beeilen Sie sich, Celia. Wir kehren zuerst nach Hause zurück. Ich bin sicher, mein Bruder wird uns dann zu Ihrer Tante begleiten, um ihr zu erklären, warum wir so lange ausgeblieben sind. Schließlich war unser kleiner Ausflug doch wirklich ziemlich harmlos, oder?«

»Natürlich war er das«, erwiderte Veronica energisch. »Und wenn ich an die wunderbaren Pferde denke, die wir reiten durften ... Aber darüber werde ich natürlich kein Wort verlieren, das verspreche ich, obwohl ich mir nichts sehnlicher wünsche, als noch einmal hierher zurückkommen zu dürfen.«

»Wir haben nichts Unrechtes getan«, sagte Celia.

»Aber sind Sie wirklich eine Zigeunerprinzessin? Wie romantisch!«

Celia empfand dies in keinster Weise als romantisch. Es war eher eine erschreckende Erkenntnis, und das so kurz nachdem Alzena ihr einen Teil ihrer Geschichte enthüllt und sie mit einer Flut seltsamer Warnungen überhäuft hatte.

Und jetzt kam ihr der beunruhigende Gedanke, daß

möglicherweise all die Isolation und das Gefühl des Andersseins, das sie in den letzten Jahren gequält hatte, in Wirklichkeit Lady Gertrudes Werk war – weil *sie* gar nicht gewollt hatte, daß das Zigeunerkind, das sie sich aufgeladen hatte, akzeptiert wurde, nicht einmal in dem kleinen gesellschaftlichen Kreis, in dem *sie* als Tochter eines Earls und Frau eines Bischofs mit eisiger Hand regierte.

»So! Ein paar Wochen in der Stadt und in Gesellschaft der leichtlebigen Kreise, und schon scheinst du zu glauben, über jede Kritik erhaben zu sein. Hast du deine Verpflichtungen vergessen, deine Manieren, deine Versprechungen? Ich kann nur hoffen, daß dein Benehmen nicht auf *mich* zurückfällt, meine Liebe. Ich habe immer versucht, dich in die richtige Richtung zu führen, weg von deinen natürlichen Neigungen angesichts deiner unglücklichen Blutlinien. Zigeuner! Heiden! Was hast du dir nur dabei gedacht?«

Celias Miene versteinerte. »Ich verstehe dich nicht. Was wirfst du mir vor? Daß ich mich mit den Leuten meiner Mutter getroffen habe? Es wäre doch sicher sehr ungehörig gewesen, wenn ich das nicht getan hätte; außerdem hast du mich ja oft genug an mein Zigeunererbe erinnert.«

Voller Abneigung sah sie zu, wie Tante Gertrude gehässig die Lippen zusammenpreßte.

»Hast du denn gar kein Gefühl für Sitte und Anstand? Und was ist mit Mr. Winwood, diesem netten, aufrechten jungen Herrn, der sich die ganze Zeit um dein Erbe bemüht hat, während du in London deinen endlosen, ausschweifenden Amüsements nachgejagt bist! Mich überrascht, daß Miß Langbourne immer noch zu dir steht. Ohne ihre versöhnlichen Worte hätte ich nicht einen Augenblick gezögert – wie ich es als gute Christin eigentlich tun müßte –, Mr. Winwood von deinem Benehmen und deinem Ruf in Kenntnis zu setzen, der immer fragwürdiger wird, das kann ich dir versichern.«

Celia spürte, wie alle Farbe aus ihrem Gesicht wich, und

einige Sekunden lang befürchtete sie, die Fassung zu verlieren. Sie mußte die Stuhllehne umklammern, bis ihre Knöchel weiß hervortraten, bevor sie es wagen konnte, etwas zu sagen.

Sie schienen wie zu einem Gemälde erstarrt zu sein – Lady Gertrude, die unfähig war, ihren Blick von Celias Augen abzuwenden, und Celia, die ihre Tante reglos und mit haßerfülltem Zorn anstarrte. Noch nie war eine solche Kraft von Celia ausgegangen, und Gertrude war schokkiert.

Plötzlich wurde Celia sich des Tickens der Uhr auf dem Kaminsims bewußt – und des brennenden Blicks, mit dem ihre Tante ihrem eigenen Zorn begegnete.

»Vielleicht leidest du an einem leichten Sonnenstich, Celia. Daher wäre es möglicherweise eine gute Idee, wenn du nach oben gehen und dich mit einem kalten Umschlag in ein verdunkeltes Zimmer legen würdest. Wir können unser Gespräch später fortsetzen, wenn du etwas ... gefaßter bist und fähig, der Stimme der Vernunft zu lauschen.«

Ihr milder, herablassender Tonfall ließ Celia explodieren.

»*Vernunft?* So nennst du diese bösartigen, häßlichen, *schmutzigen* Worte, mit denen du mich traktierst, seit du mich hierherbeordert hast? Böse und gehässig. Und du nennst dich eine gute Christin! Ich frage mich, ob du überhaupt jemals die Bibel gelesen hast – vor allem das Neue Testament. Wer hat dich zum Richter über das Verhalten anderer Menschen ernannt? Wo ist *deine* christliche Barmherzigkeit? Wenn du zu biblischen Zeiten gelebt hättest, wärest du eine der ersten gewesen, die auf bloße Gerüchte hin andere gesteinigt hätten.

Du bist eine Heuchlerin, liebe Tante, genauso wie die Pharisäer, von denen Christus gesprochen hat. Du siehst in jedem Menschen nur das Allerschlimmste. Du suchst danach. Du ergötzt dich daran. Kein Wunder, daß Onkel Theo sich nach Möglichkeit von dir fernhält.«

Mit zusammengebissenen Zähnen und einem vernehmlichen Zischen holte Lady Gertrude tief Luft, während sie um Fassung rang.

»Und ich sehe, du hast auch gelernt, unverschämt zu werden – eine von vielen beklagenswerten Gewohnheiten, zu denen dein neuer Vormund dich zu ermutigen scheint. Wahrhaftig, ich bedaure deinen Verlobten, der anscheinend glaubt, daß du immer noch das unschuldige junge Mädchen bist, das er als seine Braut erwählt hat. Du solltest dich glücklich schätzen, daß ein anständiger junger Mann, noch dazu einer, der deine Geschichte kennt, dir eine ehrenwerte Ehe anbietet. Und wenn du geglaubt hast, daß irgend jemand aus Wilhelminas Kreisen – vor allem ihr abscheulicher Stiefsohn – dir irgend etwas anderes als ein unehrenhaftes Arrangement anbieten würde, vor allem, wenn die ganze Wahrheit ans Licht kommt –, nun, mein armes, irregeleitetes Kind, dann bist du einem traurigen Irrtum erlegen.

Ich habe meine *Pflicht* getan; ich habe dich gewarnt. Und jetzt – hier ist Mr. Winwoods letzter Brief an dich, in dem er um eine Antwort bittet, um ein paar Worte von der Verlobten, die er für so anbetungswürdig hält. Du solltest ihm besser sofort antworten, während ich versuchen muß, eine gemäßigte und ehrliche Antwort auf den Brief zu verfassen, in dem er *mich* um Neuigkeiten bittet.«

Aus einer der tiefen Taschen ihres Gewandes holte Lady Gertrude einen Brief mit exotisch wirkenden Briefmarken hervor und warf ihn Celia hin.

Sie nahm ihn mit tauben Fingern auf und bemerkte kühl: »Aber jemand hat diesen Brief bereits geöffnet ... und gelesen. *Du*, nehme ich an. Dabei war er eindeutig an mich adressiert.«

»Jawohl«, fuhr Lady Gertrude sie an. »Aber was hast du denn erwartet? Natürlich sollte die Korrespondenz eines jungen Mädchens vorher von jemandem, der für sie verantwortlich ist, begutachtet werden, Verlobung hin oder her. Und ich bin sicher, du hättest selbst an Mr. Winwood geschrieben und ihn von deinen veränderten Lebensumständen in Kenntnis gesetzt – wenn du zwischen deinen vielen gesellschaftlichen Verpflichtungen ein paar Minuten hättest erübrigen können!«

Hier war es wieder, das Böse, woran sie ihre Kraft erproben konnte – und Celia bemerkte eine überraschende Ruhe in sich. Sie hätte es schon früher erkennen müssen – es war ja offensichtlich. Oder vielleicht hatte ihr auch Alzena erst die Augen geöffnet.

»Was für ein bösartiger Mensch du doch bist«, sagte sie sanft. »Ich frage mich, warum ich das erst jetzt bemerke.«

Mit diesen Worten drehte sie sich auf dem Absatz um und floh beinahe aus dem Zimmer und vor Lady Gertrudes hinterhältiger Niedertracht.

Der laute Knall, mit dem sie die Tür hinter sich zuschlug, lockte die Diener scheinbar aus dem Nichts heraus, und Anthea streckte ihren Kopf aus dem Zimmer, um Celia anzustarren, die ihre Röcke raffte und die Treppe hinaufstürmte.

»Emily! Em – schnell! Hilf mir packen. Wir reisen ab – *sofort*. Sobald wie möglich. Emily!« In ihrer Erregung riß sie abermals an der Glockenschnur, aber Emily war mittlerweile bereits aufgetaucht und schnalzte mitleidig mit der Zunge, während sie ihre Herrin beiseite schob und die Koffer herauszerrte, um ein Kleid nach dem anderen sorgfältig hineinzupacken.

»Also, Miß Celia, warum setzen Sie sich nicht einfach hin und versuchen, sich ein wenig zu beruhigen. Ich wußte ja, daß da nichts Gutes draus werden konnte. Wollen Sie ein Glas Wasser?«

»Das – wird – nicht – nötig sein«, stieß Celia zwischen zusammengebissenen Zähnen hervor. Sie setzte sich allerdings wirklich hin, wobei sie noch immer Ronalds Brief umklammerte und versuchte, ihren maßlosen Zorn auf ihre Tante zu überwinden.

Vertrauliche Worte, vertrauliche Gedanken – die Lady Gertrude gelesen und zweifellos auf die schlimmstmögliche Art interpretiert hatte.

Wie konnte sie es wagen!

»O Celia! Was ist nur geschehen! O meine liebe Freundin – was ist mit dir?«

Anthea, die nur zweimal ganz leise angeklopft hatte, bevor sie ins Zimmer geschlüpft war, sah sie mit vor Besorgnis geweiteten Augen an.

»Warum packst du deine Koffer, wenn das Wochenende doch gerade erst begonnen hat? Du kannst doch deinen Onkel und deine Tante unmöglich demütigen wollen, indem du so überstürzt abreist. Damit würdest du allen möglichen Gerüchten und Spekulationen Nahrung geben. Ach, meine liebste Celia, bitte denke doch sorgfältig über alle Konsequenzen nach, ich flehe dich an. Deine Tante meint es nur gut, auch wenn ihr Verhalten manchmal eine Spur zu schroff sein mag – und wenn sie böse auf dich zu sein scheint, bin ich sicher, liegt es nur daran, daß sie sich um dein zukünftiges Wohlergehen sorgt.«

Also wirklich, man hatte den Eindruck, als würde Celia ihr überhaupt nicht zuhören! Sie versuchte es noch einmal.

»Celia, sei doch vernünftig und laß dir etwas Zeit zum Nachdenken, bevor du handelst. Du wirst deinen Onkel schrecklich aufregen, das weißt du – und er hat dich *wirklich* gern! Willst du nicht nach unten gehen und mit ihm besprechen, was dich quält? Er ist so ein lieber und frommer Mann, solch eine Quelle des Trostes, wie sowohl George als auch ich herausgefunden haben.«

Als Celia immer noch nichts sagte, biß Anthea sich auf die Lippen.

»Celia?«

Celia stand abrupt auf. »Emily, du kannst weiterpakken. Und ja, Anthea, ich glaube wirklich, daß du recht hast. Ich sollte tatsächlich mit Onkel Theo sprechen, bevor ich abreise. Und wärest du inzwischen bitte so freundlich, den Templecombes eine Nachricht zu schicken – an Mr. Hamilton? Sag ihm, daß ich seine Begleitung zurück nach London benötige.«

»Aber ...«

»Anthea«, sagte Celia geduldig, »wenn du das nicht für mich tun willst, zwingst du Emily und mich damit, zu Fuß zu gehen, und ich glaube, das würde erst recht Aufsehen erregen. Oder vielleicht würden auch meine Zigeunerverwandten mir für die Nacht Zuflucht gewähren, wenn sich sonst niemand dazu bereitfindet. Was meinst du? Während du nachdenkst, werde ich versuchen, meinen Onkel zu finden.«

Anthea starrte fassungslos die Tür an, die Celia hinter sich zugezogen hatte.

Was um alles in der Welt war nur in ihre Freundin gefahren?

Oh, wenn sie doch nur mit dem lieben George sprechen könnte; er würde ihr sicher einen klugen und vernünftigen Rat geben! Sie war es nicht gewohnt, daß ihr plötzlich die Worte fehlten oder sie nicht wußte, wie sie sich verhalten sollte. Und dieses Gefühl der Hilflosigkeit behagte ihr nicht im mindesten.

Sie wußte weder aus noch ein. Sollte sie nach Mr. Hamilton schicken und den Zorn ihrer Gastgeberin heraufbeschwören, oder – oder – Celia konnte doch nicht im Ernst einen Skandal heraufbeschwören wollen?

Der Bischof würde sie gewiß zur Vernunft bringen.

Anthea hoffte es inbrünstig. Also ignorierte sie Emily, die unzufrieden etwas vor sich hin murmelte, und verließ das Zimmer ihrer Freundin.

Wäre sie Katholikin gewesen, hätte Anthea sich bekreuzigt.

Kapitel 19

Celia betrat den wilden, altmodischen Garten, der von allen Richtungen Sonne bekam, und innerhalb der uralten Steinmauern, die ihn umgaben und die Hitze förmlich aufzusaugen und zu speichern schienen, war es immer warm und behaglich.

Hier fand sie schließlich auch ihren Onkel – und das zu einer Tageszeit, zu der er sich normalerweise in sein Arbeitszimmer einschloß, um an seinen Predigten zu arbeiten.

Zufrieden und völlig selbstvergessen werkelte er in seinen schäbigsten, ältesten Gartenkleidern vor sich hin, und sie beobachtete ihn eine Weile, denn es widerstrebte ihr, in sein einziges Refugium einzudringen, in dem er sich ungestört wähnte.

Aber mit seinem untrüglichen, hellseherischen Gefühl, daß jemand in Not war, spürte er ihre Anwesenheit und richtete sich, den Hohlspatel in der Hand, langsam auf.

»Celia? Mein liebes Kind, nein, du störst mich überhaupt nicht . . .« Er hielt jäh inne und blickte forschend in ihr Gesicht und ihre Augen. »Was ist passiert? Wieder mal deine Tante Gertrude? Hat sie etwas gesagt, das dich unglücklich macht?«

Wie gütig er doch war, wie freundlich – und woher wußte er das alles? Plötzlich strömten ihr die Tränen, die sie sehr lange unterdrückt hatte – Tränen des Zorns, der Enttäuschung, des Schmerzes –, über ihre Wangen, und ein tiefes, unglückliches Schluchzen schüttelte ihren Leib.

Der Bischof ließ seinen erdverkrusteten Hohlspatel fallen und nahm sie in die Arme; plötzlich verlor sie auch noch den letzten Rest an Selbstbeherrschung und ließ ihren Tränen an seiner Schulter ungehemmt ihren Lauf.

Sie klammerte sich so ungestüm an ihn, als suche sie

Schutz bei ihm, und er verspürte eine Woge der Scham und des Schuldbewußtseins. Schließlich war sie seine Nichte, und er hatte mehr als irgend jemand sonst die Verantwortung für sie. Er hatte sie aus einer unpassenden Umgebung und einem unpassenden Leben herausgeholt, doch was hatte er ihr statt dessen geboten?

Ein gelegentliches Schulterklopfen? Zugang zu seiner Bibliothek?

Aber hatte er ihr jemals wirkliche Zuneigung gezeigt? Oder ihr das Gefühl gegeben, geliebt zu werden? Was sagt der Apostel Paulus im 1. Korinther, 13. Kapitel zum Thema Liebe – so oft hatte er diese Worte in seinen Predigten zitiert, aber niemals hatte er selbst in die Tat umgesetzt, was er von der Kanzel herab von anderen verlangt hatte.

Während er unablässig Celias Rücken streichelte, murmelte er beruhigende Worte, die selbst in seinen eigenen Ohren hohl klangen. War das ein Zeichen dafür, wie weit er sich von seinen eigentlichen Pflichten als Hirte seiner Gemeinde entfernt hatte?

»Ach, Celia, Celia. Vergib mir, daß ich nicht schon vor langer Zeit begriffen habe, wie unerträglich das Leben hier bei uns für dich gewesen sein muß. Oh, weine nicht, mein Kind. Du darfst niemals aufhören, an deinen Gott zu glauben, nur weil dein alter Onkel ein so trauriges Beispiel für Seine Diener hier auf Erden ist.

Na, na – niemand kann dir jetzt weh tun. Willst du mir nicht erzählen, was passiert ist? Komm, ich hole dir etwas zu trinken aus dem kleinen Brunnen, den du als Kind so geliebt hast. Erinnerst du dich an den alten Zinnbecher, den ich immer unter den Weidenzweigen versteckt habe? Er ist immer noch da, weißt du. Willst du einen Becher Wasser mit deinem alten Onkel Theo teilen? Und kannst du mir jemals verzeihen, daß ich dich so vernachlässigt habe? Kannst du das, mein Kind?«

Während er weitersprach, führte er sie zu der roh behauenen Steinbank, die sie noch aus Kindertagen in Erinnerung hatte. Dann holte er den Zinnbecher hervor, tauchte ihn in den Brunnen und reichte ihn ihr.

Mittlerweile war ihr Schluchzen in einen Schluckauf übergegangen, den sie vergebens zu unterdrücken versuchte, und sie haßte sich selbst dafür, daß sie ihre so hart erkämpfte Selbstbeherrschung so schnell verloren hatte.

Sie nippte langsam an dem eiskalten Wasser, ließ es ihre wunde Kehle hinunterrinnen und spürte, wie eine tiefe Dankbarkeit für die ehrliche Anteilnahme ihres Onkels in ihr aufstieg.

»Ich muß gehen«, sagte sie langsam. »Ich könnte es nicht ertragen, auch nur noch eine Minute hierzubleiben – aber das hat alles nichts mit dir zu tun, liebster Onkel Theo. Ich liebe dich von ganzem Herzen. Aber meine Tante hat es mir unmöglich gemacht zu bleiben, also habe ich Anthea gebeten, nach Mr. Hamilton zu schicken – falls sie überhaupt den Mut hatte, Tante Gertrude zu trotzen. Aber wie es auch ausgehen mag, bitte versteh mich, Onkel Theo. Es lag nicht in meiner Absicht, dich traurig zu machen oder dich aufzuregen.«

»Mein liebstes Kind, ich bin deinen Bedürfnissen gegenüber so blind gewesen. Das weiß ich jetzt. Natürlich hat dein Vater – trotz seiner eigenen qualvollen Erlebnisse – begriffen, was das beste für dich sein würde. Willie! Ja, sie ist genau die richtige für dich. Und jetzt weiß ich es auch – Gott hat dich hierher zu mir geführt, um uns beide zu retten. Weißt du«, fuhr Theo fort, und seine Augen leuchteten vor Eifer, »in dem tiefsten Winkel meines Herzens habe ich auf . . . nun ja, eine Art Offenbarung gehofft – und darum gebetet. Ein Zeichen, ein Fingerzeig. Und jetzt, glaube ich, habe ich mein Zeichen empfangen.«

Er drückte noch einmal tröstlich ihre Hand. »Keine Angst, ich habe durchaus nicht den Verstand verloren. Überlaß alles mir. Vertraue deinem Onkel, und gemeinsam werden wir alle Drachen töten, die sich uns in den Weg stellen.«

Es war Emily, die nach Grant Hamilton schickte, während Anthea, hin- und hergerissen zwischen ihrer Verpflichtung Gertrude gegenüber und ihrer Freundschaft zu Celia, zauderte.

Wenn sie eine echte Freundin gewesen wäre, dachte Emily mürrisch, während sie ihren schlichten Brief verfaßte, wäre Anthea persönlich zu den Templecombes gegangen und hätte Mr. Grant hergeholt, ohne nach dem Warum und Wozu zu fragen.

Aber Miß Anthea war ein Feigling, und sie, Emily, war keiner; sie brauchte sich lediglich in den Stall hinunterzuschleichen und den Jungen zu suchen, der ihr schöne Augen gemacht hatte; anschließend brauchte sie ihn nur noch von dem noblen Charakter seiner Aufgabe zu überzeugen – und ihm zu schwören, daß man ihn nicht dafür bestrafen würde.

Was man nicht alles mit einem dummen kleinen Kuß erreichen konnte!

Was hingegen auf Lady Gertrude zukam, war nichts Geringeres als eine Invasion, und sie war alles andere als erfreut. Sie wurde von zwei Seiten gleichzeitig angegriffen – ihr eigener Mann hatte sich mit Celia gegen sie verschworen! –, und bevor sie sich noch hatte rüsten können, um den beiden den Kampf anzusagen, fand sie sich einer wahren Armee gegenüber, die aus den Templecombe-Geschwistern bestand (die beiden hatten bisher nicht einmal den Anstand besessen, bei ihr vorzusprechen oder wenigstens ihre Karte zu hinterlassen!) und diesem unverschämten, arroganten Grant Hamilton, der wissen wollte, wo Celia war.

Wäre sie eine weniger starke Frau gewesen, so wäre sie auf der Stelle ohnmächtig geworden und hätte ein Riechsalz benötigt, aber hier ging es um ihre Ehre – und um den äußeren Schein –, und sie war zutiefst dankbar dafür, daß zumindest Anthea Langbourne auf ihrer Seite stand.

»Mr. Hamilton«, sagte sie steif, während sie dem Neuankömmling die Hand hinhielt. »Wie nett, Sie endlich kennenzulernen.«

Er kümmerte sich jedoch nicht um Formalitäten. »Wo ist Celia?«

Sie spürte, wie sich ihre Nackenhaare aufstellten, und sein ausländischer Akzent war ihr ein zusätzlicher Dorn im Auge. »Wo sollte sie wohl sein, Mr. Hamilton? Sie ist hier bei ihrer Familie und ruht sich vorm Abendessen ein wenig aus. Miß Langbourne ist gerade aus ihrem Zimmer gekommen – nicht wahr, Anthea, meine Liebe?«

»Ja«, sagte Anthea hölzern. »Sie ruht sich aus.«

Grant warf ihr einen vernichtenden Blick zu und richtete dann seine Aufmerksamkeit wieder auf Gertrude. Was für eine selbstgerechte Hexe! »Dann sagen Sie ihr bitte, daß sie Besuch hat.«

»Das ist genau die Art von schlechtem Benehmen, das man bei Leuten aus Übersee erwarten würde«, erwiderte Gertrude scheinbar an Anthea gerichtet, während ihr Blick jedoch boshaft auf Grant ruhte. »Mein lieber Herr, Sie sind sich offensichtlich über die Sitten dieses Landes nicht recht im klaren. Man schickt eine Karte, einen Brief, und man wird *eingeladen*, bevor man irgendwo auftaucht und Forderungen stellt.«

»Ich stelle keine Forderungen«, entgegnete Grant kalt. »Celia wird auf der Stelle dieses Haus verlassen. Das ist keine Forderung, das ist eine Tatsache. Und wenn Sie sie nicht rufen wollen, werde ich sie suchen. Auch das ist eine Tatsache. Also, wie ist es Ihnen lieber, Lady Gertrude? Ihre Ausflüchte oder meine Tatsachen?«

Gertrude richtete sich zu ihrer vollen Größe auf, denn sie war sich der beiden aufmerksam lauschenden Templecombes überaus bewußt. Sie konnte es sich nicht leisten, sich in ihrer Anwesenheit in ein schlechtes Licht zu setzen. »Mein lieber Mr. Hamilton, dies ist ein gastfreundliches Haus, das Haus eines Bischofs der Kirche von England. Sie sollten sich für Ihr Verhalten schämen. Natürlich dürfen Sie Celia sehen, aber es kommt überhaupt nicht in Frage, daß sie heute aufbricht. Sie hat uns einen längeren Besuch versprochen, und der ist keineswegs schon vorüber.«

»O doch«, sagte Grant unmißverständlich.

»Dies ist der Gipfel an schlechtem Benehmen – und das können Sie gern auch Ihrer Stiefmutter ausrichten«, fuhr Gertrude auf. »Nein, ich werde ihr lieber selbst schreiben. Offensichtlich haben Sie die Manieren eines ungehobelten Cowboys und wären daher ganz gewiß nicht in der Lage, eine Botschaft von mir zu übermitteln.«

»Stimmt«, sagte Grant kurz.

»Celia ist nicht mehr das Kind, das ich Wilhelminas Obhut anbefohlen habe.«

»Das will ich doch hoffen.«

»Sie sind unmöglich und arrogant.«

»Ja, Ma'am«, gab Grant ihr gelassen recht. »Jetzt holen Sie Celia, und sagen Sie ihr, sie soll sich bereitmachen.«

Ihre Blicke trafen sich zu einem wortlosen Duell; Gertrude hob das Kinn noch einen Zentimeter höher, und ihr unerschütterlicher Sinn für Recht und Ordnung brach sich abermals Bahn.

»Wir werden Celia rufen«, verkündete sie mit geradezu königlicher Würde.

Was für ein Drache, dachte Grant, als sie durch das Zimmer stolzierte, heftig am Glockenzug riß und dem Zimmermädchen, das kurz darauf auftauchte, befahl, Miß Celia herunterzubitten.

Aber Celia stand bereits auf der Treppe und hatte jedes köstliche Wort, das zwischen ihrer Tante und Grant Hamilton gefallen war, gehört. Der Wortwechsel war wie an einer Mauer an ihm abgeprallt, und Tante Gertrude konnte seinem steinharten Äußeren nicht einmal einen winzigen Kratzer zufügen; wenn sie selbst nicht so böse auf ihn gewesen wäre – und sich nicht so vor dem noch immer ungelesenen Brief in ihrer Hand gefürchtet hätte –, hätte sie ihm vielleicht sogar applaudiert.

Da sie schon auf dem Weg war, erschreckte sie Tante Gertrudes Mädchen, das scheu war wie ein Kaninchen, halb zu Tode, als sie nun die obersten Treppenstufen hinunterlief und beinahe mit dem jungen Ding zusammenstieß.

»Oh! Miß – oh – ich . . .«

»Ich bin hier«, sagte sie trocken, lief an dem Mädchen vorbei und holte nur einen winzigen Augenblick lang Atem, bevor sie in den Salon trat.

Grants zorniger, funkelnder Blick schien sie an der Tür festzunageln. »Ah, Celia«, sagte Tante Gertrude, deren Stimme zu fröhlich klang, während ihr Zorn nur allzu offensichtlich war.

»Du hast Besuch. Ich glaube, diese beiden jungen Leute sind die Templecombes, obwohl wir uns noch nie begegnet, geschweige denn einander offiziell vorgestellt worden sind. Und Mr. Hamilton, der unverständlicherweise darauf besteht, daß du noch heute mit ihm abreist. Ich sehe aber nicht, wie das möglich sein soll, da du doch das ganze Wochenende bei uns verbringen wolltest.«

Nachdem sie Celia solchermaßen zu einer klaren Äußerung gezwungen hatte, sah sie ihre Nichte erwartungsvoll an. Celia blickte zu Grant hinüber, der unmerklich nickte.

»Celia *wird* heute abend abreisen.« Eine neue Stimme mischte sich in das Gespräch, und Tante Gertrude erstarrte.

»Also wirklich, Theo, was denkst du dir denn dabei?«

Theo lächelte Celia an. »Ja, wirklich – ich denke. Ich habe schon den ganzen Tag nachgedacht, im Gegensatz zu dir, wie ich vermute.« Er ging mit langen Schritten auf Grant zu und reichte dem jungen Mann die Hand. »Guten Tag, Mr. Hamilton. Ich bin Celias Onkel Theo, und natürlich wird sie mit Ihnen abreisen.« Er drehte sich um und warf seiner Frau einen vielsagenden Blick zu. »*Ganz wie besprochen.* Wir wissen alle, wie sehr es dich gefreut hat, meine liebe Gattin, Celia hier zu haben, wenn auch nur für so kurze Zeit. Aber Wilhelmina hat unmißverständlich gesagt, daß sie morgen wieder zurück sein muß, ein Umstand, den du anscheinend vergessen hast.«

Celia hatte ihre Tante noch nie so sprachlos erlebt. Ihr Kiefer klappte nach unten, und sie öffnete den Mund, um ihrem Mann zu widersprechen, aber Onkel Theo kam dem nahenden Hurrikan zuvor, indem er fragte: »Hast du gepackt, mein Kind?«

Celia brachte ein zittriges Lächeln zustande. »Jawohl, Onkel Theo.«

»Gut, Kind, sehr gut. Ihre Kutsche steht draußen, mein Junge? Und das ist natürlich Thomas Templecombe. Freue mich wirklich, Sie kennenzulernen, mein Sohn. Und das ist Ihre Schwester? Jennifer, nicht wahr? Willkommen in meinem Haus, meine Kinder. So, jetzt wollen wir uns um Celias Gepäck kümmern. Auch wenn es Gertrude und mir so leid tut, dich so bald wieder gehen zu lassen, versichere ich dir doch, daß der Allmächtige einen Plan hat und daß ich dich vielleicht schon bald wiedersehen werde.«

Celia umarmte ihn und war wieder einmal den Tränen nahe. »Vielen Dank, Onkel Theo.«

»Halt dich tapfer, mein Kind.«

Dann drehte sie sich zu ihrer Tante um. »Tante Gertrude.«

Gertrude versteifte sich. »*Ich* kann deine Abreise mit Mr. Hamilton nicht gutheißen; der Mann ist immerhin keiner von *uns*, auch wenn dein sogenannter Vormund anders darüber denkt. Du wirst sehen, meine Liebe; man tut gewisse Dinge auf eine gewisse Art und Weise, und wenn man sich dem nicht fügt, muß man die Konsequenzen tragen, was du ganz gewiß noch erfahren wirst. Nun, du hast deine Wahl getroffen und wirst damit leben müssen. Ich habe mein Bestes gegeben – ich habe versucht, dich zu einer guten Christin zu erziehen. Ich habe meine Pflicht getan, und doch haben am Ende die Mächte des Bösen wieder einmal obsiegt. So ist es immer. Lebe wohl, Celia. Ich kann nur hoffen, daß du aufgrund deiner Taten nicht allzusehr wirst leiden müssen.«

Mit diesen Worten kehrte sie ihrer Nichte den Rücken zu und stolzierte hinaus in den Flur.

»Sie hofft, daß ich in der Hölle schmore, damit sie am Ende recht behalten hat«, flüsterte Celia, und in ihren

Augen glänzten Tränen. Tante Gertrude hatte bis zum letzten Augenblick nicht nachgegeben und wünschte ihr ganz offensichtlich nur das Schlechteste.

»Vielleicht ist es für deine Tante an der Zeit zu lernen, die Dinge in einem anderen Licht zu betrachten«, sagte Theo nachdenklich, während er seiner Frau bestürzt nachschaute. Es war schlimmer, als er gedacht hatte, und plötzlich hatte er das Gefühl, Gertrude überhaupt nicht zu kennen. Und das alles mußte auf dem schmalen Rücken des armen, unschuldigen Kindes ausgetragen werden, das sie aus einem freien, wenn auch heidnischen Leben auf Ceylon herausgerissen hatten.

Vielleicht waren er und seine Frau in Wirklichkeit die Heiden und Celia diejenige, die sich Gottes Segen erfreute.

Noch einmal nahm er das junge Mädchen in die Arme. »Gott sei mit dir, mein Kind. Ich hoffe, du bringst es über dich, mir ab und zu einmal zu schreiben.«

»Das werde ich bestimmt«, versprach sie leidenschaftlich. »Ich habe dich sehr lieb, Onkel Theo.«

»Und ich dich«, murmelte er und hielt sie noch einen Augenblick lang in seinen Armen, bevor er sie den starken Händen von Grant Hamilton überließ, der die ganze Szene mit zynisch gehobenen Augenbrauen beobachtet hatte.

Die Templecombes saßen bereits in der Kutsche, als Grant Celia und anschließend Emily hineinhalf.

»Sir.«

Onkel Theo lächelte und hielt ihm die Hand hin. Grant schüttelte sie mit großem Ernst.

»Passen Sie gut auf sie auf, mein Junge«, sagte Onkel Theo.

»Das hat bereits meine Stiefmutter zu meiner Lebensaufgabe auserkoren«, sagte Grant trocken.

»Wer weiß«, entgegnete Theo, »vielleicht haben Sie es ja auch selbst dazu gemacht.«

Das Schlafzimmer war wunderschön eingerichtet, noch schöner als ihr Zimmer in Carlton House Terrace, und es erwies sich als wunderbarer Ort, um sich zu verstecken und die peinlichen Umstände ihrer Abreise aus dem Haus des Bischofs und die bösen Worte ihrer Tante so gut es ging zu vergessen.

Die liebe Tante Gertrude. Celia konnte direkt hören, wie sie jetzt mit ihren Freundinnen über die schändliche, respektlose und unschickliche Art und Weise sprach, mit der ihre Nichte sie behandelt hatte, diese Nichte, die doch jeden Grund hätte, ihr für ihre Freundlichkeit und die vielen Opfer, die sie in all den Jahren gebracht hatte, geradezu übermenschlich dankbar zu sein.

O ja, Tante Gertrude wollte Celia das Gefühl geben, ihr unendlich viel zu schulden – aber warum sie diesen Wunsch hatte, war Celia einfach ein Rätsel.

Ich will nicht, ich will es einfach nicht, dachte sie rebellisch. Sie hatte einfach genug – von Tante Gertrude, von den ewigen Ermahnungen, von Zigeunerprophezeiungen, die sie bis in ihre Träume verfolgten, von Grant Hamilton und seinen forschenden grünen Augen, die sie mit einem ganz unerklärlichen Gefühl der Sehnsucht erfüllten.

Dabei wollte sie absolut nichts von ihm. Sie wollte nur das, was sie bereits hatte: eine Londoner Saison zusammen mit ihrer geliebten Tante Willie, an deren Ende sie nach Ceylon fahren und den Schwur einlösen würde, mit dem sie sich Ronald versprochen hatte.

Und nur das.

Aber warum hatte sie dann bisher noch immer nicht seinen Brief gelesen?

Wovor fürchtete sie sich?

Unsinn! Ihre Gefühle waren einfach vollkommen durcheinandergeraten – erst hatte sie ihre Zigeunerfamilie kennengelernt, und gleich darauf war es zu diesem unerfreulichen Zusammenstoß mit Tante Gertrude gekommen.

Wie hätte sie inmitten eines solchen Chaos den Brief ihres Verlobten lesen sollen?

Vor allem, da sie wußte, daß Tante Gertrude seinen Inhalt bereits kannte?

Das erzürnte sie an der ganzen Sache am meisten.

Aber jetzt war es vielleicht doch an der Zeit. Grant sollte sie am nächsten Morgen zu Tante Willie zurückbringen und würde deshalb darauf verzichten müssen, sich den Rest des Wochenendes in den bewundernden Blicken der schmachtenden Jennifer Templecombe zu sonnen.

Er war inzwischen natürlich auch ziemlich aufgebracht, und vor allem war er verärgert über sie, Celia.

»Ihre Tante ist ein absolutes Miststück«, war es aus ihm herausgeplatzt, als sie in der Kutsche saßen und noch keine hundert Meter vom Haus des Bischofs entfernt waren. »Warum zum Teufel haben Sie die Einladung überhaupt angenommen? Und warum zum Teufel sind Sie allein hingefahren?«

Sie hatte keine Antworten für ihn. Sie verspürte eine gewisse Dankbarkeit – mehr Onkel Theo gegenüber als ihrer Tante, soviel stand fest –, und es ließ sich nicht von der Hand weisen, daß sie – er – in den letzten Jahren viel für sie getan hatten.

Aber warum? Nicht einmal sie kannte die Antwort auf diese Frage, und Grants Ärger erboste sie.

»Ich schätze«, fuhr sie ihn an, »wenn Willie ein . . . Miststück . . . gewesen wäre, wären Sie nach der Hochzeit niemals mehr in das Haus Ihres Vaters zurückgekehrt? Sie wären so stark gewesen, so aufrecht, daß Sie Ihre Familienbande hätten leugnen können? Oder fällt es Ihnen leichter, in einer Sache zu urteilen, in der Sie keine Erfahrung haben, indem Sie Ihre Meinung aufdrängen, wo sie unerwünscht ist?«

Das brachte ihn für ungefähr zehn Sekunden zum Schweigen. Dann sagte er schneidend: »Verdammt, sie hat versucht, Sie in Stücke zu reißen, und es war ihr völlig egal, wer zuhörte.«

»Sie hat sicher gehofft, daß wir irgendwelche Gerüchte verbreiten würden«, warf Thomas Templecombe ein. »Aber wir hintergehen unsere Freunde nicht.«

»Sie ist wirklich eine unangenehme Person«, bemerkte Jennifer, »und Grant war einfach wunderbar. Sie waren so stark; sie konnte Ihnen mit all ihren Schlingen und Pfeilen nichts anhaben.«

»Ich hätte ihr am liebsten ihren mageren, selbstgerechten Hals umgedreht«, sagte Grant mit Nachdruck.

»Trotzdem ist sie meine Tante und hat mich aufgezogen«, wandte Celia störrisch ein; einerseits war es ihr zutiefst zuwider, Tante Gertrude zu verteidigen, andererseits wollte sie Grants schroffen Bemerkungen über ihre Tante ein Ende bereiten. »Sie hat alles getan, was in ihren Kräften stand.«

Aber was hatte nicht alles in ihren Kräften gestanden? Celia zu demütigen, ihre Vorfahren zu beleidigen, ihre Mutter und ihren Vater herabzusetzen – und *ihr* vorzumachen, daß Ronald Winwood mit seiner noblen Gesinnung ihre heidnische Seele retten würde.

Und ihre Tante hatte jeden einzelnen Augenblick voll ausgekostet.

Und vielleicht, nur vielleicht, war das der Grund, warum Celia sich nicht dazu überwinden konnte, Ronalds Brief zu lesen.

Ich bin nicht mehr derselbe Mensch, der ich war, als ich versprach, ihn zu heiraten.

Dieser Gedanke schoß ihr wie ein Blitz durch den Kopf.

Und da wußte sie es plötzlich: Sie fürchtete sich vor dem, was sie in diesem Brief finden mochte, davor, wie sie darauf reagieren würde, nachdem sie seit ihrer Ankunft in London kaum einen einzigen Gedanken an Ronald verschwendet hatte.

Aber als Tante Willie sie so plötzlich und vollständig aus ihrem alten Leben herausgerissen hatte, war sie immer noch sicher gewesen, daß – genau, wie Tante Gertrude es prophezeit hatte – ihre einzige Chance darin bestand, den Mann zu heiraten, den sie in ihrer Kindheit angehimmelt hatte.

Und daß eine Saison in London ein sinnloser Luxus war,

der ihr nur den Kopf verdrehen und sie auf Besseres hoffen lassen würde.

Ich muß den Brief lesen.

Sie wollte den Brief nicht lesen; sie wußte es jetzt besser als damals. Tante Willie hatte ihr die Augen geöffnet. Ihrer Seele haftete kein Makel an. Sie war kein Ungeheuer, kein Versehen der Natur, das auf die guten Taten eines Retters angewiesen war.

Sie wollte, daß die Dinge einfach so weitergingen wie früher; sie wollte nach London zurückkehren und weiterhin ihr Leben dort genießen.

Und sie wollte überhaupt nicht über das Thema Ehe nachdenken.

Ich muß diesen Brief lesen.

Es war ihr Gewissen, das da sprach, es waren ihre Schuldgefühle, weil sie den Mann, der das Wichtigste in ihrem Leben hätte sein sollen, in den hintersten Winkel ihrer Gedanken verbannt hatte und ihn nur herausholte, wenn es ihr gerade gefiel.

Nun, jetzt jedenfalls gefiel es ihm, von sich hören zu lassen. Sie hatte ihn heiraten wollen, und jetzt verlangte er Antworten von ihr. Einfache Dinge wie: Warum hast du nicht geschrieben? Was hast du die ganze Zeit über getan? Das war alles; mehr würde er gewiß nicht von ihr verlangen. Schon gar nicht, wenn er auch nur die leiseste Ahnung hatte, daß Tante Gertrude den Brief möglicherweise lesen würde. Und er mußte doch einfach wissen, daß sie noch nicht so weit war ...

Mit zitternden Fingern holte sie den Brief aus ihrer Rocktasche. Er war so zerknittert, daß man ihn vielleicht gar nicht mehr lesen konnte, dachte sie hoffnungsvoll. Dann konnte sie einfach einen oberflächlichen, unbekümmerten Brief voller Nichtigkeiten zurückschreiben und brauchte auf keine seiner Fragen und Kümmernisse einzugehen.

Sie zog den Brief aus dem Umschlag. Das Blatt war dicht beschrieben und ein wenig fleckig geworden, nachdem sie es so lieblos behandelt hatte.

Die Worte, mit denen er sie ansprach, konnte sie kaum ertragen: Celia, *Carissima* . . .

Ihr Herz begann zu hämmern, und sie ging steif zu einem kleinen Schaukelstuhl am Fenster hinüber und ließ sich hineinsinken.

Das war ja noch schlimmer, als sie befürchtet hatte. Mit zitternden Händen strich sie den Bogen glatt und hielt ihn in das Licht des Spätnachmittags, damit sie besser lesen konnte.

Celia, *Carissima,*

es ist soviel Zeit vergangen – zuviel Zeit. Während ich nun hier im Zwielicht des Abends sitze, denke ich an all die Monate, all die Jahre, die wir getrennt waren, und sehne mich nach Dir wie noch nie zuvor.

Endlich bist Du erwachsen geworden, *cara mia,* und die Zeit naht, da wir wieder vereint sein werden. Ich vermisse Dich, wie ein Liebender seine Geliebte vermißt; ich möchte Dich in meinen Armen halten können, möchte Dir ins Ohr flüstern, wie sehr ich Dich liebe, möchte Deine süßen, unschuldigen Lippen küssen, möchte Dich ein und für allemal zu der Meinen machen. Komm zu mir, liebste Celia, und erlaube mir, Dich zu meiner Frau zu machen, wie es uns bestimmt ist. Die Tage werden jetzt lang – ich muß immer an Dich denken, wenn ich mir vorstelle, wie schön Du geworden bist, während Du unserer Hochzeit entgegenreifen konntest, und ich wünsche mir nichts mehr, als unser beider Träume mit lebenslanger Freude in Erfüllung gehen zu lassen.

Ich brauche Dich, *jetzt, cara;* zaudere nicht länger und denke an all das, was wir einander bedeutet haben. Du wirst alles, was Du brauchst und wünschst, in der näheren Umgebung Deines angestammten Heims finden; niemals wird es Dir an irgend etwas mangeln, nie – das schwöre ich.

Komm zu mir und werde meine Frau, meine Liebste, und laß uns gemeinsam die Welt erobern.
Vergiß niemals, daß Dein Vater und mein Vater es so festgelegt haben, und das Vertrauen, das Dein Vater in mich gesetzt hat, ist mir heilig.
Aber es ist mehr als das, meine geliebte Celia – ich sehne mich schon eine so lange Zeit nach Dir und kann meinen Hunger, Dich endlich zu besitzen, nicht länger unterdrücken.
Du mußt Dein Versprechen mir gegenüber ehren, so wie ich das meine ehre. Du brauchst nur ein einziges Wort zu sagen, und ich werde alles stehen- und liegenlassen und zu Dir kommen, wenn es das ist, was Du wünschst.
Schreibe mir, meine über alles Geliebte, nach dieser langen, unerträglichen Dürre, in der mich kein Wort von Dir erreicht hat, und sag mir, wann ich Dich endlich wieder in meinen Armen halten kann.

Dein Dir immer treuer
Ronald

Katastrophe.

Sie merkte nicht einmal, daß ihr der Brief aus den Händen fiel.

Sie hatte das überwältigende Gefühl, ihrem Verhängnis entgegenzuschreiten.

Nun war es also an der Zeit, die Rechnung zu begleichen.

Kapitel 20

»Diese Frau ist ein richtiggehender Drache«, sagte Jennifer Templecombe energisch, gerade als Celia am nächsten Morgen das Frühstückszimmer betrat. »Kein Wunder, daß unsere Eltern niemals mit ihr zu tun haben wollten. Oh, hallo, Celia, meine Liebe. Ich bitte um Entschuldigung. Aber – Sie sind doch gewiß nicht anderer Meinung?«

»Ich bin diejenige, die um Verzeihung bitten muß, da ich offensichtlich in ein sehr privates Gespräch hineingeplatzt bin«, sagte Celia spitz, während ihr müder Blick über Thomas Templecombe hinwegglitt und auf Grants felsenharten Zügen hängenblieb. »Denn ich nehme doch an, daß Sie soviel Anstand besitzen, meine Tante nicht in meiner Anwesenheit zu kritisieren.«

»Oh! Aber . . .!« Jennifer sah sich verzweifelt um, als suche sie Hilfe bei Grant, ein Umstand, der Celias Zorn sofort von neuem anfachte. Und was ihr noch viel weniger gefiel, war die Tatsache, daß Grant augenblicklich mit einer beruhigenden Geste Jennifers Hand ergriff und anschließend *sie* anfuhr, als hätte sie Jennifer gekränkt und nicht umgekehrt.

»Setzen Sie sich, Celia, und hören Sie mit diesem Gerede auf. Ihre Tante ist eine Heuchlerin, und wir alle wissen das. Die ganze Sache ist unangenehm genug, um jedem hier den Appetit zu verderben. Daher beenden wir das Thema jetzt, damit wir in Ruhe unser Frühstück genießen können.«

Daraufhin lächelte er diesem Baby von Jennifer Templecombe honigsüß zu, und Celia hätte ihr am liebsten die gekochten Nierchen an den Kopf geworfen.

»Setzen Sie sich«, wiederholte er ungeduldig und riß sie damit aus ihren Gedanken. »Sie sollten etwas essen. Sie sehen schrecklich aus.«

Noch immer vor Wut schäumend, ließ sie sich von dem Mädchen der Templecombes eine Tasse Tee einschenken.

»Wie nett von Ihnen, das zu bemerken«, sagte sie eisig, während sie die Tasse an die Lippen hob und die Wärme in ihren Händen auskostete und den beruhigenden Zitronenduft, der dem Getränk entstieg.

»Ich habe Willie eine Nachricht geschickt, daß Sie noch einige Tage hierbleiben werden«, fuhr Grant fort, während sein Blick noch immer auf Jennifer ruhte, als wäre sie das faszinierendste Geschöpf auf Gottes Erden.

»Ach, wirklich?« murmelte Celia und schob ihren Teller dem Mädchen hin, das Brot und Eier noch warm aus dem Ofen servierte. »Ich staune darüber, daß Sie nicht zuerst mit mir darüber gesprochen haben; *ich* wünsche, sobald wie möglich nach London zurückzukehren.«

»Das werden Sie auch, in ein paar Tagen.«

»Ich glaube nicht, Mr. Hamilton. Ich wünsche heute abzureisen.«

»Das können wir nicht.«

»Das werden wir ja sehen.«

»Wir werden gar nichts sehen. Ich habe den Auftrag, Sie zu begleiten, und ich werde in drei Tagen bereit sein, abzureisen.«

»Ja, das kann ich mir vorstellen. Ich verstehe gut, wie unbequem es für Sie sein muß, wenn Ihre *Pflichten* immer wieder in Konflikt mit Ihren Plänen geraten. Aber keine Sorge, Sie brauchen sich meinetwegen nicht zu echauffieren. Ich sehe keine Schwierigkeit darin, mit Emily allein nach London zu fahren, und wir werden heute abreisen.«

»Das werden wir später besprechen.«

»Oh, zweifellos«, sagte Celia und warf einen flüchtigen Blick auf Thomas Templecombe, der angesichts der Schroffheit ihres Wortwechsels ein bestürztes Gesicht machte. »Aber ich sehe keine Notwendigkeit, meine Pläne zu ändern.«

Wenn Grant sie nicht nach London bringen wollte, dachte sie, konnte sie vielleicht an Mr. Templecombes

Gutmütigkeit appellieren, etwas, das Grant sicher gefallen würde: Auf diese Weise würde er um so mehr Zeit haben, Jennifers naiven ländlichen Charme zu genießen.

Was er ja von Anfang an gewollt hatte.

Ein Gedanke, der ihren Ärger um so sinnloser erscheinen ließ. Warum um alles in der Welt stritt sie sich eigentlich mit ihm? Es war doch nur ein winziger Schritt von dem einfachen Leben in einem englischen Landhaus bis zum noch einfacheren Leben auf einer Teeplantage auf Ceylon.

Plötzlich hatte sie das Gefühl, bereits dort zu sein; sie konnte Ronald Winwood seine Rechte nicht verweigern – diese Dinge waren unwiderruflich festgelegt worden, bevor sie überhaupt gewußt hatte, daß sie jemals ihre Meinung würde ändern können.

Und jeder Schritt, den sie getan hatte, hatte sie zu diesem Augenblick hingeführt, da er sie zur Frau fordern würde – für alle Zeiten.

Sie wußte nicht, warum sie sich so elend fühlte.

Das war es doch, wovon sie geträumt hatte, was sie noch vor vier Monaten mit jeder Faser ihres Wesens herbeigesehnt hatte.

Wie wankelmütig sie doch war und wie engherzig, daß ihr die Aufmerksamkeiten mißfielen, mit denen ein anderer Mann sie, die doch fast noch ein Kind war, bedachte, in das zu verlieben ihn nichts auf der Welt hinderte?

Wenn sie auch nur noch einen Augenblick länger in diesem Raum blieb, würde sie es vielleicht herausfinden.

Abrupt stand sie auf. »Sie werden mich entschuldigen. Ich möchte packen.«

»Celia ...«

Sie nahm Grants herrische Stimme hinter sich kaum wahr, als sie aus dem Zimmer flüchtete.

»Celia ...«

O Gott, wie war es möglich, daß er, als sie die Treppe hinaufstieg, bereits direkt hinter ihr stand?

Aber sie spürte ihn, spürte die Wärme seiner Hand, die

ihren Arm umschlang, spürte die Kraft in seinen Fingern, als er sie zwang, stehenzubleiben.

Und sie sah den flammenden Zorn seiner funkelnden, grünen Augen, die sie zu durchbohren schienen.

»Sie benehmen sich wie ein verwöhntes Balg.«

»Und ich kann Ihr Benehmen leider keinen Deut besser finden, Mr. Hamilton.«

»Ich sollte Sie übers Knie legen und Ihnen die Tracht Prügel verabreichen, die Sie verdient haben.«

»Ah, noch eine Last, die Sie zu tragen haben. Wieviel Sie doch um meinetwillen bereits gelitten haben. Es ist kein Wunder, daß es Sie in den Fingern juckt, mir ein wenig Disziplin beizubringen. Aber selbst Sie, Mr. Hamilton, müssen sich mit der Tatsache abfinden, daß es ein paar Dinge auf der Welt gibt, über die Sie keine Macht haben. Wie zum Beispiel über meine Rückkehr nach London heute.«

»Verflucht, Celia – unterstehen Sie sich, vor den Freunden meiner Stiefmutter Ihre schlechten Manieren zur Schau zu stellen. Es ist schlimm genug, daß wir Ihre vorzeitige Abreise aus dem Haus Ihrer Tante vertuschen müssen. Sie können unmöglich heute allein nach London fahren.«

»Es bricht mir das Herz, Ihre ländliche Idylle zerstören zu müssen, Mr. Hamilton. Ganz offensichtlich hatten Sie sich diesen Besuch bei Ihren Freunden ganz anderes vorgestellt. Ich möchte Ihnen auf gar keinen Fall einen Strich durch die Rechnung machen.«

Er wäre um ein Haar an seinem Zorn erstickt. »Verdammt noch mal – einen Strich durch meine Rechnung! Sie undankbares, kleines Biest – das einzige, worum es mir ging, war Ihre Sicherheit und Bequemlichkeit, um Himmels willen. Warum zum Teufel sollte ich mich sonst für ein Wochenende an diesem gottverlassenen Ort begraben?«

»Ich verstehe«, murmelte sie voller Bitterkeit. »Willie. Und ihr unverwüstliches Verantwortungsbewußtsein.

Noch eine Pflicht. Noch eine schmutzige kleine Aufgabe: Auf Celia aufpassen, falls ihre Tante sie aufregt. Ja, ich verstehe wirklich ...«

Das Gefühl der Demütigung war einfach unerträglich.

Wie konnte sie jetzt, da sie wußte, daß sie ein Kind der Roma war, auch nur einen Augenblick lang geglaubt haben, ihrem Schicksal entrinnen zu können?

»Nun, Mr. Hamilton, ich kann Sie beruhigen, dies wird das letzte Mal sein, daß ich wie ein Mühlstein um Ihren Hals hänge. Sie müssen mir diesen einen letzten Dienst erweisen. Ich werde heute nach London zurückkehren, mit oder ohne Ihre Hilfe, denn ich habe einen lange überfälligen Brief von meinem Verlobten bekommen, der mich daran erinnert, daß es an der Zeit ist, meinem Versprechen ihm gegenüber Rechnung zu tragen. Daher ...«

Ihre Stimme würde doch jetzt nicht brechen, oder? »Daher muß ich die notwendigen Vorkehrungen treffen, um zu ihm zu fahren ...«

Ihre Worte waren wie ein Tritt in den Magen für ihn. Er trat einen Schritt zur Seite, so daß er ihr direkt ins Gesicht sehen konnte, er konnte ihre Furcht und ihre Erregung förmlich riechen.

»Wer hat das gesagt? Wer hat das gesagt?« Seine Stimme klang heiser, und es juckte ihn in den Fingern, sie zu berühren, sie festzuhalten und sie nicht mehr gehen zu lassen. »Wer hat gesagt, daß Sie zu ihm fahren müssen? Das werden Sie nicht tun. Ich werde nicht zulassen, daß Sie zu ihm gehen ...«

Als er den überraschten Blick in ihren ausdrucksstarken Katzenaugen sah, brach er abrupt ab.

»Was denken Sie sich eigentlich? Daß Willie Sie nach all dem einfach in die Wildnis davonsegeln lassen würde? Daß irgendwelche Abmachungen oder unheiligen Bündnisse, die Ihre Tante Gertrude abgeschlossen hat, noch Gültigkeit besitzen, nachdem Willie das Kommando übernommen hat? Mein Gott, Sie haben aber auch wirklich gar kein Vertrauen. Warum zum Teufel glauben Sie, hat Ihr Vater dafür gesorgt, daß Sie aus Gertrudes Bannkreis herausgeholt wurden?«

»Ronald kümmert sich um meine Angelegenheiten, bis wir verheiratet sind«, entgegnete sie steif. »Ich schulde ihm viel; es ist meine Pflicht . . . es ist so arrangiert.«

»Dann hat Ihr Vater eine Torheit nach der anderen begangen, wenn er Sie nicht nur erst Gertrude überlassen hat, sondern Ihre Angelegenheiten auch noch einem Mann übergeben hat, den Sie kaum kannten. Was war das für ein Mann, Celia, daß er Sie solchermaßen verkaufen konnte?«

»Nein – *nein!*« Sie riß sich von ihm los, und er zog sie wieder an sich, so nah, daß sie seinen Atem auf ihrer Haut spüren konnte.

»Ja – ja –, was ist das für ein Märchen, in dem Sie gelebt haben, Sie törichtes Kind? Ich will es Ihnen sagen. Gertrude war die böse Hexe, aber Ihr Verlobter ist kein schöner Prinz – und Willie ist in Wirklichkeit Ihre gute Fee.«

»Ich höre mir das nicht länger an. Die Dinge sind, wie sie sind. Ronald wird mich heiraten – wer sonst würde mir, wenn er meine Geschichte erst einmal kennt, jemals einen Antrag machen? Können Sie mir das sagen, Mr. Alleswisser, wer?«

Ich.

Hatte er das gedacht – hatte er es gesagt? Wäre sie überhaupt bereit gewesen, ihn anzuhören? Zum Teufel, war er bereit, es zuzugeben?

»Jeder«, knurrte er. »Jeder verdammte Mann von den Dutzenden und Aberdutzenden, die Sie während der letzten ein oder zwei Monate kennengelernt haben, würde auf die Knie fallen und Sie bitten, ihn zu heiraten . . .«

»Nur Sie nicht . . .«, wisperte sie.

Er hätte sie am liebsten erwürgt. Es ging nicht an, daß er sie begehrte. Er zog sie näher an sich, so daß sie die Worte beinahe lesen konnte, noch bevor seine Lippen sie formten.

»Ich bin Ihre gottverdammte Amme; ich bin Ihr Lakai.«

Er zog sie noch enger an sich. »Ich bin Ihr Kuli; ich bin Ihr Gewissen.« Seine Lippen kamen den ihren gefährlich nahe, und er war nur einen Herzschlag davon entfernt, sie zu küssen. »Ich bin Ihr Cousin und bei Gott, das letzte verfluchte Ding auf der ganzen Welt ...« Sein Mund senkte sich kraftvoll auf den ihren herab, seine Arme umfingen sie noch fester, umfingen sie mit Leib und Seele. »... das letzte, was ich will, verflucht noch mal ...«

Ihr Mund war willig, so willig, ihre Lippen geöffnet, und ihr Körper verschmolz einladend und zeitlos mit dem seinen. »... ich will ...«

Noch einmal und ohne einen Funken der Reue suchte sein Mund den ihren. Er wollte nicht, er wollte wirklich nicht – nur daß er sie in eben diesem Augenblick festhalten *mußte,* daß er sie kosten, daß er das Rätsel in diesen unergründlichen goldenen Augen ergründen mußte.

Sie öffnete sich ihm wie eine Blume, ihre Wärme umschlang ihn und lud ihn ein, die sanften verborgenen Winkel ihres Mundes zu erkunden, ihre Zunge überließ sich seinem Kuß, als seien sie schon seit Ewigkeiten Liebende.

Ewig. Für alle Ewigkeit. Er schien in diesem Kuß zu ertrinken – er könnte für alle Zeiten in ihm verharren ... für alle Ewigkeiten.

Es war Wahnsinn – sie zu nehmen, sie zu küssen, sie zu begehren, sie endgültig ihrem Schicksal überlassen zu wollen –, und das alles gleichzeitig. Es war Wahnsinn, und er hatte den Verstand verloren, nicht an die Konsequenzen zu denken ...

Und dann Willie.

Verflucht – Willie würde ihn umbringen!

Dieser Gedanke löschte seine Leidenschaft wie kaltes Wasser. Langsam zog er sich von ihr zurück, löste ganz vorsichtig und mit solchem Widerwillen seinen Mund von ihrem, daß sie die Hände nach ihm ausstreckte, als er den Kopf hob.

»Nein, Celia.«

»Nein ...«

»Nein.«

Sie erstarrte. »Ich verstehe.«

Wahrscheinlich tat sie das wirklich, dachte er. »Sie verstehen gar nichts«, sagte er gelassen und trat einen Schritt zurück. »Aber Sie haben recht; es ist wirklich Zeit, nach London zurückzukehren. Packen Sie, was Sie noch zu pakken haben. Wir nehmen den Elf-Uhr-Zug.«

Einfach so. Einfach, weil *er* es diesmal wollte. Alles wurde mit erstaunlichster Schnelligkeit arrangiert: Ihr Gepäck wurde verladen, eine Kutsche bereitgestellt, die sie zum Bahnhof bringen sollte, und dann gelang es ihm noch, sich ohne großen Aufwand von den Templecombes zu verabschieden und das verdächtige Leuchten der Tränen in Jennifers Augen zu ignorieren.

»Warum müssen Sie mit ihr fahren?« fragte sie wütend. »Warum kann mein Bruder sie nicht begleiten? Oder warum kann sie nicht einfach, wie sie das vorhatte, mit ihrem Mädchen allein reisen?«

»Weil sie es nicht kann«, erwiderte Grant schroff. »Und damit ist die Sache erledigt, Jennifer. Es gibt auch noch andere Gründe, weshalb ich mitfahren muß, nicht zuletzt die Tatsache, daß Ihr Bruder kein Verwandter ist.«

»Versprechen Sie, bald zurückzukommen.«

»Entweder das, oder Sie werden nach London kommen und allen Männern den Kopf verdrehen.«

»Wann?« Begierig ging sie auf seinen Vorschlag ein.

»Ich schicke Ihnen eine Nachricht.«

»Das werden Sie niemals tun.«

»Dann wird Thomas mich daran erinnern, nicht wahr, Tom?«

»Sie wird schon zusehen, daß ich es nicht vergesse, da können Sie sicher sein.«

Sie verabschiedeten sich, und Grant versicherte den Geschwistern noch einmal, daß Willie tief in ihrer Schuld stünde, weil sie ihre Nichte in der Stunde der Not so freundlich aufgenommen hätten. Dann half er Celia und

Emily in die Kutsche, reichte Jennifer und Thomas noch einmal die Hand und gab dem Kutscher das Zeichen, loszufahren.

Alles kein Problem, wenn man das Sagen hatte. Wenn man eine verdammte Statue war, die sich weigerte, den Gefühlen normaler Sterblicher nachzugeben.

Sie haßte ihn. Sie haßte seine Kraft und seine Unverwüstlichkeit und die Tatsache, daß er so unbezähmbar männlich war, etwas, das es ihm leichtmachte, sich zu nehmen, was er wollte, und sich keinen Deut um die Konsequenzen zu scheren.

Und sie haßte die Leichtigkeit, mit der er alles zuwege brachte, angefangen vom Kauf ihrer Fahrkarten bis zur Auswahl des Waggons, in dem sie reisen und ihr Gepäck verstauen würden.

Die Männer taten, was ihnen gefiel.

Und die Frauen durften bestenfalls warten.

Die Reise verlief in brütendem Schweigen. Ihr fiel nichts ein, was sie ihm hätte sagen können, nichts, das nicht mit den Worten *bitte küß mich noch einmal* begonnen hätte.

Wie um alles in der Welt sollte sie ohne diese Küsse weiterleben? Oder mit dem Wissen, daß sie sich einem Mann überlassen mußte, der ihr vollkommen fremd geworden war?

Aber Grant schien das nicht das geringste auszumachen. Sein Gesicht war wie aus Stein, und er verbrachte die meiste Zeit damit, aus dem Fenster zu starren, beinahe als wolle er vermeiden, sie anzusehen.

Womit er auch gut beraten war, nachdem er sie so schroff behandelt hatte.

Nachdem er sie *so* geküßt hatte.

Er hatte sie geküßt wie ein Mann, der liebt ...

Allerdings – woher sollte sie wissen, was für ein Gefühl das war?

Sie wußte es: Es war ein Gefühl, als würde ihr Herz entzweigerissen zwischen ihrer Verpflichtung Ronald gegenüber und ihrem brennenden Wunsch, sich an

Grant Hamilton für das, was er ihr angetan hatte, zu rächen.

Seine Pflicht . . . seine Bürde . . .

Sie sah keinen Ausweg. Ganz gleich, was irgend jemand sonst dachte, ihre Ehre verlangte es, daß sie Ronald Winwood heiratete, für den sie mittlerweile überhaupt nichts mehr empfand, aber auch nicht das geringste.

Kapitel 21

Und zu alledem war Willie, als sie endlich in der Carlton House Terrace ankamen, nicht zu Hause.

»Hier endet Ihre Verantwortung«, sagte Celia steif und hielt Grant die Hand hin.

»Seien Sie keine Närrin«, sagte er barsch und eilte auch schon vor ihr her die Treppe hinauf.

Sie folgte ihm müde, völlig ausgelaugt von den Gefühlen, die sie in sich erzwingen mußte, um mit ihm reden oder auch nur schweigend während einer zweistündigen Eisenbahnfahrt im selben Abteil sitzen zu können.

Nach Ronalds Brief war das alles einfach zuviel – und dann auch noch die törichte Aufmerksamkeit, die Grant diesem ländlichen Einfaltspinsel Jennifer geschenkt hatte.

Und jetzt mußte sie auch noch Willie erzählen, daß sie all ihre Pläne ändern mußten.

Sie fürchtete sich davor, Willie überhaupt irgend etwas zu erzählen, weil sie wußte, daß Willie ihr mit ihrer vernünftigen Art so ziemlich alles ausreden konnte. Außerdem war ihr klar, daß Willie die Wichtigkeit dieses Briefes nicht begreifen würde.

Genauso wenig wie ihre elenden widersprüchlichen Gefühle für Grant Hamilton.

In der Eingangshalle drehte er sich zu ihr um und schickte mit einer einzigen Handbewegung den Butler und die Lakaien fort, die sich mit ihrem Gepäck abgemüht hatten.

Sie war so weiß wie der Marmorfußboden.

»Sie sind eine Närrin«, sagte er abrupt. »Warum gehen Sie nicht nach oben und ruhen sich ein wenig aus, bis Willie zurückkehrt? Dann werden wir weitersehen.«

Gar nichts werden wir, dachte sie in nutzlosem Zorn. Er behandelte sie immer noch wie ein Kind. Geh auf dein

Zimmer. Zerbrich dir nicht deinen hübschen kleinen Kopf. Deine Eltern werden sich schon um alles kümmern.

Sie stieß einen tiefen, ärgerlichen Seufzer aus, und ihre ganze Feindseligkeit lag in ihren goldenen Augen. »Ja, Vater ...«

Es war so, als hätte sie ein Streichholz an trockenen Zunder gehalten: In seinen Augen blitzte ein grünes Feuer auf, und er machte wutentbrannt einen Schritt auf sie zu.

»Nein, da wäre ich wohl eher Ihr Beichtvater«, korrigierte er sie mit gepreßter Stimme. Er machte noch einen Schritt in ihre Richtung. »Sie sind ein undankbares kleines Biest.« Noch ein Schritt. »Sie haben nicht die geringste Ahnung, wovon Sie reden ... Das einzige, was Sie kennen, ist Ihre Lust, mit dem Feuer zu spielen ...«

Er hatte sie mittlerweile mit dem Rücken gegen die Tür manövriert, und sie konnte nichts mehr sehen außer dem brennenden Licht in seinen Augen und seinem dunklen, fein gemeißelten Gesicht.

Und seinem Mund ... seinem so grenzenlos erfahrenen, sinnlichen Mund.

Sie konnte das nicht zulassen ... Sie wollte es nicht zulassen ... aber wie konnte man eine Naturgewalt aufhalten?

Nein – nicht irgendeine Naturgewalt, die Gewalt ihrer Natur.

Sie legte den Kopf in den Nacken.

Sie lud ihn zu einem Kuß ein ...

Sie hatte sich den ganzen Tag lang nach diesem Kuß gesehnt ...

Ihr ganzes Leben lang ...

Nein, nein – nur noch ein einziges Mal –, nur noch dieses eine Mal ...

Seine Lippen glitten über ihre Lippen, und dann küßte er sie mit all seinem Zorn, all seinem Ärger, hart, zügellos, ein heißer, bittersüßer Hauch von Sünde und Versuchung.

Seine Arme umschlangen sie, sein starker, arroganter

Körper drängte sie gegen die Tür, bemächtigte sich ihres Mundes, als gehöre er ihm längst ...

Sie verschmolz mit ihm, hörte auf zu existieren, zu atmen. Ihr Körper schien ohne Knochen, ohne Gewicht, überströmt von einer lauernden Sehnsucht, die ihr das Gefühl gab, gleichzeitig schutzlos und machtvoll zu sein.

Es wäre überhaupt nichts dabei gewesen, sich ihm zu überlassen. Sie war zu unschuldig, und jedesmal, wenn sie in seinen Armen lag, spürte sie es, wußte sie es und wußte, daß es keine Rolle spielte.

Sie klammerte sich an ihn, zur Sklavin gemacht von der Hitze seines Mundes, seinem pulsierenden Leib, seiner männlichen Stärke, seiner Sanftheit, von der Art, wie er sie liebkoste und berührte, wie er seine Hände ganz leicht über ihren Körper und ihre Brüste streichen ließ und dann mit einfühlsamer, sinnlicher Geduld darauf wartete, daß sie ihm verwehrte, wonach es ihn verlangte.

Sie wollte alles. In der Hitze des Augenblicks konnte sie nicht genug von seinen suchenden Händen bekommen, die ihre Nacktheit unter den widerwärtigen, hinderlichen Schichten ihrer Kleider erforschten.

Sie spürte, wie ihre Brustwarzen sich unter seiner Berührung verhärteten, spürte sogar durch ihre Bluse und ihr Mieder hindurch eine alles verzehrende Wonne, als seine Finger ihre Brüste streichelten, bevor sie jenen verbotenen Ort zwischen ihren Beinen suchten.

Sie hätte sich am liebsten jedes einzelne Stück Stoff vom Leib gerissen, das sich seinen kundigen Fingern entgegenstellte, und sie preßte sich noch fester an ihn, als könne die Hitze ihrer Leiber jedes Hindernis zum Schmelzen bringen.

Sie spürte, wie dieses lustvolle Gefühl einem Höhepunkt entgegenstrebte, wie es nach einer Art von Druck verlangte, die es explodieren lassen würde.

Sie wimmerte vor Frustration, weil sie nicht wußte, was sie tun sollte oder wie sie um das, was sie wollte, bitten konnte.

Sie wußte nicht einmal, was sie wollte, außer der Tatsache, daß sie ihn für alle Zeiten als ihren Geliebten wollte, daß sie seinen harten, heißen Körper niemals würde aufgeben müssen, seine Liebkosungen oder den atemberaubenden Zauber seiner Küsse.

Sie wußte nicht, wie sie ohne seine Küsse weiterleben sollte ...

Nicht Ronalds Küsse ...

O Gott!

Sie riß sich mit Gewalt von ihm los. Er riß sie mit derselben Gewalt wieder zurück und preßte sie wieder an sich.

»Denk an diesen Augenblick, Celia, denk an meine Küsse. Denk daran, wie du dich ihnen überlassen hast – und mir.«

»Nein!«

Sie wand sich aus seiner Umarmung, hämmerte mit den Fäusten wild an seine Brust und brachte ihn damit beinahe aus dem Gleichgewicht.

»Celia!«

»Wagen Sie es nicht. Wagen Sie es niemals wieder, mich zu berühren.«

»Bis zum nächsten Mal«, warnte er sie. »Sie sind genauso eine Heuchlerin wie Ihre hochgeschätzte Tante. Vielleicht haben Sie und dieser Ehrgeizling, mit dem Sie verlobt sind, einander wirklich verdient.«

Sie schlug ihm mitten ins Gesicht – mit aller Kraft, die sie aufbringen konnte – und hetzte dann zur Tür.

»Ich hoffe, Sie und diese Landmaus ersticken an dem Unkraut, das in Ihrem Garten wächst«, schleuderte sie ihm entgegen, selbst zutiefst erschrocken über das, was sie getan hatte und den Zorn, der dahintersteckte. »Sie sind nicht besser als irgendein anderer Mann in England. Sie wollen etwas Extravagantes in der Stadt und eine Landmaus, die Ihnen das Haus führt.«

Diese Bemerkung traf ihn bis ins Mark; sie sah es in seinen Augen und in dem Zucken seiner Kiefermuskeln. Und an der Röte, die in seine Wangen schoß.

Und sie wollte das Messer immer tiefer und tiefer in die Wunde hineinbohren, bis es blutete.

»Nun, ich denke, es ist ziemlich offensichtlich, daß Sie Ihre Mausefalle für die eine Frau bereits aufgestellt haben. Und vielleicht haben Sie nun auch noch das Glück, den Käse der anderen anbieten zu können. Also, wie können Sie es wagen, sich zum Maßstab für meinen Verlobten aufzuschwingen? Sie sind der Hochstapler, nicht er.«

»Und Sie sind die größte Lügnerin unter Gottes Sonne«, sagte er mit totenstarrer Stimme.

Dann drehte er sich auf dem Absatz um und ließ sie stehen.

Willie ertappte ihn eine Stunde später dabei, wie er eine Schneise in ihren Salonteppich trampelte.

Sobald er sie erblickte, stürzte er sich auf sie.

»Du wirst *nicht* zulassen, daß sie diesen geldgierigen Hurensohn heiratet, nur weil dieses elende Weibsstück einen Vertrag gemacht hat . . .«

»Grant, mein Lieber, so setz dich doch. Du brüllst wie ein Löwe, und ich kann keinen klaren Gedanken fassen«, sagte sie gelassen, als sie den Raum betrat und ihrerseits Platz nahm. Dann sah sie nachdenklich zu, wie er sich gereizt auf einen Stuhl ihr gegenüber fallen ließ.

»Nun?« fragte er.

»Nun was? Ich habe keine Ahnung, wovon du redest. Ich dachte, Celia würde erst morgen nach London zurückkommen.«

»Sie hat ihre Pläne geändert.«

»Und was jetzt? Ich soll ihr verbieten, Ronald Winwood zu heiraten? Mein Lieber, das versteht sich doch wohl von selbst. Man kann einfach nicht mitten in der Saison davonlaufen, um irgendeinen provinziellen Teepflanzer auf Ceylon zu heiraten. Das weiß doch jeder.«

»Nun, Celia weiß es nicht, und genausowenig weiß es dieser Bauerntölpel. Er hat nur eins im Sinn, nämlich sie so bald wie möglich in sein Bett zu holen.«

»Grant!« rief Willie tadelnd. »Das ist doch ausgemachter Blödsinn. Sie fährt nirgendwo hin, höchstens nach Schottland, nächstes Wochenende, wie du wohl weißt.«

»Vielen Dank, ich habe meine Hausaufgaben gemacht.«

»Und du wirst noch etwas mehr tun; ich erwarte von dir, daß du dort sein wirst, und ich will kein Wort von irgendwelchen anderen Plänen hören.«

Er schien sich plötzlich unwohl zu fühlen, und sie sah ihn forschend an. »Grant?«

»Ich bin eingeladen.«

»Ich bin erleichtert. Und du wirst die Einladung natürlich annehmen. So, und jetzt erzähl mir genau, was mit Celia los ist.«

»Willst du wirklich alles wissen? Über die Zigeuner und die Art, wie Gertrude sie behandelt hat? Oder willst du nur von dem Brief wissen, den dieser Bauerntölpel ihr geschickt hat, um ihr ein schlechtes Gewissen zu machen, damit sie sofort nach London zurückkehren mußte, um sich auf ihre augenblickliche Abreise nach Ceylon vorzubereiten?«

»Ach herrje«, murmelte Willie. »Es war wirklich ein ereignisreiches Wochenende. Hm – erzähl mir zuerst von Mr. Winwood; die Zigeuner können warten.«

Er hatte die Zigeuner zuerst auch nicht besonders ernst genommen, bis der Detektiv, den er engagiert hatte, sich wieder bei ihm meldete. Er hatte die Sache schon für ausgestanden gehalten, mit dem Bild, mit Mariannas Geschichte – dem ganzen Trara in den Revolverblättern –, aber dann hatte er ganz plötzlich eine kleine, unfaßbare Zusatzinformation erhalten, eine winzige Tatsache mehr, und die hatte das Unterste zuoberst gekehrt.

»Wo sonst hätte ich sie suchen sollen, wenn nicht im Zigeunerlager?« murmelte er als Antwort auf Willies Frage nach den Zigeunern. »Thomas hatte mir gesagt, wo sie lagern. Jennifer konnte den Zigeunern noch nie widerstehen – warum sollte sie auch? Aber es war diese alte Frau, Alzena. Celia war bei ihr. Sie wirkte benommen und völlig verstört. Vor allem, als die Leute sie plötzlich ›Prinzessin‹ nannten ... Willie?«

»Ja, mein Lieber, ich weiß«, sagte Willie, die nun auch ein wenig unglücklich dreinschaute. »Sie haben es ihr also gesagt?«

»Sie haben es ihr gesagt. Sie hat jetzt eine Familie. Und wer weiß schon, ob das gut oder schlecht ist? Aber die alte Frau – eine Hexe ... Es war so, als könne sie meine Gedanken lesen. Ich konnte nichts dagegen tun. Sie wußte es – noch bevor ich einen Fuß in das Lager setzte, wußte sie es. Ich bin direkt auf sie zugegangen, wie von einem Magneten angezogen, als hätte ich überhaupt keine Wahl. Sie hat mir die Karten gelegt und in ihre Kristallkugel geschaut – diejenige, die sie sonst nur für sich und ihre Sippe benutzt.«

»Und?«

»Nach typischer Zigeunermanier beantwortete sie mir keine Fragen, erzählte mir keine Lügen und hüllte alles in Nebel und Illusion, so daß ich nicht weiß, was das Ganze sollte. Fest steht aber, daß sie sich Celias wegen Sorgen macht – genauso wie wir ...«

Er konnte sich nicht dazu überwinden, Willie zu sagen, was Alzena ihm im einzelnen geraten hatte. Das Ganze war von Anfang bis Ende Hokuspokus. Es war verrückt; es ergab keinen Sinn, und außerdem konnte er unmöglich tun, was sie vorgeschlagen hatte.

Seine Benutzung des Plurals war Willie nicht entgangen, genausowenig seine Ausweichmanöver bezüglich Alzenas Prophezeiungen. Es mußte irgend etwas dahinterstecken, entweder etwas, das zu absonderlich war, um glaubwürdig sein zu können, oder etwas, das Grant ihr einfach nicht offenbaren wollte.

Wie es sich auch verhalten mochte, sie mußte sich um andere Dinge kümmern, vor allem darum, daß Celia wirklich nach Schottland ging und Ronald Winwood blieb, wo er hingehörte – auf Ceylon.

Celia saß lustlos an ihrem Schreibtisch, vor sich einen halbfertigen Brief und das einzige Foto von Ronald, das sie besaß; er schien sie aus seinem Rahmen heraus mit größter Mißbilligung anzusehen.

Lieber Ronald,

ich bitte Dich von ganzem Herzen um Verzeihung dafür, daß ich nicht früher geschrieben habe. In den letzten Monaten hat sich so vieles verändert, daß ich noch keine Zeit hatte, mich mit meiner neuen Situation auseinanderzusetzen.
Zum einen lebe ich nicht mehr bei Tante Gertrude und Onkel Theo. Die Gründe dafür sind sehr kompliziert; Du solltest jedoch wissen, daß mein Vater mich in seinem Testament der Obhut meiner Tante Wilhelmina, seiner einzigen Schwester, unterstellt hat, deren Aufgabe es war . . .

An dieser Stelle brach der Brief ab und ging ein kleines Stück weiter unten auf der Seite weiter:

Nichts von alledem hat meiner Loyalität Dir gegenüber Abbruch getan. In letzter Zeit habe ich wirklich ein schlechtes Gewissen gehabt, weil ich den Trubel einer Londoner Saison genieße, während Du auf Ceylon so hart arbeitest – für mich –, ohne überhaupt von all diesen Veränderungen zu wissen und ohne jegliche Versicherung meiner . . . meiner . . .

Ihre Feder stolperte bei dem Wort ›Zuneigung‹.

Ich habe Dir bedingungslos vertraut, wie ich hoffe, daß Du mir vertraust.

Ihr goldener Ritter – sie hatte ihn mit dem Rest ihrer Vergangenheit begraben, als sie nach London gekommen war; Ronald, der Mann, den sie angebetet und bewundert hatte, seit sie ein kleines Kind gewesen war. Sie hatte ihn zusammen mit ihren unscheinbaren Kleidern und den Ermahnungen ihrer Tante beiseite geschoben und ihn schließlich vollends vergessen, während sie ihren frivolen Vergnügungen nachjagte.

Und jetzt – und jetzt . . .

Hatte sie plötzlich ein anderes Bild von ihm? Sie war immer so stolz darauf gewesen, wie hübsch er war, wie galant, wie treu.

Warum also hatte sie plötzlich das Gefühl, ein anderes Gesicht vor sich zu sehen, das sich dunkel und undurchschaubar über das seine schob?

Sie schüttelte sich. Es war der Brief und das plötzliche Gefühl, daß sie die Sache auf der Stelle hinter sich bringen mußte. Sie konnte nichts von dem, was Ronald geschrieben hatte, abstreiten.

Sie konnte keinen einzigen Grund für eine weitere Verzögerung erkennen.

Das Klopfen an der Tür ließ sie zusammenfahren. Und dann spähte ihr Willies freundliches Gesicht entgegen.

»Darf ich hereinkommen?«

Aber sie stand schon im Zimmer, bevor sie ganz ausgesprochen hatte, und las, ohne um Erlaubnis zu bitten, was Celia in ihrem Brief geschrieben hatte.

»Ich muß zu ihm«, sagte Celia mutlos.

»Nein, das mußt du nicht«, widersprach Willie ihr entschlossen. »Natürlich mußt du ihm schreiben. Aber bis zu deinem achtzehnten Geburtstag bin ich nach dem Willen deines Vaters für dich verantwortlich. Und ich habe die Absicht, seine Wünsche zu respektieren. Du wirst deine Saison haben, Ronald hin, Ronald her, und wenn die Zeit kommt, werden wir uns mit Klugheit und Umsicht unsere weiteren Schritte überlegen, denn dein zukünftiger Gatte wird zunächst einmal meine Billigung finden müssen. Und welche Übereinkünfte Mr. Winwood auch mit Gertrude getroffen haben mag – nun, sie hatte nie das Recht, irgendwelche Schritte bezüglich deiner Zukunft zu unternehmen.

Nur du allein wirst entscheiden, wen du heiraten willst, und ich werde nicht zulassen, daß du dich Hals über Kopf in eine Ehe mit jemandem stürzt, von dem ich nicht das geringste weiß.

Also beherzige meinen Rat – gib einfach mir die Schuld. Wenn Mr. Winwood es so furchtbar eilig hat, wird er sicher versuchen, sich bei mir einzuschmeicheln, und dann werden wir ihn auf die Probe stellen und herausfinden, ob er wirklich der richtige Mann für dich ist.«

Wie sehr sie Willie liebte! Freundlich, praktisch und immer auf der Suche nach der besten Lösung für sie!

»Und natürlich«, fügte ihre Tante hinzu, als sei dies das wichtigste von allem, »können wir nicht mitten in einer Saison all unsere gesellschaftlichen Verpflichtungen über Bord werfen. So etwas *tut man einfach nicht*.« Sie breitete die Hände aus. »Du siehst also, es gibt in Wirklichkeit überhaupt kein Problem.«

Celia selbst hatte den Brief von Ronald mit keinem Wort erwähnt, aber Grant, dieser Verräter, mußte wohl etwas gesagt haben, denn plötzlich strich Willie ihr übers Haar und fragte leise: »Du hast wohl keine Lust, mir den Brief zu zeigen, oder?«

Celia öffnete die Schublade des Schreibtischs und zog ihn heraus.

Die Seiten knisterten, als Willie sie glattstrich und zu lesen begann.

Celia starrte Ronalds Foto an, so daß sie nicht in Versuchung kam, Willies Gesichtsausdruck zu erforschen.

Aber es war beinahe so, als hätte sich das Gesicht auf dem Bild plötzlich verändert, als streckte Ronald ihr auf eine hypnotisierende Art und Weise die Arme entgegen, als fühle sie sich gleichzeitig zu ihm hingezogen und von ihm abgestoßen.

»Aha«, murmelte Willie, als sie den Brief zusammenfaltete und in die Schublade zurücklegte. »Er scheint sich wirklich nichts mehr zu wünschen, als daß du zu ihm zurückkehrst; dafür kann ich ihn wahrhaftig nicht tadeln. Es sieht also so aus, als müßte ich ihm ebenfalls schreiben. Er kann nicht leugnen, daß ich dein rechtmäßiger Vormund bin, und er kann nichts von dir verlangen, dem ich nicht zustimme.«

Noch einmal strich sie Celia über das Haar, eine leichte, tröstliche Berührung, in der all ihre Zuneigung lag. »Vielleicht war es ein großer Irrtum von deinem Vater, daß er dieser Verbindung zugestimmt hat, weißt du. Also habe keine Angst, mein Kind. Ich werde niemals zulassen, daß man dich zu etwas zwingt, was du nicht willst.«

Und dann reisten sie nach Schottland, und plötzlich befand sich Celia in einem Zimmer in einem der kleineren Türmchen einer Burg, und als sie aus dem Fenster blickte, fühlte sie sich, als sei sie die unglückliche Lady Guinevere, die sich danach sehnte, auch nur einen einzigen Blick auf Sir Lancelot werfen zu dürfen, selbst wenn sie das mit ihrem Leben bezahlen mußte.

Und wer war *ihr* Lancelot?

Und wer würde den Preis von ihr fordern, ihr Leben?

Dieser finstere Gedanke erschreckte sie. Er war beinahe die Fortsetzung jenes beängstigenden Traums, den sie in der vergangenen Nacht gehabt hatte, eines Traums, in dem sie sich umgedreht hatte und davonrennen wollte, gerade als Ronald die Arme nach ihr ausstreckte; sie hatte sich ruhelos in ihrem Bett hin und her geworfen und versucht, dem sich verdüsternden Himmel und einem fremden, dunklen Mann davonzulaufen.

Träume – bisher hatte sie nie an Träume geglaubt. Aber die Roma glaubten an Träume und Omen, und sie war ein Kind der Roma.

Jetzt saß sie in einem Schloß in Schottland und dachte über dunkle Liebhaber und wilde Träume nach.

Emily mit ihrem gesunden, nüchternen Menschenverstand holte sie in die Realität zurück.

»Um Himmels willen, Miß, wenn Sie sich noch ein bißchen weiter aus diesem Fenster beugen, fallen Sie noch hinaus. Und es ist ein recht langer Weg bis nach unten. Ich finde, man sollte Gitterstäbe oder Glas hier oben anbringen lassen, irgend etwas, das sicherer ist als diese alten, morschen Holzfensterläden. Würden Sie jetzt bitte da wegkommen und mir sagen, wo ich Ihre Sachen hinlegen soll?«

Es war unübersehbar, daß Emily mit dem Zimmer, das man ihnen zugewiesen hatte, keineswegs zufrieden war. Vor den mit Wandbehängen verblendeten Steinmauern standen nur zwei Schränke, und die waren klein und altmodisch, aus einem anderen Jahrhundert, in dem die Frauen sich einfacher gekleidet hatten, als man es heute tat. Allerdings boten noch zwei tiefe Truhen Platz für den größten Teil von Celias Garderobe, abgesehen von den Abendkleidern natürlich, die sorgfältig aufgehängt werden mußten.

Celia sah zu, wie Emily mehrere Reit- und Wanderkleider mit geteilten Röcken auspackte; außerdem Bekleidung fürs Tennisspielen und für die Jagd, und plötzlich fühlte Celia sich in einen Strudel des Elends hineingerissen.

All diese Kleider sollte sie später mit nach Ceylon nehmen, aber was in London modern war, würde auf einer einsamen Teeplantage zweifellos nicht mehr viel bedeuten.

Einen qualvollen Augenblick lang sehnte sie sich nach der Freiheit ihrer Kindheit zurück, in der es keine Zwänge gegeben hatte, in der sie frei überall hatte herumlaufen dürfen.

Sie lehnte sich noch einmal aus dem Fenster und atmete die würzige Luft tief ein. »Findest du nicht auch, daß es hier einfach wunderbar riecht?«

Und dann, wie zur Untermalung ihrer Gefühle und ihrer Worte, hörte sie in der Ferne das Pfeifen eines Dudelsacks, unirdisch und göttlich wie Sphärenklänge.

Die Musik schien sie zu rufen, schien in einer Sprache, die sie schon seit einer Ewigkeit kannte, zu ihrer Seele zu sprechen.

Noch nie hatte sie etwas Derartiges gehört, am liebsten hätte sie sich aus dem Fenster gestürzt, um der Melodie zu folgen.

Statt dessen drehte sie sich abrupt zu Emily um. »Ich werde nach draußen gehen, um mich ein wenig umzusehen.«

»Aber – aber – bitte gehen Sie nicht. Achten Sie nicht auf diese unnatürliche Musik; ich höre sie schon, seit wir hierhergekommen sind, und sie erschreckt mich zu Tode.«

»Das sind doch nur Dudelsäcke.«

»Aber sie klingen unheimlicher als alles, was ich je in meinem Leben gehört habe. Ich bitte Sie – laufen Sie nicht dem Klang der Dudelsäcke hinterher. Es ist wie in einer dieser Geschichten, die ich mal gehört habe – sie folgen vielleicht dem Ruf des Teufels . . .«

»Unfug, Emily.«

»Aber was ist, wenn dort draußen irgendwo ein Ungeheuer lauert? Von solchen Dingen hört man immer wieder. Und, Miß, ich soll als allererstes Ihre Sachen auspakken; das hat man mir ausdrücklich gesagt. Ich bekomme bestimmt Schwierigkeiten, wenn ich zulasse, daß Sie allein weglaufen.«

»Das ist doch alles Aberglauben, Emily. Ich fürchte mich vor gar nichts. Ich werde dem Klang der Dudelsäcke folgen; alles, was du tun mußt, ist, zu behaupten, ich würde schlafen und möchte nicht gestört werden. Ich komme bestimmt gesund und munter zurück. Mach dir da mal keine Sorgen.«

Aber sie konnte nicht umhin, sich über diese Musik Gedanken zu machen, die sie unwiderstehlich anzuziehen schien. Es war reiner Instinkt, der sie vorwärts trieb, hinaus zum sehnsuchtsvollen Klang der Dudelsäcke, der dem Schluchzen des Flamencos so verwandt zu sein schien.

Irgendwo entlang des Wegs verlor sie ihre dünnen Schuhe, irgendwo entlang des Wegs löste sich ihre sorgsam aufgesteckte Frisur, bis ihr Haar in dem langsam aufkommenden Wind hinter ihr herflatterte.

Das Blut pulsierte ihr in den Adern, trieb sie voran, beschleunigte ihre Schritte; die Musik war wie ein ungreifbares Phantom – immer gerade ein kleines Stückchen außerhalb ihrer Reichweite.

Aber die wehmütige, süße Melodie lockte sie, und es schien ihr, als sei es ihr und nur ihr bestimmt, herauszufinden, welche Prophezeiungen sie barg.

Blätter wirbelten um sie herum und peitschten ihr ins Gesicht und in ihre Augen, bis sie kaum noch etwas sehen konnte.

Und dann stolperte sie über eine Weidenwurzel und war sicher, daß sie stürzen würde – aber sie wurde aufgefangen und festgehalten, so fest, daß sie kaum atmen konnte.

Und sie fand sich plötzlich als Gefangene an eine nackte Männerbrust gepreßt.

An eine haarige, verschwitzte Männerbrust, die jemandem gehörte, dessen Gesicht sie nicht sehen konnte.

Und als seine streichelnde, liebkosende Hand über ihre Taille hinabglitt und sich wiegend unter ihr Hinterteil schob, biß Celia ihn mit aller Kraft, die sie besaß.

Dann ließ sie, getrieben von dem ungeheuren Ausmaß ihres Zorns, ihr Knie hochschnellen und erlebte ein primitives Triumphgefühl, als sie den Mann vor Schmerz aufschreien hörte, während er sich zusammenkrümmte und sie auf der Stelle losließ.

Sie kam kaum wieder zu Atem, so wütend war sie. Sie nahm nicht einmal das Gelächter und die bewundernden männlichen Bemerkungen wahr – bis ihr plötzlich klar war, daß die Männer, die sie umringten, spanisch sprachen.

Trotzig hob sie das Kinn, und ihre goldenen Augen wurden schmal, als ein Mann auf sie zukam.

Zu ihrem Erstaunen stellte sie fest, daß der Mann schon älter war – und eindeutig ein Zigeuner. Er trug in einem Ohr einen goldenen Ring, Silberfäden durchzogen seine dunklen, gelockten Haare, und seine Augen sahen den ihren zum Verwechseln ähnlich.

Nun schaute er grinsend auf sie herab, und seine Zähne blitzten unter einem wilden Schnurrbart leuchtend weiß auf.

»So! Das also ist die Tochter meiner Lieblingsschwester! Du hast übrigens auch ihre Wildheit und ihre Sturheit. Zu deinen Füßen liegt übrigens noch immer in wohlverdientem Schmerz zusammengekrümmt dein Cousin Cosimo. Und ich – ich bin der Bruder deiner Mutter, dein Onkel Beltran, der Voivode unseres Stammes. Wir sind hierhergekommen, um dich zu suchen und um dich kennenzulernen. Oh? Du scheinst schockiert. Ich habe mit Alzena gesprochen, und ich wollte dich mit eigenen Augen sehen, Tochter meiner über alles geliebten Schwester.«

Er grinste, und um seine Augenwinkel bildeten sich tausend kleine Fältchen. »Du hast auch Mariannas Geist und ihr hitziges Temperament – das konnten wir ja bereits feststellen. Komm, unser Lager liegt ein kleines Stück von hier entfernt auf der anderen Seite dieses hübschen Sees.«

Wo irgendein Ungeheuer lauert ...

Sie konnte es kaum fassen: ihr Onkel Beltran mit denselben Augen, demselben Haar, denselben hohen Wangenknochen. Er sah genauso aus wie ihre Mutter; er sah aus wie sie selbst; warum also sollte sie nicht mit ihm gehen?

Sie holte tief Luft und ergriff die ausgestreckte Hand ihres Onkels und spürte, wie seine rauhen, warmen Finger sich um die ihren schlossen.

Als sie dann eine Weile später einander gegenüber in seinem Wohnwagen saßen, sagte Beltran sanft: »Erinnerst du dich an deine Mutter?«

»Nein – ja. Ich erinnere mich an ihr Parfüm, ich spüre ihre Gegenwart, ich weiß, daß ich aussehe wie sie ... Und manchmal habe ich das Gefühl, als sei ich in Wirklichkeit Marianna ...« Als sie den Gesichtsausdruck ihres Onkels sah, brach sie ab. Was spiegelte sich da in seinen Zügen wider? Schmerz? Verlust? Bedauern? Groll, vielleicht, weil sie der Schwester, die er so sehr geliebt hatte, so ähnlich war? Was sah er in ihr? Woran erinnerte sie ihn?

»*Warum?*« fragte sie heftig. »*Warum?*«

Er wußte, daß sie seine Qual sehen konnte. Seine schöne Schwester, die in ihrer temperamentvollen Tochter zu neuem Leben erwacht war – wie hätte er da nicht an die Zeiten denken müssen, da sie zusammen getanzt hatten?

Sie waren in ganz Europa bekannt gewesen – Bruder und Schwester: Partner in dem raffinierten Gewebe des Flamencos – und worin noch? –, bis Marianna sich in diesen Lumpen von einem Engländer verliebt hatte und mit ihm davongelaufen war.

Und hier war nun Celia – Marianna, wie sie leibte und lebte, noch unerfahren und unschuldig – und bereits in den Händen eines Schicksals, in das er sich, wie Alzena ihm eingeschärft hatte, auf keinen Fall einmischen durfte.

Aber wie konnte sie das von ihm erwarten? Er hatte versagt, als er Marianna hätte beschützen müssen, und Marianna war gestorben – nein, sie war ermordet worden; dessen war er sich immer sicher gewesen.

Wie also konnte er nicht versuchen, sich von seiner Schuld zu erlösen, indem er ihre Tochter beschützte?

Und sie war ein Mädchen, auf das man wahrhaftig stolz sein konnte, ein Mädchen, in dessen Adern eindeutig Zigeunerblut pulsierte; sie war eine Kämpferin, aber ihre Gefühle würden immer ihr Herz beherrschen.

Sie würde ihre eigenen Entscheidungen treffen müssen, genau so, wie die Phuri Dai gesagt hatte.

Aber auch er würde seine Entscheidungen treffen – und dazu gehörte, daß er über sie wachen und sie behüten würde, und sei es auch nur vor ihrer eigenen, leidenschaftlichen Natur.

Und unglücklicherweise würde er, indem er das tat, Celia zum Instrument seiner Rache machen.

Aber das lag noch weit, weit in der Zukunft. Zuerst mußte sie mehr über ihr eigenes Volk erfahren.

Kapitel 22

Die Zeit schien in einem Nebel aus Sonne und Schatten zu schweben, und eine sanfte Brise ließ die Blätter in der Luft tanzen.

Celia konnte sich durchaus vorstellen, wie der bleiche, weiße Arm der Lady vom Loch sich aus den schattigen Tiefen des Wassers erhob und das heilige Schwert Excalibur emporhielt; sie saß mit ihrem Onkel in dessen Wohnwagen, blickte zu dem silbrig schimmernden Loch hinüber und atmete unwillkürlich den süßen, schweren Duft der Pfeife ein, die er soeben entzündet hatte.

»Alle Zigeunerfrauen rauchen Pfeife – du mußt es unbedingt auch einmal probieren.«

»Hat meine Mutter geraucht?«

»Nicht oft. Nur, wenn sie in sich gehen wollte, dann hat sie es getan. Hier, nimm.« Er reichte ihr die wunderschön geschnitzte Holzpfeife und legte ihre schlanken Finger um den Kopf.

»So, atme nicht zu tief ein. Nur ganz vorsichtig, ganz kurz, das reicht fürs erste Mal. Vertrau mir, ich passe schon auf dich auf.«

Hatte sie sich nur eingebildet, daß er leise hinzufügte: »Und ich werde dich tanzen lehren, und ich werde dir die Kastagnetten schenken, die einst deiner Mutter gehörten, und deine Instinkte werden dir sagen, wie du sie benutzen mußt.«

Die farbenprächtigen Zigeunerwagen standen im Halbkreis auf einer kleinen Lichtung, und jetzt trat eine ihrer Cousinen, eine exotische Schönheit namens Pilar, in die Mitte des Lagers, die Augen ermutigend auf Celia geheftet, während die Gitarren ihr schluchzendes Lied anstimmten.

Und dann, als hätte sie irgendein Signal gehört, warf Pilar den Kopf zurück, ließ einen klagenden Gesang hören und unterlegte ihn mit dem rhythmischen Klappern ihrer Kastagnetten.

Von überall her hörte Celia nun rhythmisches Klatschen und ermutigende Zurufe, während Pilar verächtlich mit den Füßen aufstampfte, bevor sie ihren Tanz begann – indem sie ihre Röcke und Unterröcke raffte, deren leuchtende Farben bei jeder einzelnen, lockenden Bewegung das Licht einzufangen schienen; jeder Schritt, jede Geste schien eine bewußte Herausforderung zu sein.

Celia stockte der Atem, und sie wurde ruhelos. Ihr Onkel legte ihr eine Hand auf den Arm und flüsterte: »Schau genau zu!« Da sprang plötzlich ein junger Mann in die Mitte des Halbkreises, um sich vor Pilar aufzubauen und mit seiner eigenen, arroganten Männlichkeit, die sie herausforderte und die ihr trotzte, zu tanzen.

Er reizte sie, bedrohte sie mit seinem Körper, mit dem Stampfen seiner Füße und dem maskulinen Begehren, das sie entfacht hatte.

So vollkommen war Celia in dieses Spiel von Lust und Leidenschaft versunken, daß sie kaum merkte, wie Beltran ihr die Kastagnetten über Daumen und Zeigefinger ihrer beiden Hände schob und ihr aufmunternd zuflüsterte: »Du mußt die Musik spüren, du mußt ein Gefühl dafür bekommen. Steh auf – laß uns tanzen!«

Sie spürte es sofort – die Verwandlung, die in ihr vorging, als sie sich der Musik hingab, dem Klatschen und den Zurufen der anderen.

Es schien, als sei sie endlich wieder geworden, was sie wirklich war: eine spanische Zigeunerin, wild und ungehemmt inmitten pulsierender Musik.

Die Kastagnetten schienen nicht mehr als Verlängerungen ihrer schlanken Finger zu sein. Und immer, ihr ganzes Leben lang, hatte sie die koketten Bewegungen dieses Tanzes gekannt; sie stampfte mit ihren nackten Füßen auf die harte Erde, als wolle sie jeden Mann, der ihr zu nahe kam, unter ihren Zehen in den Staub stoßen.

Es war ein Kampf zwischen Mann und Frau, ein Kampf, der Jahrhunderte und Aberjahrhunderte zurückreichte; das Wissen um jede einzelne sinnliche Bewegung lag ihr im Blut, pulsierte in ihren Venen, kam irgendwo aus ihrem Innern, ergriff Besitz von ihr, während die schluchzenden Laute von Pilars Lied, das von Sehnsucht und unerwiderter Liebe sprach, sich mit den Zigeunergitarren mischte und sie, Celia, in den Himmel zu heben schien.

»Bei Gott!« rief Albert Viscount Harville. »Das kann doch unmöglich Celia Penmaris sein, oder? Oder? Nein, ich glaube es einfach nicht!«

Grant Hamilton erstarrte und umklammerte sein Gewehr mit einem mörderischen Griff.

»Vielleicht sollten wir uns besser taktvoll zurückziehen, finden Sie nicht auch, Grant? Ich meine, das kann unmöglich Celia sein. Es ist doch undenkbar, daß sie da mit den Zigeunern tanzt . . .«

Grant fluchte leise. Der unvertraute Klang des Flamencos und das rhythmische Klatschen hatten sie hierhergelockt – das Ganze war so rätselhaft, so unerklärlich in einem schottischen Tal, daß sie einfach nicht anders konnten, als der Sache auf den Grund zu gehen.

Wer hätte auch gedacht, daß sie dabei auf Celia stoßen würden, wie sie sich auf empörende Weise zur Schau stellte . . .

»Aber weiß der Teufel! Sehen Sie sie nur an!« flüsterte Harville. »Wo kann sie nur gelernt haben, so zu tanzen?« Unter Grants vernichtendem Blick zuckte er zusammen. »Oh, um Himmels willen, Hamilton. Es gibt gewisse Dinge, gegen die ich nicht ankann – genausowenig wie Sie, mein Freund. Es ist ziemlich offensichtlich, daß Sie sie auch wollen.«

Verflucht, verflucht, verflucht . . . Verflucht sollte sie sein, sie und ihre Verantwortungslosigkeit; verflucht sollte er sein, weil er sich von ihrer Unschuld und ihrer unterschwelligen Sinnlichkeit hinreißen ließ und weil er so unvorsichtig war, daß sogar Harville ihn durchschauen konnte ... Verflucht noch eins – sie machte jeden Mann halb besinnungslos vor Begehren und hatte dabei überhaupt keine Ahnung, was Begehren eigentlich war.

Er hatte das Gefühl, am Rand eines ungeheuren Wutausbruchs zu stehen. Er wäre am liebsten zwischen die Tänzer gesprungen, hätte sie fortgerissen und an einen geheimen, ungestörten Ort gebracht, um dort all ihre jungfräuliche Leidenschaft zu entfesseln.

Er platzte schier vor Zorn; seine Finger zuckten am Abzug. Der verräterische Muskel an seinem Kiefer bebte, während er zusah, wie sie die Hüften schwang, mit den Füßen aufstampfte und ihre Röcke kreisen ließ.

Sie war reif, gepflückt zu werden, bereit für den richtigen Mann. Alzena hatte ihn nicht umsonst gewarnt ...

Er drückte ab. Der Gewehrschuß knallte wie ein Kanonenschlag in dem engen Bergtal wider.

Als Grant und Harville aus dem Schatten heraustraten, erstarrte jede Bewegung.

»Ah, *perdóneme*; ich wollte Ihre fröhliche Feier nicht stören«, sagte Grant sanft, aber bestimmt in flüssigem Spanisch. »Da, wo ich herkomme, ist es Sitte, andere zu warnen, bevor man sich ihnen nähert. Sie verstehen, die junge Dame ist die Nichte und das Mündel meiner Stiefmutter, daher ist es nur natürlich, daß ich mir Sorgen mache.«

Beltran trat langsam vor; die unterschwellige Warnung in den lakonischen Worten des Fremden war ihm nicht entgangen.

»Sie ist auch meine Nichte«, sagte er leise, während er versuchte, sein Gegenüber zu erforschen. Das war er, der Mann, von dem Alzena gesagt hatte, daß er entweder Celias Retter sein würde oder ihr Zerstörer. Hier war Gefahr im Verzug; es war nur gut, daß der Tanz unterbrochen war. Es wäre gefährlich gewesen, sehr gefährlich, diesen Mann auch nur einen einzigen Schritt weiterzutreiben, und Beltran wollte nicht noch einmal sündigen und noch einmal verflucht werden.

Denn dieser Mann wußte, wer er war, und kannte Celias Geschichte; diesem Mann brauchte er nicht mehr erzählen, was er wissen mußte.

»Ich möchte nicht, daß das Kind meiner Schwester dasselbe Schicksal erleidet wie sie. Ich habe bei meiner Schwester versagt, und ich werde nicht zulassen, daß das noch einmal geschieht. Können Sie mir schwören, daß sie in Sicherheit sein wird? Und sagen Sie mir eins, Fremder, was wollen Sie von ihr – oder mit ihr, hm?«

»Vielleicht«, entgegnete Grant kalt, »sind Sie derjenige, der hier die Erklärungen abgeben sollte.«

Die beiden Männer starrten einander für einen langen, unversöhnlichen Augenblick an. Dann nickte Beltran. »Sie vertrauen dem *Gadje?*« fragte er.

»Er gehört zu meiner Familie, ein angeheirateter Verwandter von Celias Vormund, der Schwester ihres Vaters.«

»Ah«, murmelte Beltran. »Also gut. Sagen Sie dem *Gadje,* daß er meine Nichte zum Schloß zurückbringen soll. Wir beide werden reden.«

Celia war noch ganz benommen und verstand überhaupt nicht, was vorging. Grant bemerkte es, und sein Zorn schwoll von neuem an, als Harville sie sanft am Arm nahm und davonführte, während er ihr leise tröstliche Worte ins Ohr flüsterte.

Einen Augenblick später zogen sich Grant und der Zigeunerkönig unter die Bäume zu einem Gespräch zurück, ohne dem gedämpften Wispern, das sich hinter ihnen erhob, Beachtung zu schenken.

Und was konnte er der ganzen Sache entnehmen? überlegte Grant angewidert. Daß Celia von *duende* besessen war – der Macht von Gesang und Tanz?

Ja, und außerdem von irgendeiner Macht, die in dem süßen Rauch lag, der noch immer in der Luft hing.

Und er hatte erfahren, daß Beltran von der Erinnerung an Marianna besessen war.

»Sie besaß die Macht zu betören, und Celia ist trotz ihrer

beschützten Jugend bei den *Gadje* Marianna, wie sie leibt und lebt – ihr Äußeres, ihre Seele und ihr Geist. Es liegt ihr im Blut – alles.«

Und? dachte Grant ungeduldig, aber er schwieg.

»Der *Gadje* hat meine Schwester zerstört. Sie ist mit dem Bruder Ihrer Stiefmutter auf und davon gegangen. Er hat sie ihrem Volk gestohlen und sie dann einem Leben überlassen, das ihren Geist gebrochen und ihren Lebenswillen getötet hat. Das ist eine Schuld, die noch beglichen werden muß. Rache ... Auge um Auge ...

Meine Schwester glaubte, sie könne sich verändern, weil sie sich einbildete zu lieben, aber sie konnte den rastlosen Geist der Zigeuner nicht einfach begraben. Solange sie umherzogen, sie und ihr Mann, war sie glücklich. Aber als das Kind kam, wollte er, daß sie auf Ceylon blieb ... und hat damit ihre Schmetterlingsseele durchbohrt.«

Marianna – sie schien immer noch lebendig zu sein, für ihren Bruder, für Celias Familie, für Celia selbst.

Alles wegen Marianna, dachte Grant zornig, und jeder, aber auch jeder von ihnen übersah den einen ausschlaggebenden Punkt.

»Celia *ist* nicht Marianna.« Er versuchte, sich seinen unterdrückten Zorn nicht anmerken zu lassen.

Beltran hörte ihn trotzdem aus seiner Stimme heraus und zuckte mit den Schultern.

»Mehr gibt es also nicht zu sagen, Mr. Hamilton, und jetzt liegt alles weitere bei Ihnen. Celias Schicksalslinien waren schon gezogen, lange bevor sie geboren wurde. Sie ist ein Kind des Schicksals, und der Weg, den sie wählen wird, war ihr von Anbeginn an vorbestimmt. Jetzt bleibt nur noch festzustellen, ob Sie das Instrument ihrer Rettung sind und ob die Zigeuner ihre Rache bekommen. Aber das liegt alles noch in weiter Zukunft, nicht wahr? Und ob Sie es begreifen oder nicht, ich habe alles gesagt, was es zu sagen gab, und Sie haben alles in der Hand, was Sie wissen müssen.«

Alles wegen Marianna ...

Und so stand er nun also wieder am Anfang; diesmal hatte Beltran ihn mit seinem Segen zu Celias Retter erkoren und ihm die unmögliche Aufgabe aufgetragen, sie zu beschützen – und seinen unbezähmbaren Zorn und sein rasendes Begehren irgendwie im Zaum zu halten.

Celia erwachte von dem Donnerschlag, der durch ihr Turmzimmer hallte; ein Blitz zuckte über den Himmel, und wieder grollte der Donner, als sie sich vorsichtig aus dem Bett gleiten ließ und um Emily herumging, die auf einer Pritsche neben ihrem Bett fest schlief.

Sie hatte das Gefühl, als bewege sie sich in einem Traum – der Donner und die Blitze verströmten ein schimmerndes, unirdisches Leuchten im Zimmer, während sie barfüßig und nur mit einem dünnen Nachthemd bekleidet zur Tür schritt.

Sie ging – sie mußte gehen. Der Sturm rief sie genauso eindringlich, wie die Musik ihres Volkes sie gerufen hatte. Sie riß die Tür auf ...

Sie wollte bei ihrem Volk sein, wollte sie selbst sein inmitten jener Menschen, die sie lieben und für sie sorgen würden, wollte sich nie wieder verstellen müssen ...

Sie hatte es in der Musik gespürt, in dem unruhigen, verwirrenden Traum, in dem sie mit der Freiheit des Wanderers zu der Musik, die ihre Seele von ihr forderte, getanzt hatte ...

Etwas anderes brauchte sie nicht. Sie würde zu ihnen gehen, und sie würde frei sein. Frei von ihren Träumen, frei von der Vergangenheit, frei von dem Geist ihrer Mutter, der jeden plagte, den sie je gekannt hatte.

Frei ...

Leichtfüßig lief sie in dem dröhnenden Donner, der das Schloß bis in seine Grundfeste zu erschüttern schien, die Stufen hinunter; sie lief durch den Dienstbotentrakt zu der Tür, durch die sie in die Freiheit finden würde.

Sie lief, während Blitze den Himmel durchzuckten, ein leuchtender Kontrapunkt zu dem Zorn des Sturms.

Sie lief.

Diese Freiheit. Der Regen peitschte ihren Körper mit wachsender Leidenschaft. Sie lief mit ausgestreckten Armen, um ihre Freiheit und ihre Zukunft zu umarmen.

Sie lief ... geradewegs in den harten Körper eines Mannes hinein, schlang blindlings ihre Arme um ihn und spürte – spürte viel zuviel von dem, was sich gegen ihren bebenden, regendurchnäßten Leib drängte.

Wie sollte sie wissen, was männliches Begehren war? Und dennoch – während er sie in die Arme nahm und auf den geöffneten Mund küßte, fühlte sich der harte Druck an ihrem Schoß genauso vertraut an wie der Regen auf ihrer Haut.

Er schien ihr die Seele aus dem Leib zu saugen – und sie war verloren; sie wußte nicht, wer sie selbst war, und es war ihr gleichgültig, wer er war.

Er war die Verkörperung der blitzdurchzuckten, donnergrollenden, dunklen Nacht – er begehrte sie –, und das Wüten des Sturms verstärkte nur ihre eigenen wilden und unkontrollierbaren Gefühle.

Ihr war, als sei sie gleichzeitig in sich und außer sich; sie war Celia, sie war die Zigeunerin, sie war Marianna, und er wußte es – er spürte es und verfluchte sie und verfluchte sich selbst für seine Gier und sein Verlangen nach ihr, das ihn beherrschte.

Er drängte sie grob zurück und drückte sie hinunter ins regendurchweichte Gras; er spürte, wie sich ihre Beine unter ihm öffneten, empfand mit allen Sinnen die pulsierende Bereitschaft, die ihn erwartete.

Es war nichts zwischen ihnen als der dünne, durchnäßte Stoff ihres Nachthemdes, zart wie ein Schleier und ebenso leicht weggerissen.

Sie wartete auf ihn, sie wollte ihn – ihre Hände streckten sich nach ihm aus, zogen ihn hinab, befahlen ihm, verlangten nach ihm, quälten ihn.

Sie empfand keine Furcht vor seinem Körper; sie kannte ihn, sie hatte ihn immer gekannt, und es verlangte sie wie rasend nach seinen harten Muskeln, ihre Finger zerrten an seinem triefenden Hemd, krallten sich in seine feste, regenglänzende Haut.

»Ja, ja« – die gemurmelten Worte galten seinem Mund, galten der verzehrenden Flut ihrer eigenen Begierde – und sie war sich sicher, daß seine Lippen sie verstanden.

Ja zu seinen heftigen Küssen, ja zu seinen gierigen Händen, die ihren Körper überall berührten, massierten, hielten und liebkosten.

Zu lange hatte sie darauf gewartet, daß er sie liebte.

Und er legte sich über ihren Körper, der mit all seinen Sinnen in Aufruhr war, und ergab sich ihren fordernden Lippen, während der Regen sie weiter durchnäßte und heiße, grelle Blitze ihr feinknochiges Gesicht und den schwarzen Glanz ihres Haares aufscheinen ließen.

Sie schlang ihre Arme um seinen Hals, und ihr Körper bäumte sich unter ihm auf. Ihre Küsse waren feurig, herausfordernd – und gefährlich.

Er spürte die Wölbung ihrer straffen, jungen Brüste unter seinen suchenden Händen, sie murmelte seinem Mund unverständliche Worte zu, und ihr Körper drängte in heißen Wellen gegen seine männliche Härte an. Sie wußte nicht, was sie wollte, aber er. Sein Verlangen nach ihr tobte wie ein Hurrikan in ihm. Es drohte ihn wegzufegen in einem besinnungslosen Wirbel; es wurde stärker mit jeder Berührung, mit jedem Kuß, schwoll zum Orkan, drohte vollends außer Kontrolle zu geraten. Wenn er ihm nachgab, würde es sie beide verzehren.

Und dann spürte er, wie sie ihre Hände nach seiner angeschwollenen Männlichkeit ausstreckte; er spürte das Suchen ihrer Hände, wie sie sich in seine durchnäßten Kleider drängten, wie ihre Finger sich spreizten und dann langsam, zögernd um sein versteiftes Drängen legten und es mit all ihrer Kraft umfaßten.

Er war nur einen Herzschlag davon entfernt, sie zu besteigen.

Es wäre so gefährlich, so verführerisch gefährlich, sie

jetzt zu nehmen. Ein Teil von ihm wußte es – aber er konnte ebensowenig seine Hände von ihrem nassen, sich windenden Leib lassen als ihren heißen, leidenschaftlichen Küssen widerstehen.

Wie sollte ein Mann eine geborene Verführerin zähmen?

Wie lange konnte ein Mann sich noch vom Sprung über die Klippe des Vergessens retten?

Oder nahmen ihm die Mächte der Natur die Entscheidung ab?

Das Zischen eines Blitzes, der dicht über ihren Köpfen in einen Baum direkt vor ihnen einschlug, ließ sie beide ebenso unvermeidlich aufschrecken, wie er ihr im nächsten Augenblick ihre Jungfernschaft genommen haben würde.

Hatte die Natur gesprochen, das Schicksal, die Bestimmung? Er wußte es nicht, aber es reichte aus, um ihn aufzurütteln und wieder zu Sinnen kommen zu lassen. In einer dunklen Sturmnacht eine Zigeunerjungfrau zu verführen war wirklich das letzte, was er wollte ... ganz gleich, was sein Körper ihm sagte und wie sehr es ihn nach ihren heißen, unschuldigen Küssen verlangt hatte.

Er würde es niemals zugeben.

Es war genug, und das wußte er.

Er zog sie auf die Füße und nahm sie auf die Arme, fluchte dabei leise in das Toben des Sturmes hinein.

»Laß mich laufen«, flüsterte sie und versuchte vergebens, sich von ihm loszumachen.

Er hielt sie noch fester. »Jetzt ist keine Zeit für Spielchen.«

»War das ein Spielchen, was wir da gespielt haben?«

»Ich denke eher, es war russisches Roulette, und ich war gerade dabei, den Abzug zu drücken.«

Sein unverhohlener Zorn brachte sie zum Schweigen; sie wehrte sich nicht mehr in seinen Armen und wollte nur noch eins, unsichtbar sein.

Der Regen ging jetzt in Sturzbächen nieder, kühlte ihren

erhitzten Leib und wusch jede Spur der Sünde davon ab. Er war böse auf sie? Sie war wütend auf sich selbst und entsetzt, wie leicht es war, den Begierden einer Frau und der Berührung eines Mannes zu verfallen. Sie kam sich vor wie eine Hure, beschämt und gedemütigt angesichts der Art und Weise, wie sie ihm es beinahe gestattet hätte, sie im Regen und im Schlamm zu nehmen.

»Sie können mich am Dienstboteneingang absetzen«, sagte sie ungeduldig.

»O nein, Euer Hoheit muß bis zu ihrer Schlafzimmertür geleitet werden. Kein galanter Mann würde sich unterstehen, ein Geringeres zu tun.«

»Ein galanter Mann hätte weit mehr getan«, murmelte sie ungehalten; sie verabscheute die mörderische Enttäuschung, die sie verspürte.

Er ließ sie so abrupt herunter, daß ihre Knochen schmerzten.

»Und ein weniger galanter Mann hätte Sie hier an Ort und Stelle genommen und sich keinen Deut um die Konsequenzen geschert ... Aber das ist es nicht, was ich von Ihnen will, meine Zigeunerprinzessin. Was ich von Ihnen will, ist ein wenig Diskretion und ein Mindestmaß an Selbstbeherrschung. Und ich will, daß Sie sich Ihren jungfräulichen Leib und Ihre verdammten Küsse für Ihren Mann aufheben«, zischte er durch zusammengebissene Zähne, während er zornig ihre Arme umklammert hielt. »Wer auch immer der unglückliche Hurensohn sein wird, und ich will – verflucht noch mal – verflucht noch mal ...«

Er stieß sie von sich. »Verflucht.«

»Was wollen Sie?« flüsterte sie und rieb sich ihre geschundenen Arme, während sie einander in einer zorndurchglühten Aufwallung ihrer Gefühle anschauten.

Er holte tief Luft – ein harsches, zischendes Geräusch, das sie an den angsterfüllten Augenblick, bevor eine Schlange zubeißt, erinnerte.

»Ich will – ich will Sie nicht wollen.«

Der Augenblick prägte sich unauslöschlich in ihr Gedächtnis ein: die schwüle Dunkelheit, die Feuchtigkeit ihres Nachthemds, sein unbändiger Zorn, ihr bebender Groll, weil er seinem Verlangen nach ihr nicht nachgeben wollte.

Wie konnte sie jemals frei sein? Sie war genauso eine Sklavin ihrer Leidenschaft für ihn, wie ihre Mutter eine Sklavin ihrer Liebe zu ihrem Vater gewesen war.

Jetzt wußte sie es – jetzt begriff sie es: Die Freiheit lag in der Liebe und nicht in ihrem Zigeunerblut.

Und da er sie nicht wollte, konnte sie niemals frei sein.

Sie war von weit her gekommen, hatte so viel fremdes Land durchquert, um eine Familie zu finden und eine Liebe zu verlieren. Wo war da die Gerechtigkeit?

Die Vergeblichkeit der Liebe – war das alles, was ihre Mutter nach all ihren Abenteuern gefunden hatte? Oder war es ihr eine Erlösung gewesen, ihrem Herzen zu folgen, ganz gleich, wie das Ende ihrer Reise ausgesehen hatte?

Kapitel 23

»Also kommt sie endlich, deine zukünftige kleine Braut? Glaubst du, sie ist immer noch das Unschuldslamm, für das du sie hältst, nachdem sie sich der Marlborough-Gesellschaft angeschlossen hat? Was meinst du, Ronny, Darling? Ob sie immer noch Jungfrau ist?«

»Ich glaube nicht ... du verflixte Hexe – au, laß meine Eier los! Nicht! Das tut weh! Bitte, Adriana, wir müssen planen, wie wir vorgehen wollen, wenn sie kommt. Ich muß sie daran erinnern ...«

»*Woran* mußt du sie erinnern, Ronny? Hm, ich glaube, du hast mir nie die ganze Geschichte der armen, unschuldigen kleinen Celia erzählt, nicht wahr. Denk darüber nach. Wenn du meine Hilfe willst, glaubst du nicht, du solltest mir da besser alles erzählen? Sonst ...«

Ronald Winwood stöhnte, und sein Körper bäumte sich auf. »Bitte, *principessa,* tu mir nicht mehr weh! Ich war doch brav, oder? Ich schwöre, ich erzähle dir alles von Celia – ich werde es dir sogar *zeigen* ...«

Er hätte beinahe vor Schmerzen aufgeschrien, als seine Peinigerin noch fester zupackte. Sie waren draußen im Freien auf der Sonnenterrasse mit Blick in eine tiefe Schlucht, in die sich ein Wasserfall ergoß, und er war nackt, beherrscht von ihren harten, kleinen Händen und seiner eigenen Lust ...

Er, der Herr – der Periya Dorai – dieser riesigen, blühenden Teeplantage. Bis er Adriana di Alberti und ihren Mann Eddie kennengelernt hatte, hatte er sein Leben völlig unter Kontrolle gehabt, sein Leben, seine Zukunft und sein Gefühl der Überlegenheit.

Bis Adriana ihn etwas Neues gelehrt hatte – das Gefühl, von einer starken Gebieterin beherrscht zu werden und es zu genießen; alles zu genießen, sogar ihre Demütigungen, und das, obwohl in der Vergangenheit immer er derjenige gewesen war, der alles unter Kontrolle gehabt hatte.

Jetzt war er Adrianas williger Lustsklave – sogar wenn ihr Ehemann dabei war, was ziemlich häufig vorkam.

»Erzähl mir noch mehr, Ronald, Darling«, gurrte Adriana, während sie seine zartesten Körperteile ihre Kraft spüren ließ und es gleichzeitig schaffte, sich rittlings auf ihn zu setzen. »Ähnelt sie in irgendeiner Hinsicht ihrer Mutter? Und glaubst du, du bekommst sie unter Kontrolle, wenn sie erst einmal hier ist, Ronny, Darling? Hör auf zu stöhnen und antworte mir, sonst muß ich deinen dicken Hintern mit meiner Reitpeitsche bearbeiten, und du wirst dich morgen höchst unwohl im Sattel fühlen. Und was hast du deiner Gebieterin noch zu sagen, hm? Hast du ihr auch wirklich *alles* erzählt?«

»Nein! Nein ... Ah, Domina! Aber sie weiß es, sie ist in England aufgewachsen, und ich bin sicher, sie hat die Briefe gelesen – ah – bitte!«

Männer! dachte Adriana kalt und boshaft, während sie auf ihr sich windendes Opfer herunterblickte. Sie verachtete jeden einzelnen von ihnen. Aufgeblasene Pfauen, die glaubten, sie seien die Herrscher des Universums, die Beherrscher ihrer Frauen und aller anderen weiblichen Wesen, die an ihre Lügen glaubten und sich von ihrem überlegenen Gehabe einfangen ließen.

Nun, wer war jetzt wem überlegen? Und wer war hier der Stärkere?

»Wie alt war sie, als du angefangen hast, mit ihr zu spielen, Ronny, hm?« Ihre Stimme war ein leises, heiseres Flüstern, das ihn beinah um den letzten Rest von Selbstbeherrschung brachte.

Sie beugte sich über ihn, und er spürte, wie ihre vollen Brüste qualvoll über seine Haut streiften. Er würde die Beherrschung verlieren. O Gott, er durfte sie nicht verlieren; wenn er es wagte, ohne ihre Erlaubnis zum Höhepunkt zu kommen, würde sie ihn bestrafen.

Er fing an zu reden, seine Worte überschlugen sich fast, während er sich mit der Zunge über die Lippen fuhr – und dann kehrten die Erinnerungen zurück und mit ihnen das Gefühl der Macht.

Er erinnerte sich an seinen Vater – groß, ungeschlacht, lachend – und an all die Gespräche von Mann zu Mann, die sie geführt hatten. Sein Vater hatte viele Frauen gekannt und gewußt, wie er mit ihnen umzugehen hatte. Selbst mit dieser Zigeunerhexe, Celias Mutter – aber das war *sein* Geheimnis.

Celia – das kleine Balg mit den großen Augen, das ihm auf Schritt und Tritt folgte und so anbetungsvoll zu ihm aufschaute –, so überaus bereit, alles zu tun, was er von ihr wollte, nur damit er mit ihr zufrieden war . . .

Über *diesen* Teil der Geschichte konnte er mit Adriana reden; das war genau die Art von Geschichte, die ihr gefallen würde.

Sie war wie eine Droge für ihn, ein süßes Gift für die Sinne, das er niemals verlieren wollte.

»Ich weiß nicht mehr, wie alt sie war – vielleicht sechs oder sieben –, aber sie war eindeutig die Tochter ihrer Mutter. Mein Vater hat es mir erzählt – es lag ihr im Blut, in diesem pulsierenden Zigeunerblut . . .«

Seine Stimme verlor sich in Erinnerung: ein verführerisches, wissendes Lächeln; ein junger, geschmeidiger Leib, der sich nur zu seinem Entzücken bewegte, der seine eifrigen Hände einlud, zu erforschen, zu erregen, zu entfesseln . . .

Er konnte die Flut der Erinnerungen nicht aufhalten – konnte seine Lust nicht länger bezähmen – und ergoß sich unkontrolliert über Adrianas Hand und seinen Körper. Was er versucht hatte zu vermeiden, stand ihm jetzt unmittelbar bevor – Lust und Strafe; beides bedingte einander unausweichlich.

»Du blödsinniger, schwacher Bastard!« kreischte sie. »Sich mir derart zu widersetzen! Oh, du bist unverschämt und mußt bestraft werden! Hast du mich gehört? Dafür wirst du büßen.« Sie hob ihre Peitsche, so daß er sie deutlich sehen konnte, dann senkte sie den Arm und ließ die harte Lederspitze über seinen ganzen Körper gleiten, bis sie seine noch immer erregte Männlichkeit berührte. »Das wirst du mir büßen«, wisperte sie und hob die Peitsche abermals.

»Damit du dich das nächste Mal nur an die Dinge erinnerst, die *ich* dir erlaube.« Mit diesen Worten ließ sie die Peitsche nur einen Zentimeter von seinen Genitalien entfernt wieder herunterschnellen, einmal, zweimal, wieder und wieder und wieder, bis er beinahe besinnungslos vor Schmerz war und in einem ohnmächtigen Taumel der Lust ertrank, in dem er glaubte, sich niemals wieder an irgend etwas anderes erinnern zu können.

Celia erlebte den Rest ihrer gesellschaftlichen Verpflichtungen wie eine Schlafwandlerin.

Schottland erschien ihr wie ein Traum, ein Zigeunertraum, der sich nun mit ihren übrigen dunklen und schwer greifbaren Alpträumen vereinte.

Was blieb ihr noch, nachdem der Mann, den sie begehrte, sie und sich selbst vom Abgrund des Wahnsinns zurückgerissen und sie dann im Stich gelassen hatte?

Während all der schwindelerregenden gesellschaftlichen Ereignisse, die nun folgten – den Banketten, den Bällen, den Kartenabenden, den Theatervorstellungen –, konnte sie sich nicht an einen einzigen Zwischenfall oder einen einzigen Mann erinnern, der ihr Interesse geweckt hätte.

Ich will Sie nicht wollen.

Welche Torheit – wer wollte schon irgend etwas wollen?

Die Sache war, was sie war: wie ein Magnet, wie ein Feuer ...

Unausweichlich.

Sie löschte alles andere aus und machte gleichzeitig alles andere unmöglich, denn *er* hatte auf seine typisch männliche Art und Weise beschlossen, daß nichts anderes möglich war.

Zwei Dinge jedenfalls wurden dadurch vollkommen unmöglich: Sie konnte Ronald nicht heiraten, und sie konnte auch nicht in London bleiben, und sobald sie ihre Entscheidung getroffen hatte, würde sie nicht einmal Willie erlauben, sie von ihrem einmal eingeschlagenen Weg abzubringen.

»Du willst was?« kreischte Willie und verlor damit zum erstenmal, seit Celia sie kennengelernt hatte, die Fassung.

»Ich will nach Ceylon zurückkehren und die Verwaltung meines Erbes übernehmen«, sagte Celia deutlich. Sie war äußerlich vollkommen ruhig, denn sie hatte alles durchdacht, und es spielte keine Rolle, daß ihre Hände zitterten und ihr Herz gebrochen war. Außerdem war es das einzige, was sie tun konnte. »Und ich möchte Ronald persönlich sagen, daß ich ihn nicht heiraten kann.«

Willie sah sie scharf an. Sie kannte ihre Nichte. Da steckte noch mehr dahinter. »Unsinn«, sagte sie energisch und unterdrückte jedes Gefühl, um das Problem möglichst rasch in den Griff zu bekommen. »Ich werde es ihm sagen, und du brauchst nichts zu tun, als einfach weiterzumachen wie bisher.«

»Und soll er auch weitermachen wie bisher?« erkundigte Celia sich vorsichtig. »Soll er weiter die absolute Kontrolle über meinen Besitz und mein Erbe haben? Liebe Tante Willie, denk doch einmal nach; es wäre nicht recht von mir, diese Verlobung einfach von England aus zu lösen. Unser Verlöbnis ist schon vor so langer Zeit beschlossen worden . . .«

»Genau!« unterbrach Willie sie.

Celia schüttelte den Kopf und fuhr unerbittlich fort: »Wie dem auch sei, seit er geschrieben hat, habe ich nur noch ein schlechtes Gewissen, weil ich ihn so schlecht behandelt habe . . .«

»Laß uns statt dessen sagen«, warf Willie abermals dazwischen, »wie schlecht dein Vater und deine Tante Gertrude ihn behandelt haben. Und um ehrlich zu sein, ich finde es äußerst verdächtig, daß er in all der Zeit scheinbar so treu und verläßlich gewesen ist. So sind Männer einfach nicht. Und sag mir doch bitte eins: Warum hat er dich nicht geholt? Und warum hat es in all dieser Zeit nur diesen einen Brief von ihm gegeben? Ich werde dir sagen, warum, mein Kind – und hier ist deine erste Lektion in Sachen wirkliches Leben. Mr. Ronald Winwood möchte auf gar keinen Fall das zerbrechliche Ei zerdrücken, mit dem er sein Nest auszustatten gedenkt.«

Celia wandte sich von ihr ab; Willie machte sich die Sache zu leicht, aber sie wußte es wohl nicht besser. »Das glaube ich einfach nicht von Ronald. Ich habe ihn mein ganzes Leben lang angebetet.«

»Nichtsdestoweniger warst du ein wahrer Glücksfall für ihn. Vielleicht hat er deine Zuneigung mißbraucht, um sich bei deinem Vater einzuschmeicheln, der, auch wenn er mein Bruder war, vielleicht eine Spur zu vertrauensvoll gewesen sein mag. Wir wissen einfach nicht, was vor all diesen Jahren dort vorgegangen ist. Und dein Ronald könnte durchaus ein Abenteurer sein ...«

»Genauso wie mein Vater«, sagte Celia mit gepreßter Stimme.

»Nur daß dein Vater seinen Weg gemacht und ein Vermögen erworben hat, und was hat Mr. Winwood vorzuweisen? Seine Fähigkeit als Verwalter? Wessen Wort haben wir denn dafür? Dein Vater kann nicht mehr für ihn sprechen, und deine Tante Gertrude hat ihn während all dieser Jahre niemals um Rechenschaft gebeten. Es mag durchaus sein, daß dir das, was du vorfindest, nicht im mindesten gefällt, wenn du auf deinem törichten Plan, nach Ceylon zu fahren, bestehst.«

Celia hatte bisher nicht einmal einen Gedanken an diese Komplikationen verschwendet, und es gefiel ihr gar nicht, daß Willie sie mit ihrem gewohnt klaren Verstand darauf hinwies. Aber jetzt hatte sie keine Zeit mehr, darüber nachzudenken.

»Du verstehst mich nicht. Ich muß London einfach für eine Weile verlassen.«

Willies Augen blitzten. »Ach, wirklich? Und warum, bitte schön?«

Celia hob das Kinn. Wie sollte sie das erklären? Willie durfte die Wahrheit niemals erfahren – sie war einfach zu demütigend. »Es gibt eine unerträgliche Situation, von der ich hoffe, daß sie sich während meiner Abwesenheit auflösen wird.«

»Wirklich? Und was könnte das sein? Warum weiß ich nichts davon?«

Celia zögerte; noch einen Augenblick, und sie würde ihren Gefühlen und Tante Willies praktischer Freundlichkeit nachgeben und alles gestehen.

Willie wäre gewiß schockiert und wahrscheinlich auch verärgert, denn das war sicher nicht das, was sie erwartet hatte, als sie Celia nach London brachte.

Dann war es wohl das beste, das ganze Thema zu umschiffen.

»Da gibt es nichts zu wissen, Tante Willie. Es ist nur – es geht lediglich darum –, daß ich mich nicht wohl fühle und es einfach besser wäre, wenn ich zwei unerfreuliche Dinge auf einen Streich hinter mich bringen könnte.«

Oh, das klang wirklich überzeugend.

Aber Tante Willie ließ sich keinen Augenblick lang täuschen.

»Wer?«

»Tante Willie ...«, sagte Celia flehentlich.

»Ist er verheiratet?« fragte Willie scharf, und Celia konnte sehen, wie ihre Gedanken sich überschlugen, in diese Richtung wanderten und dann in die andere, wie sie alle Lebemänner und Tunichtgute durchging und versuchte, die Lösung zu finden. »Harville?«

»Tante Willie!« protestierte Celia und stockte dann plötzlich. Harville war genauso gut wie jeder andere, vor allem in Anbetracht der ungewöhnlichen Aufmerksamkeit, mit der er sie in der Vergangenheit bedacht hatte.

»Dieser Schurke«, knurrte Willie. »Und dann noch ein Verwandter! Wie konnte er sich nur so erniedrigen? Ich hätte gute Lust ...«

»Bitte tu's nicht«, unterbrach Celia sie. »Aber nun verstehst du sicher, warum es durchaus sinnvoll wäre, wenn ich von London fortginge – und gleichzeitig meiner Verpflichtung nachkäme, Ronald mitzuteilen, daß ich ihn nicht heiraten kann.«

Willies Gesichtsausdruck wurde grimmig. »Vielleicht. Vielleicht. Aber ich kann dich nicht begleiten. Ich habe gerade die Nachricht bekommen, daß mein Mann auf dem Weg nach London ist, aber andererseits habe ich das starke Gefühl, daß du diesen Raubtieren nicht allein gegenübertreten solltest. Kannst du nicht noch einen Monat warten, mein Kind? Bis dahin können wir einen vollen Rechenschaftsbericht von Mr. Winwood verlangen, und wir hätten dann eine bessere Vorstellung von dem, wie ernst es ihm eigentlich mit seinem Wunsch ist, dich zu seiner Frau zu machen.«

Wie vernünftig sie doch war und wie klug ihr Vorschlag schien. Celia hätte alles gegeben, wenn sie den Rat ihrer Tante hätte beherzigen können. Zusammen mit Willie nach Ceylon zu reisen, damit sie sie beschützen konnte, vor allem vor dem verständlichen Zorn Ronald Winwoods, wenn sie ihre Verlobung löste – ah, wie herrlich das doch wäre?

Aber es war an der Zeit, daß sie die Verantwortung für sich übernahm. Willie hatte ihr dabei geholfen, das Fundament zu errichten; mit dem Rest mußte sie selbst fertig werden – angefangen von ihrem törichten Verlangen nach Grant Hamilton bis hin zu ihrer kindlichen Anbetung für Ronald Winwood.

Sie schüttelte den Kopf. »Ich wünschte, ich könnte auf dich hören. Aber ich muß wirklich ...«

»Du brauchst nicht aus England wegzugehen. Ich habe viele Freunde, die dich einladen würden ...«

Damit hätte sie eigentlich rechnen müssen. Die Freunde

ihrer Tante, die sie auf ein einziges Wort von Willie hin mit aller Liebe und Freundlichkeit aufnehmen würden.

»Tante Willie, du verstehst nicht. Ich kann Mr. Winwood nicht länger hinhalten. Und ich kann nicht in London bleiben. Es ist Zeit, daß ich die Verantwortung für mein Schicksal übernehme. Ich spüre es. Es ist mir prophezeit. Ich muß nach Ceylon zurückkehren, und das bald.«

Etwas in der Stimme ihrer Nichte ließ Willie erschrokken aufhorchen. »Ich verstehe«, sagte sie langsam. »Nun, dann müssen wir jemanden finden, der dich begleitet, jemanden, dem wir vertrauen können . . .« Sie brach ab, weil sie nicht recht wußte, wie sie sich ausdrücken sollte, ohne übermäßig melodramatisch zu klingen.

»Wie dem auch sei«, begann sie von neuem, aber diesmal fiel Celia ihr sogleich ins Wort.

»Ich habe alles genau durchdacht, Tante Willie. Vor nicht mal einer Woche habe ich einen Brief von Onkel Theo bekommen. Er ist zusammen mit Anthea und ihrem Mann unterwegs nach London und möchte ein Jahr als Missionar in den Osten gehen – nach Ceylon, um mir und dem Ort, von dem ich stamme, seine Ehrerbietung zu erweisen. Aber ich glaube, in Wirklichkeit ist es eine Art Buße, weil er sich wegen Tante Gertrudes Verhalten mir gegenüber schuldig fühlt. Er wäre der vollkommene Begleiter für mich, und Anthea wird dafür sorgen, daß in jedem Falle der Anstand gewahrt wird. Immerhin ist sie eine verheiratete Frau.«

»Die ganze Sache mißfällt mir ungeheuer«, sagte Willie nachdrücklich. »Ich kann mich mit dieser Idee einfach nicht anfreunden.«

»Onkel Theo liebt mich. Er würde immer hinter meiner Entscheidung stehen und dafür sorgen, daß nichts Unrechtes geschieht.«

»Du kannst dich nicht auf Mr. Winwoods guten Charakter verlassen – falls er überhaupt Charakter hat, was ich nach der Lektüre dieses schrecklichen Briefes stark bezweifle. Außerdem wird sein guter Charakter sicher nicht lange halten, wenn er erfährt, daß du vorhast, ihm das Wasser abzugraben. Ich bin mir nicht sicher, ob Theo in einer solch kritischen Situation der richtige Mann ist«, fügte Willie spitz hinzu. »Ich wünschte wirklich, du würdest . . .«

»Ich werde nicht«, sagte Celia entschlossen.

»Laß mich Grant verständigen«, meinte Willie nunmehr mit einem Anflug von Verzweiflung. Grant würde ihr diese Narretei sicher ausreden können. Celia erbleichte. »Du hast ihm in den letzten Monaten genug Verantwortung für mich aufgebürdet, Tante Willie. Ich werde seine Einmischung in dieser Angelegenheit nicht dulden.«

Seine genausowenig wie deine.

Sie sprach es nicht aus – vielleicht dachte sie es nur; aber wie dem auch sei, Willie begriff durchaus, was sie meinte, denn ihre sorgenvolle Miene glättete sich plötzlich, und ihre Stimme hatte einen anderen Klang, als sie schließlich weitersprach: »Na gut, meine Liebe, du bist also fest entschlossen, und vielleicht ist es gar nicht so schlecht, wenn du die Dinge an Ort und Stelle erledigst.«

Celia betrachtete sie argwöhnisch. Es sah Willie gar nicht ähnlich, so schnell das Feld zu räumen. Willie wußte, daß all ihre Argumente vernünftig waren und daß ihre Bitte, diese Reise um einen Monat zu verschieben, überaus berechtigt war.

»Was ist mit deiner Tante Gertrude?« Die Frage kam so unerwartet, daß Celia einige Mühe hatte, ihre Aufmerksamkeit wieder ihren unmittelbaren Plänen zuzuwenden.

»Wenn ich Onkel Theo recht verstehe, wird sie ihn nicht begleiten. Du kannst gern den Brief lesen, wenn du möchtest; ich bin mir ganz sicher, daß mein Onkel mich liebend gern nach Ceylon begleiten wird.«

»Daran zweifle ich keinen Augenblick«, pflichtete Willie ihr bei. »Und Emily wird sich natürlich um dich kümmern. Außerdem sind ja auch Anthea und ihr Mann mit von der Partie, und, wie du bereits sagtest, ist sie sehr darauf bedacht, immer den guten Ton zu wahren, ein Umstand, der mich ungeheuer beruhigt.«

Die Worte hingen für einen winzigen Augenblick in der Luft, und Celia sah ihre Tante forschend an, um festzustellen, was sie mit ihren Worten eigentlich gemeint hatte.

Aber Willie senkte den Kopf, als denke sie nach, und Celia konnte ihr Gesicht, als sie weitersprach, nicht sehen.

»Dann schreib deinem Onkel, mein Kind, und ich werde alle notwendigen Vorkehrungen treffen. Um eines möchte ich dich allerdings bitten.«

»Alles, was du willst, Tante Willie«, sagte Celia inbrünstig.

»Sag, daß ich dir willkommen bin, wenn ich Ende des nächsten Monats zu dir nach Ceylon fahre.«

»Liebste Tante Willie«, murmelte Celia und sprang auf, um vor ihrer Tante niederzuknien. »Komm, sobald du kannst.«

Willie strich ihr übers Haar. *Schicksal*, dachte sie; *so viele Dinge in deinem Leben hat das Schicksal für dich bestimmt, mein Kind. Aber habe keine Angst, ich lasse dich nicht aus den Augen, keine Sekunde lang; wenn ich schon nicht selbst mit dir kommen kann, werde ich dir den einen Menschen zur Seite stellen, dem ich vertrauen kann, und alles wird gut werden.*

»Keine Angst«, sagte sie nun laut und schob Celia eine ungebärdige Strähne, die sich aus ihrem wilden, gelockten Haar gelöst hatte, hinters Ohr. »Ich werde niemals zulassen, daß irgend jemand dir weh tut. Und sobald es geht, werde ich nachkommen und mich persönlich um alles kümmern.«

Onkel Theo, die gute Seele, fand an Celias Bitte, ihn begleiten zu dürfen, nichts Seltsames und hieß sie willkommen, als hätten sie die ganze Sache von Anfang an so geplant.

Mit Anthea Langbourne-Maitland verhielt sich die Sache jedoch völlig anders. Celia kam nicht recht dahinter, was eigentlich mit Anthea geschehen war, aber seit ihrer Hochzeit schien sie noch kritischer zu sein als zuvor.

Sie und ihr Mann kamen am Abend vor ihrer Abreise zum Essen in die Carlton House Terrace.

Tante Willie war freundlich und höflich und ließ die theologischen Gespräche, die Theo und Mr. Maitland führten, gelassen über sich ergehen.

Anthea sah unglücklich aus, und Celia nahm sie nach einer Weile zur Seite.

»Ich habe dir noch gar nicht zu deiner Hochzeit gratuliert.«

»Das habe ich bemerkt«, sagte Anthea spitz. »Ich dachte, wir wären Freundinnen. Und bitte erzähl mir jetzt nicht, wie beschäftigt du gewesen bist. Das war geradezu beleidigend offensichtlich.«

Celia war bestürzt. In Tante Willies Welt würde niemand es wagen, einen anderen so offen zu kritisieren, und sie wußte nicht, was sie darauf erwidern sollte.

»Glaub mir, das war nicht meine Absicht, Anthea.«

»Was soll man von dir halten, nachdem du einfach aus dem Haus deiner Tante weggelaufen bist? Sie hat anschließend tagelang mit Riechsalz im Bett gelegen. Dein Onkel und ich hatten alle Hände voll zu tun, sie davon abzuhalten, hinter dir herzujagen und gerichtliche Schritte gegen deine – gegen Miß Hamilton – einzuleiten, um dieses äußerst verdächtige Vermächtnis im Testament deines Vaters anzufechten. Aber dein Onkel hat sich durchgesetzt. Er war sicher, daß eine solche Maßnahme einen Skandal heraufbeschwören würde, der ein schlechtes Licht auf deine Tante werfen würde, und es war schon schlimm genug für sie, daß diese Emporkömmlinge, diese Templecombes, Zeugen jener *schrecklichen* Szene mit dir gewesen sind.

Nun, die Sache ist vorbei und läßt sich nicht mehr ändern. Deine Tante Gertrude hat sich erholt, und wir haben sie einigermaßen wohlauf zurückgelassen. Aber ich vermisse sie sehr. Ihr Verständnis und ihre Freundlichkeit sind alles, was eine jungverheiratete Frau sich wünschen kann, und ich habe gelernt, ihren klugen Rat zu schätzen.

Wie konntest du dich nur so schändlich ihr gegenüber verhalten und sie dermaßen in Verlegenheit bringen. Das werde ich nie begreifen.«

Celia schüttelte sich. Anthea mochte ihre Tante ja tatsächlich! Aber sie würde ihrer Freundin nicht in die Falle gehen und sich verteidigen oder irgendwelche Entschuldigungen dafür suchen, daß sie Anthea nicht vorher schon zur Hochzeit gratuliert hatte; Anthea hatte einen anderen Weg gewählt als sie selbst, und damit war die Sache im Prinzip erledigt. Warum sollte sie sich überhaupt mit Antheas Angelegenheiten beschäftigen?

»Ich möchte nicht weiter darüber sprechen«, sagte sie kühl. »Ich bin allerdings froh, daß meine Tante sich erholt hat und daß Onkel Theo reisen kann, ohne sich ihretwegen Sorgen machen zu müssen. So, jetzt erzähl mir alles von deiner Hochzeit.«

Sie hatte erwartet, daß diese Wendung des Gesprächs Antheas Laune verbessern würde, mußte zu ihrem Entsetzen aber feststellen, daß das Gegenteil der Fall war. »Was gibt es da groß zu erzählen?« antwortete Anthea mürrisch. »Dein Onkel hat den Gottesdienst gehalten, dann kam die Trauungszeremonie und anschließend das Hochzeitsfrühstück, das deine Tante freundlicherweise für uns ausgerichtet hat.

Was den Rest betrifft . . .« Sie wandte sich ab und zuckte die Achseln. »Das war absolut nicht, was ich erwartet hatte. Ich war auf eine Vereinigung in Gott gefaßt gewesen, aber ich habe die Rechnung ohne die niederen Instinkte der Männer gemacht. Wie hätte ich das auch ahnen können?«

Sie stieß ein kurzes, verbittertes Lachen aus. »Wenn das nicht wäre – nun, was Gott zusammengefügt hat . . .«

Abermals wußte Celia nicht, was sie sagen sollte. Antheas Enttäuschung war ebenso erschreckend wie unsympathisch, und sie konnte sich nicht vorstellen, wie sie die vielen Wochen erzwungener Nähe auf einem Dampfer in Gesellschaft dieser verbitterten jungen Frau ertragen sollte.

»Das tut mir leid«, murmelte sie.

»Warum sollte es dir leid tun? Für dich scheint sich doch alles zum Besten zu entwickeln. Ich würde mich ja für dich freuen, hättest du deine Tante neulich nicht so schändlich behandelt. Aber ich bin glücklich darüber, daß du endlich die richtige Entscheidung getroffen hast und nach Ceylon zurückkehrst, um Mr. Winwood zu heiraten. Das zumindest werden wir dann gemeinsam haben. So, jetzt entschuldige mich bitte. Ich möchte mich bei deiner Tante für ihre Gastfreundschaft bedanken.«

Mit diesen Worten wandte sie sich abrupt von Celia ab, bevor diese ihren Irrtum aufklären konnte, und als sie dem steifen Rücken ihrer Freundin hinterherschaute, dachte sie, daß es vielleicht besser war, sie behielt ihre Pläne auch weiterhin für sich; sie hatte bisher nicht einmal Onkel Theo eingeweiht.

Er wußte nur, daß Ronald ihr geschrieben hatte und daß sie deswegen nach Ceylon zurückkehren wollte.

Sie kam sich wie eine Betrügerin vor, als sie am folgenden Morgen neben ihrem Onkel an Deck des Dampfers stand. Sie mißbrauchte seine Liebe und seine Gutmütigkeit, damit er sie an einen Ort brachte, an dem sie mit ihrer Vergangenheit reinen Tisch machen wollte.

Er verdiente zu wissen, worum es ging, vor allem, nachdem er ihr gesagt hatte, wie glücklich er darüber sei, daß sie sich endlich entschlossen habe, Ronald Winwood zu heiraten.

Nun, für irgendwelche Geständnisse hatte sie später immer noch genug Zeit.

Das schlimmste von allem war der Abschied von Tante Willie.

Sie hatte keinen Augenblick lang gedacht, daß es ihr so schwer fallen würde, sich von ihrer Tante zu trennen.

»Ach, mein Kind«, murmelte Willie, während sie sie noch einmal tröstlich in die Arme schloß. »Die Tage werden im Flug vergehen; du wirst sehen, bald bin ich schon wieder bei dir. Aber du weißt ja, daß ich Verpflichtungen habe, denen ich mich nicht entziehen kann, nicht einmal für dich. Aber keine Angst, mein Liebes, bald sind wir wieder zusammen. Halte nur an deinen Überzeugungen fest und vergiß nicht, daß ich dich in allem unterstützen werde, was du wünschst.«

Celia spürte, wie ihr die Tränen die Wangen hinunterliefen.

»O Tante Willie, vielleicht war das Ganze doch keine so gute Idee . . .«

Willie zog sie noch ein wenig fester an sich. »Ach, ich weiß nicht. Vielleicht war es doch gut so. Komm, ich bringe dich an Bord.«

»Das Schiff ist so groß . . .«

»Ja, natürlich. So, hier sind deine Bordkarten und dein Paß; sieh zu, daß du nichts davon verlierst.«

»Keine Sorge, Tante Willie.«

»Und achte darauf, immer einen Hut aufzusetzen oder ein Schirmchen mitzunehmen.«

»Ja, Tante Willie.«

»Schreib mir jeden Tag.«

»Ganz bestimmt, Tante Willie.«

»Laß dich von niemandem in deinem Entschluß beirren. Du hast dich ganz richtig entschieden.«

»Das verspreche ich dir, Tante Willie.«

»Dann darfst du jetzt aufs Schiff gehen. So, das ist deine Kabine, direkt neben den Kabinen deines Onkels und der Maitlands. Wirklich ein Glück, wenn man bedenkt, wie spät wir deine Passage gebucht haben . . .«

»Es war keineswegs nur Glück«, sagte eine Stimme hinter ihnen, und sowohl Willie als auch Celia erstarrten. »Ich habe dafür gesorgt, daß man irgendeine abscheuliche Provinzlerfamilie woanders untergebracht hat, um Platz für uns zu schaffen. Natürlich wollte man es dem Bischof gern recht machen – eine Selbstverständlichkeit.«

Willie und Celia drehten sich gleichzeitig um.

Willie war die erste, die ihre Fassung wiederfand. »Gertrude.«

»Willie – wie schön, Sie wiederzusehen«, erwiderte Gertrude scheinbar wohlgelaunt. »Ich möchte Ihnen dazu gratulieren, daß Sie sich endlich besonnen haben und Celia dazu bringen konnten, ihren eigensüchtigen Wirbel durch die Gesellschaft zu beenden, um ihren rechtmäßigen Platz an der Seite ihres Verlobten einzunehmen. Celia, hast du etwas gesagt?«

Celia riß sich zusammen. »Wie geht es dir, Tante Gertrude?«

»Besser als an dem Tag, an dem du mich verlassen hast, du undankbares Kind, aber ich habe dir verziehen. Wie hättest du es auch besser wissen sollen, nachdem diese unerträglichen Templecombe-Geschwister dir den Kopf verdreht hatten? Und Ihr Stiefsohn, Willie – wirklich schändlich, wie er mit mir gesprochen hat. Er hat weiß Gott bestätigt, was ich schon immer gewußt habe: Außerhalb von England gibt es keine Manieren und keine Zivilisation.«

»Und doch sind Sie auf dem Weg nach Ceylon«, bemerkte Willie mit einem Gutteil Sarkasmus, den Gertrude, wie sie sich eigentlich hätte denken können, nicht einmal bemerkte.

»Nun, natürlich. Man kann doch einen so weltfremden Mann wie Theo nicht auf diese Heiden im Osten loslassen. Theo braucht eine feste Hand, die ihn leitet – keine Zigeunerfrau wird meinen Mann in ihre Klauen bekommen«, fügte sie bedeutungsvoll hinzu. »Ich weiß, wo meine Pflicht liegt, und ich habe mich immer danach gerichtet. Nicht einmal Celia könnte das leugnen. Ah, da kommt auch schon Theo! Hallo, o mein Lieber – ich bin hier.«

Celia wirbelte herum, gerade noch rechtzeitig, um Onkel Theos Gesicht noch sehen zu können, bevor er seine gewohnte resignierte Miene annahm.

Er hatte nicht erwartet, sie hier zu finden. Er hatte die Absicht gehabt, allein zu reisen.

Sie spürte, wie Willies Hand ihren Arm umklammerte.

»Celia . . .«

»Es ist schon gut; ich werde mit ihr fertig«, flüsterte sie.

»Ich weiß nicht recht . . .«

»Ich auch nicht. Ich möchte wissen, warum sie ihre Meinung geändert hat.«

Kapitel 24

Ägypten! Die rätselhafte, lockende Wüste mit ihren Sanddünen und den großen Pyramiden, die die letzten Ruhestätten der antiken Königinnen und Könige in sich bargen.

Celia beugte sich über die Reling des luxuriösen Dampfers und blickte hinunter in die weiße Gischt im Kielwasser des großen Schiffes, das durch den schmalen Suezkanal glitt.

Abgesehen von den Positionslampen des Schiffes war alles pechschwarz. Nur ab und an flackerte das orangefarbene Feuer eines Beduinenlagers an der Küste auf.

Es war eine heiße, stille Nacht. Irgendwo in der Ferne heulte ein Schakal den Halbmond an, der hoch oben in dem blauschwarzen Himmel zu schweben schien.

Sie sehnte sich nach einer kühlen Brise; wie gern sie sich doch ihrer schicklichen Kleider entledigt hätte, denn für das Klima im Osten war sie mit ihrer hochgeschlossenen Hemdbluse und ihren langen, gefütterten Röcken vollkommen unpraktisch gekleidet.

Sie zupfte sich eine verschwitzte Strähne vom Hals. Selbst ihr Haar erschien ihr schwer, beinahe so, als zöge die feuchte Luft es aus seinem ordentlichen Knoten heraus.

Sie fühlte sich träge, erschöpft von der ersten Zeit der Reise und der Notwendigkeit, sowohl mit ihrer Tante als auch mit Anthea fertig werden zu müssen. Es war so, als hätte sie plötzlich zwei Tante Gertrudes. Die beiden waren wirklich verwandte Seelen – Anthea wäre ganz sicher genau das richtige Kind für Tante Gertrude gewesen.

Also blieb sie trotz der Hitze so lange wie möglich an Deck; das war ihre einzige Möglichkeit, Tante Gertrudes unablässigem Genörgel über die Unterbringung, die Gesellschaft und alles andere aus dem Weg zu gehen.

In der Hitze dieser Nächte, Hunderte von Meilen entfernt von England und unter dem Ansturm von Tante Gertrudes scharfer Kritik hatte Celia plötzlich alle Sicherheit verloren.

Sie hätte wirklich auf Tante Willie warten sollen. Sie hatte einfach nicht genug Erfahrung, um mit Tante Gertrudes Gemeinheiten fertig zu werden. Nicht einmal Onkel Theo reichte als Puffer aus, und er bemühte sich mehr denn je, ihre Sicht der Dinge zu verteidigen, wenn sie mit Gertrude aneinandergeriet.

Gütiger Himmel, sie mußte aus diesen Kleidern heraus. Langsam ging sie zurück zu ihrer luxuriösen Kabine und hoffte unvernünftigerweise, daß alle anderen bereits schliefen. Das einzig Gute an dieser Reise war, daß sie ihre eigene Kabine hatte, obwohl sie sicher war, daß sie nur ein Wort zu sagen brauchte und Anthea würde sofort zu ihr ziehen, um jede Intimität mit Mr. Maitland zu vermeiden.

Während sie gerade diese Intimität ersehnte, wenn auch nicht mit Mr. Maitland, natürlich.

Aber wie mußte es wohl sein, von jemandem wie Mr. Maitland geküßt zu werden? Das überstieg ihre Fantasie bei weitem.

Sie durchstöberte einen ihrer Schiffskoffer auf der Suche nach etwas Leichtem, Duftigem zum Anziehen. Parfümierte, gewagte Unterwäsche kam zum Vorschein, feminin und aufreizend, die Art Wäsche, die ein Mann für seine Geliebte kaufen würde, Dinge, die zu ihrer Ausstaffierung als Dame der großen Gesellschaft dazugehört hatten ... Nicht für eine Zigeunerin, die viel lieber barfuß gelaufen wäre, die viel lieber Baumwollröcke und freizügige Zigeunerblusen getragen hätte ...

Wer war diese Frau eigentlich, die nun nach Ceylon zurückkehrte?

Die Frau, die Grant Hamilton schamlos begehrte?

Oder das wilde Kind, das immer Ronald Winwood gewollt hatte?

Wer war sie?

Oder war sie das Kind ihrer Mutter, und war es ihr Schicksal, weder das eine noch das andere zu bekommen?

Aber nein, sie war anders – sie hatte ihr Schicksal bereits in die Hand genommen, indem sie ohne einen einzigen Fehltritt eine Londoner Saison hinter sich gebracht hatte, mit großem Erfolg und unbestreitbarer Eleganz.

Aber hatte sie die Götter gekränkt, indem sie versucht hatte, auf ihr Schicksal Einfluß zu nehmen?

Sie streifte sich die hochgeschlossene Bluse über den Kopf, knöpfte ihren Rock auf und ließ ihn zu Boden gleiten.

All diese Kleidungsstücke, deren einziger Bestimmungszweck es war, einzuengen und zu beherrschen, waren gewiß von einem Mann entworfen worden, dachte sie zornig, während sie ihr Korsett aufhakte – ein schwieriges Unterfangen ohne Emilys Hilfe – und sich anschließend noch ihres Mieders und ihrer Unterwäsche entledigte.

Jetzt konnte sie die Luft spüren, wie sie schwer und heiß über ihre Haut strich.

Wenn sie selbstbewußter gewesen wäre, wäre sie vielleicht nackt zu Bett gegangen, aber sie war, was die Leidenschaft ihres Körpers betraf, noch immer ein Feigling. Sie suchte sich ein Seidennachthemd und schlüpfte hinein, bevor sie sich schlafen legte.

Aber in der drückenden Hitze war an Schlafen kaum zu denken, und nur ab und zu nickte sie kurz ein, um von wilden Träumen gepeinigt zu werden, in denen sie um sich schlug und verzweifelt versuchte, den Erinnerungen auszuweichen ...

... nein, ihren naiven kindlichen Mißverständnissen ... nein ...

Die ganze Nacht über wurde sie von Träumen heimgesucht, als locke ein Muezzin mit seinen Rufen zu Allah ihre Träume aus den verborgensten Winkeln ihres Geistes hervor.

Er hatte doch nur versucht, ihr das Flirten beizubringen –

und das Küssen natürlich, betete sie sich in ihren Träumen immer wieder vor, während sie gleichzeitig versuchte, diese Träume abzuschütteln; *genauso wie man jemandem das Reiten oder das Schießen beibrachte. Sie hatte ihn und seine Freunde amüsiert, das war alles. Sie war nicht mehr gewesen als eine unterhaltsame Ablenkung . . .*

. . . eine Puppe . . .

. . . ein Spielzeug . . .

Plötzlich war sie wach und in Schweiß gebadet.

Sie konnte sich an nichts erinnern, bis auf das unangenehme Gefühl, beinahe die Beherrschung verloren zu haben.

Aber es war sicher nur ein typischer Alptraum gewesen, in dem der Geist umherirrte und Wege einschlug, die keinen Sinn ergaben und keine Verbindung zur Wirklichkeit hatten.

Dessen war sie sicher.

Es mußte einfach so sein – sonst würde sie vielleicht noch den Verstand verlieren.

Sie gingen in Port Said kurz vor Anker. Dort herrschte ein buntes Treiben, und ungezählte Straßenhändler mit angeblich antiken Kunstwerken schwärmten über das ganze Schiff und breiteten auf den von der Sonne gebleichten Decks ihre Waren aus.

Was für eine Hitze!

Alle Damen hatten ihre Sonnenschirme zur Hand genommen, um ihren kostbaren englischen Teint zu schonen, und die meisten von ihnen zogen es vor, an Bord des Schiffes zu bleiben.

Aber Celia wollte die kleinen Läden der Eingeborenen erkunden; Onkel Theo fühlte sich verpflichtet, sie zu begleiten, und Anthea war der Meinung, daß sie und George ebenfalls *Erfahrungen* sammeln sollten.

Tante Gertrude würde an Bord bleiben, aber das hielt sie nicht davon ab, sie bis zum Kai zu begleiten und eine Flut von Ermahnungen vom Stapel zu lassen.

»Benutzt auf jeden Fall eure Sonnenschirme; diese Hitze ist entsetzlich – sie wird deinen Teint zerstören, Celia. Du bist nicht mehr an die Sonne gewöhnt wie früher – und du willst doch nicht, daß deine schöne, helle Haut wieder so abscheulich dunkel wird. Seid vorsichtig, wenn ihr die Basare besucht – die Leute dort wollen euch nur betrügen und ausrauben. Ihr müßt grundsätzlich handeln, bevor ihr irgend etwas kauft, und, Theo, bitte mäßige dich. Du brauchst hier nicht *alles* zu kaufen.«

Damit ließen sie sie im Hafen zurück, und es schien, als halle ihre Stimme immer noch in ihren Ohren wider, als sie schließlich die schmalen Straßen der Basare erreichten.

Anthea und ihr Mann bewegten sich nur mit größter Vorsicht zwischen den Marktbuden, und ihre Verachtung gegenüber den Händlern und der einheimischen Bevölkerung war offenkundig.

Celia hatte plötzlich das Gefühl, den Osten in den vielen Düften, die sie hier umgaben, förmlich *riechen* zu können.

Und einige der Gäßchen waren so schmal, daß sich die alten Mauern um sie herum zu schließen schienen, daß sie sie beinahe erstickten, während die unaufhörlichen Rufe der Straßenhändler und der halbnackten Kinder, die an ihren Röcken zupften, sie in die wunderbare Zeit ihrer Kindheit zurückversetzten.

Nach einer Weile entdeckten Anthea und Mr. Maitland ein *englisches* Geschäft, wo man sie, wie Anthea voller Erleichterung feststellte, gewiß nicht betrügen würde.

Onkel Theo tupfte sich mit seinem Taschentuch den Schweiß von der Stirn, murmelte ein kurzes Gebet, ließ sich dann in einen Stuhl sinken und nahm dankbar ein Glas kühle Zitronenlimonade entgegen.

Während Anthea und George um die Preise für Wäsche, Spitzen und andere Haushaltsgüter feilschten, schlenderte Celia in eine kleine, vollgestopfte Nische mit Blick auf die Straße und betrachtete die grellbunten Schmuckstücke, die dort lagen.

Ein Halsband aus Kupfer und Gold, das der Braut eines

Pharao gehört haben könnte, zog ihren Blick auf sich; zu der Kette gehörte ein genauso kunstvolles Paar von Ohrringen, die so lang waren, daß sie ihr bis auf die Schultern reichen würden.

Würde sie es wagen? Sie biß sich auf die Lippen. Das Halsband, das aus winzig kleinen Goldmünzen bestand, die sich an den Rändern überlappten, würde ihr von einer Schulter zur anderen reichen und bis zu ihren Brüsten hinunter. Die Ohrringe waren ebenfalls aus Münzen gemacht, die sich überlappten, und sie würden bei jeder Bewegung ihres Kopfes tanzen und klimpern. Welche Zigeunerfrau konnte einem so extravaganten Schmuckstück widerstehen?

Und hatte sie dabei nicht auch jemanden im Sinn, für den sie es tragen würde?

Aber nicht einmal sie konnte so weit vorausdenken; es war genug, daß der schöne Schmuck sie fesselte, genug, daß sie ihn haben wollte und die Mittel besaß, um ihn zu kaufen.

Einen anderen Grund brauchte sie nicht, bestimmt nicht.

Das trockene, staubige Aden war der nächste Hafen, den sie anliefen, der letzte vor Colombo. Celia haßte Aden. Es war nicht mehr als ein versengter Felsen, der aus dem Indischen Ozean herausragte und früher als Strafkolonie benutzt worden war.

Außerdem bedeutete es, daß Ceylon schon ganz in der Nähe war – viel zu nah – und damit auch die Stunde der Wahrheit.

Sie wünschte, sie hätte gewartet, bis Tante Willie sie hätte begleiten können. Tante Willie hätte die Dämonen verscheucht, die des Nachts über sie herfielen, wenn sie in ihrer schmalen Koje lag.

Dann stürmten die Erinnerungen auf sie ein, unverständlich und nebelhaft, verschlangen sie und sogen ihr das Leben aus den Adern.

Tagsüber mußte sie es mit Tante Gertrude und ihrer scharfen Vipernzunge aufnehmen, die nur darauf wartete, Celia zu verletzen und bluten zu lassen, Tante Gertrude, die in ihrem frommen Busen Haß und Geheimnisse hegte.

»Ich hoffe, Wilhelmina hatte genug Anstand, Mr. Winwood zu schreiben und ihm die Veränderung deiner Situation zu erklären. Du hast ja keine Ahnung, Celia, wie peinlich das für deinen Onkel und mich gewesen ist, vor allem, da einige Kaufinteressenten für deinen Besitz aufgetaucht sind. Sir Thomas Lipton ist – war – sehr interessiert. Aber du warst nicht zu erreichen, so daß man dir seinen Vorschlag nicht unterbreiten konnte. Was sollte ich sagen? Daß das undankbare Kind mit dem Stiefsohn ihrer Tante auf und davon gegangen ist und wir keine Möglichkeit hatten, sie diesbezüglich zu befragen?«

Celia errötete, ihre Tante ging zu weit. »Das tut mir leid. Ich dachte, es gäbe zwischen London und dem Land eine Postverbindung. Vieleicht hättest du auf den Gedanken kommen können, meine Post an mich weiterzuleiten?«

»Eine ordentlich erzogene junge Dame verläßt sich in so gewichtigen Angelegenheiten wie dem Verkauf von Eigentum *immer* auf den Mann in der Familie«, sagte Gertrude verdrossen. »Aber diese flatterhafte Wilhelmina hat es natürlich nicht nötig, sich den allgemein anerkannten Gepflogenheiten zu unterwerfen; sie hat viel zu lange außerhalb von England unter Wilden gelebt. Wenn ich geglaubt hätte, daß sie Theos Rat annehmen würde, hätte ich ihr sofort geschrieben. Nichtsdestoweniger wird die Frage sicher bald gelöst sein. Wenn du erst mit Mr. Winwood verheiratet bist, kann er die Dinge für dich regeln. Onkel Theo hat die notwendigen Papiere bei sich.«

Aber es ist mein Land, dachte Celia grollend. Und sie hätte über alle Angebote informiert werden müssen. Ja, Ronald hatte den Besitz lange Zeit für sie verwaltet, aber das änderte nichts an der Tatsache, daß die Plantage ihr gehörte.

Das Ganze war sehr merkwürdig; sie hatte dieses Stück Land noch nie als ihr Eigentum betrachtet, aber jetzt war sie plötzlich von einer wilden Entschlossenheit erfüllt, zu behalten, was ihr gehörte, und es sich nicht wegnehmen zu lassen.

Tante Willie würde das verstehen. Hoffentlich würde auch Onkel Theo es verstehen. Aber wenn nicht . . .

In ein oder zwei Tagen würden sie im Hafen von Colombo von Bord gehen, und was danach geschah, stand außer Frage – sie würde diesen neuen Abschnitt ihres Lebens, der dann begann, selbst in die Hand nehmen.

Als Grant sich über das hölzerne Geländer der Veranda in Monerakande beugte, war ihm vollkommen klar, daß Willie ihn in die Hölle geschickt hatte.

Ceylon im Sommer war grauenhaft – betäubende, schwüle Hitze und eine Heerschar von Engländern aus den sogenannten besseren Kreisen, die ihre Plantagen hier verwalteten und sich am Schweiß der einheimischen Bevölkerung bereicherten; Menschen, die sich in ihrer Untätigkeit zu Tode langweilten und keinem Streit aus dem Wege gingen.

Sofern sie die Energie dazu besaßen.

Es war die Hölle.

Er hatte Willie klipp und klar gesagt, daß er keine Lust mehr hatte, den fahrenden Ritter für Celia Penmaris zu spielen.

»Aber natürlich«, hatte Willie beschwichtigend erwidert. »Sie hat sich wunderbar herausgemacht. Es gibt jetzt keinen Ort mehr, an dem sie sich nicht zurechtfinden würde. Als du sie aus Gertrudes Fängen gerettet hast, hast du ihr einen letzten, wichtigen Dienst erwiesen.«

»Genau.«

»Und du hast sie immer wie eine Schwester behandelt, worüber ich mich sehr gefreut habe.«

»So ist es«, hatte Grant grimmig geantwortet. »Und jetzt, *madrastra,* darf ich mich wohl entschuldigen und wieder mein eigenes Leben leben?«

»Gewiß«, hatte Willie prompt entgegnet – und erst später wurde ihm klar, daß das Funkeln in ihren Augen ihn eigentlich hätte warnen müssen. »Außerdem verläßt Celia England, um nach Ceylon zurückzukehren und Mr. Winwood mitzuteilen, daß sie ihn nicht heiraten kann und . . .«

»*Was?*«

»Du hast doch gehört, was ich gesagt habe, Grant. Sie fand, es sei an der Zeit, Mr. Winwood gegenüberzutreten, und ich konnte ihr das unmöglich ausreden.«

»Bist du verrückt geworden?«

»Bitte, Grant, nicht einmal ich kann es mit diesem Zigeunerhokuspokus über Zukunft und Schicksal aufnehmen. Außerdem reist sie ja nicht allein. Sie hat die Sache sehr schön geplant, so daß sie Theo begleiten kann, der wohl eine Art Offenbarung hatte und sich für eine Weile als Missionar unter die Eingeborenen begeben will.«

Er wäre beinahe erstickt an dem Versuch, seinen Zorn zurückzuhalten. Celia in den schlaffen Händen Onkel Theos, der nicht einmal mit seiner eigenen Frau fertig wurde. Celia, die dem unbekannten Winwood gegenübertreten sollte, um ihm mitzuteilen, daß sie ihn nicht heiraten würde und daß er deshalb seine Sachen packen und gehen könne.

In Grants Kopf überschlugen sich die Konsequenzen, die sich daraus ergeben konnten.

»Natürlich«, fuhr Willie gelassen fort, »wird Mr. Winwood nicht übermäßig glücklich darüber sein.«

»Du hat wirklich eine besondere Gabe, dich zurückhaltend auszudrücken«, knurrte Grant.

»Hm, ja, ich werde in einigen Wochen zu ihr fahren – ich kann jetzt unmöglich abreisen. Und schließlich, was kann in dieser kurzen Zeit schon geschehen?«

»Er könnte sie ermorden.«

»Ach, komm schon, Grant. Sei nicht so melodramatisch. Theo wird dort sein und außerdem Anthea mit ihrem Mann.«

»Na wunderbar – eine junge Gertrude, deren größtes

Vergnügen es ist, Celia zu entmutigen, und zwei Männer, die unter dem leisesten Druck wie ein Bambusstöckchen zerbrechen werden. Du mußt den Verstand verloren haben, *madrastra*.«

»Mein lieber Junge, es ist alles beschlossen.«

»Dann mußt du einen neuen Beschluß fassen.«

»Sie werden morgen in See stechen.«

»Zum Teufel ...«

Willie wartete.

»Verdammt, ich will nicht nach Ceylon.«

»Wer würde das schon wollen?«

Grants Miene verdüsterte sich. »Was weißt du über diesen Winwood?«

»Sehr wenig, um ehrlich zu sein; er ist eine Kreatur meines Bruders, und nach seinem Tod hat Gertrude die Sache weiter vorangetrieben. Celia hat ein Bild von ihm. Er ist sehr blond, sehr hübsch. Und er schreibt abscheuliche Briefe, um ihr ein schlechtes Gewissen zu machen. Ich kann ihn schon jetzt nicht ausstehen.«

Ich hasse ihn.

Der Gedanke kam aus dem Nichts, und Grant hätte ihn sich am liebsten sofort aus dem Kopf geschlagen – genauso wie diesen verwünschten Ronald Winwood.

Und so hatte er einen komplizierten Plan entworfen, hatte schamlos seine Freunde benutzt, um alles in die Wege zu leiten, und sich sogar eine ganze Plantage verschafft – als Tarnung, die wahrscheinlich nicht länger halten würde, als die Sonne brauchte, um den Morgennebel aufzulösen.

Er war schon Tage vor Celia und ihren Begleitern mit einem Frachtschiff auf Ceylon angekommen, um sich und seine Geschichte dort zu etablieren.

Willie hatte überhaupt nichts zu tun brauchen: Er hatte alles allein gemacht – sich freiwillig erboten, nach Ceylon zu fahren, einen Plan geschmiedet, eine Passage auf dem Frachter gebucht – und das alles in einem Nebel heißen Zorns und getrieben von seiner Angst um Celia.

Die er überhaupt nicht wollte.

Aber was wollte er *dann?*

Er wollte sie beschützen. Er wollte dafür sorgen, daß sie in keine der Fallen ging, die Ronald Winwood ihr möglicherweise stellen würde, um sie in eine Ehe mit ihm zu locken.

Er wollte dafür sorgen, daß sie, bis Willie kam und die Sache selbst in die Hand nahm, in Sicherheit war.

Und jetzt, als er die hügelige Landschaft betrachtete, die sich bis zum Horizont erstreckte, verfluchte er Willies Gerissenheit und seine eigene Einfalt.

Kapitel 25

Im Jagdclub fand eine Versammlung statt. Wie alle Clubs im Pflanzerdistrikt des Landesinneren war auch dieser nur für Europäer bestimmt und zählte außerdem zu den besseren. Auf seinem Gelände gab es zwei Tennisplätze, einen Tontaubenschießstand und ein ordentliches Clubhaus mit einer Veranda und bequemen Liegestühlen. Außerdem konnte der Club aufgrund der großzügigen Spende von Sir Thomas Lipton eine kleine Bibliothek und einen Billardtisch sein eigen nennen; Lipton hatte kürzlich die Plantage Monerakande erworben und seinen riesigen Besitzungen in diesem Gebiet hinzugefügt.

Ronald lag in einem der Stühle, die die schattige Veranda säumten, und nippte mit geschlossenen Augen an seinem Lieblingsgetränk, einem Gin Tonic, als die Gespräche um ihn herum ihn mit einem Ruck in die Wirklichkeit zurückholten.

McPherson von der Plantage Kinross unterhielt sich mit Adrianas Mann, Eddie Branham, über den Neuankömmling in ihrem Distrikt, den amerikanischen Protegé von Lipton, der jetzt auf Monerakande saß und in Zukunft Sir Thomas' gesamten Besitz in Ceylon verwalten sollte.

Ein Amerikaner, dachte Ronald. Was zum Teufel konnte ein Amerikaner schon über Tee wissen oder darüber, wie man Kulis behandeln mußte, nachdem sein eigenes Land einen Bürgerkrieg ausgefochten hatte, nur um sie zu befreien?

»Wird wahrscheinlich schlecht für die Disziplin sein – setzt überall ein schlechtes Beispiel«, murmelte er, als wären alle Anwesenden in seine vorangegangenen Gedanken eingeweiht.

»Habe gehört, er ist Ehrenmitglied hier. Haben wir Lipton zu verdanken. Na ja, vielleicht können wir ihn uns hinbiegen, was meinen Sie?« fuhr McPherson fort, ohne auf Ronalds Bemerkung einzugehen.

»Vielleicht. Wer weiß?« sagte Adriana träge, während sie sich mit dem Fächer ein wenig Luft zufächelte. »Was sagten Sie noch, wie dieser Amerikaner heißt?«

»Hamilton, glaube ich. Guter schottischer Name. Ist angeblich Liptons Patensohn oder etwas in der Art. Aber trotzdem!«

»Hm ... Hamilton? Wissen Sie, wie er aussieht? Ist er alt? Ist er jung? Sieht er ... gut aus, dieser Mann? Und wissen Sie, wie sein Vorname lautet?«

»Das einzige, was ich weiß, ist, daß Dougal Drummond ihn in das Teegeschäft einführt – und wenn Dougal überhaupt von irgend etwas eine Ahnung hat, dann von Tee. Er hat früher in Assam Tee gepflanzt. Deshalb hat Lipton ihn auch hierhergeholt. Ah, ich habe eine Idee; vielleicht finden wir im Mitgliederbuch noch ein paar Informationen über diesen Hamilton.«

Er schnippte mit den Fingern und gab einem Kellner den Auftrag, Kandappu, dem Singalesen, der den Club führte, zu sagen, er solle das Mitgliederbuch herbringen.

»Immer nur das Beste für Sir Thomas, das wissen Sie ja«, fuhr McPherson fort, als Kandappu das ledergebundene Mitgliederbuch herbeibrachte. »Also, dieser ... dieser ...« Er blätterte. »Aha! Grant S. Hamilton – das ist sein Name. Nun, wer er auch sein mag, er muß gut sein, sonst würde Lipton, der der gerissenste Geschäftsmann ist, den ich je kennengelernt habe, ihm niemals die Verwaltung seiner Güter überlassen.«

Er bedeutete Kandappu, das Buch wegzubringen, und bestellte sich noch einen Whiskey mit Soda, so daß ihm nicht auffiel, daß die normalerweise so kühle und beherrschte Adriana sich plötzlich aufrecht hinsetzte und einen entsprechenden Blick mit ihrem Mann tauschte, der sie mit fragend gehobenen Augenbrauen ansah.

Ronald fühlte sich sofort ausgeschlossen und witterte eine Art Verschwörung zwischen den beiden.

»*Grant* Hamilton? Eddie – glaubst du? Oh, das ist ja köstlich!« Adriana stieß ein heiseres, kleines Lachen aus. Ihre Augen blitzten. »Ich habe so das Gefühl, meine lieben Freunde, daß die nächsten Monate ausgesprochen amüsant werden!« Sie blickte zu dem teilnahmslosen Kandappu auf, der schweigend mit neuen Drinks und einem Tablett mit ›Kleinigkeiten‹ als Horsd'œuvres aufgetaucht war.

»Hast du diesen Mann kennengelernt, Kandappu? Wie sieht er aus? Hat er grüne Augen, die so tief wie das Meer sein können und so hart wie Smaragde? Ist er groß – sehr groß, und hat er Haare, die in der Sonne rot schimmern?«

»Alles, was ich weiß, Mylady, ist, daß der neue Herr von Monerakande eine Art von Gewehr hat, die ich noch nie zuvor gesehen habe – und daß er besser schießen kann als irgendeiner der anderen Herren hier. Außerdem trägt er, was sehr merkwürdig ist, zwei Patronengürtel um die Taille, mit zwei langläufigen Pistolen, die er überaus schnell ziehen kann – und das, ohne sein Ziel zu verfehlen. Ich habe ihn bisher nur ein einziges Mal hier gesehen, Mylady. Mit dem englischen Lord, der eine amerikanische Dame geheiratet hat. Sie waren alle sehr freundlich, und der englische Lord konnte genauso schießen, wenn auch nicht ganz so gut.«

»Worüber um alles in der Welt redet ihr da?« fragte Ronald gereizt, denn es ärgerte ihn, daß er nicht wußte, worum es ging. »Hört mal, was soll das ganze Gerede über diesen Amerikaner eigentlich?«

»Viscount Harville und seine reiche amerikanische Frau besuchen unseren Distrikt, wußtet ihr das nicht?« sagte Adriana. »Und sie sind alte Freunde unseres neuen amerikanischen Nachbarn Mr. Hamilton. Mein liebster Ronald! Denk doch nach! Erinnere dich an diese gräßlichen Zeitungsausschnitte, die deine hochgeschätzte Lady Gertrude dir geschickt hat, um dir mitzuteilen, daß deine mausgraue kleine Verlobte von ihrer Tante Wilhelmina, der Herzoginwitwe von Millhaven, in London in die Gesellschaft eingeführt worden ist. Die Dame, die jetzt glücklich mit einem sehr reichen amerikanischen Rancher verheiratet ist, der seinerseits der Witwer einer spanischen Erbin war. Nun, sein Name ist Hamilton. Und Viscount Harville ist der Erbe des gegenwärtigen Herzogs von Millhaven. Nun, fängst du jetzt langsam an zu begreifen? Also wirklich, mein armer Schatz, deine naive kleine Braut kommt wirklich wohlbehütet zu dir – und das nicht nur von ihrem Onkel, dem ehrwürdigen Bischof. Die Sache ist wirklich köstlich, nicht wahr, Eddie? Genau wie in einer Oper!«

Adrianas tiefes Lachen durchbohrte Ronald wie ein Speer, und während sein Kopf beängstigend zu hämmern begann, konnte er seine Peinigerin nur mit ohnmächtigem Zorn anstarren. Sie zog ihn auf – wie gewöhnlich –, aber das war eben Adrianas Art. Nur heute nachmittag konnte er es einfach nicht ertragen.

Celia war auf dem Weg hierher; erst an diesem Morgen hatte er von Lady Gertrude persönlich eine Nachricht bekommen. Die Tatsache, daß sie Sir Thomas' Protegé kannte, bedeutete möglicherweise nichts Gutes.

»Warum laßt ihr mich nicht mitlachen? Ihr kennt diese Leute, von denen hier die Rede ist? Dann habe ich, verdammt noch mal, das Recht, es zu wissen!«

»Ronald! Wage es nicht, mich in der Öffentlichkeit zu beschimpfen – es sei denn, du möchtest, daß ich dich in der Öffentlichkeit bestrafe!« murmelte Adriana vielsagend und zerzauste ihm dann das Haar, als wolle sie ihren Worten damit die Schärfe nehmen. »Natürlich kenne ich Grant Hamilton – er ist ein Frauenheld und ein sehr gefährlicher Mann. Die Art Mann, die immer die Oberhand behält, fürchte ich. Und wenn er hier ist, weil ihm das Wohlergehen deiner kleinen Celia am Herzen liegt, kann das nur heißen, daß er seiner Stiefmutter absolut ergeben ist. Vielleicht ist er sogar ein wenig in sie verliebt. Wer weiß? Aber es ist eine wohlbekannte Tatsache, daß er alles für sie tun würde. Jedenfalls bin ich sicher, daß deine

Kindbraut noch genauso jungfräulich ist wie zu dem Zeitpunkt, als du sie das letztemal gesehen hast, mein Lieber.«

Als Adriana sich nun wieder auf ihrem Stuhl zurücklehnte und sich Luft zufächelte, stahl sich ein hinterhältiges, sinnliches Lächeln auf ihre Lippen. Ronald spürte, wie ihn heißer Zorn und Eifersucht durchbohrten.

Wie töricht er doch gewesen war, ihr zu gestehen, warum er Celia in der Hand hatte. Und das, nachdem er sich solche Mühe gegeben hatte, seine Geheimnisse für sich zu behalten und dafür zu sorgen, daß Celia sich nie daran erinnern würde, was sie als Kind erlebt hatte.

Schließlich hatte sein Vater Marianna in jeder Hinsicht gekannt, warum also sollte er nicht die Tochter haben?

Und außerdem, wenn das verdammte barfüßige Balg, das sie damals gewesen war, nicht so neugierig gewesen wäre und hinter ihm und Cora herspioniert hätte, wäre überhaupt nichts passiert.

Aber so jung sie damals auch gewesen war, sie hatte es *gewollt*. Sie hatte *ihn* gewollt. Schon damals hätte sie alles für ihn getan.

Und so würde es wieder sein, sobald er ihre Erinnerung aufgefrischt hatte. Dann würde er keine Schwierigkeiten mehr von ihr zu erwarten haben, weder von ihr noch von ihrem puritanischen Onkel oder ihren reichen, hochwohlgeborenen Verwandten.

Er brauchte es lediglich so einzurichten, daß er ein wenig Zeit mit seiner kleinen Verlobten für sich hatte, sobald sie auf Ceylon ankam. Er würde sie zu einem Spaziergang durch die kleinen Nebenstraßen von Kandy führen. Er hatte vor so vielen Jahren dafür gesorgt, daß sie vergaß, ohne selber aber je zu vergessen, und er besaß den Schlüssel, mit dem er ihre Erinnerung wieder würde wecken können.

Plötzlich dachte er an Adriana und Celia zusammen – Adriana, die seiner naiven, kleinen zukünftigen Frau Unterricht erteilte –, und sein Glied begann sich zu versteifen.

Warum nicht? Warum zum Teufel nicht?

Und vielleicht konnte er später Sujatha dazu bringen, sich ebenfalls zu ihnen zu gesellen – und natürlich Eddie. *Das* sollte der kleinen Celia den Mund stopfen, falls sie es jemals wagte, an ihm oder seinen Entscheidungen zu zweifeln.

Ein herrlicher Gedanke.

Traurigerweise war Sujatha nicht so verständnisvoll gewesen, wie er gehofft hatte, und das, obwohl er sich solche Mühe gegeben hatte, ihr zu erklären, daß es eine Frage der Vernunft und nicht des Gefühls war, daß er die kleine Engländerin heiraten mußte, um endlich der wirkliche Eigentümer des Besitzes zu werden, den er bisher nur verwaltete.

»Sobald du verheiratet bist«, hatte Sujatha gewütet, »werde ich mich schon um sie kümmern! Es gibt hier so viele Giftschlangen – und allerlei Zauber, der dafür sorgen kann, daß sie ganz langsam zugrunde geht. Sie würde dir im Bett ohnehin keine Befriedigung schenken, weißt du das denn nicht? Du hast schon zu lange hier gelebt, um dich mit einer kalten, pflichtgetreuen Engländerin zufriedenzugeben! Und du hast zu lange hier gelebt, um nicht die Macht eines Kattadiya zu kennen, dem tödliche Beschwörungen zu Gebote stehen!«

Mittlerweile hämmerte sein Kopf gnadenlos. Warum mußte er zwischen drei so verschiedenen Frauen gefangen sein, und warum mußte die, die er am meisten haßte, die größte Macht über ihn haben?

Es war zuviel, wäre für jeden Mann zuviel gewesen.

Und dann noch Celia, die jetzt jederzeit ankommen konnte – der Druck war einfach zu groß, kam zu plötzlich.

Abrupt stand er auf.

»Wo willst du hin, Ronny, Darling?« erkundigte sich Adriana träge.

Manchmal, dachte Ronald grollend, haßte er Adriana fast genauso sehr, wie er sie brauchte, Miststück, das sie war.

Er wollte ihr ohnehin keine Antwort geben; alles, was er in diesem Augenblick wollte, war, in den Bungalow zu flüchten, wo hoffentlich Sujatha auf ihn wartete, mit einer Pfeife und dem besonderen Rauch, der wie immer seine Nerven beruhigen und seine Kopfschmerzen vertreiben würde.

Sie würde sich duftendes Öl auf ihre starken, geschmeidigen Hände reiben und die Anspannung aus jedem Muskel seines Körpers herausmassieren, wie immer in dem vollen Bewußtsein, daß die kräftigen Berührungen ihrer Finger ihn erregen und für sie bereit machen würden.

»Ronny?« Adrianas Stimme – amüsiert, hinterhältig, verhaßt. Jawohl, er haßte sie – und sie wußte zuviel und würde nicht zögern, es gegen ihn zu benutzen.

»Keine Sorge, Adriana; du sollst deinen Spaß haben. Celia und ihre Verwandten können jetzt jederzeit eintreffen, und ich denke, ich sollte dafür sorgen, daß Sujatha bis dahin aus dem Haus ist.«

»Sie war in letzter Zeit ziemlich schwierig«, bemerkte Adriana. »Ich werde mit ihr reden, wenn du meinst, daß das etwas nützt. Auf mich wird sie hören – wir haben uns ganz gut zusammengerauft. Du wirst uns doch wissen lassen, wenn du irgendwie – hm, Hilfe brauchst, nicht wahr? Sollen Eddie und ich mitkommen, wenn du dein kleines Unschuldslamm abholst, was meinst du?«

Sie blickte lächelnd zu ihm auf und amüsierte sich bestens über ihren Vorschlag und sein offensichtliches Unbehagen.

Kein Wunder, daß er sie haßte; kein Wunder. Bei Gott, heute abend brauchte er Sujatha – sie würde ihm wieder das Gefühl geben, der Herr und Meister zu sein, der er war.

Das Ende ihrer Reise stand nahe bevor. Celia stand im Morgengrauen auf, um sich zu den Frühaufstehern zu gesellen, die die Reling bevölkerten, um einen ersten Blick auf den Hafen von Ceylon werfen zu können.

Und es überraschte sie auch nicht im geringsten, wenige Augenblicke später Onkel Theo neben sich zu finden, kurz bevor der Nebel, der die Berge eingehüllt hatte, sich hob und das üppige Grün der palmengesäumten Küste mit ihrem dichten Blätterwerk zum Vorschein brachte.

»Das verlorene Paradies aus der Bibel«, murmelte er mit ehrfurchtsvoller Stimme, gerade als einer der Schiffsoffiziere den Zauber zerstörte, indem er sie durch ein Megaphon auf die besonderen Sehenswürdigkeiten aufmerksam machte.

Dort, auf der rechten Seite, lag das Mount Lavinia Hotel, sieben Meilen südlich vom Hafen. Und hier die Galle Face Esplanade – einhundertzwanzig Hektar, welche dem Sport gewidmet waren, dem Kricket, Hockey, Fußball und Reiten; und dort, an Steuerbord voraus, am südlichen Ende der Rasenfläche, stand das berühmte Galle Face Hotel, ein Gipfel an Luxus. Und in bequemer Nähe zu dem Hotel das ovale Gebäude, der Colombo Club. Ein Stückchen weiter davon entfernt ragten die Türme und Türmchen der verschiedenen christlichen Kirchen auf.

Zu Hause, dachte Celia, und ein Schauder böser Vorahnung lief ihr über den Rücken. Sie kam nach Hause – als Fremde, als eine junge Frau, als Erbin ihres Vaters, und sie stand im Begriff, dem Mann, dem sie, seit sie denken konnte, versprochen war, den Laufpaß zu geben.

Sie umklammerte mit beiden Händen die Reling, und kurz darauf lief das Schiff zwischen den gewaltigen, in die See gebauten Wellenbrechern hindurch in den Hafen ein, wo sie geschäftiges Treiben erwartete.

Sie näherten sich damit auch ihrer Vergangenheit und ihrer Zukunft, und das Licht der aufgehenden Sonne schien sie fast zu blenden, als der Dampfer langsam und mit gellendem Nebelhorn an dem ihm zugewiesenen Liegeplatz anlegte.

Als Tante Gertrude und Anthea mit ihrem Mann sich zu ihr und Theo gesellten, überwältigte Celia das Gefühl, von einer Woge der Panik fortgerissen zu werden.

»Die Sonne!« stöhnte Gertrude und legte sich eine Hand über die Augen. »Die Hitze! Theo, was hast du nur getan? Siehst du diese ... Personen in diesen kleinen Booten – sie haben fast *nichts* an –, was um alles in der Welt treiben sie da? Gütiger Gott, ich glaube, ich werde ohnmächtig ...«

»Sie treiben Handel, meine Liebe«, erwiderte Theo ruhig und reichte ihr ein in Zitronenwasser getränktes Taschentuch.

»Ich weiß wirklich nicht, wie ich das alles ertragen soll«, murmelte Gertrude und tupfte sich mit dem Taschentuch ihr verschwitztes Gesicht ab. »Halbnackte Menschen, die Kinkerlitzchen und Trödel an ahnungslose Engländer verkaufen ... Es raubt einem einfach die Sinne. Und diese Sonne – die bringt mich noch um. Celia, ich bin froh zu sehen, daß du dich wenigstens ordentlich gekleidet hast. Aber wo ist dein Schirm? Anthea, meine Liebe, Sie sind vollkommen wie immer. Ich glaube, Sie haben recht getan: Weiß ist die beste Farbe für diese schreckliche Tropenhitze.«

»Oh, ich habe mich nur von Mr. Maitlands gesundem Menschenverstand und seinem ungewöhnlichen Wissen über diese Gegend leiten lassen«, murmelte Anthea bescheiden, während sie die ganze Zeit auf weitere Komplimente von Gertrude lauerte.

Celia wurde beinahe übel. Es war widerlich, wie die beiden einander mit frommer Überlegenheit schöntaten, aber Celias Reaktion mochte zum Teil auch an der Tatsache liegen, daß sie in wenigen Stunden Ronald gegenübertreten mußte.

Seinetwegen hatte sie sich so züchtig gekleidet, nicht wegen Tante Gertrudes Ermahnungen. Sie trug einen dunklen, gefütterten Rock, hochgeknöpfte, praktische Stiefeletten, eine mit Rüschen besetzte, hochgeschlossene Bluse und einen Sonnenhut, den sie bei einem ihrer Ausflüge an die Küste von Aden erworben hatte.

Sie wußte, daß sie aussah wie eine Missionarin – sie *wollte* ernst und altjüngferlich aussehen, um Ronald Winwood schon durch ihr Äußeres abzustoßen, so daß es ihm nicht allzuviel ausmachen würde, wenn sie ihre Verlobung löste.

Und Onkel Theo – der merkte natürlich überhaupt nichts: Seine Augen leuchteten angesichts der vielen neuen Eindrücke und Geräusche und bei dem Gedanken an die vielen Seelen, die er hier würde retten können; ihn kümmerte die Hitze und die Feuchtigkeit kaum, genausowenig wie Tante Gertrudes unablässiges Gejammer.

Der Klang einer Stimme, die durch das Megaphon brüllte, um zu verkünden, daß sie im Hafen von Colombo festgemacht hätten, riß ihn aus seiner Tagträumerei heraus.

»So, haben wir auch alle Gepäckstücke mit unserem Namensschild versehen?« fragte Tante Gertrude energisch; jetzt, da sie endlich etwas zu tun hatte, gelang es ihr, ihre Verzweiflung abzuschütteln. »Sollte der Bischof von Colombo uns nicht jemanden schicken, der uns beim Zoll und mit all den Formalitäten hilft? Mein Lieber, hast du den Brief überhaupt geschrieben?«

»Beruhige dich«, antwortete Onkel Theo. »Der Bischof hat alles arrangiert. Sein Vertreter wird hier sein und uns nach Mutwal begleiten, wo der Bischof dafür gesorgt hat, daß man uns auf dem Grundstück des St. Thomas' Colleges ein Haus bereitstellt. Das alles habe ich dir doch schon einmal erklärt, und ich begreife nicht, warum du annimmst, daß all unsere Pläne im letzten Augenblick scheitern.«

»Nein, ich glaube, du begreifst es wirklich nicht«, murmelte Tante Gertrude beinahe unhörbar, während Anthea ihr mitleidig den Arm tätschelte.

Doch dann übertönte Emily mit ihrer durchdringenden Stimme jede weitere Bemerkung Gertrudes und brachte sie mit ihren freimütigen, naiven Fragen alle in Verlegenheit.

»Aber Miß, wie unterscheidet man denn hier die Männer von den Frauen? Vielleicht an diesen komischen Kämmen, die sie im Haar tragen? Und all diese anderen Leute in den komischen Kostümen – zieht man sich in diesem Teil der Welt so an?«

»So, laßt uns endlich gehen«, sagte Tante Gertrude laut in die tödliche Stille, die diesen wenig raffinierten Fragen folgte. »Der Vertreter des Bischofs ist noch nicht aufgetaucht, und wir müssen gleich durch den Zoll.«

Celia folgte ihrer Tante langsam, und in ihren Gefühlen herrschte Aufruhr. Sie war zu Hause, dachte sie noch einmal, aber sie war zu Hause unter Fremden. Alles hier sah für sie genauso merkwürdig aus wie für Emily. Vielleicht sogar noch merkwürdiger.

Sie fühlte sich so hin- und hergerissen zwischen ihren beiden Welten.

Trotzdem gelang es ihr, sich über das ungewohnte Zeremoniell am Zoll zu amüsieren, und sie staunte darüber, daß man ihren Onkel als Würdenträger mit solch großem Respekt behandelte.

Selbst Tante Gertrude war ein wenig beschwichtigt, weil man sie so unterwürfig behandelt und mit solchem Aufwand ins Grand Oriental Hotel begleitet hatte, wo sie sich von der langen Reise ausruhen, Tee trinken und auf den Vertreter des Bischofs warten konnten.

Vom Hotel aus hatte man einen Blick auf den Hafen, und der bezaubernde Palmenhof bot den müden Reisenden ein willkommenes schattiges Plätzchen.

Und er wurde sogar Tante Gertrudes Ansprüchen gerecht.

Mit herrischer Stimme bestellte sie einen englischen Tee – der mit kleinen, appetitlichen, in winzige Dreiecke geschnittenen Sandwiches, Spargelröllchen, Brötchen und *petit fours* serviert wurde – und zeigte sich dann erstaunt darüber, daß man in einer so primitiven Umgebung eine so komplette Mahlzeit herbeischaffen konnte.

Die gutausgebildeten singhalesischen Kellner, die alle ganz in Weiß gekleidet waren und rote Schärpen trugen, auf denen die Initialen des Hotels eingestickt waren,

GOH, bedienten sie schweigend, unaufdringlich und mit größtem Respekt – trotz Tante Gertrudes ständigen Forderungen und Nörgeleien.

»Nun«, sagte sie, als sie die Mahlzeit endlich beendet hatten, »ich muß sagen, das war überraschend erträglich.«

»Man sollte nicht glauben, daß man an einem so entlegenen Ort Elektrizität und Ventilatoren finden würde«, fügte Anthea in einem Tonfall hinzu, der nahelegte, daß sie dem Hotel die Tatsache geradezu verübelte, daß es über solchen Luxus verfügte.

Man sollte meinen, sie würde lieber leiden, dachte Celia schonungslos; aber das lag eben in der Natur ihrer Tante und ihrer jungen Freundin – sie genossen alles Negative und Schlechte, und sie, Celia, verschwendete mehr Zeit und Gedanken an die beiden, als sie zusammen Wert waren.

Eigentlich sollte sie sich um die unglückliche Lage ihres Onkels kümmern, denn der Vertreter des Bischofs war immer noch nicht erschienen, und der arme Mann bekam die ganze Wucht von Tante Gertrudes Mißbilligung zu spüren, obwohl kaum zwei Stunden vergangen waren, seit sie den Zoll passiert und sich zum Tee niedergelassen hatten.

»Nun«, sagte Tante Gertrude, »das habe ich ja vorhergesehen.«

»Meine Liebe«, protestierte Onkel Theo, gerade als einer der Kellner den Raum betrat und sich mit einem silbernen Tablett in der Hand näherte. Dies hielt er Onkel Theo hin und wartete darauf, daß dieser die handgeschriebene Notiz las und ihm seine Anweisungen gab.

»Nun, meine Liebe!« rief Onkel Theo, und in seiner Stimme schwang leiser Triumph mit – eine Tatsache, die Tante Gertrude völlig ignorierte.

Oder nicht bemerkte, dachte Celia, während sie sich mit ihrer Serviette über die Lippen fuhr und darauf wartete, was ihr Onkel zu sagen hatte; offensichtlich war ihr Begleiter erschienen, und die Dinge würden nun so schnell wie möglich in Ordnung gebracht werden.

»Mr. Winwood ist hier – sowohl um unsere liebe Celia abzuholen, als auch um uns auf Bitte des Bischofs hin nach Mutwal zu begleiten.«

Celia erstarrte, und ihr Onkel fuhr mit offenkundigem Entzücken fort, als hätte er die Sache höchstpersönlich so eingefädelt: »Nun, was können wir uns Besseres wünschen, als unsere Reise mit jemandem fortzusetzen, den wir kennen?«

Sie war noch nicht soweit, sie war einfach noch nicht soweit, und sie fragte sich, während sie darauf wartete, daß im nächsten Augenblick Ronald Winwood an der Tür erscheinen würde – sie fragte sich, wie sie nur hatte glauben können, daß sie jemals soweit sein würde. Nichts war so, wie sie es in Erinnerung hatte – nicht einmal sie selbst.

Und auch Ronald war nicht so, wie sie ihn in Erinnerung gehabt hatte.

Er hielt am Eingang des Teesalons inne, ein gutaussehender, verlegener Fremder. Ganz und gar nicht der atemberaubende junge Mann in dem Fotorahmen, der immer auf ihrem Nachttisch gestanden hatte.

Ganz und gar nicht der Kavalier, der neben ihr durch den Rosengarten gegangen war und sie gebeten hatte, ihn eines Tages, wenn sie soweit war, zu heiraten – der sie gebeten hatte, auf ihn zu warten.

Der goldene Ritter ihrer Mädchenträume – ihr Ronald.

Und nun stand er vor ihr, schwitzend, in einem weißen Anzug mit einem Blumenstrauß, den er ... Tante Gertrude hinhielt!

Celia fühlte sich wie betäubt, als er ihre Tante und ihren Onkel begrüßte und erst dann zu ihr trat.

»Meine liebste Celia ...«

Sie saß wie angewurzelt da und war nicht in der Lage, sich zu rühren.

Hinter sich hörte sie Tante Gertrude sagen: »Nun, Celia, willst du deinen Verlobten nicht begrüßen? Nach all dieser Zeit hast du ihm nichts zu sagen?«

Sie fuhr sich mit der Zunge über die Lippen. »Ronald.«

Er beobachtete sie genau. »Wie überaus englisch du aussiehst. Und wie erwachsen du geworden bist.«

»Celia! Gib ihm die Hand!«

Sie konnte sich nicht von der Stelle rühren und war völlig überwältigt von den unerklärlichen Gefühlen der Abneigung, die sie plötzlich heimsuchten.

»Sie müssen sie entschuldigen.« Tante Gertrude bereitete dem Schweigen ein jähes Ende. »Sie ist so früh aufgestanden, um die Einfahrt in den Hafen zu beobachten. Obwohl ich nie begreifen werde, wie man Gefallen daran finden kann, eine Horde nackter Eingeborener anzustarren.«

»Natürlich«, erwiderte Ronald glatt und beugte sich damit Gertrudes überlegener Weisheit; Gertrude war seine Verbündete. Gertrude würde sein verängstigtes kleines Vögelchen schon nicht entkommen lassen. »Natürlich bist du müde. Es ist ja so eine abscheulich lange Reise, da wäre jeder müde.«

Dann wandte er sich wieder an die anderen. »Als erstes müssen wir Ihnen eine Einladung für den Empfang im Queen's House heute abend erwirken.«

Er hielt einen Augenblick inne, um seinen Worten noch größere Bedeutung zu verleihen, denn er hatte das berechnende Funkeln in Gertrudes Augen nicht übersehen. »Ein sehr geziemendes Willkommen, wahrhaftig«, murmelte sie.

»Und ich habe Ihnen eine Suite in einem Hotel gemietet, in der Sie sich ausruhen und ein Bad nehmen können, damit Sie sich auf die Feierlichkeiten des heutigen Abends vorbereiten können. Morgen habe ich dann das Vergnügen, Sie nach Mutwal zu bringen und ...«

Seine Augen ruhten einen Augenblick auf Emily, die ein kleines Stück abseits saß. War sie nicht einfach hinreißend mit ihrer entzückenden Figur, ihren funkelnden Augen und ihrem elfenhaften, herzförmigen Gesicht – ein ausgesprochen schönes Bild, das neben der stumpfen Passivität seiner Verlobten ungeahnte Möglichkeiten hoffen ließ.

Ganz offensichtlich war Celias vielzitierte Saison in London fruchtlos geblieben; sie war immer noch dieselbe – zugeknöpft und farblos, als warte sie nur auf den Herrn und Meister, der sie sich gefügig machte.

Er würde sie heiraten, und er würde sie nehmen – pflichtschuldigst –, und dann würde er Emily ins Spiel bringen: Geliebte und Dienstmädchen ... Ein äußerst ersprießlicher Gedanke.

Nun lenkte er seine Aufmerksamkeit mit Gewalt wieder zurück zu den Problemen des Augenblicks, denn Gertrude war es endlich nach beträchtlichem Getue gelungen, ihren Hut aufzusetzen und ihre Handschuhe überzustreifen.

»... mit den weiteren Einzelheiten werde ich bis morgen früh warten.«

Dann schaute er Celia direkt ins Gesicht. »Celia?«

Sie blickte zu ihm auf, erschrocken wie ein verängstigtes Reh. Das gefiel ihm. Das gefiel ihm sogar sehr, daß er immer noch die Macht hatte, sie zu erschrecken.

»Wir haben Zeit – jede Menge Zeit, mein Liebling«, sagte er eifrig, »ein Tag mehr vergrößert nur die Vorfreude. Ruh dich aus. Schlaf. Dann werden wir reden.«

Kapitel 26

Celia ließ sich müde auf das Bett in dem luxuriösen Zimmer fallen, das man ihr zugewiesen hatte.

Sie wußte einfach nicht, was mit ihr los war. Sie hatte sich so sehr danach gesehnt, nach Hause zurückzukehren, und jetzt, da sie hier war, schien die Wirklichkeit ihren Erwartungen nicht standhalten zu können.

Und Ronald – gütiger Gott, Ronald!

Er war ganz anders, als sie ihn in Erinnerung hatte – er hatte etwas Glattes und auch irgendwie Gewalttätiges an sich – wie sollte sie diesem Mann, diesem *Fremden* erklären, daß sie ihn nicht heiraten konnte?

Sie trat ruhelos ans Fenster und öffnete es. Der klebrigsüße Duft von Weihrauch wehte ins Zimmer. Ihr wurde ganz seltsam zumute, als würde sie aus diesem mühsam beherrschten Selbst, das sie Ronald Winwood präsentiert hatte, heraustreten und sich in eine andere, dunklere Persönlichkeit verwandeln, die sie nicht wahrhaben wollte.

Als stünde sie kurz davor, sich an etwas zu erinnern, an das sie sich nicht erinnern sollte und nicht erinnern durfte ... Weil man ihr sonst weh tun würde, weil man ihr angst machen würde ...

Angst wovor?

Sie konnte das Gefühl nicht abschütteln; es war so, als hätte sich, seit sie heute morgen von Bord gegangen war, alles Verschwommene und Bedrohliche mit einer übernatürlichen Kraft zusammengeballt, um sie zu erschrecken.

Was war nur los mit ihr?

Die einzige Erklärung bestand darin, daß sie müde war und sich hinlegen mußte; die Reise war in jeder Hinsicht anstrengend gewesen, sie hatte sich pausenlos hin- und hergerissen gefühlt zwischen Tante Gertrudes Ermahnungen und ihrer eigenen Furcht vor Ronalds Reaktion auf ihre Rückkehr und die Mitteilung, daß sie ihn nicht heiraten würde.

Außerdem hatte sie den Schock dieser unerwartet frühen Begegnung mit ihm noch immer nicht verwunden. Wie war es möglich, daß er zu einem so unpassenden Zeitpunkt aufgetaucht war?

Wenn sie etwas geschlafen hatte und weniger erschöpft war, würde sie die Situation und ihre seltsam beklommenen Gefühle überdenken.

Jetzt wollte sie sich nur ein wenig entspannen; sie hatte endlich wieder ein richtiges Bett, und Emily war auf ihre Bitte hin erschienen, um ihr ein wenig Eau de Cologne auf die Schläfen zu tupfen.

Als sie einnickte, konnte sie das unaufhörliche Flüstern des Meeres unter ihrem Fenster hören, in welches sich nach einer Weile die abendlichen Geräusche der Grillen und Laubfrösche mischten.

Sie war zurückgekehrt – endlich –, zurückgekehrt in die trügerische Schönheit einer tropischen Nacht mit ihren leuchtenden Sternen und ihrem Mond, der sich wie eine riesige Silberkugel hinter den mitternachtsblauen Bergen hervorschob oder aus dem phosphorisierenden Wasser einer Lagune aufstieg ...

Unendlich groß – alles schien hier in den Tropen viel größer zu sein als sonst ...

Zwischen Schlafen und Träumen bemerkte sie, daß Emily den Lampendocht herunterdrehte, hörte, wie ihre leisen Schritte sich entfernten, hörte das schwache Klikken, mit dem die Tür sich schloß, den Ruf einer Eule, ein leises Flüstern irgendwo in ihren Gedanken, ein zischendes Geräusch, als gäbe es eine Schlange hier in diesem Garten Eden ...

Plötzlich war sie hellwach. Sie hatte etwas gehört, etwas gespürt; irgend etwas hatte sie aus diesem herrlichen Schlaf gerissen, der ausnahmsweise einmal nicht von beängstigenden Alpträumen gestört worden war.

Sie schob die nackten Füße in ihre Pantoffeln und warf

sich einen hauchdünnen Spitzenumhang über ihr schlichtes Batistnachthemd; dann drückte sie die Fenster mit ihren schweren Läden auf, um dem Lockruf der Schlange zu folgen und dem sehnsuchtsvollen Schrei der Eule.

Wie eine Schlafwandlerin bahnte sie sich ihren Weg durch die Dunkelheit der Kokospalmen, die den schmalen Strand säumten.

Irgend etwas zog sie magnetisch an – als wüßte sie tief in ihrem Innern bereits, wen sie dort im Mondlicht finden würde.

Die Schlange – die Teufelseule – er war entweder der Teufel selbst oder ihre Nemesis, und sie hatte nie eine Wahl gehabt: Das war ihr mit dem ganzen Fatalismus ihrer Zigeunerinstinkte plötzlich klar. Er hatte sie gerufen, und sie mußte gehen, und sie mußte finden, was ihr zu finden bestimmt war, denn was immer heute nacht geschah, war ihr Schicksal ... unausweichlich.

Er hatte sie gerufen ... seine bloße Gegenwart hier in Ceylon ließ sie spüren, wie er wartete, sich zügelte, beobachtete, wartete, begehrte ...

Er war nicht einfach gleichgültig auf und davon gegangen.

Er war hier auf Ceylon, weil sie hier war ...

Während sie durch die vom Mondlicht durchflutete Nacht ihrem Schicksal entgegenlief, summte dieser geheime Gedanke durch ihre Venen und schlug in ihrem Herzen.

Er war hier, weil sie hier war ...

Ihr dünner Umhang verfing sich in den Zweigen eines Dornbusches, und sie schüttelte ihn ab; ihre Pantoffeln behinderten sie in ihrer hastigen Flucht ihrem Schicksal entgegen, also schleuderte sie sie weg und rannte barfuß aus der Dunkelheit des Kokospalmenhains hinaus auf den Sand, den der Mond in silbrigem Weiß erstrahlen ließ.

Er fing ihre Hand ungeduldig mit seinen von der Arbeit schwielig gewordenen Fingern auf und zog sie ins Mondlicht, damit er sie besser sehen konnte. Ihre Lippen öffneten sich, und sie holte keuchend Luft; er war gekommen, als sie ihn am wenigsten erwartet hatte, und er sah so anders aus in seinen tropischen Kleidern und mit seinem mehrere Wochen alten, mit Grau durchzogenen Bart, und doch war er auf so erschreckende, so wunderbare Weise derselbe wie eh und je.

Es war ein magischer Augenblick: Sie beide, der Mond, ihre geheimnisvolle Reaktion auf etwas, das außerhalb ihrer selbst lag und das sie nie erklären konnte, das sanfte Säuseln der Brise in den sich wiegenden Zweigen der Kokospalmen mit ihren langen Blättern, das Seufzen der See – sie waren wie Schiffbrüchige auf einer einsamen Insel, wie Adam und Eva vor der Schlange und dem verbotenen Apfel.

Nur daß ihnen heute nacht nichts verboten sein würde.

Mit einem gemurmelten Fluch zog er sie an sich, drückte sie an seinen halbnackten Körper, küßte ihren Zigeunermund, bevor sie protestieren konnte, und wühlte seine Finger durch den dicken, schicklichen Zopf, um ihr Haar zu lösen. Und er verfluchte sich dafür, daß er alle Vorsicht und jede Feinfühligkeit beiseite ließ; er konnte sich nicht von ihr fernhalten – und hier, in der schwülen Hitze ihrer Heimat, konnte er sich nicht mehr davon abhalten, das zu nehmen, was er haben wollte.

»Zigeunerin«, knurrte er. »Hexe ... solltest du nicht besser ...« Er brach ab und senkte seinen Mund wieder über den ihren.

Großer Gott, sie war nackt unter ihrem dünnen Nachthemd – im hellen Licht des *Poja*-Mondes zeichneten sich ihre dunklen, spitzen Brustwarzen und das schattige Dreieck vom Haar zwischen ihren schlanken Schenkeln deutlich auf dem feuchten Stoff ab, der sich wie eine zweite Haut um ihren Körper schmiegte.

Und sie erwiderte seine Küsse als die wilde und sinnliche Kreatur, die sie war. Ihr dickes, dunkles Haar streifte sein Gesicht, ihre weichen Brüste und harten Brustwarzen preßten sich fest gegen seine nackte Haut.

O Jesus! War sie die Zigeunerin oder die Dame – welche von beiden folgte dem Ruf dieses unerträglich schwellenden Schmerzes seiner Lenden? Wo lag die feine Trennungslinie zwischen purer animalischer Lust und Moral?

Warum zur Hölle verwischten sich für ihn plötzlich alle Grenzen und verschwanden, während sie ihren Bauch mit wiegenden Bewegungen gegen seine Männlichkeit preßte, als wäre sie ihr seit jeher vertraut, und willig seinen Händen folgte, die sich um ihr strammes Gesäß legten, um sie noch enger an sich zu ziehen?

Woher wußte sie, wie sie sich bewegen mußte, um ihm Halt zu geben, damit er ihr hauchdünnes Nachthemd hochschieben und ihr erhitztes Fleisch auf seiner nackten Haut spüren konnte? Sie löste sich von seinem Kuß – einen Atemzug lang. »Du bist hier«, flüsterte sie, und es klang wie eine Beschwörung; sie hätte nicht weitergelebt, wenn er nicht gekommen wäre, das wußte sie; sie wußte nicht, was das alles zu bedeuten hatte, nur so viel, daß das Schicksal eingegriffen und ihr gegeben hatte, wonach sie sich am meisten sehnte, selbst wenn er dem genauso wild entschlossen Widerstand entgegensetzen sollte, wie er es sich vielleicht vorgenommen hatte.

»Pflicht –«, sein Mund schloß sich wieder über ihrem, und sie gab sich der wollüstigen Erkundung seines Kusses hin. »Verantwortung –«

Er verhöhnte sie mit seinen Worten und mit seinen Küssen, und ihr war es gleich.

»Bring es mir bei«, flüsterte sie. »Zeig es mir.«

Ihm war, als triebe ihm ein gewaltiger Schlag alle Luft aus den Lungen.

»Du weißt –«

Sie massierte die Muskelstränge seiner Arme. »Ich will ...« Die Worte erstarben ihr auf den Lippen; seine Haut war heiß, geschmeidig, schmolz in ihren Händen – er konnte es nicht ändern, er wollte es ebenso sehr wie sie ...

Es stand in den Sternen geschrieben ... heute nacht ...

Er spürte, wie er nachgab; ihre Hände elektrisierten seine Haut; er hatte sein ganzes Leben lang auf ihre Berührung gewartet, und jetzt . . .

Und jetzt – was waren die Konsequenzen? Er mußte an die Konsequenzen denken. Die Konsequenzen, wenn man sich mit einer Zigeunerhexe einließ.

War ihm nicht gesagt worden – *sei auf der Hut, tu, was du tun mußt, und verlaß dich auf deine Instinkte?* Er hatte Alzenas Prophezeiung nicht einen Augenblick lang vergessen, und sie hatte sich in allen Punkten als wahr erwiesen.

Und eigentlich war es seine Aufgabe, Celia zu beschützen und nicht zu verführen.

Denn das einzige, was Alzena nicht vorhergesehen hatte, war sein brennendes Verlangen nach ihr, um dessentwillen er ihr um die halbe gottverdammte Welt folgte, nur damit sie sich ihm ausgerechnet in dem Augenblick anbot, in dem er sie zurückweisen mußte.

Und wenn er sie jetzt noch einmal küßte, dann sollte es das letzte Mal sein.

Er stöhnte und zog sie wieder an sich.

Der allerletzte . . .

Sein Kuß war brutal, voll unterdrückten Zorns und Verlangens, und sie erwiderte ihn mit einer Begierde, die genauso wild war wie seine.

Nur noch ein Atemzug, und er würde sie nehmen, ganz gleich, mit welchen Konsequenzen – ein Augenblick, den seine Hände nutzten, ihre üppige Nacktheit zu erkunden, ein Augenblick, in dem sie sich ihm willig öffnete, ihn ermutigte mit den wollüstigen Bewegungen ihres Leibes und den wilden, heißen Lauten, die tief aus ihrer Kehle kamen.

Verflucht seien sie alle – verflucht seien sie alle . . .

Er drückte seine Finger auf sie, in ihre samtene Falte. Er hörte ihr verräterisches Aufstöhnen, er spürte, wie sich ihr Körper gegen den erotischen Druck seiner Finger versteifte.

Und dann drückte sie sich fest auf seine Finger, nahm

sie an und begann ihre Hüften rhythmisch zu bewegen; er spürte das Drängen in ihr und in sich selbst und nahm noch einmal ihren Mund mit einem rohen und brutalen Kuß.

Das darf nicht sein, das darf nicht sein – und doch wollte sie es so sehr wie er, mehr sogar, während sie die pulsierende Lust seiner Berührung und die herandrängende Flut ihres Höhepunktes spürte.

Großer Gott, Celia ... Er stöhnte mit ihr auf, als sie plötzlich wie in einer Explosion ihren Höhepunkt erreichte, mitgerissen von den Wellen der Lust, deren Stößen sie sich mit lautem, regelmäßigen Stöhnen hingab.

Verflucht, verflucht, verflucht ...

»Ceee-eeelia-a-a-a-a ... Ce-e-e-eli-i-i-a-a-a-a ...«

Plötzlich kamen von irgendwoher Stimmen – und Fakkeln tanzten durch die Bäume.

Grant löste seinen Mund widerwillig von dem ihren. »Jesus Christus – Gertrude?«

Celia fühlte sich betrogen; der Zauber verflog augenblicklich wie ein Rauchwölkchen. »Wußtest du das nicht?«

»Nein«, sagte er gepreßt. Das war ein unerwartetes Hindernis; Gertrude war entschlossen – und daher gefährlich, gefährlicher denn je.

»Hol deinen Umhang.«

»Grant ...«

»Ich kann nicht – ich will nicht – verflucht, Celia!«

»Ich verstehe«, erwiderte sie kalt. »Es war nur der Mond und die süß duftende Nacht, und du hast dich für einen Augenblick hinreißen lassen.«

»Etwas in der Art«, murmelte er und tastete nach ihrem Umhang, während die Stimme und die Lichter immer näher kamen.

»Und ich werde es allein mit ihnen aufnehmen müssen, nicht wahr?« fuhr sie benommen fort. *Verhängnis – Zigeunerschicksal* ...

So ein Unsinn! Was für eine einfältige Närrin sie doch war!

Er fand ihren Umhang hundert Meter entfernt, eine Minute, bevor die Lichter sie erreichten. »Hier, nimm das.«

Er warf ihr das Kleidungsstück zu und verschmolz mit den Schatten.

Sie preßte sich den Umhang an die Brust, und die flakkernden Lichter kamen noch näher, bis schließlich Gertrude sichtbar wurde.

»Um Himmels willen, Celia . . .«

Es war einfach zuviel. Tante Gertrudes Selbstgerechtigkeit und Grant Hamiltons Zurückweisung. Warum sollte sie sich das alles gefallen lassen?

»Tante Gertrude?«

»Du hast also nicht einmal eine Stunde gebraucht, um dich den Eingeborenen anzupassen, aber was hätte ich auch anderes erwarten sollen?«

»Ich weiß es nicht, Tante Gertrude, vor allem, da Onkel Theo für mich verantwortlich ist und nicht du.«

»Ja, und er wird ebenfalls wütend darüber sein, daß du hier draußen am Strand halbnackt herumläufst – und das, wo es nur noch eine Stunde bis zum Empfang ist und Emily dir dein Bad eingelassen hat, das mittlerweile natürlich kalt ist. Störrisch wie je, Celia – aber man braucht sich ja nur anzusehen, wie und wo du aufgewachsen bist.«

Sie hielt inne, und Anthea und George Maitland traten zu ihr; beide hielten ihre Fackeln hoch, so daß sie Celias Zustand klar erkennen konnten.

Anthea erbleichte. »George – ich kann nicht . . .«

George führte sie sofort weg.

»Und kein Funken Reue. Wirklich, du ähnelst deiner Mutter bis aufs Haar«, sagte Gertrude in einem Tonfall, der Mißbilligung ausdrücken sollte, in Wirklichkeit aber vor grimmiger Befriedigung triefte, als hätte sie das schon immer gewußt und jetzt endlich den Beweis dafür erhalten, so daß niemand jemals wieder etwas anderes würde behaupten können. »Du wirst im Herzen immer eine Heidin bleiben. Und du kannst deinem Gott auf Knien danken, daß Mr. Winwood uns, nachdem Emily Alarm geschlagen hat, nicht begleitet hat. Wenn er dich jemals so sehen würde, gäbe es keine Verlobung und keine Hochzeit, und deine gottlose Seele wäre für alle Zeit verloren.«

Oh, ich bin auch so schon für alle Zeit verdammt, dachte Celia eigensinnig, als plötzlich Onkel Theo vor ihr stand.

»Ach, mein Kind.« Er seufzte tief. »Dir war wahrscheinlich gar nicht klar, daß du hier draußen, wo überall diese Eingeborenen herumlungern, in Gefahr sein könntest . . .«

Er bot ihr tröstend seinen Arm an, warf der sprachlosen Gertrude noch einen warnenden Blick zu und wandte sich zum Gehen.

»Obwohl ich sicher bin, daß keiner von ihnen es gewagt hätte, eine weiße Frau zu belästigen. Aber trotzdem, es war sehr unklug von dir, meine liebe Celia, und du mußt mir versprechen, daß du das nächste Mal, wenn du Lust auf einen Spaziergang verspürst . . .« Seine Stimme verlor sich, während Gertrude noch immer wie angewurzelt dastand; Celia konnte nur mit Mühe der Versuchung widerstehen, über Onkel Theos gelassene Reaktion zu lachen, nachdem er sie doch beinahe nackt am Strand gefunden hatte. »Jetzt wirst du Emily zu dir rufen und dafür sorgen, daß sie dich ein wenig passender kleidet.«

»Ich verspreche es«, erwiderte sie feierlich.

»Nun, dann wäre die Sache ja geregelt. Jetzt können wir uns alle auf den Empfang freuen.«

Allerdings hatte sie nicht das geringste Interesse an irgendwelchen Empfängen; sie wollte nirgendwo hingehen und niemanden sehen.

Die rücksichtslose Arroganz, mit der Grant sie vorhin einfach stehengelassen hatte, war ihr unerträglich. Sie fühlte sich benommen. Und hintergangen.

Zigeunerprophezeiung . . . Schicksal . . . Bestimmung . . . alles fauler Zauber . . . wie konnte sie nur je daran geglaubt haben – wie konnte sie ihr Vertrauen in etwas so Ungreifbares setzen und ihr kostbarstes Geschenk einem Mann darbieten, der sie nicht wollte?

Die Realität des Geschehenen war atemberaubend; in der Hitze des Augenblicks hatte sie den Eindruck gehabt, einem Ruf des Schicksals zu folgen.

Und jetzt blieb ihr nur noch die Demütigung.

Worauf konnte eine Frau wie sie noch hoffen? Doch nur auf das, was Tante Gertrude ihr prophezeit hatte: einen Mann, der trotz ihrer Geschichte bereit war, sie zu heiraten – im Gegensatz zu einem Mann, der sie nur genarrt hatte, der sie immer wieder verleugnete und noch nie von Heirat gesprochen hatte.

Vielleicht war dies ihr Schicksal – vielleicht hatte sie diesen langen und gewundenen Weg nehmen müssen, um am Ende zu begreifen, daß sie trotz all ihrer gesellschaftlichen Erfolge, trotz all ihres Stolzes voller Dankbarkeit und Demut das Angebot des Mannes annehmen mußte, der all die Jahre treu und unerschütterlich auf sie gewartet hatte.

Sie war nach Ceylon zurückgekehrt, nicht um die Dinge selbst in die Hand zu nehmen, sondern um sich irgendeiner Macht, die größer war als sie, zu beugen.

Und deshalb mußte sie Grant Hamilton vergessen und Ronald jede Chance geben – *jede Chance* –, die Frau, zu der sie geworden war, kennenzulernen, so wie sie den Mann kennenlernen mußte, der er in Wirklichkeit war.

Mit kalten Händen und hartem Herzen – und mit Emilys verständnisvoller Hilfe – begann Celia, sich für den Abend anzukleiden.

Sie war natürlich spät dran, nach ihrem Ausflug in den Kokospalmenhain und das Reich des Verbotenen, und Gertrude, die das Warten unerträglich fand, kam herbeigeeilt, um dafür zu sorgen, daß sie auf keinen Fall einfach fernblieb.

»Dein lieber Verlobter ... wie kannst du ihn nur so behandeln, als sei er ein Fremder?«

Genau, Tante Gertrude, dachte sie. »Er ist ein Fremder.«

»Ach, Unfug, er kann sich nicht so sehr verändert haben.«

»Nein, das hat er auch nicht«, murmelte Celia, während

sie verschiedene Kleider hochhielt und Emilys Versuche abwehrte, irgend etwas wegen ihres Haars zu unternehmen. *Ich habe mich verändert.*

Aber sie sprach den Gedanken nicht laut aus. Sie würde gehen – sie hatte keine andere Wahl –, und sie würde Ronald jede Chance geben – *wirklich jede Chance* –, denn ihr blieb nichts anderes übrig.

Als sie sich unten zu den anderen gesellte, war sie so schicklich gekleidet wie möglich; sie trug ein hochgeschlossenes Ballkleid aus brauner Seide, das mit einem Spitzenkragen verziert war und dessen einziger Schmuck ansonsten eine hübsche Goldbrosche an ihrem Hals war.

Ihr Haar hatte sie sich zu einem feierlichen Knoten aufgesteckt, dem sie keinerlei Zierde, nicht einmal einen Hut, hatte zukommen lassen.

Sie sah schlank und zerbrechlich aus und wirkte mit ihrem gesenkten Blick und ihrem schüchternen Benehmen sehr unterwürfig, und nicht einmal Tante Gertrude konnte an ihrer Erscheinung etwas auszusetzen finden – genau das hatte Celia beabsichtigt.

Nun drängte sie jeden Gedanken an Grant Hamilton und an die Freiheit, die sie in seinen Armen gespürt hatte, energisch zurück.

Draußen vor dem Hotel standen Kutschen bereit, die sie ins Queen's House bringen sollten; Celia konnte nicht verhindern, daß man sie direkt neben Tante Gertrude setzte, die in ihrem purpurfarbenen, mit schwarzer Spitze abgesetzten Kleid noch steifer wirkte als sonst.

»Nun, meine Liebe, zumindest siehst du jetzt einigermaßen respektabel aus und nicht wie ein eingeborenes Dienstmädchen, das zu einem Stelldichein unterwegs ist.«

»Dasselbe gilt für dich, Tante Gertrude«, murmelte Celia, die alle Mühe hatte, ihren Unmut niederzukämpfen. Gertrudes gehässige Bemerkungen konnten keine Rolle für sie spielen, sie durften keine Rolle spielen.

Mit Antheas Abneigung lagen die Dinge anders. Anthea war bis ins Mark erschüttert gewesen, und es war fast so, als könne sie den Anblick Celias vor einer Stunde nicht vergessen. Sie vermied es, Celia anzusehen, starrte statt dessen lieber aus dem Fenster und ignorierte auch die anderen, sogar ihren Mann.

Das Queen's House war wunderschön und sehr groß. Es war im Kolonialstil erbaut, von Zäunen und Säulen umgeben und festlich beleuchtet. Die Kutschen fuhren die Einfahrt hinauf bis zu den Marmorstufen, wo eine ganze Anzahl von Dienern die Gäste begrüßten, ihnen aus den Kutschen halfen und sie die Treppe hinauf und in die Eingangshalle führten, wo man sie offiziell ankündigte.

Die angesehendsten Mitglieder der Gesellschaft Colombos waren hier vertreten; man überbot einander in der Pracht der Kleidung und der Juwelen, und als sie in den Empfangsraum traten, stellte Celia fest, daß sie und ihre Begleiter im Vergleich zu den anderen wie arme Verwandte aussahen.

Trotzdem schwebte Gertrude in den Raum hinein, als sei sie die Königin, und Onkel Theo folgte ihr gehorsam auf dem Fuß.

Nach ihrer Vorstellung beim Gouverneur und den Vertretern des Distrikts begann Celia, sich ein wenig zu entspannen. Von Ronald war nichts zu sehen, nur ein Meer lächelnder Gesichter kam ihr entgegen, was eine höfliche Gastfreundschaft versprach, die sich nicht im mindesten um den äußeren Schein scherte.

Ja – genau so hatte sie alles in Erinnerung. Genau so warm, offen und freundlich – eine Atmosphäre, die ihrer Mutter und ihr selbst als kleinem Kind solche Geborgenheit geschenkt hatte.

Ihre schmetterlingshafte Mutter war es zufrieden gewesen, sich hier mit ihrem Vater niederzulassen. Das waren die Menschen, zu denen sie gehörte; sie spürte, wie die Herzlichkeit, die sie von allen Seiten umgab, sie ganz in ihren Bann zog.

»Ah, da bist du ja, Celia.«

Sie erstarrte. Gertrude. Diese verhaßte Stimme mit dem

Ausdruck schneidender Mißbilligung, als sei sie selbst hier in Ceylon das Maß aller Dinge.

»Mein Kind, es mag ja nur recht und billig sein, wenn du dich unter die Gäste mischst, aber bitte nicht ohne Begleitung. So etwas . . . nun, so etwas gehört sich einfach nicht. Glücklicherweise ist dein Verlobter hier, um dich vor allen weiteren Fehltritten zu bewahren. Ich weiß, daß du dich besonders darauf gefreut hast, ihn heute abend zu sehen.«

Celia drehte sich langsam um, so langsam wie es nur ging, und sah sich Ronald Winwoods selbstzufriedenem, wissendem Blick gegenüber.

»Celia.«

»Ronald.«

Sie stand stocksteif da und hielt ihm nicht einmal die Hand hin. *Es gab niemanden sonst – niemanden; Ronald war ihr Schicksal, ihre Bestimmung.*

»Natürlich«, fuhr Gertrude fort, ohne auf Celias Betroffenheit zu achten, »habt ihr beide euch viel zu erzählen, obwohl dies natürlich nicht der geeignete Ort dazu ist. Aber trotzdem, hier hast du deine Celia wieder – sie ist eine erwachsene junge Frau und ausgesprochen wohlgeraten, meine ich.«

Wie ihre Tante es über sich brachte, eine solche unverfrorene Lüge über die Lippen zu bringen, war Celia ein Rätsel. Sie fragte sich, ob Gertrude für diese kleine Sünde wohl Buße tun würde.

»Sie haben Ihre Sache wirklich hervorragend gemacht«, erwiderte Ronald glatt. Dann streckte er ihr die Hand hin. »Celia?«

»Ja, Ronald?«

»Freust du dich nicht, mich wiederzusehen?«

Oh, sie hatte wirklich geglaubt, dazu in der Lage zu sein – sie hatte wirklich gedacht, sie könnte ihn einfach ansehen und sagen: *O ja, Ronald – ich freue mich so, ich konnte es gar nicht erwarten, ich kann es nicht erwarten, dich zu heiraten*, obwohl sie noch vor wenigen Stunden fest entschlossen war, genau das Gegenteil zu sagen.

Sie erstickte fast, als sie nun antwortete: »Natürlich.« *Sag nur soviel, wie du unbedingt sagen mußt – das ist deine einzige Chance.*

»Komm.«

Sie reagierte sofort und heftig. »O nein, das würde sich nicht gehören – nicht wahr, Tante Gertrude?« protestierte sie ebenso schnell wie fantasielos. »Schon gar nicht hier, so weit weg von zu Hause, inmitten fremder Leute.«

»Celia, mein Liebes«, sagte Gertrude sanft, »es gibt keinen Grund, warum du nicht einen Augenblick mit deinem Verlobten allein sein solltest.«

Verdammt, verdammt. Was sollte sie jetzt tun?

»Aber . . .«

»Ich bleibe in der Nähe«, sagte Gertrude. »Was könnte hier schon passieren, unter so vielen Leuten?«

Ronald lächelte. *Alte Hexe.* »Du siehst, meine Liebe, nicht einmal deine Tante hat etwas dagegen einzuwenden. Sei nicht so schüchtern. Einen Augenblick für uns allein – du wirst sehen, ich habe mich überhaupt nicht verändert.«

Aber ich – gütiger Gott, warum ließ dieser Gedanke sie überhaupt nicht mehr los?

Er führte sie in eine Ecke des Empfangsraumes. »Hast du keine herzlichere Begrüßung für deinen Verlobten?«

Verflucht, er stellte Forderungen und zwang sie, ihm mehr zu geben, als sie zu geben bereit war – vor allem jetzt, an diesem Abend.

Sie senkte den Blick. »Es ist zu lange her.«

»Vielleicht war auch nur deine Londoner Saison zu lang«, erwiderte er schnippisch. »Du hast nicht eine einzige Zeile geschrieben, mir niemals eine Botschaft geschickt.«

Sollte sie nun das Unschuldslamm spielen oder die Hure? Aber was konnte sie schon darauf sagen? Ich habe meine Seele an einen herzlosen Mistkerl verloren, der mich nicht haben will, also bin ich natürlich zu dir zurückgekommen?

Aber nicht einmal jetzt war sie sich ihrer Absichten ganz sicher. Sie kannte diesen Mann nicht, und doch war er ihre letzte Hoffnung, ihre einzige Hoffnung angesichts ihrer Vergangenheit.

»Ich weiß, ich weiß. Es war einfach so, daß die Schwester meines Vaters mich so schnell aus allem, was mir vertraut war, herausgerissen hat, daß ich kaum Zeit hatte, wieder zu Atem zu kommen.«

»Und natürlich mußtest du dich mit all den Männern beschäftigen, die sich dir zu Füßen geworfen haben«, unterbrach er sie scharf.

Was jetzt? Sie mußte also auch noch mit seiner Eifersucht fertig werden, obwohl doch sein einziger wirklicher Konkurrent ein bärtiger Bohemien war, der ihr erst vor zwei Stunden klipp und klar gesagt hatte, was er von ihr wollte und zu wessen Bedingungen ...

Also mußte sie wieder einmal schauspielern, etwas darstellen, das sie nicht war, um einen anderen zu beschwichtigen.

Wie konnte sie diesen Mann heiraten?

Sie seufzte übertrieben. »Ronald, diese raffinierten Salonlöwen putzen sich an unschuldigen Debütantinnen wie mir die Füße ab.«

Nicht ganz so unschuldig, dachte er, während er ihre Augen beobachtete, ihren Mund und die Röte in ihren Wangen. »Manche Männer mögen diese Art kindlicher Unschuld.«

Gütiger Gott, was wollte er damit sagen? Sie antwortete mit einem verlegenen Lachen. »Niemand aus Tante Willies Bekanntenkreis, das kann ich dir versichern; alles war genau so, wie es sein sollte. Aber das kann Tante Willie dir selbst erzählen, wenn sie in einigen Wochen hierherkommt.«

»Ach?« murmelte Ronald. »Dann kommt sie also zu unserer Hochzeit.«

Diese Feststellung machte sie sprachlos. Sollte sie jetzt nicht einigermaßen aufgebracht sein, daß sie noch nicht einmal gefragt worden war?

»Wie bitte?«

Augenblicklich zeigte er sich zerknirscht. »Meine Liebe, ich habe natürlich angenommen, daß wir, da wir so lange warten mußten, ... daß es durchaus im Bereich des Möglichen läge, daß du vielleicht ... genauso wie ich ... sobald wie möglich ...«

»So bald schon?« fragte sie mit schwacher Stimme.

Ja, verdammt noch mal, so bald. »Oder wann immer du es willst, meine Liebe. Mein einziger Wunsch ist es, dich glücklich zu machen.«

»Das ist zu früh – zu früh –, und dies ist nicht der richtige Ort, um ...« Celia brauchte ihre Verwirrung nicht vorzutäuschen, genausowenig wie die Furcht, die plötzlich in ihr aufstieg. Es war der Blick seiner Augen, ein Aufblitzen tiefster Verachtung und heißen Zorns, der sie völlig überraschte.

Dies war der Mann, den sie zu heiraten versprochen hatte. Es gab niemanden sonst; es gab keine Zukunft, kein Schicksal für sie. Der Kreis hatte sich geschlossen, und dies war alles, was ihr übriggeblieben war: ihr Erbe und die Pflicht, Ronald zu heiraten.

»Darf ich darüber nachdenken, bis wir uns in Mutwal niedergelassen haben und ich mich ein wenig an alles gewöhnt habe? Vielleicht hast du ganz recht; vielleicht sollten wir wirklich nicht allzulange warten«, murmelte sie besänftigend.

Würde sie ihn wohl für den Rest ihres Lebens irgendwie besänftigen müssen?

»Natürlich hast du recht. Ich bin unvernünftig, und ich sollte dich an deinem ersten Abend auf Ceylon wirklich nicht drängen; ich habe gar nicht daran gedacht, wie aufregend es für dich sein muß, endlich wieder zu Hause zu sein.«

»Ich bin ja so glücklich«, erwiderte sie so ruhig sie nur konnte. Es war wirklich sehr anstrengend, binnen weniger Stunden zurückgewiesen und dann zur Ehe gedrängt zu werden, die Freiheit gewonnen und beinahe im gleichen Augenblick wieder verloren zu haben.

Sie war völlig verwirrt – von ihren Gefühlen für Grant, von ihrem Zorn darüber, wie er sie behandelt hatte, und vor allem, weil sie etwas von ihm wollte, das er nicht zu geben bereit war.

Im Gegensatz zu Ronald. Ronald würde sie heiraten, sobald sie nur ein einziges Wort sagte.

»Komm, kehren wir zu den anderen zurück. Deine Tante wartet sicher schon.«

»Ja, natürlich . . .«

Wieder hatte sie das Gefühl, den Boden unter den Füßen zu verlieren, ganz so, als nehme sie das, was um sie herum geschah, nur durch einen Nebel wahr; sie war zu schnell zu einer Entscheidung gekommen – ihre Instinkte trogen sie nicht: Sie wollte Ronald nicht heiraten – aber an den Mienen von Tante Gertrude und Onkel Theo sah sie, daß die anderen fest mit einer Hochzeit rechneten.

Kapitel 27

Sie war einfach schön! Wie konnte Ronald eine andere Frau mehr lieben als sie? Sie hatte gerade in dem Bach gebadet, der an dem kleinen Haus ihres Bruders vorbeifloß, und das Badehandtuch – das *diyaredde* aus weißer Baumwolle, das sie anstandshalber trug – klebte feucht an ihrem Körper und betonte jede einzelne ihrer üppigen Kurven.

Ronald liebte ihren Körper – wieder und wieder hatte er ihr gesagt, wie sehr sie ihn damit erfreute, und ihr versichert, daß er nicht mehr ohne sie leben könne.

Was gewiß der Wahrheit entsprach. Trotzdem, sie hatte mit ihren zahlreichen Besuchen bei dem Kattadiya sichergestellt, daß es auch so blieb, und den Mann gut für die Amulette und Zaubertränke bezahlt, die er ihr gegeben hatte, damit sie diesen Engländer, den sie so sehr liebte, immer fester an sich binden konnte.

Sujatha betrachtete ihr Gesicht in dem Spiegel, den Ronald ihr geschenkt hatte, und was sie dort sah, gefiel ihr. Sie hatte selbst für eine Kandyan-Frau einen ziemlich hellen Teint – ihre Haut war golden und bot einen herrlichen Kontrast zu ihrem langen, seidigen schwarzen Haar und ihren hellbraunen Augen.

Keine Engländerin konnte es mit ihr aufnehmen! Sie waren ja alle so häßlich. Und diese Frau würde sicher keine Ausnahme bilden. Sie hatte gewiß Angst vor Schlangen und Tausendfüßlern und vielleicht sogar vor großen Motten und Käfern. Ihr milchweißes Gesicht würde unter der Sonne fleckig und rot werden, und ihre europäischen Kleider, die für dieses heiße Klima so ungeeignet waren, würden ihr bestimmt bald einen häßlichen Ausschlag bescheren.

Nein, sie würde ganz bestimmt nicht hierbleiben wollen, nicht einmal, wenn sie lange genug lebte, um es Ronald zu ermöglichen, eine formelle Hochzeitszeremonie mit ihr zu vollziehen.

Auf die eine oder andere Weise würde das törichte Geschöpf von der Bildfläche verschwinden – und Ronald würde wieder ihr gehören.

Der Teufelsdoktor, der Kattadiya, hatte es ihr geschworen, und Sujatha glaubte ihm.

Allerdings, dieser Zwischenfall mit den Zigeunern – der *ahikuntakayo* – hatte ihr doch zu denken gegeben, und sie konnte eine gewisse Besorgnis nicht leugnen.

Sie war zu einem alten Zigeunerweib gegangen, um sich die Karten legen zu lassen, nur um sicher zu sein, daß die Sterne richtig standen und Ronald am Ende ihr gehören würde, und sie hatte eine Kopie ihres Horoskops mitgenommen, das zur Zeit ihrer Geburt erstellt worden war.

Zu ihrem Entsetzen hatte die alte Zigeunerin sowohl für sie als auch für Ronald ein neues Horoskop errechnet, bevor sie plötzlich in Trance fiel und mit einer dunklen, schnarrenden Stimme zu sprechen begann, die Sujatha eine Gänsehaut einjagte und ihr die Haare zu Berge stehen ließ.

»Sei vorsichtig, mein hübsches Kind. Du bist diejenige, die vorsichtig sein muß – du und dein Bruder. Die junge Engländerin ist keine Bedrohung für dich, das kann ich dir sagen. Ich sehe einen anderen Mann, dunkel und mächtig, der sie beschützt, und sie gehört ihm, nicht dem Mann, den du für dich willst. Aber dein Engländer ist derjenige, von dem Gefahr droht, und du mußt vorsichtig sein, Kind! Der Mann, von dem du sagst, daß du ihn liebst, könnte plötzlich den Verstand verlieren; irgend etwas wächst in ihm; eine vergiftete Frucht, die von der *Ganja*-Pfeife genährt wird und von einem Geheimnis – einem schrecklichen, häßlichen Geheimnis –, und er könnte zuschlagen wie der *mahasona* persönlich, der des Nachts in Gestalt eines schwarzen Hundes durch das Land streift. Aber du – du darfst nichts über sein Geheimnis herausfinden, sonst wird er dich auch töten. Das ist alles . . . das ist alles.«

Und was Sujatha noch erschreckender fand, war die Tatsache, daß die alte Frau sich nachher an nichts mehr erinnern konnte, während Sujatha nicht in der Lage war, ihre Worte zu vergessen.

Sie fing an zu zittern, und die Kälte kam nicht von außen, sondern saß tief in ihrem Innern. Sie mußte sich abtrocken und das Haar kämmen, dann würde sie zum Tempel gehen und eine *puja* machen, um alle bösen Geister und Gedanken zu verscheuchen.

Ronald hatte ihr noch nicht mitgeteilt, wann er kommen würde, aber es konnte jetzt nicht mehr lange dauern; die Kulis arbeiteten für ihren Bruder lange nicht so gut wie für den Periya Dorai, der eine Pferdepeitsche bei sich trug und keine Skrupel hatte, sie zu benutzen.

Sie fürchteten sich vor Ronald und arbeiteten deswegen um so härter.

Und das war gut so – oder?

»Du bist ein Dummkopf, Ronny – ein Dummkopf!« sagte Adriana verächtlich, während sie zusah, wie Ronald sich in einen Schlafzimmersessel sinken ließ, zitternd vor Gier und mit blutunterlaufenen Augen.

»Deine kleine Verlobte ist zurückgekehrt, und was tust du in ihrer ersten Nacht hier? Statt in ihr Schlafzimmer einzudringen und sie für dich zu fordern, suchst du bei deiner Pfeife und deinem Kokain Zuflucht. Paß auf, daß die Drogen dich nicht eines Tages völlig in ihre Gewalt bekommen.«

Trotzdem hatte sie ihm ein wenig Opiumelixier gegeben, um ihn zu beruhigen. Seine Kopfschmerzen trieben ihn fast zum Wahnsinn, hatte er gesagt, und wahrscheinlich hatte er mit seiner Unbeherrschtheit die ganze Dienerschaft aufgeweckt.

Es wurde immer schwieriger, ihn unter Kontrolle zu halten; diese Nacht war der beste Beweis. Wer außer einem Wahnsinnigen wäre rücksichtslos durch ihr Schlafzimmerfenster gestürmt und hätte obendrein noch erwartet, daß sie das gelassen hinnehmen würde? Und außerdem hatte er sie dabei gestört, einen Plan zu schmieden, wie sie ein Treffen mit seiner dummen kleinen Verlobten arrangieren konnte.

Vor allem, nachdem sie sich bei dem Empfang im Queen's House taktvoll im Hintergrund gehalten hatte, statt Ärger zu machen, während Ronald seine englische Erbin umgarnte. Aber es war offensichtlich überhaupt nichts geregelt worden, und sie hatte nur einen flüchtigen Blick auf das unscheinbare Kleid und das streng zurückgekämmte schwarze Haar dieser törichten kleinen Engländerin werfen können.

Ronald hatte ihr nicht einmal für ihre Diskretion gedankt.

Aber was er ihr erzählt hatte, und die Fotografien, die er ihr gezeigt hatte, Bilder von einem jungen, unerfahrenen Kind mit unschuldigem Blick, selbst wenn sie nackt oder nur mit Blumen geschmückt vor der Kamera posierte – all das hatte eine Seite in Adriana zum Klingen gebracht, von der sie nicht einmal gewußt hatte, daß sie existierte.

Das Kind auf diesen Fotografien erinnerte sie schmerzhaft an sich selbst in diesem Alter, voller Neugier und so verliebt in ihren hübschen, großen Papa.

Was hatte das Kind auf diesen Bildern wohl empfunden? Wie hatte sich das Kind auf diesen Bildern entwikkelt, zu was für einer Art von Frau war sie geworden?

Ronny hatte gesagt, Celia würde sich niemals daran erinnern; denn er hatte sie zu einem Zaubermeister gebracht, einem sehr berühmten Kattadiya, und der alte Mann hatte ihm versichert, daß das Kind sich nie erinnern würde – es sei denn, durch einen Gegenzauber oder einen schweren Schock.

Ronny war davon überzeugt, daß Celia sich bisher an nichts aus ihrer Vergangenheit erinnert hatte, aber wie konnte Adriana seinem Urteil noch länger vertrauen.

Und dann war da noch Grant Hamilton, den man auf keinen Fall vergessen durfte.

Und jetzt dies – Ronald, der praktisch bewußtlos auf ihrer Chaiselongue lag!

Die Situation erforderte einen Brief an ihren Mann, den sie auf italienisch verfassen würde – nur eine Vorsichtsmaßnahme, da weder Ronny noch sonst irgend jemand aus ihrer Bekanntschaft diese Sprache beherrschte. Sie mußte ihrem Mann mitteilen, daß sie eine Weile in Colombo bleiben würde, um alte Freundschaften wiederzubeleben. Ronald würde wahrscheinlich, sobald seine Verfassung das zuließ, den Nachtzug nach Bandarawela nehmen; schließlich mußte er alles in Ordnung bringen, bevor seine Verlobte dort ankam, um ihre Teeplantage zu inspizieren. Und wenn er nicht wußte, was seine Pflichten waren, würde Adriana ihn daran erinnern.

Es stand einfach zuviel für sie auf dem Spiel, um ihm und seinem merkurischen Temperament freien Lauf zu lassen.

Celia hatte das Gefühl, in der Falle zu sitzen; sie hätte nicht nach Ceylon zurückkehren dürfen. Die Bilder, die Gerüche, ihre seltsamen, beklommenen Gefühle und ihre übereilte Zusage, Ronald zu heiraten, ließen sie keinen Augenblick mehr los.

Und während es ihr tagsüber häufig gelang, die Erinnerung an jene nächtliche Begegnung mit Grant zurückzudrängen, so konnte sie doch nichts gegen die Träume tun, die Alpträume, deretwegen sie sich davor fürchtete einzuschlafen. Irgendwo tief in ihr verborgen lag ein dunkel überschatteter, verbotener Ort, und sie lebte ständig in der Furcht, daß ihre seltsamen Träume sie dorthin führen könnten.

Deshalb schlief Emily nun auf einer Pritsche neben ihrem Bett; sie hatte dem jungen Mädchen strenge Anweisung gegeben, sie aufzuwecken, sobald sie anfing, sich hin und her zu wälzen oder im Schlaf zu schreien.

Tagsüber waren die Dinge viel einfacher. Sie konnte sich beschäftigen, konnte reiten oder Ausflüge zum Fluß machen und brauchte sich nicht mit Gedanken an Ronald zu quälen.

Da sie noch einige Zeit in Colombo verbringen wollten, konnte sie glücklicherweise ihre Entscheidung bezüglich eines Hochzeitsdatums eine Weile hinausschieben.

Was nicht bedeutete, daß Tante Gertrude das Gespräch nicht immer wieder auf dieses Thema gebracht hätte.

»Sieh nur, was für ein wunderbarer Stoff. Du könntest sehr hübsche Tageskleider daraus machen lassen. Du willst doch zu jeder Tageszeit hübsch aussehen für deinen Ronald. Ich meine, du hast doch sicher nicht geglaubt, du könntest in diesen – diesen Bettlaken herumlaufen, die die Leute hier tragen. Wilhelmina hat dir ganz gewiß nicht solche Flausen in den Kopf gesetzt – und ich auch nicht.

Natürlich brauchen wir ein wenig Zeit, um alles zu planen, und der liebe Ronald gibt sich ja solche Mühe; komm – nimm dir etwas Zeit und laß uns über dein Hochzeitskleid sprechen und darüber, wen wir einladen sollten ... Obwohl die Gästeliste nicht allzu lang sein sollte. Du kennst niemanden hier, und von Ronalds Seite kommen nur die Mitglieder des Clubs in Frage ...«

Zu einer anderen Zeit ihres Lebens hätte sich Celia vielleicht auf all das gefreut. Sie hatte Ronald geliebt. Sie hatte ihn *angebetet,* und an dem Tag, an dem er sie bat, seine Frau zu werden, hatte sie geglaubt, all ihre Träume seien Wirklichkeit geworden.

Und jetzt waren diese Träume plötzlich matt und schal; er war kein goldener Ritter; sein Haar wurde langsam dünn und war auch lange nicht so golden, wie sie es in Erinnerung hatte; er war nichts als ein verdrossener, ziemlich arroganter Engländer, den das bequeme Leben in den Tropen verdorben hatte.

Ihre Hoffnung, ihr Schicksal.

»Du solltest dankbar sein«, sagte Tante Gertrude wieder, und Celia wußte überhaupt nicht mehr, worum es in ihrem Gespräch gegangen war. »So ein anständiger Mann ... und das, obwohl er deine Geschichte kennt ...«

Sie war nur noch für eines dankbar, nämlich für die Augenblicke, in denen sie ihren Träumen und ihren furchtbaren Vorahnungen entfliehen konnte.

Sie fuhren in einer Mietkutsche hinaus zum Mount Lavinia Hotel, das auf einem Hügel mit Blick auf das Meer und den herrlichsten gelben Sandstrand lag.

Das Tiffin, die Mittagsmahlzeit, hatte aus Hummercurry mit gelbem Reis und verschiedenen Gewürzen bestanden, von denen einige süß und andere so scharf waren, daß sie einem leicht den Gaumen verbrennen konnten.

Anthea hatte eine Grimasse gezogen, aber mit für sie untypischem Takt erklärt, daß sie die einheimischen Speisen einfach köstlich finde – und Celia erinnerte sich plötzlich an eine winzige Szene in ihrer Vergangenheit, die sie vollkommen aus der Fassung brachte.

Sie war ein Kind gewesen, und ihr größtes Vergnügen hatte darin bestanden, zusammen mit den Dienern in der Küche zu hocken und Currygerichte zu essen, die viel schärfer waren als diese hier; sie hatte einfach mit den Fingern gegessen, genau wie die Diener es taten . . .

Und manchmal sah sie Cora an, und sie kicherten zusammen, bis die Köchin ihnen befahl, mit diesem Unsinn aufzuhören.

Die Erinnerung war wie ein Dolchstoß. Cora? Wer war Cora? Und warum habe ich all diese Jahre nicht mehr an sie gedacht, wenn sie meine Freundin war?

Und warum habe ich mich jetzt plötzlich an sie erinnert?

Impulsiv wandte sie sich an Ronald, der neben ihr saß. »Ronald, kannst du mir etwas sagen? Wer war Cora?«

Sie beobachtete ihn genau. War da für eine Sekunde ein erschrockener, beinahe ängstlicher Blick in seinen Augen, bevor er mit den Schultern zuckte, gleichgültig an seinem Schnurbart zupfte und den anderen am Tisch zulächelte? Dann wandte er sich wieder an sie und antwortete mit amüsiertem, herablassendem Tonfall: »Cora? O ja – ich glaube, das war der Name deiner Ayah, als du noch klein warst, nicht daß ich mich daran erinnern könnte, wie sie ausgesehen hat oder an irgendwelche anderen Einzelheiten. Aber ich glaube, ich erinnere mich an den Namen. Er war ungewöhnlich für eine Singhalesin. Oder war sie Eurasierin?«

Seine Stimme wurde leiser. »Erinnerst du dich?«

Sie verstand kaum, wovon er sprach: Sie hatte kaum ein Wort gehört von dem, was er gesagt hatte. Sie hatte Anthea beobachtet, wie sie das Currygericht kostete, hatte selbst etwas davon gegessen und plötzlich das Gefühl gehabt, zehn Jahre alt zu sein, als hätte sich das Rad der Zeit für einen Augenblick zurückgedreht.

Das Currygericht ... es hatte sie an Cora erinnert.

Sie schüttelte den Kopf. »Nein, mehr weiß ich nicht. Es war das Essen ...« Sie hielt inne und überlegte, ob sie überhaupt etwas preisgeben sollte, während Anthea sie so eifrig ansah und nur darauf wartete, daß sie einen Schnitzer machte; und neben ihr saß Tante Gertrude mit ihrem gewohnten mißbilligenden Gesichtsausdruck, und Ronald schien auf seltsame Weise auf der Hut zu sein, als fühle er sich plötzlich unwohl.

Sie konnte allerdings nicht sagen, ob das daran lag, daß sie etwas Falsches gesagt hatte, oder daran, daß die anderen sie langsam für verrückt hielten.

Sogar Onkel Theo sah sie ein wenig unsicher an.

»Meine Ayah«, sagte sie zögernd, während sie verzweifelt versuchte, ihrem Gedächtnis weitere Einzelheiten abzuringen; sie konnte sich an überhaupt nichts erinnern ... außer an Curry und die Mahlzeiten mit den Dienern in der Küche.

Aber sie hatte das Gefühl, daß da noch mehr war.

»Weißt du, was aus ihr geworden ist? Könntest du das für mich herausfinden? Du fährst doch morgen zurück auf die Plantage, nicht wahr?«

»Hm, ja, obwohl ich dich nur höchst ungern verlasse. Aber die Pflicht ruft. Man darf die Kulis hier nicht so lange aus den Augen lassen, sonst werden sie faul. Aber wenn du erst auf der Plantage bist, werde ich versuchen, etwas über deine alte Ayah in Erfahrung zu bringen – würde dir das reichen?«

Er lächelte sie freundlich an, und sie antwortete mit einigem Zögern. Oh, seine kleine Celia hatte einen gewissen Eigensinn, ein Charakterzug, dessen er sich unverzüglich würde annehmen müssen. Er konnte es gar nicht erwarten, sie von ihrem Gefolge zu trennen, wenn sie endlich auf der Plantage war.

Der Gedanke erregte ihn in einem Maße, daß es direkt qualvoll war, aber seine Fantasien verschafften ihm größte Befriedigung, während er an seinem Wein nippte, sein Dessert aß und so tat, als hätte das kleine Miststück ihn nicht geradezu abscheulich aus der Fassung gebracht. Er würde sie irgendwann allein erwischen, und dann hatte er sie endlich nach all diesen Jahren in seiner Gewalt.

Und dann – oh, dann würde er das Vergnügen haben, ihre Erinnerung zu wecken, und sie ein für allemal seinen verbotenen Gelüsten unterwerfen.

Adriana wußte immer, was sie tat, oder glaubte es jedenfalls zu wissen. Sie war immer anders als die anderen gewesen und immer Gegenstand des Klatsches. Außerdem genoß sie jede Herausforderung – es gab nichts Schöneres für sie, als festzustellen, wie weit sie gehen konnte, ohne erwischt zu werden.

Und sie haßte Langeweile.

Ronny fing an, sie zu langweilen. Seine Verdrossenheit wurde langsam lästig, und sie hatte sich vor seiner Abreise eigens noch einmal damit befaßt, nur um ihm ein wenig Disziplin und Selbstbeherrschung beizubringen.

Aber in letzter Zeit hatte er viele Lektionen gebraucht, und sie hatte nicht mehr viel übrig für schwache, unterwürfige Männer.

Oder schlugen ihre Gedanken nur deshalb diese Richtung ein, weil sie hier in Colombo häufiger ausgeritten war und ihre Fantasie immer häufiger zu diesen Europäern zurückkehrte, die am Strand lebten und in der Stadt für einen Skandal gesorgt hatten?

Sie hausten mit den Eingeborenen zusammen, aßen deren scharfe Currygerichte mit den Fingern, und einige von ihnen waren sogar schamlos genug, nur einen Sarong zu tragen, so als wären sie selbst Singhalesen – mit ihren muskulösen, gebräunten Oberkörpern, die einen qualvollen Blick auf das gewährten, was möglicherweise unter dem lose zusammengebundenen Stoff lag.

Natürlich schenkte sie den leisen Pfiffen dieser Leute keine Beachtung, genausowenig wie ihren Bemerkungen über ihr Aussehen oder ihren Mutmaßungen, wie sie wohl im Bett sein mochte – auch wenn sie den Mann, der italienisch sprach, durchaus verstanden hatte.

Was für eine Unverschämtheit!

Allerdings mußte sie zugeben, daß solche rohen Unverschämtheiten sie auf eine geheimnisvolle Weise auch erregten.

Und sie wußte etwas, das sonst niemand wußte: Ihr Neuankömmling, Grant Hamilton, war einer dieser Leute, und er war es auch, den sie besonders beobachtete, wenn sie bei ihren Ausritten an dem Lager am Strand vorüberkam.

Er war ganz anders als die anderen; er war stark – stärker sogar als sie selbst –, und die kraftvolle Männlichkeit, die er verströmte, war etwas völlig Neues für sie.

Er faszinierte sie, wie er da unerkannt zwischen diesen jungen Europäern lebte, und sie fragte sich, ob ein verborgener Teil ihrer selbst sich danach sehnte, von einem Mann wie ihm beherrscht zu werden.

Das Ganze war ein ausgesprochen verlockender Tagtraum, jetzt, da Ronald fort war; sie hatte ihn erst gestern abend zum Bahnhof begleitet und dabei ein seltsames Gefühl der Erleichterung empfunden.

Jetzt hatte sie niemanden mehr, mit dem sie ihre Geheimnisse, ihre Leidenschaft oder ihre Fantasien teilen mußte.

Und sie konnte nach Herzenslust über all die Dinge nachdenken, die ein Mann wie Grant Hamilton mit ihr anstellen konnte.

Als sie spät in der Nacht nackt in ihrem Bett lag und nur ihre Fantasie zum Geliebten hatte, fühlte sie sich seltsam erregt.

Ein Mann wie dieser Hamilton – der vorgab, etwas zu sein, das er in Wirklichkeit nicht war. Das war ein Rätsel, das sie unbedingt lösen wollte – während sie der Verlokkung nachgab, sich vorzustellen, wie es sein mußte, ihn ihrem Willen zu unterwerfen.

Zwei Nächte später war sie so verloren in diese köstlichen Fantasien, daß sie kaum bemerkte, daß wieder einmal jemand in ihr Schlafzimmer eindrang, und zwar viel geschickter und geräuschloser als Ronald.

Ein Eindringling . . . sie hatte keine Angst, nicht einmal, als ihr Eroberer sich über ihren lang ausgestreckten Leib beugte und sie auf italienisch ansprach; sie spürte ein Schaudern der Erwartung – der nackte Herumtreiber – und wehrte sich nicht mehr. Sie konnte ihn in dem Licht des abnehmenden Mondes nur undeutlich sehen; er war groß und muskulös, sein Körper drückte sie fest auf ihr Bett, und er würde sie mit Gewalt nehmen.

Was für ein herrlicher Gedanke! Aber dann konnte sie kaum glauben, was er tat: Er fesselte sie mit gespreizten Armen und Beinen an die vier Bettpfosten und benutzte dazu ein Kokosseil, das die zarte Haut ihrer Gelenke reizte, ein Umstand, der sie auf geradezu unvernünftige Weise erzürnte.

Normalerweise war sie diejenige, die die Dinge unter Kontrolle hatte; und jetzt, wie als Antwort auf ihre Fantasien in dieser feuchten Nacht, in den verbotenen Stunden zwischen Dunkelheit und Dämmerung, lag sie plötzlich gefesselt und hilflos da, und dieses wilde, ungezügelte Geschöpf, das aus dem Nichts erschienen war, um ihr Gewalt anzutun, hatte sie völlig in seiner Gewalt, um sie zu nehmen, zu beherrschen . . . ja!

»Wenn Sie schreien, knebel' ich Sie. Aber dann bleibt mir immer noch das Vergnügen, Ihr Stöhnen unter dem Knebel zu hören, und Sie werden auch lange nicht so hübsch aussehen mit einem Stück Stoff zwischen Ihren sinnlichen Lippen.«

»Nein!« wisperte sie heiser, schon jetzt über jedes erträgliche Maß erregt. »Ich werde nicht schreien, das verspreche ich. Sie hätten mich nicht zu fesseln brauchen; ich hätte Ihnen alles, was Sie wollen, bereitwillig gegeben. Sie sind ein wunderbarer Mann, wissen Sie das nicht? Ich würde nur allzu gern meine Arme und Beine um Sie herum schlingen und Ihnen genauso viel Vergnügen schenken, wie es dieser tollkühne Akt, mit dem Sie in mein Schlafzimmer eingedrungen sind, verdient.«

»Hm – mit einem kleinen Dolch im Rücken? Nein, so ist es mir lieber, denn so kann ich mit Ihrem Körper spielen, den Sie, wann immer es Ihnen gefällt, so vorteilhaft einzusetzen wissen. Nun, jetzt gefällt es mir, und während ich mir nehme, was ich will, werden Sie, *cara mia,* all meine Fragen beantworten, und Sie werden mir nichts verschweigen, *si?* Haben wir einander verstanden?«

Dio, sie haßte ihn – und sie begehrte ihn.

»Was Sie wollen – Sie brauchen es nur zu sagen, Sie brauchen es nur zu tun ...«

Aber er tat nichts mit ihr, nicht mehr, als daß er sie vorsätzlich quälte und mit ihrem Körper spielte, bis sie ihn am liebsten ermordet hätte.

Und er sagte nichts; nach jeder versengenden Berührung, nach jedem brennenden Schlag wartete er ab und sah zu, wie ihr Körper sich wand, um den letzten Höhepunkt der Erleichterung zu erreichen, den er ihr so geschickt verweigerte.

»Alles, was Sie wollen«, wimmerte sie, während sie sich voller Abscheu vor sich selbst krümmte. Aber war das nicht genau das, was sie von all ihren Männersklaven verlangt hatte? O Gott! »Sagen Sie mir, was Sie wollen ...« Sollte er doch alles nehmen, was er wollte, alles mit ihrem

Körper machen, was er wollte – sie würde jeden einzelnen Augenblick dieser ganzen entwürdigenden Erfahrung genießen.

Und trotzdem – er benutzte sie heimtückisch und qualvoll, ohne jedes Gewissen, und er widerstand ihrer bereitwilligen Unterwerfung, bis sie schweißüberströmt dalag und von der Gewalt der Leidenschaften, die er in ihr geweckt hatte, so erschöpft war, daß sie ihn schließlich anflehte, sie zum Höhepunkt zu bringen.

»Sie bitten mich darum, ja?« knurrte er und riß an ihren Haaren, so daß er direkt in ihre Augen und ihre teuflische Seele blicken konnte. »Nun, also *principessa mia*, vielleicht können wir ein Geschäft machen. Sie erzählen mir alles, was Sie von Ihrem kleinen Freund Ronald Winwood wissen – von seiner Vergangenheit wie seiner Gegenwart –, *und* alles, was er Ihnen von Celia Penmaris und ihrer Mutter erzählt hat, dann werde ich darüber nachdenken, ob ich Ihnen vielleicht doch noch zu Ihrem Vergnügen verhelfen kann. Und wenn ich an Ihrer Stelle wäre«, fügte er plötzlich auf englisch hinzu, »würde ich nicht einmal im Traum daran denken, irgend etwas zu verschweigen. Das könnte mich sehr böse machen.«

Sie kannte diese Stimme; sie kannte diesen Mann – vielleicht hatte sie es in ihrem Unterbewußtsein bereits von dem Augenblick an gewußt, in dem er sich mit Gewalt Zugang zu ihrem Zimmer verschafft hatte, trotz seines zerzausten Haars, seiner nackten, bronzefarbenen Brust und seines wilden Bartes – aber in dem Augenblick, in dem er noch immer ihre Haare fest umklammert hielt und ihr in die Augen starrte und seine Forderungen stellte, hatte sie zum erstenmal Angst vor ihm.

Also erzählte sie ihm alles, was sie wußte. Sie war ein praktisch denkender Mensch und würde sich immer auf die Seite des Gewinners stellen, wenn die Situation es erforderte.

Ronald war so verdammt schwach, es war einfach jämmerlich. Das kleine englische Miststück war die unbekannte Größe in ihrer Rechnung; das Kind, das allzu unschuldig für diese Fotos posiert hatte, die Ronald ihr gezeigt hatte, war jetzt eine junge Frau und die Erbin der Plantage, die Ronald seit so langer Zeit als so etwas wie sein Eigentum betrachtete.

Und jetzt war Grant Hamilton – dieser unverschämte Hurensohn – auf der Bildfläche erschienen, und der Mann war wild entschlossen, *sie* zu verführen, um – ja, um was? Worin bestand sein wirkliches Interesse in dieser Angelegenheit? Konnte es sein ... ah, konnte es möglich sein, daß der Bastard sich wirklich für das Kind interessierte?

Was für eine verrückte Idee das war, und welche Möglichkeiten sie barg ... von denen ihr keine einzige in den Sinn kam, bevor dieser Hundesohn bekommen hatte, was er wollte – und das war nicht der Genuß ihres Orgasmus gewesen; der Hurensohn hatte sie einfach gefesselt zurückgelassen und ihre Dienerin zu ihr hinaufgeschickt, damit diese ihr die Fesseln löste; sie hatte Gift und Galle gespuckt in ihrer maßlosen Wut.

Kein Mann hatte sie jemals überwältigt und dann auf dem Trockenen sitzen lassen, und sie würde sich an diesem Mr. Grant Hamilton rächen, an ihm und an dem Zigeunerbalg, wie Ronald Celia genannt hatte.

Aber sie konnte warten – das war schon immer ihre große Stärke gewesen –, warten und Intrigen schmieden und Geheimnisse ans Licht zerren.

Und das eine Geheimnis, das sie über alle Maßen erregte, war die Frage, warum dieser Bastard sich für Ronalds mausgraue kleine Verlobte interessierte. Sie hatte sie mit eigenen Augen gesehen – was konnte ein Mann, der ein Mindestmaß an Geschmack und Stil besaß, von einem Geschöpf wollen, das aussah wie eine Missionarin und sich auch so kleidete, mit den hochgeschlossenen Blusen, den ach so anständigen dunklen Wollröcken und den klobigen Stiefeln.

Die ganze Sache war paradox und interessierte sie außerordentlich.

Was konnte diese englische Maus einem Mann wie Grant Hamilton geben, das sie, Adriana, ihm nicht geben konnte?

Sie würde nicht eher ruhen, bis sie die Antwort auf diese Frage gefunden hatte, und da sie die Absicht hatte, am nächsten Tag landeinwärts zu reisen (was zufällig mit Mr. Hamiltons Plänen, die zu ergründen sie sich aufgerafft hatte, übereinstimmte), freute sie sich darauf, ein wenig Unruhe zu stiften, um den langweiligen Alltagstrott im Plantagendistrikt des Hügellandes ein wenig auf Trab zu bringen.

Celia war durchaus willens, Colombo zu verlassen; sie wollte zurück nach Hause auf ihre Plantage, die ihr Vater in einer romantischen Laune nach Marianna benannt hatte.

Selbst wenn Ronald dort auf sie wartete.

Sie konnte noch immer keine Begeisterung bei dem Gedanken an eine Hochzeit mit ihm empfinden, und die mehrtägige Trennung hatte ihren Eifer keinesfalls geschürt.

Das war nicht die Art und Weise, wie sie die Verantwortung für ihr eigenes Leben hatte übernehmen wollen, dachte sie irgendwann, als sie mit ihrem Onkel zu einem Treffen mit anderen anglikanischen Priestern und Missionaren unterwegs war. Scheinbar übernahm irgend etwas anderes die Herrschaft über sie – denn immer wieder tauchten plötzlich kleine Bruchstücke aus ihrer Kindheit in ihrer Erinnerung auf.

Einmal, als sie sich die Stiefel auszog, bevor sie in einem kleinen Fischerdorf von Pandadura einen Tempel betrat, hatte sie das erschreckende Gefühl, das Ganze schon einmal erlebt zu haben:

Sie war mit Cora in einen buddhistischen Tempel gegangen.

Cora, ihre Ayah ...

Nein, Cora, von der Ronald *behauptete,* daß sie ihre Ayah gewesen sei.

Diese Erfahrung bewirkte nur, daß sie sich um so mehr

wünschte, endlich auf die Plantage Marianna zurückzukehren.

Die Antworten lagen in der Vergangenheit, und die Vergangenheit war durch und durch mit dem verknüpft, was auf der Plantage geschehen war.

Dieser Gedanke erschreckte sie, aber es war nicht erschreckender als das Gefühl der Verwirrung, das mit den Alpträumen einherging, und die beunruhigenden Erinnerungen an Szenen aus ihrer Vergangenheit.

Sie allein konnte doch über ihr Leben bestimmen, nicht wahr? Ronald würde sie heiraten, auch wenn Grant Hamilton das nicht wollte, und er war ihr treu ergeben und hatte all die Jahre, so gut er konnte, ihren Besitz verwaltet.

Oh, das mußte doch ausreichen, um darauf eine Zukunft aufbauen zu können.

Oder um den Alpträumen ein Ende zu bereiten . . .

Aber als sie dann endlich in einem Abteil erster Klasse in der Eisenbahn saß, die sie an ihr lang ersehntes Ziel bringen sollte, verspürte Celia weder Aufregung noch Vorfreude. Sie zog die Vorhänge zurück und versuchte, sich in die Landschaft und die faszinierenden Bilder des singhalesischen Lebens zu versenken, versuchte, den lächelnden, winkenden, braunhäutigen Kindern etwas abzugewinnen, die da halbnackt an den Gleisen standen und begeisterte Schreie ausstießen, wenn der Zug an ihnen vorbeiratterte.

»Schockierend«, schnaubte Tante Gertrude. »Man sollte wirklich meinen, die Leute hätten mehr Verstand, als ihre Kinder einfach so herumlaufen zu lassen. Dieser Teil unserer Mission ist völlig klar – wir müssen diesen Leuten beibringen, sich wie anständige Christen zu kleiden.«

An jeder Haltestelle des Zuges fanden sich ganze Heerscharen lächelnder Frauen und Kinder ein, die den Fahrgästen Körbe mit Früchten und gelben *Thambili*-Stücken hinhielten, eine Art Kokosnuß mit einer weichen inneren Rinde, die man auslöffeln und essen konnte.

Celia stellte fest, daß sie sich an die Namen, den Geschmack und den Geruch der verschiedenen Früchte und einheimischen Delikatessen erinnern konnte, die man ihnen durch die Fenster des Eisenbahnwaggons reichte, wann immer der Zug hielt, um Fahrgäste aus- oder einsteigen zu lassen.

Die Fahrt ging weiter, und Anthea und George überschlugen sich vor Begeisterung über die Aussicht und die sich beständig verändernde Landschaft, während der Zug sich allmählich und über Umwege den in Nebel gehüllten Hügeln näherte.

Mit jeder Meile, die sie zurücklegten, wurden Emilys Augen größer und größer, und sie war einfach sprachlos vor Aufregung, als sie durch das dunstige Tiefland mit seinen Kokospalmen und Gummibäumen fuhren. Diese Landschaft würde nach einer Weile dem feuchten Grün der in Terrassen angelegten Reisfelder weichen und dann später, wenn der Zug den blau verschleierten Bergen entgegenratterte, einem üppigen Wald von Hartholzbäumen und Palmen in allen Formen und Größen.

Anthea begann, George laut aus ihrem Reiseführer vorzulesen, wobei sie gelegentlich einen tadelnden Blick in Celias Richtung warf, die während der ganzen Zeit hartnäckiges Schweigen bewahrt hatte.

Nun schloß Celia absichtlich die Augen und wandte den Kopf von Antheas dröhnender Stimme ab; während sie ihrem Ziel näher und näher kamen, wurde Celia immer unruhiger.

Und das einzige, worüber die anderen reden konnten, war die Landschaft oder die Frage, ob sie dem mit allem Luxus ausgestatteten Speisewagen einen Besuch abstatten oder besser warten sollten, bis sie den Bahnhof am Rambukkana-Paß erreichten. Dort hätten sie eine Weile Aufenthalt, bis man eine andere, kräftigere Lokomotive hinter den Zug gespannt hätte, die die Waggons über die nächsten steilen Anhöhen schieben sollte.

Plötzlich erinnerte sich Celia an den Geschmack von

Currygerichten, von jenen wirklich pfefferscharfen, köstlichen Speisen, die sie als Kind kennengelernt hatte. Und sie erinnerte sich an die Straßenverkäufer, die verschiedene Arten von Kichererbsen oder *kadalai* feilgeboten hatten, Köstlichkeiten, die mit ganzen, roten Chilischoten gewürzt wurden – einige waren ganz weich gewesen und andere wunderbar knusprig.

Und vor allem erinnerte sie sich an die grünen, unreifen Cashewkerne, die man mit *tumeric* und ein wenig Salz in Kokosmilch kochte, bevor man sie in kleine Blätter einwikkelte.

Auch an das *muscat*, so süß und saftig und voller Mandeln und Honig.

Und natürlich waren da noch die Heuschrecken – zum Frühstück manchmal mit Eiern und immer mit scharfem *Sambol* und anderen Gewürzen, die entweder aus feingehackten rohen Zwiebeln mit Limonensaft bestanden oder aus winzigen Stückchen getrockneter Fische von den Malediven und gemahlenen Chilischoten oder einem Kokosnuß-*Sambol*, das kurz angebraten wurde und genauso scharf schmeckte.

Sie hatte inmitten der Diener auf dem Küchenfußboden gesessen und ihre Mahlzeiten mit den Fingern gegessen, ohne je das Gefühl zu haben, in irgendeiner Hinsicht anders zu sein als ihre Freunde – zumindest nicht, bis Tante Gertrude mit ihren neugierigen Augen und ihrer scharfen Zunge und ihren entsetzten Ausrufen dahergekommen war.

Gerade hatte Celia noch mit halbgeschlossenen Augen aus dem Zugfenster geschaut, als ...

Sie konnte sich an kaum etwas erinnern; da waren nur Bruchstücke, erschreckende Träume von maskierten Teufelstänzern und plötzlich aufblitzenden Lichtern, die sie blendeten, und der widerlich süße Geruch einer Art Weihrauch, der sie einzuschläfern schien ...

Und mit den blitzenden Lichtern und dem beißenden Geruch kehrte auch immer der gestaltlose Mann zurück, der so groß war und von seinem schwarzen Vorhang aus auf sie zukam, der sie anlächelte und ihr Süßigkeiten gab und sie lobte, weil sie so ein artiges, liebes kleines Mädchen gewesen war . . .

Und ganz plötzlich mußte sie entkommen – und sie rannte und rannte . . . und rannte und rannte . . . mit nackten Füßen und nur mit ihrem viel zu kleinen Baumwollkleid bekleidet, unter dem sie ebenfalls völlig nackt war.

Nein! Nein! Sie mußte fliehen – sie brauchte nur die Augen zu öffnen, dann war sie wieder in Sicherheit, war sie wieder sie selbst und nicht dieses zu Tode verängstigte kleine Mädchen, das sie nicht wiedererkannte.

»Miß! Miß? Es tut mir leid, daß ich Sie geweckt habe, aber Sie haben plötzlich wild um sich geschlagen, und ich dachte, Ihnen wäre vielleicht schlecht – Miß Celia! Ich bin's, Emily! Haben Sie wieder schlecht geträumt?«

Celia riß die Augen auf; sie spürte das gleichmäßige Schlingern des Zuges und hörte das unablässige Klickklack der Räder auf den Gleisen, und einen schrecklichen Augenblick lang dachte sie, dies sei der Traum und die Furcht des kleinen Mädchens aus ihren Träumen die Wirklichkeit.

Mit einiger Mühe setzte sie sich aufrecht hin. »Emily – o Emily . . .« Dem Himmel sei Dank für die liebe, praktische Emily. »Wo sind die anderen?«

»Sie wollten Sie nicht wecken – sie dachten, Sie seien wahrscheinlich übermüdet von den Strapazen der Reise und der Aufregung und allem. Aber Ihr Onkel sagte, wenn Sie aufwachen und Lust dazu hätten, könnten wir zu ihnen in den Speisewagen gehen, sie würden uns Plätze freihalten.« Emily zögerte und fuhr dann entschlossen fort: »Ich weiß nicht, ob sich das gehört – ich meine, wenn ich mich mit Ihnen zusammen an einen Tisch setze, obwohl ich doch nur Ihre Kammerzofe bin. Ich bin so etwas nicht gewöhnt, Miß . . .«

Wieder durchzuckte sie eine flüchtige Erinnerung. Oder war es nur etwas, das man ihr erzählt hatte?

Natürlich war Emily eine Engländerin, eine weiße Frau

im Osten. Und als solche konnte sie unmöglich auf eine Stufe mit den eingeborenen Dienstmädchen gestellt werden, genausowenig wie man zulassen durfte, daß sie mit ihnen verkehrte.

Vergiß deine Erinnerungen – lebe in der Gegenwart.

Celia lächelte Emily beruhigend zu. »Ich habe dich doch gewarnt, daß die Dinge hier unten ganz anders sind.«

»Nun, es gehört sich einfach nicht, und ich weiß nicht, ob es richtig wäre, wenn ich mit Ihnen käme, aber was ich weiß, ist, daß Sie sich unbedingt zuerst das Gesicht waschen und die Haare richten müssen. Und Sie brauchen etwas zu essen, Miß Celia, dann geht es Ihnen bestimmt gleich besser.«

Kapitel 28

Völlig unvorbereitet traf sie, als sie den Speisewagen betrat, auf Grant Hamilton, der plötzlich wieder von Kopf bis Fuß wie ein Gentleman aussah und in Gesellschaft einer atemberaubend schönen Frau mit kastanienbraunem Haar war. Die Frau schien mit ihm zu streiten, und seine gewohnt steinerne Miene zeigte, daß sie wohl auf Granit biß.

Die Frau trug ein teures modisches Reisegewand, und während sie an seinem Tisch vorbeiging, ohne von ihm oder der Frau weiter Notiz zu nehmen, schoß es Celia kurz und heiß durch den Kopf, daß sie selbst dagegen wie die reinste Vogelscheuche aussah.

Grant bemerkte die plötzliche und kaum wahrnehmbare Veränderung in ihrem Verhalten; er hatte sich auf Ärger gefaßt gemacht, als er sah, wie sie ihn und die extravagant gekleidete Adriana kurz musterte; ihre Augen schienen sich zu funkelnden goldenen Schlitzen zusammenzuziehen, als sie seinem Blick begegnete, aber sie hob lediglich das Kinn und rauschte durch den Speisewagen.

Trotzdem war die Veränderung spürbar, eine Veränderung in ihrem Gang, in der Art, wie sie sich hielt, in der Sinnlichkeit, die sie verströmte – so wild und leidenschaftlich wie der Tropensturm draußen. Und sie erschien genau in dem Augenblick, in dem das Unwetter mit Regen und Donner über sie hereinbrach. Alles – die Unterhaltung, das leise Klirren des Bestecks auf den Tellern und die Kellner, die die Bestellungen entgegennahmen –, alles schien bei ihrer Ankunft den Atem anzuhalten.

»Vielen Dank, ich möchte mich zu meinen Freunden setzen«, murmelte sie in fließendem Singhalesisch, was den unterwürfigen Kellner, der ihr entgegengeeilt war, in größte Verwirrung stürzte. »Ich sehe, an ihrem Tisch ist noch ein Platz frei.«

Wie unangenehm, daß ihre Freunde sich ausgerechnet in die Nähe von Grant Hamilton und dieser abscheulichen Frau in seiner Gesellschaft gesetzt hatten.

Ihre kupferfarbenen Augen nahmen einen eisigen Ausdruck an, bevor sie sich endlich dazu herabließ, ihn wahrzunehmen; Adriana, die man ihr als die Ehefrau des ehrenwerten Edward Branham und ehemalige Prinzessin di Alberti vorgestellt hatte, gönnte sie nur ein winziges Nikken.

Adriana beobachtete mit belustigter Faszination, wie die englische Maus sie ansah – wie ein Leopard, der seine Beute ins Auge faßte. Celia musterte sie eingehend, bevor sie lächelte, und murmelte, daß sie überglücklich sei, eine weitere enge Freundin des Stiefsohns ihrer Tante kennenzulernen.

So, dachte sie, als sie Platz nahm, er spielt mit meinesgleichen herum und sucht dann die Gesellschaft solcher Frauen – zum Teufel mit ihm. Das da war keine Dame, verheiratet oder nicht. Ihre Augen waren viel zu kühn, und ihre zarten Finger schienen hartnäckig festzuhalten, was immer sie zu fassen bekamen.

Sie war so abscheulich durchschaubar, daß Celia nicht begreifen konnte, wie sie alle, sogar Onkel Theo in seiner ganzen Harmlosigkeit, einem solchen Geschöpf zu Füßen liegen konnten.

Sogar Tante Gertrude ließ sich von Adrianas Titel einfangen, und Adriana spielte ihre Karten wirklich geschickt aus – um Grant zu beeindrucken?

Nein, er wirkte gelangweilt, und man hatte den Eindruck, daß er nur einen Millimeter davon entfernt war, ihr ausgesprochene Grobheiten zu sagen.

Diese Frau hatte irgend etwas an sich – immer wieder blickte sie aus den Augenwinkeln zu Celia hinüber, und Celia fühlte sich eindeutig unwohl.

Dann wandte sie sich an den Kellner, der darauf wartete, ihre Bestellung aufzunehmen, eine Bestellung, die sie schließlich auf singhalesisch gab – Reis und Curry, richtigen Curry, feurig-scharf, so daß er die Geschmacksnerven eines jeden versengen würde, der nicht hier geboren war.

Der Kellner protestierte; sie bestand auf ihrer Bestellung, und er ging widerwillig davon, um ihrer Bitte nachzukommen.

Als er den Teller vor sie hin stellte, atmete sie den vertrauten, herrlichen Geruch ein, und das Wasser lief ihr im Munde zusammen. Am liebsten hätte sie ihre Finger in die Reisschale gegraben, statt sich die einzelnen Bestandteile ihrer Mahlzeit wohlerzogen auf den Teller zu legen.

Aber Tante Gertrude beobachtete sie, genauso wie alle anderen auch, und so griff sie nach Löffel und Gabel und machte sich daran, das Ganze mit undamenhaftem Appetit zu verzehren.

»Was für schlechte Manieren«, hörte sie ihre Tante Onkel Theo zuflüstern. »Wirklich, mein Lieber, ich dachte, ich hätte sie besser erzogen. Eine Dame stürzt sich nicht einfach so aufs Essen. Was wird die *principessa* nur von uns denken?«

»Ich wage zu behaupten, daß sie ihr Essen mit demselben Appetit verzehrt«, flüsterte Onkel Theo zurück, womit er seine Frau augenblicklich zum Schweigen brachte.

Grant hatte indessen seinen Whiskey ausgetrunken und sah nun mit halbgeschlossenen Augen zu, wie Celia ihre Mahlzeit in Angriff nahm.

Das kleine Biest – verdammt; er konnte sich einfach nicht von ihr fernhalten. Die Widersprüchlichkeiten in ihrem Wesen und die Lebhaftigkeit ihrer Natur weckten in ihm das Verlangen, sie in all ihren Facetten zu erkunden.

Und er konnte nichts tun, nichts, nichts.

Ich kann nicht – ich will nicht ...

O ja, er hatte es gesagt, und er hatte es auch so gemeint.

Es war ganz klar, wo seine Pflicht lag, bis die verdammte Kavallerie in Gestalt seiner klugen und halsstarrigen Stiefmutter endlich auf dem Plan erschien. Bis dahin waren ihm die Hände gebunden ... Was einige der hier Anwesenden überhaupt nicht zu bemerken schienen.

Es war eine merkwürdige Gesellschaft, und noch merkwürdiger war der Umstand, daß Adriana ihm hier über den Weg gelaufen war – etwas, das sie gewiß genau geplant hatte –, obwohl ihn das nach der vergangenen Nacht einigermaßen erstaunte; aber sie tat so, als sei nichts geschehen und als seien sie jetzt Komplizen.

Es war das erste Mal, daß er nicht wußte, was er tun sollte. Was genau verlangte die Etikette von einem Mann, der eine Gegnerin sexuell gepeinigt hatte, um Informationen aus ihr herauszuholen, wenn er eben diese Frau am folgenden Morgen in seinem Eisenbahnabteil vorfand und gleich darauf der Frau begegnete, die er wirklich wollte und die die Feindseligkeit der anderen sofort spürte?

Diese Engländer in den Kolonien machten ihre eigenen Gesetze; und er ging jede Wette ein, daß sie sich stündlich änderten und daß die *principessa* bei Einbruch der Nacht seine Todfeindin sein würde.

Aber Celia spielte nicht nach diesen Regeln, und sie wußte genau, was Adriana war; außerdem war sie fuchsteufelswild, weil ihr Onkel und ihre Tante sich bei dieser Frau einschmeichelten.

Während die anderen sich weiter mit ihrem Essen und ihrem Wein beschäftigten und eifrig miteinander plauderten – wobei Adriana mit gekonnter Beiläufigkeit so viele Titel erwähnte, daß man eine ganze britische Boulevardzeitung damit hätte füllen können –, sah Celia so aus, als habe sie sich in einem Sturm verirrt und suche verzweifelt nach irgendeiner Zuflucht.

Draußen hatte sich das Unwetter gelegt, der Himmel klarte langsam auf, und wahre Wasserfälle strömten überall die Hügel hinunter, während der Zug sich langsam und mühevoll die steile Steigung hinaufquälte.

Celia schob ihren Teller und ihren Weinkelch von sich und betrachtete mit unverhohlener Skepsis ihre Familie und die *principessa*.

Sie würden noch eine Stunde unterwegs sein, wenn

nicht sogar länger; ihre Tante, die sie noch nie so erlebt hatte, machte sich mit ihrem Benehmen Adriana gegenüber eindeutig lächerlich, und Grant – nun, Grant –, der sah genauso aus wie jeder andere Dummkopf von einem Mann, nachdem er sich mit einer Geliebten hatte erwischen lassen.

Aber das war sein gutes Recht – er konnte haben, wen er wollte –, denn sie, soviel stand jedenfalls fest, wollte er nicht.

Sie spürte, wie eine flirrende Hitze ihren Körper durchlief und ihre Wangen rötete.

Diese Erinnerungen ...

Ich kann nicht ... ich will nicht ...

Ich will Sie nicht wollen.

Darauf lief es immer wieder hinaus, warum also mußte er mit seiner nächsten extravaganten Mätresse hier im selben Zug sitzen wie sie ...

... und warum regte sie sich so furchtbar darüber auf?

Sie erhob sich abrupt. »Wenn ihr mich bitte entschuldigen würdet ...?«

Falls ihre Worte zu schroff klangen, zu zornig, konnte sie nichts daran ändern. Das konnte man einfach nicht von ihr erwarten – Tante Gertrude mit ihren boshaften, einschüchternden Bemerkungen und dann auch noch Grant Hamilton in Gesellschaft dieser – dieser Hure, nur wenige Tage, nachdem er ihr sein Verlangen bekundet hatte – nur um es ihr gleich darauf zu verweigern.

Es war einfach zuviel, und das einzige, woran sie denken konnte, war ein würdevoller Rückzug und die Hoffnung, niemals wieder an einen Ort zu gelangen, an dem sie Gefahr lief, Grant Hamilton wiederzusehen.

Mühsam gelang es ihr, die Tränen zurückzuhalten und ihren Zorn zu beherrschen, obwohl Tante Gertrudes Stimme sie verfolgte, bis sie die Tür des Speisewagens hinter sich zuzog: »... muß noch lernen, wie man sich in dieser Gesellschaft benimmt. Wilhelmina scheint ihr keinerlei Manieren beigebracht zu haben ...«

Ihr Abteil war dagegen eine Oase – durchflutet von Sonne und Licht und der tröstlichen Gegenwart von Emily, die sich nun entschuldigte, um ein wenig Zitronenwasser und Tücher zu holen, um die heiße Röte auf den Wangen ihrer Herrin zu kühlen.

O Gott, ein Augenblick allein ...

Wie hatte all das nur geschehen können? Der Abend am Strand schien eine Ewigkeit her zu sein, und das naive junge Mädchen, das Gertrude um ein Haar nicht nach London hätte gehen lassen, war zu einem ganz anderen Menschen geworden. Sie war eine Frau, die noch immer einer Zukunft entgegenlief, die ihr bestimmt worden war, lange bevor sie reif genug war, um selbst ihre Entscheidung zu treffen.

Und zu der Entscheidung, die sie nun getroffen hatte, hatte sie letzten Endes nur die Notwendigkeit, einer törichten Zuneigung zu entfliehen, getrieben. Und wohin hatte sie das alles geführt? Zurück zum Anfang – zu Tante Gertrude und ihrer unfehlbaren Gewißheit, daß Ronald der einzige Mann war, der Celia jemals heiraten würde ... Bei ihrer Geschichte ...

Was für einer Geschichte eigentlich?

... und ihrem eigenen Gefühl, daß ihr Zigeunerschicksal sie genau auf den Weg zurückführen würde, von dem sie vor fast einem Jahr so bereitwillig abgewichen war.

Man konnte sie in jede Richtung lenken: Sie hätte niemals Tante Gertrudes Weisung angezweifelt, daß sie ihr Versprechen, Ronald Winwood zu heiraten, halten mußte.

Warum? Um ihn für seine Treue zu entlohnen, für die Zeit, die er in ihr Erbe investiert hatte? Weil jemand anderes versprochen hatte, daß sie ihn heiraten würde?

Und dann war plötzlich Tante Willie aufgetaucht, die sie gelehrt hatte, daß niemand sie an ein Versprechen binden konnte, das ohne ihre Zustimmung gegeben worden war.

Und dann hatte ein einziger Mann ihr Leben auf den Kopf gestellt – war sie vielleicht deshalb jetzt bereit, sich auf Gedeih und Verderb einem anderen auszuliefern?

Woher hatte Ronald gewußt, mit welchem Schiff sie in Colombo ankommen würden?

Gerade als dieser Gedanke ihr durch den Kopf schoß, hörte sie das zornige Hämmern an der Tür. Als sie kurz darauf Grants Stimme vernahm, vergaß sie ihn sofort wieder.

»Machen Sie auf, verdammt noch mal.«

»Gehen Sie weg.« Gut, das klang stark und herrisch.

»Verdammt, Celia, machen Sie die Tür auf!«

»Ich glaube nicht.« Sie war nicht stark genug, um ihm gegenüberzutreten, wirklich nicht.

»Dann werde ich die Tür aufbrechen.«

Sie holte tief Luft. »Das würde mich nicht wundern.«

»Verstehen Sie mich nicht falsch, Celia – ich tue es wirklich.«

»Ich habe keine Angst.« Aber sie zitterte am ganzen Leib.

»Gehen Sie von der Tür weg.«

Sie hörte, wie er ein paar Schritte zurücktrat.

»Eins!« *Rums* – die Tür gab ein klein wenig nach.

»Zwei!« *Rums* – die Tür öffnete sich einen Spalt, aber das Schloß hielt.

Plötzlich schoß es ihr durch den Kopf, daß sie den Schaden, den Grant verursachen würde, später begleichen mußte, und sie gab nach. »Schon gut – hören Sie auf –«

Sie öffnete die Tür, und da stand er vor ihr, voller Zorn.

Er stolzierte in ihr Abteil und sah aus, als würde er am liebsten jemanden umbringen – irgend jemanden –, sie.

»Nun, Grant«, murmelte sie. Wirklich, er sah so wild aus, daß sie in ihren Stiefeln zitterte, und sie staunte darüber, daß ihre Stimme so ruhig klang. »Hat die *principessa* Ihnen die Erlaubnis gegeben, ihren Hof zu verlassen?«

»Verflucht ...«

Das Abteil war zu eng, geradezu erstickend eng.

»Was wollen Sie, Grant?«

»Was ich will – was ich will? Sie brauchen einen Wächter, Sie sind gefährlich; und Sie haben nicht den geringsten Anstand.«

Das ging zu weit. »Ich? Ich? Ich bitte um Entschuldigung, Mr. Hamilton, aber wer spreizt da vor diesem Miststück von einer Frau das Gefieder und bringt sie aus weiß Gott was für Gründen an weiß Gott was für einen Ort, nachdem er sich geweigert hat, mir ... mir ... Nun, es paßt alles zusammen, ob es nun im Landhaus von Harville geschehen ist oder mitten im Nirgendwo auf Ceylon. Sie beweisen mit Ihrem unaussprechlich schlechten Geschmack nur wieder einmal, daß eine Frau besser damit fährt, unanständig zu sein statt ehrlich. Glauben Sie mir, ich werde diese Lektion, die ich mit solcher Mühe gelernt habe, nutzen, um ...«

»Halten Sie den Mund«, knurrte er, gerade als der Zug um eine Kurve fuhr und in die Finsternis eines unerwarteten Tunnels hineinglitt.

Sie hielt den Atem an, als sie plötzlich von tiefer, schwarzer Finsternis eingehüllt waren, die wie eine Vorstufe zur Hölle selbst erschien, vor allem, als noch das ohrenbetäubende Heulen der Pfeife des Zuges hinzukam, der auf den schmalen Gleisen, die der Zugführer unmöglich sehen konnte, immer schneller wurde.

»Celia ...«

Sie hörte seine Stimme; sie spürte, wie seine Arme sie umfingen, und konnte nicht – wollte nicht? – gegen ihn kämpfen.

»Nicht ...« Es war nur ein winziges Flüstern.

»O doch.« Er brachte ihren Protest mit seinem Kuß zum Schweigen – nein, es war ein Angriff auf ihre Sinne –, hart, widerstrebend, überwältigend, der an Wucht gewann durch das Rattern der Räder, den Geruch des Kohlenrauchs, der durch das Fenster in ihr Abteil wehte, die Enge des Tunnels und das Drängen seines Körpers.

»Du kannst nicht ... du willst nicht ...«, zischte sie unendlich befriedigt darüber, daß sie ihm diese schmerzenden Worte ins Gesicht schleudern konnte, gerade in dem Augenblick, in dem er sie so sehr begehrte, daß sie seinen Körper zittern spüren konnte.

»Zigeunerhexe«, knurrte er nur einen Millimeter von ihren nachgiebigen Lippen entfernt, bevor er sie wieder in einen Taumel der Leidenschaft hineinriß, der ihr beinahe die Sinne raubte.

Sie versuchte, ihn von sich zu drücken, nicht wahr? Ihre Arme stemmten sich gegen seine Schultern; ihre Knochen fühlten sich an, als würden sie jeden Augenblick zerschmelzen, als er sich abermals ihres Mundes bemächtigte, so absolut und intim, wie er sich gern ihres ganzen Körpers bemächtigt hätte.

Dieser endlose Kuß, feucht und warm, voller Versprechen, voller Begehren, voller Verlangen und explosiver Leidenschaft . . .

Und dann – plötzlich – fiel wieder Licht durch das Fenster, und beinahe gleichzeitig waren da auch schon ihre Tante, ihr Onkel, Anthea, George und die hassenswerte *principessa*, die in ihr Abteil eindrangen.

Grant ließ Celia so abrupt los, daß Celia beinahe gegen die hochmütige Adriana getaumelt wäre, und sie hielt sich an Onkel Theo fest, dessen Gesicht ungewöhnlich gerötet war, als hätte er zuviel Portwein getrunken.

Er tätschelte ihre Hand. »Nun, nun, mein Kind – wir haben gesehen, daß die Tür offenstand, und wollten feststellen, ob alles in Ordnung ist.«

Sie warf Grant einen zornigen Blick zu. »Mir geht es gut«, sagte sie spitz, »einfach bestens. Mr. Hamilton dachte, er hätte mir etwas Wichtiges mitzuteilen . . .« Sie lächelte ihr Zigeunerkatzenlächeln, und in ihren Augen glitzerte pure Bosheit. »Aber es hat sich herausgestellt, daß es überhaupt nicht wichtig war.«

Ronald Winwood war zu der Ansicht gelangt, daß es günstiger sein könnte, seine Verlobte und ihre Freunde am Bahnhof von Peradeniya abzuholen, statt in Candy auf sie zu warten. Auf diese Weise konnte er sich den Anschein geben, als könne er es nach der nur viertägigen Trennung von Celia gar nicht mehr erwarten, sie wiederzusehen.

Zu diesem Entschluß war er in der vergangenen Nacht gekommen – während Sujatha seinen Körper mit ihren parfümierten Ölen eingerieben hatte. Er durfte auf keinen Fall noch mehr Zeit verschwenden.

Er mußte sie auf der Stelle heiraten, so daß die Plantage Marianna, die er immer als sein Eigentum betrachtet hatte, ihm endlich auch nach dem Gesetz gehörte.

Und dann, was für ein wunderbarer Gedanke, konnte er endlich all diese herrlich lukrativen Angebote für die Plantage prüfen und sich ein und für allemal seine Freiheit kaufen.

Er konnte nicht zulassen, daß Celia ihm irgendwie im Weg stand.

Er würde niemandem erlauben, ihm im Weg zu stehen – nicht einmal seiner hübschen, treu ergebenen Sujatha, für die er die Art von Zuneigung empfand, die einen vielleicht mit einer treuen Hündin verbinden konnte, die jederzeit mit Freuden bereit wäre, für ihren Herrn ihr Leben zu lassen.

Natürlich hatte Sujatha durchaus ihre Vorteile; ihr Zorn über seine bevorstehende Hochzeit mit Celia ließ sich durchaus nutzbringend einsetzen, und er war ganz sicher, daß sie sich mit ihrem Wissen über die Zaubersprüche der Eingeborenen und ihre schleichenden Gifte darum kümmern würde, daß seine junge Frau krank wurde und starb oder einen ähnlich unglücklichen Unfall hatte wie ihre Mutter.

Und wenn das geschah, nun, dann würde die arme Sujatha eben die Konsequenzen tragen müssen; da er ein Engländer war und sie nichts weiter als eine Eingeborene, würden die Behörden keine Sekunde an seinem Wort zweifeln.

Die Dinge hätten also gar nicht besser sein können. Wenn er Sujatha verlor, blieb ihm immer noch Adriana, und wenn seine Pläne sich wie erhofft entwickelten, würden ihm Heerscharen von raffinierten, erfahrenen Frauen zu Füßen liegen, sobald er erst in die Zivilisation zurückkehrte.

Er schüttelte seine Tagträume ab, denn langsam füllte sich der Bahnsteig – Fahrgäste, die eine Passage auf der Matale-Linie gebucht hatten; ein paar Frauen mit kreischenden Bälgern, die sich an ihre Röcke klammerten und zweifellos nach Nuwara Eliya wollten, wo das Klima erträglicher war. Und dann noch die gewohnte Schar von Sinna Dorais und livrierten Dienern, die auf Neuankömmlinge aus Colombo warteten.

Der verfluchte Zug kam natürlich zu spät.

Gerade als er seine goldene Uhr wieder in die Tasche steckte, fiel sein Blick auf Dougal Drummond, dessen lokkiges, rotes Haar völlig zerzaust war, als er nun in aller Eile die Treppe zum Büro des Bahnhofsvorstehers hinauflief.

Ronald zupfte nachdenklich an seinem goldenen Schnurrbart. Der Mann verließ seine Plantage sonst so gut wie nie, also mußte irgend etwas im Busch sein.

Vielleicht würde sich seine plötzliche Eingebung, Celia am Bahnhof Peradeniya abzuholen, doch noch als Glücksfall erweisen.

Die Straßenverkäufer mit ihren Kichererbsen und Bonbons hatten sich bereits bis an den äußersten Rand der Plattform gedrängelt und hockten jetzt mit überkreuzten Beinen und sorgfältig ausgebreiteten Waren auf den Steinen. Bisher waren sie noch vollauf damit beschäftigt, den Ansturm der allgegenwärtigen Fliegen abzuwehren.

Im Hintergrund standen die Zigeuner, die *ahikuntakayo* – mit ihren grellen Kleidern und ihrer seltsamen Sprache, die eine Mischung aus beinahe allen Dialekten der Menschheit zu sein schien.

Die Zigeuner kamen und gingen wie die Jahreszeiten. Sie weissagten den Leuten die Zukunft, schlugen ihre Tambourins, tanzten ihre wilden Tänze; sie waren Musiker, Schlangenbeschwörer und Kesselflicker in einem.

Sogar die Kattadiyas schienen einen gesunden Respekt vor ihnen und ihrer ganz besonderen Macht über die Elemente zu haben.

»Winwood.« Dougal nickte ihm kurz zu.

»Hm, Drummond, Monerakande, nicht wahr? Erwarten Sie jemanden, der mit dem Zug aus Colombo kommt?«

»Jawohl«, erwiderte Drummond wortkarg, als ein plötzlicher Windstoß die Ecke eines Plakates losriß, das an der verwitterten Backsteinmauer neben ihnen hing.

Automatisch streckte er die Hand aus, um das Blatt wieder an die Mauer zu drücken, wobei er die Mitteilung darauf automatisch las.

BELOHNUNG AUSGESETZT
FÜR DIE GEFANGENNAHME ODER ERLEGUNG
EINES BÖSARTIGEN EINZELGÄNGERELEFANTEN

Es folgte eine Beschreibung des Elefanten und seines möglichen Aufenthaltsorts, und beide Männer nahmen die Mitteilung mit einigem Interesse zur Kenntnis.

»Eine echte Herausforderung für einen ganzen Mann«, sagte Ronald nachdenklich. »Dieser Elefant scheint einer von der schlimmsten Sorte zu sein.«

»Ziemlich klug – für ein Tier«, bemerkte Dougal. »Man hat ihn bisher nicht in eine Falle locken können. Und er hat schon drei Menschen auf dem Gewissen. Wirklich eine Herausforderung . . .«

»Man sollte ihn wirklich mal aufs Korn nehmen – was sagen Sie dazu, Drummond? Ich kann seine Stoßzähne direkt vor mir sehen, wie sie auf der Plantage am Kamin prangen.«

»Auf die Idee kommen sicher noch andere«, entgegnete Dougal trocken. »Aber Sie haben schon recht. Ich würde es tatsächlich selbst gern mal versuchen, nur kann ich leider die Zeit nicht erübrigen. Außerdem habe ich auch nicht das richtige Gewehr für so etwas. Aber ich wüßte jemanden, der eins hat.«

Ronald versteifte sich. Von wem sonst konnte Dougal reden, wenn nicht von Grant Hamilton? dachte er zornig; verdammt, er konnte den Namen dieses unverschämten

Amerikaners einfach nicht mehr hören. Wofür hielt sich der Kerl eigentlich? Offensichtlich mußte ihn endlich einmal jemand ein und für allemal an seinen Platz verweisen, und eine Elefantenjagd wäre da genau das richtige.

Ronald mußte sich zwingen, nicht die Geduld zu verlieren – nur noch ein kleines Weilchen, dann würde der Zug ankommen. Zuerst brauchte er ein wenig Zeit allein mit Celia, ohne all diese verfluchten Bewacher, die sie umringten.

Vielleicht würde er ihr einen kleinen Ausflug vorschlagen – und vielleicht konnte er sie allein in den Botanischen Garten von Peradeniya lotsen. Es kam oft vor, daß sich irgendwelche Leute auf den gewundenen Wegen verirrten, die durch die verschiedenen Blumen und Gewürzgärten führten, in denen es auch einige schöne Exemplare des Kokastrauches gab.

Ah, das Produkt dieses so harmlos wirkenden Kokastrauches! Wie es die Gefühle entfachen und anheizen konnte – und wie es die Gedanken eines Mannes zu klären vermochte!

Eddie Branham und Adriana schienen immer jede Menge Kokain zu haben, ob nun in Form von Pulver oder in Form von Kristallen, die man mit Tabak mischte und in einer Pfeife rauchte; aber ihm war es am liebsten, er konnte sich das Kokain direkt mit einer Spritze injizieren.

Gott, wie stark er sich dann fühlte – wie allwissend und allmächtig!

Er wünschte, er hätte jetzt etwas bei sich, damit er die unvermeidlichen Formalitäten leichter hinter sich bringen konnte, die er ertragen mußte, sobald der Zug im Bahnhof einlief. Gott sei Dank würde in Peradeniya ein kleines Päckchen auf ihn warten; das würde reichen, um ihn über die nächsten Wochen zu bringen.

Er hatte seinem Freund Desmond im Gegenzug dafür eine Nacht mit Sujatha versprochen – und da ein Gentleman seine Schulden zu begleichen pflegte, würde er, verdammt noch mal, dafür sorgen, daß Sujatha gehorchte –, vor allem, solange er damit beschäftigt war, Celia an die Kandare zu nehmen.

Emily folgte ihrer Herrin aus dem einigermaßen kühlen Eisenbahnwaggon auf den Bahnsteig und hinaus in das jähe, gleißende Sonnenlicht.

Sie blinzelte in das strahlendweiße Licht, das sich in dem zerzausten roten Schopf eines jungen Mannes widerzuspiegeln schien, der wie angewurzelt dastand und sie anstarrte, als sei sie eine Art Erscheinung.

Sie blinzelte noch einmal – und sah in seine ernsten blauen Augen, die direkt in die ihren schauten; er schien ihr bis ins Herz sehen zu können, und sie errötete heftig.

Er war keineswegs besonders hübsch oder irgend etwas sonst; aber trotz seiner zerknitterten Kleider und seines wirren Haars schien er ein Gentleman zu sein, und er hatte Sommersprossen genau wie sie, und noch nie in ihrem Leben hatte sie derart leuchtendrotes Haar bei einem Mann gesehen.

Sein Mund hatte einen kämpferischen Zug, der ein hohes Maß an Sturheit ahnen ließ, etwas, das sie ein wenig verunsicherte, genauso wie die Tatsache, daß sie sich plötzlich gehemmt und sogar ein wenig verlegen fühlte unter seinem brennenden Blick.

Ihre Knie wurden schwach – und das ihr, die sie glaubte, alles über die Männer zu wissen, diese Bastarde, die ein Mädchen mit ihrem Lächeln und ihren Lügen und ihren Versprechungen ausnutzten, wo sie nur konnten.

Die Fahrgäste strömten aus dem Zug auf den Bahnsteig; die meisten waren ein wenig ungeduldig, weil sie nun zu spät zu ihren verschiedenen Zielen gelangen würden, aber Emily stand einfach nur da, ohne den Lärm oder die Menschenmenge überhaupt wahrzunehmen. Sie umklammerte lediglich ihr Köfferchen und dachte darüber nach, wie heiß und verschwitzt und klebrig sie sich fühlte. Und sie wünschte sich nichts sehnlicher, als daß er endlich den Blick von ihr abwenden würde.

Vielleicht wußte er nicht, daß sie die Kammerzofe einer Dame war – und warum um alles in der Welt bahnte er sich nun auch noch durch die ganze Menschenmenge auf dem Bahnsteig hindurch einen Weg zu ihr herüber?

Sie wußte nicht recht, was als nächstes geschah; vielleicht war es die Hitze oder das blendende Leuchten der Sonne oder die dünnere Luft – aber plötzlich wurde ihr schwindlig, und sie taumelte und wurde von den sanftesten Männerhänden aufgefangen ...

... Mr. Hamilton, dessen Stimme ganz in der Nähe ihres Ohres losdröhnte: »Hier, Sie müssen sich irgendwo in den Schatten setzen. Dougal! Helfen Sie einem Fräulein in Nöten. Miß Emily hat sich noch nicht an das tropische Klima gewöhnt.«

Oh, wie sie es genoß, daß man sie plötzlich wie ein kostbares Porzellanpüppchen behandelte, ganz so, als sei sie eine richtige Dame; und der Mann mit den herrlich blauen Augen eilte so schnell, so entschlossen an ihre Seite – oh, sie würde in dem Blick dieser blauen Augen ertrinken ... Nein, sie war bereits darin ertrunken und hatte nicht die leiseste Ahnung, wie man mit so etwas fertig wurde.

Kapitel 29

Ronald Winwood war von Anfang an übelster Laune gewesen, und seine Stimmung verschlechterte sich noch, als er Adriana sah, die mit katzenhaftem Lächeln aus dem Zug stieg und sich an den Arm des steifen, würdigen Bischofs klammerte.

Was zum Teufel hatte sie vor?

Mit einem gezwungenen Lächeln trat er vor, um den Bischof zu begrüßen.

»Und wo ist Celia?«

»Direkt hinter uns natürlich. Sie hilft Gertrude und kümmert sich um unser Gepäck. Ah, da bist du ja, meine Liebe . . .«

Sie stand plötzlich hinter dem Bischof, und Ronald erschrak über das Selbstbewußtsein, das sie ausstrahlte, auch wenn sie aussah wie einer der Meßdiener ihres Onkels; welcher halbwegs vernünftige Mensch würde sich bei dieser Hitze in so ein hochgeschlossenes Kleid zwängen?

Verdammt, er konnte es gar nicht mehr erwarten, Celia die puritanische Bluse und den schweren Rock vom Leib zu reißen und sie draußen an einen Baum zu fesseln, bis sie ein wenig Farbe bekam – auf die eine oder andere Weise.

Und wenn das nicht funktionieren sollte, war er sicher, daß Sujatha nur allzu gern bereit sein würde, sie zu schlagen, bis das kleine Miststück am ganzen Körper rote Striemen hatte.

Das würde sie wohl ein für allemal zur Räson bringen.

Und falls ihr der Gedanke, daß sie die Besitzerin der Plantage war, zu Kopf steigen sollte, würde er sie mit Freuden an gewisse Dinge aus ihrer Kindheit erinnern, von denen sie bestimmt nicht wollte, daß sie ihren neuen feinen Bekannten aus der besseren Gesellschaft zu Ohren kamen.

Trotzdem mußte er sich bei ihrer Tante und ihrem Onkel lieb Kind machen, etwas, das ihn ungeheure Geduld kostete und ihn ausgesprochen wütend machte, denn Celia stand mit hochmütigem Gesicht daneben, als würde sie ihn am liebsten gar nicht zur Kenntnis nehmen.

In Wirklichkeit war sie nur wieder einmal vollkommen verwirrt. Die Bilder und Geräusche, die Gerüche, die ihr aus ihrer Kindheit vertraut waren, lösten seltsame und verwirrende Gedanken aus, die ihr wild durch den Kopf zu schießen schienen; sie nahm nichts von den Gesprächen der anderen wahr, bis Antheas schnippische Stimme den dichten Nebel durchdrang, der ihre Erinnerungen einhüllte.

»Du wirst deine kleine Kammerzofe wahrscheinlich an diesen rothaarigen jungen Mann mit den Sommersprossen im Gesicht verlieren. Soll ich dir ein passendes Mädchen suchen, das ihre Stelle einnehmen kann – natürlich müßte es ein Mädchen sein, das bei den Missionaren erzogen und ausgebildet worden ist. Ich hörte, es gibt hier eine recht gute Schule, in der den Dorfmädchen beigebracht wird, was man für den Haushalt wissen muß. Und sie sprechen natürlich alle Englisch ...«

Anthea hielt inne; es war ihr nicht entgangen, daß Celia immer unhöflicher wurde und keinen Hehl daraus machte, daß sie kaum zuhörte.

Verdrossen fuhr sie fort: »Um Himmels willen, Celia! Na schön, es ist ja egal, was aus Emily wird, aber du könntest wenigstens deinen Verlobten begrüßen. Diese *Frau* sieht aus, als würde sie am liebsten ihre Krallen an ihm wetzen ...

Celia! Interessiert dich das denn gar nicht? Also wirklich, ich verstehe dich überhaupt nicht mehr! Ist es nur die Rückkehr nach Ceylon, die dich so mitnimmt, oder ...

Celia, *versuche* doch wenigstens, dich mir anzuvertrauen. George und ich haben dich schrecklich gern – und wir machen uns Sorgen um dich. Ich könnte dir vielleicht helfen. Du warst in letzter Zeit ja nicht mehr du selbst – geht es dir nicht gut?«

Doch, es geht mir gut. Ich begreife selbst nicht, was mit mir los ist – und Ronald –, ich könnte es nicht ertragen, wenn ...

Aber genau das tat er. Er ließ Onkel Theo im Kreis seiner Bewunderer stehen und kam zu ihr, um ihr einen schweißfeuchten Kuß auf die Wange zu drücken.

»Da bist du also endlich, meine Liebe. War die Reise sehr schlimm?«

Sie konnte ihn nicht einmal ansehen. »Erträglich«, stieß sie hervor, während ihr Blick über seine Schulter zu Grant hinüberwanderte, der die Verladung seiner langen Gewehrfutterale auf die Kutsche überwachte, mit der er fahren würde – wohin?

Dann gelang es ihr, sich wieder auf Ronald zu konzentrieren. »Wie nett, daß du uns hier abholst.« Was sollte sie ihm sagen? Wieder einmal war er ein Fremder für sie – und dabei hatte er Colombo erst vor vier Tagen verlassen.

»Ronny, mein Lieber ...« Adriana tauchte neben Ronald auf und legte ihre habgierigen kleinen Krallen auf seinen Arm. »Wir hatten eine überaus interessante Reise, die Familie deiner kleinen Verlobten und ich. Was für charmante Leute. Man glaubt es kaum, daß man es mit einem Geistlichen zu tun hat. Ihr Onkel Theo, meine Liebe – wirklich ein wunderbarer Mann!«

Oh, ich gehe jede Wette ein, daß Sie jeden Mann für wunderbar halten, dachte Celia gereizt. Sie würde kein Wort mehr sagen als unbedingt notwendig – was ihr nicht weiter schwerfiel, denn Adriana riß das Gespräch entschlossen an sich.

»O Ronny«, sagte sie nun vorwurfsvoll, »du hast Celia wohl nie erzählt, daß wir uns kennen? Wie nachlässig von dir. Natürlich, ich habe auch nicht daran gedacht, es zu erwähnen. Aber ich bin mir sicher ...«, sie sah Celia vielsagend an, »wir werden einander sehr, sehr gut kennenlernen. Ah, da hinten kommt mein Fahrer. Also dann bis bald, meine Liebe.«

Mit diesen Worten ging sie zu Grant hinüber und platzte in dessen Gespräch mit Dougal Drummond; ihre volltönende Stimme drang bis zu Celia hinüber.

»Ah, ein bösartiger Elefant – was für eine Herausforderung für Männer wie euch. Ich habe gerade von den ungewöhnlichen Gewehren gehört, die Sie aus Amerika mitgebracht haben, Mr. Hamilton. Wir haben hier ja so viel über den Wilden Westen gelesen«, fügte sie an Dougal Drummond gewandt hinzu und ließ ihre lang bewimperten Augen von einem Mann zum anderen wandern, bevor sie Ronald einen letzten kühnen Blick über die Schulter zuwarf.

Sie genoß die gespannte Atmosphäre, die sie schuf, dachte Celia. Diese Frau genoß Intrigen und Gefahr. Und die Atmosphäre zwischen ihr und Ronald war eindeutig von ungezählten Untertönen durchsetzt. Celia wußte nicht, ob sie Adriana hassen oder über ihre Existenz erleichtert sein sollte.

Eines war jedoch klar – Dougal Drummond hatte eine ernste Zuneigung zu Emily gefaßt, genau wie Anthea gesagt hatte. Wer hätte gedacht, daß ausgerechnet Emily an diesem unmöglichsten aller Orte die Liebe finden würde – auf einem Bahnhof im heißen, feuchten Binnenland Ceylons?

Wieder einmal sollten sie in einem Hotel übernachten, bevor sie die nächste Etappe ihrer Reise antraten; hier in Peradeniya bestand Ronald plötzlich darauf, daß sie sich die botanischen Gärten ansah, bevor sie zu Celias Plantage weiterfuhren. Die Wahrheit war allerdings, daß Tante Gertrude und alle anderen müde von der Reise waren, und daher waren auch alle froh, ein oder zwei Tage ausruhen zu können.

Am nächsten Morgen, als ihre Kutschen über die von Bäumen gesäumten Straßen auf die berühmten Gärten zuholperten, tat Celia ihr möglichstes, freundlich zu Ronald, der neben ihr saß, zu sein. Aber das einzige, woran sie denken konnte, waren Grant Hamilton und dieses Katzenweib, die *principessa*, und die Frage, ob er die Unterbrechung seiner Reise benutzen würde, um mit ihr zu schlafen.

Daher hörte sie kaum, was Ronald sagte – irgendwie ging es wohl darum, daß sie sich allein im Farngarten treffen sollten, weil sie einander doch so viel zu erzählen hätten.

Sie spürte, wie er nach ihrer Hand griff, die sie unter ihrem weiten Rock versteckt hatte, und zuckte zusammen; seine Hand war heiß und verschwitzt, und instinktiv zog sie die ihre zurück.

»Hier ist eine Karte, meine Liebe, mit den notwendigen Hinweisen; du mußt dich genau daran halten. Ich könnte es nicht ertragen, wenn du dich verirren würdest.«

»Das wird schon nicht passieren«, murmelte sie, während sie noch versuchte zu begreifen, was er mit seiner Bitte eigentlich bezweckte. Was konnte er ihr schon sagen wollen, das nicht Zeit gehabt hätte, bis sie die Plantage Marianna erreichten?

Aber schließlich war es ja Ronald, ihr Kindheitsidol. Warum fühlte sie sich nur so unwohl in seiner Gegenwart?

»In einer Stunde, mein Liebling. Ich weiß, du wirst einen Weg finden, deine Tante und deinen Onkel abzuschütteln, damit wir ein wenig Zeit für uns haben.«

»Ich werde es versuchen«, sagte sie mit einem auffälligen Mangel an Begeisterung. »Aber warum reden wir nicht gleich jetzt?« *Warum bringen wir's nicht hinter uns?* fragte sie sich.

»Ich habe eine Verabredung mit dem stellvertretenden Direktor hier, weil ich mir eine neue, krankheitsresistente Teesorte ansehen möchte«, erwiderte er glatt. »Sie ist schon fast soweit, daß man sie anpflanzen kann, aber ich komme so selten nach Peradeniya, daß ich dachte, ich sollte die Gelegenheit nutzen . . .«

»Das verstehe ich natürlich«, sagte sie. Sie verstand zwar überhaupt nichts, aber als er sie zu den anderen zurückbrachte, stand eines für sie fest: Sie würde dafür sorgen, daß Emily – und vielleicht auch der überaus aufmerksame Dougal – sie in den Farngarten begleiteten.

Am Eingang der Gärten stand ein malerisches kleines Pförtnerhaus, wo man die ganze Gesellschaft vorsorglich mit Karten ausstattete, falls einer von ihnen beschließen sollte, von den gekennzeichneten Wegen abzuzweigen, um die herrlichen Pflanzen näher zu erkunden, die man von den Hauptwegen aus nicht sehen konnte.

Jeder schien eine andere Richtung einschlagen und andere Dinge ansehen zu wollen. George und Anthea wollten sich über die eßbaren Früchte und Gemüsesorten informieren, die in der fruchtbaren Erde dieses Inselparadieses wild wuchsen. Ronald begab sich zu seinem Freund, dem Direktor. Dougal bot sich Celia als Führer an, und als sie ihn bat, sie in den Farngarten zu bringen, fragte er sie, ob sie etwas dagegen hätte, wenn er Miß Emily kurz den Rosengarten zeigen würde, der direkt daneben lag.

Als Celia sich nun abwandte, um dem Pfad zu folgen, der zum Farngarten führte, bemerkte sie, daß eine andere Kutsche vorfuhr – und plötzlich war auch Onkel Theo wieder zur Stelle, um sich nach Kräften zum Narren zu machen, indem er diesem *Principessa*-Geschöpf aus der Kutsche half, als sei sie aus Porzellan.

Von Tante Gertrude war weit und breit nichts zu sehen.

Er sollte eine Knoblauchzwiebel um den Hals tragen, dachte Celia gehässig. *Diese Hexe ist mindestens genauso blutdurstig wie ein Vampir.*

Dann kehrte sie dem ekelerregenden Anblick ihres Onkels, der immer noch um die *principessa* herumscharwenzelte, den Rücken und ging an einem kleinen Flüßchen entlang, an dessen Ufern alle möglichen Arten von Farnen und Moosen wuchsen.

Hohe, mit üppig blühenden, parasitischen Ranken bedeckte Bäume überschatteten alles und warfen ein verschlungenes Muster von Sonne und Schatten auf die Wege; Bienen und bunte Schmetterlinge flogen von Busch zu Busch, und hier und da luden rustikale Bänke den müden Wanderer ein, sich niederzusetzen und die Aussicht zu genießen.

Etwas an diesem ruhigen, sonnendurchfluteten, grünen Nebel, der sie einhüllte, erinnerte sie an ihre Mutter, beinahe so, als sei sie in die Vergangenheit zurückgekehrt.

Zum erstenmal seit Jahren kam ihr der qualvolle Gedanke, wie die prächtige Marianna sich wohl gefühlt haben mochte, nachdem man sie aus ihrem fröhlichen, freien Leben herausgerissen und in die tiefe Einsamkeit gestürzt hatte, die das Los einer jeden Pflanzersfrau war.

Einen winzigen Augenblick lang spürte Celia die schreckliche Bürde, die sich auf die schmalen Schultern ihrer ahnungslosen, schönen Mutter herabgesenkt hatte.

Marianna, Marianna, du bist ein Teil von mir, und ich bin ein Teil von dir ... Warum kann ich deine Nähe hier so deutlich spüren?

Sie schüttelte ihre seltsamen Gefühle ab. Die Vergangenheit konnte mit ihrer Gegenwart und ihrer Zukunft nichts mehr zu tun haben.

Sie mußte ab jetzt nur noch an sich selbst denken, und sie hatte eine wichtige Entscheidung zu treffen: ob sie ihr Versprechen, Ronald zu heiraten, halten würde oder nicht.

Oder waren die Gedanken an ihre Mutter eine Art Warnung?

Diese Vorstellung war einfach zu fantastisch, zu unrealistisch, selbst für sie; sie sollte lieber die Tatsache genießen, daß es hier vergleichsweise kühl war, aber das plätschernde Geräusch des dahinfließenden Wassers schien sie beinahe zu hypnotisieren.

Wie leicht man hier einschlafen konnte, zusammengerollt auf einer dieser einladenden Holzbänke.

Ungeduldig zog sie sich den Hut vom Kopf.

Als Kind hatte sie fast nichts am Leibe gehabt, nur ein einziges, lockeres Kleidchen, wie es die Dorfmädchen trugen – oder einen

Sarong ... camboy *nannte man ihn hier –, und darüber ein winziges weißes Baumwollblüschen, das ihre Taille freiließ ...*

Genau wie bei Cora ...

Plötzlich spürte sie, wie eine eisige Kühle sich ihres Körpers bemächtigte.

Warum durchzuckte sie immer wieder der Gedanke an diese Cora?

Sie haßte diese plötzlichen bruchstückhaften Erinnerungen, die ihr wie Blitze durch den Kopf schossen, so daß sie niemals irgendwelche Details zu sehen bekam.

Es waren nur schwarze, klaffende Löcher. Und Dinge, an die sie sich beinahe erinnern konnte, wenn sie sich in diesem Zustand zwischen Wachen und Schlafen befand. Aber dann senkte sich gleich wieder der Nebel herab, und woran sie sich auch um ein Haar erinnert hätte, verschwand hinter einer dichten Mauer, die sie dann nicht mehr durchdringen konnte.

O gütiger Gott, trotz der wunderschönen Landschaft, die sie umgab, wurde ihr plötzlich kalt vor Angst.

Sie fühlte sich hilflos und eingeengt, als trüge sie eine Zwangsjacke.

Vielleicht hatte ja auch die Sonne ihren Verstand getrübt; sie dachte darüber nach, wie es wohl sein mußte, eines der plätschernden Flüßchen hinunterzutreiben, die in den Mahawelifluß und anschließend ins Meer mündeten. Wie Ophelia.

Plötzlich sehnte sie sich nach Emily. Selbst Ronald wäre ihr in diesem Augenblick willkommen gewesen.

Sie hatte das Gefühl, als würde sie unter dem gestärkten Spitzenkragen, der ihren Hals umschloß und ihr bis ans Kinn reichte, ersticken.

Wenn sie nur einen – oder zwei – der Knöpfe öffnete, könnte sie vielleicht wieder atmen.

Und dann spürte sie, wie zwei harte Arme sich um ihre Taille legten und sie rücklings an ihren Körper preßten, der genauso hart und unnachgiebig war.

Nicht er! Bitte, lieber Gott, nicht er!

Sie konnte nicht genug Kraft aufbringen, um gegen ihn anzukämpfen. Vielleicht war es ja unvermeidlich. Glaubte sie nicht selbst daran, daß einige Dinge unvermeidlich waren, oder war das etwas, das sie sich nur eingebildet hatte, um ihr unverzeihliches Benehmen Grant Hamilton gegenüber zu rechtfertigen, sobald er sie mit seinen langen, sonnengebräunten Fingern berührte?

Er hatte keinerlei Geduld mit ihren Kleidern; er öffnete einen winzigen Perlknopf und riß dann die übrigen ungeduldig auf, um ihre Bluse bis zur Taille zu öffnen.

Aber darunter trug sie, wie um ihm Einhalt zu gebieten, ein dünnes Mieder, das mit rosafarbenen Schleifen zusammengehalten wurde, und er stieß einen leisen spanischen Fluch aus.

Es spielte keine Rolle. Grant Hamilton beherrschte sämtliche Künste der Liebe; er brauchte nur ihre empfindlichen Brustwarzen mit einem Finger zu berühren – zuerst die eine und dann die andere –, und sie wurde beinahe ohnmächtig von dem heißen Verlangen, das er in ihr weckte.

Nur ein sanftes Streicheln über den zarten Stoff ihres schützenden Mieders; woher wußte der elende Kerl so genau, wie und wo er sie berühren mußte, um sie in einen besinnungslosen Taumel zu stürzen, der in ihr nur den einzigen Wunsch weckte, daß er sie wieder und wieder berühren möge – vielleicht sogar an noch intimeren Stellen . . .?

Wie sollte eine Frau jemals wissen . . .? Dies war das wollüstige Frohlocken, das alles in Frage stellte und die Frauen dazu trieb, sich zu unterwerfen – hierfür würde sogar sie sich unterwerfen –, nur um diese Gefühle zu erleben, den Ansturm dieser köstlichen Lust, den kein anderer Mann entfesseln konnte.

Und ausnahmsweise dachte sie einmal nicht an die Zweischneidigkeit ihrer Natur. Sie war sie selbst, Celia, die sich Gefühlen hingab, von denen sie bisher nicht einmal geträumt hatte – und gegen die anzukämpfen ihr niemals gelingen würde.

Dafür war sie geboren, danach sehnte sie sich – ihr Körper wußte es, und sie drängte Grant in heißem Begehren entgegen, während er ihr leise, einschmeichelnde Worte der Liebe ins Ohr flüsterte.

Jedes Gefühl trennte sie und verband sie gleichzeitig; sie spürte das Heben und Senken seiner Brust an ihrem Rücken und die erschreckende Härte seiner männlichen Erregung, die gegen ihren weichen Leib drängte.

»Zigeunerhexe – mit deinen verfluchten kupferfarbenen Augen – ich kann einfach nicht die Finger von dir lassen . . .«

Allmächtiger, wie warm sein Atem über ihren Hals strich, wie heiß und feucht seine Lippen und seine Zunge waren, die über ihre brennenden Wangen und ihren nur allzu willigen Mund glitten.

Er beherrschte die Kunst der Verführung wahrhaft meisterlich; es war so leicht, sich an ihn zu lehnen und den herrlichen trägen Gefühlen nachzugeben, die ihren Körper durchdrangen.

Seine Berührung war Magie. Er wußte genau, wie er mit ihrem Körper und ihren Sinnen spielen mußte. Er wußte genau, welche Worte er ihr ins Ohr flüstern mußte, und es kümmerte sie nicht, ob es Lüge oder Wahrheit war; diese Worte waren genau das, was sie in diesem Augenblick hören wollte.

Er war ein Zauberer, der sie in Versuchung führte, sich seiner überwältigenden Kraft zu unterwerfen – ihren Willen, ihren Körper, ihr ganzes Wesen.

Er küßte sie, als wolle er ihr die Seele aus dem Leib ziehen; seine Zunge erkundete die jungfräulichen Winkel ihres Mundes mit der zwingenden Leidenschaft eines Mannes und verlangte alles von ihr, einfach alles.

Sie war wie gebannt von dem Taumel der Gefühle, die sie durchfluteten: der Hitze, der Feuchtigkeit, seiner Härte, der Empfindungen ihrer nackten Brüste, wenn er mit ihren Brustwarzen spielte, das alles verzehrende Aufflammen tief in ihrem Schoß, das unendliche, unbekannte Lüste verhieß.

Und all das von dem Mann, der sie nicht wollte, der sie nicht wollen konnte.

»Ich will dich.«

Sie hörte die Worte; irgendwo in ihrer Zigeunerinnenseele begriff sie, daß sie, wie schon einmal, jegliche Kontrolle über sich verlieren würde, wenn er sie weiter auf diese Art und Weise küßte und berührte. Sie spürte seine männliche Erregung an ihrem Leib, und eine verzehrende Neugier überfiel sie, endlich herauszufinden, was das mit ihrem Begehren und Verlangen zu tun hatte ...

Aber sie wußte es bereits; seine Männlichkeit besaß ein eigenes, pulsierendes Leben; sie liebkoste, drängte, und stieß sie, als wolle sie sie im Verein mit seinen Händen in Besitz nehmen.

Und sie würden eins sein – das wußte sie in diesem Augenblick der Verzückung, wenn das Gefühl zwischen ihren Beinen sie schier zu zerreißen schien und sie aus ihrem Körper herauszufliegen glaubte, wenn die Wonne ihres Höhepunktes sie verzehrte und alles andere auslöschte, sie offen und verwundbar machte dem Mann gegenüber, der sie nicht wollen wollte.

Dougal Drummond und Emily waren durch den Blumengarten geschlendert, der an den Farngarten grenzte, und Emily drängte mittlerweile ängstlich darauf, nach Celia zu suchen.

Es war so leicht gewesen, sich ganz dem ungewohnten Gefühl hinzugeben, endlich selbst einen Gefährten zu haben, und der Gedanke, daß Mr. Winwood so hartnäckig darauf bestanden hatte, ihre Herrin allein zu treffen, beunruhigte sie ein wenig.

Daher war sie zutiefst erleichtert, als Ronald Winwood kurz vor dem Farngarten plötzlich auf sie zukam, obwohl sein fröhliches Pfeifen jäh abbrach, als er sie beide sah.

Dougal trat sofort unauffällig einen Schritt vor, um ihm den Weg zu versperren.

Ronalds Miene nahm urplötzlich etwas Häßliches und Drohendes an.

Und dabei war er bis zu diesem Augenblick so guter Laune gewesen. Seine unter die Haut gespritzte Dosis Kokain hatte ihm neues Selbstbewußtsein verschafft, das Gefühl, der Herr der Welt zu sein.

Er war selbstverständlich davon ausgegangen, als erster seiner kleinen, prüden Verlobten zu begegnen, so daß er ihr ein für allemal hätte zeigen können, wer der Herr und wer der Diener war.

Aber nein, wie so oft mußten die Diener dieser Welt einem die Dinge wieder einmal erschweren.

»Nun, Drummond«, sagte er schroff. »Haben Sie meine Verlobte gesehen?« Warum ging ihm der verdammte Narr nicht endlich aus dem Weg? Am liebsten hätte er ihn mit einem Tritt ins Gebüsch befördert.

»Hm«, sagte Dougal und verfiel mit voller Absicht in die langsame Sprechweise seines schottischen Heimatlandes. »Ich kann mich nicht so recht erinnern, wann ich die junge Dame das letztemal gesehen habe.«

Emily schaute angstvoll von einem Mann zum anderen, und ihre Nerven waren plötzlich zum Zerreißen gespannt. Irgend etwas ging hier vor, irgend etwas Verborgenes, etwas, das weder sie noch Miß Celia verstanden, aber sie wünschte, Miß Celia hätte nicht versprochen, sich allein mit Mr. Winwood zu treffen.

In diesem Augenblick schlenderte Grant Hamilton um eine Biegung des baumbeschatteten, verschlungenen Pfades; an seiner Seite ging Celia, deren Ellbogen er mit ziemlich besitzergreifender Geste umfaßt hielt.

»Aha! Da sind sie ja alle. Haben Sie lange auf uns gewartet?« erkundigte er sich mit gespielter Höflichkeit.

Sein Tonfall erzürnte den bereits über jedes erträgliche Maß aufgebrachten Ronald, und der Blick in Celias Augen trieb ihn beinahe in besinnungslose Raserei.

Was war das, was er da in ihrem Gesicht las? Dieser amerikanische Emporkömmling war ihr also nicht gleichgültig. Und ihm entging auch nicht die Tatsache, daß die beiden obersten Knöpfe ihrer Bluse offenstanden und daß ihr Hut verschwunden war.

Das Ganze sah verdächtig danach aus, als würde sich zwischen den beiden etwas abspielen.

Verdammt – Celia war sein Eigentum, bei Gott, und kein anderer Mann hatte das Recht, Hand an sie zu legen.

Grant hob angesichts Ronalds zornigen, verschwitzten Gesichtes und seiner geballten Fäuste fragend die Augenbrauen.

Instinktiv gab Dougal nun den Weg frei und zog die erschrockene Emily mit sich.

»Verfluchter Kerl!« explodierte Ronald. »Lassen Sie meine Verlobte los, und erklären Sie mir, was das zu bedeuten hat! Und lassen Sie sich von mir gesagt sein, daß man hier bei uns ein gewisses Verhalten nicht duldet. Aber ich bin nur allzu gern bereit, Ihnen eine Lektion in Sachen Anstandsregeln zu erteilen, bevor Sie nach Amerika zurückkehren – mit eingezogenem Schwanz, wie sich das für einen Straßenköter, wie Sie es sind, gehört!«

Celia stockte der Atem; Ronald war fuchsteufelswild, aber Grant schien sich von seinem theatralischen Getue nicht beeindrucken zu lassen, und sie wußte nicht, was sie selbst empfand.

Nein, sie wußte es sehr wohl – sie fühlte sich sicher bei Grant und hatte eine Todesangst, daß die beiden aneinandergeraten könnten.

Bevor sie überhaupt einen klaren Gedanken fassen konnte, spürte sie, wie sie grob und eindeutig unsanft in Emilys Arme geschoben wurde, und dann hörte sie Grants heisere Stimme, die in ihren Ohren widerhallte: »Bringen Sie sie zurück zu den Kutschen, ja? Ich komme gleich nach.«

Aber sie stand nur wie angewurzelt da, während die

Welt um sie herum den Atem anzuhalten schien und Ronald und Grant einander mit Blicken maßen.

Dann stürzte sich Ronald, halb wahnsinnig vor Zorn, mit einem Hieb seiner Peitsche auf Grant, der seinerseits ein kleines Stück zur Seite trat, den Schlag mit einer Hand abfing und Ronald mit der anderen einen verächtlichen Stoß versetzte.

»Wollen Sie sich nicht erst einmal ein wenig im Wasser abkühlen? Celia ist mein Mündel, und ich werde entscheiden, wen sie heiraten wird und wann. Oder ob sie überhaupt heiraten wird – *comprende?*«

Celia war verblüfft. Sein Mündel? Er würde entscheiden – ob oder wann? Mister *Ich kann nicht und ich will nicht* – der Mann, der gerade nicht nur gewollt und gekonnt, sondern es auch *getan* hatte?

Sie erstarrte vor Entsetzen, als Grant plötzlich einen Revolver aus einer verborgenen Tasche zog, während Ronald sich abmühte, wieder auf die Füße zu kommen, wobei er Drohungen ausstieß, die weiß Gott nicht für die Ohren einer Dame bestimmt waren. Da plötzlich – drückte Grant ab.

Emily schrie; Dougal schrak entsetzt zurück.

Aber als der Rauch sich hob, sahen sie, daß Winwood noch lebte, und zu seinen Füßen lag eine giftige Kobra, deren Körper sich noch in den letzten Todeszuckungen wandte und krümmte; ihr Blut hatte Ronalds erschrockenes Gesicht und sein Khakihemd über und über bespritzt.

»Das wird er Ihnen nie verzeihen – niemals«, sagte Dougal, während Ronald noch immer völlig schockiert neben der toten Kobra kniete.

»Bringen Sie die Damen fort von hier«, sagte Grant schroff, was Dougal denn auch tat, nachdem er den leisen Protest Celias überwunden hatte.

Als sie außer Sicht waren, blickte er auf Winwood herab, der in seinen Augen ein jämmerliches Bild abgab. »Sie haben die verdammte Schlange aufgescheucht. Sie hätte Sie jeden Augenblick beißen können ...«

Winwood blickte haßerfüllt und aus einer Position, in der er sich niemals wieder befinden wollte, zu ihm auf. »Fahren Sie zur Hölle, Hamilton. Ich wäre schon damit fertig geworden. Sie sind ein verdammter Angeber, der nur vor den Damen mit seinem kleinen Spielzeug protzen wollte. Ich gebe Ihnen den guten Rat, stecken Sie Ihre Nase nicht mehr in anderer Leute Angelegenheiten. Ich lasse mich von Leuten wie Ihnen nicht aufhalten, haben Sie mich verstanden? Hauen Sie einfach von hier ab.«

Grant zuckte die Achseln. »Ganz wie Sie wünschen, Winwood. Im Augenblick steht mir der Sinn auch tatsächlich mehr nach einer guten Flasche Whiskey. Wir sehen uns dann später im Hotel.«

Bei Gott, wie er diesen Mann haßte; was zum Teufel hatte Celias Vater sich damals gedacht, als er sie dieser Viper überließ?

Und wie klug Willie gewesen war, ihn hierherzuschikken, damit die Dinge nicht außer Kontrolle gerieten.

Vielleicht, dachte er, war sie klüger gewesen, als sie es selber wußte.

Irgend etwas geschah mit ihr; ihr Verstand war in Aufruhr wegen der Dinge, die sich zwischen ihr und Grant abgespielt hatten – es war einfach unmöglich, sich nicht daran zu erinnern oder es als ein Produkt der Magie des Augenblicks abzutun oder der Tatsache zuzuschreiben, wie sehr er sie faszinierte.

Und gleich darauf die unerträgliche Tante Gertrude, die pausenlos über ihre Hochzeit mit Ronald schwatzte ...

Sie hatte das Gefühl, gar nicht mehr sie selbst zu sein, nicht Celia, nicht das Kind ihrer Mutter, nicht das dumme junge Mädchen, das davon geträumt hatte, nach Ceylon zurückzukehren und den Mann für sich zu fordern, der sie, seit sie denken konnte, liebte.

Wer war sie? Was war sie?

Draußen vor ihrem verdunkelten Hotelzimmer konnte sie die seltsam verlockenden Melodien der Einheimischen hören, die ihr so qualvoll vertraut waren und doch anders zu sein schienen als alles, was sie je gekannt hatte.

Sie wußte so vieles von dem, was die pulsierende Musik der Trommeln und Flöten ihr erzählen wollte, und wußte es doch wieder nicht ...

Oder war es die Gegenwart der vielen farbenprächtig gekleideten Zigeuner, die die Straßen mit ihren Tambourins und Pfeifen füllten? War es das, was sie beunruhigte? Oder war es der klebrig-süße Duft des Weihrauchs und die lauten Rufe der Straßenhändler, die Kichererbsen, Nüsse und Süßigkeiten verkauften?

Nach dem schrecklichen Zusammenstoß im Farngarten hatte eine verhutzelte alte Zigeunerfrau sich erboten, ihr ihre Zukunft zu weissagen – eine Roma, die der anderen einen Gefallen tun wollte.

Die prächtig ausstaffierten Portiers im Queen's Hotel hatten die alte Frau in das Gedränge der Bettler und Händler zurückgestoßen, aber Celia hatte verstanden, was sie ihr sagen wollte: Sogar hier wachte ihr Volk über sie, weil sie eine der Ihren war.

Oder wollten sie nur sicherstellen, daß sie den Tod ihrer Mutter rächte?

Dieser seltsame Gedanke kam ihr inmitten eines Traums – oder eines Alptraums –, sie war nie sicher, ob es das eine oder das andere war, was sie heimsuchte, wenn sie nachmittags in einen leichten Schlaf fiel.

»Miß Celia ...«

Emilys Stimme drang in ihre Träume ein, rief nach ihr, befreite sie von dem Ort, an den sie sich verirrt hatte, an dem sie einem Etwas verfallen war, das sie nicht greifen konnte.

Sie hörte die Furcht in Emilys immer schriller werdenden Stimme und begann sich zu regen – sie hatte das Gefühl, als hätte sie im Schlaf geweint.

Und sie roch Weihrauch – der die Moskitos vertreiben sollte.

Daran konnte sie sich noch erinnern.

Aber warum fühlte sich ihr Kopf plötzlich so schwer an?

Warum konnte sie sich nur mit Mühe dazu zwingen, überhaupt aufzuwachen – ja, sich überhaupt zu bewegen?

Wer war sie?

Noch ein Kind – vielleicht sechs oder sieben Jahre alt, und sie lief barfuß und nur halb bekleidet überall herum, während sie Cora nachspionierte ... Und dem hübschen jungen Mann, der Cora so gut gefiel. Am Ende hatte er ihr gesagt, daß sie diejenige sei, die er in Wirklichkeit liebte – und daß sie nur warten müsse, bis sie alt genug sei, dann würde er sie holen kommen und zu der Seinen machen.

Was geschah da mit ihr?

Wovor hatte sie solche Angst, daß ihr schon bei der flüchtigsten Erinnerung jedesmal der kalte Schweiß ausbrach, und das trotz der drückenden Hitze, die sie umfing? Von draußen drang das flirrende Licht durch die hölzernen Fensterläden, und sie hörte die Explosion von Feuerwerkskörpern und dazu einen von Trommeln begleiteten monotonen Singsang: ›*Sahdu, Sahdu, Sahdu!*‹

Genau. Das hatte sie schon einmal erlebt.

Kleine, ganz in Weiß gekleidete Kinder sangen und trugen parfümierte Blumen in flachen Körben ...

Irgendwoher wußte sie das, sie wußte es, während der Geruch des Weihrauchs stärker und stärker wurde und dabei immer widerlicher, und sie versuchte, sich umzudrehen und sich aufzusetzen, aber sie fühlte sich immer schwindliger, und Emilys Stimme schien aus weiter, weiter Entfernung zu kommen ...

Sie war ein Kind, ein kleines Mädchen, mit einer zerzausten schwarzen Mähne und nackten Beinen, und der hübsche Mann sprach mit ihr, schmeichelte ihr, während er auf dieselbe Weise mit ihr spielte, wie sie ihn mit Cora hatte spielen sehen. Und er hatte ihr das Versprechen abgenommen, daß sie auf ihn warten würde, bis sie alt genug war, um alles *zu genießen – dieses rätselhafte und verwirrende alles, das Cora dazu brachte, zu stöhnen und zu ächzen und sogar laut aufzuschreien, wenn er sich über sie wälzte ...*

Er? Tatsächlich, der hübsche junge Mann war Ronald gewesen ...

Wie konnte sie das nur vergessen haben?

Ronald, ihr goldener Ritter, der sie vor sich auf sein Pferd gesetzt und ihr die Röcke hochgezogen hatte, so daß nichts seine Finger davon abhalten konnte, sie auf dieselbe Art und Weise zu berühren, wie er Cora berührte, bevor er sich zwischen ihre geöffneten Beine drängte.

Vor diesem *Teil der Sache hatte sie damals große Angst gehabt, und er hatte versprochen zu warten, bis sie alt genug dafür sei.*

Sie erinnerte sich, plötzlich erinnerte sie sich – es war wie eine Flut, ein Strom von Erinnerungen, der sich durch den Damm des Vergessens Bahn brach.

Sie erinnerte sich daran, wie sie ihn angebetet hatte, wie sie sich alle Kleider ausgezogen hatte, um ihm zu gefallen, während der dicke Mann mit dem schwarzen Tuch überm Kopf ihr gesagt hatte, sie solle artig sein und dies und das tun und lieb lächeln, bevor er ihr Süßigkeiten gab – die Bonbons, die sie so liebte – während Ronald, ja, Ronald – seine Hose aufknöpfte und herausholte, was sie in Gedanken immer als es *bezeichnete, und anfing, es zu streicheln und zu reiben, bis es größer und größer wurde, und dann winkte er sie zu sich heran, damit sie es festhielt, während es zu explodieren schien und eine dicke, weiße Flüssigkeit daraus hervorspritzte, die sich manchmal über ihr Gesicht und ihren Hals ergoß und sie würgen ließ, wenn er es in ihren Mund schob und ihr befahl, es zu schlucken ...*

Und dann – und dann hatte er ihr gesagt, daß sie vergessen müsse – sie müsse alles vergessen, bis er wollte, daß sie sich wieder daran erinnerte, und er hatte sie an diesen Ort gebracht, der nach klebrig-süßem Weihrauch duftete – genau die Art Weihrauch, die sie jetzt roch –, und es war ihr soviel besser und soviel einfacher erschienen, zu vergessen ...

Zu vergessen!

Man sollte nie ein Geheimnis verraten, hatte er zu ihr gesagt – ihr Ritter *–, und sie hatte es versprochen ...*

Und sie hatte ihr Versprechen gehalten – bis heute.

Sie versuchte, sich an dem Klang von Emilys Stimme festzuhalten, die in eine unendliche Ferne zu entschwinden schien.

Was geschah mit ihr?

Warum schien sie sich nicht von der Stelle rühren zu können, obwohl sie fühlte, daß man ihren Körper in ein dünnes Tuch wickelte – einen Sari? –, und spürte, wie ein Paar starker Arme sie hochhob und wegtrug.

Eine andere Art von klebrig-süßem Geruch drang an ihre Nase, und ihr Verstand versagte ihr plötzlich den Dienst.

War sie in einer Kutsche? Sie wurde hin und her gerüttelt, ihr war übel, und sie hätte sich am liebsten übergeben ...

Und ein alter Mann stellte unaufhörlich Fragen, auf die eine vertraute Stimme an ihrer Stelle antwortete.

Ronald? Aber wo waren die anderen, wenn sie Ronald heiraten sollte? Wo war Onkel Theo und wo war ... nein, sie durfte seinen Namen nicht einmal denken, geschweige denn laut aussprechen, sonst würde Ronald sehr böse auf sie sein.

Und wenn er böse war oder wenn sie ihn verärgert hatte, schlug er ihr immer auf ihren nackten Po, und sie erinnerte sich ganz deutlich daran, wie es noch lange danach gebrannt und weh getan hatte.

Warum erinnerte sie sich plötzlich an all diese Dinge?

Sie hörte eine Stimme von irgendeinem weit entfernten Ort, der nichts mit der Wirklichkeit zu tun hatte, und dann hatte sie das Gefühl, berührt und betastet und befingert zu werden. Sie wehrte sich und schrie auf – und dann diese Stimme, die plötzlich ganz in ihrer Nähe zu sein schien ...

»Sie könnte sogar noch Jungfrau sein, obwohl *ich* das nicht geglaubt hätte. Nun, um so besser. Nicht einmal *er* würde sie jetzt noch haben wollen – nachdem ich sie gehabt habe und er die Bilder von seinem unschuldigen kleinen Mündel gesehen hat, als es noch ein Kind war.

Erinnerst du dich nicht, mein Liebling – wie du dich ausgezogen hast, wenn ich es dir gesagt habe, und wie du so süß und engelsgleich in die Kamera geblickt hast, während du genau die Stellungen eingenommen hast, die ich dir befohlen habe? Und wie ich, wenn du nicht brav warst, deinen kleinen Hintern versohlt habe, nicht wahr, und dich gezwungen habe zu sagen, wie sehr es dir gefiel? Und erinnere dich daran, daß du versprochen hast, auf mich zu warten – du kleines Miststück!«

Sie wollte sich nicht erinnern – o Gott, nein, sie durfte, konnte sich nicht an die schrecklichen, häßlichen Dinge erinnern, die er gesagt hatte – die Erinnerungen, die Erinnerungen –, sie mußte stark sein – so stark wie Marianna . . .

O Gott, sie ertrank, ertrank – wer konnte sie jetzt noch retten?

Grant – verdammt noch mal – wo bist *du?*

Kapitel 30

Sie waren zum Abendessen unten gewesen und saßen jetzt in der Hotelhalle unter Palmen. Die Geräusche und Düfte der Esala Perahera, der berühmten Ausstellung des heiligen Zahns Buddhas, deren Höhepunkt ein spektakuläres jährliches Fest war, drangen durch die offenen Türen und schienen es darauf abgesehen zu haben, sie ins Freie zu locken.

»Ich nehme an, dieses Heidenfest hat irgendeine kulturelle Bedeutung«, meinte Tante Gertrude hochmütig. »Aber wir müssen natürlich alle wieder einmal auf Celia warten.«

»Es ist eine ganze Ewigkeit her, seit Emily nach oben gegangen ist, um sie zu wecken«, sagte Anthea verärgert. »Man sollte doch meinen, sie hätte jetzt lange genug geschlafen. Soll ich vielleicht einmal nachsehen?«

»Ach, das wäre wirklich nett, meine Liebe«, erwiderte Tante Gertrude, »ich meine, sie sollte zumindest so rücksichtsvoll sein, uns nicht aufzuhalten. Aber vielleicht denkt sie ja auch, daß sie ihren Verwandten jetzt nichts mehr schuldet, da sie wieder bei ihren Leuten ist.«

Anthea erhob sich anmutig, entschuldigte sich und ging entschlossen die Treppe hinauf. Celias Zimmer lag im zweiten Stock – wirklich kein langer Weg, so daß es besonders merkwürdig schien, daß nicht wenigstens Emily wieder nach unten gekommen war, um Celia zu entschuldigen.

Und es war auch merkwürdig, daß das BITTE-NICHT-STÖREN-SCHILD schief hing.

Wo war Celia? Und Emily?

Anthea klopfte herrisch an die Tür, während ihr gerechter Zorn sich von Sekunde zu Sekunde verschärfte.

Sah das Celia nicht mal wieder völlig ähnlich?

Sie hatte jeden Grund, einfach ins Zimmer zu stürzen und von Celia eine Erklärung für ihre schlechten Manieren zu verlangen ...

Sie drehte den Türknauf versuchsweise um, ohne wirklich zu erwarten, daß die Tür sich öffnen würde, und hielt dann einen Augenblick inne, um ihr Gewissen zu befragen, bevor sie die Tür aufstieß und ins Zimmer trat.

Der Duft des Weihrauchs, der das Zimmer durchdrang, raubte ihr fast den Atem; Anthea wurde schwindlig, und sie mußte sich an die Wand lehnen, um nicht das Gleichgewicht zu verlieren.

Dann hörte sie ein Stöhnen und schweres Atmen, und in der Düsternis der heruntergedrehten Lampen konnte sie undeutlich Emily sehen, die ausgestreckt auf dem Fußboden lag; auf dem zerwühlten Bett neben ihr lag ...

Trogen ihre Augen sie auch nicht? War das wirklich ein großes, über und über vollgekritzeltes Blatt Papier, das da auf dem Kissen lag – und waren das Fotografien, die jemand darum herum ausgebreitet hatte?

Anthea verspürte einen Anflug von Angst; sie konnte an nichts anderes denken als an Hexerei und bösen Zauber – alles, was sie je über die Sitten und Gebräuche der Einheimischen gelesen hatte, schien sie plötzlich zu umgarnen wie der Seidenfaden einer giftigen Spinne.

Wo war Celia?

Sie konnte sich nicht von der Stelle rühren, konnte kaum atmen, und das Gefühl, daß hier etwas Schreckliches geschehen war, schien sie völlig zu lähmen.

Sie glaubte, geschrien zu haben – sie konnte sich nachher nicht mehr daran erinnern –, aber sie erinnerte sich an laute Rufe und Stiefel, die die Treppe hinaufpolterten, bevor sie zur Seite geschoben wurde und in den starken, tröstlichen Armen ihres Mannes landete.

Und plötzlich stand Grant Hamilton im Zimmer, der Fenster und Fensterläden aufriß – und Dougal Drummond, der sich über Emily beugte und sie in seinen Armen wiegte, während er ihr beruhigende Worte zuflüsterte.

Hastig hin und her laufende Diener überall, und dann der Bischof – Anthea konnte sich gar nicht daran erinnern, daß er ins Zimmer gekommen war. Plötzlich stand er mitten im Raum und betrachtete mit verständnislosem Stirnrunzeln die Nachricht, die auf Celias Bett zurückgelassen worden war, bevor er mit entsetztem Blick die Fotos ins Licht hielt.

»Ich kann es einfach nicht glauben – ich kann . . .« Seine gequälte Stimme brach das tiefe Schweigen, das sich über den Raum gesenkt hatte. »Wenn diese Bilder publik würden – armes, armes Kind –, Gott sei Dank, daß Winwood bereit ist, sie trotzdem zu heiraten.«

Beim Klang der Stimme des Bischofs fuhr Grant abrupt herum, wie ein schlafender Tiger, der seine Beute gewittert hat; dann riß er dem Bischof den Brief und die Fotografien aus dessen zitternden Händen.

Wenn Sie dieses Schreiben hier lesen, hatte Ronald geschrieben, *werden Celia und ich verheiratet sein und die Ehe vollzogen haben. Seit sie aus dem Zug gestiegen ist, hatten wir beide das Gefühl, daß zu viele Hindernisse zwischen uns standen, daß zu viele Menschen unserem Glück im Wege waren. Und jetzt ist Celia die meine und erfüllt das Versprechen, das ihr geliebter Vater vor so vielen Jahren gegeben hat.*

Wir hoffen, daß Sie uns nichts verübeln. Und wir hoffen, daß Sie alles in Ihrer Macht Stehende tun werden, um jeglichen Klatsch oder Tratsch zu unterdrücken, und dafür sorgen, daß keine unerfreulichen Gerüchte an die Öffentlichkeit dringen.

Aus diesem Grund lasse ich Ihnen einige alte Fotografien da, für die Celia seinerzeit bereitwillig posiert hat, und selbst sie ist der Meinung, daß weder der Bischof noch ihre Tante Gertrude es gern sehen würden, wenn diese Fotos so kurz nach ihrer Ankunft auf Ceylon und zu Beginn ihres neuen Lebensabschnittes hier veröffentlicht würden.

Grant knüllte den Brief mit derselben Leidenschaft zusammen, mit der er am liebsten Ronald Winwood den Hals umgedreht hätte.

Er fühlte sich wie ein Vulkan kurz vor seinem Ausbruch. Dieser widerwärtige Hurensohn! Wie konnte er es wagen, dem Bischof zu drohen, Celia zu drohen ...

Ihm zu drohen.

»Ich nehme an, es ist wohl zu spät, das Unvermeidliche zu verhindern?« Die Stimme des Bischofs schwankte nur geringfügig, während er in seinem Innern einen Kampf ausfocht, bei dem es um Celias Wohl ging; das war es nicht, was er ihr vor so langer Zeit im Garten versprochen hatte, und plötzlich hatte er das Gefühl, als hätte er sie einer Situation preisgegeben, über die sie keine Macht hatte. »Ich meine, solange sie verheiratet sind – Winwood will doch bestimmt nicht, daß diese abscheulichen Fotografien an die Öffentlichkeit kommen ... Ich weiß einfach nicht, was ich sagen oder tun soll. Vielleicht, wenn wir uns alle zum Gebet niederknien würden ...«

Er stockte plötzlich, denn Grant drehte sich zornig zu ihm um. »Gebet? Ich glaube nicht an Gebete, Bischof – ich glaube an Vergeltung und Strafe; beten kann man hinterher, über den Gräbern der Missetäter. Aber bevor Sie über dem Sarg dieses Bastards beten werden, werde ich Celia finden – und diesen Bastard umbringen – und dafür sorgen, daß er einen langsamen und qualvollen Tod stirbt. Nachdem er seine Sünden gebüßt hat ...«

»Aber ...« Antheas Stimme klang nun hoch und brüchig vor Hysterie ... »Sie können doch unmöglich von *Mord* sprechen? Und es ist durchaus möglich, daß Celia aus eigenem Antrieb mit ihrem Verlobten gegangen ist, auch wenn sie einen höchst unpassenden Zeitpunkt dafür gewählt hat. Sie reden ja wie ein Wilder!«

»Also wirklich, meine Liebe«, flüsterte George Maitland seiner Frau mit unüberhörbarer Strenge ins Ohr, »du kannst unmöglich behaupten, Mr. Hamilton sei ein Wilder – genausowenig wie du die Umstände beurteilen kannst, die zu dieser Situation geführt haben. Du bist höchst voreilig und umbarmherzig ...«

Diese sanfte Schelte ließ Anthea in Tränen ausbrechen, und gerade als sie ihr Gesicht an der Schulter ihres Mannes barg, begann Emily, sich zu bewegen und zusammenhanglose Worte zu stammeln.

Dougal half ihr, sich aufzusetzen, und flößte ihr ein wenig Brandy durch ihre kalten Lippen ein, bis sie mit erschrockenen Augen zu ihm aufblickte.

»Miß Celia – ist Miß Celia hier?«

»Miß Penmaris ist verschwunden«, sagte Dougal.

Emily stöhnte, und Dougal stützte sie liebevoll. »Es war Weihrauch – er war so stark . . . Plötzlich wurde uns beiden so schwindelig. Und dann war da noch ein anderer Geruch, und Mr. Winwood kam herein und hat einfach dieses Tuch über Miß Celias Mund und Nase gelegt, so daß sie nicht schreien konnte. Und dann über mein Gesicht, und ich schwöre, der Boden schien sich unter mir zu öffnen. Und ich weiß genau, er hat gesagt – ich glaube, er hat gesagt, er würde mich holen kommen, sobald er sie gezähmt hätte – Miß Celia . . .«

Sie unterdrückte ein Schluchzen und sah sich mit Tränen in den Augen um. »Bitte, warum stehen Sie sich hier alle die Beine in den Bauch? Wir müssen Miß Celia helfen, um Himmels willen! Sie hat diesen Schurken nicht darum gebeten, sie zu entführen – sie wußte ja kaum, was mit ihr geschah . . .

Bitte, so tun Sie doch etwas – wir müssen Miß Celia retten!«

Und dann mußte man natürlich Lady Gertrude informieren.

Der Bischof dachte unglücklich darüber nach, ob sie vielleicht vor all den Jahren bereits Verdacht geschöpft hatte und ob das der Grund war, warum sie damals darauf bestand, daß Celia in einer anständigen, christlichen Atmosphäre groß werden müsse.

Aber andererseits war sie auch diejenige gewesen, die Ronald Winwood über all die Jahre ermutigt hatte, die den Kontakt mit ihm aufrechterhalten und sein Werben um Celia unterstützt hatte.

Hatte sie etwas gewußt – und ihm verschwiegen? Das war doch undenkbar – oder?

Gertrude nahm die Neuigkeit mit solcher Gelassenheit auf, daß sogar der Bischof sie am liebsten durchgeschüttelt hätte.

»Nun, was hast du denn erwartet?« sagte sie mit selbstgefälligem Schulterzucken. »Wenn ein Kind in dieser heidnischen Atmosphäre halbnackt herumläuft – nun, jeder Mann würde da in Versuchung geraten. Ich habe ihr immer gesagt, daß sie sich glücklich schätzen könne, daß ein anständiger Mann sie heiraten will – vor allem, wenn man bedenkt, daß er ihre Geschichte kennt.«

Diese unglaubliche Feststellung machte sogar Grant für den Augenblick sprachlos.

»Was genau wollen Sie damit sagen?« fragte er; seine Stimme war leise und beherrscht, aber dennoch schwang ein drohender Unterton darin mit, gegen den nicht einmal Gertrude gefeit war.

»Ich meine ihre lächerliche Zigeunermutter – was denn sonst?« entgegnete sie scharf.

»Sie meinen, Sie hätten ihr *eingeredet*, daß ihr gemischtes Blut sie zu einer Aussätzigen macht und daß kein Mann sie je wollen würde – außer einem, der sich nur dafür interessierte, die Plantage Marianna in seinen Besitz zu bringen«, stellte Grant fest und faßte damit das Undenkbare in Worte – den Beweis für Gertrudes Vorurteile und Ränke. »Ich frage mich, was für Sie bei der Sache rausspringt«, fügte er langsam hinzu, als sei ihm dieser Gedanke gerade erst jetzt gekommen.

»Es ist offensichtlich, daß man Ihnen in diesem verwerflichen Land, aus dem Sie kommen, keine Manieren beigebracht hat. Mir so etwas vorzuwerfen – es mir ins Gesicht zu sagen – und das in *Gesellschaft!* –, das ist der Gipfel! Es ist einfach zuviel – Theo!«

Aber nicht einmal der Bischof war in der Lage, sie vor Grants furchterregendem Zorn zu retten.

»Ich glaube, es war eher zuwenig – zuwenig Hilfe, zuwenig Verständnis, zuwenig Sympathie oder Liebe für Celia«, unterbrach Grant sie schneidend. »Und der Bischof müßte schon bis in alle Ewigkeit leben, um Zeit zu finden, sich die Beichte all der Sünden anzuhören, die auf *Ihrem* Gewissen lasten, meine Dame – obwohl er es gewiß versuchen wird. Vielleicht haben Sie den Wunsch, schon jetzt ein wenig Buße zu tun, indem Sie uns alles sagen, was Sie wissen.«

»Theo . . .« Gertrude war mittlerweile fuchsteufelswild. »Sag diesem – diesem unverschämten Emporkömmling aus den Kolonien, daß ich niemals mit ihm reden werde, solange ich lebe nicht – und ich überlasse es dir zu entscheiden, wem von uns beiden du glauben willst.«

Mit diesen Worten erhob sie sich und stolzierte aus dem Raum, und ihr stocksteifer Körper zitterte vor Wut und Empörung.

Grant sah den Bischof an, der seinem eisigen Blick auswich und der steifen Gestalt seiner Frau nachschaute.

»Mr. Hamilton . . .« Er mußte etwas sagen, aber er wußte einfach nicht, was.

Grant winkte ab; er brauchte keine nutzlosen, beschwichtigenden Gesten. »Da kommt genau die Person, mit der wir sprechen müssen, um Licht in diese Angelegenheit zu bringen.«

Es war Adriana, die schnurrend wie eine Katze förmlich nach Ärger suchte. Sie konnte aus dreißig Meter Entfernung wittern, wenn irgendwo Spannung herrschte, und so war es kein Wunder, daß sie nun in die Empfangshalle des Hotels trat. Sobald sie Grant und den Bischof erspäht hatte, kam sie mit boshaft glitzernden Augen auf sie zu.

Er hatte ihr gestattet, gerade einen Blick auf ihn zu werfen – wie eine Katze, die ihre Beute in die Falle lockt –, bevor er einige Schritte zur Seite trat, so daß er näher an der Tür stand. Als sie nun in den Raum trat, griff er mit solcher Gewalt nach ihrem Arm, daß sie vor Schmerz aufschrie.

»Mr. Hamilton!« rief der Bischof, um gegen diese rauhe Behandlung einer Frau mit einem königlichen Titel zu protestieren.

Grant schenkte dem Bischof keine Beachtung und riß Adriana ohne Vorwarnung an sich.

Auf ihrem Gesicht blitzte ein kleines, katzenhaftes, genießerisches Lächeln auf, das ihm verriet, wie sehr ihr dieses rüde, brutale Benehmen gefiel.

»Ah, *principessa* – gerade im richtigen Augenblick!« Daraufhin drehte er ihr zum Entsetzen des Bischofs den Arm auf den Rücken, aber sie sah ihn nur unverfroren an, und ihre Augen sandten Botschaften aus, die er nicht verstehen wollte.

»Sagen Sie es mir – was hat Ihr kleiner Freund Ronny mit Celia gemacht? Ich versichere Ihnen, wenn Sie mir nicht auf Anhieb die Wahrheit sagen, breche ich Ihnen erst den Arm, dann den Rücken – und vielleicht, *cara*, nur vielleicht werde ich Ihnen dann erlauben, schnell und ohne allzuviel von dem Schmerz, den Sie anderen so gern zufügen, zu sterben.«

Celia war zwischendurch immer mal wieder zu Bewußtsein gekommen, zog es aber bei weitem vor, sich wieder in die Dunkelheit zu verkriechen, bevor die Erinnerungen sie überwältigen konnten.

Aber es gab kein Entrinnen für sie – nicht vor den Erinnerungen, nicht vor ihrem Wissen, nicht vor der Erkenntnis, daß alle Teile ihres Lebens plötzlich zusammenpaßten.

Und alles hing mit ihrer schönen Mutter Marianna zusammen; tief in ihrem Innern wußte sie, daß am Ende sogar Marianna schwach und verängstigt gewesen war, genauso hilflos wie sie jetzt.

Nur hatte ihre Mutter sich geweigert, sich in die Rolle des Opfers drängen zu lassen und ihrem Schicksal gehorsam entgegenzueilen.

Was war ihr Schicksal gewesen? Sie war bei einem tragischen Kutschenunfall ums Leben gekommen, mit einem ungeborenen Kind unter dem Herzen und auf der Flucht vor ihrem Mann – und ihrer Tochter, wie Celia sich immer schuldbewußt eingebildet hatte.

Aber jetzt? Jetzt, nachdem all die verwirrten Fäden und ungreifbaren Erinnerungen plötzlich einen Sinn ergaben?

Sie gab sich keinen Illusionen über Ronald hin; vielleicht hatte sie in Wirklichkeit nie welche gehabt. All ihre Instinkte hatten sie gewarnt, und sie hätte ihnen vor allem im Hinblick auf ihre Gefühle für Grant Hamilton folgen müssen.

Sie mußte irgendwie dafür sorgen, daß sie eine zweite Chance bekam. Sie durfte auf keinen Fall den Kopf verlieren – Grant würde sie retten und für sich fordern.

»So! Endlich wachst du auf. Hast du deine Rückkehr nach Hause so genossen, daß du alle möglichen schönen Träume hattest?«

Die Stimme war wie ein körperlicher Angriff, schrill, beleidigend, gehässig, und Celia bemühte sich nach Kräften, die Augen zu öffnen.

Eine junge Frau beugte sich über sie; sie hatte helle Haut und wäre hübsch gewesen, wenn sie das Gesicht nicht zu einer häßlichen Maske der Eifersucht verzerrt hätte.

Es wäre ganz einfach gewesen, dachte Sujatha, diese Frau zu erwürgen. Es juckte ihr in den Fingern, den schlanken Hals der englischen Maus zu umfassen, während sie da in den sauberen Baumwollaken *ihres* Bettes lag.

Sie sah nicht einmal so aus wie das steife, zimperliche, englische Fräulein, das Sujatha erwartet hatte; das widerwärtige Geschöpf sah vielmehr wie eine Zigeunerin aus – oder sogar wie eine Rodiya, eine Unberührbare – mit ihrer schwarzen Mähne, die ihren Kopf umringte und ihr bis über die nackten Arme fiel . . .

Und erst ihre Augen – als es ihr gelungen war, die Augen zu öffnen, keuchte Sujatha; sie schaute in die Augen einer Leopardin – einer Teufelin. War es möglich, daß sie eine Art zerstörerische Zaubermacht über den armen Ronald besaß?

Was für ein Glück nur, daß Ronald, wie erwartet, seine gewohnte Dosis Opium zusammen mit seinem Tee verlangt hatte, so daß er jetzt schlief, statt seine junge Braut zu genießen.

Der Gedanke, daß die Engländerin Ronald überhaupt nicht haben wollte, kam Sujatha gar nicht in den Sinn; welche Frau würde diesen göttlichen, goldenen Mann nicht haben wollen?

Er war genau der unersättliche Liebhaber, den eine richtige Frau mit einem unersättlichen Appetit auf Sex sich wünschte.

Und diese Frau – die sah wirklich nicht so aus, als würde es ihr gefallen, gezähmt und geritten zu werden, bis – ja, bis zum allerletzten Augenblick.

Aber – und das durfte Sujatha keine Sekunde lang vergessen – Ronald hatte sich nur deshalb dazu gezwungen, dieses bösartige Geschöpf zu heiraten, um die Plantage Marianna in seinen Besitz zu bringen.

Plötzlich öffnete Celia die Augen, so daß Sujatha unwillkürlich zurückschrak und nach dem dünnen Goldzylinder griff, den sie um den Hals trug und der ihr als Schutz gegen den bösen Blick diente.

Was sah sie? Was konnte sie wissen?

Was Celia sah, war der blinde Haß in den Augen dieser seltsamen jungen Frau. Sie hatte den verschwommenen Eindruck, daß eben diese Frau ihr vor einer Weile eine Tasse Tee hingehalten hatte – sie fühlte sich, als erhebe sie sich aus einem dichten Nebel, als würden die Dinge endlich wieder Gestalt annehmen und irgendeinen Sinn ergeben.

Ihre Kehle war wie ausgedörrt, und jeder Knochen in ihrem Leib tat ihr weh, außerdem sehnte sie sich verzweifelt nach einem kühlen, erfrischenden Glas Wasser, aber sie wäre eher gestorben, als daß sie diese Frau darum gebeten hätte, die ihr vielleicht Gift mit dem Wasser gegeben hätte.

Sie wandte den Blick von ihrer Wächterin ab, um sich umzusehen und herauszufinden, wo sie war.

Als es ihr gelang, durchzuckte sie eine schockierende

Erkenntnis: Sie war auf der Plantage Marianna, und sie kannte dieses Zimmer; sie hatte es mit ihrer Mutter geteilt, wann immer ihr Vater auf einer seiner mysteriösen Reisen nach Übersee war.

O Gott – wieder überschlugen sich die Erinnerungen, zu schnell für ihren noch immer benommenen Kopf, und sie glaubte, in einem Meer unaussprechlichen Entsetzens zu ertrinken.

Sie war als Kind furchtbaren Dingen ausgesetzt gewesen – und dieser Bastard hatte ihr sogar eingeredet, daß seine Spielchen ihr gefielen ...

Denk nicht daran – denk nicht daran.

Neuer Schmerz brach über sie herein, breitete sich von ihren Schläfen über ihren ganzen Kopf aus, drang hinter ihre Augen und machte sie beinahe blind.

Sie mußte einen klaren Kopf behalten und sich auf nichts anderes konzentrieren als auf die Vergangenheit und Ronalds Absichten mit ihr.

Es war Nacht – wie spät, wußte sie nicht, aber die kühle Brise, die durch das offene Fenster wehte, und der leise Ruf einer Eule sagten ihr, daß der Tag bereits vorbei sein mußte.

Sie konnte auch Trommeln hören, es kam irgendwo aus der Ferne – ein monotones Dröhnen, das denselben Rhythmus wie das schmerzliche Pulsieren der Venen in ihrem Kopf zu haben schien.

Zu beiden Seiten des Bettes, auf dem sie lag, brannten Lampen, und sie konnte beinahe vor sich sehen, wie das Ungeheuer sie dem Gott der Lust opfern würde.

Außerdem fiel ihr auf, daß das haßerfüllte Geschöpf, das sie bewachte, beim Schrei der Eule zusammengezuckt war – ein schlechtes Omen für Leute wie sie, die zu Aberglauben neigten.

Sie schaffte es mit einiger Mühe, sich aufrecht hinzusetzen, ohne die wachsame junge Frau aus den Augen zu lassen, die sie ansah, als sei sie eine Art Dämon.

»Bitte ...« Sie sprach sie in formellem Singhalesisch an.

»Ich sehe, daß du nicht glücklich über meine Gegenwart bist, und ich wäre ebenfalls viel lieber anderswo. Willst du mir nicht helfen, von hier fortzukommen? Es ist mir egal, wo ich hingehe, solange ich nur hier wegkomme. Wenn du mir ein Pferd beschaffen könntest – du könntest sagen, ich hätte dich überlistet – irgend etwas!«

So – das Miststück sprach tatsächlich fließend Singhalesisch – und was redete sie da, dieses Geschöpf mit den kupferfarbenen Dämonenaugen, die sie keine Sekunde losließen?

Sie wollte hier weg, ja? Mitten in der Nacht, ohne jede Spur von Angst vor dem, was sie dort draußen erwarten konnte?

»Er hat dich nur wegen des Geldes und der Plantage geheiratet«, sagte Sujatha gehässig. »Er hat dich nie geliebt, das einzige, was er wollte, war das, was du ihm geben konntest, sobald ihr nach englischem Recht verheiratet ward. Jetzt geht alles, was dir gehört, in seinen Besitz über. Und du spielst überhaupt keine Rolle mehr. Er liebt mich – *mich*. Was willst du also noch hier? Warum konntest du nicht in England bleiben und dir einen anderen Mann suchen? Komm mir ja nicht in die Nähe, oder ich bringe dich um – *Rakshashi* oder nicht! Ich hole die Zigeuner, und dann werden *die* sich um dich kümmern!«

»O ja, bitte hol sie, hol sie unbedingt – oder laß mich zu ihnen gehen, denn ihr Blut fließt auch in meinen Adern. Meine Mutter war eine von ihnen. Hat Ronald dir das nicht erzählt? Und wie heißt du eigentlich? Du weißt, wie ich heiße, Celia Marianna. Und ich habe selbst einen Mann, den ich genauso begehre, wie du anscheinend Ronald begehrst.«

O ja, diese junge Frau wollte Ronald für sich. Celia sah es ihren glitzernden Augen und ihrer Haltung an. Sujatha war eifersüchtig, sie hatte Angst – und sie hörte ihr zu. Womit konnte sie sie überzeugen, womit konnte sie sie bestechen?

Egal, völlig egal. Ronald wollte schließlich nur die Plantage, aber was wäre, wenn sie diese Frau davon überzeugte, daß sie ihr gehören könnte; welche Macht sie dann über Ronald haben würde.

Vielleicht würde es funktionieren, vielleicht.

»Hör mir zu – ich will nur weg von hier; die Plantage interessiert mich nicht, genausowenig wie irgend etwas sonst hier. Ronald kann sie haben, oder *du* kannst sie haben – wäre das nicht eine schöne Wendung des Schicksals?«

Ja. Celia sah, wie Sujatha sich aufmerksam vorbeugte, und sie unterdrückte ihr Triumphgefühl und fuhr langsam und geduldig fort: »Wenn du mir nur ein Pferd besorgen oder mich zum Zigeunerlager bringen könntest, würde ich dir liebend gern mein Anrecht auf die Plantage überschreiben. Dann hast du Ronald endgültig da, wo du ihn haben willst. Wenn du ihn danach immer noch haben willst ... Nein, hör mir zu – es gibt ein neues englisches Gesetz, das besagt, daß eine Frau ihr Eigentum auch nach ihrer Hochzeit behalten darf, wenn es ihr vorher schon gehört hat. Denk darüber nach – denk nur darüber nach, was das für dich bedeuten könnte!«

Celia sah den berechnenden Blick, der plötzlich in Sujathas wilden Augen aufschimmerte; der Gedanke daran, selbst etwas zu besitzen, konnte Sujatha durchaus in Versuchung führen – und das letzte I-Tüpfelchen wäre die Tatsache, daß sie ihren Anspruch auf die Plantage sogar nach ihrer Hochzeit mit Ronald würde behalten können.

Ganz offensichtlich hatte ihr *goldener Ritter* nichts von diesem neuen Gesetz gewußt, sonst hätte er Celia nicht entführt und sie zu einer Zeremonie gezwungen, an die sie sich kaum erinnern konnte.

Aber sie konnte sehen, wie die andere Frau mit dem Gedanken spielte, wie es wohl sein mochte, wenn *sie* die Plantage besäße, die Ronald so unbedingt haben wollte. Und langsam, aber sicher und unausweichlich näherte sich der wunderbare Augenblick, da die junge Frau endlich davon überzeugt sein würde, daß Celia jedes einzelne ihrer inbrünstigen Worte ernst gemeint hatte.

Sie machten sich auf den Weg, und Celia trug eine alte Reithose ihres Vaters, die vor Motten geschützt in einer Truhe gelegen hatte, und dazu ein viel zu großes Paar Reitstiefel, das früher einmal ebenfalls ihm gehört hatte.

Sujatha war immer noch auf der Hut; sie hatte Celia eine Schreibfeder, Tinte und Papier gegeben, um ein Dokument zu besitzen, das vor Gericht standhalten würde, und Celia hatte genau aufgeschrieben, was sie wollte.

»Ich kann es noch nicht unterschreiben – das muß ich vor Zeugen tun. Ansonsten könnte das Gericht den Wert dieses Papiers bezweifeln.«

»Ich verstehe«, hatte Sujatha gesagt, obwohl sie immer noch daran zweifelte, daß das allein ausreichen würde.

Aber sie hatte keine Zeit, weiter darüber nachzudenken; sie wollte diese Frau und die Last, zu der sie geworden war, mitsamt allen damit verbundenen Risiken endlich loswerden.

Je eher sie fort war, um so besser, trotz all der bösen Omen heute nacht. Die Zigeuner würden sich um alles weitere kümmern.

Glücklicherweise kannte Sujatha jemanden – ihren Bruder Anil, der ganz in der Nähe lebte und alles für sie getan hätte. Er würde die Teufelin sicher zu den Leuten bringen, die sie ihr Volk nannte.

Inmitten der pechschwarzen Nacht ritten sie langsam durch die Felder der Plantage und die schmalen Gassen, die nur Sujatha kannte.

Es war erschreckend, fast so, als wäre sie blind, und Celia fühlte sich ausgesprochen unwohl bei dem Gedanken, daß sie völlig von einer Frau abhing, die sie haßte, die ihr mißtraute und deren einziges Ziel darin bestand, sie endlich loszuwerden.

Wie dem auch sei, den Verlust der Plantage Marianna würde sie jedenfalls durchaus verschmerzen, wenn dafür Ronald Winwood ein für allemal aus ihrem Leben verschwand.

Aber während sie weiter durch die schwarze Nacht ritten, kamen Celia plötzlich Zweifel an Sujathas Aufrichtigkeit. Die Frau konnte sie ebensogut zu Ronald bringen oder möglicherweise sogar ihren Tod planen.

Plötzlich sah sie ein winziges Licht. »Da!« sagte Sujatha, und sie lenkten ihre Pferde auf das Licht und die kleine Hütte zu, in der Sujathas Bruder lebte.

Sie war winzig, ein Tisch, ein Bett, ein Platz zum Kochen und zur Unterbringung von Nahrungsmitteln und Eßschalen, das war fast schon alles.

»Hier ist das Papier«, sagte Sujatha und legte es auf den Tisch. »Unterschreib. Anil wird es bezeugen, und damit haben wir unseren Teil des Abkommens erledigt.«

Celia fuhr sich mit der Zunge über die Lippen. Das hatte sie nicht erwartet. Sie sah sich in der dürftigen Behausung um. Die beiden konnten sie töten oder leben lassen, aber wie sie sich auch entschieden, die Plantage würde für sie für alle Zeit verloren sein.

Sie unterzeichnete das Papier, und Anil nahm ihr die Feder aus der Hand, um seinerseits seinen Namen darunter zu setzen.

»Das wäre erledigt. Du bleibst heute nacht hier, und morgen früh zeigt Anil dir den Weg nach Peradeniya«, sagte Sujatha.

Dann sah sie ihren Bruder kurz an, drehte sich um, duckte sich unter der niedrigen Tür durch und war verschwunden.

Bevor Sujatha auch nur in die Nähe des Plantagenhauses gekommen war, hörte sie den Klang hastig galoppierender Hufschläge, der sie augenblicklich in den Wald trieb, wo sie sich zwischen den Bäumen versteckte.

Hinter dem Stamm eines besonders hohen Baumes verborgen, sah sie zu, wie jemand in mörderischem Tempo die mondhelle Straße entlang geritten kam, gefolgt von einer kleinen, leichten Kutsche mit hin und her schwingenden Laternen, die winzige Lichtspeere in die Dunkelheit sandten.

Der Reiter brachte sein Pferd fluchend zum Stehen und zog gleichzeitig eine Waffe aus ihrem Halfter.

Wenn sie versuchte davonzulaufen, dachte Sujatha, würde der Mann sie wahrscheinlich erschießen. Außerdem hatte sie nichts zu verbergen.

Langsam trat sie aus dem Schutz der Bäume heraus in das Licht der Laterne, und der Mann fuhr herum, während sie ihr Pferd zügelte und sich gleich darauf anmutig von seinem Rücken gleiten ließ.

»Ah. Da ist ja auch meine kleine Freundin Sujatha«, bemerkte Adriana, die hoch oben auf der Kutsche thronte. »Habe ich Ihnen nicht gesagt, daß sie gewiß vernünftig sein würde? Keine Sorge, meine Liebe, dieser zornige Verrückte sucht nur nach seiner kleinen Gespielin. Er wird dir nichts tun, das verspreche ich dir. Du mußt ihm nur sagen, wo sie ist.«

Das also war der Mann, dachte Sujatha, während der ganz in Schwarz gekleidete große Fremde von seinem Pferd stieg und entschlossen auf sie zukam.

»Wo ist sie?«

Sujatha prallte zurück. Er erschreckte sie, und seine Stimme war so tief wie ein Ozean und so zornig wie der Sturm. Das war kein Mann, dem man sich ungestraft in den Weg stellen durfte. Das war ein Mann, der die Dinge selbst in die Hand nahm und sich einen Teufel um die Konsequenzen scherte.

Und er würde die Wahrheit herausfinden, selbst wenn sie ihn belog.

»Ich wollte nicht, daß Ronald sie in sein Bett nimmt«, sagte Sujatha, als sie sich endlich wieder gesammelt hatte. »Ich habe ihr geholfen, wegzulaufen, nachdem sie mir erzählt hat, es gäbe da einen anderen Mann, den sie liebte. Und das stimmte doch, oder?« fügte sie mit einiger Befriedigung hinzu.

Wirklich? Stimmte es wirklich? Grant war so durcheinander, daß er nicht wußte, was Wahrheit war und was Lüge. Vor weniger als einer Stunde war er bereit gewesen, diesen verabscheuungswürdigen, von Drogen um seinen Verstand gebrachten Wahnsinnigen, der Celia entführt hatte, zu töten. Und jetzt sah er sich der Notwendigkeit gegenüber, die Suche nach ihr ganz von neuem zu beginnen.

»Ich habe ihr ein Pferd gegeben«, sagte Sujatha, fast als hätte sie Grants nächste Frage erraten. »Sie hat mir ein Stück Papier gegeben. Wir haben ein Geschäft abgeschlossen. Und jetzt ist sie weg, und alles wird wieder, wie es sein sollte.«

»Ach herrje«, murmelte Adriana. »Das wird Ronald aber gar nicht gefallen, und du weißt, daß er seinen Zorn an dir auslassen wird. Aber Eddie und ich werden uns um ihn kümmern. Du solltest heute nacht besser mit mir kommen . . .«

Sie wurde von einem grellen, schaurigen Schrei unterbrochen, der von überall gleichzeitig herzukommen schien. Es klang wie eine Seele, die sich in Höllenqualen verzehrte – schrill und anschwellend, bevor es zu einem gequälten Gurgeln wurde, das noch ein allerletztes Mal anschwoll, bevor es endgültig erstarb.

»Gütiger Gott – was war *das?*« rief Adriana. Sujatha preßte sich hysterisch an sie, ihr ganzer Körper zuckte, und sie schrie laut auf, als ob sie auf dieses grauenerregende Geräusch antworten würde.

»Oh – das ist der Teufelsvogel! – Der *Bodilima* bedeutet den Tod eines Menschen! Ich möchte es niemals mehr hören, niemals mehr. Ah – alle Omen heute nacht waren schlecht. Ich muß in den Tempel gehen und *puja* machen – ich muß! Ah – helft mir, helft mir! Diese beiden da, das sind Dämonen, sie bringen Unglück. Bringt mich weg von hier, bringt mich weg . . .«

Selbst Grant lief ein Schaudern über den Rücken bei diesem unheimlichen Ruf; er hatte noch nie zuvor etwas Ähnliches gehört. Doch er wollte keine Zeit mit Sujathas Gefühlsausbrüchen verschwenden.

»Ich überlasse sie jetzt Ihnen«, sagte er abrupt. »Ich will

Celia suchen.« Dann riß er sein Pferd herum; das Tier bäumte sich bei einem neuerlichen Schrei des Teufelsvogels auf und war einen Augenblick später bereits mit den schwarzen Schatten verschmolzen, bevor Adriana noch Zeit hatte, ihm dieses törichte Unterfangen, Celia mitten in der Nacht nachjagen zu wollen, auszureden.

Ach, zum Teufel mit ihm, dachte Adriana zornig. War das nicht mal wieder typisch Mann, eine Frau einfach stehenzulassen, nachdem er ihr fast den Arm gebrochen und ihr blaue Flecken beschert hatte, die in den nächsten zwei Wochen in allen Farben schillern würden?

Und er hatte sich nicht einmal entschuldigt oder ihr dafür gedankt, daß sie ihn zu seiner kostbaren kleinen Zigeunerin geführt hatte.

Sie fluchte leise auf italienisch. Ihr hatte der Schrei des Teufelvogels auch nicht gefallen.

Und jetzt mußte sie sich auch noch um Sujatha kümmern. Die junge Frau murmelte zusammenhanglose Worte vor sich hin, und Adriana mußte ihre ganze Überredungskunst aufbieten, um sie davon zu überzeugen, daß sie, bis Ronny wieder bei Sinnen war, um ihrer eigenen Sicherheit willen zu ihr und Eddie kommen sollte; schließlich gelang es der ehemaligen Prinzessin, Sujatha dazu zu bringen, in die Kutsche zu steigen und mit ihr zu ihrem Bungalow zurückzufahren.

Dort angekommen, wußte Eddie sofort, was zu tun war. Er ließ Getränke bringen, hörte sich die ganze schmutzige Geschichte geduldig an, las das Schreiben durch, in welchem Celia die Plantage Sujatha überschrieben hatte, und stieß einen leisen Pfiff aus.

»Es fehlen nur noch die Unterschriften einiger anderer Zeugen, nicht? Wird mir ein Vergnügen sein. Ich würde sagen, das ist poetische Gerechtigkeit. Laß dich nur nicht von Ronny dazu überreden, irgend etwas an ihn abzutreten. Hm, hm – ist das nicht alles äußerst interessant, meine Liebste? Gibt unserer stumpfsinnigen Existenz hier etwas Farbe, nicht?«

Nachdenklich nippte er an seinem Drink. »Ich frage mich, was wohl erst geschehen wird, wenn sich alle treffen, um diesen bösartigen Elefanten, den Einzelgänger, zu erlegen. Das ist mittlerweile *das* Ereignis der Saison, und im Club schließt man bereits Wetten darauf ab, wie die Sache ausgeht. Also *ich* würde mir das nicht um alles in der Welt entgehen lassen.«

Er nahm noch einen langen Schluck aus seinem Glas und fügte dann hinzu: »Natürlich wird es dabei fraglich sein, wer der Gejagte ist und wer ihn zur Strecke bringen wird. Aber das wird sich wohl alles bald erweisen, nicht wahr, Liebste?«

Er und Adriana lächelten einander an und verstanden einander wie immer vollkommen.

Sujatha verfrachteten sie mit einer kleinen Dosis Laudanum, die ihr die Angst nehmen und beim Einschlafen helfen würde, ins Bett; Eddie hatte ihr außerdem versprochen, einen der Kulis nach dem ortsansässigen Kattadiya zu schicken, der jeden bösen Bann, mit dem sie möglicherweise belegt worden war, brechen würde.

Jetzt hatten er und Adriana den Rest der Nacht für sich. Und in der Küche war eine neue junge Dienerin, die sie kürzlich eingestellt hatten – ein sehr hübsches Mädchen, das gern kicherte und vielleicht auch anderes gern tat . . .?

Ah, dachte Eddie voller Zuneigung. Das Leben mit Adriana würde nie langweilig sein, ganz gleich, in welchem entlegenen Teil der Welt sie auch landen mochten.

Kapitel 31

Dieser furchtbare Teufelsvogel! Dieser Schrei! Er bedeutete Tod. Celia hatte ihn zuvor nur ein einziges Mal gehört – in der Nacht, in der ihre Mutter davongelaufen und gestorben war.

Und sie hatte nie jemandem erzählt, was sie gehört hatte, weil sie damit den Eindruck erweckt hätte, den bösen Blick zu haben, und sie wollte nicht anders sein als die anderen ...

Sie wollte sich nicht erinnern.

Warum hatte ihre Mutter sie nicht mitgenommen, als sie fortlief? Das hätte sie doch getan, wenn sie ihre Tochter wirklich geliebt hätte.

Und dann wären sie gemeinsam gestorben, und sie hätte niemals diesen Schmerz zu erleiden brauchen ...

Sie setzte sich in dem fremden Bett aufrecht hin – wieder war ihr schwindlig, sie war verwirrt und benommen, und nun reichte ihr auch noch ein völlig fremder Mann eine Tasse Tee.

Sie hatte ihn getrunken – obwohl sie es eigentlich nicht wollte – und war dann von einer Sekunde zur anderen wieder in unruhige Träume versunken.

Von ihrer Mutter ...

... der Bodilima – Tod ...

Nein, Leben – sie wollte leben – sie wollte ...

Sie wollte Grant Hamilton – vielleicht hatte er ihr mit diesen wilden, suchenden, fordernden Küssen und der göttlichen Art, wie er sie berührt hatte, ihre Seele gestohlen ...

Sie wollte Frieden; sie wollte mehr, immer mehr von seinen Küssen, mehr von diesen Berührungen, die ihre Sehnsucht nach mehr und immer mehr davon weckten.

Sie wollte, daß er sie liebte und daß er derjenige war, der für immer den Geschmack und das Gefühl und die Erinnerung an

Ronald Winwood aus ihrem Kopf, ihrer Seele und ihren Träumen vertrieb.

Sie wollte – sie wollte es wieder – dieses reine, absolute Gefühl, diese pure Lust – diese Erregung, die nur er mit seiner geduldigen Erfahrung in ihr wecken konnte.

Zum Teufel mit ihm – wo war er jetzt? Warum wußte er das alles nicht?

Warum wußte er es nicht ...?

Dann war es plötzlich Morgen, und Celia erwachte zu unvertrauten Düften und Klängen. Und das einzige, woran sie sich nach einer Nacht schrecklicher Träume erinnern konnte, war: Tante Gertrude wußte nicht, daß sie nicht die Absicht hatte, Ronald zu heiraten.

Es war seltsam, daß sich ausgerechnet das in ihrem Gedächtnis festgesetzt hatte, und sie war nicht sicher, ob sie die Gründe dafür wirklich näher beleuchten wollte.

Sie stützte sich auf ihrem Ellbogen auf. Anil kochte und hantierte am Feuer mit Pfannen und Töpfen.

Er hatte ihr sein Bett überlassen und draußen geschlafen. Dann hatte er ihr, während ihre Alpträume sie in ihren Fängen hielten, etwas Tee gebracht und den Rest der Nacht über sie gewacht.

Er hatte sein Leben riskiert, um sie vor dem Teufelsvogel zu beschützen.

Ganz langsam setzte Celia sich auf, und er wandte ihr den Kopf zu. »Da ist Tee. Da ist Essen.«

»Ich muß nach Peradeniya«, sagte sie und war erschrokken darüber, wie drängend ihre Stimme klang, selbst für sie.

Warum? Warum?

Um Grant zu sehen natürlich. Um die Sache mit Ronald zu beenden.

Um es Tante Gertrude zu sagen.

Aber warum? Warum war es so wichtig, mit Tante Gertrude zu reden?

Sie wußte es nicht; sie spürte, daß die Antwort in ihren

Träumen verborgen lag, in dieser Schattenwelt, in der die Wahrheit um den äußeren Rand der Realität herumtanzt.

Ronald hatte sie entführt, weil er, sobald er sie das erstemal sah, genau wußte, was sie vorhatte, und weil das nicht in seine Pläne paßte. Er wollte die Plantage, sie selbst, Celia, hatte er nie gewollt, und er würde die Plantage bekommen, ob Celia nun eine willige Braut war oder nicht.

Und Tante Gertrude hatte diese Heirat immer gefördert und war auf so selbstgerechte Weise sicher gewesen, daß Ronald der einzige Mann war, der sie angesichts ihrer Geschichte heiraten würde.

Immer wieder lief es darauf hinaus. *Angesichts ihrer Geschichte,* als wäre das ein Makel, ein Schönheitsfehler, eine nicht wiedergutzumachende Sünde.

Bis Willie gekommen war. Tante Gertrude mußte außer sich vor Wut gewesen sein, als Willie auftauchte und die Dinge in die Hand nahm.

Aber warum? Das war die Frage, die immer wieder in ihren Träumen auftauchte, die Frage, auf die sie einfach keine Antwort finden konnte.

Sie kostete die Speisen, die Anil vor sie hinstellte, kaum.

»Wir müssen bald aufbrechen.«

»Ich werde meinen Teil der Vereinbarung einhalten.«

Es war mitten am Vormittag, als sie durch eine Seitentür in das Hotel schlich. Sie sah aus wie eine Bettlerin in ihren alten Hosen und Reitstiefeln, mit ihren von der Sonne verbrannten Armen und dem Strohhut, unter dem sie ihr Haar versteckte.

Es schien eine ganze Ewigkeit her zu sein, daß sie dieses Hotel betreten und sich mit Emilys Hilfe in ihrem Zimmer eingerichtet hatte; jetzt mußte sie darauf vertrauen, daß Tante Gertrude mit dieser zivilisierten Umgebung so zufrieden war, daß sie in den zwei Tagen ihrer eigenen Gefangenschaft bei Ronald nicht ausgezogen war.

Celia ging vorsichtig die Treppe hinauf, versteckte sich

hinter Säulen und Möbelstücken, damit die Gäste, die zufällig den Flur hinunterkamen, sie nicht sahen, bis sie endlich die Suite erreichte, die sich Theo und Gertrude mit Anthea und ihrem Mann teilten.

Der einzige Laut, den sie hörte, war das heftige Schlagen ihres eigenen Herzens.

Sie klopfte an die Tür.

Schritte. Zögern. Tante Gertrudes Stimme. »Wer ist da?«

Celia schwieg und baute auf Gertrudes Neugier, die sie dazu veranlassen würde, die Tür zu öffnen. Eine Sekunde später drehte Gertrude den Schlüssel um, und die Tür öffnete sich.

»Oh, du bist es.«

Gertrude starrte sie kurz an und wandte sich dann ab.

Celia konnte es nicht glauben; sie war zwei Tage fort gewesen, und das war alles, was Gertrude ihr zu sagen hatte?

Langsam schloß sie die Tür hinter sich, während Gertrude sich, äußerlich völlig gefaßt, auf einen Stuhl neben dem Fenster setzte.

Die Vorhänge waren zugezogen, als wolle ihre Tante die Realität der Welt außerhalb dieser Fenster nicht wahrhaben; nur ein sanftes Licht sickerte durch den dicken Brokatstoff hindurch, sonst nichts.

»Sieh dich nur an«, sagte Gertrude. »Du bist eine Schande für diese Familie. Du bist weggelaufen, um auf die ehrloseste Art zu heiraten, die man sich nur denken kann. Und diese abscheulichen Bilder! In dem Augenblick, in dem wir Ronalds Brief fanden, habe ich beschlossen, daß ich nichts mehr mit dir zu tun haben will. Ich habe Ronald gesagt, daß wir dich nie wiedersehen wollen, auch wenn dieser Entschluß deinem Onkel großen Kummer bereitet hat.«

Sie log. Sie mußte lügen.

Bilder – ja . . . nein, daran durfte sie nicht denken, nicht an diese Erinnerungen, nicht an Ronald; sie waren nur ein weiteres

Stück in dem Puzzle, nur ein weiteres Stück. Er hatte schon vor all den Jahren die Plantage haben wollen. Er hatte es von Anfang an geplant, vor all den Jahren.

Und dann war Mutter gestorben, und Tante Gertrude war gekommen und hatte sie gezwungen, mit ihr und Onkel Theo nach England zurückzukehren.

Aber so einfach konnte es nicht gewesen sein. So einfach nicht.

»Ich habe Mr. Winwood nicht geheiratet«, sagte Celia langsam und deutlich, während sie beobachtete, wie Gertrudes Gesichtsausdruck von frommer Scheinheiligkeit zu brennendem Zorn wechselte.

»Geh mir aus den Augen, du – du . . .« Ihr fehlten die Worte. »Du bist genauso wie deine Mutter – in jeder Hinsicht gleichst du dieser Schlampe, die deine Mutter war. Sie hat deinen Vater zerstört, und jetzt – jetzt . . .! Geh mir aus den Augen. GEH MIR AUS DEN AUGEN!«

Celia stand reglos wie eine Statue da. Sie hörte Tante Gertrudes Keifen kaum noch.

Warum hatten Gertrude und Theo sie mitgenommen?

»Dein törichter Vater, sich von einer Zigeunerhure einfangen zu lassen – und jetzt Ronald. Mein Mädchen, du hast so viele Sünden zu bereuen, daß deine Seele für alle Zeit in der Hölle schmoren wird . . .«

Mit glasigen Augen kam ihre Tante auf sie zu; vor nicht einmal zwei Tagen hatte sie denselben Gesichtsausdruck bei einem anderen Menschen gesehen. Dieselbe Wut, dieselbe Eifersucht, dieselbe Besessenheit.

»Du hast meinen Vater geliebt.« Sie sagte die Worte, sie hörte sie, und sie sah Gertrude wie angewurzelt stehenbleiben.

»Unsinn.« Gertrude wandte sich jäh ab und ging auf die Tür zu. »Verschwinde endlich von hier.«

»Du bist nach Ceylon gekommen, nachdem meine Mutter starb. Du hast gehofft . . . du wolltest . . .« Sie konnte die Dinge noch nicht recht zusammenbringen. Gertrude war mit Onkel Theo gekommen. Worauf konnte sie gehofft haben?

Sie dachte, wenn sie Richards Kind mitnähme, würde sie das mit dem Mann, den sie wirklich wollte, verbinden, und vielleicht würde sie ihn eines Tages doch noch bekommen.

»Du wolltest meinen Vater«, sagte sie noch einmal.

»Du törichtes, ignorantes Mädchen.«

»Meine Mutter starb, und du hast gegen alle Vernunft gehofft, daß er in dir all das sehen würde, was sie nicht war. Du hast mich mitgenommen, um es zu beweisen. Um ihn an dich zu binden, damit du ihn niemals verlieren würdest. Hast du gehofft, Onkel Theo würde sterben? Hattest du vor, da ein wenig nachzuhelfen?«

»Ich könnte dich umbringen«, fauchte Gertrude.

»Aber dann starb auch Vater«, fuhr Celia fort, die sich langsam vortastete, Gertrudes Reaktionen beobachtete und der Wahrheit immer näher kam. »Aber du hattest ja immer noch mich – die Erinnerung an seine Torheit, meine Mutter zu lieben und nicht dich. Was hattest du vor, liebe Tante? Mich an Ronald Winwood zu verkaufen?«

Die Dunkelheit schien ein klein wenig aufzubrechen. Der Gesichtsausdruck ihrer Tante veränderte sich abermals.

»Mach dich nicht lächerlich. Dein Vater und Ronald hatten diesen Plan schon seit Jahren.«

»Und Ronald hat dich bezahlt, damit du ihren Plan unterstützt, damit du mir einredest, daß er mein einziger möglicher Retter sei – *angesichts meiner Geschichte* –, bis die Hochzeit endlich stattfinden konnte.«

»Ein Märchen, meine Liebe, alles reine Fantasie.« Gertrude hatte sich wieder auf ihren Stuhl gesetzt und ihren mörderischen Zorn mittlerweile wieder hinter der Maske scheinheiliger Frömmigkeit verborgen. »Deine Mutter war ein Flittchen und eine Betrügerin. Nach ihrem Tod ging es mit deinem Vater immer weiter bergab. Das war kein Ort für ein Kind, also haben Theo und ich dich mitgenommen. Die Geschichte ist, wie sie ist. Es gibt kein dunkles Geheimnis dahinter. Du warst immer ein undankbares Balg, du bist genauso geworden wie deine Mutter, und ich wette meine Seele darauf, daß du Ronald denselben Kummer bringen wirst – falls er dich nach dieser entwürdigenden Episode überhaupt noch heiraten will.«

»Nichts könnte ihn davon abhalten, meine liebe Tante, wie du sehr wohl weißt. Er will die Plantage; er hat immer nur für den Tag gelebt, an dem er sie endlich in seinen Besitz würde bringen können, und er hat nicht damit gerechnet, daß ich seine Pläne – oder deine – irgendwie vereiteln könnte.«

»Ich weiß gar nicht, wovon du redest«, sagte Gertrude.

»Natürlich nicht. Du hast nie irgend etwas gewußt, außer wie du mich demütigen konntest. Ich wünschte, mein Vater würde noch leben, damit ich ihm all das erzählen könnte. Oder vielleicht reicht es schon, wenn Tante Willie es weiß. Oh, Tante Willie, du haßt Tante Willie, nicht wahr? Und ich weiß auch, warum. Weil mein Vater ihr das ganze schöne Geld für mich hinterlassen hat.«

»Er hat uns *nichts* gegeben«, stieß Gertrude zwischen zusammengebissenen Zähnen hervor. »Keinen Shilling mehr als nötig, keinen Besuch, keinen Brief, kein Dankeschön. Für all die Jahre und all unsere Arbeit und all die Zeit, die wir in deine Erziehung gesteckt haben. Dieser wahnsinnige Narr konnte nichts anderes, als um diese treulose Hure von einer Ehefrau zu trauern, die alles verdiente, was sie bekam – *alles*, nach dem, was sie ihm angetan hat. Und du bist nicht besser als sie, trotz all meiner Bemühungen. Trotz allem, was ich dich zu lehren versucht habe, setzt sich das Blut eben immer wieder durch.

Nun, du bist nicht von meinem Blut, Celia Marianna, und es wird Zeit, daß du endlich gehst. Du hast deine Entscheidung getroffen, genauso wie deine Mutter, und jetzt mußt du die Konsequenzen tragen.«

Sie ging auf die Tür zu und riß sie auf.

»Ich will dich nie wiedersehen.«

Aber Celia konnte sich nicht von der Stelle rühren. Und wenn es um ihr Leben gegangen wäre, sie hätte nicht einen Fuß vor den anderen setzen können. Sie hatte alle

Antworten, bis auf eine. Sie brauchte nur die Frage zu stellen, wußte aber nicht, ob sie tapfer genug oder töricht genug war, es zu tun.

Wollte sie es wirklich wissen?

»Was hat meine Mutter getan?«

Nach diesen Worten entstand eine lange, tödliche Stille. Ihre Frage hing in der Luft, als hätte sie ein eigenes Leben angenommen.

Und dann begriff Celia es plötzlich; was sie so unbedingt erfahren wollte, war genau das Geheimnis, das Gertrude unbedingt loswerden wollte.

Sie hatte nur auf den richtigen Augenblick gewartet.

Nun begann sie langsam und bedächtig zu sprechen, damit Celia auch nicht ein einziges pikantes Detail entging. »Deine Mutter und Ronalds Vater hatten eine Affäre. Und als sie herausfand, daß sie ein Kind von ihm bekam, lief sie weg. Und sie starb. Wie sie es verdient hatte. Und dein Vater hat ihr nie verziehen, und er hat sie ...«, an dieser Stelle brach Gertrudes Stimme vor Empörung, »... bis an sein Lebensende trotzdem geliebt.«

Als Ronald seine schweren Lider öffnete, war es immer noch dunkel, und er hatte nicht die geringste Ahnung, wieviel Uhr es war oder wo er sich überhaupt befand.

Gütiger Gott! War das sein Assistent, der nach ihm rief? Es war so verdammt stickig in dem Raum, die Läden waren immer noch geschlossen, und er fühlte sich benommen und insgesamt hundeelend. Warum war Sujatha nicht schon lange erschienen, um ihn zu wecken?

Er brauchte jetzt etwas sehr Starkes, um richtig wach zu werden – und dieser blödsinnige Kerl da draußen sollte besser mit seinem Gebrüll aufhören, sonst würde er dafür sorgen, daß sein Kopf gleich genauso schmerzte wie sein eigener.

»Halt den Mund, verdammt noch mal! Warte einen Augenblick, damit ich mich anziehen kann. Und wo bleibt deine verdammte Schwester mit meinem Morgentee?«

Und wo zum Teufel war seine schüchterne, kleine Braut? Sujatha sollte ihr doch eine Dosis Kantharidin geben, um sie ein wenig kooperativer und bereitwilliger zu machen – Sujatha hatte versprochen, sich darum zu kümmern.

Und was war statt dessen geschehen? Er hatte die Besinnung verloren ...

Wo zum Teufel steckte Sujatha?

Wo war dieses Miststück Celia?

Er mußte als erstes seine Spritze suchen und sich ein wenig von seinem kostbaren Vorrat Kokain verabreichen – *das* würde ihm einen klaren Kopf verschaffen.

Aber dieser verdammte Narr da draußen ließ ihm einfach keine Ruhe.

Er riß die Tür auf. »Mr. Winwood – Sir! Ich kann meine Schwester nirgends finden und mache mir langsam Sorgen. Letzte Nacht haben die Kulis den Schrei des *Bodilima* gehört, und jetzt haben alle Angst, sich von der Stelle zu rühren. Bitte – ich brauche Ihre Hilfe. Und meine Schwester ...«

»Zum Teufel mit deiner Schwester! Laß mich in Ruhe, bis ich angezogen bin und rauskomme – und hör auf zu brüllen, sonst schieße ich dir den Kopf von den Schultern, hast du verstanden? Jetzt schick mir erst einmal Kandasamy her, und zwar sofort!«

Diese idiotischen Singhalesen waren doch alle gleich, dachte er zornig, während er seine Schreibtischschubladen durchwühlte, bis er fand, wonach er gesucht hatte.

Verdammte abergläubische Feiglinge – alle durch die Bank.

Zumindest auf Kandasamy, seinen ersten Aufseher, konnte man sich in einer Krise verlassen, weil der Mann genau wußte, auf welcher Seite sein Brot gebuttert war, und er würde für jeden zusätzlichen Dienst, den er seinem Herrn erwies, gut belohnt.

Ronald würde jederzeit einen Tamilen einem Singhalesen vorziehen – die Kerle waren ausgesprochen treue Diener – wie gute Hunde.

Erst jetzt fiel ihm ein, daß er allen Hausdienern für die Nacht freigegeben hatte, damit sie das buddhistische *puja* feiern konnten, weil er ja die Absicht gehabt hatte, seine kleine Braut in eine Menge spaßiger Spielchen einzuweihen.

Und nun konnte er Sujatha nicht finden – aber sie hätte es doch gewiß nicht gewagt, gegen seinen ausdrücklichen Befehl das Haus zu verlassen, oder?

Sein wachsender Zorn schien sich zu einer Explosion in seinem Kopf auszudehnen.

Seine Hände zitterten vor Wut, bis er endlich eine Vene fand und die Nadel der Spritze hineintrieb. Eine Sekunde später spürte er das Prickeln entlang der Venen und mit ihm jene klarsichtige Euphorie, die stets mit jenem magischen Heilmittel verbunden war.

Bei Gott! Er konnte es mit ihnen allen aufnehmen – er würde es ihnen allen zeigen! Er würde dafür sorgen, daß Sujatha zu ihm zurückgekrochen kam und ihm die Füße küßte, während er ihren üppigen runden Hintern auspeitschte und sie nach immer neuen Strafen wimmern ließ.

Dieser Gedanke war herrlich; der Schweiß strömte ihm den Körper herunter und durchnäßte sein frisches Hemd. Ihm wurde ganz heiß bei den Plänen, die er schmiedete.

Er würde diese beiden Hündinnen finden und dafür sorgen, daß sie zurückgekrochen kamen.

Aber zuerst wollte er auf die Jagd gehen. Seine Beute war ein bösartiger Elefant – oder war es der bösartige Mann, der ihn gedemütigt hatte?

Egal – heute dürstete es ihn nach Blut, nach dem Blut der Rache, das wußte er jetzt; ausgerüstet mit seiner schier unermeßlichen, von Drogen zum Leben erweckten Selbstsicherheit war er unbesiegbar.

Kandasamy, zuverlässig wie immer, kümmerte sich um seine Gewehre. Und Banda, sein bevorzugter Spurensucher, wartete bereits draußen auf ihn; er hockte auf dem Boden und kaute ein Stück Betel.

Er würde noch zwei weitere Kulis mitnehmen, als Träger und für die Waffen; seine Pferde waren jedem Bergpfad gewachsen und kamen mit derselben Mühelosigkeit hinunter in die steilen Täler und Dschungelwälder.

Ja, er würde jagen, wahrhaftig – nach dem höchsten Wild, das man sich denken konnte, *diesem Mann!*

Und nachher würde das Ganze als tragischer Unfall durchgehen . . .

Als er aus dem Haus trat und in die gleißende Sonne blinzelte, war der letzte Mensch, den er sehen wollte oder mit dem er sich abgeben wollte, Sujathas verfluchter Bruder.

Was hatte der Kerl mit seinem jämmerlichen Blick und seinem widerlichen Gewimmer hier noch zu suchen? Warum war er nicht losgegangen, um seine rebellische Schwester zu suchen, statt ihm hier auf die Nerven zu gehen?

»Mr. Winwood, ich muß mit Ihnen reden! Es gibt großen Ärger mit einigen Kulis – und außerdem, es tut mir leid, aber ich muß wissen, wo meine Schwester ist.«

»Ach, es tut dir leid, wie? Nun, ich habe endlich genug von dir und deiner verdammten Unfähigkeit, und ich werde dir etwas geben, was dir wirklich leid tun kann, eine Lektion für die Zukunft!«

Er hob seine Reitpeitsche und ließ sie heruntersausen – einmal, zweimal und noch einmal, bis sein Assistent, die Hände über sein blutendes Gesicht gebreitet, gegen die Hausmauer taumelte.

»Und jetzt, du elender Dreckskerl – geh mir aus dem Weg und halt dich von mir fern, bis du begriffen hast, wer hier der Herr ist und wer der Diener – und das gilt auch für Sujatha, diese Hündin! Wenn ich zurückkomme, will ich, daß sie hier auf Händen und Knien auf mich wartet, hast du verstanden? Ich gebe dir den guten Rat, finde sie!«

Der Singhalese spürte, wie das Blut durch seine Finger sickerte – er, Anil, ein Kandiyan der höchsten Kaste, ein Mann von fürstlichem Blut, war ins Gesicht geschlagen worden wie der Niedrigste der Niedrigen, und man hatte ihn einen Dreckskerl genannt – hatte ihn vor allen anderen gedemütigt, auch wenn sie sich in Scham und Entsetzen abgewandt hatten.

Sein Zorn stieg ihm wie Galle in der Kehle auf und erstickte ihn fast. Dieser Mann, der seine Schwester in aller Öffentlichkeit eine Hure genannt hatte, mußte bestraft werden; er konnte diese Schmach nie und nimmer ungesühnt lassen.

Anil drehte sich um und lief zu seiner kleinen Hütte; sie war nicht länger sein Zuhause. Er würde von nun an im Dschungel leben wie ein wilder Veddah, um seinen Stolz zu retten.

Er wußte, an wen er sich wenden konnte – und er kannte auch den tödlichen Zauber, der selbst diese arroganten, anmaßenden Briten erschreckte, auch wenn sie noch so sehr darüber spotten mochten.

Er schwor es – für die Schmach und die unendliche Demütigung, die er erlitten hatte, im Namen Buddhas, dieser Winwood würde für seine Vergehen sterben – und zwar qualvoll.

Er hätte ihn am liebsten selbst getötet – er wollte Rache nehmen und seiner Schwester zeigen, wohin ihre törichte Zuneigung zu diesem Vieh von einem Mann sie geführt hatte.

Er mußte den Einheimischen *vedarala* aufsuchen, dessen Öle und Kräutersalben den Schmerz in seinem Gesicht lindern und seine Wunden heilen würden, ohne daß er Narben zu fürchten brauchte.

Und dann mußte er Sujatha suchen, denn nur sie hatte Zugang zu den persönlichen Gegenständen, die ein Kattadiya brauchte, um seinen Zauber zur Wirkung zu bringen.

Er *mußte* Sujatha finden!

Grant sah schrecklich aus, aber er fühlte sich noch viel schrecklicher. Er hatte die ganze Nacht nach Celia gesucht und nirgends eine Spur von ihr gefunden. Langsam geriet er in Verzweiflung. Wer hätte gedacht, daß er sich zu einem liebeskranken Narren entwickeln könnte, sobald Celia von der Bildfläche verschwand, und außerdem lief da auch noch irgendwo ein bösartiger Elefant herum, der erlegt werden mußte.

Wie Willie lachen würde; weder sie noch Celias scharfsinniger alter Zigeuneronkel hätten sich das wohl jemals träumen lassen.

Zum Teufel, er hatte auch diese Prophezeiung nicht erfüllt; Ronald Winwood lebte noch, und er selbst stand immer noch im Banne irgendeines Zigeunerfluches.

Er mußte etwas unternehmen, und sei es nur, Sujatha noch einmal zu befragen. Also machte er sich auf den Weg zu Adrianas Haus. Aber Sujatha war nicht mehr da, und Adriana hatte auch keine Ahnung, wo Celia sich aufhalten könnte.

»Wir wissen ja, wie beharrlich Sie sein können, lieber Freund«, murmelte sie und schenkte ihm ein katzenhaftes Lächeln. »Was für eine Verschwendung, daß Sie sich dieser kleinen Nonne verschrieben haben. Aber so ist es immer mit den Männern. Es sind die jungen, die unschuldigen von uns, die ihre Fantasie und ihre Seele fesseln. War das nicht dasselbe mit Ronny? Nun ja, wie der Vater, so der Sohn.«

»Ich dachte, wir sprächen über Celia.«

»Oh, Celia – Celia langweilt mich zu Tode. Statt dessen möchte ich viel lieber von der berühmten Marianna reden. Das ist eine viel interessantere Geschichte, die alle zu kennen scheinen, nur Celia nicht. Und das ist das große Geheimnis: Ronnys Vater war verrückt nach ihrer Mutter. Der Idiot hat sie vergewaltigt – die Frau seines Freundes. Wahrscheinlich dachte er, ihr heißes Zigeunerblut und ihr Ruf wären genug Rechtfertigung für einen Mann, sich die Frau seines besten Freundes zu nehmen. Wirklich – einige von diesen Männern haben weder Geschmack noch Takt –, man muß schon einen gewissen Sinn für die Nuancen entwickeln, um es genießen zu können, mit Gewalt genommen zu werden. Und Morris Winwood war nichts als ein großer, törichter Ochse.

Also hat er sie mit seinen Drohungen dermaßen eingeschüchtert, daß sie die Sache geheimhielt. Ich nehme an, sie hätte wohl mit der Sache leben können – nun, jede Geschichte dieser Art muß irgendwo ein moralisches Dilemma haben, nicht wahr? Sie wurde schwanger, und sie wußte, daß das Kind unmöglich von Richard sein konnte.

Idiotischerweise erzählte sie es Morris und eröffnete ihm, daß sie Richard alles gestehen wolle. Ich glaube, sie hatte an dieser Stelle bereits beschlossen, daß sie es ihm nicht nur sagen, sondern ihn auch wegen des Skandals verlassen wollte. Sie muß Morris gegenüber ihre Ansicht erwähnt haben, denn kurz darauf stürzte die Brücke über dem Kanal ein und riß ihren Einspänner mit sich in die Tiefe. Ich halte es nicht für ausgeschlossen, daß Morris da irgendwie seine Hand im Spiel hatte. Aber man konnte natürlich niemals irgend etwas beweisen; niemand hat es jemals sicher gewußt – und wenn ja, hat er nichts davon gesagt. Ronald hat die Geschichte jahrelang im Bekanntenkreis erzählt und sich damit gebrüstet, was für ein Kerl sein Vater gewesen sei, aber wenn Sie mich fragen, war er ein Schwein und ein Tölpel . . .«

Und mit einem einzigen Gewaltakt hatte er eine Tragödie in Gang gesetzt, die gnadenlose Niedertracht seines Sohnes entfesselt und die Verführung des unschuldigsten Wesens in dieser ganzen schmutzigen Angelegenheit ermöglicht.

Adriana hatte recht: Wie dumm doch manche Männer waren und wie gierig. Und am Ende hielten sie nichts mehr in Händen als Staub.

Aber diese Geschichte würde hier und jetzt enden, und Celia würde nie wieder unter ihren Konsequenzen leiden müssen.

Noch vor Mittag wußten alle Kulis und Hausdiener, was vorgefallen war – und sie wußten auch, was geschehen würde, denn alle ihre europäischen Herren waren ausgezogen, um den berühmten Elefanten von Bintenne zu jagen, der bereits mehrfach Menschen getötet hatte.

Es hatte schon viele solcher Jagdexpeditionen gegeben, aber diesmal war es etwas anderes, denn der Schrei des Teufelsvogels bedeutet Tod. Selbst der alte Sumanasinghe, der häufig in Trance fiel und die Teufel zur Warnung durch sich sprechen ließ, wußte, daß es einen Toten geben würde, ein Menschenopfer, um die Wut der Dämonen zu beschwichtigen.

Sujatha saß weinend da und wiegte sich hin und her wie eine Frau in Trauer. *Sie* wußte es – genauso wie sie wußte, daß sie und ihr Bruder von einem Blut waren und daß sie immer zu ihm halten würde.

Es war der Teufelsvogel, der die Schuld an all diesen schlimmen Dingen trug, aber immerhin blieb ihr der kleine Trost dieser kostbaren Urkunde, die sie zu der Besitzerin der Plantage Marianna machte. Das Papier war bezeugt und unterzeichnet von Adriana und Eddie Branham, die ebenfalls wie alle anderen Europäer aus der Umgebung zur Jagd aufgebrochen waren.

Zumindest das würde ihr von alledem bleiben, und Anil würde es mit ihr teilen. Sie hoffte, daß es ausreichen würde, um ihn für das zu entschädigen, was er erlitten hatte, und um sein Leben zu retten.

Es war Zeit, den Elefanten zu jagen, und alle anderen Erwägungen mußten solange beiseite geschoben werden.

Grant und Dougal Drummond machten sich vorsichtig mit ihrem Spurensucher auf den Weg. Da plötzlich gerieten sie in einen Gewehrhagel, und einige der Kugeln kamen ihnen gefährlich nahe.

»Das ist das Allerschlimmste an der Sache«, brummte Dougal, »daß alle zu verschiedenen Zeiten kommen. Wir hätten uns an einem bestimmten Ort treffen sollen, bevor wir losmarschiert sind, dann hätte jeder Mann seinen Platz gehabt, und die Träger und Spurensucher könnten ungehindert ihrer Arbeit nachgehen. Sehen Sie sich nur diesen Dornenbusch an – woher soll man wissen, ob man auf einen verdammten Elefanten schießt oder auf einen Menschen?«

»Mir gefällt die Sache auch nicht«, gab Grant ihm recht. Da plötzlich packte er Dougal am Arm und riß ihn zurück, gerade noch rechtzeitig, denn eine Kugel zischte direkt an seinem Kopf vorbei.

»Was zum . . .!«

»Hören Sie mir zu, Dougal – und brüllen Sie hier um Gottes willen nicht so laut rum, sonst geben wir beide eine wunderbare Zielscheibe ab. Ich bin nämlich die Beute, auf die es dieser Bastard abgesehen hat . . .«

Ich bin derjenige, der Hals über Kopf in diese verdammte Falle gelaufen ist, dachte er angewidert, *und das alles nur, weil ich Dougal nicht im Stich lassen wollte.*

»Was? Wovon zum Teufel reden Sie da?«

»Ich spreche von einem tollwütigen Hund, einem Engländer, der zu lange in der Sonne gewesen ist. Überlegen Sie doch, Mann! Wessen Idee war diese Jagd eigentlich? Und wer hat ihm seine Verlobte direkt unter seiner langen, dünnen aristokratischen Nase geraubt?«

Er sah, wie in Dougals Augen jähes Verständnis dämmerte.

»O ja. Sie meinen, er hat diese Sache schon damals geplant?«

»Vielleicht nicht. Vielleicht mag er einfach diesen Blutsport, aber jetzt hat er eine Entschuldigung, und ich will verdammt sein, wenn ich hier einfach still sitzenbleibe und auf ihn warte. Ich werde selbst ein bißchen auf die Jagd gehen. Sie verstehen? Celia ist verschwunden, und ich muß ihm zuvorkommen. Sie halten sich aus der Sache raus – und passen Sie auf diesen verdammten Elefanten auf, wenn er aus seinem Versteck herausstürmt, was er bei dem ganzen Tumult hier sicher tun wird.«

Und dann war Grant plötzlich fort – einfach lautlos davongeschlüpft wie ein Indianer –, und Dougal legte sich das Gewehr über die Schulter und setzte sich hin, um zu warten.

Ronald Winwood hatte seinen Spurensucher mit der ausdrücklichen Anweisung vorausgeschickt, zuerst nach dem bösen Mann zu suchen, der ihm die Frau gestohlen hatte.

Erst der Mann, dann der Elefant, und Banda durfte mit einer beträchtlichen Belohnung rechnen, wenn er Ronald zu seiner Beute führte.

Zunächst schien der Spurensucher mit dieser Aufgabe bestens zurechtzukommen. Aber nach einer Weile wurde ihm klar, daß das Wild, das sie verfolgten, plötzlich *sie* zu verfolgen schien.

Es war unheimlich, aber dieser Mann schien mit ihnen zu spielen – mit dem Herrn zu spielen.

Er hörte das Geräusch von berstendem, trockenem Holz, das für gewöhnlich einen Schuß herausforderte. Und dann, direkt vor sich, hörte er das Knirschen von Schritten auf Kieselsteinen oder das Gurgeln eines Steins, der ins Wasser geworfen wurde.

Das alles gefiel Banda überhaupt nicht; auch er konnte dabei getötet werden, und was würde dann aus seiner Frau und seinen Kindern?

Selbst der für gewöhnlich unerschütterliche Kandasamy, der die Waffen des Herrn trug und sie für ihn neu lud, warf seit einer Weile immer wieder nervöse Blicke über die Schulter.

Aber der Herr schien immer wütender zu werden, je mehr der Unsichtbare ihn an der Nase herumführte.

Ah, es wäre für sie alle viel besser, wenn sie jetzt zurückkehren würden!

Aber davon wollte der Herr nichts wissen.

Man spielte mit ihm, machte sich über ihn lustig. Bei Gott, das war unerträglich, und er würde den Kerl töten und Celia als Trophäe zurück nach Hause bringen.

Er war schweißüberströmt, sein Haar klebte ihm am

Schädel, und er zählte im Geiste all die Schüsse, die er auf nichts und wieder nichts verschwendet hatte. Er wollte diesen verfluchten Bastard, mehr als er je in seinem Leben etwas gewollt hatte.

Außerdem war dieser Hurensohn eindeutig ein Feigling, der Angst hatte, sich zu zeigen!

»Kommen Sie raus, damit ich Sie sehen kann, verdammt! Ich bin Ihre Tricks und Spielchen langsam leid. Kommen Sie raus, und stellen Sie sich mir, Sie Feigling – oder wollen Sie, daß ich der ganzen Welt die häßliche Wahrheit über *unsere* Celia verrate? Ich habe die Fotografien, das wissen Sie – was Sie gesehen haben, waren nur Kopien. Es gibt noch viel mehr davon. Sie hätten sie mir nicht wegnehmen sollen, wissen Sie – ich werde dafür sorgen, daß es Ihnen leid tut ... und ihr auch. Jetzt kommen Sie endlich raus, Sie verdammter Mistkerl – *Mistkerl!*«

»Der Mann ist verrückt geworden«, flüsterte einer der anderen Jäger.

»Total verrückt. Wovon redet er eigentlich? Die Sonne muß den armen Hund völlig erledigt haben.«

»Besser, wir gehen ihm aus dem Weg – er fängt an, wild um sich zu schießen. Ja, total verrückt!«

Hoch über ihnen auf einem Hügel sah Celia, die Arme teilnahmslos über der Brust verschränkt, schweigend zu. Sie war auf den Hügel gestiegen, um einen Ort der Einsamkeit und des Trostes zu finden, nachdem sie vor Gertrude geflohen war. Ihr war nicht klar gewesen, daß sie in ein Todestal lief.

Gerade in diesem Augenblick stürzte der wahnsinnige Elefant brüllend aus einer Gruppe hoher Bäume hervor, einen Sekundenbruchteil nachdem Grant, seine Winchester schußbereit im Anschlag, aus dem dichten Gebüsch herausgetreten war, um sich Ronald entgegenzustellen.

Und jetzt hatte er die Wahl zwischen dem Elefanten und Ronald – er beobachtete Ronalds Gesicht, während dieser begriff, daß er dieselbe Wahl hatte.

Und er traf seine Entscheidung. Er feuerte einmal wild

auf seinen verhaßten Gegner, bevor er herumfuhr, um sich dem Elefanten zuzuwenden – und jetzt hatte er keine Wahl mehr.

Celia schrie, ihr Entsetzen hallte im Tal wider, und die Kulis und Spurensucher sprengten in alle Richtungen davon, als das riesige Tier Ronald Winwood mit dem Rüssel ergriff und seinen Körper wieder und wieder auf den felsigen Grund schlug, bevor es ihn zu einem Nichts zertrampelte.

Alle, die diesem grauenerregenden Schauspiel beiwohnten, erstarrten.

Dann, als das große Tier den Rüssel hob, um seinen Trotz herauszubrüllen, zielte Grant sorgfältig und drückte ab – ein Spezialgeschoß traf in das Ohr des Elefanten und durchdrang sein Gehirn.

Später waren sich alle einig, daß sich die Ereignisse förmlich überschlagen hatten, aber jeder wußte eine andere Version des Geschehens zu erzählen.

Dann war plötzlich Celia da: Er hörte ihren Schrei über das Brüllen des tödlich getroffenen Elefanten hinweg, und noch bevor das Tier auf dem Boden aufschlug, hatte er ein Pferd gefunden und stürmte den Hügel hinauf.

Später folgten die unvermeidlichen Verhöre durch den Superintendenten der Polizei – und die Beerdigung von Ronald Winwood, der alle, bis auf Celia, pflichtschuldigst beiwohnten.

Er mußte das Versprechen halten, das er Beltran gegeben hatte, dachte Grant grimmig, während er nach der Beerdigung zurück nach Monerakande ritt. Er hatte die Wahrheit über den Tod von dessen Schwester Marianna herausgefunden. Und es hatte sich eine Zigeunerprophezeiung erfüllt – daß er weit, weit reisen und die Frau finden würde, die er liebte, und er wäre nicht überrascht gewesen, wenn seine Stiefmutter von Anfang an gewußt hätte, was sie tat, als sie Celia und ihn zusammenführte.

Er hatte beinahe das Gefühl, als sei alles vom Schicksal bestimmt gewesen.

Celia glaubte an Schicksal, an Bestimmung, an die Zigeunerprophezeiungen, und sie hatte ihn dazu gebracht, ebenfalls daran zu glauben.

Allmächtiger, er war so müde ...

Aber nicht zu müde, dachte er, als er die Erregung spürte, mit der er das Haus in Monerakande betrat. Celia wartete auf ihn.

Seine Liebe, sein Leben, seine Zigeunerhexe.

Er wollte sie heiraten, sie mit sich nach New Mexico nehmen und für immer und alle Zeiten an seiner Seite wissen.

Sie stand auf der obersten Treppenstufe und wartete auf ihn, ihre Katzenaugen glühten, und alle Zweifel und Ängste waren wie ausgelöscht.

Ihr Nachthemd verbarg nichts, es zeichnete ihren schlanken Körper nach, als trüge sie etwas viel Gewagteres. Ihre Lockenmähne floß bis zu ihrer Taille herab, und ihre Augen – Pantheraugen – strahlten so hell wie das Feuer.

Nun murmelte sie mit heiserer Stimme: »Wo warst du? Ich habe auf dich gewartet. Ich dachte, du wolltest mich ...«

»Gütiger Gott, Celia! *Dich wollen? Dich wollen?* Ich kann, verflucht, nicht ohne dich leben.«

Und dann sah er das Leuchten ungeweinter Tränen in ihren Augen, die dadurch nur um so strahlender und schöner wurden, und ihre Lippen, die ein wenig zitterten, während sie sich mit ihren kleinen weißen Zähnen auf die Unterlippe biß, um ihre Nervosität zu beherrschen.

Er hatte diesen Augen einfach nichts entgegenzusetzen, genausowenig wie diesem Mund und ihrem Gesicht; er hatte das Gefühl, als kenne er sie überhaupt nicht und würde sie niemals kennen, es sei denn, er verbrachte den ganzen Rest seines Lebens damit, jeden einzelnen Zentimeter ihres Körpers – und ihres Geistes – zu erkunden, bis sie begriff, daß er von Anbeginn der Zeit dazu auserkoren war, sie zu lieben.

Ob er sie wollte . . .

Er hielt ihr die Hand hin. »Komm, Celia, komm . . .«

Er wartete, wie sie reagieren würde, nach all dem, was geschehen war, ob Angst oder Vertrauen sie leiten würden – und es wurde der längste Augenblick in seinem Leben.

Dann ging sie auf ihn zu und nahm seine Hand mit einer Geste voller Zutrauen, und sie sahen einander lange an.

Sie las das Versprechen in seinen sanften grünen Augen; er las die Not, die Furcht, das Zögern, das Begehren in den ihren.

»Komm . . .«

Er wollte alles von ihr, er wollte ihr alles geben, was er war, was er sein konnte – er wollte, daß sie seine Kinder zur Welt brachte . . .

»Komm mit mir ins Bett, meine Zigeunerin. Ich werde dich für alle Zeiten nackt in meinem Bett behalten . . .«

Und plötzlich stand sie vor ihm, und seine langen, zärtlichen Finger entkleideten sie, während er weiter mit ihr sprach und sie streichelte und liebkoste, ohne auch nur zu versuchen, ihr das Nachthemd abzustreifen.

Sie ließ sich besinnungslos in das Versprechen seiner Augen sinken; er wußte, was er sie lehren mußte, wußte genau, wann er sie nicht drängen oder treiben durfte, damit sie sich nicht unbehaglich fühlte.

Sie brauchte ihn in dieser Nacht, und sie brauchte all die herrlichen wunderbaren Lektionen, die er ihr über ihren Körper geben konnte, über sich – über *ihn*.

Oh, und die langsame, tastende, aufreizende Art, wie er ihren Leib erkundete, wie er ihr züchtiges Nachthemd einen qualvollen Zentimeter um den anderen anhob, um ihr die Wonnen seiner Liebkosungen zu enthüllen.

Und erst als sie ein leises, kehliges Stöhnen hören ließ, senkte er sich ganz sanft – so überaus sanft – zuerst auf sie herab und stieß sich dann zart und besitzergreifend in sie hinein – in ihre Feste, in ihren Schoß, überging den Schmerz –, und es gab Schmerz, das sah er, er fing ihn auf, bis sie bereit war – und dann –

Oh, und dann, sie hätte sich diese Lust nie träumen lassen, diese Gefühle, als er sie mit sich ins Reich der Ekstase entführte.

Zu welchem Begehren er sie anstachelte! Sie bettelte nach seinem Körper, nach seiner Berührung, nach der Lust, die er ihr verschaffte.

Sie hörte ihr eigenes Stöhnen, leidenschaftliche Laute, die tief aus ihrer Kehle kamen – solche Lust, solche atemberaubenden, schäumenden Wogen der Lust, ihr Körper völlig außer Kontrolle, seine Stimme in ihrem Ohr, die im Gleichklang mit der stürmisch anbrandenden Lust wisperte, seine wilden, gewalttätigen Küsse, als ob er nicht genug von ihr bekommen könne und jedes Stöhnen ihrer Lust mit seinem Körper aufsaugen wollte.

Und dann sein Höhepunkt – dieser eine, lange, pulsierende, sich überschlagende Klimax ihres erschöpfenden Liebesspieles, das ihre ganze Nacht ausgefüllt hatte. Er ließ sich auf ihr zusammensinken und schloß sie in seine Arme.

»Du bist immer noch viel zu unschuldig für meinen Geschmack«, murmelte er, während seine Lippen ihr Ohr streiften. Aber es war zuviel geschehen, und sie hatte zuviel gelitten, und er konnte im Augenblick nichts für sie tun, als ihr hier auf Monerakande und in seinen Armen Ruhe und Sicherheit zu geben.

»Nicht mehr«, flüsterte sie, während sie sich genüßlich neben ihm ausstreckte.

»Willie kommt nach Peradeniya«, fuhr er fort, ignorierte ihren verlockenden Leib und zwirbelte eine Strähne ihres Haars um seinen Finger, bevor er sanft daran zog. »Und mein Vater auch. Wir werden dieses Durcheinander mit der Plantage in Ordnung bringen, und dann nehme ich dich mit nach New Mexico . . .«

Sie schloß die Augen, und eine Woge tiefster Freude schien sie zu verschlingen.

»Als meine Frau.«

Sie hielt den Atem an, während er sich über sie legte, fast als wolle er ihren Körper gefangenhalten.

»Celia . . .«

Klang er vielleicht ein wenig unsicher, dieser Mann, der sonst alles so selbstverständlich nahm?

»Ja, Grant?«

»Du hast noch nicht ja gesagt.«

»Ich habe aber auch nicht nein gesagt«, konterte sie, und ihr Körper erschauerte, als er seine Hand träge über ihre Hüften gleiten ließ, unter ihre Pobacken schob und sie fester gegen seine allgegenwärtige Erektion preßte.

»Dann gibt es also noch Hoffnung.«

Er schob ihre Beine auseinander.

»Ich glaube wirklich, du könntest mich überreden.« Sie keuchte auf, als er sich tief in sie hineinstieß.

»Überzeugend genug?«

Sie stöhnte leise.

»Du hast . . .« Er bewegte sich, und sie stöhnte abermals, ». . . da ein sehr starkes . . .« Er bewegte sich wieder, und sie zischte durch ihre zusammengebissenen Zähne: »Argument.«

Er bewegte sich wieder und dann wieder, suchte das tiefe, heiße Zentrum ihres Körpers, in das er seine Liebe hineinschmiegen wollte.

»Sag ja, Celia. Mein Vater wird dich zum Altar führen, wenn er und Willie in Peradeniya ankommen. Dein Onkel wird uns trauen. Sag ja.«

Sie kam jedem seiner Stöße eifrig entgegen und wußte, daß sie jedes einzelne seiner Worte bis an ihr Lebensende wie einen Schatz hüten würde.

Er war der eine, der Starke, von dem die Phuri Dai ihr erzählt hatte. Der Dunkle.

Und was er auch von ihr wollte – was es auch war –, solange sie die einzige für ihn war, würde sie alles für ihn tun, denn sie würde sterben ohne diese wilde Leidenschaft, die zwischen ihnen brannte.

Es war keine Frage, wie ihre Antwort ausfallen würde.

Und als sie ihren Höhepunkt erreichte, auf einer atemberaubenden Woge schierer Lust, gab sie ihm die Antwort, die er hören wollte.